Ondraaglijk

Eveneens van Sophie Hannah:

Kleine meid
Gevarenzone
Moederziel
De andere helft leeft
De lege kamer
Verborgen gebreken
Brandschoon
Een duister koor
Fatale fout
Alles op het spel
Beste vrienden

SOPHIE HANNAH

Ondraaglijk

De Fontein

Deze uitgave bevat tevens een voorproefje uit *Beste vrienden,* de nieuwste thriller van Sophie Hannah. Zie pag. 461 e.v.

Derde druk, eerste in deze uitvoering, april 2017

Oorspronkelijke titel *The Carrier*
First published in Great Britain in 2013 by Hodder & Stoughton, an Hachette UK company

Vertaling Anna Livestro
Omslagontwerp Marry van Baar
Omslagillustratie © Tom Leighton
Opmaak binnenwerk ZetSpiegel, Best
ISBN 978 90 261 4282 6
ISBN e-book 978 90 325 1449 5
NUR 305

MIX
Papier van verantwoorde herkomst
FSC® C014496

www.uitgeverijdefontein.nl

Voor Peter Straus, mijn geweldige agent die kan toveren

PRODUCTIE: 1431B/SK – TRANSCRIPT VAN HANDGESCHREVEN BRIEF VAN KERRY JOSE AAN FRANCINE BREARY D.D. 14 DECEMBER 2010

Waarom ben je er nog, Francine?

Ik heb altijd gedacht dat mensen zichzelf dood kunnen wensen. Als ons brein in staat is ons precies één minuut voordat de wekker gaat te wekken, moet het toch ook in staat zijn om ons te laten stoppen met ademhalen. En is de verbinding tussen het brein en onze ademhaling niet veel sterker dat die tussen ons brein en het nachtkastje? Een brein dat geen tegenspraak duldt en dat een hart smeekt ermee op te houden – zo'n hart is kansloos. Tenminste, dat dacht ik dus altijd.

Ik begrijp trouwens niet dat jij wilt blijven. Bovendien: zelfs al wil je dat, je hebt het niet lang meer zelf in de hand. Iemand zal je vermoorden. Binnenkort. Elke dag zie ik een andere dader voor me. Ik heb geen behoefte om te proberen hem tegen te houden, alleen om het jou te vertellen. Het lijkt me naar iedereen toe fair om jou de kans te geven zelf te verdwijnen naar een plek waar je buiten bereik bent.

Oké, ik geef toe: ik probeer jou de dood in te praten omdat ik bang ben dat je weer beter wordt. Hoe kan het dat het onmogelijke mogelijk lijkt? Dan ben ik dus nog steeds bang voor je.

Tim niet. Weet je wat die me ooit, jaren geleden, vroeg? Ik zat met hem in jouw keuken aan Heron Close. Die witte servetringen die me altijd deden denken aan een nekbrace lagen op tafel. Je had ze uit de la gehaald, met de bruine servetten met eendjes langs de rand, en je had ze zonder iets te zeggen neergesmeten. Tim moest de rest doen, wat hij er verder ook van vond dat je een servet in een ring stopt om hem er een kwartier later weer uit te trekken. Dan was naar de Chinees en jij was naar het andere eind van de tuin gebeend om daar te gaan zitten pruilen. Tim had iets gezonds en taugéachtigs besteld, ook al wist iedereen dat hij dat haatte, en jij beschuldigde hem ervan dat hij dat om de verkeerde reden had gekozen: om jou een plezier te doen. Ik weet nog dat ik mijn tranen probeerde te verbijten toen ik de tafel dekte, nadat ik de bos bestek onhandig uit zijn handen had gegrist. Ik kon niets doen om hem uit jouw klauwen te redden, maar ik kon hem op zijn minst de moeite besparen van het neerleggen van de messen en vorken, en dat wilde ik per se doen. In die tijd liet Tim ons alleen kleine dingen voor hem doen, dus dat deden Dan en ik, zo veel mogelijk, en we legden er zo veel mogelijk moeite en zorgzaamheid in. En toch kon ik die vervloekte servetringen niet aanraken.

Toen ik er zeker van was dat ik niet zou gaan huilen, keerde ik me om en zag een vertrouwde blik op Tims gezicht. De blik die betekent: er is iets wat je moet weten maar ik wil het niet zeggen, dus in plaats daarvan breng ik je in opperste verwarring. Je kunt je die blik pas voorstellen als je hem hebt gezien, en ik weet zeker dat jij hem nog nooit hebt gezien. Tim was nog geen week met jou getrouwd of hij staakte zijn pogingen om met je te communiceren. 'Wat is er?' vroeg ik hem.

'Je verbaast me, Kerry,' zei hij. Het was de bedoeling dat ik de gespeelde achterdocht in zijn stem zou horen. Ik wist dat hij me nergens van verdacht en vermoedde dat hij een gecamoufleerde manier zocht om over zichzelf te praten, zoals hij zo vaak deed. Ik vroeg wat hem precies verbaasde en hij zei heel hard, alsof hij tegen rijen publiek in een grote zaal sprak: 'Stel, Francine is dood.' Vier woorden die onmiddellijk een pijnlijk verlangen in mijn borst plantten. Ik wilde zo graag dat jij er niet meer zou zijn, Francine, maar we zaten met je opgescheept. Voor je hersenbloeding dacht ik altijd dat je waarschijnlijk honderdvijfentwintig zou worden.

'Zou je dan nog steeds bang voor haar zijn?' vroeg Tim. Als je hem niet goed kende, zou je denken dat hij me plaagde en dat hij daar lol in had. 'Ik geloof het wel. Zelfs als zij dood was en nooit meer terugkwam.'

'Je zegt het alsof er een alternatief is,' merkte ik op. 'Doodgaan en terugkomen.'

'Zou je in gedachten haar stem nog horen, en alle dingen die ze zou zeggen als ze nog leefde? Zou je meer van haar bevrijd zijn dan nu? Als ze je niet kon zien, zou je je dan voorstellen dat ze ergens anders naar je zou zitten kijken?'

'Doe niet zo idioot, Tim,' zei ik. 'Ik ken niemand die zo weinig bijgelovig is als jij.'

'Maar we hebben het over jou,' zei hij op volmaakt onschuldige toon, om weer de aandacht op zijn act te vestigen.

'Nee. Ik zou niet bang zijn voor iemand die dood was.'

'Als je dan nog steeds even bang voor haar zou zijn, schiet je er niets mee op om haar te vermoorden,' vervolgde Tim alsof ik niets gezegd had. 'Behalve dat je waarschijnlijk in de gevangenis komt.' Hij pakte vier wijnglazen met stelen van dik, groen glas uit een kast. Daar had ik ook altijd al een hekel aan, omdat het leek of er slijm op de bodem van je glas zat.

'Ik heb nooit begrepen wat er zo interessant aan is om te speculeren over het verschil tussen moordenaars en de rest van de mensheid.' Tim haalde een fles witte wijn uit de koelkast. 'Wat maakt het uit waardoor de een bereid en in staat is om te moorden en een ander niet? Het lijkt me duidelijk waardoor dat komt: de mate waarin je lijdt en waar je staat op het spectrum moed-lafheid. Meer niet. Het enige verschil dat wel het onderzoeken waard is, is het verschil tussen degenen onder ons van wie de aanwezigheid op de wereld, hoe saai of chaotisch ook, anderen niet alle levenslust ontneemt, en degenen van wie je dat niet kunt zeggen, hoe aardig we ook willen zijn. Elk moordslachtoffer is iemand die bij ten minste één ander mens een doodswens losmaakte. En dan moeten we zogenaamd medelijden hebben als ze op tragische wijze aan hun eind komen.' Hij maakte een honend geluid.

Ik moest lachen om zijn krankzinnige gedachtegang maar voelde me meteen schuldig omdat ik erin getrapt was. Tim kan me vooral goed opvrolijken als hij voor zichzelf geen hoop of troost ziet. Ik moet me dan beter voelen en net doen alsof hij hetzelfde emotionele pad aflegt. 'Dus je zegt in feite dat alle moordslachtoffers er zelf om gevraagd hebben?' Ik hapte grif. Als hij ergens over wil discussiëren, hoe belachelijk het onderwerp ook is, dan ga ik met hem in debat tot hij het zat is. Het is een van de talloze vormen die liefde kan aannemen. Niet dat jij dat zou begrijpen.

'Je gaat er ten onrechte van uit dat het slachtoffer van een moord altijd degene is die vermoord wordt, en niet de moordenaar.' Tim schonk zich een glas wijn in. Mij bood hij er geen aan. 'Iemand het leven zo zuur maken dat hij bereid is zijn vrijheid op het spel te zetten en wat er nog over is van zijn menselijkheid op te offeren om jou om te leggen, zou in feite als een veel ernstiger misdrijf moeten worden beschouwd dan een eind aan iemands leven maken met een pistool of een zwaar voorwerp.'

Met 'zuur maken' bedoelde hij 'pijn doen'. 'Jij bent bevooroordeeld,' zei ik. Ik wist dat Dan elk moment kon terugkomen met het eten en ik wilde iets directers zeggen dan ik normaal zou durven. Ik bedacht dat Tim, door dit wonderlijke gesprek te beginnen, mij daar stilzwijgend toestemming voor had gegeven. 'Als jij Francine ziet als iemand die je de levenslust ontneemt, en als de enige reden waarom je haar nog niet hebt vermoord, is dat je nog banger voor haar zou zijn als ze dood was...' zei ik.

'Hoe kom je daarbij?' Tim grijnsde. 'Hoor je soms weer stemmen in je hoofd?' We begrepen allebei waarom hij glimlachte: ik had zijn boodschap gehoord en in mijn oren geknoopt. Hij wist dat ik zijn geheim zou bewaren. Ik kende Tim al jaren voor ik doorhad dat hij helemaal niet wilde dat er iets veranderde. Het enige wat hij wilde was deze belangrijke informatie onderbrengen bij iemand die hij kon vertrouwen.

'Het is een stuk gemakkelijker dan je denkt om bij haar weg te gaan,' zei ik tegen hem, want ik snakte wel naar verandering – een enorme, onomkeerbare verandering – meer dan genoeg voor ons allebei. 'Je hoeft de confrontatie niet aan te gaan. Je hoeft niet tegen haar te zeggen dat je weggaat, en je hoeft daarna ook geen contact meer met haar te hebben. Dan en ik kunnen je helpen. Laat Francine dit huis houden. Kom bij ons wonen.'

'Je kunt me niet helpen,' zei Tim stellig. Hij zweeg zo lang dat ik het begreep – of verkeerd begreep, want dat zou hij zeggen als ik er een punt van zou maken – en zei toen: 'Ik heb namelijk geen hulp nodig. Het gaat best.'

Ik hoorde hem gisteren tegen jou praten, Francine. Hij woog zijn woorden niet op een goudschaaltje, en probeerde niet een paar zetten vooruit te denken in het gesprek. Hij was gewoon aan het praten, en hij vertelde je nog een verhaal over Gaby. Het ging natuurlijk weer over een luchthaven. Het lijkt wel of Gaby op luchthavens woont, als ze niet ergens in de lucht hangt. Ik snap niet dat ze dat volhoudt – ik zou er knettergek van worden. Dit verhaal ging over die keer dat de scanner op Madrid-Barajas een van haar schoenen opvrat en Tim genoot ervan het te vertellen. Het klonk alsof hij zomaar zei wat in hem opkwam, zonder zelfcensuur. Niets gezochts, geen greintje toneelspel. Hoogst on-Timachtig. Terwijl ik hem afluisterde drong het tot me door dat hij allang niet meer bang is. Maar wat ik niet begrijp is dit: betekent dat dat hij jou zal vermoorden, of dat hij wil dat je eeuwig blijft leven?

1

Donderdag 10 maart 2011

De jonge vrouw naast me is erger over haar toeren dan ik. Niet alleen erger dan ik; ze is het meest over haar toeren van alle mensen op de luchthaven bij elkaar, en dat zullen we weten ook. Achter me zitten mensen te mopperen, en ze zeggen: 'Ach nee, hè?' Maar niemand huilt of trilt van woede, behalve dit meisje. Ze is in staat om de Fly4You-medewerker fel toe te spreken en tegelijkertijd overvloedig te huilen. Ik ben onder de indruk van het feit dat ze haar tirade kennelijk niet hoeft te onderbreken, geen enkele keer, om ongecontroleerd naar adem te snakken, zoals snikkende mensen dat meestal doen. Bovendien lijkt ze, in tegenstelling tot normale mensen, niet het verschil te kennen tussen reisvertraging en een sterfgeval.

Ik heb geen medelijden met haar. Als ze minder extreem zou reageren was dat misschien anders. Mijn medelijden schenk ik alleen aan mensen die volhouden dat er helemaal niets aan de hand is terwijl hun organen met grote snelheid door een vleesetende parasiet worden aangevreten. Dat siert me waarschijnlijk niet.

Zelf ben ik helemaal niet boos. Als ik vanavond niet naar huis kan, kom ik er morgen wel. Dat is snel genoeg.

'Geef antwoord!' gilt het meisje tegen de arme, vriendelijke Duitser die de pech heeft om vandaag bij boardinggate B56 te moeten staan. 'Waar is dat vliegtuig dan *nu*? Staat het hier nog? Of staat het daar?' Ze wijst naar de harmonicawanden van de tijdelijke luchtbrug achter hem, waar we allemaal graag door zouden willen lopen naar ons vliegtuig aan de andere kant. 'Hij staat daar, hè?' zegt ze op hoge toon. Haar gezicht is rimpelvrij, smetteloos en vreemd plat; een valse lappenpop. Ze lijkt een jaar of achttien, als ze al zo oud is. 'Moet je horen, *vriend*, wij zijn hier met honderden mensen en jij bent maar in je eentje. We duwen je zo opzij en dan gaan we allemaal aan boord, een hele horde boze Britten, en dan weigeren we om uit het vliegtuig te stappen tot iemand ons naar huis vliegt! Als ik jou was zou ik maar niet ingaan tegen een horde boze Britten!' Ze trekt haar zwartleren jasje uit alsof ze zich opmaakt voor een partijtje knokken. Het woord *FATHER* is met grote blauwe hoofdletters in haar linkerbovenarm getatoeëerd. Ze draagt een strakke zwarte spijkerbroek, een kogelriem en een hele partij bandjes over haar schouders van een witte beha, een roze hemdje en een rood, mouwloos topje.

'Het vliegtuig wordt omgeleid via Keulen,' legt de Duitse man van Fly4You haar voor de derde keer geduldig uit. Op zijn bordeauxrode uniform is een badge gespeld met zijn naam erop: Bodo Neudorf. Zelf zou ik het moeilijk vinden om iemand die Bodo heet de huid vol te schelden, hoewel ik niet denk dat andere mensen zulke scrupules hebben. 'De weersomstandigheden zijn te gevaarlijk,' zegt hij. 'Ik kan niets voor u doen. Het spijt me.' Een beroep op haar rede. Als ik in zijn schoenen stond zou ik waarschijnlijk dezelfde tactiek proberen – niet omdat die werkt, maar omdat als je een redelijk denkend mens bent en je je vaak als zodanig opstelt, je waarschijnlijk voorstander bent van de ratio en het nut daarvan te hoog inschat. Zelfs als je te maken hebt met iemand die liever onschuldige mensen ervan beschuldigt dat ze vliegtuigen voor haar verstopt houden.

'Jij zegt steeds maar dat het *wordt* omgeleid! Dat betekent dus dat jullie het vliegtuig nog nergens naartoe hebben gestuurd.' Ze veegt haar natte wangen af – het is zo'n fel gebaar dat het net lijkt of ze zichzelf in het gezicht slaat – en dan draait ze zich met een ruk om, om de menigte achter ons toe te spreken. 'Hij heeft het vliegtuig nog helemaal niet weggestuurd,' zegt ze. De trillingen in haar woedende stem winnen de geluidsstrijd bij boardinggate B56 en smoren het voortdurende elektronische gepingel dat voorafgaat aan berichten dat de gates voor andere vluchten opengaan. 'Dat kan toch helemaal niet? Vijf minuten geleden zaten we hier nog allemaal klaar om te boarden. Zo snel kun je een vliegtuig niet wegsturen! Ik vind dat we het niet moeten pikken. Wij zijn hier, het toestel moet hier ook nog zijn, en we willen allemaal naar huis. Wat kan ons dat rotweer schelen! Wie is het met me eens?'

Ik zou me graag willen omdraaien om te zien of de rest, gênant genoeg, haar onewomanshow even boeiend vindt als ik, maar ik wil niet dat onze mede-niet-passagiers denken dat zij en ik bij elkaar horen omdat we toevallig naast elkaar staan. Ik laat liever duidelijk blijken dat ik niets met haar te maken heb. Ik schenk Bodo Neudorf een bemoedigende glimlach. Die beantwoordt hij met een ingehouden lachje, alsof hij wil zeggen: 'Ik waardeer dit blijk van steun, maar als u denkt dat u iets kunt doen om de aanwezigheid van dat monsterlijke wezen naast u te compenseren, dan vergist u zich deerlijk.'

Gelukkig lijkt Bodo niet erg onder de indruk van haar dreigementen. Hij heeft waarschijnlijk al gezien dat veel van de mensen die op vlucht 1221 geboekt staan keurige koormeisjes zijn, tussen de acht en twaalf jaar oud. Ze hebben hun toga's nog aan van het concert in Dortmund, eerder vandaag. Dat weet ik, omdat hun koormeester en vijf of zes ouders terwijl we zaten te wachten tot we konden boarden het vol trots hadden over dat de meisjes een of ander lied getiteld 'Angeli Archangeli' zo mooi hadden gezongen. Het lijkt me niet het slag mensen dat als een briesende horde een Duitse luchthavenemployé tegen de grond zal slaan of dat erop staat hun getalenteerde kroost bloot te stellen aan een gevaarlijke storm, omdat ze zo graag op de geplande tijd thuis willen zijn.

Bodo pakt een klein zwart apparaatje op dat met een opgekruld zwart snoer aan de gate vastzit en begint erin te spreken, nadat hij op een knopje heeft gedrukt dat het ping-geluid veroorzaakt dat aan alle luchthavencommunicatie vooraf moet gaan. 'Dit is een bericht voor alle passagiers van vlucht 1221 naar Combingham, Engeland.

Uw vlucht wordt omgeleid via de luchthaven Keulen en zal van daar vertrekken. Begeeft u zich alstublieft naar de bagageruimte om uw bagage af te halen, en wacht buiten de vertrekhal op verdere instructies. Wij zullen proberen bussen in te zetten voor het vervoer naar de luchthaven van Keulen. Begeeft u zich alstublieft zo snel mogelijk naar het verzamelpunt buiten de vertrekhal.'

Rechts van me zegt een chic geklede dame met tomaatrood haar en een Amerikaans accent: 'We hoeven ons niet te haasten, mensen. Dit zijn hypothetische bussen: die rijden nooit zo hard.'

'Hoelang is het rijden van hier naar Keulen?' roept een man.

'Ik heb nog geen gegevens over de planning van de bussen,' roept Bodo Neudorf om. Zijn stem gaat op in een aanzwellende golf van gekreun.

Ik ben blij dat ik niet langs de bagageband hoef. Ik word al moe bij de gedachte aan al die mensen die daarheen moeten om de koffers die ze net, na eindeloos in een zigzaggende rij langs een afzetting van touw te schuifelen, hebben ingeleverd. Het is acht uur 's avonds. Ik had eigenlijk om halfnegen Engelse tijd moeten landen, om vervolgens naar huis te rijden en met een koel glas muskaat in een warm bad met veel schuim te zakken. Ik ben vanochtend om vijf uur opgestaan om de 0700 van Combingham naar Düsseldorf te pakken. Ik ben geen ochtendmens en ik haat elke dag waarop ik voor zeven uur mijn bed uit moet; deze dag duurt mij al veel te lang.

'Dat meen je niet!' schreeuwt de gestoorde lappenpop. 'Wat ben jij nou voor een randdebiel?' Als Bodo soms dacht dat hij, door zijn stem elektronisch te versterken en te beschermen, zijn wraakgodin het gehoorzame zwijgen kon opleggen, had hij dat goed mis. 'Ik ben absoluut niet van plan mijn koffers op te halen!'

Een magere, kale man in een grijs pak stapt naar voren en zegt: 'In dat geval moet je zonder je koffer naar huis. En alles wat daarin zit.' Ik juich inwendig. Vlucht 1221 heeft zijn eerste stille held. Hij heeft een krant onder zijn arm gevouwen en grijpt het hoekje met zijn andere hand, want hij verwacht represailles.

'Bemoei je er niet mee!' tettert de lappenpop in zijn gezicht.

'Denk je soms dat je beter bent dan ik? Ik heb niet eens een koffer, dus!' Ze richt haar aandacht weer op Bodo. 'Ben je nou echt van plan om al onze bagage weer uit dat vliegtuig te halen? Waar slaat dat op? Dat is gewoon… het spijt me van het vloeken, maar dat is dus echt van de pot gerukt!'

'Of,' hoor ik mezelf tegen haar zeggen, want ik kan die kale held niet in de kou laten staan en verder schiet niemand hem te hulp, 'jij bent hier de randdebiel. Als je geen koffer hebt ingecheckt, hoef je hem uiteraard niet op te halen.'

Ze gaapt me aan. De tranen stromen nog steeds over haar gezicht.

'Bovendien, als het toestel hier nu stond en veilig naar Keulen kon vliegen, zaten wij natuurlijk aan boord, of niet soms?' zeg ik. 'En misschien vlogen we dan zelfs wel naar huis, want dat zouden we allemaal het liefst willen.' *Shit.* Waarom moest ik zo nodig mijn mond opendoen? Dat is mijn taak helemaal niet, het is niet eens Bodo Neudorfs taak om haar verkeerde redenering recht te zetten. De kale man is weggelopen met zijn krant en laat het mij in mijn eentje opknappen. *Ondankbare zak.* 'Ons vliegtuig kan vanwege het weer niet in Düsseldorf landen,' vervolg ik mijn missie om vrede te stichten en begrip te kweken. 'Het vliegtuig is hier nooit geweest, het is hier nu ook niet, en je koffer, als je er eentje had gehad, zou ook niet aan boord van het toestel zijn, en hoeft er dus ook niet van afgehaald te worden. Het vliegtuig is daar ergens in de lucht.' Ik wijs omhoog. 'Het was op weg naar Düsseldorf, het heeft koers gewijzigd en vliegt nu richting Keulen.'

'Niet waar,' zegt ze onzeker en monstert me met een geschokt soort walging alsof ze het weerzinwekkend vindt iets tegen mij te moeten zeggen. 'Dat klopt niet. We zitten hier toch allemaal?' Ze zwaait met haar arm naar de stoeltjes van oranje plastic op de rijen zwart metalen balken. 'Er stond dat we naar de gate moesten gaan. Dat zeggen ze alleen als het toestel klaar is voor het boarden.'

'Dat klopt normaal gesproken, maar vanavond niet,' zeg ik kortaf. Ik kan de radertjes bijna zien draaien achter haar ogen, en hoe ze hun best moeten doen om de machinerie te laten werken. 'Toen ze ons de opdracht gaven naar de gate te komen, hoopten ze nog dat het vliegtuig Düsseldorf zou halen. Vlak nadat we hier allemaal aankwamen, realiseerden ze zich dat het niet zou lukken.' Ik kijk even naar Bodo Neudorf, die half knikt en half zijn schouders ophaalt. Laat hij mij het voortouw nemen? Belachelijk. Hij hoort meer te weten over wat er achter de schermen speelt bij Fly4You dan ik.

Het boze huilmeisje wendt haar blik af en schudt haar hoofd. Ik hoor haar in stilte honen: 'Als jij dat wilt geloven, moet je dat lekker zelf weten.' Bodo zegt iets in het Duits tegen zijn walkietalkie. Om ons heen beginnen koormeisjes te vragen of ze vanavond nog wel naar huis gaan. Hun ouders antwoorden dat ze dat niet weten. De mannen in voetbalshirts bespreken hoeveel bier ze kunnen wegzetten tussen nu en het moment dat we gaan vliegen, en speculeren over de vraag of Fly4You de drank zal vergoeden.

Een bezorgde grijze dame van eind vijftig of begin zestig zegt tegen haar man dat ze nog maar tien euro heeft. 'Wat? Hoezo?' vraagt hij ongeduldig. 'Dat is niet genoeg.'

'Nou ja, ik dacht dat we niet meer nodig hadden.' Ze loopt zenuwachtig om hem heen en erkent haar verantwoordelijkheid, hopend op genade.

'Hoezo had je dat gedacht?' vraagt hij op boze toon. 'En wat had je dan gedacht in geval van nood te doen?'

Ik heb al mijn bemiddelingskruid verschoten, anders had ik hem gevraagd of hij weleens van een geldautomaat heeft gehoord, en wat hij van plan was te doen als zijn vrouw spontaan in de brand zou vliegen en ook al het geld in haar handtas in vlammen opging? *Had je aan dat noodgeval wel gedacht, bullebak? Is je vrouw soms eigenlijk vijfendertig en ziet ze er alleen maar uit als zestig omdat ze haar beste jaren heeft verpest door bij jou te blijven?*

Geen plek ter wereld waar je zo snel je geloof in de mensheid verliest als een vliegveld. Ik loop weg bij alle mensen, langs een rij onbemande boardinggates, zomaar ergens heen. Ik heb schoon genoeg van de aanblik van al mijn reisgenoten, zelfs van degenen van wie ik het gezicht nog niet heb gezien. Ja, zelfs van die lieve koormeisjes. Ik kijk er niet naar uit om hen straks weer te zien – in die hulpeloze, hoopvolle troep die we straks gaan vormen, buiten bij de vertrekhal, waar we urenlang in de regen en de wind moeten staan. Of aan de andere kant van het gangpad in de bus. Of half slapend in diverse bars rondom het vliegveld van Keulen.

Maar ach, waar hebben we het eigenlijk over? Over een vliegtuig met vertraging, niet over een sterfgeval. Ik vlieg heel vaak. Dit komt veel voor. Ik heb de woorden: 'Tot onze spijt...' al zo vaak gehoord als ik de grijs gespikkelde linoleumvloer op Combingham Airport heb gezien, met de blauw gespikkelde rand langs de muren voor het contrast. Ik heb onder informatieborden gestaan en even vaak gezien hoe bescheiden vertragingen doorwoekerden tot annuleringen als ik de kleine parallelle lijntjes heb gezien die de vierkantjes vormen die op hun beurt weer het patroon zijn op miljoenen zilverkleurige vliegtuigtrappen. Ik heb weleens gedroomd dat de muren en het plafond in mijn slaapkamer bedekt waren met aluminium profielplaten.

Het ergste van een vertraging is dat ik dan Sean moet bellen en hem moet vertellen dat ik alweer niet terug ben op het beloofde tijdstip. Ik vind dat zo afschuwelijk om te doen. Hoewel... in dit geval is het misschien niet zo erg. Misschien kan ik ervoor zorgen dat het dit keer minder erg is.

Ik glimlach bij mezelf terwijl het idee in mijn hoofd vorm krijgt. Dan graai ik in mijn handtas – zonder te kijken, onder het lopen – en omvat een rechthoekig, in plastic verpakt doosje: de zwangerschapstest die ik al tien dagen met me meesleep omdat ik er nooit een geschikt moment voor kon vinden.

Mijn neiging om dingen voor me uit te schuiven baart me vaak zorgen, want ik wil het probleem kennelijk niet bij de hoorns vatten. In mijn werk schuif ik nooit iets voor me uit, nooit gedaan ook, maar als het om iets persoonlijks en iets belangrijks gaat doe ik er alles aan om het tot in de eeuwigheid uit te stellen. Dat kon weleens de reden zijn waarom ik op luchthavens nooit hoef te huilen als mijn vluchten niet op tijd vertrekken; uitstel ligt in mijn aard.

Een deel van mij is nog altijd niet klaar om de test te doen, hoewel met de dag het hele circus van plassen op een plastic staafje zinlozer lijkt. Ik ben overduidelijk zwanger. Boven op mijn hoofd zit een vreemd gevoelig stukje huid dat daar eerst nooit zat en ik ben nog nooit van mijn leven zo moe geweest.

Ik werp een blik op mijn horloge en vraag me af of ik hier wel tijd voor heb, om vervolgens mijn hoofd te schudden om mijn eigen naïviteit. Die Amerikaanse vrouw had gelijk. Er zijn helemaal geen bussen op weg om ons te redden. Joost mag weten wanneer die ooit komen. Bodo had geen flauw benul van wat er aan de hand was; doordat hij Duits is, leidde hij ons allemaal om de tuin toen hij deed alsof hij de zaak volledig onder controle had. Ik heb dus nog minstens een kwartier om de test te doen en Sean te bellen terwijl de rest de koffers haalt. Gelukkig is Sean snel afgeleid; het is net een klein kind. Als ik hem zeg dat ik vanavond niet thuiskom, gaat hij eerst klagen. Maar als ik dan vertel dat de zwangerschapstest positief was, is hij zo blij dat het hem niet meer kan schelen wanneer ik weer terug ben.

Ik stop bij het eerste het beste damestoilet en dwing mezelf naar binnen te gaan terwijl ik mezelf in stilte geruststel: *Dit is niet eng. Je weet al wat de uitslag is. Daar verandert een klein blauw kruisje verder niets aan.*

Ik pak het doosje uit, haal de test tevoorschijn en laat het boekje met instructies in mijn tas vallen. Ik heb dit al vaker gedaan – een keertje, vorig jaar, toen ik wist dat ik niet zwanger was en ik de test alleen deed omdat Sean geen genoegen zou nemen met mijn buikgevoel.

Het is geen kruisje, het is een plustekentje. Laten we het nu geen kruisje noemen, dat is zo slecht voor het moreel.

Het duurt niet lang voor er iets zichtbaar wordt. Het blauw licht meteen al op. O god. Ik trek dit niet. Ik wil maar een beetje een baby. Eigenlijk heb ik geen idee of ik het wel wil. Nog meer blauw: twee lijntjes die zich horizontaal verspreiden. Nog geen plusteken, maar dat is nog maar een kwestie van tijd.

Sean is hier heel gelukkig mee. Dat moet ik voor ogen houden. Ik ben zo iemand die overal over twijfelt en die nooit ongecompliceerd gelukkig kan zijn. Seans reactie is betrouwbaarder dan de mijne en ik weet dat hij dolblij zal zijn. Een kind krijgen is prima. Als ik niet zwanger zou willen worden, had ik het afgelopen jaar in het geheim wel Mercilon genomen, maar dat heb ik niet gedaan.

Wat?

Er verschijnt geen blauw kruis in het grotere vakje van het staafje. En er wordt ook niets blauwer. Het is al meer dan vijf minuten geleden dat ik de test heb gedaan. Ik ben geen deskundige, maar ik heb het sterke vermoeden dat dit al het blauw is wat ik verder nog te zien krijg.

Ik ben niet zwanger. Hoe kan dat nou?

Er flitst een beeld door mijn hoofd: een piepklein menselijk figuurtje, goudkleurig en zonder gelaatstrekken, dat triomfantelijk zijn vuist heft. Het is weg voor ik het beeld nader kan onderzoeken.

Nu heb ik dus *echt* helemaal geen zin om Sean te spreken. Ik heb twee teleurstellende mededelingen voor hem in plaats van één. Bij het vooruitzicht van het telefoontje raak ik in paniek. Als ik nog wil bellen, moet ik het nu meteen doen. Het lijkt me vrij oneerlijk dat ik dit probleem niet op kan lossen door te doen alsof ik niemand ken die Sean Hamer heet en in een nieuw leven te verdwijnen. Dat zou zoveel makkelijker zijn.

Ik verlaat het damestoilet en loop terug naar de vertrekhal terwijl ik mijn BlackBerry uit mijn jaszak trek. Sean neemt op na één keer overgaan. 'Hé, schatje,' zegt hij. 'Hoe laat ben je thuis?' Als ik weg ben, zit hij 's avonds op de bank voor de tv, met zijn telefoon naast zich zodat hij geen enkel belletje of sms'je van mij mist. Ik weet niet of dit normaal gedrag is voor een liefhebbende partner. Ik zou het ontrouw van mezelf vinden als ik dat aan een van mijn vriendinnen zou vragen, alsof ik hun daarmee carte blanche geef om Sean belachelijk te maken.

'Sean, ik ben niet zwanger.'

Stilte. Dan: 'Maar je zei van wel. Je zei dat je niet eens een test hoefde te doen – dat je het zeker wist.'

'Je weet wat dat betekent, hè?'

'Wat dan?' Hij klinkt hoopvol.

'Dat ik een arrogante gek ben op wie je niet kunt vertrouwen. Ik dacht echt dat ik in verwachting was, echt waar, maar... ik had het dus mis. Er zal wel een andere reden zijn waarom ik me zo hormonaal voel.'

'Eén zo'n test zegt toch niet alles,' zegt Sean. 'Check het nog eens. Koop er nog eentje. Kan dat op de luchthaven?'

'Is niet nodig.' *Natuurlijk kun je zwangerschapstests kopen op de luchthaven.* Ik hou mezelf voor dat Sean dat niet weet omdat hij een man is, en niet omdat hij geen enkele ambitie heeft om onze zitkamer uit te komen waar hij elke avond op de bank naar sport kijkt op televisie.

'Waarom ben je dan zo veel te laat, als je niet zwanger bent?' vraagt hij.

Ik zou het graag op het weer schuiven bij de luchthaven Düsseldorf, maar ik weet dat hij daar niet op doelt. 'Geen idee,' zucht ik. 'Nu we het toch over te laat hebben, mijn vlucht is ook te laat. Het vliegtuig vliegt nu naar Keulen – we moeten zo de bus in. Althans, dat zeggen ze. Hopelijk kom ik ergens morgen thuis. Of misschien vannacht heel laat, als we mazzel hebben.'

'Aha,' zegt Sean afgemeten. 'Dus daar gaat mijn avond, voor de zoveelste keer.'

Sussen. Niet met hem in discussie gaan. 'Je bedoelt, daar gaat *mijn* avond, voor de zoveelste keer. Ik ben degene die vannacht waarschijnlijk staand in het hokje van de paspoortcontrole op luchthaven Keulen moet slapen.' Ik haat mezelf als ik een zin begin met: 'Ik ben degene die...', maar ik heb sterk de neiging om Sean erop te wijzen dat hij niet degene is die gevangenzit in een groot gebouw vol elektronische bliepgeluiden en de galmende stemmen van wildvreemde mensen terwijl hij op het punt staat te worden verscheept naar weer een ander grauw, door wit neonlicht verlicht gebouw. Sean is niet degene die worstelt met het gevoel dat hij langzaam op moleculair niveau ontrafeld wordt, dat zijn hele wezen in pixels uiteenspat en dat alles pas weer een mens wordt op het moment dat hij zijn eigen huis binnen loopt. Als hij zich ooit in zo'n situatie zou bevinden en als ik dan tegelijkertijd thuis op de bank naar mijn lievelingsprogramma zat te kijken, met een biertje in de hand, zou ik wat meer medeleven betonen. Althans, dat mag ik hopen.

En los van de zwangerschapstest ben ik nog steeds een arrogante gek die denkt dat ze altijd gelijk heeft. Ik heb geprobeerd me nederiger op te stellen maar dat is, eerlijk gezegd, gemakkelijker als je met iemand anders in discussie bent dan Sean.

'*Hopelijk* kom je morgen terug?' zegt hij. In de paar seconden dat hij stil bleef heeft hij naar bier smakende olie op het vuur van zijn verontwaardiging gegooid. 'Hoezo, wordt het anders overmorgen?'

'Het is misschien nieuws voor je, Sean, maar ik heb vrij weinig in de melk te brokkelen op de luchthaven van Keulen. Ze hoeven niet al hun vluchtschema's door mij te laten goedkeuren. Ik ben een machteloze passagier, net als hier op de luchthaven van Düsseldorf. Ik heb geen idee wanneer ik weer thuis ben.'

'Geweldig,' bitst hij. 'Misschien wil je zo goed zijn mij even te bellen zodra je wel iets weet?'

Ik weersta de drang om mijn BlackBerry tegen de muur fijn te drukken tot er niets anders van over is dan een fijn zwart poeder. 'Ik vermoed dat ze me van het kastje naar de muur zullen sturen,' zeg ik geduldig. 'Zolang ze ons maar van zich af kunnen houden terwijl zij wanhopig een plannetje smeden om ons weer thuis te krijgen en wij voor de gesloten taxfreeshop staan en rammelen aan het metalen hek en smeken of we naar binnen mogen omdat we anders doodgaan van verveling.' Ik heb de hoop nog niet opgegeven dat het Sean opvalt dat ik het vanavond niet echt gezellig heb. 'Dus je wilt niet dat ik je met elke update bel. Waarom kijk je niet op Flight Tracker?'

'Dus jij vindt het te veel moeite om mij op de hoogte te houden, maar je verwacht wel dat ik mijn laptop pak om –'

'Nee, dat *verwacht* ik niet. Ga er nu maar gewoon van uit dat ik snel weer terug ben, maar dat we allebei niet precies weten wanneer, en deal ermee als een volwassen vent.'

Sean mompelt iets onverstaanbaars.

'Wat zei je?' vraag ik, want ik heb geen zin om zijn belachelijke uitspraak onweersproken te laten gaan.

'Ik vroeg: met welke maatschappij vlieg je? Met wie ga je mee?'

Ik sta stokstijf stil.

Het is een schok om te horen hoe achteloos die woorden worden uitgesproken. Ze doen me denken aan andere woorden. Woorden die altijd in mijn hoofd zitten, zelfs al spreekt niemand ze ooit hardop uit.

ik draag je hart met me mee, ik draag het mee in mijn hart…

Ik schraap mijn keel. 'Sorry, wat zei je nou?'

'Godsamme, Gaby. Welke maatschappij?'

Ineens komt er een beeld van Tim bij me op: hij staat boven aan een ladder in het Proscenium en kijkt me vanaf die hoogte aan, met een boek in zijn rechterhand, terwijl hij zich met zijn linkerhand vastklampt aan de ladder. Hij heeft me net een gedicht voorgelezen. Niet *ik draag je hart met me mee*, een ander gedicht. Van een dichter die op jonge leeftijd en op tragische wijze gestorven was, maar wiens naam me niet te binnen schiet, over…

Mijn huid begint te tintelen vanwege het bizarre toeval. Het gedicht ging over een vertraagde trein. Ik kan me alleen nog de laatste twee regels herinneren. 'Onze tijd, in andermans handen, en te kort voor woorden.' Tim vond het een goed gedicht. 'Zie je?' zei hij. 'Als een dichter iets belangrijks te zeggen heeft, gebruikt hij daarvoor de simpelste woorden. 'Hij of zij,' zei ik opstandig. 'Hij of zij,' stemde Tim in. 'Als een accountant iets belangrijks te zeggen heeft, zegt hij dat ook in de simpelste bewoordingen. Net als een dichter.' Wie anders dan Tim zou zo snel op die reactie zijn gekomen.

Tim Breary is de drager. Maar dat kan Sean onmogelijk bedoelen.

'Wil je weten met welke maatschappij ik vlieg? Met Fly4You.' Deel je me dat nog mee? *Waarom zou hij dat zo hebben gevraagd?* Hij kan het met geen mogelijkheid weten. En als hij het zou weten, zou hij het me meteen voor de voeten werpen. Toch?

Doe niet zo paranoïde.

'Vluchtnummer?' vraagt Sean.

'1221.'

'Oké. Dus... dan zie ik je wel een keer verschijnen.'

'Hm-hm,' zeg ik luchtig en ik druk het gesprek weg. *Dat hebben we ook weer gehad.*

Ik heb me weleens afgevraagd of de loopbanden op luchthavens soms bedoeld zijn om ons te doen geloven dat de rest van de vloer niet achteruitloopt. Ik ben nog steeds niet waar ik moet zijn en het voelt alsof ik al jaren onderweg ben langs de talloze bordjes die me naar de vertrekhal leiden. Nog even en de aanblik van dat woord volstaat niet meer om de moed erin te kunnen houden. Straks sla ik nog aan het kakelen als een gestoorde heks en begin ik zomaar als een krab zijwaarts te lopen, in tegengestelde richting.

Ik sla een hoek om en loop tegen een arm aan waar *FATHER* op getatoeëerd staat. De roodogige eigenaar van die arm is gestopt met huilen. Ze graait in een doos sigaretten zo groot als een bescheiden koffer.

'Sorry,' stamel ik.

Ze doet een stap naar achteren alsof ze bang is dat ik haar wil slaan, propt het half uitgepakte pakje Lambert & Butlers terug in haar schoudertas en begint in de richting van de borden te lopen die de weg wijzen naar weer andere borden. De geruststellende sensatie van een sigaret tussen haar vingers is kennelijk van een lagere prioriteit dan zorgen dat ze bij mij uit de buurt komt.

Kan het zijn dat mijn zelfingenomen reprimande haar angst aangejaagd heeft? Ik besluit om de proef op de som te nemen door sneller te gaan lopen. Al snel loop ik naast haar. Ze werpt even een blik op me, versnelt haar pas. Ze hijgt. Dit slaat nergens op. 'Loop je nou bij me weg?' vraag ik, in de hoop dat ik daardoor het ongelofelijke kan geloven. 'Denk je soms dat ik je iets wil aandoen?'

Ze blijft staan en trekt haar schouders op: zet zich schrap voor de aanval. Ze kijkt me niet aan en zegt geen woord.

Ik help haar een handje. 'Relax. Ik ben relatief mak. Ik viel alleen tegen je uit zodat je Bodo met rust zou laten.'

Haar lippen bewegen. Het zou kunnen dat er iets vanaf rolt dat voor mij bestemd is. Zo zou iemand van een buitenaardse soort eruitzien als hij met een mens probeerde te communiceren. Ik hel wat voorover om haar te kunnen verstaan.

'Ik moet vanavond naar huis. Het *moet*. Ik ben nog nooit in mijn eentje in het buitenland geweest. Ik wil gewoon naar huis.' Ze kijkt naar me op, haar gezicht wit van angst en verwarring. 'Ik geloof dat ik een paniekaanval heb,' zegt ze.

Wat ben je toch stom, Gaby. Je bent zelf achter dit kind aan gegaan. Jij bent dit gesprek begonnen. Het enige wat zij wilde was jou uit de weg gaan – wat voor jullie allebei beter zou zijn geweest – en die kans heb je nu verknald.

'Als je een paniekaanval had, kon je nu niet praten,' zeg ik tegen haar. 'Dan zou je hyperventileren.'

'Dat doe ik ook! Luister dan naar mijn ademhaling!' Ze grijpt mijn pols en omsluit hem met haar vingers en duim als een handboei voor ze me naar zich toe trekt. Ik probeer me los te schudden maar ze laat me niet gaan.

'Je hijgt van het rennen,' zeg ik terwijl ik probeer het hoofd koel te houden. Hoe haalt ze het in haar hoofd mij vast te pakken alsof ik een of ander ding ben? Daar pas ik voor. 'Bovendien rook je veel. Als je je longcapaciteit wilt vergroten, moet je daar maar eens mee stoppen.'

Woede laait op in haar blik. 'Jij hebt niks over mij te zeggen! Je weet helemaal niet hoeveel ik rook. Je weet helemaal niets van mij.'

Ze heeft mijn pols nog steeds stevig beet. Ik lach naar haar. Wat kan ik anders? Haar vingers een voor een loswrikken? Dat kan altijd nog, als het moet.

'Zou je me alsjeblieft los willen laten? Lambert & Butler zeilen zo door de economische crisis, alleen al met de winst die ze maken op de sigaretten die jij in je handtas hebt zitten.'

Ze verfrommelt haar voorhoofd terwijl ze probeert uit te knobbelen wat ik precies bedoel.

'Is dat te moeilijk voor je? Laat ik het zo zeggen: je hebt gele vingertoppen. Natuurlijk rook jij veel.'

Eindelijk laat ze me los. 'Jij denkt dat je zoveel beter bent dan ik, hè?' bijt ze me toe: zoiets zei ze ook al tegen de kale man met de krant. Ik vraag me af of ze iedereen die ze tegenkomt hiervan beschuldigt. Je kunt je moeilijk voorstellen dat iemand die haar voor het eerst ziet gekweld wordt door gevoelens van minderwaardigheid.

'Eh... ja, waarschijnlijk wel,' zeg ik in een poging haar vraag te beantwoorden. 'Luister eens, ik wilde alleen maar helpen – op een vrij onaardige manier, waarschijnlijk – maar je hebt wel gelijk. Het kan me inderdaad geen moer schelen of jij doorgaat met ademhalen of niet. Het spijt me dat ik je heb beledigd met een grap die jij niet begrijpt omdat je daar te stom voor bent...'

'Ja, want jij bent inderdaad *zo* veel beter dan ik! Weet je wat jij bent? Jij bent een bekakte trut! Ik heb je wel gezien, hoor, vanochtend – toen voelde je je ook al te goed om terug te lachen toen ik naar je glimlachte.'

Bekakte trut? Zeg, ik ben achtendertig, zo praat je niet tegen mij. Het kind is hooguit achttien. En waar heeft ze het trouwens over? 'Vanochtend?' breng ik nog net uit. Zat zij vanochtend vroeg op dezelfde vlucht uit Combingham?

'Ja, hoor, tuurlijk ben jij beter dan ik,' herhaalt ze verbitterd. 'Tuurlijk! Ik durf te wedden dat jij nooit een onschuldige man voor moord de bak in zou laten draaien!' Voor ik de kans krijg om haar woorden op me in te laten werken, barst ze in tranen uit en gooit ze haar lichaam tegen me aan. 'Ik trek dit allemaal niet meer,' snikt ze, zodat de voorkant van mijn blouse nat wordt. 'Ik stort helemaal in.'

Voor mijn hersens alle redenen op een rijtje hebben gezet waarom ik dat niet zou moeten doen, heb ik mijn armen al om haar heen geslagen.

Verdomme, en nu?

2

10/03/2011

'Dus,' zei Simon langzaam. Hij zat naar Charlie te kijken, die niet terugkeek. Ze staarde, zonder te zien, naar een programma op televisie en probeerde normaal te doen. Als iemand die geen geheim had. Het programma toonde celebrity's die het leven in een Afrikaanse sloppenwijk meemaakten om snel weer naar hun grote huis in Hampstead te vliegen zodra de camera stopte met draaien.

'Hoe bedoel je, dus?' vroeg ze. Ze vond het vreselijk om dingen voor Simon te verzwijgen; in de loop der jaren had hij haar met succes geïndoctrineerd, zodat ze nu geloofde dat het zijn door God gegeven recht was om altijd alles te weten. Om hem af te leiden wees ze naar het scherm. 'Kijk – vind je die leefomstandigheden nou zoveel slechter dan die van ons? Ik bedoel, ik weet wel dat ze dat zijn, maar... als we weer eens een dag vrij hebben, moeten we toch maar wat behang gaan kopen – of op z'n minst zo'n rolgeval en een emmer witte latex.' Ze had er schoon genoeg van dat de muren van haar zitkamer allerlei vervaagde kleuren hadden die al jaren uit de mode waren: hier een gescheurde flard zeventigerjarenbehang, daar een veeg oud pleisterwerk. Het vloekende, rafelige collage-effect had iets weg van een psychedelische bergketen, en soms voelde het als een visuele marteling. 'Je zit naar me te staren,' zei ze tegen Simon.

Hij keek nadrukkelijk op zijn horloge. 'Ik vroeg me af hoe laat we je zusje kunnen verwachten.'

'Liv?' Had Charlie zin om het te ontkennen? 'Hoe wist je dat die kwam?'

'Je bent gespannen en je kijkt steeds op je telefoon.' Hij stond op. Fijn, dacht Charlie. Alweer zo'n prettig, ontspannen gesprek. 'Blijkbaar verwacht je iets. Ik weet dat Liv vandaag in Spilling is, en ik weet dat je met haar hebt geluncht...'

'Ze is laat,' zei Charlie fronsend. 'Ze had hier tussen halfnegen en negen uur moeten zijn.'

Simon trok de gordijnen open en leunde met zijn rug tegen het raam terwijl hij met zijn vingers op de vensterbank trommelde.

Als hij op de uitkijk stond voor Liv, stond hij met zijn gezicht de verkeerde kant op. Charlie wachtte af, en wist zeker dat haar zusje wel het laatste was waar hij aan dacht. Ze was dankbaar dat haar daardoor een tirade over ongepland bezoek bespaard bleef. Simon zag het morele verschil niet tussen een familielid dat even langskwam om dag te zeggen en een kopje thee te drinken en een horde mensen die met vlammende toortsen in de hand je voordeur intrappen met als doel je huis plat te branden.

'Waarom heb je het haar vergeven?' vroeg hij.

'Wie, Liv?'

Hij knikte.

'Ik heb het haar niet echt vergeven. Tenminste, dat heb ik nooit met zoveel woorden tegen haar gezegd. Het enige is... ik spreek wel gewoon weer met haar af.' Charlie verstopte haar gezicht in de hals van haar favoriete slobbertrui. Die had ze in de loop der tijd zo uitgerekt dat je er waarschijnlijk met drie of vier hoofden tegelijk doorheen kon als je dicht genoeg bij elkaar ging staan. Vooral de col was ernstig aan het lubberen. Door de wol heen zei Charlie: 'Er is nooit formeel absolutie geschonken.'

'Het ene moment haat je haar omdat ze met Gibbs gaat, en het volgende moment spreek je haar weer elke dag alsof er niets aan de hand is. Terwijl ze het nog steeds met Gibbs doet. Zelfs haar aanstaande bruiloft met een andere man weerhoudt haar daar niet van.'

Charlie voelde haar borst en schouders verstijven. ‘Moeten we het hier nu echt over hebben?’ vroeg ze.

‘Gibbs is nog steeds getrouwd, we zijn nog steeds collega’s van hem. Liv dringt ons territorium binnen – zo zag jij dat tenminste toen het pas begon. Ze hebben nog steeds op onze trouwdag iets met elkaar gekregen, en zij heeft ons die dag nog altijd ontnomen door zelf in het middelpunt te gaan staan.’

‘Fijn dat je me daaraan herinnert. Als ze straks voor de deur staat, zal ik haar in haar gezicht tuffen, nou goed?’

‘Ik vroeg wat er is veranderd.’

‘Nou, eens even kijken. Gibbs is inmiddels de vader van een premature meisjestweeling, even schattig als kwetsbaar.’

Simon keek ongeduldig. ‘Je weet best wat ik bedoel. Gibbs is vorige maand pas vader geworden. Jij hebt Liv verleden jaar al vergeven.’

‘Helemaal niet.’ Charlie liep naar het raam, duwde hem aan de kant en trok de gordijnen dicht. ‘Pech voor haar als ze nu nog komt. Dan heeft ze haar kans gemist. Wat jij vergiffenis noemt, noem ik mijn kop in het zand steken door te doen alsof het verleden niet bestaat. En trouwens, het heden ook niet. Best sneu – waar een mens allemaal toe bereid is om haar zusje niet kwijt te raken.’

Simon pakte de afstandsbediening op. Hij zapte nog wat voor hij op de uitknop drukte. ‘Je geeft geen antwoord op mijn vraag,’ zei hij. ‘Ineens ben je bereid je kop in het zand te steken en er het beste van te maken met Liv ondanks haar misdragingen, terwijl je dat eerst niet was. Hoezo?’

‘Ik weet het niet.’

‘Jij niet, maar ik misschien wel.’ Hij klonk ingenomen met zichzelf, alsof hij de hele tijd al op zoek was naar haar onzekerheid. ‘Is het misschien omdat…’ Hij zweeg en begon naast haar in een kringetje te lopen, als een mechanisch speeltje waar de batterij bijna van op was. Zijn staat van opwinding begon altijd precies hetzelfde: nerveuze, onwillekeurige bewegingen die langzaam tot stilstand kwamen naarmate er meer energie naar zijn op volle toeren draaiende hersens ging.

'Simon?'

'Hm?'

'Ben je nu aan het raden *waarom* ik weer met Liv praat?'

'Nee. Het tegenovergestelde.'

'Wat bedoel je daar nou –'

'Sst.'

Charlie was er klaar mee. 'Je marionet gaat nu naar de keuken om alcohol te nuttigen terwijl ze de vaatwasser uitruimt,' zei ze. 'Als je door wilt spelen, moet je je spelletje daar mee naartoe nemen.'

Simon was eerder bij de deur dan zij en gooide hem dicht, waardoor ze in de zitkamer gevangenzat. 'Die vaatwasser kan wel even wachten,' zei hij. 'Heb je haar soms vergeven omdat het tot je doordrong dat jullie ouders er niet jonger op worden en dat Liv de enige familie is die je nog hebt als zij er straks niet meer zijn?'

'Nee. Maar, nogmaals, fijn dat je me daaraan herinnert. Misschien gaan de relaties van Gibbs en Liv allebei wel stuk, en trouwen ze met elkaar, en dan word ik de geliefde tante van de premature tweeling. Of op zijn minst de redelijk te pruimen zus van die snol van een stiefmoeder van ze.'

'Hou op met die geintjes. Nee? Dus dat is niet de reden waarom je haar hebt vergeven? Wat was dan wel de reden?'

'Godsamme, Simon. Ik *weet* het niet.'

'Was het soms omdat zij kanker heeft gehad toen ze jong was? Was je bang dat het weer terug zou komen als jij te streng voor haar was?'

'Nee! Absoluut niet.'

'Twee keer "nee". Oké, dus: waarom heb je het haar dan wel vergeven?'

Een, twee, drie, vier… Het probleem was, je zou tot tien kunnen tellen, maar als je bij tien was, was je nog altijd getrouwd met Simon Waterhouse. 'Zit er soms dementie bij jou in de familie?' vroeg Charlie.

'Ik weet dat ik de vraag steeds herhaal, maar denk eens goed na. Maak het jezelf niet zo gemakkelijk.'

'Als ik het niet doe, wie dan wel? Jij in elk geval niet. Wat jou betreft hang ik mijn hele leven te bungelen aan jouw haakje. De dubbele bodem was niet zo bedoeld, trouwens.'

'Denk eens heel goed na. Er moet een reden zijn, en diep vanbinnen moet jij weten wat die is, want anders...' Hij zweeg. Beet op zijn lip. Hij had al meer gezegd dan hij van plan was.

'Anders...' Charlie concentreerde zich op het raden van het eind van zijn zin in plaats van op het antwoord op zijn vraag, want ze wist bijna zeker dat haar gevoelens voor Olivia hem niet wezenlijk interesseerden. Het zou te frustrerend zijn om haar hersens te pijnigen op zoek naar het juiste antwoord als hij het gevoelsmatige aspect van dat antwoord toch meteen terzijde zou schuiven. 'Aha, ik snap het al,' zei ze. 'Dit gaat helemaal niet om mij en Liv. Dit gaat om een van jouw zaken. Laat me raden: er is iemand vermoord. En... iemand heeft bekend. Maar diegene beweert dat hij niet weet waarom hij het heeft gedaan. Jij dacht dat je het motief had gevonden, maar toen je dat opperde, ontkende die persoon – hij zei nee, dat was niet de reden. Jij denkt: als deze moordenaar weet waarom hij het *niet* heeft gedaan, moet hij automatisch weten waarom hij het *wel* heeft gedaan. Maar daar vergis je je in.'

'Heeft je zus dat tegen je gezegd?' vroeg Simon kwaad. 'Wat heeft Gibbs haar verteld?'

'Nee. Dat is allemaal mijn eigen werk,' zei Charlie. 'Ik heb Liv verboden om nog te praten over de zaken waar jij en Gibbs aan werken sinds ze zich er vorig jaar mee ging bemoeien. En daar houdt ze zich best netjes aan.'

'Hoe weet je dan –'

'Omdat ik met onzichtbare ketenen aan jou vastzit. Omdat ik alle onderdelen van mijn eigen brein die niet echt nodig zijn aan de kant heb geschoven om ruimte te maken voor een blinkend gouden replica van *jouw* brein, dat zo ongelofelijk superieur is aan het mijne.'

Simon fronste. 'Wat bazel je?'

Charlie duwde hem aan de kant, deed de deur open en liep naar de keuken, die haar vanavond niet zozeer voorkwam als een ruimte in huis maar eerder als een wat ingewikkelde verpakking van een fles wodka. 'Ik weet hoe jouw hersens werken, Simon. Dat dat je zo verbaast? Als een proefkonijn eenmaal doorheeft dat het een proefkonijn is, verras je het beestje niet meer zo snel. Wat? Wat denk je?'

'Wil je het echt weten?' Hij liep achter haar aan de keuken in: een nieuwe plek om haar klem te zetten, mocht ze het verkeerde zeggen. 'Ik dacht: als je zelf geen vrouw bent, zou je eigenlijk nooit met een vrouw moeten praten.'

Charlie grijnsde. Ze nam een slok Smirnoff uit de fles. 'Die is leuk,' zei ze. 'Je hebt geen idee hoe de meeste vrouwen praten, dus denk je dat ik representatief ben. Ik praat helemaal niet als een vrouw. Ik praat eerder als een...' ze zocht even naar de juiste metafoor, '...een mishandelde discipel van een verwarde Messias.' Ze giechelde toen ze Simons ontzetting zag. 'En als ik de kans krijg, praat ik zoals jij, in de hoop dat je dan naar me luistert. Zoals nu. Wat je zegt, klopt niet: het is heel goed mogelijk dat je niet weet waarom je iets hebt gedaan terwijl je toch heel zeker weet dat het niet om reden X was.'

'Dat geloof ik niet,' zei Simon. 'Je moet ergens, diep vanbinnen, een idee hebben.' Hij sloeg met zijn vuist tegen zijn borst. 'Hier ergens weet jij best waarom je Liv hebt vergeven. Als je dat niet wist, kon je ook niet zeggen dat het niet was om een van de redenen die ik heb aangedragen. Niet met zoveel zekerheid.'

'Wel waar.' Charlie zette de wodkafles neer en trok de vaatwasmachine open. 'Denk eens terug aan iets dat je hebt gedaan terwijl je niet wist waarom.' Na een lange stilte voegde ze eraan toe: 'En zeg dan wat dat was.'

'Ik heb het al op mezelf uitgeprobeerd en toen bleek dat ik gelijk had. Als ik niet weet waarom wel, dan weet ik ook niet waarom niet.'

'Echt? Wat was dan het voorbeeld?'

Simon aarzelde. Er schoot hem natuurlijk niets te binnen waardoor hij hier nog onderuit kon. 'Proust,' zei hij uiteindelijk. 'Waarom laat ik hem altijd zijn gang gaan? Waarom stap ik nooit naar Personeelszaken om hun te vertellen wat er speelt achter de deuren van de recherche? Dat zou ik eens moeten doen. Geen idee waarom ik het niet doe.'

'Perfect.' Charlie wreef in haar handen. 'Kan het zijn omdat ze op Personeelszaken een Perzische kat houden en jij allergisch bent voor katten?'

Zelfs in gesprek met zijn vrouw, veilig in zijn eigen keuken, haatte Simon het onverwachte. Zijn mond vertrok tot een grimmige streep. 'Je zit me expres te dwarsbomen.'

'Net als jij, met je idee over de kanker van mijn zus? Dus ik geloof zogenaamd dat zij weer ziek kan worden doordat ik haar afwijs?'

Ze keek tevreden naar Simons ingehouden uitademen. Het was zijn beurt om tot tien te tellen. En als hij bij tien was, zou hij merken dat hij nog steeds met Charlie getrouwd was. 'Ze hebben helemaal geen kat op Personeelszaken,' zei hij. 'En ik weet zeker dat ik geen kattenallergie heb. Je kunt niet beweren dat een bewezen onwaarheid –'

'Ik heb alleen bewezen dat het mogelijk is, onder bepaalde omstandigheden, om te weten wat *niet* je motief is, zonder te weten wat het wel is. *I rest my case*. Zet deze eens even weg.' Ze overhandigde Simon twee schone pastaborden, nog dampend van de vaatwasser. 'Je hebt motieven die we zelf kennen, motieven die we niet zelf kennen en motieven die we niet hebben en die we, als we ermee geconfronteerd worden, herkennen als motieven die nooit de onze kunnen zijn, omdat zoiets nooit bij ons zou opkomen.'

'Laten we zeggen dat jij iemand hebt vermoord, oké?'

'Wil je eerst die borden wegzetten voor je afgeleid raakt en ze laat vallen?'

'Je bekent.'

'Ik beken,' zei Charlie. 'Ik heb het gedaan.'

'Ik vraag je waarom. Je zegt dat je me dat niet kunt vertellen – dat je geen motief hebt. Je weet niet waarom. Je hebt het gewoon gedaan.'

'Heb ik het met voorbedachten rade gedaan?'

'Je zegt van niet. Het was een onbezonnen daad. Stel je voor dat ik een motief aandraag waarom je het misschien hebt gedaan. Als je dat motief zou erkennen, kreeg je een lichtere straf en met een beetje mazzel hoefde je helemaal niet naar de gevangenis.'

Charlie trok haar wenkbrauwen op. 'O, bedoel je dat ene motief voor moord waar rechters en jury's altijd zo mild over zijn?'

'Een motief waardoor het geen moord meer is, maar een minder ernstig misdrijf. Misschien.'

'Maar... het was niet mijn echte motief?'

Simon dacht na over haar vraag. 'Of het was je echte motief en je doet net of het niet zo is, of het was niet je echte motief en je bent niet bereid te doen alsof om te voorkomen dat je moet zitten. In beide gevallen is de vraag: waarom?'

Charlie glimlachte. 'Of...' zei ze. Simon staarde haar vol verwachting aan. 'Dit ga je niet leuk vinden,' waarschuwde ze hem. 'Het is even duivels als onwaarschijnlijk.'

'Vertel op. Je weet wat ik vind van je Occam scheermes. Het meest voor de hand liggende antwoord is helemaal niet meestal het juiste antwoord. Duivels en onwaarschijnlijk komt heel vaak voor.'

'Je zou je eigen theorie moeten lanceren. Dan kun je die de baard van Occam noemen. Maar goed, laten we ervan uitgaan dat die moordenaar van jou de helft korter achter de tralies hoeft als hij zijn werkelijke motief opbiecht, het motief dat jij hebt geopperd. Als hij wanhopig of pessimistisch is zou hij misschien toehappen. Maar als hij veel zelfvertrouwen heeft en goed kan liegen, kan het zijn dat hij zijn werkelijke motief ontkent en dat hij met zo weinig mogelijk overtuigingskracht beweert dat zijn misdrijf een loepzuivere moord was. Misschien is het wel juist zo onwaarschijnlijk *omdat* hij doet alsof hij geen idee heeft waarom hij het heeft gedaan.'

Simon zat te knikken. 'Als hij blijft volhouden dat hij niet weet waarom, en ik verdenk hem ervan dat hij liegt, begin ik vanzelf te geloven dat hij de moordenaar niet kan zijn, dat hij iemand de hand boven het hoofd houdt. Dat is precies wat ik ook al dacht. Als ik een andere mogelijke dader vind, hoeft hij helemaal niet naar de gevangenis. Dan is hij niet schuldig aan het ernstige misdrijf in plaats van schuldig aan het minder ernstige.'

'Simon, dat lijkt me sterk, dat het bij hem zou opkomen, dat hij het lef zou hebben om het erop te wagen. Hij moet weten dat er een andere mogelijke dader is, iemand met een motief en een gelegenheid. En dan nog, hij zou er hoe dan ook van uitgaan dat jij het niet kon bewijzen. Al het bewijs duidt op hem, de werkelijke moordenaar.'

Er werd aangebeld, en meteen nog een keer, dringender. 'Ik moet toegeven, het is een geweldig idee,' riep Charlie over haar schouder terwijl ze naar de voordeur liep. 'Jammer genoeg is het mijn idee, en niet dat van jouw verdachte.'

'Laat haar niet binnen!' blafte Simon.

'Schreeuw nog even wat harder, dan is ze weg voor ik bij de deur ben.'

De deurbel klonk nog eens. Charlie vloekte zachtjes terwijl ze opendeed. 'Sorry, maar je hebt je kans gemist. Je zult een nieuwe afspraak moeten...' *Maken.* Het laatste woord haalde het niet meer.

De vrouw die in de horizontale slagregen op de stoep stond, was niet Liv. Charlie wist niet wie het wel was, hoewel ze iets bekends had. Toch zou Charlie zweren dat ze dit gezicht nog nooit had gezien.

'Bent u brigadier Charlie Zailer?'

'Ja. Wie bent u?'

'Mijn naam is Regan Murray.'

Die naam zegt me niets, het gezicht zegt me niets. Maar toch...

'Ik ben op zoek naar rechercheur Simon Waterhouse. Die woont hier, dat weet ik.'

Alsof Charlie dat had willen ontkennen. 'Simon,' riep ze zonder haar blik af te wenden van hun bezoek. 'Regan Murray wil je spreken.' Ze hoefde zich in elk geval geen zorgen te maken om datgene waarover ze zich anders altijd zorgen maakte. Regan Murray was niet knap; dat zou geen mens over haar beweren. Ze had een streng gezicht voor een vrouw. Haar ogen waren te klein, haar voorhoofd veel te bol.

Ze had ongetwijfeld iets te maken met de Geen Idee Waarom Moordenaar. Charlie realiseerde zich dat ze ervan uitgegaan was dat deze hypothetische persoon een man was. *Was* Regan Murray soms de Geen Idee Waarom Moordenaar? Als ze nog niet gearresteerd of in staat van beschuldiging gesteld was...

'Wie?' vroeg Simon.

Dus dit was toch geen wrakstuk van zijn nieuwste zaak dat op hun stoep was aangespoeld. Trouwens, hoe wist juffrouw Murray ook Charlies naam, en hoe wist ze dat zij en Simon samenwoonden? En dan de toevallige timing: Liv, die zei dat ze zou komen, was niet komen opdagen, en deze vreemde vrouw wel. 'Heeft mijn zusje u soms gestuurd?' vroeg Charlie. Kwam de vrouw haar daarom zo bekend voor? Was ze soms een van Livs oude schoolvriendinnen?

Simon verscheen naast haar. 'Ik ken geen enkele Regan Murray,' zei hij tegen degene die voor hem stond.

'Dit is wat ongemakkelijk. Mag ik binnenkomen?'

'Als u ons daar geen goede reden voor geeft niet, nee,' zei Charlie tegen haar.

'En dan nog niet,' zei Simon. 'Ik ken u helemaal niet.

Moet je ons eens horen, dacht Charlie. Gastheer en gastvrouw van het jaar. Dat kreeg je ervan als je elke werkdag te maken had met gevaarlijke, onbetrouwbare mensen.

'Jullie kennen mij wel,' protesteerde Regan Murray en ze duwde de deur open toen Simon die dicht wilde doen. 'Tenminste, jullie kennen mijn naam – althans, mijn vorige naam. Murray is de achternaam van mijn man, en die heb ik aangenomen toen we trouwden, en Regan... is niet de naam die ik bij mijn geboorte kreeg. Als jullie me binnenlaten zal ik het uitleggen.'

'Ik denk dat het andersom moet,' zei Charlie. 'Je hebt een seconde of tien.'

De vrouw hield haar hand voor haar ogen om die tegen de regen te beschermen, zodat ze Simon beter aan kon kijken terwijl ze tegen hem sprak. 'Nou goed,' zei ze. 'Ik ben Amanda Proust. De dochter van je baas.'

3

Donderdag 10 maart 2011

‘Lisa? Met mij. Dit geloof je nooit. Raad eens waar ik nu ben? In weer een andere kolerebus. Ja, je hoort het goed. De hele bende zit weer in de bus, op weg *vanaf* de luchthaven in Keulen, terwijl we net verdomme twee uur in de bus hebben gezeten op weg ernaartoe. Ze hebben gezegd dat de crew die ons naar huis had moeten vliegen over hun urenlimiet zit, of zoiets. Wat? Weet ik veel. Ze zeggen allemaal dat we naar een hotel gaan, maar niemand weet het zeker. Nee, geen idee. Ik vraag het wel even aan Gaby. Lisa vraagt of er hier iemand van de vliegmaatschappij is die weet wat er aan de hand is.’

‘Nee,’ antwoord ik. ‘Alleen wij en de chauffeur. En die spreekt geen Engels.’ Het heeft geen zin om de verschrikkelijke waarheid bij Lisa weg te houden. Toen we voor het eerst in deze bus stapten, bij de luchthaven van Düsseldorf, ging ik ervan uit dat Bodo Neudorf met ons mee zou reizen. Hij leek op dat moment nog één van ons: hij hielp de oudere passagiers en kinderen de bus in, stak zijn hoofd naar binnen en telde ons allemaal om de zoveel tijd, alsof ons tripje naar Keulen zijn persoonlijke project was. Ik had gedacht dat hij het van begin tot eind had willen meemaken, maar daar vergiste ik me kennelijk in. Toen de deur eindelijk dichtschoof, stond hij aan de verkeerde kant en had hij zijn taak om ons als contactpersoon van Fly4You gerust te stellen aan niemand overgedragen.

Ik draaide me om en zag zijn slanke, rechte figuur in de verte steeds kleiner worden terwijl we wegreden, en bedacht hoe bedrieglijk dingen eruit kunnen zien. Het leek net alsof wij hem in de steek hadden gelaten, terwijl er met hem juist niets aan de hand was. Wij waren degenen die met tweehonderd man in de steek gelaten waren – moederziel alleen. Het voelde hol en uitzichtloos op een manier die iemand zoals Sean zich niet zou kunnen voorstellen en die hij zeker nog nooit aan den lijve had ervaren. Daar moet je een door de wol geverfde vliegtuigpassagier voor zijn. Of misschien iemand met een ernstige depressie, of een terminale ziekte, op het randje van de dood. Niets brengt je zo in een isolement als het zoeven door de Duitse avond met een willekeurige groep gestreste vreemdelingen die allemaal achter het gerucht van een vliegtuig aan jagen.

'Lisa snapt niet dat de crew boven het maximale aantal werkuren zit terwijl ze nu op hun kont zitten en theedrinken, en de hele avond al niets anders doen dan op ons wachten. Ze zegt dat ze de tijd in elk geval niet doden met rondvluchtjes maken. Ze liegen dat ze barsten!'

Lisa, een nagelstyliste van drieëndertig met twee peuters uit een vorige relatie, inmiddels getrouwd met Wayne Cuffley, en stiefmoeder van de drieëntwintigjarige Lauren Cookson, die er veel jonger uitziet dan ze is, en naast wie ik momenteel zit. Ik zit aan haar Jason-kant, niet haar Father-kant. De tatoeage van de naam Jason is nog veel groter en heeft rode hartjes op groene steeltjes die uit de holtes in de 'a' en 'o' steken. Jason is Laurens man, een huisbewaarder-tuinman-klusjesman. Hij heeft al drie keer meegedaan aan de Iron Man Challenge.

Ik kan zonder overdrijven stellen dat ik de afgelopen twee uur alles te weten ben gekomen over Lauren en haar familie – maar dan ook echt alles. Het enige wat zij van mij weet is het enige detail dat ik heb prijsgegeven: dat ik Gaby heet.

'De tijd die zij op de luchthaven van Keulen op ons hebben gewacht telt ook als werktijd,' zeg ik tegen haar. 'Wil je nu echt naar huis gevlogen worden door iemand die al veel te lang wakker is?'

'Het kan mij niet schelen wie me naar huis vliegt, als iemand het maar doet,' zegt Lauren met trillende stem in haar telefoon. 'Ik zweer het, Lisa, ik word hier gek. Ik ben helemaal in paniek. Ik moet naar huis. Wat? Ja, tuurlijk.' Ze grijpt me bij mijn arm. 'Lisa zegt dat ik bij jou in de buurt moet blijven.'

Bedankt, Lisa.

'Wat? Nee, echt niet. Nee, Lisa, dat wil je niet weten – je zou gek worden als ik het je zou vertellen. *Ik* word er al gek van. Jason denkt dat ik bij mijn moeder ben. Nee, hij weet niet dat ik in Duitsland zit. Niet tegen pa zeggen, hoor! Die maakt zich alleen maar zorgen – hij is al even erg als Jason. Wat? Nee, ik heb tegen Jason gezegd dat ik er rond een uur of halftwaalf, kwart voor twaalf weer zou zijn. Hij gaat uit zijn plaat als ik tegen die tijd nog niet thuis ben. Wat moet ik nou? Ik zit in een bus, ik heb geen idee waar we naartoe gaan, ik weet niet eens waar...' Ze begint weer te huilen. 'Wat? Ja, oké. Ja, doe ik. Als jij... zeg nou maar niks tegen pa, goed? Bedankt, hè, Lisa.'

Nee! Nee! Lisa, niet ophangen!

'Ik moet proberen om rustig te blijven,' zegt Lauren tegen me terwijl ze haar tranen wegveegt. 'Zij heeft makkelijk praten. Daar ben ik niet goed in: rustig blijven. En al helemaal niet als ik niet weet waar ik naartoe ga, en hoe ik ooit nog thuiskom. *Of* ik ooit nog thuiskom. Gelukkig dat jij voor me zorgt. Als ik alleen was, zou ik helemaal door het lint gaan.'

Zeg het. Zeg dat jij niet voor haar zorgt, dat je dat nooit hebt toegezegd.

'Ik ben ook zo gestrest, dat is het probleem,' zegt ze. 'Dan word ik altijd zo. Jason is nergens bang voor, hij raakt nooit in paniek, maar ik? Als ik stress heb, ga ik helemaal over de rooie.'

Ik zet de stortvloed van uit zelfmedelijden geboren gedachten, zoals: wanneer mag ik eens lekker uithuilen en me vastklampen aan een wildvreemde? en: waarom zorgt er nooit eens iemand voor mij? van me af. Nog tien minuten Jason-dit-maar-ik-dat en mijn hoofd ontploft. Ik heb al vernomen dat Jason geen hekel heeft aan regen en sneeuw maar dat Lauren het allebei verschrikkelijk vindt; Jason slaapt als een blok in de bus, maar Lauren kan dat niet; Jason is goed in plannen terwijl Lauren nog geen twee minuten vooruit kan denken; Jason weet wat te doen in een crisis en Lauren niet.

En ik heb alweer een kans laten liggen; voor de derde keer is het me niet gelukt haar te vragen om mij met rust te laten, om duidelijk te maken dat ik niet verantwoordelijk ben voor haar. Ik had het moeten doen toen ze me snikkend in de armen viel, maar toen heb ik het niet gedaan. Ik had het moeten doen toen ze Lisa voor het eerst belde, toen de bus vertrok bij de luchthaven van Düsseldorf, en ze haar vertelde dat ze een nieuwe vriendin had: een aardige dame van middelbare leeftijd die Gaby heette en die voor haar zorgde. Maar ik heb dat niet gedaan.

Is Jason *wel* slim genoeg om zich te realiseren dat als je een vrouw van achtendertig omschrijft als van middelbare leeftijd, die eerder geneigd is je te vermoorden dan je te helpen? Lauren is dat namelijk niet.

'Wat moet ik nou?' vraagt ze aan me.

In mijn tas zit een boek dat magische krachten heeft: minstens driehonderd pagina's die ik nog niet heb gelezen en die deze gruwelijke nachtelijke busrit draaglijk kunnen maken. Wat weerhoudt me ervan om het boek eruit te halen en het open te slaan? Is het omdat ik er liever niet achter kom wat 'helemaal over de rooie' betekent voor iemand die het volstrekt normaal vindt om en plein public te weeklagen? Als ik besluit om Lauren teleur te stellen, zijn de gevolgen voor mij, en Joost mag weten voor hoelang. Ik kom niet van haar af tot we in Combingham landen.

Of wil ik dat ze me blijft bestoken met haar problemen zodat ze bij me in het krijt staat – zodat ik me niet onbeschoft voel als ik haar weer vraag naar de onschuldige man die naar de gevangenis moet wegens moord? Ik heb al een keer naar hem geïnformeerd, op de luchthaven in Düsseldorf. Ik vroeg het zodra dat menselijkerwijs mogelijk was, nadat ik me had losgemaakt uit onze ongemakkelijke omhelzing en zij weer wat bij haar positieven was. Ze klapte dicht. 'Niets. Laat maar,' zei ze. Tot nu toe kon ik er niet nog eens naar vragen. Misschien is ze straks wat minder op haar hoede en begint ze er weer over als ik haar aanmoedig om te praten.

'Jason weet niet dat je in Duitsland bent?'

'Nee. Ik heb nog nooit tegen hem gelogen. We zijn nu vier jaar samen. Dit is de eerste leugen die ik hem heb verteld. Ik kon hem de waarheid niet zeggen.'

'Waarom niet?'

'Daarom niet. Het kon niet. Steek je neus niet zo in mijn zaken.'

Ik kan haar niet dwingen het me te vertellen. Hoewel haar mond minstens evenveel schuld heeft als mijn neus. Ze had nooit iets mogen zeggen over haar ten-onrechte-veroordeelde kennis als ze niet bereid was me het hele verhaal te vertellen.

Ik kijk op m'n horloge. 'Je bent niet om kwart voor twaalf terug in Engeland. Dat is onmogelijk.'

'Dat weet ik toch! Daarom zeg ik ook dat Jason uit zijn plaat gaat.'

'Wat doet hij dan?'

'Hij denkt dat ik bij mijn moeder zit. Dus die gaat hij natuurlijk bellen. Dat lijkt me duidelijk. En dan zegt zij dat ik daar niet ben. Dan worden ze allebei gek. Geloof me, je wilt Jason niet meemaken als hij kwaad is. Mijn moeder trouwens ook niet.'

'Voor wie ben je het bangst?' vraag ik.

Ze kijkt me verwonderd aan, alsof ik een onderwerp aansnij dat niets te maken heeft met waar we het over hebben. 'Jason. Voor ma ben ik normaal niet bang, behalve als ik haar voor schut heb gezet en zij erachter komt.'

Het ongeduld gonst door mijn aderen. Ik moet een stadium overslaan. 'Bel je moeder op,' zeg ik. 'Tegen haar heb je niet gelogen, dus bij haar heb je nog wat krediet. Je hebt haar hier toch nog niets over verteld? Zij denkt dat jij vanavond thuis bij Jason zit. Bel haar nu op en vertel haar de waarheid. Zorg dat zij Jason belt en dat ze zegt dat je bij haar thuis bent, dat je voedselvergiftiging hebt, en dat je niet aan de telefoon kunt komen... Et cetera.'

'Hoe bedoel je, ik heb niet tegen ma gelogen?' In de bus wordt verder door niemand gepraat. Iedereen luistert naar Laurens schrille stem die behoorlijk ver reikt. 'Tuurlijk heb ik gelogen! Ik heb gezegd dat ik bij haar ben – hoe kan ik dat nu tegen haar zeggen zonder dat zij doorheeft dat ik heb gelogen?'

'Je hebt niet tegen *haar* gelogen. Je hebt toch niet tegen *haar* gezegd dat je bij haar thuis bent?'

Lauren monstert me vol minachting. 'Dat slaat toch nergens op?' zegt ze. 'Ma is thuis. Dus die weet dat ik daar niet ben. Dat kan ze namelijk met haar eigen ogen zien.'

Diepe zucht. 'Dat weet ik, Lauren. Mijn punt is: als je haar nu de waarheid vertelt, haar in vertrouwen neemt over waarom je tegen Jason moest liegen...'

'Nee.' Ze schudt haar hoofd heftig. 'Dan vraagt ze waarom.'

Aha. Vooruitgang. 'En dat wil je haar niet vertellen?'

'Ik kan het haar misschien wel vertellen, maar niet met jou op mijn nek, en al die mensen die zitten te luistervinken en die allemaal denken dat ze beter zijn dan ik.'

'Hou toch eens op,' kat ik voor ik me kan inhouden.

'Wat?'

'Dat eindeloze riedeltje van je: "Iedereen denkt dat hij beter is dan ik". Denkt die onschuldige man die jij naar de gevangenis laat gaan ook dat hij beter is dan jij?'

'Ik heb toch gezegd: daar wil ik het niet over hebben.'

'O, sorry,' zeg ik achteloos. 'Dat was ik zeker vergeten.'

'Nee,' mompelt Lauren een paar minuten later. 'Hij is een van de weinigen die dat niet denkt.'

En jij beloont hem door hem voor een moord te laten opdraaien. Interessant. In de stilte die volgt, vraag ik me af of ik zal proberen om iets te doen voor deze ongeïdentificeerde onschuldige man voor ik weer terug ben in Engeland. Wat kan ik doen? Naar de politie gaan en hun vertellen wat ik weet?

Ja. Dat zou kunnen. Of ik het daadwerkelijk ga doen is een andere vraag. In hoogst abnormale situaties kan ik me moeilijk voorstellen wat ik zou doen als ik weer in mijn gewone doen ben. Sean begrijpt dat niet. Hij heeft me al vaak de mantel uitgeveegd als ik hem belde vanaf een vliegveld of een treinstation of een autoverhuurbedrijf, omdat ik hem niet kon zeggen of ik wel of niet trek had in avondeten als ik weer thuis was.

'Het komt niet door mij dat hij naar de gevangenis moet,' zegt Lauren pruilend en ze wekt sterk de indruk dat ze er wel degelijk over wil praten. 'Zie ik er soms uit als de politie?'

'Ervoor zorgen dat iemand in de gevangenis terechtkomt of iemand naar de gevangenis sturen – dat verschilt toch niet zo veel?'

'Jawel. Dat verschilt verdomd veel.' Ze pakt haar telefoon steeds met de ene hand uit de andere.

'Zou je misschien niet zo willen vloeken? Geef mij dat pakje sigaretten uit je tas eens aan – dan schrijf ik daar twintig nieuwe bijvoeglijke naamwoorden voor je op. Kun je die uit je hoofd leren.'

'Fuck you, bazige bitch. Ik doe waar ik zin in heb.' Ze schudt haar hoofd. 'Hem naar de gevangenis sturen zou... het zou... niet hetzelfde zijn als...'

'Wat je wil zeggen,' probeer ik behulpzaam, 'is dat iemand actief kwaad doen moreel verwerpelijker is dan niet ingrijpen om te voorkomen dat een ander die iemand kwaad doet. Toch? Het verschil tussen positieve en negatieve verantwoordelijkheid; zondigen door te doen versus zondigen door na te laten.'

'Ben jij altijd zo?' zegt ze fel. 'Dan heb ik medelijden met die arme kerel die met jou getrouwd is.'

De bus houdt in. De motor maakt een geluid dat het midden houdt tussen gerommel en een boer. Als de chauffeur dichterbij zat en als hij Engels sprak, zou ik haast denken dat hij benieuwd was naar mijn reactie op Laurens belediging.

'Ik ben niet getrouwd,' zeg ik tegen haar. 'En wat jij voelt is gêne, omdat je niet begrijpt wat ik zei, ook al is het zo simpel dat een broodje ei het nog zou snappen. En voor je het nog een keer vraagt: ja, ik vind mezelf inderdaad beter dan jij. Stiekem vind ik mezelf beter dan heel veel mensen. Dat zou jij waarschijnlijk ook vinden als je mij was. Acht jaar geleden heb ik een bedrijf opgericht dat een deel van een chirurgische robot heeft uitgevonden: een tactiele feedbackhandschoen heet het.'

De bus maakt weer vaart. Goddank. Nu kan ik mezelf toegeven dat ik me zorgen maakte over dat boerende geluid; het klonk wel heel erg naar panne. Gelukkig klinkt de motor weer alsof hij piekfijn in orde is en we racen door de avond. Nog even en we zijn bij een hotel en kan ik eerst de minibar plunderen en daarna in een fijn schoon bed kruipen.

Ik vertel Lauren nog meer over mezelf en mijn prestaties, maar zachter, zodat verder niemand het kan horen. 'Mijn bedrijf werd voor een schokkende hoeveelheid geld overgenomen door een grotere speler. Tegen de vijftig miljoen dollar. Dat geld heb ik niet zelf gekregen – enfin, ik kreeg een heel behoorlijk bedrag, maar het meeste ging naar mijn investeerders – en ik vroeg me daarna af waarom zo veel mensen nooit proberen om echt iets te bereiken, in creatieve zin. Iets wat de wereld kan veranderen. Ik heb het niet over jou – ik verwacht van jou niet dat je met een wetenschappelijke innovatie komt, want daar ben je duidelijk niet slim genoeg voor, maar andere mensen die ik ken. Studiegenoten. Mensen die briljante dingen zouden kunnen doen. Waarom proberen die er niet meer uit te halen?'

Laurens mond valt open en ze staart me aan. 'Vijftig *miljoen* dollar?'

Ik negeer haar. Ik had net lol in mijn ongeremde monoloog en ik was nog niet klaar. 'Ik geloof dat ik beter ben dan de meeste mensen, omdat die zo min mogelijk moeite willen doen in hun leven, en ik denk ook dat ik beter ben dan jij. Niet omdat je dom bent, want dat is niet jouw schuld, maar omdat je zo lelijk deed tegen Bodo Neudorf. En tegen die kale meneer.'

'Bodo wat? Wie?' Lauren kijkt om zich heen alsof ze denkt dat er iemand is die haar eerder niet was opgevallen. 'Welke kale meneer? Waar heb je het over?'

'Denk daar maar eens goed over na, dan kom je er vanzelf achter. En anders maar niet,' zeg ik, want wie kaatst moet de bal verwachten. *Vertel jij maar alles over Meneer Onschuldig aan Moord en dan zal ik jou vertellen over de man die jij eerder vanavond zo onheus hebt bejegend, degene die toch echt duidelijk zijn naam op zijn badge had staan.*

'Ik geloof niet dat jouw gedrag van vanavond uniek is,' zeg ik. 'De situatie waarin we ons momenteel bevinden is verre van ideaal, dat weet ik best, maar ik durf te wedden dat jij zelfs in de meest gunstige omstandigheden gemeen bent en mensen de huid vol scheldt.'

Geen enkele reactie.

'De reden waarom ik er geen probleem mee heb dit allemaal tegen jou te zeggen, is dat je zo dom bent,' vervolg ik. 'Het is alsof ik tegen een stuk karton praat. Geen enkele represaille. Jij doet niet aan represailleren; je weet niet eens wat dat betekent. Je weet niet welke woorden die ik uitspreek echte woorden zijn en welke ik verzin. Ik durf te wedden dat jij het geheugen hebt van een goudvis, die zich alleen de route over de bodem van zijn kom kan herinneren. Nog even en je beweert weer dat ik voor je zorg en ben je alles wat ik net heb gezegd weer vergeten.' Ik schenk haar een glimlach, want ik voel me reuze vergevingsgezind nu ik alles van me af heb kunnen praten.

'Je hebt wel lef, hè, takkenwijf,' zegt Lauren na een korte stilte.

'Klopt,' zeg ik instemmend. 'Goed zo. Zie je nu wel, je kunt mij prima omschrijven zonder te refereren aan Jason. Dat zou je ook eens voor jezelf moeten proberen.'

Ze staart naar haar telefoon, die ze met beide handen vasthoudt. 'Hou nu maar je mond tegen me, graag.'

Jason. Wat vreemd. 'Ik snap het niet helemaal,' zeg ik. 'Je bent nog nooit in je eentje in het buitenland geweest, je hebt het over paniekaanvallen, je hebt gelogen tegen je man, neemt een groot risico dat hij erachter komt, want vliegtuigen hebben zo vaak vertraging... Maar waarom? Wat moest jij in Duitsland dat nog geen dag duurde en dat het risico waard was?'

'Bemoei je met je eigen zaken. Hoe weet jij nou dat het nog geen dag duurde?'

Ik doe mijn ogen dicht. *Omdat je zei dat je mij vanochtend hebt gezien. Maar dat kun je je natuurlijk niet herinneren, dus laten we het niet te complex voor je maken.* 'Geen koffer,' zeg ik.

'Nou en? Jij hebt er ook geen een.'

Ik doe mijn ogen weer open en de nachtmerrie duurt voort. Mijn wereld bestaat nog steeds uit een bus. De zwakzinnige Lauren Cookson is nog altijd mijn gesprekspartner. 'Dat komt doordat ik ook maar voor een dag in Duitsland was,' leg ik geduldig uit. 'En ik wil je met alle plezier uitleggen waarom.'

'Laat maar,' zegt Lauren kattig.

'Oké. Dan niet.'

Achter me zegt een klein meisje: 'Papa? Ben je nu wakker?' Waarschijnlijk een van de koormeisjes. Ik zag bij het instappen verder geen andere kinderen, op een baby'tje na.

Haar vader schraapt zijn keel. 'Ja, liefje. Wat is er?'

Ik zet me schrap en verwacht dat ze gaat zeggen: 'Die twee mevrouwen voor ons doen lelijk tegen elkaar en daar word ik bang van.'

'Weet je nog dat Silas later als hij groot is een beroemde voetballer wil worden?'

Ik ontspan. Lauren prikt met haar duimnagel op haar telefoon. Een paar seconden later zegt ze: 'Ma? Met mij, Lauren.'

'Hij wil bij Manchester United spelen,' zegt het koormeisje

'Nou, voor welke club hij ook uitkomt, ze mogen blij met hem zijn.' De vader klinkt bezorgd. Hij is waarschijnlijk wakker geworden, keek uit het raam van de bus, en zag dezelfde zwarte leegte en afwezigheid van herkenningstekens waar hij informatie uit kon afleiden als wij allemaal.

Of misschien vraagt hij zich af in hoeverre een bekakte naam als Silas een hindernis vormt voor een jongen die graag sportheld wil worden. Ouders zijn ook zulke arrogante idioten. Ik ben dolblij dat ik zelf niet binnenkort ouder word.

'Ma, ik heb mezelf goed in de nesten gewerkt. Ik zit in Duitsland.' Lauren huilt alweer. 'Ja, in Duitsland. Nee, ik ben niet in Engeland.'

Dit wordt waarschijnlijk heel frustrerend. Ze gaat er vast een halfuur over doen om haar moeder uit te leggen wat ik in twintig seconden kan samenvatten, maar als een overtuigd vijandige vreemde kan ik nu moeilijk mijn hand uitsteken naar haar telefoon en zeggen: 'Wacht, laat mij maar.'

Moet ik Sean bellen? Andere vrouwen in mijn situatie zouden hun echtgenoot vast willen bellen – voor wat gezelschap en wat troost. Dat zijn dan vrouwen wier partners niet meteen een beschuldigende klaagzang afsteken.

'Dat kan ik je nu niet vertellen. Ik heb niks tegen Jason gezegd. Nee. Jason weet niet dat ik in Duitsland zit, dat heb ik hem niet verteld. Wat? Kan ik niet zeggen. Nee. Pas als ik je weer zie. Ik zit in een bus met allerlei mensen die de hele tijd meeluisteren als ik iets zeg. Ons vliegtuig heeft vertraging en nu brengen ze ons naar een hotel. Het is verschrikkelijk, ma. Ik heb een onwijze paniekaanval. Maar ik heb wel een vriendin gemaakt, dat is tenminste iets – een oudere dame. Wat? Ze heet Gaby. Ja. Ze zorgt voor me. Ze is geweldig. Jij zou haar heel aardig vinden. Ze zegt precies die dingen die jij ook zou zeggen.'

Wat? Mijn hemel.

'Als Silas echt voor Manchester United gaat spelen, zou jij dan voor hem zijn, of ben je dan nog steeds voor Stoke City?'

'Ma, moet je horen, jij moet Jason voor me bellen. Bedenk maar een of ander lulverhaal. Ik heb tegen hem gezegd dat ik bij jou ben. Ja. Dus zeg maar dat ik ziek geworden ben en dat ik niet kan praten. Zeg maar dat ik er morgenochtend weer ben.'

Ik tik haar op de arm, en schud mijn hoofd.

'Wacht effe, ma, Gaby zegt van niet.'

'Als jij ziek bent, weet je niet wanneer je weer beter bent,' zeg ik. 'Zeg maar dat ze tegen hem moet zeggen dat jij hem wel belt zodra je je weer wat beter voelt – hopelijk morgenochtend, maar dat is niet met zekerheid te zeggen. Hou het vaag.'

Lauren knikt. Ze geeft een iets minder samenhangende versie van mijn instructies door aan haar moeder. Als ze mazzel heeft, lukt het.

Ik heb zojuist iemand die opzettelijk voor een rechterlijke dwaling heeft gezorgd, geholpen onder een flinke bak ellende met haar man uit te komen. Als iemand me zou vragen waarom, zou ik dat, denk ik, niet kunnen uitleggen. Nou ja. Wat maakt het uit. Ik ben toch gedoemd de rest van mijn leven te slijten in een Duitse touringcar.

'Ah, dat moet het hotel zijn!' zegt de man achter me tegen zijn dochter. Andere mensen hebben het ook gezien. Opgeluchte kreten klinken overal in de bus. Ik veeg de condens van de ruit en werp een blik op het gebouw waar we voor geparkeerd staan en vraag me af wat er mis is met al deze mensen. Al dat ongemak, en Fly4You kon niet eens een fatsoenlijk hotel voor ons regelen? Is het de bedoeling dat we de nacht doorbrengen in deze grauwe, vierkante doos met piepkleine raampjes, gelegen aan een tweebaansweg?

'Lauren.' Ik geef haar een por tegen haar ribben met mijn elleboog.

'Ik moet ophangen, ma, we zijn bij het hotel. Ik bel je straks terug. Maar jij zegt het tegen Jason, oké? Ja, ik blijf bij Gaby.' Ze laat haar telefoon in haar tas vallen. 'Fuckzijdank,' zegt ze. 'Eindelijk, we zijn er. Ma zegt dat ik bij jou in de buurt moet blijven.' Ze strekt haar armen uit boven haar hoofd waarbij een golf zweetlucht vermengd met een bloemige deodorant vrijkomt.

'We blijven hier niet,' besluit ik hardop.

'Hoe bedoel je, we blijven niet? Waarom hebben ze ons hier anders naartoe gebracht?'

'De anderen blijven hier wel, maar jij en ik gaan op zoek naar een ander hotel. Iets beters. Dit lijkt meer op uitgewoonde sociale woningbouw.'

'Fuck, mens, van welke planeet kom jij? Het is midden in de nacht!'

'Geloof me: dit is een heel beroerd hotel.' Ik vis mijn BlackBerry uit mijn tas. 'We gaan op zoek naar een vijfsterrenhotel in de buurt van de luchthaven van Keulen.'

'Vijfsterrenhotel?' Laurens lichaam schokt, alsof er een elektrische stroom doorheen gaat. 'Zit je me nou in de maling te nemen? Ik kan me geen vijfsterrenhotel veroorloven! Ik werk in de thuiszorg. Zo veel verdien ik niet!'

'Ik betaal alles. Ik betaal je kamer wel.' *En dan zal ik er wel voor zorgen dat die een paar verdiepingen bij de mijne vandaan is.* Ik snak naar ruimte – naar ruimte waar Lauren niet is, om precies te zijn.

'Nee!' Ze barst in tranen uit.

Ik schrik er zo van dat ik alleen maar naar haar kan staren. 'Nee?' Ik snap nog minder van haar reactie dan van mijn eigen aanbod. Waarom grijp ik deze kans niet om zelf naar een ander hotel te gaan? Niets houdt me tegen om in mijn eentje op zoek te gaan naar een vijfsterrenhotel.

Behalve het feit dat ik haar tegen twee mensen heb horen zeggen dat ik voor haar zou zorgen. En haar moeder en stiefmoeder schenen allebei te vinden dat ze bij mij moest blijven.

In mijn echte leven zou ik dit niet pikken; in dit alternatieve universum is het blijkbaar mijn rol om toezicht te houden op Lauren met als doel een beter mens van haar te maken. Ik kan talloos veel manieren verzinnen om dat te doen: eerst haar weerstand jegens goede hotels breken, dan haar vocabulaire opkrikken, vervolgens haar bereidheid om onschuldige mannen op te laten draaien voor moorden die ze niet hebben gepleegd...

'Nee!' Ze schudt haar hoofd hevig en snikt. Een van haar tranen landt in mijn ooghoek. 'Nee. Ik ben geen mens voor vijfsterrenhotels.'

'Oké, laat maar.'

'Ik trek dat niet. Ik zou niet weten wat ik daar moest doen.'

'Precies hetzelfde als –'

'Nee! Ik wil niet!'

'Oké. Het maakt niet uit. Dan blijven we hier. Lauren? Het spijt me... Vergeet het maar. Dit hotel is best.'

Ze veegt haar ogen af en is weer wat gesust. 'Het ziet er toch prima uit?' vraagt ze, en ze bekijkt het hotel door de ruit van de bus. 'Ik hoop dat ze hier iets te eten hebben, want ik heb zo'n honger. Ik heb al sinds zes uur gisteravond niets meer gegeten. Ik kon de gedachte aan eten niet verdragen.'

'Je was nerveus,' zeg ik tegen haar. 'Over wat je vandaag ook maar moest doen, en over het liegen tegen Jason. Nu je weer op weg naar huis bent, begin je je weer wat beter te voelen. En dan krijg je ook meer trek.'

Ze kijkt me vreemd aan en knikt dan. Nauwelijks waarneembaar.

Wat voor heimelijke reden zou een thuiszorgmedewerker van drieëntwintig kunnen hebben om een dag in Duitsland te moeten zijn? Een minnaar? Zou ze in dat geval niet ook minstens een nacht willen blijven? Misschien zijn zij en Jason wel zo'n stel dat nooit een nacht bij elkaar vandaan is. Dat zou Seans goedkeuring wegdragen. Hij zou bij hen in moeten trekken, kunnen ze met z'n drietjes verder. Hij zou hen waarschijnlijk minder irritant vinden dan mij.

Uiteindelijk valt er een gat in de rij bewegende mensen die de bus uit stromen. 'Kom,' zeg ik. Mijn benen voelen slap als ik probeer op te staan.

'Ik kan mijn kont niet meer voelen, zo lang heb ik moeten zitten,' verkondigt Lauren. Ze staat op, trekt haar riem met zilveren kogels af en propt hem in haar tas. Haar spijkerbroek glijdt omlaag en toont twee scherpe heupbeenderen, een rode string en een tatoeage van een paar parallel golvende lijntjes. Ik weet niet of het alleen een decoratie is of dat het een diepere betekenis heeft voor Lauren. De betekenis die ik erin zie is: deze accommodatie beschikt over een zwembad.

Sean zou beweren dat dat mijn schuld is, en niet die van de tatoeage: ik zit een buitenproportioneel deel van de tijd achter de computer te surfen naar hotelwebsites, omdat ik voor mijn werk zo veel moet zwerven, dolen en boemelen – drie woorden die Sean liever gebruikt dan het eenvoudiger werkwoord 'reizen'. Verleden jaar met Kerstmis heb ik mezelf een antieke gouden hanger van Sint-Christoffel cadeau gedaan, die ik bij het zwerven en dolen aan een smalle witgouden ketting om mijn hals draag, ook al ben ik niet religieus. Ik heb iets nodig dat me een beter gevoel geeft over alle tijd die ik doorbreng tussen de gevlekte en gespikkelde muren en plafonds van luchthavens, dus ben ik een relatie aangegaan met Sint-Christoffel, waarbij hij mijn atheïsme accepteert en ik zijn rol een klein beetje heb aangepast: de schutspatroon van boemelaars met zanikende, zelfzuchtige partners.

Lauren en ik behoren tot de laatsten die uit de touringcar komen. Er staan nog twee bussen naast de onze geparkeerd: uit alle drie de bussen stromen hinkende, geeuwende mensen. Op weg naar het hotel passeren we een huilende vrouw die een heel oude man overeind houdt. 'Kom, pap,' zegt ze. 'We zijn er nu. Je kunt bijna naar bed.'

'Moet je zien, die arme lui,' zegt Lauren tegen mij. 'Het is verschrikkelijk wat die klootzakken ons vanavond hebben aangedaan. Die zijn ons echt heel wat verschuldigd. Ik heb geen tandenborstel bij me of niks.'

'Het hotel zou er wel eentje voor je moeten hebben,' zeg ik. *Maar waarschijnlijk hebben ze er niet genoeg voor ons allemaal.* Ik probeer niet te denken aan de bovenste lade van mijn nachtkastje waar minstens zeven ongebruikte miniatuurtandenborstelsetjes met tandpastatubetjes in liggen, uit de diverse goodiebags die ik in de loop der jaren heb verzameld tijdens mijn businessclassvluchten. De volgende keer als ik op reis moet – over zes dagen, weer zo'n extreem vroege vlucht, naar Barcelona – neem ik ze allemaal mee, voor het geval mijn vlucht weer vertraging heeft en zes labiele stukken onbenul mij aanwijzen als hun redder in nood.

'Waarom zou een hotel tandenborstels hebben?' vraagt Lauren verbaasd. 'Mensen nemen toch normaal gesproken hun eigen spullen mee?'

Sint-Christoffel? Neem jij het even van me over?

Het is bomvol in de receptie van het hotel. Lauren en ik kunnen nog maar net naar binnen. We staan aan de rand van de bruine mat met WELKOM erop. De automatische schuifdeuren blijven steeds half dichtgaan en springen weer open als ze de aanwezigheid van lichamen bespeuren. In de verte zie ik een glimp van een stevige blonde dame achter een balie. Ze praat, maar ik kan niet horen wat ze zegt.

'Vanwaar dat *FATHER*?' vraag ik aan Lauren, met een blik op haar arm.

'Dat is mijn pa,' zegt ze.

'En die heet Wayne. Noem je hem soms "Father"?'

'Nee, tuurlijk niet.' Ze giechelt. 'Meestal noem ik hem "Eikel". Maar ik hou superveel van hem. Hij wilde graag dat het "Father" werd. Wayne kan elke willekeurige man zijn. Het was mijn verjaardagscadeau voor hem toen hij veertig werd. Hij wilde altijd al dat ik zijn naam ergens zou laten tatoeëren. Op een nette plek – hij is geen viezerik of zo. Lisa heeft er toen eentje laten zetten met het woord HUSBAND.'

Vanaf de receptiebalie komt een laag gebrom op ons af door de menigte: het geluid van massale ontevredenheid, dat aanzwelt naarmate het dichterbij komt. *Slecht teken*. De eerste woorden die ik kan onderscheiden zijn van de Amerikaanse vrouw met het roodgeverfde haar die ongeveer een meter voor me staat: 'Dat kunnen ze niet maken. Ze kunnen ons niet dwingen.' Ze draait zich om, uiteraard. In dit soort situaties weten mensen dat het hun plicht is om het slechte nieuws door te geven zodra ze het zelf hebben vernomen. 'Ongelofelijk! Ze hebben niet genoeg kamers,' zegt ze tegen alle mensen die achter haar staan. 'Iedereen die in zijn eentje reist, moet een kamer delen. Met iemand die ze nog nooit hebben ontmoet!' Ze lacht hysterisch-woedend en gooit haar handen in de lucht. 'Ik zie Hugh Grant nergens in deze mierenhoop, dus... ik ben weg. Ik ga op zoek naar een hotel met roomservice, satelliet-tv en een spa. Ik ben klaar met Fly4You.'

Ze zegt alles wat ik zelf ook had willen zeggen. Behalve die opmerking over Hugh Grant – ik geef de voorkeur aan de jonge David Bowie, maar die is hier ook niet. Ik wil weglopen, net als de roodharige vrouw, weg uit dit armoedige hotel. Waarom doe ik dat dan niet? Ik *kan* geen kamer delen met Lauren – ik kan het niet, ik verrek het.

Ik voel iets om mijn pols. Zij is het. Ze heeft me weer in de boeien geslagen met haar vingers. 'Vergeet het maar,' zegt ze huilend. Het moet als een order klinken, terwijl ze het recht niet heeft mij te commanderen, maar ik hoor alleen maar wanhoop. Er is haar iets ergs overkomen, denk ik ineens. Er is meer aan de hand dan alleen de vertraagde vlucht. Ze is getraumatiseerd; daarom was haar reactie zo over de top toen ze hoorde dat de vlucht werd omgeleid via Keulen. *Het heeft iets te maken met de reden waarom ze naar Duitsland is gekomen. Misschien heeft het wel iets te maken met een moord.*

Weet haar moeder wat er met haar aan de hand is? Heeft die daarom tegen Lauren gezegd dat ze bij mij in de buurt moest blijven? Is de voormalige mevrouw Wayne Cuffley, de eerste echtgenote van HUSBAND, dusdanig bezorgd om haar dochter dat ze al haar hoop richt op een vrouw die ze nog nooit heeft gezien?

'Beloof dat je niet weggaat en mij alleen achterlaat,' sist Lauren verwijtend, alsof er geen verschil is tussen haar gedachte aan het feit dat ik haar in de steek laat en de daadwerkelijke daad.

'Ik beloof het,' zeg ik wezenloos. Een deel van mijn hersens is verdoofd. Ik kan niet meer ontsnappen. Een logeerpartijtje met Lauren Cookson in het slechtste hotel van Europa. Het heeft geen zin om daarbij stil te staan. Niet als het toch moet.

Ze laat mijn arm los. 'Dan is het goed.'

De afstand tussen wat zij goed noemt en de werkelijkheid is even groot als die tussen Keulen en Combingham.

'We hebben mazzel.'

'O ja?' Als dit mazzel is, leid ik waarschijnlijk aan cognitieve dysmorfie.

'Wij hebben elkaar,' zegt Lauren. 'Terwijl veel van die arme mensen een slaapkamer moeten delen met iemand die ze helemaal niet kennen.'

4

10/03/2011

Simon was koffie aan het maken voor Regan Murray en knoeide vreselijk met water en korrels oploskoffie. Dat deed hij onbewust expres, schatte Charlie in, zodat hij tien minuten kon verspillen aan het schoonmaken, en misschien zelfs een nieuwe kop koffie moest maken omdat zijn eerste poging zo'n drama was. Verspillen is niet het woord dat Simon zelf zou gebruiken: wat hem betrof was het welbestede tijd, omdat het hem de mogelijkheid bood een lastig gesprek voor zich uit te schuiven.

Was er enige reden om aan te nemen dat het gesprek met Prousts dochter lastig zou worden? Stomme vraag.

'Ik zou je zus maar bellen en zeggen dat ze niet meer kan komen,' zei Simon toonloos. 'Wat moest ze überhaupt van je?'

'Dat vraag je me nú?' Charlie knikte naar de dichte deur. Om hun beeld als onattente gastheren nog verder te versterken, hadden Simon en zij Regan Murray alleen achtergelaten in hun zitkamer en zichzelf in de keuken opgesloten.

'Ze is een indringer. Laat haar maar wachten. Wat wil Liv, en waarom doe je er zo geheimzinnig over?'

'Er is geen sprake van geheimzinnigheid – alleen van weerzin om erbij betrokken te raken,' zei Charlie. 'Mijn weerzin. Liv wilde dat ik het je zou vragen. Ik heb nee gezegd, want ik wist dat het geen zin had. Je zou er toch nooit mee instemmen. Als zij wil proberen om jou over te halen moet ze dat zelf weten.'

'Dus ze zei dat ze vanavond langs zou komen. En dat heb je mij niet verteld.' Simon pakte de korrels oploskoffie een voor een op en bracht ze over van het aanrecht naar de beker. Sommige waren te nat van de plas water waar ze in gelegen hadden; die hadden geen vaste vorm meer, en maakten een veeg over zijn vingertoppen.

'Zoals ik al zei, ik wil er niets mee te maken hebben. Maar –'

'Godsamme, zeg het nou gewoon.'

'Ik krijg de kans niet! Ik wilde net zeggen: laten we het stukje waarin we aantonen dat het geen bal uitmaakt wat ik wil, overslaan, want daar hebben we geen tijd voor. Liv wilde jou smeken – wilde dat ik jou zou smeken, namens haar – om naar hun bruiloft te komen. Die van Dom en haar.'

Simon keek op. 'Waarom zou ik daar niet naartoe gaan? Ik ben met jou getrouwd, en jij bent haar zus. Jij gaat toch ook?'

Charlie was verbaasd. 'Ja, maar ik dacht, en Liz ging ervan uit, dat jij er met een moreel veroordelende grote boog omheen zou lopen. Heb je besloten dat je ontrouw gedoogt?'

'Als het mijn ontrouw niet is, zijn het mijn zaken niet.' Simon pakte de beker op. Er drupte water van de beker op de vloer. Hij hield hem schuin om de bodem aan zijn overhemd af te vegen, knoeide koffie op zijn broek en zette de beker weer terug op het aanrecht. 'Wat moet ik dan doen? De bruiloft van Liv en Dom gebruiken in mijn dappere morele kruistocht door hem te boycotten? Dan zou ik een pedante eikel lijken. En dat ben ik niet.'

'Sinds wanneer niet?' vroeg Charlie. 'Daar heb ik anders geen bericht van ontvangen.'

'Heel geestig.'

'Zo was het niet bedoeld. Oké. Aangezien jij vanavond vol verrassingen zit: Liv wilde ook vragen of jij iets wilt voorlezen. Tijdens de dienst. Ik zei dat jij nooit van je leven voor een groep hysterische medialui en advocaten...'

'Ik lees wel voor,' zei Simon.

'Echt?'

'Alleen, waarom ik? Ze heeft mensen zat om uit te kiezen die zichzelf wel graag horen praten – al haar vrienden.'

'Ze werd helemaal schutterig toen ik haar dat ook vroeg. Ik denk dat ze met je wil pronken: haar zwager, de briljante rechercheur.'

'Zolang ik mezelf maar niet hoef voor te stellen, mijn naam hoef te noemen en dat soort shit. Als ik alleen naar voren hoef te lopen, lezen, en terug naar mijn stoel kan gaan, dan doe ik het. Dan lees ik wel een stukje voor uit *Moby Dick*.'

Hij klonk enthousiast voor zijn doen. Charlie voelde zich schuldig. 'Dat is niet helemaal de bedoeling.'

'Hoezo niet?'

'Ze wil dat je iets anders voorleest. En ik zeg niet wat.'

'Hoezo niet?'

Omdat ik die informatie niet met neutrale stem kan overbrengen. Omdat ik het volkomen belachelijk vind, en ik wil jou niet beïnvloeden.

'Nou?' vroeg Simon. 'Ik wacht.'

Hij was niet de enige. Charlie wierp een blik op de dichte keukendeur. Ze kreeg er de zenuwen van. 'Wil je niet weten wat onze indringer wil?'

Simon draaide zich van haar af. 'Waarom heeft ze twee namen?' vroeg hij.

'Dat vraag je aan de verkeerde, Simon. Zij zit daar. Ik weet zeker dat ze het je graag vertelt.'

'Hoe komt ze aan ons adres? Wat doet ze hier om tien uur op een donderdagavond?' Hij refereerde wel vaker aan specifieke tijdstippen op specifieke dagen op een manier die aangaf dat die alleen acceptabel waren als er op dat tijdstip, op die dag, helemaal niets gebeurde. Het maakte niet uit of hij zich te pletter verveelde, die verboden tijdzones mochten hoe dan ook niet worden gevuld. Andere gaten in zijn agenda – maandagochtend negen uur, bijvoorbeeld – mochten wel gebeurtenissen bevatten. Charlie had deze vreemde tijdsdiscriminatie nog nooit tot de bodem uitgezocht, en dit was daar niet het moment voor.

'Als ik iets moet voorlezen, lees ik iets dat ik zelf wil voorlezen,' zei Simon zachtjes.

'Wat? O.' Hij had het weer over Livs huwelijk. En er was nul kans dat hij daar iets uit *Moby Dick* zou mogen voorlezen.

'Ze lijkt op hem. Het is net of we een stuk van hem in huis hebben.'

En weer terug naar Prousts dochter. Het was niets voor Simon om zo van de hak op de tak te springen. En het was ook niets voor hem om zich te laten afleiden van obsessieve gedachten over een lopende zaak. Hij was meer gespannen dan hij wilde toegeven en daar was geen enkele reden toe. 'Zeg dan tegen haar dat je niet bereid bent met haar te praten en vraag of ze weggaat,' opperde Charlie.

De keukendeur zwaaide open. Regan Murray stond in de deuropening. 'Alsjeblieft, niet doen,' zei ze. 'Al wil je dat nog zo graag.'

'Het was stom van ons om je binnen te laten,' zei Charlie, die tussen Simon en deze verdunde, vrouwelijke versie van de Sneeuwman in ging staan: een beschermende barrière. 'Je hebt hier niets te zoeken. Alle noodzakelijke communicatie tussen Proust en Simon kan gewoon op het werk plaatsvinden. Ze hebben geen persoonlijke relatie buiten het werk om, en ik weet heel zeker dat wat jij te zeggen hebt iets persoonlijks is, en dus willen wij er niets van weten.'

Regan deed een stap opzij, zodat ze Simon kon zien. 'Je vroeg je af waarom ik twee namen heb en hoe ik aan jullie adres kom.'

'Heb je soms met je oor tegen die deur staan luisteren?' vroeg Charlie.

'Ik heb jullie adres uit mijn moeders adresboekje. Ik heb twee namen, omdat...' Ze zweeg en slaakte een zucht. 'Enfin, dat van die achternaam lijkt me duidelijk. Murray is de naam van mijn man.'

'Als je dat een paar keer achter elkaar zegt, struikel je over je tong: "Murray is de naam van mijn man". Wist je dat operazangers altijd dat soort zinnetjes opdreunen voor een concert? Dan worden hun lippen flexibeler. Heb ik op de radio gehoord.'

'Ik heb mijn voornaam twee maanden geleden veranderd in

Regan. Pa weet het nog niet. Ma trouwens ook niet. Ik wilde geen Amanda meer heten, omdat mijn vader die naam voor me heeft uitgekozen, en dus heb ik een andere naam genomen. Dat kan heel gemakkelijk. Maar om het aan mijn ouders te vertellen is niet zo eenvoudig.' Ze glimlachte naar Simon, die haar blik resoluut meed. Hij zat al naar Charlie te staren sinds Amanda-Regan binnenkwam, alsof hij wilde dat zij de situatie zou oplossen. Uiteraard niet door te kletsen over struikelzinnetjes, hoewel Simon de eerste was om toe te geven dat je nooit op goede ideeën kon komen zonder eerst de slechte ideeën af te werken.

'Is dat mijn koffie?' vroeg Regan, wijzend naar de beker.

Charlie gaf de beker aan haar.

'Bedankt. Kennen jullie de naam Regan?' vroeg ze. 'Uit *King Lear*?'

'En uit alle achterstandswijken in de Culver Valley,' zei Charlie.

'Regan is Lears ruggengraatloze verrader van een dochter die niet van hem houdt maar net doet alsof.'

'En je vond Regan beter dan Goneril?' *Ja, dit gebeurt echt. Je staat in je eigen keuken naast een standbeeld van een echtgenoot met de dochter van Proust te discussiëren over de naam van het kind van King Lear.*

'Ik heb te weinig ruggengraat om mijn vader te vertellen dat ik een andere naam heb aangenomen,' zei Regan tegen Simon, waarbij ze Charlie volledig negeerde. 'Hij zou me vragen waarom, en ik zou hem de waarheid niet durven te zeggen. En ik zou mezelf haten als ik hem alweer een gelegenheid bied om van me te winnen.'

Wat het probleem is met mensen die zichzelf haten, dacht Charlie, is dat je je zo erg met hen kunt identificeren en met hen meeleeft maar dat je ze tegelijkertijd niet in huis wilt hebben. 'Vind je het niet gek dat de uitdrukking "hoerenjong" zo wijdverspreid is, maar er geen scheldwoord bestaat waarmee ze je kunnen uitmaken voor dochter van een klootzak?' vroeg ze om zich heen kijkend. *Iemand een reactie? Kom op!* 'Dat is toch een vreemd soort seksisme, vind je ook niet?'

'Ik ben als de dood voor hem,' vervolgde Regan. 'Dat ben ik al tweeënveertig jaar. En als ik niet wil dat hij weet dat ik mijn naam heb veranderd, kan ik het ook niet tegen mijn moeder zeggen. Zij is zijn trouwe lakei. Ze willen allebei dat ik bang blijf voor pa. Het komt hen goed uit. Als ik niet zo bang was, zou ik misschien de waarheid vertellen over mijn jeugd.'

Charlie probeerde op subtiele wijze haar longen te vullen met de zuurstof die ze nodig had voor de kwelling die haar wachtte. Dit was misschien nog erger dan ze al had bevroed, want het zag er niet naar uit dat het snel voorbij zou zijn. Een jeugd duurde immers gemiddeld achttien jaar.

'Ik ben opgegroeid binnen een totalitair regime,' zei Regan. 'Er is geen andere manier om het te omschrijven. En dat is voor jullie twee ook niet nodig.'

De hemel zij geprezen.

'Jullie kunnen je vast wel voorstellen wat ik heb doorgemaakt. Jullie kennen mijn vader.' Regan nam een slok van haar koffie. Haar gezicht vertrok, wat ze probeerde te maskeren. 'De reden waarom ik hier nu ben – en het spijt me dat het zo laat is, op een doordeweekse dag, het spijt me dat ik niet eerst heb geschreven of gebeld om te vragen of het goed was. Ik heb wekenlang gedacht dat ik niet het lef had om überhaupt contact met jullie op te nemen, maar vanavond durfde ik het ineens, en ik wist dat ik het nu moest doen, voor ik morgenochtend wakker werd en weer een lafaard was.'

'De reden waarom je hier bent?' zei Charlie ter aanmoediging.

Regan beloonde haar met een kort lachje, en zei eindelijk iets verstandigs: 'Ik probeer onder zijn schaduw vandaan te komen. Snap je? Met de hulp van een goede therapeut probeer ik een normaal leven voor mezelf op te bouwen, en mezelf tot een normaal mens te boetseren.'

'Dat staat ook al jaren op mijn to-dolijstje,' zei Charlie. 'Maar het valt niet mee om daar tijd voor vrij te maken.'

'Kun je dat spotten misschien achterwege laten?' mompelde Simon.

'Het geeft niet,' zei Regan tegen hem. 'Ik weet dat ik jullie allebei in een lastig parket breng door dit aan jullie te vertellen. Jullie moeten iets zeggen, maar wat *kun* je zeggen?'

Charlie kon van alles bedenken. En alles had het woord 'fuck' erin.

'Vertel maar,' zei Simon.

Regan leek verbluft door deze aansporing. Het duurde een paar tellen voor ze van de verbazing was bekomen. 'Dank je wel,' zei ze. 'Nou... ik sta nog maar aan het begin. Ik ben er nog lang niet klaar voor om mijn vader te confronteren, maar ik heb wel al stappen in die richting gezet. Zelf mijn eigen naam uitkiezen die niet de naam is die hij heeft gekozen, is de eerste stap.'

'Regan is een van de slechteriken in *King Lear*,' merkte Charlie op.

'Als je door iemand als mijn vader bent opgevoed, voel je je ook een slechterik bij elke gedachte en alle gevoelens die je over hem hebt waarin hij niet de held is. Alsof je een verrader bent. Dus op dit moment ben ik Regan. Als ik me niet meer zo voel, kies ik weer een andere naam.'

Charlie schoot in de lach. 'En dat keurt jouw psycholoog goed? Ik zou een andere therapeut zoeken als ik jou was.'

'Wil je alsjeblieft je mond houden?' zei Simon. 'Jij weet hier niets van.'

Dat klopte niet helemaal. Dankzij een van Simons zaken had Charlie verleden jaar een psychotherapeute ontmoet die veel zinnige dingen zei: een vrouw die Ginny Saxon heette. Ginny had haar een interpretatie van Simon aangereikt: waarom hij was zoals hij was. Dat had Charlie hem nooit verteld. Ze wist niet of ze dat ooit zou doen. Ze kwam er niet uit of het zin had of juist schade zou aanrichten als ze Ginny's theorie over het psychologische syndroom waar hij wellicht aan leed uit de doeken zou doen. Ze had graag iemand om advies gevraagd, maar als ze het al niet aan Simon kon vertellen, dan al helemaal niet aan een ander. Een paar maanden lang wenste ze dat ze er zelf ook niets vanaf wist, alsof ze met die wens de wetenschap kon laten verdwijnen.

'Dit is stap twee,' zei Regan. 'Hier komen en jou ontmoeten,

Simon. Ik weet dat het belachelijk klinkt, maar… jij bent belangrijk voor me. Jij bent mijn symbool van moed – want jij bent de enige die ooit tegen mijn vader is ingegaan. Openlijk, bedoel ik. Er zijn zo veel mensen die hem verfoeien en er niets aan doen – iedereen die hij kent, los van mijn moeder – maar niemand heeft ooit recht in zijn gezicht tegen hem gezegd wat hij van hem vindt, behalve jij.'

Simon schraapte zijn keel. 'Hoe weet je dat ik dat heb gedaan?'

'Pa praat vaak over je,' zei Regan. 'Voornamelijk tegen ma, maar ook weleens tegen mij. Het is altijd hetzelfde liedje: dat hij steeds loyaal aan jou is geweest en je heeft gesteund en gestimuleerd. Dat jij hem elke dag verwijten maakt, hem verraadt en beledigt als je ook maar even de kans krijgt.'

'Zo is het niet. Zo is het nooit gegaan,' antwoordde Simon ijzig. Charlie wilde hem te hulp schieten, maar ze kon hem moeilijk adviseren over de beste aanpak voor dit gesprek terwijl het nog gaande was, en straks was het te laat. Hij moest een keuze maken: of hij moest het helemaal niet aangaan, of hij moest zich er volledig aan overgeven, als een normaal mens.

'Hij begrijpt niet waarom jij zo ondankbaar bent,' zei Regan. 'Hij vindt zichzelf een ontzettend zorgzame en redelijke baas.'

'Hij liegt.'

'Nee,' zei Regan fel. 'Dat gelooft hij echt. Hij gelooft ook oprecht dat hij een geweldige vader voor mij is geweest. Wil je weten wat zijn idee is van goed vaderschap?'

'Nee.' Simons stem klonk vlak. 'Ik wil dat je weggaat en niet meer terugkomt.'

Charlie zag Regan wit wegtrekken. 'Simon, doe niet zo lullig.'

'Het geeft niet, Charlie. Ik ga heus niet onderuit. Een van de voordelen die je als dochter van Giles Proust hebt, is dat het weinig indruk op me maakt als iemand *anders* bot tegen me doet, want dat is toch altijd maar een… slap aftreksel.'

'Hij bedoelt het niet zo…' Gemeen was niet het juiste woord, gezien het feit dat Simon bevroren was van schok en gêne. Er bestond geen woord voor.

'Ik meende wat ik net zei,' zei Charlie tegen Regan. 'Een therapeut die het een goed idee vindt dat jij telkens je naam verandert als je een psychologische mijlpaal haalt, zou ik niet vertrouwen. Als je jezelf alleen een stomme naam geeft om je vader dwars te zitten, wint hij alsnog.'

Ze keek naar Simon maar sprak voornamelijk tegen haar eigen ego toen ze daaraan toevoegde: 'Ik weet wel het een en ander van dit soort dingen. Ik werk voor een regionaal forum ter voorkoming van zelfmoord. Ik spreek veel therapeuten en psychologen.' Charlie dacht er te laat aan dat veel van deze mensen met klem hadden gezegd dat het woord 'zelfmoord' niet moet worden uitgesproken. Dat je het pas mag gebruiken als een risicocliënt er eerst zelf mee komt. Het woord cliënt kwam overmatig veel voor in de zelfmoordpreventieboeken die Charlie regelmatig moest doorploegen. Het betekende: mens.

Tegen Regan zei ze: 'Ik snap dat je Simon bewondert, omdat hij niet alles pikt van Proust, maar wat wil je precies van hem, behalve dat je hem dat wil zeggen?'

'Ik wil alleen maar praten. Over wat we allebei hebben doorstaan, als dat tenminste niet te dramatisch klinkt.' Zoals ze het zei klonk het als een uiterst bescheiden verzoek. Het arme mens. Wist zij veel dat Simon liever al zijn belangrijke organen opgaf en zijn geliefde, van plakband aan elkaar hangende exemplaar van *Moby Dick*, dan dat hij aan een vreemde zou toegeven dat hij überhaupt iets had 'doorstaan'.

'Ik ben nog in het stadium waarin ik mezelf elke dag moet bewijzen dat ik geen slechte afvallige ben,' zei Regan. 'Het zou me echt helpen als jij me vertelde hoe het is om voor mijn vader te werken – jullie allebei, trouwens. Misschien hebben jullie er zelf ook iets aan. We hebben immers allemaal dezelfde beul. Al jaren.'

'Ik wil best griezelverhalen over Proust uitwisselen,' zei Charlie terwijl ze zich afvroeg of het wat Simon betrof iets zou uitmaken dat zij er wel toe bereid was. Misschien was het wel lollig, dacht ze, hoewel ze wist dat Regan op zoek was naar iets veel minder frivools: bevestiging van de belangrijkste waarheid in haar universum.

'Er komt niets van in,' zei Simon. 'Je hebt twintig seconden om mijn huis te verlaten.'

Tot Charlies verbazing knikte Regan. 'Die reactie had ik al verwacht,' zei ze. 'Als je op andere gedachten komt, kun je me bereiken op mijn werk. Focus Reprographics in Rawndesley.'

'Hij komt niet op andere gedachten,' zei Charlie tegen haar.

'Misschien dringt het ooit tot hem door dat ik aan zijn kant sta,' zei Regan tegen Simon over Simon, in de derde persoon. 'Je hebt momenteel een zaak lopen: die van Tim Breary. Zijn vrouw Francine had een hersenbloeding gehad waardoor ze aan haar bed gekluisterd was. En hij heeft bekend dat hij haar heeft vermoord, en beweert dat hij niet weet waarom hij het heeft gedaan.'

Fuck, wilde dat mens soms dood? Er viel een donkere schaduw over Simons in woede bevroren gezicht. En Charlie wist nu de naam van de Geen Idee Waarom Moordenaar: Tim Breary.

'Er is iets dat je moet weten wat je nog niet weet,' zei Regan. 'Jij was er toch niet bij toen Breary voor het eerst werd verhoord? Sam Kombothekra en Colin Sellers hebben hem ondervraagd. Pa zei dat het niet complex genoeg was voor jou: geen mysterie, meteen al een bekentenis.'

Interessant, vond Charlie, dat Proust, net als Simon en Gibbs, als het hun zo uitkwam, vertrouwelijke details over een zaak deelden met niet-collega's: met zijn vrouw en dochter, en Joost mocht weten met wie nog meer. Vreemd dat hij verzuimd had dit te vermelden al die keren dat hij Simon had gedreigd met een disciplinaire maatregel omdat hij te veel aan Charlie had verteld.

'Je raakte pas geïnteresseerd toen je erachter kwam dat het motief zoek was,' ging Regan verder. 'Pa is niet zo blij met je hernieuwde enthousiasme voor de zaak. Hij heeft zijn bekentenis binnen en hij wil de zaak afronden, dus heeft hij tegen Kombothekra en Sellers gezegd dat ze niks meer tegen jou en Gibbs mogen zeggen. Hij heeft ervoor gezorgd dat ze met het bewijs hebben geknoeid. Moet je mij horen: hij zou in de gevangenis kunnen belanden doordat ik dit aan jou vertel.' Regan ademde langzaam uit.

'Je therapeut zou trots op je zijn,' zei Charlie. Er klopte iets niet aan het verhaal, ondanks het overtuigende detail dat Gibbs ook buitengesloten werd. Ja, Proust zou weten dat Gibbs meteen naar Simon zou gaan als hij de waarheid kende. Maar datzelfde gold voor Sam, daar was Charlie zeker van. Sam Kombothekra die knoeide met het bewijs in een moordzaak? Onmogelijk. En Proust was veel te leep om Sam en Sellers macht over hem te geven door dat te vragen – de macht om zijn carrière om zeep te helpen. Dacht Simon dat ook?

'Dat eerste verhoor met Tim Breary – het transcript in het dossier is niet het oorspronkelijke transcript,' zei Regan. 'Nog geen twee uur geleden heb ik pa horen opscheppen tegen ma dat je moet weten wanneer je het lef moet hebben om de regels naar je hand te zetten. Het was misselijkmakend, maar dat zijn eigenlijk alle gesprekken tussen mijn ouders. Hij vertelt hoe geweldig hij is en zij bekrachtigt dat zo vleiend mogelijk.' Regan zette haar beker op het aanrecht. 'Ik ben geen rechercheur, maar als pa zo graag wil dat jij er niet achter komt, moet het wel heel belangrijk zijn, denk je ook niet?' Ze draaide zich om en liep de keuken uit: de vrouw die zo bang was voor haar vader dat ze twee mensen die hem haatten de mogelijkheid bood om hem te vernietigen en daarna te verklaren dat het allemaal het idee van zijn dochter was. Charlie wist niet of ze dat wel kon geloven.

De voordeur werd dichtgeslagen.

'Ze liegt, Simon. Ze wil dat jij achter haar aan gaat, zodat ze nog even door kan liegen.'

Simon pakte de beker op waar Regan uit gedronken had en smeet hem tegen de muur. Binnen een paar seconden was hij het huis uit.

Hij had de voordeur opengelaten en de koude lucht en regen stroomden naar binnen. Charlie bleef achter, onder de koude koffie en omringd door bekerscherven. Niet dat dat haar iets kon schelen.

En toen ze hem hees hoorde schreeuwen in de avondlucht, probeerde ze er ook niets om te geven dat hij nog nooit achter haar aan gerend was onder het roepen van haar naam, alsof zijn leven afhing van het feit of hij haar ooit weer terugvond.

5

Vrijdag 11 maart 2011

In deze zolderkamer zonder frisse lucht staat maar één bed. Het is een klein tweepersoonsbedje, zo groot als een bedbank, dat maar ten dele wordt bedekt door een dekbed. Er is maar één kussen. Geen kast of lades, alleen wat planken, en daar zie ik geen extra dekens op liggen, geen kussentjes, niets bruikbaars. Ik inspecteer wat er verder aan de inventaris ontbreekt: geen minibar, geen waterkoker, geen zakjes met thee of koffie, geen telefoon, geen nachtkastjes, geen leeslampjes, geen televisie, geen roomservicemenukaart. In de muur tegenover me zit een deur waar een hoek vanaf geschaafd is, zodat hij onder de balken geperst kon worden. Ik neem aan en mag hopen dat dat inhoudt dat we op zijn minst een eigen badkamertje hebben. Ongezien weet ik dat die ongeveer even groot is als Laurens hersenpan.

'Wat de fuck is dit?' zegt ze terwijl ze om zich heen kijkt. 'Dit is toch zeker een grapje? Er staat maar één bed. Hoe moet dat?'

'We gaan er het beste van maken, want we hebben geen keus,' zeg ik tegen haar. Thuis slapen Sean en ik op een bed dat twee meter tien breed is, een superkingsize. Toen we het kochten zei Sean dat een kingsize wat hem betrof groot genoeg was. Ik drukte mijn zin door.

Ik overweeg om tegen Lauren te zeggen dat zij wel in het bed mag en dat ik op de grond ga liggen, maar dan bedenk ik me. Ik heb geen idee wat de dag van morgen brengt. Ik moet voor mezelf zorgen, zodat ik het aankan, wat er ook gebeurt.

Ik denk als de overlevende van een ramp en probeer niet verder vooruit te kijken dan het volgende kleine brokje tijd en de acties en beslissingen die dat vergt.

'Ik slaap niet met een andere vrouw in een bed.' Lauren slaat haar armen over elkaar ten teken van protest. 'En ook niet met een andere man, alleen met Jason. Hij zou door het lint gaan.'

'Dan slaap je maar op de grond,' zeg ik, biddend dat ze ermee instemt.

'Rot op! Moet je zien hoe die vloerbedekking eruitziet. Er zit kauwgum in, daar. Het is ranzig. Waarom zoeken we geen ander hotel, zoals jij net zei?'

'Twee uur geleden was dat nog een goed idee.' In de tijd die het de receptioniste kostte om te zorgen dat alle kamers klaargemaakt en alle sleutels toegewezen waren, hadden we terug kunnen rijden naar de luchthaven van Düsseldorf. Niet dat dat nut had gehad. Op de een of andere manier heb ik het gevoel alsof het ook geen nut heeft dat we hier nu zijn, in de buurt van de luchthaven van Keulen. Het lijkt me hoogstonwaarschijnlijk dat we ooit, op wat voor manier dan ook, nog thuiskomen, al weet ik logischerwijs dat dat wel gaat gebeuren. 'Ik ben er nu te moe voor,' zeg ik tegen Lauren. 'Ik ben niet van plan nog korter te slapen. De bus haalt ons om zeven uur op.' *Beweren ze.*

Laurens onderkaak begint te schokken. 'Jij mag het dekbed en het kussen,' zeg ik tegen haar. 'Dan gebruik ik mijn jas wel als deken.'

'Nee! Ik pik dit niet! Wat een hufters, dat ze ons dit aandoen.' Ze probeert langs me te komen. 'Ik ga nu naar de lobby om tegen dat mens te zeggen...'

'Die zit daar niet meer. Die is weggegaan nadat ze ons allemaal een kamer had toegewezen.'

'Hoe weet jij dat nou?'

'Hoe weet jij dat nou niet?' bits ik. 'Dat heeft ze ons verteld...'

'Niks van gehoord.'

'...en toen hebben we haar zien vertrekken. Tot zes uur morgenochtend is er geen personeel in dit hotel.' Een van mijn favoriete details van onze situatie, dat ik zeker ga noemen als ik in de toekomst dit horrorverhaal aan mensen vertel, is het feit dat het ontbijt gepland staat voor precies zeven uur: en dat is ook precies de tijd waarop onze bus vertrekt naar de luchthaven van Keulen. De receptioniste glimlachte toen ze ons deze mededeling deed, in de wetenschap dat zij er verder geen last van zou hebben; zij zou zelf haar ontbijt niet mislopen.

'Oké, bewijs het dan!' Plotseling lichten Laurens ogen op. 'Als er hier nu geen personeel is, laten we dan de boel kort en klein slaan,' zegt ze in een vlaag van opwinding. 'We trappen de deuren in, net zolang tot we nog een extra bed vinden.'

Ik bedek mijn gezicht met mijn hand en wrijf stevig met mijn wijsvinger over mijn voorhoofd. 'Lauren, ik wil dat jij nu heel goed naar mij luistert. Je kunt kiezen. Ik ga op dat bed liggen...' ik wijs ernaar, '...en ik ga slapen. Dat kun jij ook doen, of je rot op en doet waar je zin in hebt, alleen. Als je het maar uit je hoofd laat om iets te doen wat mij uit mijn slaap houdt, want ik zweer je: dat komt je duur te staan.' Dat zou waarschijnlijk een stuk dreigender hebben geklonken als ik niet had gegeeuwd terwijl ik het zei. Nou ja.

Ik zet me schrap voor de onvermijdelijke tranenvloed. In plaats daarvan zegt Lauren: 'Als we een bed delen, moet je zweren dat je me met geen vinger aanraakt. En ik kleed me niet uit.'

Ik steek mijn handen in de lucht. 'Ik beloof je dat ik geen avances zal maken. Je bent echt volkomen veilig. Zelfs als ik in mijn slaap word overmand door lesbische gevoelens, dan nog zal mijn goede smaak overwinnen en ons beiden beschermen.'

Lauren zet grote ogen op. Ze doet een stap naar achteren.

'Wat nou? Ben je geschokt het woord "lesbisch" te horen in zulk keurig gezelschap? Het spijt me, ik ben vergeten nog even aan mijn onverdraagzaamheid te werken toen ik vanochtend vertrok. Als ik had geweten dat ik jou vandaag zou ontmoeten, had ik me daar voor de volle honderd procent op gestort.'

'Kun je niet wat begrijpelijker praten?' zegt Lauren zachtjes.

'Jawel. Lekker slapie doen – begrijp je dat wel?' Ik trek mijn schoenen uit. Volledig gekleed ga ik aan het randje van het bed liggen, dek me toe met mijn jas en sluit mijn ogen. Ik had graag mijn tanden nog gepoetst, maar de receptioniste had geen pakjes met tandenborstels en tandpasta meer toen Lauren en ik aan de beurt waren.

'Gaby?'

'Wat?'

'Ik heb zo'n honger. Ik ben er helemaal misselijk en duizelig van. Ik heb iets te eten nodig.'

Ik vraag me af of ik net kan doen of ik al slaap, nadat ik 'Wat?' heb gezegd. Ik kan het allicht proberen.

'Gaby! Gaby! Wakker worden!'

Er is geen lol aan om een dwaas voor de gek te houden. Te gemakkelijk. Ik doe mijn ogen open. 'Aan de overkant van het hotel is een tankstation,' zeg ik. 'Ga daar maar wat halen. Vergeet de sleutel van de kamer niet.'

'Ik ga niet in mijn eentje!'

'Hoezo niet?'

Mijn harteloze suggestie dat ze zich de komende vijf minuten in eenzaamheid moet onderdompelen, heeft Laurens inwendige sprinklerinstallatie geactiveerd. 'Straks spreken ze geen Engels. Ik ben nog nooit alleen in een buitenlandse winkel geweest.'

Als ik er de energie voor had, had ik mezelf voor mijn kop geslagen. Ik wist dat ze honger had – dat had ze al eerder gezegd. Ik had haar om eten moeten sturen toen ik in de rij stond te wachten.

'*Please*, Gaby, ga mee. Dan laat ik je slapen, ik zweer het.'

Ik kom overeind. Mijn hoofd duizelt. Ik grijp me vast aan een mogelijk sprankje zon achter deze donkere wolken: ik zou zelf ook iets kunnen eten. Ik merk nu pas hoeveel trek ik heb. Ik heb geprobeerd mezelf in een ongevoelige trance te sussen, zodat ik niet echt zou merken wat me allemaal overkwam.

'Oké. Kom,' zeg ik en ik trek mijn schoenen weer aan. 'Wat wil je? Ik hoop dat ze vette, warme dingen hebben, en een magnetron. Ik heb zin in een hamburger, met een of andere candybar als toetje.'

Laurens gezicht vertrekt misprijzend. 'Ze zullen toch wel iets Engels hebben? Ik word ziek van buitenlands eten.'

'Doe niet zo idioot. Cheeseburgers hebben geen paspoort.'

'O, dus jij vindt het belachelijk om het eten in je eigen land lekker te vinden?' Ze begint tegen me te schreeuwen. 'Het zijn anders die Duitsers die belachelijk zijn! De enige muziek die ik hier de hele dag heb gehoord is Engelse muziek – uit elke voorbijrijdende auto. Ze hebben hun eigen taal, maar ze luisteren naar onze muziek. Dat is pas stom!'

Tja, je weet hoe die Duitsers zijn – totaal geen nationale trots, dat is hun probleem. Dat zeg ik bij mezelf. Tegen Lauren zeg ik: 'Ik denk dat ik ook een blikje Coca-Cola haal.' Ik begin de regels van een debiel gesprek al aardig door te krijgen: als het niet mogelijk lijkt om antwoord te geven, kom je gewoon met een totaal willekeurige uitspraak alsof het ter zake doet.

In het tankstation, druipend van de regen, worden Lauren en ik herenigd met de drie voetbalshirts van boardinggate B56 in Düsseldorf. De mannen die hoopten dat ze zich konden bezatten op kosten van Fly4You. Zo mag ik het graag zien: mensen die zich vastbijten in hun ambitie tot het doel is bereikt. Deze mannen hebben geen kans geboden aan uitputting, depressie of een beter idee om hen van hun pad af te brengen. Ze staan bij de kassa met hun euro's in de hand en zestien blikjes bier opgestapeld voor de balie, nog altijd geintjes makend over hoe klem ze zich gaan zuipen. Ik vraag me af of het bij de meeste zware drinkers zo werkt: dat ze niet zozeer geïnteresseerd zijn in de alcohol zelf als wel in de komische goudmijn waar het voor staat en de mogelijkheid die het biedt om talloze keren te zeggen: 'Als dit straks op is, zijn we pas *echt* knetterlam.'

'Er is hier helemaal niks eetbaars,' zegt Lauren terwijl ze hopeloos om zich heen kijkt.

Ik trek de deur van de koeling open en haal er de enige twee overgebleven broodjes uit. Er is niets warms te koop, en er is ook geen magnetron. 'Ham of tonijn?' vraag ik. 'Mij maakt het niet uit.'

'Ik eet geen broodjes,' zegt Lauren.

'Uit principe?'

'Wat?'

'Waarom eet je geen broodjes? Een wit broodje met ham: Engelser kan niet. Wat is het probleem?'

Ze trekt haar neus op. 'Je weet nooit wie er met zijn vieze vingers aan gezeten heeft. Laat maar. Ik neem wel wat Pringles.'

'Je hebt meer nodig dan alleen wat Pringles,' zeg ik, en die woorden zijn mijn mond nog niet uitgerold of ik weet al dat ik fout zit. *Goed onthouden: je geeft geen moer om dit mens. Wat kan het jou bommen, al at ze het onkruid dat voor het tankstation groeit, al drinkt ze vijf liter diesel.*

Die fout maak ik niet nog eens.

'Ik neem de grote verpakking wel,' zegt ze. Die is gigantisch. Zo veel Pringles krijg ik nooit weg.'

'Ik neem het broodje tonijn, want dat is het meest voedzame en vullende dat ze hier hebben,' zeg ik in mijn hoedanigheid van positief rolmodel. 'En een bakje Häagen-Dazs, voor de lekkere trek.' Ik trek de vriezer open en haal er een beker uit, in de smaak Cookies & Cream.

'Wat is een hagendas?' vraagt Lauren, die niet in staat is een verband te leggen tussen het woord en het ding in mijn hand. Niet het broodje, dat andere ding.

'Chic ijs,' zeg ik tegen haar.

'Oeee!' jent ze, zo hard dat de bierverzamelaars omkijken. 'Wat ben je toch een ongelofelijke snob.'

'Liever een snob dan een snol zonder hersens, zeg ik altijd maar. Of nee, dat zeg ik nooit. Ik zeg altijd dingen als: "Wat zijn de optimale kinematica voor de eind-effectoren?" Alleen heeft het vanavond geen zin om dingen te zeggen die ik normaal zou zeggen, want de enige die naar me luistert, is een zwakzinnige, bekrompen geest.'

'Je hebt het zeker over mij,' zegt Lauren met een triomfantelijke glinstering in haar ogen, alsof ze me doorheeft.

Een van de voetbalshirts geeft een ander een stootje en zegt: 'Zo te horen gaat het daar straks los. Die twee wijven daar.'

Nee, nee. Wat jij hoort is het uitdoven van iets wat los had kunnen *gaan. En je hoeft je vrienden er niet op attent te maken, want die hebben zelf ogen en oren. Als ze niet snappen wie er straks los had kunnen gaan, heeft het geen zin om hen erop te wijzen.*

Ben ik nu de uitzondering – niet alleen in het tankstation, maar op de wereld? Zijn de meeste mensen eerder zoals Lauren dan zoals ik? Wat een eng idee.

'Ga je Pringles nu maar pakken. Ik neem aan dat ik moet betalen?' Ze heeft geen tas of portemonnee bij zich.

'Ik heb geen euro's meer,' zegt ze. 'Ik heb ook iets te drinken nodig. Mag ik een cola light?'

'Nee. Je mag een gewone cola. Ik betaal, dus ik bepaal.'

'Wat?' Ze lacht omdat ik zo bizar doe. 'Jij hebt echt lef, jij.'

'Je bent zo mager als een lat en je hebt al ruim vierentwintig uur niets gegeten. Dan heb je die calorieën hard nodig. Bovendien zit cola light boordevol aspartaam, en dat is slecht voor je. Een van de bijwerkingen is dat je je verschrikkelijk aanstelt op de luchthaven van Düsseldorf.'

Haar lach verschrompelt door bezorgdheid. 'Ik drink altijd cola light. Ik drink nooit iets anders.'

'Laat maar. Het was een grapje. Wist je niet dat mensen weleens grapjes maken? Jij hebt totaal geen gevoel voor humor, maar Jason wel – zoiets?'

'Jij kent Jason helemaal niet,' zegt ze achterdochtig, alsof ze bang is dat dat niet klopt.

'Ik weet het. Laat maar. Echt. Ik zal ophouden… verbaal met je te sparren en ik accepteer dat het er niet inzit dat het vanavond nog gezellig wordt.'

'Dus ik mag een cola light?'

'Nee. Dat meende ik wel. Sterker nog, vergeet die hele cola. Haal maar een fles verse jus. En pak meteen twee tandenborstels en een tube tandpasta.' Ik wijs.

Ze pakt een blikje cola light en houdt het uitdagend op.

'Jus d'orange, en anders niets,' zeg ik stellig. 'Als je over twintig jaar op je sterfbed ligt, kun je tenminste aan je achterkleinkinderen vertellen dat je weleens vitamine C hebt geprobeerd, ooit, op een regenachtige avond in Keulen.'

Zelf neem ik een blikje gewone cola en reken onze spullen af. Als we over de tweebaansweg naar ons hotel terugrennen, regent het nog harder dan eerst. In onze kamer ga ik op het ranzige tapijt zitten en draag Lauren op dat zij dat ook moet doen, zodat we eerst een beetje kunnen opdrogen voor we op bed gaan liggen. Logisch zou zijn dat we onze kleren op de radiatoren te drogen hingen – een van de mooiste dingen die deze kamer te bieden heeft, zijn die radiatoren – en dat we in ons ondergoed gingen slapen. Hoe groot is de kans dat ik dat kan opperen zonder dat ik voor mogelijke aanrander word gezien wier enige doel is om Jason van zijn plaats te stoten? Als ik dan toch een piepklein bed moet delen met een onderkruipsel, dan zou ik dat liever niet in mijn natte kleren doen.

Lauren spuugt wat jus terug in de fles. 'Dat drink ik echt niet,' zegt ze. 'Smerige troep. Er drijven stukjes in.'

Ik ben blij dat ze ons dwong om te gaan. Nu ik weer iets heb gegeten voel ik me wat beter. Het broodje tonijn is ijskoud en zompig maar stilt mijn trek, en ik sla me erdoorheen in de wetenschap dat er aan het eind een beker Häagen-Dazs op me wacht.

Eigenlijk zou ik mijn telefoon moeten aanzetten om te zien of Sean inderdaad de stroom berichten heeft ingesproken die ik wilde vermijden door hem uit te zetten. Ik hoef hem niet te spreken. Ik kan ook een kort sms'je sturen met de beknopte feiten. En trouwens, hij slaapt toch allang.

Ik kijk op en zie dat Lauren me aangaapt. 'Wat is er?'

'Over twintig jaar ben ik drieënveertig,' zegt ze. 'Waarom zou ik doodgaan op mijn drieënveertigste?'

Ik ben zo geschokt dat ik bijna de tonijn die zich nog in mijn mond bevindt, inadem. Het lukt nog net om hem door te slikken. Kennelijk heeft ze onthouden wat ik in het tankstation zei en heeft ze het sommetje gemaakt. Ik zou haar willen feliciteren, maar dat zou bevoogdend zijn, en dat wil ik niet – nu even niet. Maar straks vast weer wel.

'Mensen van drieënveertig hebben geen achterkleinkinderen,' stelt Lauren.

'Nee. Je hebt gelijk. Zie je nou wat er gebeurt als je je hersens inschakelt? Dan win je discussies.'

'Wat bedoelde je dan?' vraagt ze terwijl ze een handvol gebroken Pringles in haar mond propt.

'Ik maakte een grapje.'

'Maar het klopt niet, dus waarom is dat dan leuk?'

Ik laat wat er nog over is van mijn broodje op mijn natte broekspijp balanceren, want ik wil niet dat het in aanraking komt met wat dan ook in deze hotelkamer. 'Ik dreef de spot met je, omdat je zo'n asociaal cliché bent, en omdat ik gewoon altijd sarcastisch en gemeen doe. Zo hou ik mijn hersens bezig. Ik zou ook mijn boek kunnen lezen, maar jij stoort me de hele tijd.'

'Waarom zou je een boek lezen?' vraagt Lauren.

'Omdat ik het gevoel heb dat mijn IQ keldert doordat ik bij jou in de buurt ben,' verklaar ik. 'Ik wil het graag een boost geven.'

'Je IQ – toe maar!' Ineens begint ze te grijnzen. 'Ik kan niet wachten tot ik mijn Jason over jou kan vertellen. Dan zeg ik twee dingen: het is een kakmadam, maar diep vanbinnen is ze best oké.'

'Nou, dan heeft hij vast meteen het gevoel dat hij me al jaren kent.' Ik glimlach ook. 'Lauren, moet je horen, je gaat niet dood op je drieënveertigste, maar als je zoveel blijft roken als nu, en als je nooit eens iets gezonds eet, is de kans wel groot dat je eerder doodgaat dan nodig. En… de kans dat je op jonge leeftijd kinderen krijgt en vastzit aan die Jason van je is ook groot. Misschien is hij wel helemaal niet van jou. Het kan best dat hij van iemand anders is.'

'Wat zeg je nou?'

Ik vroeg me precies hetzelfde af. 'Je hebt keuzes. Je hoeft niet precies hetzelfde te doen wat je vriendinnen allemaal doen.'

'Hoe bedoel je dat ik vastzit aan Jason? Hij is mijn man. Ik wil bij hem zijn.'

Ik laat de rest van mijn broodje tonijn voor wat het is en begin aan mijn beker Häagen-Dazs. Volgens mij heeft Lauren voor de verandering een heel goed punt. 'Sorry, ik verwar jou met mezelf,' zeg ik. 'Ik ben degene die haar man aan de kant zou moeten zetten en die absoluut geen kind met hem moet nemen.' Ongelofelijk dat ik dat hardop heb uitgesproken.

Alleen tegen Lauren. Dus het telt niet.

Maar toch. Ik heb het zelfs nog nooit tegen mezelf gezegd.

'Hoe heet je man?'

'We zijn niet getrouwd, we wonen alleen samen. Hij heet Sean.'

'Hou je dan niet van hem?'

'Dat weet ik niet meer. Maar zelfs al doe ik dat, dan nog is het niet genoeg.'

Lauren schiet in de lach. 'Jij zegt echt bizarre dingen, weet je dat? Hoe kan dat nou, dat liefde niet genoeg is? Meer kun je toch niet om iemand geven?'

'Ik vind hem niet indrukwekkend of bewonderenswaardig. Het lukt me niet mezelf ervan te overtuigen dat ik niet iets beters heb verdiend.' *Een normaal, volwassen iemand, die voor zichzelf kan zorgen. Iemand met wie je vier avonden in de week doorbrengt zonder dat hij aan het klagen slaat.* In een plotselinge vlaag van woede zeg ik: 'Als ik het niet zo druk had met mijn werk, zou ik allang bij hem weggegaan zijn.'

Ben ik omwille van Sean een vooruitschuiver geworden? Om hem te sparen terwijl ik weet dat ik niet met hem verder wil?

Goddank ben ik niet zwanger. Goddank is mijn vlucht vertraagd. Dit is mijn kans.

'Misschien verdien jij wel beter dan Jason,' zeg ik tegen Lauren. 'Is hij lief voor je? Behandelt hij je goed?' *Of bedreigt en slaat hij je? Is dat de reden waarom je verbale mishandeling door een wildvreemde vrouw aanziet voor de troostrijke zorg van een nieuwe vriendin?*

'Hij is gewoon een vent.' Lauren wendt haar blik af. 'Die zijn toch allemaal hetzelfde?'

Ik besluit om haar niet naar meer details te vragen. Ik geloof niet dat ik ze graag zou willen horen.

'Ik kende vroeger een man die heel anders was dan alle andere mensen die ik ooit heb gekend, zowel mannen als vrouwen,' vertel ik haar en ik laat mijn gebruikelijke reserves varen. 'Met hem zou ik meteen getrouwd zijn.' *En dan had ik zijn naam op mijn bovenarm laten tatoeëren. Desnoods op allebei mijn bovenarmen.* Ik denk weleens dat ik alles zou doen, echt alles, om Tim te kunnen krijgen.

'Wat ging er mis?' vraagt Lauren.

'Ik heb het verpest, en toen heb ik Sean de schuld gegeven.'

'Sean de schuld gegeven? Hoezo, wat had die dan gedaan?'

'Niks. Maar daar heb ik wat op gevonden: het heet "onredelijk zijn".'

'En die andere kerel?' Waarom kijkt en klinkt ze zo gretig? Tot nu toe heeft ze geen greintje interesse in mij getoond, maar ineens zit ze met grote ogen naar me te staren alsof mijn theorieën over de liefde ertoe doen. 'Ben je daarom niet met Sean getrouwd, omdat je hoopt dat je hem nog kunt versieren?'

Ik schiet in de lach. Het woord 'versieren' klinkt absurd als het om Tim gaat.

Lauren schuift nog wat chips naar binnen: genoeg om aan te geven dat zij ervan uitgaat dat ze in de nabije toekomst naar mij gaat luisteren in plaats van zelf te praten.

'Vertel eerst eens over die man van jou,' zeg ik. 'Niet Jason – maar die onschuldige man die voor moord naar de gevangenis moet.' Lauren is geen slecht mens. Ze lijkt een sterk rechtvaardigheidsgevoel te hebben, ook al springt ze daar in het openbaar onverantwoordelijk mee om. En ik heb me nog iets anders gerealiseerd: bereidwillige en enthousiaste deelnemers aan rechterlijke dwalingen zouden die woorden nooit zo kiezen, 'een onschuldige man voor moord de bak in laten gaan'. Dat zeg je als je ergens tegen bent, niet als je er voor bent. En Lauren lijkt me niet voor. Hoe ongelofelijk het ook klinkt, ik heb het gevoel dat ik haar goed genoeg ken om dat te kunnen zeggen. Ik denk niet dat ze werkeloos zou toekijken hoe iemand voor een moord opdraait, behalve als ze geen andere keuze had.

Behalve als ze niet met de waarheid naar de politie kan stappen omdat ze te bang is dat de werkelijke moordenaar haar dan iets aandoet. Was die werkelijke moordenaar soms Jason, haar man?

Of trek ik nu te snel een heel rare conclusie?

Lauren staat op. 'Jij laat niet los, hè?' zegt ze bitter. Ze veegt de chipskruimels op haar vingers af aan het tapijt, pakt haar tas en loopt naar de deur met de ontbrekende hoek. Voor ik de tijd heb mijn verontschuldigingen aan te bieden – niet gemeend, want ik vind niet dat iemand zou loslaten, of zou moeten loslaten, in dit geval – heeft ze zich opgesloten in de badkamer.

Is het dan niet bij haar opgekomen dat ik zo naar de politie kan stappen? Sterker nog, besluit ik: ik ga het doen. Ik ben niet bang voor Jason Cookson; hij heeft geen enkele macht over mij. Niemand zou moeten zitten voor een misdaad die hij niet heeft gepleegd.

Ik denk ineens aan de regels van het gedicht dat ik me vaag herinnerde op de luchthaven van Düsseldorf: *Onze tijd, in andermans handen / en te kort voor woorden.* Hoe is het mogelijk dat ik de rest niet meer weet? Ik wil niets kwijtraken dat ik ooit van Tim heb gekregen. Het waren oorspronkelijk andermans woorden, maar toen Tim me het gedicht voorlas bij het Proscenium, werden ze van hem.

Ik vis mijn BlackBerry uit mijn tas en zet hem aan. Ik negeer het symbool dat aangeeft dat ik voicemail heb, druk op de knop voor de internetbrowser en voer de twee regels die ik nog weet in de zoekbalk in. Het eerste zoekresultaat is meteen raak. Ik klik het aan en het gedicht verschijnt op mijn scherm. 'Ongeplande tussenstop' heet het, van Adam Johnson.

Ik zit in de Charles Hallé
In het winderige Manningtree
En meeuwen oefenen hun ballet
Boven de monding van de rivier.

'Er is een probleem...'
Verklaart een stem dreinend

Ik tuur over het perron
Een bord: PAS OP, TREINEN

Een beeld van jou, vol ongeduld
Op de parkeerplaats voor
Een station van een bonte speelgoedstad
Of reikhalzend het spoor afspeurend

Terwijl we het avondgebed
Van vogels hoorden –
Onze tijd, in andermans handen
En te kort voor woorden.

Tot mijn ontzetting merk ik dat ik huil. Ik zie Tim nog staan, boven aan de ladder in het Proscenium, en ik hoor hem vertellen dat de dichter stervende was toen hij dit schreef. Het is zijn stem in mijn hoofd die de woorden van elke strofe hardop voorleest.

Ik veeg mijn ogen snel af, in de hoop dat Lauren niet nu al uit de badkamer komt. Hoe ouder ik word, hoe langer het duurt voor dat huilgezicht weer weggetrokken is.

Met wie ga je mee?

Ik moet hiermee ophouden. Nu meteen.

Net als ik mijn telefoon weer uit wil zetten, bedenk ik iets: zou het internet me op het spoor van Laurens ten onrechte veroordeelde man kunnen brengen? Weinig kans, aangezien ik niet weet hoe hij heet.

Tenzij het ook met Laurens naam lukt. Dat is nog veel onwaarschijnlijker: Lauren Cookson, vrouw en beschermster van de eigenlijke moordenaar, Jason Cookson, stond erbij en keek ernaar toen de politie iemand arresteerde die er helemaal niets mee te maken had.

Toch typ ik Laurens naam in het zoekbalkje, omdat ik dan tenminste ergens anders aan denk dan aan Tim. Sneller dan het blauwe lijntje van een zwangerschapstest verschijnt het resultaat waar ik naar zoek: Lauren Cookson, haar 23-jarige verzorgster...

Ik druk mijn hand voor mijn mond om te zorgen dat er geen geluid aan ontsnapt, of iets anders waar zij van zou schrikken. Heeft dit in de regionale dagbladen gestaan, die ik nooit lees? Was het op het regionale nieuws, dat ik nooit kijk omdat ik het te druk heb? Ik klik om het hele artikel te lezen.

O god. O god. O god. Dit kan niet waar zijn. Dit kan niet gebeuren. Dit gevoel heb ik al eens eerder gehad, precies zo, dus ik weet dat als er zich iets voor je ogen afspeelt dat absoluut onmogelijk is, je het toch onder ogen moet zien. Je moet blijven denken en handelen en doorademen, en soms moet je iets zeggen, ook al geloof je niet langer in een wereld waarin al deze dingen kunnen gebeuren.

Het zou om zo veel redenen ideaal zijn als dit een droom blijkt te zijn. Dat zou niet alleen betekenen dat ik nu lig te slapen; ik wil al zo lang slapen. Maar mag ik dan deze nachtmerrie verruilen voor een droom waar ik niet gillend uit wakker wil worden?

Mijn ogen schieten over het verhaal, gedesoriënteerd, en proberen in zich op te nemen wat ze kunnen. 'Het lichaam van Francine Breary, 40, werd gevonden door Lauren Cookson, haar 23-jarige verzorgster... echtgenoot Tim Breary is aangeklaagd... inspecteur Sam Kombothekra van de recherche in Culver Valley...'

De woorden blijven niet stilliggen opdat ik ze kan lezen. Mijn ogen gaan op zwart. Ik moet ze sluiten.

Het is Tim. Laurens onschuldige man is Tim Breary.

PRODUCTIE: 1432B/SK – TRANSCRIPT VAN HANDGESCHREVEN BRIEF VAN DANIEL JOSE AAN FRANCINE BREARY D.D. 22 DECEMBER 2010

Francine,

Ik wilde deze brief niet schrijven, en jij krijgt hem nooit te lezen. Dat is niet bepaald een veelbelovend begin.

Voor wie schrijf ik hem dan? Kerry is degene die me heeft gevraagd het te doen. Voor Tim, zei ze, dus 'voor Tim' zou een beter antwoord zijn, alleen zal hij dit ook nooit lezen. Volgens Kerry maakt dat niet uit. Hij weet wel dat de brief er is, zegt ze, zoals hij ook weet dat haar brieven er zijn. Misschien leest hij ze, misschien niet. Kerry denkt dat er een goede kans is. Ik denk van niet. En aangezien ik heb gezegd dat ik het alleen zou doen als zij beloofde dat ze niet zou lezen wat ik heb geschreven, en ik moet zeggen dat ik haar daarin vertrouw, ben ik er vrij zeker van dat ik een brief schrijf die niemand ooit zal lezen. Door dat idee moet ik me zogenaamd vrij voelen om te zeggen wat ik maar wil, maar, zoals ik al tegen Kerry zei, ik geloof niet dat het zo werkt, behalve als je iets te zeggen hebt, en dat heb ik niet.
Over het algemeen zeg ik alleen dingen tegen mensen die ik mag en die misschien naar me luisteren. Jij valt in geen van beide categorieën, Francine.

Dus heb ik, denk ik, twee opties. Ik kan voor de gemakkelijke weg kiezen en een leeg vel papier in een envelop stoppen, die dichtplakken, 'Francine' erop schrijven en hem onder je matras schuiven. Sorry – het is niet jouw matras, en dat zal het ook nooit worden, al blijf je er de rest van je leven op liggen. Dat matras is van Kerry en mij, en we hebben het uitgeleend aan Tim (inderdaad, Francine: aan Tim, niet aan jou) voor zolang hij het nodig heeft, en dat is de enige reden waarom hij er gebruik van mag maken. Laat ik dan nu meteen maar duidelijk maken dat als Tim niet had besloten om weer bij je in te trekken en voor je te zorgen na je beroerte, Kerry en ik niks meer met je te maken hadden willen hebben. Dan had je geen geld gehad en zouden we je niet steunen. Dat je het weet: Tim is degene voor wie wij door het vuur gaan. Hij is de reden waarom jij in luxe leeft met je eigen verzorgster, vierentwintig uur per dag. Voor jou zelf zouden wij niets doen.

Klaarblijkelijk heb ik toch iets te zeggen.

Enfin, dit vel papier blijft niet leeg, dus als ik voor de eerste optie ga moet ik een nieuw vel papier pakken, waar ik dan niets op schrijf. Ik geloof niet dat Kerry dat zou controleren. Ze vertrouwt me. En daar heeft ze ook alle reden toe, aangezien ik nooit tegen haar lieg. En al zou ze kijken, dan zou ze niet achterdochtig worden van een dichte envelop, al weet ik dat zij haar brieven aan jou nooit in een envelop stopt. Ze laat ze open en toegankelijk, zodat Tim ze kan lezen.

Ze denkt dat ze een maas in zijn beleid heeft gevonden Directe communicatie over persoonlijke zaken is altijd al verboden geweest (althans, niet zozeer verboden als wel te vermijden, hoewel dat op hetzelfde neerkomt), maar als Tim haar brieven in het geheim kan lezen en ze weer kan terugleggen zonder ooit toe te geven dat hij ze heeft gelezen, is het een ander verhaal. Misschien vindt hij dat wel acceptabel. Als Kerry's theorie klopt en Tim mijdt inderdaad gesprekken over gevoelens, omdat hij niet het risico wil lopen dat hij emotioneel wordt in het bijzijn van anderen, is dit de perfecte oplossing. Persoonlijk ben ik daar sceptisch over. Ik denk dat het wat Tim betreft even erg is om privé moeilijke dingen te doorvoelen als om in het openbaar zwak over te komen. Daarom heeft hij geprobeerd zichzelf van kant te maken. Hij was erin geslaagd aan jou te ontsnappen, Francine, en aan mij en Kerry en iedereen die hem verder kende, maar hij kon niet ontsnappen aan wat er in zijn hoofd en hart speelde. (Hij zou zelf zeggen: 'Ben je weer eens bijgelovig over het gespierde orgaan dat bloed door mijn lijf pompt?)

Het is jammer dat ik deze brief niet aan je mag voorlezen, maar Kerry zegt dat ik dat niet moet doen, en ik ken niemand die zo rechtschapen en wijs is als zij. Wat niet wil zeggen dat ik het altijd met haar eens ben: volgens mij is er niets mis mee om een uitzondering te maken en je op zijn minst wat stukjes voor te lezen. Ik vind dat je moet weten van Tims zelfmoordpoging. Je verdient het te weten waar zijn huwelijk met jou toe geleid heeft. Jij bent een tiran. Ik bedoel, dat was je voor je hersenbloeding. Kerry en ik werden het zo'n halfjaar nadat jij en Tim trouwden eens over die omschrijving van jou. 'Een tiran is iemand wiens dood een ander zou bevrijden,' zei Kerry. 'Al is het maar één iemand.'

Wat mij betreft ben jij schuldig aan wat Tim zichzelf heeft aangedaan, hoewel hij me een keer heeft uitgelachen toen ik dat tegen hem zei. Hij zei: 'Geen enkel aspect van mijn gedrag heeft iets te maken met Francine, nu niet en nooit. Ik negeer haar pertinent. Zo pertinent als jij mijn vrije wil negeert.' Toen hij zag dat ik daar verder op in wilde gaan, stapte hij resoluut over op een ander gespreksonderwerp. Toen ik achteraf zat te piekeren over wat hij bedoelde, kwam ik tot de volgende conclusie: hij had niet met jou hoeven trouwen. Of hij had bij jou kunnen blijven maar tegen je in kunnen gaan toen jij probeerde om elk facet van zijn leven voor hem in te vullen. Toen hij dan eindelijk bij je wegging, had hij direct naar Gaby Struthers kunnen gaan om haar te zeggen dat zij de vrouw was van wie hij hield en bij wie hij wilde zijn. Hij had zijn vrienden en carrière niet de rug hoeven toekeren om vervolgens een kamer in Bath te huren, en vijf maanden later het internet op te gaan voor advies over het doorsnijden van zijn polsen, zodanig dat de dood er gegarandeerd op zou volgen. In elk stadium had hij keuzes – dat was wat hij duidelijk wilde maken. Voor iemand die het van buitenaf observeerde, leek het alsof hij slaafs jouw bevelen opvolgde tot de dag dat hij bij je wegging, maar Tim definieerde het liever anders. Wat hem betrof negeerde hij jou volledig en koos hij steeds wat voor hem de beste weg was. Als dat toevallig ook datgene was wat jou tevredenstelde, zodat jij hem met rust liet, was het voordeel dat het jou opleverde niet meer dan een neveneffect. Kerry weet zeker dat hij het zo zag, en ik ben het met haar eens.

Heeft hij je verteld dat hij heeft geprobeerd een einde aan zijn leven te maken, Francine? Misschien wel. Hij praat nu heel anders over je dan eerst, toen je nog kon reageren. Kerry en mij heeft hij het niet verteld toen hij ons, na vijf maanden geen enkel contact te hebben gezocht, ineens belde en doodleuk zei: 'Jullie zijn zeker te druk om langs te komen?' Alsof we elkaar nog regelmatig spraken en er niets veranderd was. Kerry zei dat we niet te druk waren. Wat Tim betreft waren en zijn we nooit te druk. Jij zou het niet begrijpen, Francine, maar hij is onze enige familie. Alle drie komen we uit waardeloze gezinnen – zelfs nog erger dan dat. We hebben alleen elkaar. Ik ben tot de conclusie gekomen dat mensen die een normale familie hebben moeten ontberen naar elkaar toe trekken: wij zoeken naar een rok die nader is dan het hemd, als je begrijpt wat ik bedoel.

Ken jij het verhaal van Tim en zijn familie? Heeft hij je dat al verteld? Ik zou niet weten waarom niet, na de hersenbloeding.

Ik wist dat ze Tim aan de lijn had door de manier waarop Kerry rechtop ging zitten en verwoed naar me zwaaide, om aan te geven dat het een noodgeval betrof. We hadden niets meer van hem gehoord sinds de brief die hij stuurde toen hij wegging bij jou en Heron Close, en waarin hij ons informeerde dat wij hem nooit meer zouden zien en ons troostte met de verzekering dat we beter af waren zonder zijn derderangs aanwezigheid in ons leven.

'Waar ben je?' vroeg Kerry aan hem. 'Geef ons een adres. We komen eraan.' Het adres was in Bath, drieënhalf uur rijden van Spilling. Het was halftwaalf 's avonds. We wisten dat we de volgende dag ons werk wel konden vergeten. Dat kon ons niets schelen. Kerry opperde dat dit misschien de perfecte gelegenheid was om allebei ontslag te nemen. We stonden op het punt om heel rijk te worden, dankzij Tim, en Kerry was ervan overtuigd dat zijn onverwachte telefoontje betekende dat wij ons gewone leventje voorlopig moesten opgeven en dat we ons volledig moesten wijden aan hulp bieden aan Tim. 'Hij had ons nooit gebeld als hij er niet heel erg aan toe was,' zei ze op weg naar Bath. Ze had het rijden aan mij gedelegeerd zodat zij het piekeren op zich kon nemen.

Ik probeerde ertegen in te gaan. 'Misschien miste hij ons gewoon en had hij zin om ons te spreken,' opperde ik. 'Nee,' zei Kerry. 'Of hij er zin in had of niet, hij zou het zichzelf nooit toestaan als hij niet in een crisis zat. En we hebben het over Tim, hè. Hij zou eerst moeten erkennen dat het een crisis was – dus ga maar na hoe erg het moet zijn voordat dat gebeurt. Als het geen situatie was op leven en dood...' Ik hoorde haar uitademen in een poging haar angst uit te blazen. 'Tim is niet iemand die op zijn woord terugkomt. Hij werkt zich in de nesten, en blijft daar dan in zitten tot hij een ons weegt.' 'Leuk beeld,' grapte ik in een poging de stemming wat lucht te geven. Ik dacht dat ze zich druk maakte om niets, maar zij liet zich niet vermurwen. 'Ga maar na,' zei ze. 'Hij trouwt met Francine, hij zorgt ervoor dat Gaby uit zijn leven verdwijnt. Dat is een van zijn leefregels: hij vindt zichzelf waardeloos, mag zichzelf niet en hij is ontzettend rigide over wat hij zichzelf wel en niet toestaat.'

Zelf had jij ook flink wat regels, Francine: geen schoenen in huis nadat je Heron Close nummer 6 had voorzien van die onberispelijke eikenhouten vloer; niets vochtigs op de radiator (waarom niet, in vredesnaam?); geen eten of drinken in de zitkamer; waag het niet de centrale verwarming aan te hebben als de gashaard brandt, ook al is het onder nul; geen koffers pakken om op vakantie te gaan en al helemaal nooit een supermarkt binnen gaan zonder eerst een lijstje te maken. Eenmaal in die supermarkt: niets kopen wat niet op het lijstje staat. En dan de subtielere, nooit uitgesproken regeltjes die de psychologische levens van alle mensen om je heen beheersten: niemand leuker vinden dan jou, niemand interessanter vinden dan jou. Nooit, maar dan ook nooit, opperen dat Tim misschien in zijn eentje langs wilde komen als jij een avond druk was of als je op een zondag naar kantoor moest, alleen maar omdat jij je dan buitengesloten voelde. We hebben voor jou heel wat meer opzij moeten schuiven dan alleen onze schoenen, Francine. We moesten ons authentieke zelf aan de kant zetten (ja, ik weet dat dat intens klinkt, maar a: niemand krijgt dit ooit te lezen, en b: het zal me jeuken). Het zwaard dat ons voortdurend boven het hoofd hing was dat jij Tim kon verbieden ons überhaupt ooit nog te zien: één foutje, één keer iets doen waaruit bleek dat wij drieën closer waren met elkaar dan met jou, en het was gebeurd. Geen van ons was bereid dat te riskeren. Zonder mij en Kerry zou Tim niemand hebben, behalve jou. Dus slikten we de meeste gesprekken die we hadden willen hebben in, zaten erbij als robots, en zeiden alles wat vermoedelijk jouw kritische toets zou doorstaan. Op onze sokken, meestal.

Behalve dat jij ons onze schoenen uit liet trekken als we in jouw huis waren, kon je Kerry en mij niet voorschrijven wat voor kleding we droegen, maar die mazzel had Tim natuurlijk niet. Voor hij jou leerde kennen, droeg hij altijd ouderwetse driedelige kostuums van tweed, zodat klanten hem twee keer aan moesten kijken en zich afvroegen of ze soms te maken hadden met een wel heel jong uitziende vent van zeventig. Die kleren zouden ieder ander misschien raar staan, maar ze pasten bij Tim. Hij leek geen reliek uit vervlogen tijden, hij zag er precies zo uit als iedereen vond dat hij eruit hoorde te zien. Wat nog vreemder was, alle mensen om hem heen leken juist vreemd gekleed. Ik geef onmiddellijk toe dat vlak na de fusie tussen Tims bedrijf en het mijne, ik me onder zijn invloed ook traditioneler begon te kleden. De ironie is dat ik me nog steeds zo kleed, terwijl Tim dat al jaren niet meer doet. Toen hij zich met jou verloofde, Francine, zei jij dat hij eruitzag als Kolonel Mosterd en kocht je een volledig nieuwe garderobe voor hem waardoor hij eruitzag als alle andere mannen. Het leek Tim niet te deren. Toen ik hem ernaar vroeg, glimlachte hij en zei: 'Francine geeft meer om wat ik aanheb dan ikzelf. Ze vindt het belangrijk; ik weet dat het er niet toe doet.' Ik wilde de zaak niet laten rusten. Ik zei: 'Zij vindt het ook belangrijk dat jullie trouwen, hè? Jij wilt liever niet, toch? Waarom doe je het dan?' 'Omdat ik zei dat ik het zou doen, en omdat zij dat van me wil,' verklaarde Tim, alsof dat logisch was. 'Je hebt gelijk, het is voor haar belangrijker dan voor mij. Het lijkt mij redelijk dat degene die er het meeste belang aan hecht zijn zin krijgt, jou niet?' Maar er stak meer achter, volgens Kerry. In tegenstelling tot Gaby Struthers, die Tim adoreerde en hem heel bijzonder vond (en die daarom niet te vertrouwen was), deed jij altijd alsof hij een waardeloze zak was, en dat was precies hoe hij zichzelf zag. En je was een doorzetter – vastbesloten om hem jouw wil op te leggen. Kerry denkt dat Tim daarom met jou getrouwd is en bij je bleef. Je wilde hem altijd zo graag verbeteren. Misschien hoopte hij wel dat je daarin zou slagen.

'Maar ze behandelt hem altijd zo vreselijk,' zei ik. 'Hij heeft nul vrijheid. Ik zou de hoop opgeven dat er ooit verbetering in komt en zo langzamerhand mijn eigen leven weer terugeisen.' Kerry zei dat ik het niet begreep. 'Tim hecht totaal niet aan zelfbeschikking,' zei ze. 'Wie zou een product willen dat hij ziet als het allergemankeerdste dat er te koop is? Francine heeft hem er al vroeg van overtuigd dat zijn leven eerder haar project was dan het zijne. Hij vindt zichzelf niet goed genoeg om zichzelf een tweede kans te gunnen.'

Zoiets zei ze ook op weg naar Bath, over het feit Tim ons zomaar ineens had gebeld, vijf maanden nadat hij ons had geschreven dat hij voor altijd uit ons leven zou verdwijnen. 'Ik weet zeker dat hij binnen een paar dagen nadat hij zichzelf had verbannen al doorhad dat het een stomme zet was, maar we hebben het over Tim. Die gelooft dat als hij zichzelf dwingt te leven met de gevolgen van zijn mislukkingen, hij tenminste nog iets goeddoet. Een U-bocht van dit formaat kan alleen voortkomen uit absolute wanhoop – een telefoontje zo laat op de avond, en dan ons ontbieden om het halve land door te rijden, zonder waarschuwing vooraf.'

Ik wist ergens wel dat ze gelijk had. Of misschien is dat achterafgepraat. Ik meen me te herinneren dat ik bijna had gezegd: 'Maar hij is wel vaker honderdtachtig graden gedraaid, toen hij bij Francine wegging', en dat ik me toen inhield, omdat ik bedacht dat Tim in zijn afscheidsbrief aan ons had geschreven: 'Mogelijk neemt Francine contact met jullie op met een hysterisch en stompzinnig verhaal over dat ik haar heb verlaten. Als dat gebeurt, probeer haar dan op het hart te drukken dat ik dat absoluut niet heb gedaan. Wat ik doe heeft verder met niemand te maken, en het is ook niet iets dat ik iemand "aandoe", zoals iedereen die niet egomaniakaal is zal begrijpen. Ik heb besloten dat het goed voor mijzelf en de mensen om mij heen is als ik me afzonder, dus dat heb ik gedaan. Het punt is: dat is het enige wat ik heb gedaan. Ik heb mijn vrouw niet verlaten.'

'Zoiets kan alleen Tim bedenken,' zei ik tegen Kerry. Of misschien heeft zij het tegen mij gezegd. We zeiden het in die tijd voortdurend tegen elkaar. Nog steeds, trouwens. 'Alleen Tim zou bij zijn vrouw weggaan en vervolgens met klem stellen dat hij haar niet heeft verlaten, en het nog menen ook.'

De nacht dat we zijn plotselinge telefoontje kregen, kwamen we om halfdrie aan bij Tims appartement. Het grootste deel van de rit hadden we de snelheidslimiet ruim overschreden. Kerry legde haar hand op mijn arm toen we de auto neerzetten voor Renfrew Road nummer 8. 'Wees voorbereid,' zei zij. 'Ik weet niet wat we aantreffen, maar het is vast heel erg.' Het huis was een verveloze negentiende-eeuwse bouwval in een straat die in feite een heuvel was, zo steil dat je nauwelijks kon parkeren. De voordeur stond open, maar het effect was het tegenovergestelde van een warm welkom. Het leek er eerder op dat geen van de bewoners genoeg om het huis gaf om de deur fatsoenlijk achter zich dicht te trekken. De gemeenschappelijke ruimtes waren weerzinwekkend. Het kaal getrapte tapijt had diverse tinten grijs van de ingelopen modder, de muren waren gebarsten en zaten onder het doorgeslagen vocht. Kerry en ik probeerden de leuning niet aan te vatten terwijl we de trap op liepen. Tim had een van de twee kamers op de bovenste verdieping, had hij ons aan de telefoon gezegd. We gingen ervan uit dat het de kamer was waar de deur van openstond. De kamer waaruit muziek klonk op de niet gestoffeerde, raamloze overloop: klassieke muziek. Liederen, in het Duits, een mannenstem. Ik keek Kerry aan. Waarschijnlijk trok ik mijn wenkbrauwen wat optimistisch op. Tim luisterde altijd alleen maar naar klassieke muziek voor hij jou leerde kennen, Francine – voor jij het deprimerend noemde en het in de ban deed. Kerry schudde haar hoofd: geen reden tot optimisme. Op dat moment drong het tot me door dat wat die kerel zong behoorlijk mistroostig klonk. 'Tim,' riep Kerry.

'Kom erin,' antwoordde hij opgewekt. De muziek werd onmiddellijk zachter gedraaid, alsof hij ruimte wilde maken voor een gezellig gesprek. Ik begon alweer te twijfelen aan Kerry's kijk op de situatie. Het was typisch iets voor

Tim om ons midden in de nacht ruim drie uur te laten rijden en ons vervolgens doodleuk te begroeten met een praatje, alsof we elkaar pas nog hadden gesproken, en we nog bij elkaar om de hoek woonden.

Hoezeer ik het bij het verkeerde eind had, zag ik pas toen Kerry en ik het eenkamerappartementje binnen gingen. Tim zat op het bed in alleen een boxershort en een T-shirt. Naast zijn voeten lagen plassen bloed en een klein mes, het soort dat jij zou gebruiken om knoflook mee fijn te snijden. De plassen waren nog niet enorm groot, maar klein waren ze ook niet. Ik weet nog dat ik op dat moment dacht dat het leek alsof het vocht langzaam van het plafond drupte, alsof het dak van Tims huis een stel gebroken dakpannen had en er op een paar plekken rode regen doorheen lekte.

Je mag best weten dat ze op dat moment niets aan mij hadden, Francine. Ik verstijfde. Deed niets, zei niets. Enfin, niet helemaal niets: ik heb wel veel gekeken, gestaard. Zo veel dat ik het tafereel nu, jaren later, nog altijd scherp voor ogen heb. Er zaten kepen in Tims polsen, bloedvlekken en vegen tot aan zijn ellebogen. Zijn huid had iets groenigs. Hij had ook zijn enkels en hielen doorgesneden, vandaar het bloed op de vloer. De kamer waar hij zich in bevond, was er al even erbarmelijk aan toe als de bewoner. Er groeide schimmel tegen de muren en sommige ruiten waren gebarsten. In twee hoeken van het plafond zaten spinnenwebben zo groot als hangmatten: bouwwerken van dik, grijs koord die er waarschijnlijk al jaren hingen. Ik huiverde bij de gedachte dat Tim de kamer in deze staat had gehuurd, en dat hij zelfs die enorme spinnenwebben niet had weggehaald. 'Omdat hij verder niets anders van plan was in die kamer dan in verval raken en sterven,' verklaarde Kerry achteraf.

'Kom niet bij me in de buurt,' verordonneerde Tim ons terwijl hij het mes oppakte. 'Anders worden jullie nat en kleverig.' Het klonk alsof hij dreigde zichzelf nog meer toe te takelen als wij fysiek bij hem in de buurt probeerden te komen, maar misschien zag ik dat verkeerd.

Kerry was geweldig, Francine. Ze deed alsof er niets bijzonders of griezeligs aan de hand was, alsof het gewoon een praktisch probleempje was dat we zo hadden opgelost. 'Ik kan je zo al zeggen dat geen van die wonden fataal is,' zei ze langs haar neus weg tegen Tim en ze beende bij hem weg naar de tafel waar zijn laptop opengeklapt stond. Er lagen een pen en een notitieblok naast, met daarop een soort lijstje en rode spikkels die Tim had gebloed toen hij het lijstje schreef. Kerry rommelde wat op het toetsenbord en het scherm sprong aan. 'Zijn dit de instructies die je hebt opgevolgd?' vroeg ze.

'Waardeloze instructies,' zei Tim. 'Als ze deugden, was ik er nu niet meer.' Het ziekelijke groen van zijn huid werd met de seconde intenser. Hoe wist Kerry nou dat hij niet doodging? Ik was daar niet zo zeker van. Het bloed bleef in ieder geval doorgutsen. Kerry had haar telefoon gepakt. 'Geen ambulance bellen,' zei Tim bits. 'Ik weet zeker dat het niet lang meer duurt.' Ik weet nog dat ik het gevoel had dat iemand een emmer ijswater in mijn maag had leeggegoten. Had Tim ons ontboden om hem te zien sterven? Had hij ons nodig voor de morele ondersteuning? Kwam het dan niet bij hem op om zich af te vragen wat voor effect dat op ons zou hebben?

Kerry bitste terug: 'Ik bel wel degelijk een ambulance, en jij houdt verder je mond.' En ze deed het. En Tim liet haar begaan. Ze vroeg hem hoe laat hij het had gedaan. 'Halfelf?' zei hij vragend. Om de zoveel seconden greep hij zijn knieën alsof die hem het meest pijn deden. 'Succes met snijden'? las Kerry hardop van de website. Ik huiverde toen ik die woorden hoorde – letterlijk, over mijn hele lijf. Ik vervloekte de uitvinding van het internet en hoopte dat iedereen die er instructies voor zelfmoord op zette die zelf zou opvolgen en zeer binnenkort een pijnlijke dood zou sterven. Zodra ik de woorden 'succes met snijden' hoorde, wist ik dat ik ze nooit meer uit mijn hoofd zou krijgen en ik had gelijk: het is me niet gelukt.

Kerry zei tegen de mensen van de ambulance dat het dringend was: er was een man die zijn polsen en enkels had doorgesneden en hij had veel bloed verloren. 'Ik ben blij dat je niet hebt gezegd dat ik mezelf van kant probeerde te maken,' zei Tim. 'Was dat dan niet de bedoeling?' vroeg ik aan hem. Hij ontweek de vraag en zei: 'Er is bloed zichtbaar, er zijn kepen zichtbaar. Intenties zijn niet zichtbaar. Laten we ons tot de feiten beperken.' Kerry zei weer dat hij zijn mond moest houden, en dat het onmogelijk was dat hij dit om halfelf had gedaan. 'Je hebt dit pas een halfuur geleden gedaan, toen ik je belde om te zeggen dat wij nog dertig kilometer te gaan hadden. Waar of niet?'

Denk jij dat ook, Francine? Heeft Tim het je verteld? Niet dat jij het mij zou kunnen zeggen. Toch zou ik het graag willen weten. Heeft hij het zo laat mogelijk gedaan zodat wij hem op tijd konden redden? Was dat altijd al zijn plan? Als hij wilde blijven leven, had hij al dat snijden in polsen en enkels net zo goed kunnen overslaan. Zou iemand als Tim niet een waardiger manier hebben bedacht om aandacht te trekken? Of was het de bedoeling dat zijn zelfmoordpoging zou mislukken? Waarom gaf hij dat dan niet gewoon toe door te zeggen: 'Ik ben nergens goed voor, ik kan mezelf niet eens fatsoenlijk van kant maken'? Zichzelf voor oud vuil uitmaken was altijd al een geliefd tijdverdrijf van Tim, al zolang als ik hem ken. Toen ik dat tegen Kerry zei, zei ze: 'Maar hij is ook trots. Je hebt gehoord hoe hij volhoudt dat hij Gaby niet mist. Hij maakt zichzelf in abstracte zin uit voor oud vuil – "Ik ben derderangs, ik bezit geen greintje originaliteit" – terwijl hij zijn vreemdste gedrag te vuur en te zwaard verdedigt en volhoudt dat hij nog nooit een verkeerde beslissing heeft genomen.'

Terwijl we op de ambulance zaten te wachten, onderwierp Kerry Tim aan een verhoor, en probeerde een samenhangend verslag van hem los te krijgen, waarbij haar toon sterk de suggestie wekte dat ze geen woord geloofde van wat hij zei. Ze klonk bijna net zoals jij, Francine, en achteraf vertelde ze dat ze hoopte dat Tim een grotere kans had om te overleven als ze hem dwong zijn hersens te gebruiken om zijn verhaal te verdedigen. 'Waarom heb je die snij-instructies met de hand overgeschreven, op papier?' vroeg ze aan hem. 'Waarom heb je ze niet gewoon vanaf het scherm gelezen? Je wilde tijd doden, waar of niet? Je wilde jezelf om de tuin leiden met de gedachte dat je naar je doel toewerkte. Je hebt een paar voorzichtige inkepinkjes gemaakt en de rest schoof je voor je uit.' Tims reacties waren niet consistent. Hij ontkende ten stelligste dat hij iets voor zich uit geschoven had, maar wilde ook niet toegeven dat hij geprobeerd had zich van het leven te beroven. Toen de ambulance met gillende sirene voor het huis stopte, zei hij: 'Waarom word ik eigenlijk precies gered? "Ik keur dat niet goed en ik leg me er niet bij neer", zoals een dichter ooit zei. Die dichter was Edna St. Vincent Millay.'

Jij kon Tims liefde voor poëzie ook niet goedkeuren, hè, Francine? Je vond het verwijfd. Toen hij lid werd van The Proscenium Library heeft hij dat jou niet verteld. Hij wist dat je zou zeggen dat het geldverspilling was en dat je net zolang zou mokken totdat hij 'besloot' om zijn lidmaatschap op te geven.

Tim was woedend op Kerry en mij toen hij hoorde dat het ambulanceteam de trap op rende en het tot hem doordrong dat hij waarschijnlijk niet zou sterven. 'Waarom doen jullie al die moeite voor mij?' wilde hij weten. 'Is er soms iemand in Spilling die zijn btw-aangifte nog moet indienen? Zijn alle andere accountants te druk? Ik ga niet meer terug, hoor. Het is niet veilig: ik in de buurt van Francine. Jullie houden jezelf voor de gek als jullie denken dat ik wel bij jullie kan intrekken, tenzij jullie een huis hebben waar ik niets vanaf weet en dat ver bij de Culver Valley vandaan is.' Toen hij dat had gezegd, vielen zijn ogen dicht en leek het of hij niet meer bij bewustzijn was. Kerry barstte in huilen uit. Ik vroeg me af wat Tim bedoelde toen hij zei dat het niet veilig was: hij in jouw buurt, Francine. Was dat niet veilig voor hem, of voor jou? De ambulancebroeders stormden de kamer in en deden hun werk, en het was een enorme opluchting om niet meer verantwoordelijk te zijn. Ik sloeg mijn armen om Kerry heen, maar die was te druk om getroost te worden – ze was al aan het plannen. 'We moeten weg uit Spilling,' zei ze. 'We verkopen de boel en kopen een huis dat een heel eind uit de buurt van Francine is.'

Enfin, dat hebben we gedaan. En we hebben Tim met ons meegenomen. We hadden niet gedacht ooit nog terug te komen, maar toen kreeg jij die beroerte en nu zitten we hier weer. Tim beweert dat we hier zijn vanwege jou – alweer zo'n vertekening die hem goed uitkomt. Want het maakt voor jou niet uit waar je bent. We zouden allemaal tegen jou kunnen zeggen dat je in een slaapkamer in een huis in Spilling ligt, weet jij veel. Het feit dat we weer terug zijn, heeft niets met jou te maken, Francine. Het is allemaal vanwege Gaby Struthers.

Dat was het voorlopig.

Dan

6

11/03/2011

De regen van de vorige nacht was gestopt. Charlie deed de deur open en zag een paar weinig overtuigende vlekken zonlicht en een nerveuze Sam Kombothekra, wiens zenuwen en schuldgevoel er onmogelijk dikker bovenop hadden kunnen liggen. 'Ik wilde Simon nog even spreken,' zei hij.

Dus Regan had niet gelogen. En Sam was gekomen om het recht te zetten. 'Je bent al te laat,' zei Charlie tegen hem.

'Hij hoeft pas vanmiddag te werken. Is hij nu al op weg?'

Als ze die vraag met ja beantwoordde zou ze een verkeerde indruk wekken: dat Simon naar het bureau was. Hij had haar duidelijk geïnstrueerd. Ze mocht niet onthullen waar hij uithing of wat hij ging doen, maar ze mocht ook niet liegen. 'Hij is er niet,' antwoordde ze. 'Meer kan ik je niet vertellen. Ik zou alleen niet verwachten dat hij doodleuk weer op het werk verschijnt. En ik zou van nu af aan ook geen medewerking of respect van zijn kant meer verwachten.'

Sam slaakte een moedeloze zucht en wreef met zijn hand over zijn gezicht.

'Hoe haalde jij dat in godsnaam in je hoofd, Sam? Met Proust en Sellers samenspannen tegen Simon? En tegen Gibbs?' Niet dat Charlie iets om Gibbs gaf, want dat deed haar zus al te veel, maar toch. 'Knoeien met transcripten, dingen weglaten...'

'Wacht even, Charlie. Zo is het niet...' Sam zweeg en schudde zijn hoofd. Schoot in de lach. 'Proust heeft het zeker aan Simon verteld?'

'Nee. Sellers? Nee. Je kunt het nog duizend keer proberen, maar je raadt toch nooit wie het ons heeft verteld. En nu ga ik weer naar mijn bed. Ik heb een vrije dag, en ik lag er pas om vijf uur in, dus... doei!' Charlie probeerde de deur dicht te doen.

Sam greep hem vast en hield hem open.

'Is dat soms je vaderlijke van-jou-had-ik-meer-verwacht-gezicht?' vroeg Charlie aan hem. 'Want als dat zo is, is het nog maar een kwestie van tijd of je zoontjes zijn aan de crack, dat kan ik je op een briefje geven.' Ze probeerde de deur weer dicht te doen. Voor de tweede keer hield Sam haar tegen. Hij keek verward: het kon toch niet zo zijn dat zij hem buiten wilde sluiten?

Hij deugt. Dat heb je altijd gevonden.

Werkt het zo? vroeg Charlie zich af. Dat je eerst je reputatie vestigt als goeie vent, en dat je vervolgens kunt doen en laten wat je wilt, omdat het niemand opvalt als je gedrag vertoont dat niet past bij jouw label en de categorie waar ze je aan toegewezen hebben? Ze had de energie niet om Sam te herdefiniëren, niet nu ze hem al een keer in een hokje had ingedeeld. Mensen hebben toch geen tijd om dit soort zaken opnieuw te evalueren? Meningen vormen over mensen is niet zoiets als afstoffen of de koelkast bijvullen: iets wat je steeds weer opnieuw moet doen.

Sam draaide zich om en keek naar zijn aan de straat geparkeerde auto, en keek toen weer naar Charlie. 'Kom mee,' zei hij. 'Ik heb je hulp heel hard nodig. Ik zou hier graag met iemand over praten die er met een frisse blik naar kan kijken.'

Mee waarheen? Hij kon haar moeilijk uitnodigen om mee te gaan naar de afdeling Recherche, waar ze vroeger zelf ook werkte. Dus waar dan naartoe? Nieuwsgierigheid was een ongelukkige karaktertrek voor een brigadier die geen rechercheur meer was en die een dagje vrij had.

'Fijn dat je me ook even vertelt wat ik hier zelf bij win,' zei Charlie. Hoewel ze best een voordeel zag aan meegaan met Sam: ze kon er zo voor zorgen dat hij niet dezelfde kant op ging als Simon. Die was namelijk naar de gevangenis in Combingham, om met Tim

Breary te praten. Maar die kans was niet groot. Gevangenissen lieten geen onaangekondigd bezoek toe, behalve als dat bezoek Simon Waterhouse heette. Charlie wist dat Sam haar nooit mee naar binnen kreeg, en Sam wist het ook. Dus vandaag was niet de dag waarop ze Tim Breary, de Geen Idee Waarom Moordenaar, zou ontmoeten.

Charlie hoorde zichzelf zeggen: 'Ik heb er spijt van dat ik mijn baan bij de recherche eraan gegeven heb zodat jij mijn plek in kon nemen.'

Sam glimlachte. 'Dat heb je nog nooit tegen me gezegd. Maar ik heb het altijd geweten.'

'Ik kon ermee leven toen ik nog dacht dat jij een heilige was en het veel meer verdiende dan ik, en dat je een goed tegenwicht was voor Simon. Maar nu?' Ze schudde haar hoofd, want ze wist dat het haar zou berouwen dat ze het geheim dat ze al jaren met zich meedroeg hardop had uitgesproken. Ze voelde nu de spijt al aanzwellen en een vorm krijgen in de wereld buiten zichzelf.

'Er is niets veranderd,' zei Sam. 'Kleed je aan. Ik leg het onderweg wel uit.'

'Onderweg waarnaartoe? Ik heb nog niet gezegd dat ik met je meega,' wees Charlie hem terecht. 'Ik ben pissiger op jou dan ooit tevoren, en dan nodig je mij uit een dagje op stap te gaan?'

'Naar het Dower House, waar Kerry en Dan Jose wonen. Trek iets...' Sam bedacht zich en maakte zijn zin niet af. '...laat maar. Trek maar wat aan. Maar niet te netjes. Niets intimiderends of politie-achtigs.'

Charlie klopte op zijn voorhoofd alsof het een deur was. 'Ik ben kwaad op jou, Sam. Ik wil geen eindje met jou uit rijden, en ik wil niet jouw werk doen op mijn vrije dag. Godsamme, jij bent al net zo erg als Simon.' Sam luisterde vroeger toch altijd naar wat je tegen hem zei? Had het werken met Simon hem veranderd? Charlie voelde zich een verrader doordat ze deze mogelijkheid overwoog. Simon schond regels, maar alleen...

Alleen als die regels niet deugden?

'Als je een kwartier nadat we zijn vertrokken nog steeds kwaad bent, parkeer ik de auto, bel ik een taxi om je terug te brengen en dan zal ik die nog zelf betalen ook,' zei Sam. 'Deal?' Het was een deal die Simon nooit zou hebben aangeboden, en waar hij zich ook nooit aan zou houden, en om die reden kon ze er geen nee tegen zeggen.

Charlie kreunde terwijl ze naar boven liep. 'Mietje,' mompelde ze. 'Sloofje.'

'Nee, nee, je bent redelijk en flexibel,' verbeterde Sam.

'Ha! We weten allebei dat dat niet klopt. Kleding: links-alternatief zorgzaam?'

'Heb je zoiets in de kast?' Sam klonk twijfelachtig.

'Nee. Ik heb alleen maar maliënkolders met martelaccessoires,' riep Charlie van boven. Ze poetste haar tanden, waste haar gezicht en smeerde te snel haar rode lievelingslippenstift op, zodat het net leek of ze met haar mond langs een open wond gegaan was. Ze vloekte zachtjes – een kalmerende mantra – terwijl ze de rode vegen met water en een tissue verwijderde. Ze vroeg zich af of Sam hoopte dat iemand haar straks in vertrouwen zou nemen, iemand die hem niet vertrouwde, althans, tot nu toe nog niet.

Het Dower House. Kerry en Dan Jose. Charlie had ooit, tijdens haar vorige leven als wetenschapper, een congres bijgewoond in een hotel genaamd Dower House. In Yorkshire. Ze kon zich niet meer herinneren waar precies, maar het begon met een 'K', dacht ze. Ze had iemand van het personeel gevraagd naar de naam van het hotel, en had toen een college sociale geschiedenis gekregen dat lang, saai en licht beledigend was, in die zin, dat het ervan uitging dat iedereen uit een rijke familie met landgoederen kwam. Hoewel dat wat zowel de vrouw die het college gaf als wat Charlie betrof duidelijk niet het geval was, en zij waren de enige deelnemers aan het gesprek. Toch was het dankzij deze gedenkwaardige pretenties van dat mens dat Charlie nu wist dat een 'dower house' een huis is waar de vrouw van een landgoedeigenaar gaat wonen zodra ze weduwe is geworden en het grotere landhuis aan de zoon en erfgenaam moet worden overgedragen.

Het leek Charlie niet waarschijnlijk dat er iets van dit verhaal van toepassing was op Kerry Jose, vooral niet omdat die getrouwd was met de nog levende Dan Jose. Ze trok een grijze wollen broek en een donkergroene, lamswollen trui met V-hals uit een la – geen schurende stoffen, zachtheid om empathie mee aan te geven – en voelde lichte opwinding, omdat ze weer eens aan het echte politiewerk mocht deelnemen, althans zo zag ze dat. Ook al wist ze ergens best dat politiewerk meer behelsde dan alleen het vangen van moordenaars, ergens in het kleine gedeelte van haar brein dat ze bewaarde voor strikt rationele gedachten en waar haar voortdurend gekwelde gezond verstand zich zo nu en dan verschanste om te kunnen overleven. Er waren andere soorten moordenaars die ook gepakt moesten worden en waar de recherche geen enkele belangstelling voor had. Daarom was Charlie linea recta naar het regionale forum voor zelfmoordpreventie gegaan toen zich de kans voordeed.

Ze vond zelfmoord even erg als alle moorden die officieel dat labeltje kregen. *Ja, in alle gevallen. Inderdaad, zelfs in het geval van pijn en terminale ziekte – wat is er mis met een vrachtlading morfine? Genoeg om de pijn te verzachten en zelfs het bewustzijn te vernauwen als dat nodig is, maar niet genoeg om te doden.* Charlie verdedigde zich in haar hoofd, omdat ze die kans in het echte leven nog nooit had gekregen. Ze had haar mening hierover nog nooit met iemand anders gedeeld, behalve met Simon, want ze wist dat haar mening niet modieus was en niet erg zou aanslaan.

Belachelijk genoeg beweerden de meeste andere leden van het zelfmoordpreventieforum dat zij juist voorstanders waren van dat wat zij probeerden te voorkomen. In theorie verdedigden zij vurig het recht van een zelfverkozen dood terwijl ze tegelijkertijd hun stinkende best deden om het percentage zelfmoorden omlaag te brengen. Dat vond Charlie belachelijk. Simon was heel even opgekomen voor deze hypocriete lui, tot Charlie hem van haar inzichten had overtuigd, maar dat voelde niet echt als een overwinning. Simon was katholiek. De geest van het hersenspoelen uit zijn jeugd speelde hier waarschijnlijk een even grote rol bij als Charlie zelf.

Een van de weinige keren dat ze hem echt aan het lachen had gekregen, was toen ze zei: 'Ik weet dat het raar klinkt, maar geen mens knapt op van zelfmoord.'

'Kom maar op met je smoesjes,' zei ze tegen Sam toen ze wegreden in zijn auto. Het weer was inmiddels behoorlijk opgeklaard. Zelfs met de zonnekleppen naar beneden konden ze de weg nauwelijks zien door de felle zon. Sam moest steeds duiken en opzij leunen.

'Ik zou niet weten van wie je het hebt, maar wie het ook was... Daar had Proust vast niet op gerekend,' zei hij. 'Ken je het Tim Breary-verhaal tot nu toe?'

'De Geen Idee Waarom Moordenaar.'

'Perfecte naam voor hem,' zei Sam. 'Heeft Simon die bedacht?'

'Nee, ik. Maar ik stond wel vlak naast Simon toen dat gebeurde. Misschien werken zijn hersens net als draadloos internet: als je maar voldoende dichtbij staat, pik je het signaal vanzelf op.'

Sam schoot in de lach. Hij had vrede met het idee dat alle briljante gedachten van Simon kwamen, en nam aan dat Charlie dat ook had. 'Afgelopen dinsdag heeft Proust zitten spitten in de zaak van Tim Breary, alleen, zonder ons te zeggen waarom. Aan het eind van de middag riep hij Sellers bij zich en gebood hem het transcript van ons allereerste verhoor van Breary te veranderen – om er een deel uit weg te laten.'

'Maar jullie bewaren de opnames toch ook?'

'Precies.'

'Hoezo, precies.'

'Proust wist dat de opname ook als bewijsmiddel zou worden ingediend, en dat iemand die later zou gebruiken om te bewijzen dat Sellers' transcript niet helemaal klopte. Het zat Sellers uiteraard niet lekker dat hem gevraagd werd een niet-kloppend transcript te maken, en dat het wel heel gemakkelijk was om te bewijzen dat hij dat gedaan had. Dus kwam hij naar mij toe en ik had hetzelfde gevoel: het sloeg nergens op.' Sam schudde zijn hoofd. 'En het was ook niets voor Proust om zoiets te vragen. Los van de manier waarop hij ons behandelt, neemt hij nooit een loopje met de wet. En dit was wel een heel vreemd loopje. Ik kon niet geloven dat hij zijn baan en reputatie zo op het spel wilde zetten...'

'Hij zet niets op het spel,' viel Charlie hem in de rede. 'Sellers heeft dit toch allemaal gedaan? Mocht het ooit uitkomen, dan zal de Sneeuwman ontkennen dat hij er iets vanaf wist. Jij zou Sellers' versie bevestigen, en dan zou Proust jullie allebei voor leugenaar uitmaken...'

'En dan is het twee tegen één.' Sam kaapte het punt dat Charlie probeerde te maken. 'Iedereen op het bureau haat hem. Maar ze haten Sellers niet. En mij ook niet. Waarom zou hij dat risico nemen, en hoofdcommissaris Barrow een excuus geven om hem voortijdig te lozen?'

'Heb je hem dat gevraagd?'

'Ja. Hij zei dat hij geen enkel risico liep: Simon zou er nooit achter komen, en zelfs al kwam hij er wel achter, dan nog zou hij er niets tegen doen.'

'Dat klopt wel,' zuchtte Charlie. 'Was dat alles? Heeft hij verder nog iets over Simon gezegd?'

'Dat wil je niet weten.' Sam kreeg een rood hoofd. Hij draaide zijn hoofd van haar af en mompelde iets over dat hij geen hand voor ogen zag. De auto zwenkte uit.

Charlie schermde haar ogen af met haar hand en wachtte af tot Sam haar de rest zou vertellen. Ze was blij dat de zon hem namens haar martelde.

'Hij zei dat Simon een masochist is.'

'Ah, het oude liedje.'

'Heb je dat dan al eens gehoord?'

'Ja, in geuren en kleuren. Simons opvoeding was zo spastisch dat hij heeft geleerd dat pijn fijn is, want iets anders kende hij niet. Daarom zou hij helemaal niet liever willen werken voor iemand die hem fatsoenlijk behandelde en daarom was de Sneeuwman ook de best mogelijke baas voor hem, want die voldeed aan al zijn behoeften. Ik vind, eerlijk gezegd, dat daar wel wat in zit,' zei Charlie.

'Het verklaart niet waarom de rest het onacceptabele gedrag van Proust ook allemaal pikt: Gibbs, Sellers, ik.'

Ze hadden Spilling achter zich gelaten en reden de stad uit via Silsford Road. Dat betekende dat ze al snel wolken zouden zien en dan was het slechte zicht geen probleem meer. Iedereen in Spilling wist dat het in Silsford altijd slechter weer was.

'Mensen zijn standaard bereid om eindeloze hoeveelheden shit te pikken,' zei Charlie. 'Neem mij nou, ik hobbel nu toch ook gezellig mee in de auto van een overloper. Je bent trouwens zo leep dat je het eind van het transcriptverhaal niet hebt verteld: jullie hebben het gedaan. Of je hebt Sellers opdracht gegeven het te doen. Heeft Proust gedreigd je te ontslaan?'

'Ja, daar dreigde hij mee, maar nee, we hebben het niet gedaan. Proust zei niets, hij gebaarde alleen dat ik zijn kantoortje moest verlaten. Ik had verwacht dat hij een poosje zou pruilen en het dan zou vergeten – hij dreigt altijd met disciplinaire maatregelen, maar hij neemt ze nooit. Alleen toen ik gistermiddag het transcript bekeek, zag ik dat hij het zelf had gedaan. Het deel van het verhoor dat hij wilde verdonkeremanen was weg. En de opname ook. Er was geen bewijs dat er iets weggehaald was, los van de herinneringen die Sellers en ik hebben aan wat Tim Breary heeft gezegd en wat niet meer in het transcript staat. Het bewijslogboek was aangepast – de opname stond niet vermeld, terwijl het er eerst nog wel stond. Ik kon het niet geloven. Ik heb er niets van gezegd tegen Sellers, of tegen Proust, of tegen wie dan ook. Ik had tijd nodig om erover na te denken.'

'Je hebt het ook niet aan Simon verteld.' Charlie vond het een punt dat het benadrukken waard was. Ze draaide haar raampje omlaag door met haar elleboog de knop ingedrukt te houden terwijl ze een sigaret opstak. 'Jij hebt gisteravond minstens een uur met hem in de Brown Cow gezeten, en je hebt niets gezegd.'

'Ik zat er nog over te piekeren,' zei Sam. 'Moet ik een officiële klacht indienen, moet ik ermee naar hoofdcommissaris Barrow? Over zulke grote beslissingen kun je niet te lichtvaardig doen.'

'Dat is waar. Ik snap best dat je een week nodig hebt om te besluiten of je een oogje dichtknijpt voor zulke schandalige corruptie. Het is inderdaad een heel grijs gebied.'

'Charlie, ik zou het zelf nooit gedaan hebben. De vraag was eerder hoe ik het kon vermijden. En ik heb er geen week over nagedacht, het was nog geen vierentwintig uur. Ik ben blij dat ik niets overhaast heb gedaan.'

'Als je Simon straks weer ziet, zou ik even vragen of hij ook zo blij is.'

Nog geen vierentwintig uur. Dat detail mocht ze Simon zeker niet onthouden. Maakte het iets uit? Voor een weldenkend mens was het niet zo gek lang, maar voor iemand die zo bezeten was als Simon en die zich nooit afvroeg of hij wel het recht had andermans brein binnen te dringen en alles meteen te weten?

'Ik ben vanochtend langsgekomen om ons allemaal blij te maken,' zei Sam. 'Mezelf, omdat ik het verschrikkelijk vind om details met betrekking tot een zaak bij Simon weg te houden...'

'Dat klinkt alsof je dat wel vaker hebt geprobeerd,' viel Charlie hem in de rede.

'Dat is niet zo,' zei Sam ernstig. 'Ik vond het vreselijk, Charlie. Ik wilde gisteravond in de Brown Cow alles opbiechten, maar ik kan zoiets niet doen zonder er eerst goed over na te denken, ook al weet ik dat Simon zoiets *wel* kan, als hij kwaad is. Daarom heb ik ermee gewacht. En toen ik vannacht in mijn bed lag te woelen, en Kate uit haar slaap hield, besefte ik dat ik het *tegenovergestelde* deed van wat Proust wilde bereiken door het te verzwijgen.'

Charlie deed haar mond open om dat tegen te spreken, maar ze merkte dat ze dat niet kon. Het klopte, wat hij zei. Proust zou nooit een gok van die omvang nemen als er een reëel risico bestond. 'Hij wilde dat jij het Simon zou vertellen op een manier die zijn volledige aandacht zou opeisen,' zei ze. 'Verpakt in een neppoging om het bij hem weg te houden. Hij gokte dat Simon hem niet zou aangeven en zelfs al deed hij dat wel, dan nog kon Proust de vermiste opname van het verhoor van Tim Breary tevoorschijn halen, samen met Sellers' oorspronkelijke transcript, en dan kon hij beweren dat het allemaal een tactische zet was. Van tijdelijke aard.' Dat had hij allemaal niet tegen zijn vrouw en dochter gezegd, aangenomen dat Regan Murray een betrouwbare getuige was. Ze was overtuigd van zijn oprechte bedoeling om Simon niet te informeren, zodat die zich niet zou afvragen of Tim Breary wel of niet schuldig was.

'Precies.' Sam leek opgelucht dat hij zijn punt had gemaakt. Ze sloegen een eenrichtingsweg in, aan weerszijden omzoomd door hoge bomen. Dus gingen ze naar Lower Heckencott of naar Upper Heckencott, deduceerde Charlie. Mooi. Beide dorpjes bestonden uit nog geen vijf huizen, en al die huizen zagen er vanbuiten uit alsof ze absoluut een vleugel in de grote hall hadden staan, of het nu een achttiende-eeuws landhuis betrof of een protserige nieuwbouwvilla met zo'n veranda met dikke pilaren, of een 'port-cochères', zoals Liv dat soort dingen, pretentieus genoeg, noemde.

'Dus dat weghalen was bedoeld om... Waar was het eigenlijk voor bedoeld?' vroeg Charlie aan Sam. 'Om in twijfel te trekken dat Tim Breary het had gedaan?'

'Hoe raad je het zo?' Dit keer opperde Sam niet dat haar slimme idee wel van Simon zou komen.

'Proust gelooft niet dat Tim Breary zijn vrouw heeft vermoord, maar Breary heeft bekend.' Charlie tikte de as uit het open raampje. 'De Sneeuwman wil dat Simon die bekentenis weerspreekt, want hij wil niet het risico lopen om het zelf zichtbaar bij het verkeerde eind te hebben. Jij weet dat Simon er waarschijnlijk meer werk van maakt als hij denkt dat hij het tegen iemands wil heeft ontdekt, en dus bedenkt hij deze doofpotaffaire, in de wetenschap dat jij meteen naar Simon gaat om te blaten over dit wangedrag. Sorry als ik je daarmee beledig.'

Sam knikte. 'Ik ga naar Simon, ik blaat, Simon vraagt wat er dan mist, wat Proust per se uit het dossier wilde halen. Ik vertel het hem, hij bijt zich erin vast met een fanatisme dat hij waarschijnlijk niet aan de dag had gelegd als hij het gewoon had gelezen zonder het idee dat iemand iets voor hem verborgen wilde houden. Hij besluit dat Breary zijn vrouw niet vermoord kan hebben...'

'Alleen heb *jij* het niet aan Simon verteld,' zei Charlie. 'Het was Prousts dochter.'

De auto zwenkte uit, en reed toen weer rechtdoor. 'Prousts *dochter*?'

Charlie vond dat ze Sam niet het hele verhaal verschuldigd was. 'Wat heeft Tim Breary gezegd dat al dan niet verdacht is?' vroeg ze. Simon wist het, maar wilde het haar niet zeggen. Charlie had tot halfdrie vannacht op hem zitten wachten. Hij was niet al die tijd bij Regan Murray geweest; hij had over straat gezwalkt, en nagedacht over wat ze tegen hem had gezegd. Hij mompelde tegen Charlie dat hij er niet over wilde praten voor het slapengaan en was meteen in slaap gevallen. Waarna zij wakker lag en het gevoel had dat ze iets belangrijks miste, maar niet wist wat.

Sam draaide zijn raampje open: een stilzwijgend protest tegen de nicotine die hij buiten zijn schuld om via Charlie toegediend kreeg. 'Toen Breary tegen ons zei dat hij zijn vrouw had vermoord, hebben we uiteraard gevraagd waarom. Hij zei dat hij dat niet wist. Dat het niet zijn vooropgezette doel was – dat hij naast haar bed tegen haar zat te praten en dat hij, zonder te weten waarom, een kussen oppakte, dat op haar gezicht drukte en haar zo gesmoord heeft.'

'Vocht ze terug?' vroeg Charlie.

'Dat kon ze niet. Twee jaar geleden heeft ze een hersenbloeding gehad en daardoor kon ze nauwelijks bewegen en al helemaal niet meer praten.'

'Hoe oud?'

'Francine was veertig toen ze stierf, achtendertig toen ze de hersenbloeding kreeg.'

'Dat is ongelofelijk jong.'

'Ja,' beaamde Sam. 'En ze was ook nog eens een gezondheidsfreak: sportte regelmatig, geen overgewicht, dronk nauwelijks, rookte niet, vond gezond eten belangrijk.'

'Dan is dat je motief,' zei Charlie. 'Wat allejezus saai om met zo'n vrouw te moeten leven. En na haar hersenbloeding werd het alleen nog maar erger.'

'Wat heb je toch een groot hart,' zei Sam plagerig. Een diplomatieke manier om te verhullen dat ze hem choqueerde, dacht Charlie. Sam zou nooit iets zeggen wat geen mens ooit hardop zou uitspreken. En er nog eens een schepje bovenop doen, zoals Charlie altijd deed, was al helemaal niets voor hem.

'Serieus,' zei ze. 'Lijkt je dat geen dijk van een motief: dat hij geen zin had om met een vegeterende vrouw opgezadeld te zitten?'

'Francine...' Sam kwam er niet uit. Charlie nam zich in stilte iets voor: als hij nu 'vegeteerde niet' zou zeggen, zou ze voor altijd stoppen met roken. Dan was dit haar laatste sigaret. 'Geestelijk gezien had ze ze nog wel allemaal op een rijtje,' zei Sam uiteindelijk.

'Dus ze kon niet praten en ze kon zich niet bewegen, maar haar denkvermogen was nog intact?' Charlie huiverde. 'Wat afgrijselijk. Maar dat is nog een motief: hij heeft haar uit haar lijden verlost.' Daar doelde Simon gisteravond waarschijnlijk op: als Tim Breary zijn vrouw had vermoord om haar verder lijden te besparen, als ze het misschien zo afgesproken hadden, zoals sommige echtparen doen, dan was de dood van Francine Breary misschien geen moord. Haar echtgenoot kon schuld bekennen aan hulp bij zelfdoding en als hij dat deed, hoefde hij niet naar de gevangenis. Waarschijnlijk kreeg hij dan ook nog een flesje wijn en een doos bonbons van het Openbaar Ministerie; iedereen werd tegenwoordig zo opgewekt van hulp bij zelfdoding.

'We hebben beide motieven geopperd, en hij heeft ze allebei ontkend,' zei Sam. 'Tim Breary ontkent de mogelijkheid van euthanasie met veel bombarie, en bijna even stellig – het scheelt niet veel – ontkent hij dat hij Francine uit de weg wilde ruimen omdat hij er genoeg van had dat hij aan haar vastzat.'

'Dus hij wist wel wat *niet* zijn motieven waren,' zei Charlie bedachtzaam. 'Dat waren er twee. Maar toch beweer jij dat hij niet weet waarom *wel*.'

'Inderdaad,' antwoordde Sam. 'Geen idee, zei hij in dat eerste verhoor, en daar blijft hij bij. En dit is wat Proust zo interessant vond dat hij het uit het dossier wilde halen: toen Sellers en ik Breary irriteerden door te weigeren om het mogelijke motief zo snel te laten varen als hij wilde, toen we hem vroegen om er nog eens heel goed over na te denken of hij misschien toch niet iets kon bedenken, zei hij iets vreemds.'

Daar zul je hem hebben, dacht Charlie. De baard van Occam: de vreemdste verklaring is altijd de juiste.

'Hij zei: "Het is heel normaal dat iemand een moord pleegt zonder te weten waarom. Dat gebeurt zo vaak. Alleen in films en boeken hebben alle moordenaars een afdoend motief." Hij zei het vol zelfvertrouwen, alsof hij wist waar hij het over had, maar toen… leek het net of hij het zelf toch betwijfelde. Hij stelde niet meer, hij vroeg het ons: "Is het niet heel gewoon dat iemand een ander vermoordt en dan zegt dat hij niet weet waarom? Dat hij door iets bevangen werd, dat hij impulsief heeft gehandeld – zoiets?" Sellers vroeg hem of hij iemand kende die voor de politie werkte. Hij zei van niet. "Hoe kom je daar dan bij?" vroeg Sellers. Toen viel Breary tegen hem uit. "Geen idee – waarschijnlijk op de radio gehoord," zei hij. "Ik heb zelf geen originele gedachten. Laat dat alstublieft tot u doordringen, dat bespaart ons allemaal een hoop tijd en energie." Ik zweer je, ik heb nog nooit iemand meegemaakt als deze vent. Hij zegt zulke vreemde dingen.'

'Hij klinkt als een intelligente, welbespraakte moordenaar die zijn motief niet bekend wil maken,' zei Charlie. 'Eentje die denkt dat hij zich kan voordoen als een wauwelende, gedrogeerde zakkenwasser die iemand neersteekt en zegt: "Het gebeurde gewoon. Ik had dat mes in mijn hand en ik stak hem neer. Ik weet ook niet waarom".'

'Hij weet *wel* waarom,' zei Sam. 'Aangenomen dat hij het inderdaad heeft gedaan. Persoonlijk denk ik dat hij de moordenaar is, maar daar sta ik alleen in. Simon, Sellers en Gibbs zijn het allemaal niet met me eens, en als onze theorie klopt, Proust ook niet.'

'Waarom denk jij dat hij wel schuldig is?' vroeg Charlie.

'Tim Breary heeft het kussen aangewezen dat hij gebruikte om zijn vrouw mee te smoren. Er lagen er vier op haar bed. Ze lagen allemaal over de grond verspreid toen Lauren Cookson de kamer in liep en Breary over Francines lichaam gebogen aantrof. Lauren was de verzorgster van Francine.'

'Dat mensen zulk werk doen begrijp ik echt niet,' zei Charlie.

'Breary zei dat hij het kussen met het Paisleymotief had gebruikt. Uit ons laboratoriumonderzoek bleek dat hij gelijk had: het zat onder het speeksel, slijm en oedeemvocht – allemaal van Francine. De andere kussens waren schoon.'

'Dus jij hebt gelijk,' zei Charlie. 'Hij heeft haar vermoord en hij wil niet zeggen waarom.'

'Dat denk ik, ja. Meestal. Ik zou zekerder van mijn zaak zijn als we alleen Breary's verklaring hadden dat hij het Paisleykussen had gebruikt als moordwapen, en dat verder iedereen zou zeggen dat ze geen idee hadden wat er is gebeurd, misschien ook aan zijn woorden zouden twijfelen en zouden zeggen dat ze niet konden geloven dat hij hiertoe in staat was.'

'Wat bedoel je? Wie is iedereen in dit geval?' Waren er getuigen van de moord? Als dat zo was, waarom werd er dan getwijfeld aan Tim Breary's schuld? Kerry Jose. Dan Jose. Lauren Cookson. Jason Cookson.' Sam dreunde de namen uitdrukkingsloos op. 'Alle bewoners van het Dower House waren thuis op het moment van de moord. Kennelijk was Tim als enige in de slaapkamer van zijn vrouw toen de moord daadwerkelijk gepleegd werd – dat zeggen ze allemaal, inclusief Tim – maar ze weten blijkbaar allemaal precies wat er in die kamer is gebeurd, alsof ze het met eigen ogen hebben gezien. Het is een kleine, unanieme gemeenschap van vijf mensen.'

Charlie hoorde frustratie in Sams stem en onderdrukte een glimlach. Hij vond het vreselijk als hij getuigen niet kon geloven, al deed hij nog zo zijn best.

'Geen van de vier mensen die niet Tim Breary zelf zijn zegt: "Vraag Tim maar wat er is gebeurd, want hij was de enige die in die kamer was toen Francine stierf." Ze vertellen het allemaal alsof ze het zelf gezien hebben, en hun verhalen zijn identiek. Ze hebben het allemaal over het Paisleykussen, en ze citeren Tim zonder te zeggen dat ze hem citeren. Het lijkt net alsof ze allemaal *wel* bij hem in de kamer waren. Maar ze zeggen dat dat niet het geval was. Ze zeggen dat hij hen achteraf heeft verteld wat er is gebeurd, maar... ik weet het zo net nog niet. Het voelt niet goed.'

'Zit je te denken aan *Moord in de Oriënt-Express*?' vroeg Charlie. 'Van Agatha Christie. Heb je dat weleens gelezen?'

'Nee, maar ik heb het op tv gezien. Ze hadden het allemaal gedaan, samen – alle verdachten.'

'En het is fictie,' zei Charlie met klem. 'En de reden waarom ze het met elkaar hadden gedaan, was dat iedereen een alibi kon krijgen van een buitenstaander die ze zogenaamd niet kenden, zodat het leek alsof ze het geen van allen gedaan konden hebben. Briljant idee, maar het werkt alleen als niemand van de verdachten zin heeft om voor de moord op te draaien. Terwijl die Tim Breary van jou dat juist wel wil – en als dat zo is, waarom zouden de anderen dan...' Charlie stopte en lachte bij zichzelf. 'Natuurlijk hebben ze het niet met z'n allen gedaan. Er zijn geen vijf mensen nodig om een kussen over het hoofd van een halfverlamde vrouw te houden.' In de roman van Agatha Christie was de deelname van de samenzweerders niet nodig om de dood van het slachtoffer te garanderen, maar symbolisch was het wel van belang. Iedereen wilde persoonlijk en van dichtbij wraak nemen door zelf een steekwond toe te brengen. Maar een kussenwond? *Hou eens op, Zailer.*

Sam zette de auto stil op een met gras begroeide berm. Charlie gooide haar sigarettenpeuk uit het raam en luisterde naar het soort stilte dat je alleen kunt horen bij de huizen van heel rijke mensen. Voor hen stonden een paar stenen palen met grote stenen ballen erop. 'Welkom op Lower Heckencott Hall,' zei Sam. 'Het Dower House heeft geen eigen oprit, dus moeten we over het terrein van het grote huis.' Hij grinnikte. 'Zo noemt Kerry Jose Lower Heckencott Hall. Je moet eens zien hoe groot haar eigen huis is.'

Charlie kon haar ogen niet afhouden van de palen. Op beide palen was een reliëf uitgehouwen van wat leek op een taartplateau met een hele stapel vruchten erop. Vreemde keus, zo ver van een keuken. In plaats van die fruitschalen zag Charlie een afbeelding van een stikkende vrouw voor zich, en een hand die een kussen op haar gezicht drukte. Of misschien wel meerdere handen, op elkaar, die elkaar omlaagdrukten.

'Wat nu als Tim Breary het heeft gedaan maar zij allemaal wilden dat hij het deed?' vroeg Sam. 'Ik heb geen bewijs, maar misschien vormen deze mensen daarom een groep – een samenzwering, als je het zo wilt noemen.'

'Jij klaarblijkelijk wel.' Grappig dat hij ook met dat woord kwam. Charlie bracht zichzelf in herinnering dat ze geen van deze mensen ooit zelf had ontmoet. Het ging niet aan om met Sam te speculeren.

Hij keek haar aan. 'Persoonlijk denk ik dat Tim Breary zijn vrouw heeft vermoord, maar dat wil nog niet zeggen dat hij niet liegt. Wat het verhaal ook mag zijn, zij kennen het allemaal. Ze hebben woordelijk de leugen ingestudeerd waar ze mee naar buiten treden, en ze kennen allemaal de waarheid. Maar niemand vertelt die waarheid.'

7

Vrijdag 11 maart 2011

'Dus wat deed u toen?' vraagt rechercheur Chris Gibbs aan me. 'Toen u zich realiseerde dat Lauren het over Tim Breary had?'

Ik dacht dat ik klaar was met het relaas dat ik hier kwam doen. Daarom was ik gestopt met praten.

Het valt me zwaar om geconcentreerd te blijven. Mijn ogen willen zich zo graag sluiten en blijven maar tranen. Het linkeroog vertrekt om de zoveel seconden; wrijven over de huid eromheen heb ik al geprobeerd, maar het is een hardnekkig spasme dat zich niet laat wegstrijken. Mijn haar is ongekamd en zit vol klitten, mijn broek is besmeurd met modder en op mijn blouse zitten koffievlekken dankzij de turbulentie tijdens de vlucht. Ik zie er vast afstotelijk uit. Die arme rechercheur Gibbs. Ik zou ook geen zin hebben om met mezelf in een veel te kleine, veel te warme verhoorkamer te zitten.

'Maakt het uit wat ik toen heb gedaan?' vraag ik. 'Dit gaat om Tim Breary, niet om mij. Hij heeft zijn vrouw niet vermoord, dus u moet de aanklacht intrekken en hem vrijlaten. Jullie stellen toch zeker geen vervolging in als er geen kans is op een veroordeling?'

'Zo simpel is het niet, en wij gaan daar niet over,' zegt Gibbs. 'Dat is aan het OM. Het Openbaar Ministerie.'

'Jullie, zij, wie dan ook,' zeg ik ongeduldig. 'Wat moet een jury ervan denken als ik getuig voor de rechtbank en Lauren Cookson citeer over hoe een onschuldige man voor moord de gevangenis in moet?'

‘Uw woord tegen het hare – zo zie ik het. Ik zou ook vraagtekens zetten bij uw gevoelens voor Tim Breary. Trouwens, daar *zet* ik vraagtekens bij.’ Hij staart me aan. Moet ik me soms schuldig voelen omdat ik gevoelens heb? Wat zou het handig zijn als ik ze niet had. Dan zou ik hier kunnen zitten en me concentreren op het beschermen van mijn eigen belangen, en die van Tim, zonder die hete wervelwind die door me heen raast; dan zouden de mensen van de recherche mijn rationele argumenten horen en niet de verwarring binnen in mij.

‘Wat u verder ook voor relatie hebt of had met Tim Breary, iemand zal er op een gegeven moment vragen bij stellen,’ zegt Gibbs. ‘Wanneer en hoe hebben jullie elkaar leren kennen?’

Ik ben hier niet klaar voor. ‘Ik zal iemand de moeite besparen door niets te verbergen,’ zeg ik, maar hoor mezelf nauwelijks. Mijn redelijke woorden kunnen de concurrentie met de razende wervelwind niet aan. ‘Tim en ik waren ooit heel goed bevriend. Dat is geen geheim. Dat zal ik hun zeggen en dan zal ik hun ook vertellen dat Lauren zei dat hij onschuldig is aan moord, en dan zal de jury hem vrijspreken. Behalve dan dat er helemaal geen jury is. Zover komt het niet eens. Het OM zal de aanklacht intrekken als ze mijn verklaring hebben gelezen.’

Gibbs is het daar niet mee oneens, in tegenstelling tot wat ik verwachtte. ‘Zo snel gaan die dingen niet,’ zegt hij afwezig, alsof er iets interessanters gebeurt dat zijn aandacht afleidt. ‘Het hangt er helemaal van af of Lauren uw verhaal over gisteravond bevestigt of ontkent.’

Dus Tims vrijheid hangt af van het getuigenis van een labiele, getatoeëerde dwaas. Wat een geruststellende gedachte. ‘Ze zal het ontkennen, want ze is doodsbang,’ zeg ik.

‘Het zal u verbazen hoeveel mensen bezwijken als ze ook maar een beetje druk voelen,’ zegt Gibbs.

Ik wil tegen hem zeggen dat hij geen tijd meer moet verspillen met speculeren en dat hij hier weg moet om Lauren te gaan halen.

‘Waar is Tim?’ vraag ik. ‘Zit hij hier ergens in een cel?’ Als dat zo is, kan ik niet meer op mijn stoel blijven zitten. 'Zit hij in de gevangenis? Ik moet hem spreken.' Ik denk aan wat Lauren gisteravond zei over het intrappen van deuren.

'Hij staat aan de kant van het OM.'

'Wat?'

'Wie vindt u betrouwbaarder als getuige, Tim Breary of Lauren Cookson?'

Ik kan hem niet zo snel antwoorden als hij graag wil. Geen enkele vraag over Tims karakter laat zich gemakkelijk beantwoorden. Hij is zowel betrouwbaar als onbetrouwbaar.

'Want ze zijn het niet met elkaar eens,' zegt Gibbs. 'Laten we er eens van uitgaan dat u de waarheid spreekt en zij inderdaad beweert dat hij onschuldig is.'

'Elk woord dat ik heb gezegd is waar.' Gibbs' woorden zijn het probleem, niet de mijne. Ik begrijp ze niet. Wie is het niet met elkaar eens? Over wat? Voelde Lauren zich gisteravond ook zo, toen ze met mij probeerde te praten? 'Idealiter zou ik dit gesprek voeren na tien uur slaap,' zeg ik. 'Het is waarschijnlijk niet uw bedoeling, maar... zou u alstublieft geen spelletje met me willen spelen?'

'Tim Breary heeft de moord op zijn vrouw bekend.'

Mijn maag keert zich om. Ik slik moeizaam en doe mijn best om adem te halen terwijl mijn keel dichtgeknepen wordt. Het gebrek aan slaap heb ik vanochtend gecompenseerd met een enorm warm ontbijt op de luchthaven van Keulen. Het zag er walgelijk uit, en zo smaakte het ook, maar het zou me genoeg energie moeten hebben gegeven voor de hele dag, als ik het tenminste nu niet over de tafel voor me uitkots.

'Als hij heeft bekend, liegt hij,' zeg ik zodra de golven van misselijkheid zijn weggetrokken. *Dat kan niet.* In het artikel dat ik heb gelezen stond niets over een bekentenis, alleen dat Tim in staat van beschuldiging gesteld was. 'Waarom zou hij bekennen? Dat moet betekenen dat...' Ik val stil, want ik weet even niet wat de betekenis zou kunnen zijn. Ik had nooit gedacht dat een politiebureau zo veel op een luchthaven lijkt: ik voel me hier grofkorrelig, ongedefinieerd, zowel in mezelf opgesloten als buitengesloten van mijn echte leven.

'U bent te moe om dingen te kunnen bevatten,' zegt Gibbs. 'Als u Tim wilt helpen, geef dan antwoord op mijn vragen. Dan komt het nadenken later wel.'

Als ik tegen hem zeg dat ik dat meestal prima gelijktijdig kan – nadenken en antwoord geven – zou hij me dan arrogant vinden?

Wat ben je toch sneu. Je wilt dat hij weet dat jij de geweldige Gaby Struthers bent, maar moet je jezelf nu zien. Je kunt nog geen twee seconden een coherent idee vasthouden.

'Wat hebt u gedaan nadat u Lauren Cooksons naam had gegoogeld en erachter kwam hoe het zat met Tim?' vraagt Gibbs.

Toen ben ik ingestort, en het instorten is nog steeds gaande. 'Toen heb ik geprobeerd het tot me door te laten dringen,' zeg ik. 'Ik had geen idee wat ik zou doen als Lauren uit de badkamer zou komen, wat ik zou zeggen. Ik wilde weglopen.'

'Waarom?'

'Dat lijkt me normaal.'

'Wat mij normaal lijkt is dat u met haar wilde praten,' zegt Gibbs. 'Dat u haar vertelde dat u deze onschuldige man kent en dat dat volgens u geen toeval kan zijn.'

'Waarom zou het geen toeval zijn?' Ik veeg in mijn tranende ogen. 'Ik weet dat het niet kan, maar als dat zo is, zou het betekenen dat –'

'Gaby,' valt Gibbs me in de rede. 'Je bent uitgeput.'

Waarom zegt hij de dingen die ik eigenlijk tegen hem zou moeten zeggen?

'Neem die last niet op je. Het is mijn taak om erachter te komen wat er aan de hand is, niet de jouwe.' Hij schenkt me een glimlach alsof hij zijn glimlachoefeningen voor vandaag afgewerkt wil hebben. Of misschien wil hij warm en geruststellend overkomen, maar weet hij niet precies hoe dat moet. 'Waarom wilde je bij Lauren weglopen toen je erachter kwam dat de onschuldige man die van moord beschuldigd was Tim Breary was?' vroeg hij.

'Ik kon niet helder nadenken. Ik wilde terug naar Engeland en ik wilde zo snel mogelijk naar de politie. Maar daar zou ik niet sneller komen als ik de hele nacht langs een Duitse snelweg zou marcheren – en daarom ben ik gebleven.'

'Je zei dat je wilde weglopen. Dat suggereert dat je ergens van weg wilde lopen, én ergens naartoe.'

Daar heeft hij me te pakken. In ruil voor zijn glimlach besluit ik hem de waarheid te zeggen. 'Ik had eerder die dag iets over Tim gezegd tegen Lauren. Niet bij naam, maar ik had haar iets verteld over een man die belangrijk voor mij is geweest. Toen ik erachter kwam dat zij het waarschijnlijk over Tim had…' De rode wervelwind laait op.

'Neem je tijd,' zegt Gibbs zachtjes.

Er is geen tijd. Ik moet Tim nu zien, hem nu helpen. 'Ik was bang dat ze uit de badkamer zou lopen en dat ik haar zou vastpakken en door elkaar zou schudden tot ze me alles had verteld: waarom ze Tim liet opdraaien voor een misdrijf dat hij niet had gepleegd, hoe ze wist dat hij het niet had gedaan, wie had het dan wel gedaan, als hij het niet was. Ik was bang dat ik me niet zou kunnen inhouden. Ze moet gezien hebben hoe het mij raakte. Zelfs iemand met zo'n geringe hersencapaciteit als Lauren zou raden dat het Tim was, de man over wie ik had verteld.'

'Als ze het niet al wist,' zegt Gibbs.

Ik knik. Het valt niet mee om dat voor ogen te houden: dat Lauren me misschien de hele tijd al een stapje voor was. Niet misschien, *waarschijnlijk*. 'Ik had het haar nooit verteld als ik had geweten dat zij hem kende,' zeg ik. Het idee dat zij ons gesprek onzorgvuldig aan Tim zou overbrengen doet mijn maag samentrekken van schaamte: *Ze zegt dat ze die vent van haar zo zou dumpen en jou zou versieren als ze de kans kreeg*. O god-in-wie-ik-niet-geloof, laat dat in vredesnaam niet gebeuren.

Ik pak mijn halsketting vast en druk hem tussen mijn vingertoppen terwijl ik me afvraag of ik zo wanhopig ben dat ik voor een gouden medaillon ga bidden. *Val ik nog onder de definitie van reiziger, Sint-Christoffel, ook al ben ik weer terug in Engeland? Moet ik u nog steeds hebben, of was uw shift afgelopen zodra ik in Combingham landde?* Is er eigenlijk een schutspatroon voor vrouwen die houden van mannen die van moord beschuldigd zijn?

'Ik moest de waarheid weten, omwille van Tim,' zeg ik. 'Dat was belangrijker dan wat dan ook.' Hij kan niet bekend hebben. Gibbs gaat me zo zeggen dat hij loog, een tactiek om een reactie bij mij los te maken. 'De snelste manier om daarachter te komen was om te blijven en Lauren te confronteren. Tenminste, dat dacht ik.'

'Ga verder.'

'Ze bleef eindeloos lang in de badkamer. Gelukkig. Het bood mij de gelegenheid om tot bedaren te komen. Toen ze er eindelijk uitkwam, was alles... te anders, te snel. Ik hoefde niets te zeggen. Zodra ze mijn gezicht zag, en de telefoon in mijn hand, wist ze het. Ik heb nog nooit iemand zo schuldbewust zien kijken. Ze stond daar als een brok steen te wachten tot ik haar zou beschuldigen. Ik zei: "Ik ken Tim Breary, Lauren. Wat is er in godsnaam aan de hand?" Ze greep haar jasje en haar tas en rende weg.' Wat ik niet tegen Gibbs zeg, omdat het te vernederend is, is dat ik in kleermakerszit op de vloer zat toen Lauren de kamer uit sprintte, en het in mijn gechoqueerde staat niet bij me opgekomen was dat zij misschien zou proberen om te ontsnappen, ook al was ze al eens eerder van me weggelopen.

'Ik ben achter haar aan gegaan, maar ze was te snel – ze was al in de lift voor ik bij de deur was. Ik dacht dat ik haar misschien nog te pakken kon krijgen als ik de trap af holde, maar er was geen spoor van haar te bekennen in de lobby. Ik ging naar buiten, schreeuwde haar naam, en ben als een dolle heen een weer gerend over de snelweg. Ik ben zelfs teruggegaan naar dat rottige tankstation, maar ze was nergens te vinden.'

'Wat heb je toen gedaan?'

Hij heeft er niets aan te weten dat ik op de natte, modderige grond ineengezakt ben en keihard heb gegild, reddeloos van frustratie en woede. 'Ik ben teruggegaan naar de kamer. Geprobeerd om te bedenken wat er in godsnaam aan de hand was, geprobeerd om nog wat te slapen. Het lukte allebei niet. Uiteindelijk heb ik Lauren een lange brief geschreven – haar gesmeekt mij te vertellen hoe het zat, daar kwam het op neer.'

'Wat heb je met die brief gedaan?'

Nog niets. Hij zit in mijn tas. 'Verscheurd,' lieg ik. 'Er stonden allerlei persoonlijke dingen in over Tim en mij. Ik heb hem doorgelezen en vond het toen geen prettig idee dat dat allemaal op papier stond, laat staan dat Lauren het ooit zou lezen. Ik moest gewoon iets te doen hebben om mezelf weer rustig te krijgen.'

'En de volgende ochtend? Stond Lauren toen niet klaar voor de bus om zeven uur?'

'Nee. En ze was ook niet op de luchthaven en zat ook niet op de vlucht. We zijn geland en ik ben regelrecht hierheen gekomen.'

Gibbs noteert iets in het opschrijfboekje dat tussen ons in op tafel ligt. Vanuit mijn standpunt gezien lijkt het een patroon van krabbels dat er niet leesbaarder op wordt als ik het boekje mijn kant op zou draaien. 'Als haar angst om alleen in een vreemd land te zijn oprecht was...'

'Dat was het,' zeg ik.

'Dan vond ze het nog angstaanjagender om jouw vragen te beantwoorden zodra ze wist dat jij het wist. Ze was bereid om er alleen op uit te gaan en haar vlucht te missen, om later terug te komen in Engeland, en om het risico dat haar man erachter kwam dat ze had gelogen nog groter te maken.'

'Ze wist dat ik de waarheid uit haar zou trekken,' zeg ik en ik vraag me af of ik tot fysiek geweld bereid was geweest. Waarschijnlijk niet, niet op dat moment. Vandaag wel, nu ik de gelegenheid heb gehad om erover na te denken: ik zou mijn handen om die stomme nek leggen en persen tot ze me alles had verteld.

'Ze is niet in staat om over een langere periode een leugen vol te houden, aangenomen dat ze hem überhaupt zelf kon verzinnen,' zeg ik. 'Daar heeft ze de psychologische aanleg niet voor. Als jullie haar vinden, hebben jullie haar zo aan het praten. Dat gaat een stuk sneller als je haar vertelt wat jullie allemaal al weten. Dan hoeft ze er alleen nog maar mee in te stemmen.'

Gibbs kijkt op. 'Wat weet ik dan allemaal al?'

'Dat ze liegt om haar man te beschermen. Jason Cookson heeft Francine Breary vermoord. Dat kan niet anders.'

'Het is maar een vraag, maar waarom zou Lauren het niet zelf gedaan kunnen hebben?' vraagt Gibbs. 'Uit jouw omschrijving maak ik op dat ze heel opvliegend is – snel op haar teentjes getrapt.'

'Volgens het internet heeft Francine Breary twee jaar geleden een hersenbloeding gehad en kon ze niet meer bewegen en praten. Hoe trap je iemand op de tenen als je stom en immobiel bent?'

Gibbs knikt nuchter. Dit is de tweede keer dat ik een goed punt maak, en hij heeft er genoeg van. Het is een vreemde man.

'Lauren heeft niemand vermoord en zou dat ook nooit kunnen,' zeg ik tegen hem. 'Ze zou het... oneerlijk vinden om iemand te vermoorden, wat diegene ook heeft gedaan.'

'Oneerlijk?' Zijn mond vertrekt. Hij spot met me.

Ik heb geen zin om uit te leggen wat ik bedoel. 'Ik weet wel dat ik haar nog maar één keer heb ontmoet, maar dat was wel een langdurige ontmoeting en het voelde zelfs nog langer. Zij heeft het niet gedaan. Kun je hetzelfde zeggen van haar man?'

'Ik niet, maar Tim Breary wel. Hij weet heel zeker dat hij zijn vrouw zelf heeft vermoord. En hij weet zoiets het beste, denk je ook niet? Hij heeft ons dingen verteld die alleen de dader kan weten.'

'Behalve als de echte dader die dingen met iemand heeft gedeeld, en jullie kunnen niet garanderen dat dat niet is gebeurd,' zeg ik bits. Waarom is iedereen die op mijn pad komt toch zo dom? 'Waarom heeft hij haar vermoord? Wilde hij haar soms helpen? Was het de bedoeling dat ze niet meer zou lijden?'

Gibbs doet de vragen die ik niet mag stellen af met een officiële wedervraag. 'Wat wint Tim Breary erbij door Jason Cookson te beschermen?'

Het was een fout om over Jason te beginnen. Ik weet helemaal niet zeker of hij de moordenaar is.

'Als ik uit alle mensen die ik ooit heb ontmoet iemand moest aanwijzen die in staat is een moord te bekennen die hij niet heeft gepleegd om een reden die voor hemzelf volkomen logisch is, maar die verder niemand kan begrijpen, dan zou dat Tim Breary zijn,' zeg ik.

Iets wat Gibbs heeft gezegd blijft onaangenaam schuren in mijn achterhoofd. Vier woorden: *Wat wint Tim erbij*? 'Wie profiteert er in financieel opzicht van Francines dood, los van Tim?' vraag ik.

'Die informatie kan ik niet vrijgeven.'

'Ik gok dat Tim de voornaamste erfgenaam is, zo niet de enige. Ik weet dat hij en Francine allebei een levensverzekering hadden afgesloten.'

'Hoe weet je dat?' Gibbs duikt er bovenop alsof het een openbaring is.

'Hij is jarenlang mijn accountant geweest.' Zo misleidend, en toch volkomen waar. Het geeft mijn relatie met Tim iets keurigs en saais. 'Toen ik met Sean, mijn partner, een huis kocht, heeft Tim de hypotheek en de levensverzekering voor ons uitgezocht.'

'Dat verklaart dat hij wist dat *jij* een levensverzekering had,' zegt Gibbs. 'Het verklaart niet dat jij weet dat Francine en hij dat ook hadden.'

Wijsneus. 'Hij heeft me dat verteld,' zeg ik geïrriteerd. 'Ik vroeg ernaar. Ik wilde checken dat wat hij mij aanraadde iets was wat hij zelf ook zou doen. Dat doe ik altijd. Nooit ergens geld aan uitgeven tenzij degene die jou adviseert er zelf ook zijn geld in zou stoppen, begrijp je wel?'

Gibbs luistert niet. Tenminste, hij luistert alleen naar de stem in zijn hoofd, die fluistert: 'Ze is verliefd op Tim Breary, en ze wist dat hij van de dood van zijn vrouw zou profiteren.'

Ik weiger om te denken als iemand die ergens schuldig aan is als ik niets te verbergen heb. Ik heb Francine niet vermoord, en als iemand suggereert dat dat wel zo is, vraag ik gewoon wanneer ze is vermoord, en wijs rechercheur Gibbs op de vlucht waar ik op dat moment ongetwijfeld op zat, en de vele crewleden en passagiers die dat kunnen bevestigen. Als je een workaholic bent met een volgepakte agenda heeft dat als voordeel dat de alibi's voor het grijpen liggen.

Onder Gibbs' geslepen blik slinkt mijn bravoure snel. Ben ik stom geweest en heb ik het alleen nog maar erger gemaakt voor Tim? Hoe kan dat, als hij heeft bekend dat hij Francine heeft vermoord? Wie weet, zit hij op dit moment in de cel met een spandoek waarop met dikke letters geschreven staat: IK HEB HET VOOR HET GELD GEDAAN.

Behalve dan dat dat nooit zijn motief kon zijn. In geen miljoen jaar.

Ik ga rechtop in mijn stoel zitten. 'Als Tim ooit een moord zou plegen, dan is dat voor een ander, niet voor zichzelf,' zeg ik. 'Hij zou er zelf niets bij winnen.'

'Dat is een heel ongebruikelijke karaktertrek,' zegt Gibbs uitgestreken. 'De meeste moordenaars zijn niet zo altruïstisch.'

'Het is zo. Tim zou het voor zichzelf te veel gedoe vinden. Zelfs voor een ander zou hij het niet doen. Het is te extreem. Tim haat extreme dingen... uitdrukkingen, daden. Hij haat ze, want ze maken mensen veel te kwetsbaar. Ze zorgen ervoor dat anderen controle over jou hebben en dat ze veel te veel van je weten. Tim beweegt zich graag onder de oppervlakte. Hij houdt van beheerst en ironisch, van Gods water over Gods akker, doen alsof het allemaal niet belangrijk is, zelfs als het dat wel is.'

Ik zie dat ik Gibbs ergens halverwege ben kwijtgeraakt. *Hou het simpel.* 'Tim is net zomin een moordenaar als Lauren,' zeg ik.

'Heb jij Jason Cookson weleens ontmoet?'

'Nee. Je hebt gelijk. Ik weet niets van hem. Als ik kon terugnemen wat ik net over hem heb gezegd, zou ik dan doen.'

'Het is altijd gemakkelijker om te geloven dat degenen die we niet kennen en om wie we niet geven de slechteriken zijn,' zegt Gibbs.

'Ik geef niet om Lauren,' zeg ik gepikeerd. 'Zeggen dat zij geen moordenaar kan zijn is niet bepaald hetzelfde als een verklaring van mijn onsterfelijke liefde voor haar.'

'Onsterfelijke liefde. Dat is een interessante uitdrukking.' Gibbs leunt achterover in zijn stoel. 'Hoe kom je daar zo bij?'

'Dat komt door mijn ambitie om steeds nieuwe en inventieve manieren te bedenken om sarcastisch te zijn,' zeg ik toonloos.

'Vertel me eens over jouw relatie met Tim, los van het feit dat hij je accountant was.'

ik draag je hart met me mee, ik draag het mee in mijn hart.

Mijn ogen schieten vol tranen, stromen over. 'Dat kan ik niet,' fluister ik.

'Je zei dat Lauren bang voor je leek op de luchthaven van Düsseldorf, toen je haar voor het eerst sprak.'

Wil hij me soms helpen door zo snel over iets anders te beginnen? Hoe dan ook, ik ben hem dankbaar. 'Ja. Ik heb haar een nogal bruuske peptalk gegeven bij de boardinggate. Ze stond tegen het luchthavenpersoneel te tieren, schreeuwde tegen medepassagiers en tegen iedereen die iets zei dat ze niet wilde horen. Behalve tegen mij. Toen ik tegengas gaf, verdween haar vechtlust. Meteen. Ze stond daar maar naar me te staren alsof ze niet kon geloven dat ik het tegen haar had. Ik weet niet of het verbazing of afschuw was, of wat dan ook, maar ze vond het moeilijk om direct contact met mij te hebben. Nu snap ik dat wel, maar toen niet. En later, toen ik haar in de hal tegen het lijf liep, nadat –'

Ik zwijg plotseling.

'Nadat wat?'

Hij hoeft niet te weten van de zwangerschapstest. 'Nadat ze tegen ons hadden gezegd dat we naar de vertrekhal moesten gaan om op de bus te wachten. Toen rende ze van me weg alsof ik haar achternazat, wat ik vervolgens inderdaad deed.'

Gibbs fronst en kijkt weer naar zijn aantekeningen. 'Ze rende weg, maar een paar minuten later stortte ze zich in jouw armen, vertelde je dat ze had geholpen om een man voor een moord te laten opdraaien en droeg ze je op dat jij helemaal tot aan Combingham bij haar moest blijven.'

'Ja. Het slaat nergens op.'

'Dat zou ik niet zeggen.' Gibbs staat op en loopt naar het raam. Hij balt zijn vuisten en drukt die tegen de ruit, alsof hij zich opmaakt hem in te slaan. 'Het is te begrijpen dat zij gemengde gevoelens koestert over jou. Ze wilde bij je in de buurt komen, want wat deed ze daar anders?'

Hij heeft vast gelijk. Maar waarom? Waarom zou ze mij schaduwen, helemaal tot aan Düsseldorf en weer terug? Hoe kende ze mij? Heeft ze Tim mijn naam weleens horen noemen?

'Ze zit op die vlucht vanwege jou, en ze is bang dat je erachter komt waarom ze in Duitsland is, namelijk omdat jij in Duitsland bent. Het laatste waar ze op zit te wachten is een confrontatie.'

'Wat wil ze dan?'

'Laten we ons beperken tot de vragen die we kunnen beantwoorden,' zegt Gibbs. 'Zat ze 's ochtends ook op dezelfde vlucht als jij?'

'Die indruk kreeg ik wel. Ze had geen koffer bij zich, dus ze had niet in Duitsland overnacht, en ze zei dat ze me die ochtend had gezien. Er is op doordeweekse dagen maar één ochtendvlucht naar Düsseldorf vanaf Combingham – en op die vlucht zat ik, die van zeven uur.'

'Kun je bedenken hoe zij kon weten dat jij gisteren van plan was naar Duitsland te gaan, en wat je vluchttijden waren?'

'Ik heb een blog,' zeg ik beschaamd. *Ik kan niet communiceren met de man met wie ik leef, dus compenseer ik dat door veel te veel te zeggen op het internet.* 'Het gaat voornamelijk over wetenschappelijke, technische dingetjes, maar mijn agenda staat er ook op.' *Zodat Tim kan bijhouden waar ik uithang. Zodat hij me op een dag, mocht hij dat ooit willen, kan opwachten als ik land.* 'Er staat ook veel overdreven geklaag op, dat ik 's ochtends vroeg op moet om hier of daar naartoe te vliegen. Onder andere naar Düsseldorf.'

'Naam?'

'Je kent mijn... o, ja, van mijn blog. Gaby Struthers punt com schuine streep blog.'

'Wat voor werk doe je?' vraagt Gibbs.

Ik vind het vreselijk om die vraag te moeten beantwoorden als dat niet goed kan. Het is lastig samen te vatten en ik ben te vol van mijn werk om geen details te noemen. 'Momenteel werk ik bij een bedrijf dat Rawndesley Technological Generics heet. We werken met een Duits bedrijf samen aan een nieuw product. Vandaar de trip, gisteren.'

'Een nieuw product, dat wil zeggen: iets wat jij hebt uitgevonden?'

'Iets dat we proberen uit te vinden.'

Gibbs loopt terug naar de tafel en gaat weer zitten. 'Wat dan?' vraagt hij.

'Doet dat ter zake?'

Hij haalt zijn schouders op. 'Ik ben geïnteresseerd in mensen die dingen uitvinden. Die drang heb ik zelf nooit gehad. Alles wat ik wil, bestaat al.' Er schiet iets over zijn gezicht: een problematische of ongelukkige gedachte. Zijn gespannen glimlach die daar direct op volgt overtuigt me ervan dat ik het me niet heb verbeeld. 'Mensen die dingen uitvinden willen het leven te complex maken, vind ik altijd, maar dat zal wel aan mij liggen.'

'Gelukkig deelde degene die het wiel heeft uitgevonden die mening niet,' zeg ik.

'Dat is iets anders. Ik zeg niet dat er nooit iets uitgevonden had hoeven worden. Vroeger was het anders, voor we alles hadden wat we nodig hebben.'

Meent hij dit nou? 'Dus jij zou nooit proberen om intelligent touw uit te vinden?' *Alsof jij dat ooit zou kunnen.*

'Wat is dat?'

'Precies wat het woord al zegt. Stel je voor dat je een stuk touw om een doos kunt doen, en dat dat touw dan de afmetingen van die doos kan geven.'

'Maakt jouw bedrijf dat? Intelligent touw?'

'Dat proberen we. We zijn er nog niet helemaal.' *We hebben nog twintig miljoen pond nodig om te kunnen investeren. Misschien iets voor jou?*

Gibbs kijkt geërgerd. 'Ik heb weleens touw gezien,' zegt hij. 'Hoe kun je dat nou intelligent maken? Het is gewoon touw.'

Ik ben te moe om uit te leggen dat wat mijn collega's en ik proberen te maken niet het touw is waar hij aan denkt en dat je in een bolletje koopt bij een ijzerwarenwinkel. Als ik zou vertellen hoe het eruitziet, zou hij waarschijnlijk vragen waarom ik het touw noem terwijl het niet op touw lijkt. 'Ik moet slapen,' zeg ik. 'Mag ik... wanneer kan ik Tim spreken?'

'Dat is aan de gevangenis in Combingham,' zegt Gibbs. 'Daar zit hij in bewaring.'

Bij dat woord zakt de moed me in de schoenen. Met een doffe plof, alsof iemand een loden bal laat vallen.

Tim. In de gevangenis. Omdat Francine dood is. Als ik daar binnen kon komen, zou ik gaan: dan zou ik daar desnoods voor altijd met hem blijven wonen.

Waar komen deze gedachten vandaan? Wie is de vrouw die deze dingen denkt? Wie is die voetveeg die alles waar ze in haar leven voor heeft gewerkt zou opofferen om in de gevangenis te gaan wonen met de man die haar heeft afgewezen? Ik herken mezelf totaal niet in haar.

Gibbs geeft me een zakdoekje uit zijn broekzak. 'Waar denk je aan, dat je zo moet huilen?' vraagt hij.

Het ging zo goed met me en nu is alles verpest. Lauren Cookson heeft dat gedaan, en ik haat haar. Ik haat haar, omdat ik me dankzij haar weer zo voel, terwijl ik dacht dat ik er overheen was.

Ik denk helemaal niet. Er schiet alleen van alles door me heen: dat is een betere manier om het te omschrijven. 'Wat is het dichtstbijzijnde hotel bij de gevangenis?' vraag ik terwijl ik opsta. Ik kan geen seconde langer in dit benauwde hok blijven.

'Ga je dan niet naar huis?' Gibbs schiet overeind. Wil hij me grijpen en dwingen om weer te gaan zitten?

'Ja. Dat is ook zo.' Ik bet mijn ogen met het zakdoekje. 'Ik moet eerst naar huis.'

Ik moet naar huis om Sean te vertellen dat ik wegga.

8

11/03/2011

'Je hoeft niet zo vaak langs te komen,' zei Tim Breary tegen Simon.

'Wat jou betreft niet.'

'Ik zou niet namens jou durven spreken.' Breary glimlachte. Hij zat met Simon in de kamer die binnen de gevangenis van Combingham bekendstond als 'de ontvangkamer'. Die kamer was ruim, pas geschilderd, voorzien van comfortabel meubilair, en werd alleen gebruikt door het hogergeplaatste gevangenispersoneel voor belangrijke vergaderingen – behalve nu. Simon had om deze kamer gevraagd voor dit gesprek, en tot zijn verbazing had hij hem gekregen. Hij hoopte dat eens iets anders dan de gebruikelijke grijze, groezelige setting met Tim Breary een verschil zou maken voor zijn impasses.

Breary leek de nieuwe omgeving niet op te merken. 'Ik verveel me hierbinnen niet, en ik ben ook niet eenzaam. Dat word ik ook niet, hoelang ik hier ook blijf,' zei hij. 'Ik heb al wat vrienden gemaakt en ik lees veel, zelfs voor mijn doen. Dan en Kerry zijn zo aardig geweest om meer boeken te doneren aan de bibliotheek dan die arme bewaker kan verstouwen.' Als Breary er neutraal bij wilde kijken, slaagde hij daar niet in. Hij leek nogal in zijn nopjes met zichzelf. 'Een handjevol draaideurcriminelen maakt zo kennis met het vroege werk van Glyn Maxwell. Dat was anders nooit gebeurd,' zei hij.

Simon nam aan dat Glyn Maxwell een dichter was. Als Breary het niet over zijn dode vrouw of Dan of Kerry Jose had, ging het over een of andere dichter.

'"Vergeet niet,"' zei Breary met zijn citeerstem, die zoveel luider en vriendelijker van toon was dan de stem waarmee hij bekende Francine Breary te hebben vermoord: '"Niets begint wat nog niet aan het begin staat. / Vergeet dat niet / Vriend, noch vijand, noch tegendeel."'

'Ik zal het onthouden.' Simon was vast van plan zijn geduld niet te verliezen. Verdachten spraken vaak onzin om vragen af te weren die ze niet wilden beantwoorden, maar Breary had niet het daarbij gebruikelijke slechte humeur. Zijn opstelling naar Simon was bijna... zorgzaam was waarschijnlijk niet het juiste woord, maar het kwam er wel bij in de buurt. Simon raakte er steeds meer van overtuigd dat Breary niet als doel had om dwars te liggen maar om te vermaken en te communiceren – om op de een of andere manier een band te smeden. En zijn onzin was geen onzin, hoewel het bijna zo klonk. Simon merkte dat hij elk verhoor wilde ontmantelen als het klaar was, en zin voor zin ontleden. Was Breary's cryptische manier van doen een manier om zijn behoefte aan contact te ontkennen of te verhullen?

Vergeet dat niet / Vriend, noch vijand, noch tegendeel.

Alles aan de man tegenover hem was Simon een raadsel en dat was al zo vanaf het begin. Breary voelde zich op zijn gemak, en schiep genoegen in de doorlopende voorstelling die hij leek te geven, en toch leek hij tegelijkertijd volkomen oprecht. Hoe kon dat? Zijn welbespraakte charme was niet zalvend, terwijl dat makkelijk had gekund. Er ging iets rustgevends van uit om met hem in dezelfde ruimte te zijn. Zelfs als hij expres informatie achterhield, was er nog dat gevoel dat in zijn aanwezigheid zou kunnen gebeuren waar je op hoopte. *Volkomen ten onrechte, op niets gebaseerd.* Simon geloofde best dat Breary een stel naïeve junks had weten te overtuigen dat ze even geïnteresseerd waren in de vroege poëzie van Glyn Maxwell als in waar ze hun eerstvolgende shot vandaan moesten halen.

Vandaag was Breary's goedaardigheid voelbaarder dan anders.

Hij leek minder op zijn hoede dan de vorige keren dat Simon hem sprak. Lag het aan de ruimte, met die stoelen die in een vriendelijke halve kring stonden? Simon was blij dat hij erom verzocht had. Hij wilde dat Breary ontspannen en breedsprakig was, en dat hij dacht dat hij ermee wegkwam zich voor te doen als een moordenaar.

Simon wist zeker dat hij dat absoluut niet was en hij was bereid om hier de hele dag te blijven zitten – al het moest desnoods de hele avond – tot Breary dat had toegegeven. Hij had zijn telefoon uitgezet, en was in zijn sas met het idee dat Sam Kombothekra inmiddels contact had opgenomen met Charlie en dat Sam had ontdekt dat wat Simon betrof zijn trouweloosheid hem had ontslagen van zijn contractuele verplichtingen jegens de politie van Culver Valley, voor zolang als hij daarvan ontslagen wenste te zijn. Proust zou het niet zo zien, maar Simon had nog een troef in huis voor die ronde.

'Ik schrijf zelf ook weleens wat,' zei Breary. Toen glimlachte hij. 'Maak je maar geen zorgen, ik verscheur al mijn creaties in heel kleine stukjes als ik ze af heb.'

Toen Simon daar niet op reageerde, keek Breary naar de lege leunstoelen die de ruimte tussen hen in vulden, alsof hij daar misschien een reactie van verwachtte. Drie lege groene stoelen. *Francine Breary, Dan Jose, Kerry Jose.* De andere spelers, de afwezigen. Simon vroeg zich af hoe het zat met degenen die een bijrol vervulden, Lauren en Jason Cookson. Die inwoonden bij de familie Jose en allebei thuis waren toen Francine werd vermoord. *Voor hen geen lege stoelen.*

Alle vijf – Breary, de Joses en de Cooksons – hadden afzonderlijk van elkaar gezegd, toen het hun gevraagd werd, dat het ongebruikelijk was dat zij alle vijf tegelijk met Francine in huis waren. Tim Breary, althans dat beweerde hij zelf, had een moment gekozen waarop het huis overvol was om zijn vrouw te vermoorden, ook was zijn verhaal dat hij niets te kiezen had gehad, dat hij er helemaal niet over nagedacht had. Hij deed het gewoon, zonder waarschuwing vooraf, zonder voorbedachten rade, zonder dat hij zelf wist waarom.

'Waar hebben we zo veel extra bezoektijd aan te danken?' vroeg hij aan Simon. 'Wie krijgt hier de voorkeursbehandeling, jij of ik? Ach, daar hebben we je verlegen gezichtsuitdrukking. Dus we hebben het aan jou te danken. Ga je me nog vertellen wat je geheim is?'

'Als jij mij het jouwe vertelt,' kaatste Simon terug. Hij vond het vreselijk dat hij een 'verlegen gezichtsuitdrukking' had en dat Breary die herkende. Hij geneerde zich voor de voorkeursbehandeling die hij van deze gevangenis en nog een paar andere gevangenissen kreeg. Als Charlie hem pestte met wat ze zijn 'wereldfaam' noemde, liep hij meestal de kamer uit. Niet dat dat haar ervan weerhield. De eerstvolgende keer dat ze het weer deed, zou Simon haar zeggen dat Tim Breary nog nooit van hem had gehoord, zodat zijn roem helemaal niet zo wijdverbreid kon zijn als zij altijd voordeed.

'Waarom heb je je vrouw vermoord?'

'Dat heb ik je al gezegd: ik weet het niet. Wist ik het maar. Ik zou je graag willen helpen, maar ik kan niets voor je doen.'

De meeste mensen knapten niet op van de gevangenis, maar Breary leek niet meer ondervoed of hologig dan hij als vrij man was geweest. *Vreemd.* Over het algemeen hielden de onfrisse achterbuurttypes het hier beter uit. Mensen met keurige beroepen uit de betere sociale klassen stortten juist snel in, zowel mentaal als fysiek.

Dat gold niet voor Tim Breary. Simon vond dat diens ogen verwachtingsvol glommen, ook al kon hij zijn woordkeuze in dezen niet helemaal rechtvaardigen. Het was maar een vage indruk. Ook Breary's huid leek vandaag te glimmen, alsof dat wat de huid voedt het van binnenuit had opgepoetst. Het was frustrerend om niet in zijn hoofd te kunnen kijken om de reden van zijn bloei te kunnen zien, en het tevoorschijn te halen.

'Ben je blij dat Francine dood is?'

'Een nieuwe vraag. Heel goed.' Breary leek er even over na te denken. 'Nee,' zei hij uiteindelijk. 'Nee, ik ben er niet blij om.'

'Het lijkt er anders wel op.'

'Dat weet ik,' beaamde Breary. Zijn glimlach stierf weg, alsof die ongerijmdheid hem even dwarszat als Simon. 'Misschien… misschien zal ik er ooit wel blij om zijn, maar op dit moment had ik liever...' Zijn woorden doofden uit.

'Je had liever dat ze niet door iemand vermoord was?'

'Ik had liever dat ze niet door *mij* vermoord was. De dood hoort op een natuurlijke manier in te treden. En ik zeg dit als iemand die ooit zijn eigen polsen en enkels doorgesneden heeft.'

Dit had Simon nog niet eerder gehoord. Hij deed zijn best zijn geschoktheid te verbergen. 'En als iemand die, korter geleden, zijn vrouw heeft vermoord?'

'Inderdaad. Ik vond het niet de moeite dat eraan toe te voegen, want dat weet je allemaal al.' Het eerste spoortje irritatie bij Breary. 'Het heeft geen zin om mij in de val te lokken Dat zal je toch niet lukken.'

'Je zegt dat de dood op een natuurlijke manier moet intreden, en toch heb je een kussen gepakt en dat heb je over het gezicht van je vrouw gelegd om haar te smoren.'

'Daar is niets mysterieus aan. Mijn handelen staat haaks op mijn overtuiging, en dat is mijn hele leven al zo. Ik vond het altijd beleefd: het ontkennen van mijn eigen principes is mijn manier om eer te betonen aan de geliefde principes van anderen. Het idee van "eet wat minder, zodat de gasten genoeg hebben" maar dan toegepast in brede ethische zin. Snap je?'

Simon snapte het niet. Was Breary soms gek? Nee, dat was te makkelijk. 'Waarom heb je je polsen en enkels doorgesneden?'

Breary fronste. 'Moeten we het daarover hebben?' Hij zei het alsof hij Simon tactvol wilde sparen in plaats van zichzelf.

'Ik wil het graag weten.'

'Ik heb het gedaan en ik had het niet moeten doen, om dezelfde reden: de wereld is beter af als ik geen enkele invloed heb op wat of wie dan ook. Dat is het dilemma van mensen zoals ik, die weten dat we er niet toe doen. Hebben we meer invloed als we geweld plegen of onszelf om zeep helpen, of is het beter om zo veel mogelijk op de achtergrond te blijven?'

Simon probeerde zich een voorgrond voor te stellen waarbij Breary zou verbleken. Het lukte hem niet. Er waren niet veel mensen die in een conversatie zo onvoorspelbaar waren, of zo dramatisch.

'"Wie een koning afzet en plaats neemt op diens troon / zet ook de beeldspraak af",' zei Breary om Simons punt te bewijzen. '"Wie geweld gebruikt, verbant symbolen."'

'Heb jij dat geschreven?'

'Zo veel talent heb ik niet. Het is geschreven door een dichteres genaamd Elizabeth Jennings.'

'Wat betekent het? Niet met betrekking tot koningen,' zei Simon ter verduidelijking. 'Maar wat jou betreft. Waar doet het je aan denken, in verband met het doorsnijden van je polsen?' De zelfmoordpoging was een nieuw en sterk aanknopingspunt, hield hij zichzelf voor: een troost nu hij schaakmat stond wat de moord op Francine betrof. Hij bedacht dat hij Dan en Kerry Jose eraan zou herinneren.

'Het betekent precies wat ik net al zei,' antwoordde Breary. 'Dat de natuur zijn gang moet gaan. Je moet niemand van het leven beroven – jezelf niet en anderen niet. Je moet de wereld niet naar je hand proberen te zetten, niet een vorst van de troon proberen te stoten omdat je er zelf op wilt zitten. "Je zult de betekenis van de kroon nooit dragen."'

'Zoals jij ook de betekenis van deze gevangenis niet draagt?' vroeg Simon. 'Je hebt een moordenaar afgezet en plaatsgenomen op zijn troon. Of haar troon. Bedoel je dat? Dat jij misschien levenslang krijgt, maar dat het voor jou heel gemakkelijk is die straf uit te zitten omdat je weet dat de betekenis ervan – het strafaspect – niet op jou slaat?'

Breary trok zijn hoofd naar achteren en schoot in de lach. 'Simon, dat is een briljante gedachte. Een onterechte, maar briljante gedachte.'

Een compliment was wel het laatste waar Simon op zat te wachten en hij kon zich niet herinneren dat hij Breary had gevraagd hem bij zijn voornaam te noemen. Niet in dit verhoor, en ook niet in de voorgaande verhoren. Hij moest vechten tegen het ongemakkelijke gevoel dat hij en Tim Breary niet in dezelfde werkelijkheid leefden en dat hij daar niets aan kon veranderen. 'Toen mijn collega-rechercheur Sellers je verhoorde zei je dat mensen vaak niet weten waarom ze een moord plegen.' *Dat heb ik uit de tweede hand gehoord via een vrouw genaamd Regan. Laten we hopen dat het klopt.* 'Heb je onderzoek gedaan naar wat echte moordenaars wel en niet zeggen? Je zult toch zeker hebben willen weten dat je het bij het goede eind had, gezien het feit dat je zelf geen moordenaar bent.'

'Ik heb helemaal niets onderzocht,' zei Breary. 'En al had ik dat, zou dat dan bewijzen dat ik Francine niet heb vermoord?'

Simon dacht van wel, maar vermoedde dat hij nu te horen kreeg waarom hij het bij het verkeerde eind had.

'Heb je weleens iets meegemaakt waarvan je je afvroeg of een ander ooit zo'n zelfde ervaring had? Heb je misschien weleens navraag gedaan om te zien of je niet alleen staat in jouw hachelijke situatie?'

'Nee,' antwoordde Simon naar waarheid. 'Waarom zou dat wat mij overkomt iets te maken hebben met het leven van een ander?'

Breary leunde voorover. 'Meen je dat nou?'

Een gevaarlijke vraag als hij werd gesteld op die half geamuseerde en half geschokte toon. Simon kende die toon maar al te goed: niet zozeer een oprechte vraag als wel de goede raad om je ernst te laten varen omdat de vragensteller het ongepast vindt. Het beste antwoord was altijd: 'nee', tenzij je zin had om jezelf voor schut te zetten, en dat had Simon niet. Hij liet de stilte voortduren.

'Sorry,' zei Breary. 'Ik begin interesse te krijgen in hoe jij in elkaar zit, net nu jij waarschijnlijk genoeg van mij hebt. De vraag is, wil ik liever begrijpen of begrepen worden?'

'En wat is het antwoord?'

'Begrijpen.'

Ik ook. Altijd.

'Ik heb nergens genoeg van,' zei Simon tegen hem, zich bewust van een benauwd gevoel in zijn borst dat er een paar seconden geleden nog niet was. Waarom was het zo moeilijk om mensen aan de goede kant van zijn barrière te houden? Vreemden die op zijn stoep stonden en wilden praten over een gedeeld trauma, verdachten in moordzaken die hem wilden oplossen alsof hij een raadsel was... Zo zat het leven uiteindelijk in elkaar: de ene mens die de andere probeerde te ontrafelen. Simon zou die oplossing zelf liever niet kennen, en hij had graag dat alle mensen die hij ontmoette het prima vonden om hem niet te doorgronden.

'Je zult het met de tweede keus moeten doen, want je moet mij helpen om jou te begrijpen,' zei hij. 'Je hebt je vrouw vermoord, je hebt geprobeerd jezelf te vermoorden. Maar je keurt moord af.'

'Ja.'

'Behalve in sommige gevallen, waarin je het noodzakelijk acht pijn te voorkomen? Francine had geen leven nu ze de hele tijd in dat bed moest liggen, dus heb jij haar geholpen een eind te maken aan een leven dat ze niet meer wilde. Een zachte dood.'

'Wat aardig van mij. Was het maar waar,' zei Breary ineens verbitterd.

'Waarom doe je niet net *alsof* het waar is, zodat je misschien niet naar de gevangenis hoeft?'

'Waarom plant jij die mogelijkheid in mijn hoofd? Vind je dan niet dat moordenaars achter slot en grendel moeten?'

'Jawel.'

'Ik wil gestraft worden zodat ik met een schoon geweten verder kan.'

'Als jij blijft doen alsof jij je vrouw hebt vermoord, ga je alleen maar verder naar een volgende gevangeniscel.'

'Metaforisch, bedoelde ik.' Breary hapte niet.

'Toen ik hiernaartoe reed, had ik een idee,' zei Simon. 'Ik dacht de hele tijd: waarom grijpt hij zich niet vast aan het euthanasiemotief dat ik hem op een presenteerblaadje aanreik?'

'Dan heb je niet goed geluisterd. Er zijn andere doelen in het leven dan met zo veel mogelijk proberen weg te komen.'

Simon voelde zich niet op zijn gemak met die bedachtzame blik op zich gericht. Hij stond op en liep naar het raam. *Buiten bereik.* 'Je bent een goede leugenaar, maar ik geloof je niet. Als puntje bij paaltje komt wil jij hier niet zitten, opgesloten.'

'Ik snap niet waarom mensen die uitdrukking nog gebruiken,' zei Breary.

'Ik ook niet, puntje komt nooit bij paaltje.'

'Dan zijn we het daarover eens.'

'Ik heb nagedacht over wat je motief kon zijn,' zei Simon. 'Voor een moord die geen euthanasie was.'

'Bedankt, maar ik had geen motief. Dat had ik niet nodig. Ik kon mijn vrouw ook zonder motief vermoorden.'

'Ik zat te denken,' herhaalde Simon ondanks Breary's hoffelijke ontmoediging. 'Iemands behoefte of angst kan zomaar leiden tot andermans verplichting.' Dat is misschien niet het geval geweest bij Francine en Tim Breary, maar het kwam vaak voor, en het was niet goed. Al die mensen die dolgraag rechtsomkeert zouden maken zodra ze de rolstoel van hun man of vrouw door de deuren van een euthanasiekliniek hadden geduwd omdat ze nog zo graag één maand samen wilden zijn, ook al leed de ander pijn – nog een week, nog een dag...

Simon ging te snel. Hij moest het scenario schetsen voor Breary in plaats van er in gedachten op te reageren. Zoals zo vaak moest hij zichzelf eraan herinneren dat hij niet alleen was. 'Zo veel echtparen voeren dat gesprek als ze allebei nog fit en gezond zijn,' zei hij. 'Een van beiden zegt: "Als ik niet meer voor mezelf kan zorgen, als mijn kwaliteit van leven naar de klote is en ik kan er zelf geen eind aan maken..." Enzovoort.' Simon had niet nagedacht over hoe zo'n gesprek zich in detail zou kunnen ontspinnen. Het greep hem te veel aan. 'Hebben Francine en jij ook weleens zo'n gesprek gevoerd? Heeft zij jou laten beloven dat mocht zij ooit zo gehandicapt raken dat ze zichzelf niet meer van het leven kon beroven jij dat voor haar zou doen? Misschien had ze een manier gevonden om met je te communiceren, ook al kon ze niet meer praten.'

'Onmogelijk,' zei Breary. 'Francine had een bloeding in haar linkerhersenhelft waardoor ze aan motorische afasie leed. Ze kon helemaal niet meer communiceren. Voor je de vraag stelt die iedereen altijd stelt: nee, ze kon ook geen letters aanwijzen op een bord door met haar ogen te knipperen. Dat kunnen niet alle mensen die een hersenbloeding hebben gehad. Alleen degenen die in de krant komen.'

'Oké, dus je hebt het erover gehad voor ze haar hersenbloeding kreeg,' zei Simon.

'Nee, niet.'

'Francine liet je beloven dat je haar zou doden als ze erbij lag als een plant, dag in dag uit, jaar in jaar uit, zonder enige zelfbeschikking en waardigheid. Hoe voelde je je toen ze je dat liet beloven? Misschien heb je gezegd dat jij dat misschien niet wilde, maar daar wilde ze niets van weten.'

'En wat betekent dat?' vroeg Breary.

'Ik weet niet hoe ik me zou voelen als mijn vrouw me dat zou vragen. Niet dat ze dat zou doen. Zij wil het tegenovergestelde: "Laat mij maar vegeteren," zegt ze. "Dan kom jij naast mijn bed zitten en lees je voor uit –' Simon zweeg. Hij had *Moby Dick* willen zeggen, en was blij dat hij zich wist in te houden. Tim Breary hoefde niet te weten wat zijn lievelingsboek was.

'Voorlezen uit...?' hielp Breary.

'Voorlezen uit een boek, haar gezelschap houden. Maar ze wil niet dat ik haar dood. Dat zou ze me nooit vragen. Het zou niet eerlijk zijn. Ik zou het haar ook nooit vragen, om dezelfde reden.'

Breary knikte. 'Dan passen jullie goed bij elkaar. Francine en ik pasten niet zo goed bij elkaar, maar het gesprek dat jij beschrijft hebben wij nooit gevoerd.'

Simon wist dat zijn voorkeurstheorie nergens op sloeg, maar hij wilde het toch gezegd hebben om te zien hoe Breary zou reageren. 'Misschien heeft Francine jou gevraagd het te doen, en misschien vond jij het een onredelijk verzoek. Je kunt zoiets niet van iemand verlangen, dat hij je om het leven brengt – al helemaal niet van degene van wie je wil zijn, wat er ook gebeurt. Ik zou willen dat mijn vrouw bleef leven, in wat voor staat ze ook verkeerde, al was ze hersendood en lag ze aan de beademing. Dan had ik haar tenminste nog bij me.'

Pas toen Breary zei: 'Dan moet je wel heel veel van haar houden', drong het tot Simon door dat hij zijn focus kwijt was en dat hij zijn werk had laten vertroebelen door privézaken. Terwijl hij net nog zo tevreden was dat hij *Moby Dick* niet had genoemd. 'Zo denkt zij ook over mij,' zei hij. 'Het is niet zo'n vreemde gedachtegang. Was het ook de jouwe? Heb jij gezegd dat je Francine om het leven zou brengen, of haar zou helpen zelfmoord te plegen als dat verschrikkelijke moment ooit kwam? Voelde je je gedwongen om ermee in te stemmen? Want dat is al die bullshit van: het is je plicht om een eind te maken aan mijn lijden: chantage. Meer niet. En chantage lijdt vaak tot moord.'

'Niet als ik de moordenaar ben.' Er was niets spottends aan hoe Breary dat zei. Hij keek en klonk serieus in zijn poging om dit Simon duidelijk te maken. 'Bij anderen misschien wel, maar ik zou nooit om die reden een moord plegen. Zodra een motief de kop opsteekt, zou ik het in twijfel trekken. Ik zou er korte metten mee maken. Ik zou alleen kunnen moorden op de manier zoals ik Francine heb vermoord – zonder reden, omdat het gewoon gebeurde, omdat ik het gewoon heb *gedaan*. Ik heb het gewoon gedaan,' herhaalde hij zachtjes.

Wat was hier in godsnaam aan de hand? Impliceerde Breary dat alleen brutale, inferieure moordenaars uit zoiets afgezaagds als een motief handelden, en dat hij op de een of andere manier natuurlijker en intellectueel bescheidener was door het te laten gebeuren zonder te weten waarom? Verward stortte Simon zich weer op zijn vergezochte theorie, die minder krankzinnig was dan Tim Breary's realiteit en elke uitspraak die uit zijn mond rolde. 'Hoe moeilijk was het om Francine daar te zien liggen, niet in staat zich te bewegen of te praten, wetende wat jij haar had beloofd – wetende dat zij dat ook wist? Ze had geen hersenschade.'

'Natuurlijk wel.' Breary keek verbaasd. 'Hoe kwam ze anders aan die motorische afasie en verlamming, denk je?'

Simon negeerde zijn vraag ongeduldig. 'Ik bedoel, ze was niet hersendood. Ze kon nog denken, ook al kon ze niet meer praten.'

Breary ging met zijn tong over zijn onderlip. Uiteindelijk zei hij: 'Als je de deskundigen en hun eindeloze onderzoeken mag geloven, werkten Francines hersens inderdaad nog. Ze kon luisteren, ze kon horen. Ik praatte tegen haar, draaide muziek voor haar, las haar gedichten voor...' Hij knipperde een paar keer met zijn ogen en keek Simon toen recht in de ogen, alsof hij zichzelf had gemaand: zo is het wel genoeg. 'En toen, op 16 februari, heb ik haar vermoord.'

'Je las haar gedichten voor, omdat je wilde dat ze leefde. Waarom zou je anders de moeite nemen?' zei Simon fel, bij voorbaat geïrriteerd omdat Breary zijn theorie neer zou halen, terwijl het een goed idee was. 'Jij wilde niet doen wat je plechtig had beloofd. Je vond dat Francines leven zin had, als ze kon luisteren en nadenken. Maar je wist dat zij het daar niet mee eens was: ze had je in het verleden haar standpunt duidelijk gemaakt. Je wist hoe erg ze het vond om afhankelijk te zijn, en je wist dat zij zich jouw belofte herinnerde. Telkens als je haar een gedicht voorlas hoorde je haar onuitgesproken beschuldiging zo luid dat het leek alsof ze het je toeschreeuwde: "Waarom stel je me zo teleur? Waarom heb je me verraden? Je hebt beloofd dat je me zou doden als ik ooit zo zou worden."'

Breary schraapte zijn keel. 'Ga verder,' zei hij zachtjes.

'Waarom, zodat jij me dadelijk kunt zeggen dat ik er naast zit? Prima. Ik denk dat je zelf ook woede begon te voelen. Defensieve woede. Ja, je stelde Francine teleur, maar wat deed zij jou aan? Ze lag daar maar stilletjes te smeken haar te vermoorden, om iets te doen wat jou voor eeuwig zou achtervolgen – iets onwettigs bovendien. Dat je je vrijheid op het spel zette. Je kon er niet tegen. Elke keer als je haar kamer binnen liep, werd het een beetje zwaarder. Begon je haar te haten? Had je het gevoel dat er geen uitweg was?

Stilte van Breary. Zijn ogen schoten door de kamer alsof ze de bron zochten waar deze woorden vandaan kwamen.

'Als ik in die situatie zat, zou ik steeds meer druk voelen,' zei Simon. 'Wat voor keus heb je? Je moet haar wel doden. Dat heb je beloofd, je weet dat zij het wil. Zij zit gevangen. Vertrouwt op jou. Je kunt de beschuldigingen die je telkens weer in haar blik meent te lezen niet aan, maar je bent ook woedend: zij heeft niet het recht om jou zo'n... destructieve verplichting op te leggen. Destructief, niet alleen voor haar, maar ook voor jou – voor jou zelfs nog *meer*. De plicht om haar om te brengen, je eigen vrouw. Om je eigen hart en ziel te verscheuren, naast je neer te leggen wat goed is en het ergste doen wat een mens kan doen. Dus kom je op een idee. Het is bijna even erg als dat wat je probeert te vermijden – misschien nog wel erger – maar je kunt niets anders verzinnen; het is je enige ontsnappingsmogelijkheid: je vermoordt Francine.'

Nu hij het hardop uitsprak was Simon minder overtuigd van deze mogelijkheid. Het klonk krankzinnig. Het *was* krankzinnig.

'Je *wilt* haar vermoorden om wat ze heeft afgedwongen, en dus doe je het,' zei hij, maar het liefst slikte hij zijn woorden meteen weer in. Charlie had hem er ooit van beschuldigd dat hij al zijn passie bewaarde voor situaties die alleen in zijn hoofd bestonden; had ze gelijk? 'Francine verwachtte van jou dat je jouw principes en vrije wil in de ijskast zette en dat je naar haar pijpen danste – iets wat geen enkel mens een ander ooit mag vragen. Toen je daarover nadacht, vond je dat ze moord verdiende in plaats van euthanasie. Je was blij dat jij nu macht over haar had. Toen ze dat kussen op zich af zag komen, begreep ze het verkeerd. Eindelijk, dacht ze. Ze had geen idee dat je haar vermoordde – maar jij wist het, en dat was voldoende. Je had wraak genomen.'

Simon veegde het zweet van zijn bovenlip. 'Daarom zou ik het hebben gedaan, als ik jou was,' zei hij in een poging een normale verhoormodus te hervinden na deze uitbarsting. 'Jij was met één eenvoudige handeling af van de verplichting aan je vrouw, je schuldgevoel en je woede: een kussen over haar gezicht. Daarom zul je nooit toegeven dat je hulp bij zelfdoding hebt verleend, ook al zou dat je helpen – want als dat waar was, al zeg je maar één keer dat het zo was, dan heeft Francine gewonnen. Dan is zij de baas, zelfs in de dood, en ben jij zwak.'

Breary stond op en trok iets uit de elastieken band van zijn gevangenisbroek; door de snelheid van de beweging deed Simon een stap naar achteren, maar het was een opgevouwen stuk papier, geen wapen. 'Hier,' zei Breary.

'Wat is dit?'

'Geef het aan Gaby – Gaby Struthers, Rawndesley Technological Generics. Niet doen als Sean in de buurt is, de man met wie ze leeft. Zorg ervoor dat ze alleen is.'

Simon vouwde het papier open en zag een handgeschreven gedicht, een sonnet. De woorden 'verliefd worden' vielen hem meteen op; hij was te zeer afgeleid om er meer van mee te krijgen. Er was geen enkele verwijzing naar wie het geschreven had.

'Het spijt me dat ik je om een gunst vraag terwijl ik jou niets heb gegeven,' zei Breary.

Meende hij dat nou? Een blik op zijn gezicht en Simon wist dat dat zo was: hij wilde dat Simon een liefdesgedicht overbracht aan een vrouw. Was dit soms een hint naar een motief dat tot dusverre nog niet geopperd was? De naam Gaby was in het onderzoek nog niet gevallen.

'Zij kan je misschien helpen,' mompelde Breary. Simon kon hem maar net verstaan.

'Hoe dan?'

'Jouw antwoord op die vraag zal vast beter zijn dan wat ik zelf kan bedenken.'

Maar Simon had geen antwoord. *Zal vast beter zijn*, toekomende tijd: als hij eenmaal met Gaby Struthers had gesproken en erachter gekomen was dat... wat? Ondertussen zou hij tekenen voor Breary's inferieure verklaring, de verklaring die hij niet zou krijgen.

'Ik heb niet zo veel fantasie, maar ik herken en bewonder het in anderen,' zei Breary. 'Die van jou is bovenmenselijk. Ik deed Francine geloven dat ik haar hielp te sterven terwijl ik haar stiekem, in mijn eigen hoofd, vermoordde? Daar was ik in geen duizend jaar opgekomen. En aangezien jij nu nog steeds niet weet wat ik wel en niet heb gedaan, of waarom, of waarom niet, moet je nog een keer langskomen en nog meer theorieën verzinnen. Daar verheug ik me op.' Breary wendde zijn blik af en zuchtte. 'Luister, ik weet dat dit waarschijnlijk het laatste is wat je wilt horen en het spijt me, maar… ik voel een redeloze trots dat ik het onderwerp ben van jouw briljante gedachten. En ik voel me des te schuldiger dat ik je niet kan helpen.'

Simon kreeg niet vaak openlijke, ondubbelzinnige complimenten. Als andere mensen over zijn fantastische theorieën spraken – en ja, hij ontkende niet dat hij het meestal bij het rechte eind had – was dat doorgaans met een vermoeide stem. De theorieën waren correct, geïnspireerd, maar ook superirritant; en ze zouden beter te verstouwen zijn als hij normaler was en als hij er wat vaker naast zat. Zo zagen de meeste mensen Simon. Het was fijn om de uitzondering op de regel te ontmoeten.

Zelfs al was hij een moordenaar?

Was Tim Breary's gevlei, zijn gebrek aan een motief, onderdeel van een zorgvuldig gesmede campagne om een veroordeling voor moord te voorkomen? Of om er eentje zeker te stellen?

Simon kon niet meer goed nadenken. Was hij voor de verandering een keer niet de slimste in de kamer?

'Ga je op zoek naar Gaby om haar het gedicht te geven?' vroeg Breary aan hem.

'Waarom zou ik dat moeten doen?'

'Er is geen sprake van moeten. Je geeft het aan haar omdat ik dat van je vraag. Omdat jij je vrouw zou laten leven, zelfs als ze hersendood was. Omdat je fantasie hebt.'

Simon wachtte af of Breary hem zou vertellen wat hij dan zou kunnen fantaseren. Maar toen er verder geen details kwamen, draaide hij zich om en wilde weglopen.

'Simon, wacht. Als je Gaby het gedicht geeft…'

'Ik heb niet gezegd dat ik dat ga doen.' Alleen aan het begin en het eind van zijn sessies met Breary was Simon zich sterk bewust van het verschil in hun situatie: over een paar minuten zou hij het gebouw uit lopen, de vrije buitenlucht in zijn longen opzuigen en wegrijden, terwijl de bewaker die buiten de kamer stond te wachten Breary zou begeleiden naar zijn cel. Die gedachte activeerde Simons ontsnappingsreflex, elke keer weer. Hij draaide zich alleen maar om omdat hij meer had gehoord dan alleen woorden en hij wilde de visuele aanwijzingen niet missen.

Breary leek lucht te kauwen en door te slikken; zijn kaak en adamsappel waren driftig aan het werk. Het duurde een paar seconden voor hij iets kon zeggen. 'Noem mijn naam niet. Zeg niet tegen Gaby dat het gedicht van mij komt.'

Het verzoek was zo stuitend onbehoorlijk dat Simon zich een sadist zou voelen als hij hem daarop zou wijzen.

Hij vroeg zich nog steeds af of en hoe hij zou reageren toen Tim Breary zei: 'Zeg haar dat het van De Drager komt.'

PRODUCTIE: 1441B/SK – GEDICHT 'SONNET' VAN LACHLAN MACKINNON

EEN HANDGESCHREVEN VERSIE VAN DIT GEDICHT WERD OP 11/03/2011 DOOR TIMOTHY BREARY AAN RECHERCHEUR SIMON WATERHOUSE MEEGEGEVEN IN DE GEVANGENIS TE COMBINGHAM, MET HET VERZOEK AAN RECHERCHEUR WATERHOUSE OM HET AAN GABRIELLE STRUTHERS TE OVERHANDIGEN

'Sonnet'

Stel, er was geen groot scheppend Woord,
En tijd is eindeloos. Logisch gevolg?
Het nu geeft eindeloosheid
Een eind, doordat het erna komt. Gestoord.

Stel, het begin van de wereld gloort
In de tijd. Noem dat moment 'moment T'
Het enige wat nodig was voor het ontstaan van de wereld
Was er, op punt T min X. Gestoord.

Verliefd worden is net zo'n paradox.
Of het komt als een donderslag
En liegt het dus als het ons leven zin geeft

Of we hoopten al zo lang op de kus
Die ons zou veranderen, ons bewust van hoe van slag
Ons wezen zou zijn, dat verrassing ons niet overvalt.

PRODUCTIE: 1433B/SK – TRANSCRIPT VAN HANDGESCHREVEN BRIEF VAN TIMOTHY BREARY AAN FRANCINE BREARY D.D. 25 DECEMBER 2010

Lieve Francine,

Het is eerste kerstdag. Als je dezelfde Francine bent die je altijd bent geweest, zul je vinden dat ik je een kerstcadeau hoor te geven aangezien ik jouw man ben en jij nog niet dood bent. Dat ben ik met je eens. De afgelopen jaren heb ik het niet gedaan, maar ik zie het nu anders. Het gedicht in deze brief is mijn cadeau aan jou dit jaar. Het is een van mijn lievelingsgedichten.

De Oude Francine zou een overgepend gedicht een ongeschikt cadeau vinden. En wellicht is de Nieuwe Francine het daarmee eens. Het enige wat ik ter verdediging kan aanvoeren is dat ik bij mijn keuze geen enkele gedachte heb gespendeerd aan hoe ik de kosten of moeite tot een minimum beperkt kon houden. Als er op deze wereld een mooier cadeau is dan poëzie, moet ik het nog ontdekken. (Ik heb het niet over wat tegenwoordig voor poëzie doorgaat – inert, in elkaar geflanst proza zonder duidelijke pointe of intrinsieke melodie. Niet dat jij iets geeft om zo'n onderscheid, Francine.)

Ik stop deze brief niet onder je matras, wat Kerry van me wil. Ik doe wat ik altijd heb gedaan met de kerstcadeaus die ik voor je kocht: ik leg het in je hand. Maar ik zal het natuurlijk eerst aan je voorlezen.

'In een donker woud' van C.H. Sisson

Nu ik veertig ben moet ik mijn wonden likken
Wat kapot is, wordt later nooit meer heel

Ik heb gekozen zoals alle volwassen stommeriken
Misselijkmakende rotzooi die ik met niemand deel.

Mijn fouten staan op mijn zintuigen te lezen
Het lijf is een verslag van het brein
Mijn aanraking draagt de korst van oud vrezen
Omdat mijn verstand stomp was, is mijn blikveld klein.

Aan een tekortkoming valt geen eer te behalen
En wat voor tekortkoming geldt, geldt ook voor tekort
Mijn lijf zal niet verrezen stralen
Vernietig daarom mijn aangevreten bot.

Maar dat zul je niet doen, want dat is vergeven
En hen die je vergeeft, vervang je meteen
En dat bewaar je voor hen die je laat wennen
Aan de vaste regels waaronder je je Genade verleent.

Christenen op aarde mogen lichamelijk herstellen
Door de aangekondigde hemelse staat
Ik, van die Genade verstoten door mijn morsige vellen
Mag nooit meer zien, mag geen contact.

Ik moet nu naar beneden voor het kerstdiner, maar ik kom straks terug om je het gedicht nog een keer voor te lezen en je te vertellen wat het volgens mij betekent. 'Het lijf is een verslag van het brein.' Vind jij dat ook, Francine?

Kerry roept me om te komen eten. Wees niet bang – ik kom weer terug.

Je man, in slechte en in slechte tijden, die alle hoop op betere tijden heeft laten varen,

Tim

9

Vrijdag 11 maart 2011

Ik parkeer in de berm waar de smalle weg ophoudt. Tims huis houdt zich voor mij verborgen: het Dower House, op het terrein van Lower Heckencott Hall. Ik kan het niet zien, maar ik weet dat het achter deze hoge houten poort ligt, dankzij een consensus van zoekresultaten op het internet. De Hall is een beschermd monument en staat op websites met namen als: Architectonische parels in Culver Valley, en: De mooiste historische huizen van Groot-Brittannië.

Tims thuis, verbeter ik mezelf. *Niet zijn huis*. Een van mijn zoekopdrachten leverde een pdf op met plannen voor een uitbouw door Roger Staples Design Studio voor Daniel en Kerensa Jose. Dat is logisch; Dan en Kerry zijn degenen met het geld. Dankzij nethouseprices.com weet ik dat ze in februari 2009 £ 875.000 voor het Dower House hebben betaald.

Kerry heeft me nooit verteld dat haar naam een afkorting van Kerensa is. Tim wist dat vast wel. Ik vind het heel stom van mezelf dat ik hoop dat Francine het ook niet wist. Het maakt namelijk niet uit, maar toch zie ik haar liever als onwetend, een buitenstaander.

De overtuiging die Kerry zes jaar geleden in mijn hoofd plantte zit daar nog steeds, koppig en belachelijk genoeg: Francine was dan wel met Tim getrouwd, maar ze hoorde niet thuis in zijn leven. 'Jij bent het vierde kwart in ons kwartet,' zei Kerry ooit tegen me toen Dan en Tim laat waren voor onze afspraak in Omar's Kitchen. Die gedachte liet me niet meer los. Ik geloofde haar, want ik wilde dat het waar was.

En ik wil nog steeds dat het waar was toen ze dat zei. *Want als het ooit waar was…* Het moet wel. Kerry had me verteld van haar vader – iets wat zij, Dan en Tim nooit aan Francine zouden vertellen. Dat hadden ze afgesproken.

De regen roffelt op het dak van mijn auto als een boze herinnering die me kastijdt omdat ik mijn schild heb laten zakken en een zwakte heb toegegeven. Het maakt niet uit dat ik de enige ben die het heeft gehoord. Het leven straft hen die nood lijden; als je toegeeft dat er iets is waar je niet buiten kunt, wordt het van je afgepakt.

Ik heb Tim niet meer nodig zoals vroeger. Ik heb bewezen dat ik zonder hem kan. Ik wil hem alleen maar helpen.

Als mijn wetenschappelijke collega's eens konden horen hoe ik probeer het Lot te overtuigen, zouden ze er wel voor waken om nog met mij te werken.

Ik begrijp dat dit niet bedoeld is om Tim weer aan mij terug te geven, wat dit ook moge zijn. Niemand heeft mij ergens voor uitgenodigd. Kijk maar naar die gesloten poort.

Toen ik Kerry en Dan kende, hadden ze geen poort om zich achter te verstoppen. Ze woonden op Burtmayne Road in Spilling, in een rijtjeshuis met twee slaapkamers, zonder tuin, dat een en al façade was: aan de voorkant wekte het de illusie dat het twee keer zo groot was, maar het huis was maar één kamer diep. Tim en Francine woonden op twee minuten lopen van Heron Close, in een vrijstaand nieuwbouwhuis met drie slaapkamers en een tuin met zo veel inkijk van andere, identieke vrijstaande nieuwbouwhuizen dat Tim het zijn 'amfitheater' noemde, hoewel hij dat volgens Kerry nooit zei waar Francine bij was.

En nu woont Tim hier, bij Kerry en Dan. En ik woon met Sean.

Rechercheur Gibbs vroeg me naar mijn adres; het was een van de eerste vragen die hij stelde, een formaliteit. Horse Fair Lane 47, Silsford, dreunde ik op. Het klonk als een adres, meer niet. Toen ik het politiebureau verliet, reed ik regelrecht naar het Dower House, onuitgenodigd en waarschijnlijk niet welkom. Hiernaartoe gaan voelde even per ongeluk en onwaarschijnlijk als naar huis gaan. Ik wist dat ik moest slapen, maar ik kon me niet voorstellen dat ik dat in mijn eigen bed zou doen. Het idee dat ik een bed heb, een thuis, een vriend, komt me voor als iets waarin ik wilde geloven ook al was het nooit echt waar: alsof ik die dingen toevallig ergens samen aantrof, deed alsof ze van mij waren en de rest te beleefd was om er iets van te zeggen.

Je maakt jezelf gek. Hou daarmee op. Doe eens wat nuttigs.

Ik doe het portier van mijn auto open, en weer dicht. De ga-weg-hekken zijn te ondoordringbaar. Ik hou me voor dat als Tim hier woont, mijn gevoelens voor hem rechtvaardigen dat ik hier ben. En er is geen sprake van 'als': de nieuwssites zijn het er allemaal over eens dat Tim en Francine hier woonden toen Francine doodging. Gratis: dat heb ik zelf gededuceerd. Kerry en Dan zouden nog eerder naakt over straat gaan dan dat ze Tim huur zouden laten betalen. Hij zal er wel op gestaan hebben om een bijdrage te leveren, maar dat zouden ze nooit aannemen.

Bij het idee dat ik Kerry straks misschien weer zie – dat ze me in haar huis laat, achter deze poort – springen de tranen in mijn ogen. Ik knipper ze weg. Toen Tim uit mijn leven verdween, was ik zo kapot dat ik pas na maanden het kleinere verdriet dat ik ook Kerry kwijt was onder ogen zag. Ik kende haar nog niet zo lang, maar ik miste haar heviger dan ik had verwacht. Ze heeft me geholpen met het allerbelangrijkste waar iemand me ooit mee geholpen heeft: ze legde me uit hoe Tim in elkaar zat. Niet helemaal – dat is onmogelijk, Tim is immers Tim – maar voldoende. Dankzij Kerry begreep ik mijn leven toen ik er zelf geen vat meer op had.

Ik mag het mezelf niet toestaan te hopen dat ze dat nog een keer voor me kan doen.

De regen stopt even plotseling als hij was begonnen. Ik stap de auto uit en laat mijn tas op de passagiersstoel liggen, maar neem mijn uitgeschakelde mobiel mee. *Een compromis.* Mocht ik ineens besluiten dat ik er klaar voor ben om Sean te spreken, dan kan ik hem aanzetten en geen tijd meer verliezen. Hoewel ik voor ik hem bel beter eerst de achttien boze voicemails die hij heeft ingesproken kan beluisteren om zijn stemming te peilen, en ik daarna waarschijnlijk nog minder zin heb om hem te spreken dan nu, dus wat heeft het voor zin?

Dat is meteen ook mijn reactie op het miljonairsfort voor me: wat voor zin heeft het te proberen om daar binnen te komen als er zo veel architectonische inspanningen zijn verricht om mensen buiten te houden? Op het bord staat: LOWER HECKENCOTT HALL, maar er zou eigenlijk moeten staan: AL WIE HIER BINNEN WIL TREDEN, LAAT VAREN UW HOOP. Ik probeer me niet te laten intimideren door de uit steen gehouwen zuilen, het intercomsysteem met de twee knoppen, de hoge stenen ommuring met de erboven uitstekende nog veel hogere heggen die een extra beschermlaag vormen. Nu ik hier sta, zie ik in de verte een repeterend patroon van identieke ramen: de bovenste twee verdiepingen van een enorm vierkant gebouw dat de Hall moet zijn. De lange, rechte oprit doet zijn aanwezigheid voelen ook al is hij aan het zicht onttrokken – langer dan een straat met aan weerskanten dertig gezinnen, te oordelen aan de positie van het huis ten opzichte van de poort.

Ondanks die van privacy getuigende ornamenten ziet Lower Heckencott Hall er toegankelijk en praktisch uit met zijn rechte hoeken en onbuigzame lijnen. Ik stel me binnen die muren een grote, stoffige vergaderzaal voor, vol met schreeuwende, met pamfletten zwaaiende mannen. Een van mijn zoekresultaten omschreef het als: Het fraaiste voorbeeld van de architectuur die zo eigen is aan het zuiden van Engeland. Een andere website noemde het een landhuis, maar dat lijkt me niet de juiste omschrijving; 'landhuis' suggereert een zekere weelde, die hier ontbreekt. Er is geen opsmuk, geen verzachtende details, er zijn geen decoraties, er is alleen een stenen kubus met niets anders dan ramen om de monotonie van de gevel te doorbreken. Zelfs geen schuin dak; de Hall is plat vanboven.

Die woorden brengen me in één klap twaalf jaar terug in de tijd, toen ik Sean voor het eerst zag in de sportschool, de Waterfront Health Club. Ik wil nu niet aan hem denken, maar hij dringt steeds mijn gedachten binnen. Is het een schuldreflex, omdat ik weet dat ik waarschijnlijk bij hem wegga?

Niet waarschijnlijk. Zeker.

Waarschijnlijk.

Toen hij me mee uit vroeg, zei ik niet ja of nee, maar ik zei dat ik hem iets moest bekennen, en toen flapte ik eruit dat ik hem al maanden in gedachten het Sexy Gekookte Ei noemde, vanwege zijn platte kapsel dat de indruk wekte dat iemand de bovenkant van zijn hoofd er als een eierdop af had getikt. 'Dat is duidelijk deels een compliment, en deels niet, en nu je dit weet wil je misschien niet meer met me uit eten,' zei ik. Sean lachte beleefd. Het was duidelijk dat hij mijn bekentenis niet grappig vond, maar ook niet charmant of beledigend – hij zag het hooguit als een obstakel voor het antwoord op zijn vraag. Toen hij zag dat ik ook op een antwoord wachtte, zei hij dat hij inderdaad nog wel steeds met me uit eten wilde. Hij noemde de naam van de gelegenheid, de datum en de tijd alsof hij het allemaal al had geregeld: The Slack Captain in Silsford, de zaterdag erop. Hij zou me om halfacht oppikken.

Toen hij kwam, had hij zijn haar laten millimeteren, wat er een beetje boefachtig en nog vierhonderd keer zo sexy uitzag. Ik bedankte hem dat hij me kwam halen en zei – voor het geval het niet bij hem opkwam, en met het oog op onze toekomstige dates – dat we ook best in het restaurant hadden kunnen afspreken. Ik zei niet dat The Slack Captain niet mijn voorkeur had wat restaurants betrof. 'We hadden daar inderdaad kunnen afspreken,' beaamde Sean, 'maar ik heb jou uitgenodigd.' Ik vroeg hem wat hij daarmee bedoelde, en hij zei: 'Dat betekent dat ik voor het eten betaal en dat het mijn verantwoordelijkheid is. Ik haal jou op, en ik breng je na afloop thuis.' Hoewel ik het nog steeds niet begreep, besloot ik het onderwerp te laten rusten. Zijn vierhonderd-keer-zo-sexy uiterlijk begreep ik volkomen, al snapte ik niets van wat hij zei.

Ik had mijn ongenoegen over het feit dat hij onze hele date had geregeld al geparkeerd voor ik had gezegd dat ik wel met hem uit wilde, en besloot dat het feit dat hij zo snel reageerde met een nieuw kapsel betekende dat hij flexibel en ruimdenkend was. Dat zei ik ook tegen hem, met een grapje over dat ruim denken ook gemakkelijker gaat als iemand de bovenkant van je hoofd eraf getikt heeft. Sean schonk me een uitgestreken blik en ik hield op met lachen.

Hij vroeg al om de rekening toen hij nog op zijn laatste stuk steak aan het kauwen was. Zelf was ik al een paar minuten klaar met mijn hoofdgerecht, maar ik had me niet gerealiseerd dat er daarmee een eind gekomen was aan ons dinertje. Het kwam niet bij Sean op dat ik misschien een toetje of koffie wilde; hij had er geen zin in, dus waarom zou ik er zin in hebben?

Hij heeft ook geen zin in een carrière waarbij hij 's nachts in Düsseldorf moet overnachten; dus waarom zou ik er zin in hebben.

Ik zet dat beeld van hem met geweld van me af – horizontaal op onze bank, weg – en ik wil net op de onderste knop van de intercom drukken, die met het bordje DOWER HOUSE, als de poort kennelijk met grote tegenzin openzwaait. Ik hoor de motor van een auto en stel me een zilvergrijze Mercedes voor, met een chauffeur in uniform. Die man kan wel overleden zijn voor het gat tussen de poortdeuren groot genoeg is om door te kunnen rijden.

Ik ga aan de kant als er een aftandse blauwe Volvo S60 tevoorschijn komt. Hij stopt bij de poort. Het getinte glas aan de bestuurderskant glijdt omlaag en ik zie een magere man, ongeveer even oud als ik, met een sikje en bruin, verwilderd, schouderlang haar waar een knik in zit, alsof hij het pas nog in een staartje droeg. Hij staart me aan. Er ligt een dode kerstboom dwars op de achterbank van zijn auto, en daar bovenop ligt een uitpuilende zak met tuinafval.

Ik schenk hem een glimlach om hem te bedanken voor het openen van het hek, en loop langs de Volvo het terrein van Lower Heckencott Hall op. Daar is de lange, kaarsrechte oprit, precies zoals ik me die had voorgesteld.

'Hé!' roept de man.

Heeft hij het tegen mij? Ik loop terug. Hij kijkt boos. 'Wie heeft gezegd dat jij erin mocht?' Hij heeft een zwaar Culver Valley-accent.

'Ik heb aangebeld bij het Dower House, en toen hebben ze de poort voor me geopend,' lieg ik.

'Dat hebben ze niet. Dat deed ik. Niemand heeft de poort voor jou geopend. Ze willen niet gestoord worden.'

'Kerry heeft me binnengelaten,' zeg ik, want ik laat me niet kisten. 'Ik ben een oude vriendin. Ik ben –'

'Gaby Struthers.' Hij zegt het alsof hij me ergens op betrapt, ook al stond ik op het punt het hem te vertellen.

'Hoe weet je dat?'

'Dus je komt voor Kerry? Niet voor Lauren?'

'Lauren? Cookson?' Als we zo doorgaan met het beantwoorden van de ene vraag met een andere, komen we nooit ergens. 'Waarom zou ik hier komen voor Lauren? Ik weet wel dat ze hier werkte, maar...' Ik wil zeggen: '...maar Francine Breary is dood, en dode mensen hebben geen verzorging meer nodig', maar ik krijg het niet over mijn lippen.

Hij maakt een geluid dat het midden houdt tussen een lach en een sneer, en leunt met zijn arm uit het raampje van de auto. Bij die beweging wordt zijn mouw opgestroopt en wordt een tatoeage zichtbaar die me aan Lauren had doen denken als we het niet al over haar hadden. Ik ken bijna niemand met een tatoeage. Kent zij mensen die er niet onder zitten?

'Doe nu maar niet net alsof je niet weet dat Lauren hier woont,' zegt de man fel, maar ik luister niet. Ik staar naar de blauwe woorden op zijn magere arm: *IRON MAN*.

Jason Cookson. Laurens man, drievoudig deelnemer aan de Iron Man Challenge. Tuinman annex klusjesman annex verhuizer-van-dode-kerstbomen.

Moordenaar van Francine Breary? Misschien.

'Is Lauren al terug?' vraag ik. 'Ik zou haar ook graag willen spreken, als ze –'

'Lauren zei al dat je naar haar op zoek zou gaan.' Hij staart naar de weg voor zich. De boodschap is helder: hij moet misschien tegen me praten, maar daarom hoeft hij nog niet naar me te kijken. 'Ze wil niet dat je je met haar leven komt bemoeien, dus je verspilt je tijd.'

'Ik ben hier voor Kerry. Ik had geen idee dat Lauren hier ook woonde. Het is dat jij me dat nu vertelt.'

'Je lult uit je nek,' zegt Jason tegen zijn stuur. 'Als ik je een advies mag geven: verkoop geen lulkoek aan iemand die zelf lulkoek verkoopt. Als ik jou was, zou ik rechtsomkeert maken en wegwezen.'

Dus wat hij zegt is lulkoek, volgens zijn eigen woorden. *Interessant.* 'Jij bent mij niet,' zeg ik.

'Dan zou ik maar wegwezen voordat Lauren weer terugkomt.'

'Dus je bent op weg naar het vliegveld om haar op te pikken?'

'Als zij straks thuiskomt en jij bent er nog, gaat ze helemaal uit haar plaat. Blijf uit haar buurt. Ze wil niets met je te maken hebben. Ze is als de dood voor je.'

'Ik weet niet wat ze tegen jou heeft gezegd, maar –'

'Vergeet wat Lauren heeft gezegd, en luister naar mij: sodemieter op. Niemand wil jou hier hebben.'

'Moet ik alles wat Lauren heeft gezegd vergeten?' vraag ik. 'Of alleen dat ze zei dat Tim Breary onschuldig is aan moord?'

'Arrogante trut!' Hij prikt met een boze vinger in de lucht. Ik vond het toch prettiger toen hij me niet aan wenste te kijken. 'Rot toch op naar dat yuppenhuis van je in de Snobstraat!'

Hij rijdt weg voor ik hem voor hypocriet kan uitmaken. Hoewel hier eerder sprake is van stupiditeit dan van een dubbele moraal; twee verschillende regels toepassen op twee soortgelijke situaties is waarschijnlijk te hoog gegrepen voor iemand met de intellectuele vermogens van Jason Cookson. Hij zal wel gewoon vergeten zijn dat hij zelf in een heel groot huis woont.

De poort gaat langzaam dicht. Ik sprint naar binnen en schaam me dan, ook al kijkt er niemand, want het was helemaal niet nodig om te rennen. Langs de muur links van me loopt een pad dat breed genoeg is voor een auto, tot de verste hoek van de tuin, om vervolgens achter de Hall te verdwijnen. In plaats daarvan neem ik de meest rechtstreekse route: over het gras. *Want het was begroeid met gras en wilde belopen worden…*

Een van Tims lievelingsgedichten: 'Het onbetreden pad' van Robert Frost. 'Ongelofelijk hoe weinig mensen het begrijpen, terwijl de woorden en syntaxis zo ontzettend eenvoudig zijn,' zei hij tijdens een van onze lunches in het Proscenium. 'Iedereen denkt dat het gedicht bedoeld is als ode aan onaangepastheid, maar dat is helemaal niet zo. De schrijver maakt gehakt van de verteller vanwege diens pompeuze zelfbedrog, en het feit dat hij te ijdel is om de waarheid onder ogen te zien,' zei Tim grijnzend.

Als ik het gazon, dat groter is dan de meeste akkers, driekwart over ben, zie ik een bakstenen gebouw van twee verdiepingen links voor me. Het Dower House; dat kan niet anders. Het is zo groot dat er gemakkelijk twaalf mensen kunnen wonen, en het heeft een klokkentoren die uit het midden van het schuine dak steekt, vierkante erkerramen en over bijna de hele gevel een blauweregen die er vast prachtig uitziet als hij in bloei staat.

Ik snap wel waarom Kerry en Dan dit huis hebben gekocht. Het is zachter en veel mooier dan de Hall, en het doet me denken aan een pastorie uit een negentiende-eeuwse roman. Ik durf te wedden dat Kerry er verliefd op was nog voor ze er een voet over de drempel had gezet. Toen ze stond waar ik nu sta. Voor het huis is een flink stuk grind waar drie auto's geparkeerd staan. Wil dat zeggen dat Kerry en Dan bezoek hebben? Had Jason gelijk toen hij zei dat ze het druk hadden en niet gestoord wilden worden?

Het kan me niet schelen. Ik moet weten waarom Tim liegt dat hij Francine heeft vermoord. Kerry kan me vast meer vertellen dan wie dan ook.

De aanwezigheid van zo veel auto's op een doordeweekse dag suggereert dat Dan en Kerry in hun nieuwe leven niet meer van maandag tot vrijdag werken. Dan werkte als accountant toen ik hem pas leerde kennen. Hij werkte samen met Tim bij Dignam Peacock. Kerry werkte toen in de zorg, net als Lauren. Misschien kenden ze elkaar wel van het werk. En toen zei Kerry op een dag dat ze wegging. Ze heeft vast niet gezegd waarom, en ze heeft vast ook niets gezegd van het geld. Wat zal Lauren verbaasd zijn geweest toen ze een aantal maanden later een baan aangeboden kreeg van haar voormalige collega, veel beter betaald dan alle andere klussen die ze ooit had gehad, en met een woning op het terrein van Lower Heckencott Hall op de koop toe?

Wat zou er met Lauren gebeuren nu Francine dood is? Heeft Kerry ander werk voor haar in het Dower House? Ik huiver bij de gedachte aan een vrouw met een grauwe huid, zonder gezicht, slachtoffer van een hersenbloeding, net als Francine, die op een trolley naar binnen wordt gerold om Francine te vervangen. Om Lauren wat omhanden te geven.

Waarom Lauren, Kerry? Waarom heb je die domme, grofgebekte Lauren uitgekozen?

Misschien was Jason er wel eerst; misschien hadden Dan en Kerry hem in de arm genomen en kwamen ze er toen achter dat zijn vrouw ziekenverzorgster was...

Of...

Ik schud mijn hoofd om die gedachte uit te bannen. En alweer zonder succes. Ze is vastbesloten om te blijven hangen tot ik haar aanwezigheid erken, wat ik niet wil, omdat ze me angst inboezemt.

Wat als Tim, of Kerry, wilde dat Francines verzorgster zo dom en leeghoofdig mogelijk was? Zodat ze niet door zou hebben dat... wat?

Dit heeft geen enkele zin. Ik kan de hele dag blijven speculeren en dan nog heb ik geen theorie die hout snijdt. Ik haal diep adem en been naar de voordeur van het Dower House als iemand die weet wat ze van plan is, en bel aan in de hoop dat de bel de stem in mijn hoofd die nog steeds alle ergste mogelijkheden aan het prevelen is het zwijgen oplegt.

Wat als Tim en Lauren...? Nee. Onmogelijk.

Maar wat nou als?

Hij is een van de weinige mensen die zichzelf niet boven haar verheven voelt, zei ze. Zo te horen was ze dol op hem. Wat als zij weet dat Tim onschuldig is, niet omdat ze weet dat Jason het heeft gedaan, maar omdat zij op het moment dat Francine werd vermoord met Tim in een hotelkamer was, ver weg bij het Dower House vandaan? Wat als zij zijn alibi is, en ze dat niet aan de politie kunnen vertellen omdat ze bang zijn voor wat Jason zou doen als hij erachter kwam?

Ik heb liever dat Tim een moordenaar is dan dat hij met Lauren naar bed is geweest. Dat ik dat denk, maakt me misselijk.

Er staat een jaartal in de stenen deurpost van het Dower House gegraveerd: 1906. De staarten van de 9 en de 6 zijn door de 0 gevlochten. Het doet me denken aan Laurens tatoeage van Jasons naam: rode hartjes op groene steeltjes rond de klinkers. Heeft hij dat zelf ontworpen? Trok hij een slijmerig of juist een dreigend gezicht toen hij er hartjes op steeltjes bij eiste? En haar vader, toen die om de 'father'-tatoeage op Laurens arm vroeg, als verjaardagscadeau?

Ik bel nog een keer aan, dringender dit keer. Ik ben al te lang alleen met mijn gedachten; ik begin me onwerkelijk te voelen.

Dan Jose doet open. Zijn dunne haar is langer en slonziger dan vroeger, toen hij nog bij Dignam Peacock werkte. Hij heeft een nieuwe bril: een zwart, vierkant montuur in plaats van zijn oude zilverkleurige. 'Gaby,' stelt hij, alsof ik misschien niet meer weet wie ik ben.

'Doet Tim het met Lauren Cookson?' vraag ik hem.

Hij laat het een paar seconden in de lucht hangen. Dan zegt hij: 'Natuurlijk niet. Hij doet het met niemand.'

Dat is meer informatie dan waar ik op had durven hopen. Ik begin te huilen. Dan stapt naar voren en slaat zijn armen om me heen. 'Goed om je te zien, Gaby. Zelfs... nu.'

Ik geloof hem; natuurlijk geloof ik hem. Maar toch kan ik dat andere, niet-ware verhaal niet uit mijn hoofd zetten: dat Tim iets heeft met Lauren, of dat dat zo was voor hij zichzelf naar de gevangenis had laten sturen. Van alle vrouwen die hij ooit heeft ontmoet, wil hij haar het minst, heeft hij voor haar het minste respect.

Daar heeft hij haar op uitgezocht; zij is precies wat hij verdient. Hij zou haar zijn favoriete gedichten hebben kunnen voorlezen en glimlachen bij zichzelf als zij hem vroeg om op te houden met dat stomvervelende gelul. Als hij echt wilde bewijzen dat de keuzes die we maken er absoluut niet toe doen, zou Lauren zijn perfecte scharreltje zijn geweest.

'Tim had totaal geen oog voor Lauren,' zegt Dan. 'Het was gênant. Kerry heeft geprobeerd om dat bij hem aan te kaarten, maar het had geen enkel nut. Hij zag haar niet als ze in de kamer was, groette haar niet als hij langs haar liep in de hall. Ik dacht dat het uit snobisme was, maar dat was niet zo.'

'Waarom was het dan wel?' vraag ik. We hebben elkaar in geen jaren gezien, en we verspillen nog geen minuut aan koetjes en kalfjes. Prima. Ik had het niet getrokken als ik eerst dat zinloze spelletje had moeten spelen van: 'En, wat heb jij zoal gedaan, de laatste jaren?'

'Dat kan Kerry je beter uitleggen dan ik,' zegt Dan. 'Zij denkt dat... enfin, dat Tim, na alles wat er gebeurd is, zijn wereld expres zo klein mogelijk maakte, zodat er verder voor niemand anders plaats was dan voor hemzelf, mij en Kerry. En voor Francine, uiteraard, nadat die een hersenbloeding had gehad.'

'Daarna?' Wat raar om dat zo te zeggen. 'En daarvoor ook, neem ik aan?'

Dan kijkt over zijn schouder het huis in. Ik kan niet veel zien, alleen een spiegel boven een kastje van donker hout, met lades en op pootjes. Er schijnt geen licht in de hall. Ondanks de geruststellende omhelzing heeft Dan me niet gevraagd om binnen te komen.

Wat bedoelde hij met 'alles wat er gebeurd is'? Het feit dat Tim en ik uit elkaar zijn gegaan? Of meer dan dat? Moeten we dan toch het 'En, wat heb jij zoal gedaan, de laatste jaren' spelen?

'Er zijn veel dingen waar jij niets van weet, Gaby. Vlak nadat hij jou voor het laatst heeft gezien, is Tim bij Francine weggegaan. En toen ze haar hersenbloeding kreeg, is hij weer teruggegaan. Ik zou... ik weet dat Kerry jou dolgraag wil spreken, maar dit is niet het moment. De politie is er.'

Tim is bij Francine weggegaan. Tim is bij Francine weggegaan. De woorden gonzen door mijn hoofd.

Dan heeft gelijk: er is veel wat ik niet weet, omdat hij en Kerry het me nooit hebben verteld. Een jaar en twee maanden nadat ik Tim voor het laatst heb gezien, schreef Kerry me een brief. Ik heb hem nog; ik ken hem uit mijn hoofd. Tim was naar de Cotswolds verhuisd, schreef ze. Over Francine had ze het niet, en ik nam aan dat die bij hem was, aangezien ze zijn vrouw was. Kerry schreef dat zij en Dan met hem meeverhuisd waren aangezien ze niet meer door werk aan de Culver Valley gebonden waren. De brief bevatte wat vage kletspraat over toekomstige werkplannen: Kerry had contact met iemand bij een plaatselijk natuurgebied en hoopte daar betrokken bij te raken. Dan overwoog om een proefschrift te gaan schrijven over risicoverhalen en hoe onze denkbeelden over het nemen van financiële risico's eerder worden bepaald door de verhalen die we ons voorhouden dan door de kans dat we er rijker of armer van worden. Daar zou ik nog om hebben geglimlacht, als ze het volgende niet ook had geschreven. Tim had Kerry gevraagd een boodschap aan mij over te brengen: ik mocht geen contact meer met hem zoeken.

Kerry wilde ook dat ik wist dat zij en ik niet langer bevriend konden zijn. Dat verbaasde me niet. Ik had haar nog maar twee keer gesproken sinds Tims beslissing om mij te boycotten, en beide keren klonk ze niet op haar gemak. In haar brief legde ze uit hoe belangrijk het was dat Tim er zeker van kon zijn dat ik ook geen rol meer speelde in haar en Dans leven, aangezien zij de enige twee mensen waren op wie hij nog kon vertrouwen. 'Wij zijn op dit moment alles wat hij heeft,' schreef ze. Ik had niet gedacht dat dat inhield dat ook Francine van het toneel verdwenen was. Ik ging ervan uit dat die nog op de achtergrond was, even verlammend en giftig als altijd, maar dat Kerry zich niet op het negatieve wilde concentreren. Ik dacht dat ze bedoelde dat zij en Dan het enige goede waren dat Tim nog had.

'Als hij zou weten dat ik met jou zou lunchen of zelfs maar met je zou kletsen aan de telefoon, zou hij daar kapot van zijn,' vertelde de brief. 'Jij bent zijn verleden, wij zijn heden. Als jij in zijn heden verschijnt, zou hij dat niet aankunnen. Ik hoop echt dat je dat begrijpt. Tim draagt je op handen en dat zal altijd zo blijven (nee, dat heeft hij niet gezegd, maar dat WEET ik!) en hij kan die gevoelens niet aan.'

Elke nacht als ik naast Sean lig of alleen in een hotelbed ergens in Europa of Amerika en probeer te slapen, schrijf ik in gedachten brieven aan Kerry, die ik nooit aan het papier of een computer toevertrouw. *Ik ben tot nu toe altijd heel gehoorzaam geweest, Kerry. Moet je zien hoe braaf ik ben verdwenen: niet alleen uit Tims leven maar ook uit mijn eigen leven. Ik begraaf mezelf in mijn ongehoord briljante werk en verdwijn per dag meer uit mijn leven thuis.*

'Welke politie?' vraag ik Dan. 'Rechercheur Gibbs?' Ik had hem een lift kunnen geven vanaf het politiebureau.

'Heb je Chris Gibbs gesproken?'

Ik vertel hem dat ik Gibbs pas één keer heb gesproken. Ik leg hem uit hoe het zit met Düsseldorf, mijn vertraagde vlucht, mijn ontmoeting met Lauren. Ik vertel wat ze zei over de onschuldige man die naar de gevangenis moet voor moord.

Dans gezicht trekt wit weg terwijl ik dit allemaal vertel. 'Heb jij tegen Gibbs gezegd dat Lauren dit heeft verteld?'

Maakt hij soms een geintje? 'Waarom denk je anders dat ik naar hem toe gegaan ben, Dan?'

'Fuck.' Hij doet zijn ogen dicht.

'Wat is er aan de hand?' Dan heeft het tegenovergestelde van een pokerface; altijd al.

'Dit is geen goed moment, Gaby. Je moet later terugkomen.'

'Ik wacht wel tot Kerry tijd heeft,' zeg ik en ik wurm me langs hem heen het huis in.

'Wat deed Lauren op jouw vlucht?' roept hij me na.

Goeie vraag. Heeft Tim Lauren over mij verteld? Of misschien heeft hij zijn best gedaan het niet over mij te hebben, en heeft Lauren geraden dat ik altijd meer voor hem zou betekenen dan zij ooit voor hem zou kunnen betekenen; misschien heeft ze hem betrapt toen hij net iets te vaak op mijn website of blog zat. Was ze zo afgunstig dat ze met eigen ogen wilde zien of ze iets had om jaloers op te zijn?

Nee. Ze hadden geen affaire. Er is geen enkele reden om aan te nemen dat dat wel zo was.

Ik stel me voor hoe Tim Lauren passeert in de hall waar ik me nu in bevind, haar blik mijdend, veinzend dat hij haar aanwezigheid niet opmerkt...

Ik weet niet of Dan achter me aan komt terwijl ik zijn huis begin te doorzoeken. Ik hol langs dichte deuren, heel veel dichte deuren op een rij. Dan en Kerry zouden een aanvraag kunnen doen om een deurenmuseum in dit huis te mogen beginnen. Verkeerde afslag. Ik loop weer terug en sla rechtsaf waar ik eerst linksaf sloeg.

Twee paden die uiteengaan in een geel kleurend bos...

Dit lijkt er meer op: een vlek licht aan het eind van de gang moet op een openstaande deur duiden. Ik hoor een stem die niet op die van Kerry lijkt. Een vrouw. Als ik dichterbij kom, zegt ze: 'Ik ben geïnteresseerd in hoe Dan en jij aan je geld komen. Jullie komen duidelijk niets te kort. Sam zegt dat Tim al een poos niet meer werkt, dus dit wordt allemaal niet betaald van zijn salaris. En dan ook nog een ziekenverzorgster voor Francine.'

Wie is Sam?

'Hoe komen jullie aan al dat geld? En waarom zijn jullie er zo gul mee?'

Ik weet het antwoord op die vraag. Ik slik moeizaam en loop de kamer in.

10

11/03/2011

'Zal ik het uitleggen van het geld?' vroeg de vrouw die in de deuropening stond aan Kerry Jose. Tegen Charlie zei ze: 'Zonder mij zou er geen geld zijn geweest – dat is mijn excuus om me in jullie gesprek te mengen.' Ze had dik, bruin haar tot op haar schouders, deze indringer; een bleke huid, grote bruine ogen en een handvol sproeten op de brug van haar neus. Charlie was verbaasd over haar kleding. Die had de onmiskenbare glans van duur designerspul, maar zat onder de kreukels en vuil: modder, etensvlekken. Het wit van haar ogen was bloeddoorlopen.

'Het spijt me, maar ik heb net een uitputtende beproeving achter de rug met een vertraagde vlucht,' verklaarde ze met een blik op zichzelf. Het klonk helemaal niet alsof het haar speet. Haar toon had beter gepast bij de woorden: 'Het zal me roesten'. 'Geen tijd om me te verkleden,' voegde ze eraan toe, en ze wierp een uitdagende blik in Charlies richting.

Oké, dus ze was slim; ze wist wat Charlie dacht. En ze had zelfvertrouwen: niet veel mensen zouden binnenwandelen bij een moordonderzoek en verklaren dat er zonder haar geen geld was geweest.

Charlie wilde de vrouw net vragen wie ze was toen een gilletje van Kerry Jose haar afleidde. Ze draaide zich om. Kerry, die tegen de reling van het AGA-fornuis geleund stond, had haar hand voor de mond geslagen en huilde. Een paar seconden geleden was ze nog kalm, met droge ogen. 'Gaby! O, goddank!' Kerry schoot ineens door de keuken, waar Charlie van opschrok, en ze greep het lichaam van de verfomfaaide bezoekster vast in een soort houdgreep waarbij ze de armen van de vrouw langs haar zij klemde.

Het was zonneklaar: deze vrouw was op de een of andere manier belangrijk. Ze hoorde hier thuis, hoewel Kerry haar duidelijk niet had verwacht.

Zelfs haar uiterlijk leek hier thuis. Haar kleding, zowel kostbaar als besmeurd, paste perfect bij de sfeer in de zonnebloemgeel geschilderde keuken van Kerry en Dan Jose, die een al even bizarre mengeling was van aspiratie en gruwel. Het was een gigantische ruimte, die twee tafels, elk met zes stoelen eromheen, met gemak opslokte, en waar waanzinnige olieverfschilderijen aan de muur hingen. Er was nergens ook maar een stukje vrij oppervlak; Charlie moest de beker thee die Kerry Jose voor haar had gezet op een stapel oude kerstkaarten laten balanceren, wat aan Kerry de uitspraak ontlokte: 'Ja, gebruik die kaarten maar als onderzetter, goed idee!'

Het hele aanrecht en beide tafels waren bedekt met wankele stapels van dingen die niets met elkaar gemeen hadden: een telefoonboek boven op een spelletjesdoos boven op een doos cornflakes boven op een boek met stofstalen dat weer balanceerde op een tennisracket. Naast die toren stond een fruitschaal met daarin een meetlint, een schapenbroche gemaakt van voornamelijk roze wol, een doosje pleisters, een opgerold paar sokken, vier oude ijslollystokjes met rode en oranje vlekken op de bovenste helften en een kapotte beha waarvan de beugel door de zwarte stof heen stak. Tussen de twee tafels – de ene rustiek, van hout en rond, de andere met elegante houten poten en een witmarmeren tafelblad – stonden minstens vijftien kartonnen dozen opgestapeld, midden in de keuken. Charlie zag wat er in de bovenste dozen zat: boeken, kaarten, een opgevouwen vloerkleed, een klok met gebroken glas en een gebogen grote wijzer.

Hoe kon je zo leven? Hadden Kerry en Dan Jose zichzelf aangeleerd om alleen naar de schilderijen te kijken als ze hier binnenkwamen? Charlie moest toegeven dat die verbluffend mooi waren, hoewel ze niet kon zeggen of ze nou abstract waren of niet. Ze leken vrouwenlichamen te verbeelden die opgingen in voornamelijk blauw met groene landschappen op een manier waardoor hun ellebogen en knieën bergen leken. Geen gezichten. Geen hoofden, zelfs. Sinister maar schitterend.

Als dit mijn keuken was, dacht Charlie, zou ik de kunst houden en de rest wegkieperen. Zij en Simon waren het tegenovergestelde van hamsteraars, bedacht ze. Ze kochten zo weinig mogelijk, gooiden zo veel mogelijk weg zodra ze de inhoud hadden opgegeten of -gedronken. Charlie begreep wel waarom Kerry Jose daar anders over dacht; ze kon zich indenken dat er volgens Kerry een goede reden was om een oud ijslollystokje te bewaren. Kerry zag altijd overal zo veel mogelijk het positieve van in; dat was Charlie meteen duidelijk tijdens het korte gesprek dat ze met haar had voordat die Gaby hen onderbrak. Het was even duidelijk als haar bijna volledig ontbrekende wens om het gesprek te overheersen of te sturen. Kerry vond het kennelijk prima dat Charlie het gesprek de kant opvoerde die zij wilde, en had al haar vragen bereidwillig beantwoord. Bijna... dankbaar was vast niet het goede woord, of toch? Zo klonk Kerry: erkentelijk voor Charlies voorzetjes. De dynamiek tussen Kerry en Dan, haar man, leek ook een beetje vreemd, maar Charlie wist dat het te vroeg was om daar een oordeel over te vellen. Ze zaten nog geen minuut samen in de keuken voor de telefoon was gegaan en Dan moest opnemen, en vervolgens was er een paar keer aan de deur gebeld – op een aanmatigende manier, vond Charlie. Dat moest Gaby zijn geweest, dat dringende gebel, met zo'n air van: wordt er verdomme nog opengedaan, of hoe zit dat?

En toch was Kerry dolblij om haar te zien. Haar komst had een 'goddank' aan haar ontlokt. Die twee waren duidelijk op de een of andere manier bevriend, ook al hadden ze op het oog niets met elkaar gemeen: de halve hippie met kwastjes aan haar rok en haar pluistrui en de assertieve, chique zakenvrouw. Vandaag iets minder chic misschien, maar Charlie kon zich indenken hoe intimiderend beeldschoon Gaby eruit zou zien als ze een nachtje had geslapen.

Gaby keek eerder gekweld dan blij. Ze probeerde zich los te maken uit Kerry's omhelzing. 'Kerry, niet doen. Dan raak ik nog over mijn toeren. Ik wil dat beetje tijd dat ik met de politie praat niet verdoen aan huilen.' Kerry liet los, knikkend, en veegde haar ogen af. Ze vond het zichtbaar fijn om orders te krijgen.

Dat is wat hier zo vreemd aan is: zij en haar man vinden het allebei prettig als anderen zeggen wat ze moeten doen. Ze kijken elkaar aarzelend aan, in de hoop dat de ander hun een aansporing geeft, niet zeker wie de baas is. Raar huwelijk.

Zwarte ketel. Zwarte pot.

'Want jij bent toch van de politie?' Gaby's zelfverzekerde stem doorbrak Charlies gedachten.

'Brigadier Charlie Zailer.' Ze stond op met uitgestoken hand.

Gaby schudde hem. 'Gabrielle Struthers, maar iedereen noemt me Gaby. Ik ben een vriendin van Kerry en Dan, van jaren geleden. En ook van Tim Breary.'

'Wat je net zei, dat je dat beetje tijd dat je hebt met de politie niet wilt verdoen...' begon Charlie, ook al wist ze niet precies waar ze naartoe wilde. Trouwens, ze wist ook niet wat ze hier deed zonder Sam. Hij was hier alleen even binnengewipt om te zeggen dat er iets tussengekomen was en dat hij weer naar de stad moest, om vervolgens tegen Charlie te zeggen dat ze hem maar moest sms'en als ze opgehaald wilde worden. Een list, dat was duidelijk. Hij hoopte dat zij meer succes had met Kerry Jose dan hij tot nu toe, en dat zij iets uit haar kon krijgen wat hem niet was gelukt. Ze was van plan hem later vol trots te vertellen dat ze het empathisch-emotionele pad links had laten liggen en had gevraagd naar de financiën. Voor zover zij kon zien was dat het interessantste aspect van de situatie in het Dower House, alsmede het meest verdachte. Misschien niet in verband met de moord op Francine, maar het was toch vreemd en daarom de moeite van het onderzoeken waard. Goed, Tim en Francine Breary waren goed bevriend met Dan en Kerry, maar de meeste goede vrienden waren niet bereid elkaar financieel te ondersteunen tot de dood hen scheidde. De meeste ouders zouden dat niet eens doen voor hun kinderen.

Charlie voelde ineens dat Gaby Struthers met verwachtingsvol opgetrokken wenkbrauwen naar haar staarde. Ze wachtte tot Charlie de vraag zou afmaken die ze was begonnen te stellen.

'De meeste mensen willen niet zo graag met ons praten,' zei ze. 'Of ze nu schuldig zijn of niet, ze mijden ons liever.'

'Of ze nu schuldig zijn of niet, de meeste mensen zijn laf en bijgelovig,' zei Gaby en ze trok een stoel onder de tafel vandaan zodat ze kon gaan zitten. Er lag iets ronds en zilverkleurigs op de zitting. Een servetring? Nee, te groot, te scherpe randen. Een deegsnijder. Charlie kende wel mensen die zoiets in huis hadden – mensen met een totaal andere manier van leven dan zij. Zelf had ze liever een trouwring van een dikke reus, wat dat zilveren ding ook had kunnen zijn.

Gaby pakte hem op, gooide hem in een glazen ovenschaal op tafel die vol met schelpen, steentjes, elastiekjes en doosjes aspirine zat.

'Waarom heb je maar weinig tijd?' vroeg Charlie terwijl ze ging zitten. 'Moet je soms ergens naartoe?'

'Nee. Maar ik ging ervan uit dat jullie wel iets anders te doen hadden. Luister, ik heb niet veel tijd nodig om te zeggen wat ik te zeggen heb. Laat me het nu maar gewoon vertellen, dan kun jij het meteen wegwuiven, net als rechercheur Gibbs, en dan kun je praten met de mensen die je zullen vertellen wat je wilt horen, goed?'

'Je moet wel weten... ik ben niet direct betrokken bij de zaak Francine Breary. Ik heb bij de recherche gewerkt, maar nu niet meer. Dus ik weet niet wat Gibbs heeft gezegd of gedaan dat jou irriteerde, maar ik hoor niet bij hem.'

'Je bent niet direct betrokken bij Tims zaak?' Gaby keek naar Kerry, die hulpeloos haar schouders ophaalde.

'Ik heb nog niet de gelegenheid gehad om dat aan Kerry uit te leggen voor jij binnenkwam,' zei Charlie. *Een goede vriendin van Tim Breary. Tims zaak.* Het was duidelijk waar Gaby Struthers wel en niet om gaf. Kon het haar überhaupt iets schelen dat Francine Breary was vermoord, of maakte ze zich alleen druk om Tims welzijn?

'Maar als jij niet op de zaak zit en je werkt niet bij de recherche, wat doe je hier dan?'

'Dat weet ik niet precies. Sam Kombothekra heeft me gevraagd met hem mee te komen – hij is de inspecteur die deze zaak leidt.' Charlie haalde haar schouders op. 'Misschien vindt hij dat hier een vrouwenhand nodig is.' Ze liet haar sarcasme doorschemeren, zodat Gaby en Kerry dat konden horen.

'Hoezo, nodig?' vroeg Gaby. 'Is de zaak nog in onderzoek? Betekent dat dat inspecteur Kombothekra niet gelooft dat Tim Francine heeft vermoord?' Haar uitspraak van Sams achternaam was vlekkeloos, terwijl ze hem nog maar één keer had gehoord.

Charlie moest voorzichtig zijn. Een mogelijkheid was om eerlijk te antwoorden: 'Sam denkt dat iedereen in dit huis ergens over liegt. Het woord "samenzwering" is gevallen.' Zo'n zinnetje zou, vanwege het schokeffect, weleens kunnen werken bij Gaby Struthers, maar het zou de band die Charlie met Kerry Jose aan het opbouwen was verwoesten. Aangenomen dat die de waarheid achterhield, dan moest je die heel voorzichtig aan haar ontlokken.

'Want hij heeft haar namelijk niet vermoord,' zei Gaby stellig.

'Gaby,' mompelde Kerry, en ze sloot haar ogen. 'Net als jij zou ik graag willen dat hij het n–'

'Hij *heeft* het niet gedaan, Kerry. Donderdag ben ik naar –'

'Düsseldorf gevlogen. Ik weet het,' zei Kerry alsof het haar pijn deed die woorden uit te spreken. Haar ogen waren nog steeds halfgesloten.

'Jij *wist* dat Lauren op mijn vlucht zat?' viel Gaby uit.

'Ik heb haar vluchten voor haar geboekt. Ze zei dat ze op bezoek ging bij vrienden en dat Jason er niets van mocht weten.' Kerry zuchtte. 'Enfin, hij weet het inmiddels. Hij is nu op weg naar het vliegveld om haar op te halen. Ze is er kennelijk niet best aan toe. Ik snap eerlijk gezegd niet wat er met Lauren aan de hand is.'

'Dan wist niet dat Lauren op mijn vlucht zat,' zei Gaby met klem, 'toen ik het hem een paar minuten geleden vertelde.'

'Ik heb nog geen kans gezien het hem te vertellen,' zei Kerry. 'Hij was vanochtend in Londen, en hij is pas een halfuur thuis. Ik heb met brigadier Zailer zitten praten.'

'Noem me maar Charlie, alsjeblieft.'

'Weet je *waarom* Lauren mij helemaal tot in Duitsland wilde stalken?' vroeg Gaby. Haar manier van doen deed Charlie denken aan hoe Simon was tijdens een verhoor. *Als jij mij niet vertelt wat ik wil weten, komt het je duur te staan.* 'Hoe wist ze überhaupt van mijn bestaan af?'

Kerry schudde haar hoofd. Ze verstopte zich achter haar lange roodblonde haren die ze als een schild voor haar gezicht liet hangen. Met haar andere hand plukte ze er iets uit dat ze omstandig op de grond liet vallen. Charlie geloofde niet dat er echt iets in het haar zat dat er uitgehaald moest worden; het was een act, om Gaby niet aan te hoeven kijken.

Interessant. Kerry was niet bang geweest toen ze nog alleen met Charlie zat te praten. En toch was ze oprecht blij toen haar vriendin de kamer binnen kwam; dat was geen act.

'Ze heeft mij niets gezegd, nergens naar gevraagd.' Gaby sprak tegen Kerry alsof ze was vergeten dat Charlie er nog was. 'Los van wat ze zich per ongeluk liet ontvallen...'

'Zou iemand me misschien kunnen zeggen waar dit over gaat?' vroeg Charlie, bezorgd dat ze hopeloos achter zou raken als ze de twee vrouwen nog meer tijd gunde voor hun persoonlijke gesprek.

'Ik heb rechercheur Gibbs vanochtend het hele verhaal al verteld,' zei Gaby. 'Hij kan je de details geven. Lauren Cookson, de ziekenverzorgster die voor Francine zorgde, is mij gevolgd. Ze flapte er iets uit over een onschuldige man die naar de gevangenis moest voor een moord die hij niet had gepleegd.'

'Wat?' Kerry liet haar haar vallen.

'Ze had het over Tim,' zei Gaby. 'Op de een of andere manier weet zij dat hij het niet heeft gedaan, en aangezien zij elke dag bij Francine moet zijn geweest, omdat ze hier *woont*, geloof ik haar honderd procent. Ik weet ook dat Tim geen moordenaar is en dat hij nooit iemand zou kunnen vermoorden. Wat is er aan de hand, Kerry? Waarom beweert hij dat hij Francine heeft vermoord als dat niet zo is? Jij moet weten hoe het zit.'

'Hij heeft haar wel vermoord, Gaby.' De spieren in Kerry's gezicht verstijfden van de spanning. 'Het spijt me verschrikkelijk, maar we waren allemaal thuis. Dan en ik –'

'En Lauren?' wilde Gaby weten.

Kerry knikte. 'Lauren weet... wat wij allemaal weten,' zei ze nauwelijks verstaanbaar, met haar blik op de grond gericht. 'Ik snap niet waarom ze het tegendeel beweert.'

'Gaby, mag ik jou misschien wat vragen stellen?' vroeg Charlie.

'Ga je gang.'

'Waar was jij op 16 februari?'

'De dag dat Francine werd vermoord?' Gaby stak haar hand in haar tas en haalde er een donkerbruine leren agenda uit waar in gouden letters COUTTS 2011 in gestanst was.

'Hoe weet je dat Francine op die dag is vermoord?' vroeg Charlie.

'Hoe komen mensen tegenwoordig aan al hun kennis? Google. 16 februari: toen zat ik in Harston, een dorpje vlak bij Cambridge.'

'De hele dag?'

Gaby knikte. 'Ik ben om vijf uur opgestaan, was daar voor zevenen, en ik heb er de hele dag in vergadering gezeten.'

'In vergadering?' De hele dag? In een dorpje? Over de bloemen voor in de kerk, en hoe ze de dikke enveloppen moeten neerzetten bij het postagentschap?

Alsof ze Charlies gedachten kon raden, zei Gaby ongeduldig: 'Het hoofdkantoor van Sagentia UK zit in Harston – dat is een bedrijf dat aan productontwikkeling doet. We hebben een klein maar heel belangrijk onderdeel van ons werk aan hen uitbesteed. Google mijn naam maar als je meer wilt weten over wat voor werk dat is, en bel Luke Hares van Sagentia als je bevestiging wilt dat ik daar 16 februari de hele dag was.' Na een korte stilte vervolgde Gaby: 'Ik heb Francine Breary net zomin vermoord als Tim. Godsamme, als hij haar had willen vermoorden, had hij dat jaren geleden wel gedaan.'

Charlie zag Kerry Jose verstijven. Ze besloot om het vooralsnog te laten rusten en om later op Gaby's opmerking terug te komen,

'Je zei dat je me alles zou vertellen wat ik wilde weten over het geld.'

'Met plezier,' zei Gaby. 'Kort gezegd, Kerry en Dan stikken van het geld en Tim heeft geen cent.' Kerry had water opgezet en deed een theezakje in een beker. 'Wat is er gebeurd met het huis op Heron Close?' vroeg Gaby aan haar.

'Dat is in beslag genomen door de bank. Tim heeft sinds hij bij Francine wegging niet meer gewerkt, en dat was vlak nadat jij hem voor het laatst hebt gezien. Hij had nauwelijks gespaard. Kon de hypotheek niet meer betalen.'

Gaby schoot in de lach. 'Kon het hem wat schelen? Hij haatte dat huis.'

Charlie zag hoe Kerry's gezicht vertrok en weer in de plooi schoot. Het zou handig zijn als dat zo bleef, telkens als Gaby een detail onthulde dat Kerry geheim had willen houden. Voor Charlie fungeerde het als een soort aanwijzing bij een speurtocht.

'Na Francines hersenbloeding kon zij de hypotheek ook niet meer opbrengen. Ik ben...' Kerry maakte een gesmoord geluid, stikkend in haar eigen woorden. Ze probeerde het opnieuw. 'Het spijt me dat ik geen contact heb gezocht, Gaby. Ik wilde je alles vertellen – over dat Tim was gestopt met werken, en bij Francine weg was, maar...' Ze haalde haar schouders op. 'Nou ja, dat heb ik in die brief uitgelegd. Heb je die ontvangen?'

Gaby knikte.

'Het kon gewoon niet,' zei Kerry en haar ogen vulden zich met tranen.

'Kunnen we het weer even over het geld hebben,' zei Charlie. 'Dus Tim en Francine hadden een huis op Heron Close dat door de bank in beslag genomen was...'

'Ja. Dan en ik ondersteunen – ondersteunden – Francine, en we steunen Tim nog steeds,' zei Kerry. 'En dat zullen we altijd blijven doen.'

'Dat is uitzonderlijk genereus,' zei Charlie.

'We zijn familie,' zei Kerry stellig. 'Niet letterlijk, maar wij hebben verder niemand anders en hij ook niet. En Dan en ik krijgen toch geen kinderen.' Haar gezicht verkleurde toen ze zich realiseerde wat ze had gezegd. 'Er zijn... ziektebeelden in mijn biologische familie die ik liever niet zou doorgeven,' verklaarde ze.

'Kerry en Dan zouden nooit zo rijk zijn geweest zonder Tim,' zei Gaby terwijl Kerry met haar thee naar de tafel liep. 'Heb je weleens gehoord van Taction?'

Charlie schudde haar hoofd.

'De Da Vinci chirurgische robot?' zei Gaby alsof het de gewoonste zaak van de wereld was. 'Op dit moment is de Da Vinci de enige op de markt, maar er zijn een paar bedrijven die werken aan nieuwe robotmodellen die goedkoper te produceren zijn en die minder invasief zijn dan de Da Vinci, als het ze lukt die te laten werken. Dat is het grote probleem. Er zijn geen garanties, maar als het de grootste concurrent lukt, is dat voor een deel aan mij te danken. Mijn eerste bedrijf, het bedrijf dat ik heb opgericht en doorverkocht, heeft een tactiele stof uitgevonden.'

'Taction?' raadde Charlie.

Gaby knikte. 'We hebben het ontwikkeld met het oog op de verwerking in tactiele feedbackhandschoenen. Daarnaast hebben we een prototype handschoen ontwikkeld dat niet met de Da Vinci werkt, maar dat door een ander bedrijf is gebruikt bij een concurrerend chirurgisch platform waar ze aan werken. De handschoen voorziet degene die de robot bedient van gegevens die heel dicht in de buurt komen van wat die persoon zelf zou voelen met zijn vijf vingers als die de laparoscopische operatie handmatig uit zou voeren...'

Dus... ik praat hier met een soort geniale, technologische superster. Charlie hield die gedachte voor zich; Gaby Struthers' zelfvertrouwen had zo te horen geen zetje nodig.

'Om onze ontwikkeling en tests te financieren hadden we geld nodig,' zei ze. 'Tim adviseerde me waar ik dat kon krijgen. Hij bracht me in contact met investeerders – alle investeerders die ik nodig had.'

'Dus Tim was jouw... zakenpartner, zoiets? Jouw accountant?' vroeg Charlie.

'Uiteindelijk werd hij mijn accountant. Maar eerst zag hij precies wat mijn bedrijf nodig had, en dat heeft hij voor me geregeld.'

'Je bedoelt het geld om je product te kunnen maken?' vroeg Charlie.

'Ja, maar dat niet alleen. Ik had met mijn businessplan naar een willekeurig durfkapitaalbedrijf kunnen stappen en die waren er onmiddellijk voor gegaan,' zei Gaby met wat Charlie inmiddels herkende als haar gebruikelijke bescheidenheid. 'Maar die zouden ook zeggenschap willen en zouden geprobeerd hebben om mij weg te werken. Dat doen die lui. Dat wilde ik niet. Het was *mijn* bedrijf, en mijn expertise zat in het product. Ik wist dat als we zouden slagen, de investeerders het leeuwendeel van het geld zouden krijgen – dat vond ik prima, daar had ik geen enkel probleem mee. Maar ik had wel een enorm probleem met het idee dat een stel gladjakkers in pakken mij kwam vertellen hoe ik de tent moest runnen, want – en dat klinkt misschien arrogant – ik had meer verstand van zaken dan zij ooit zouden hebben.'

'Gaby heeft haar bedrijf voor bijna vijftig miljoen dollar verkocht,' zei Kerry. 'Aan Keegan Luxford.'

Charlie knikte. Ze wist dat ze nu geacht werd om 'Wow' te zeggen, of iets dergelijks. Ze vroeg zich af of Keegan Luxford soms iets van haar zou willen kopen voor vijftig miljoen dollar. Simons brein wellicht. Maar zelfs dat niet. Het verwijderen en de levering ervan was te complex. 'Dus Tim heeft investeerders voor jou gevonden die je wel het geld gaven, maar die jou je gang lieten gaan?'

'Precies,' zei Gaby. 'Hij heeft alleen mensen gevraagd die hij goed kende, die hem vertrouwden. Hij had een rotsvast vertrouwen in mij.' Ze leek heel even onzeker. 'Ik heb nooit precies begrepen waarom. Ik wist dat het zou lukken, voor zover je dat kunt zeggen over zoiets risicovols en speculatiefs, maar Tim kon dat nooit weten. Hij... geloofde gewoon in mij zoals diepreligieuze mensen in God geloven. Dat was het, een geloof. Op de een of andere manier wist Tim dat geloof over te brengen op genoeg cliënten en kennissen, die allemaal een investering deden. Hij vertelde hun dat ze mij de dingen op mijn manier moesten laten doen. Dat dat het beste was.'

'Hij wist dat het zo was. En hij had gelijk,' zei Kerry.

'Of hij was verliefd op me en de rest boeide hem niet,' reageerde Gaby onmiddellijk. 'Misschien maakte het hem niet uit dat zijn cliënten en vrienden hun geld kwijt zouden raken, zolang hij maar indruk op mij kon maken en hij degene was die al mijn problemen oploste.'

'Gaby, stop.' Charlie hoorde voor het eerst sinds ze in het Dower House was iets autoritairs in Kerry's stem. 'Arme Tim. Wat je zegt is niet eerlijk en dat weet je best.'

Arme Tim? Arme Tim de vrouwenverstikker? Charlie had het gevoel alsof ze ronddreef op golven van vreemdheid, zonder kaart of een paar riemen. Zonder boot zelfs.

'Sorry.' Gaby klonk alsof ze het meende. Ze sloeg even haar handen voor haar gezicht. 'Let maar niet op mij. Ik heb vannacht helemaal niet geslapen. Je hebt gelijk, Tim zou zijn cliënten nooit adviseren om iets te doen wat niet in hun belang was. Ik weet niet waarom ik dat zei.' Ze zuchtte. 'Hij beweerde de hele tijd dat hij zeker wist dat het me zou lukken, dat het absoluut geen risico was, dat er alleen enorm veel winst te behalen was voor alle betrokkenen. Zelf wist ik dat zo net nog niet, maar hij wel. Ik kan het soms gewoon moeilijk geloven. Hoe kon hij dat nou weten?'

'Wij wisten het ook,' zei Kerry tegen haar en gaf een kneepje in haar arm. 'Tims vertrouwen in jou was zo sterk dat wij geen seconde aan hem hebben getwijfeld. En zelf *wist* je het in feite, Gaby – je bent te bescheiden. Waarom zou je anders al dat geld op die Zwitserse –'

'Dat heeft er niets mee te maken,' zei Gaby abrupt.

Charlie voelde haar interne antenne kriebelen, want de stemming in de kamer sloeg om.

'Ik zeg alleen dat jij toch moest weten dat er een heel dikke kans was dat –'

'Jezus, Kerry, kunnen we hierover ophouden?'

Dit was een onverwachte rolwisseling: ineens was Gaby de onmededeelzame en Kerry degene met de grote mond. *Die Zwitserse*... wat? Belastingontduiking was het enige wat Charlie kon bedenken.

‘Tim was niet zo eerlijk tegen jou en Dan over jullie investering als jullie denken,’ mompelde Gaby in haar beker thee.

‘Hebben jij en Dan in Gaby’s zaak geïnvesteerd?’ vroeg Charlie aan Kerry.

‘Driehonderdduizend pond,’ zei Gaby.

‘Alles wat we hadden,’ bevestigde Kerry. ‘Los van ons gewone inkomen, maar dat was niet veel. Dan was accountant, dus die verdiende wat we toen een heel behoorlijk salaris vonden. Ik verdiende een schijntje als ziekenverzorgster.’

‘Dus jullie hebben al je spaargeld geïnvesteerd, het hele bedrag?’ Charlie stak haar ongeloof niet onder stoelen of banken.

Kerry keek Gaby aan alsof zij het vertellen van het verhaal wilde overnemen.

‘Dans moeder overleed en die liet hem het geld na,’ zei Gaby. ‘Hij wilde het niet hebben. Hij had al jaren geen contact meer met zijn moeder. Het was een kreng – ze dreigde voortdurend dat ze hem uit haar testament zou schrappen.’

‘Daar heeft ze mee gedreigd toen hij met mij wilde trouwen,’ deed Kerry een duit in het zakje. ‘We dachten allebei dat ze dat ook had gedaan. Het was de laatste keer dat Dan haar heeft gesproken, vlak voor we ons verloofden. Ze weigerde om naar de bruiloft te komen. Ik was niet genoeg voor haar lieve zoon, ik was *maar* een ziekenverzorgster. Van dubieuze afkomst.’ Kerry begon te huilen en veegde haar tranen discreet weg, alsof ze dacht dat ze die verborgen kon houden.

Een blik van Gaby waarschuwde Charlie dat ze niet mocht doorvragen. ‘Leuk mens,’ zei Charlie. Helemaal niets zeggen leek haar harteloos.

‘Dus ze overleed en Dan kwam erachter dat hij al dat geld had,’ gaat Gaby verder. ‘Maar het was haar geld, hetzelfde geld waarmee ze hem het grootste deel van zijn leven chanteerde, dus hij wilde het niet hebben. Kerry zag het anders.’

‘Ja, ik zag dat anders. Welke gek geeft nou driehonderdduizend pond weg, uit principe? We hebben er discussies over gevoerd. Eindeloos.' Kerry huiverde. 'Dat was de enige keer dat wij ooit ergens ruzie over hebben gehad. Ik kon het niet verdragen dat Dan het geld weg wilde geven, waar het ook vandaan kwam, maar hij wilde niet naar me luisteren. Hij zei dat we het prima voor elkaar hadden, en dat hij niet met zichzelf kon leven als hij een erfenis zou accepteren van Pu–' Er trok een intens rode kleur over Kerry's gezicht. 'Van zijn moeder,' herstelde ze.

Gaby grijnsde. 'Ik was vergeten dat jullie haar altijd Pus noemden. Pure Slechtheid,' zei ze tegen Charlie. 'Kwam dat niet uit Tims koker?'

Kerry knikte.

Charlie nam een slok van haar thee. 'Dus toen Tim met de suggestie kwam dat jullie die driehonderdduizend pond in Gaby's bedrijf konden investeren...'

'Het was de perfecte oplossing.' Kerry's ogen lichtten op alsof ze het nu pas had bedacht. 'Dan konden we het geld weggeven – het hele bedrag – en het geld dat we overhielden was niet van *haar*. Het was ander geld, geld van het bedrijf dat dat van Gaby zou overnemen. Keegan Luxford, bleek uiteindelijk.'

Erfeniswassen, dacht Charlie.

'Ander geld, en ook een heleboel meer geld, als alles volgens plan verliep – en dat was zo, gelukkig voor ons allemaal,' zei Gaby. 'Ondertussen had ik het geld van Dans moeder benut voor de testfase van mijn product – iets waar ik overigens geen enkel moreel onbehagen bij voelde. Ze was niet *mijn* kreng van een moeder.' Gaby en Kerry wisselden een glimlach; ze hadden dit gesprek duidelijk al eens eerder gevoerd, waarschijnlijk wel vaker dan eens.

'Tim en Francine konden niet investeren,' zei Kerry tegen Charlie. 'Ze hadden niet ergens zo'n bedrag liggen als wij, dus Tim kon zelf niet profiteren van zijn eigen briljante advies dat ons leven heeft veranderd. Dat is nog een reden waarom Dan en ik altijd voor hem zullen zorgen.'

'Al hadden ze bergen geld gehad,' zei Gaby zachtjes, 'Francine zou Tim nog geen tientje hebben laten investeren in GST. Nog geen vijfje.'

Kerry's mond vertrok. Ze verstijfde op haar stoel. Was dat wat Charlie niet mocht weten? Dat Francine en Tim niet zo'n geweldig huwelijk hadden? Dat Francine een bazige trut was die Tim het leven zuur had gemaakt? Als dat zo was, begreep Charlie niet waarom dat geheim moest blijven nu Tim Breary had bekend dat hij zijn vrouw een paar weken geleden had vermoord en zijn schuld bevestigde in elk gesprek dat hij sindsdien met de politie had gehad.

'Wat is GST?' vroeg ze. *Genadeloos Smorende Tim?*

'Het bedrijf dat ik heb verkocht: Gaby Struthers Technologies.'

Charlie zei tegen Kerry: 'Dus jij hebt Tim en Francine in huis genomen, betaalde de fulltime zorg voor Francine...' Ze raakte de draad van haar verhaal kwijt. Gaby had haar stoel naar achteren geduwd en stond plotseling op, alsof ze zich iets dringends herinnerde.

'Gaby?' Kerry ging ook staan. *Doe wat de leider doet.* 'Gaat het wel?'

'Ik wil Tims kamer zien. Zijn kamer hier. Die moet ik zien.'

Kerry staarde haar aan en knipperde met haar ogen alsof ze de woorden niet had verstaan. Charlie wachtte af.

'Ik weet niet of dat wel mag. God, Gaby, ik vind het verschrikkelijk om nee te zeggen, maar zonder Tims toestemming...'

'Zie maar dat je me tegenhoudt,' zei Gaby, die al bijna bij de deur was.

Kerry maakte een beweging alsof ze haar achterna wilde, maar aarzelde. Ze keek Charlie smekend aan. 'Is er iets in Tims kamer dat je Gaby niet wilt laten zien?' vroeg Charlie.

'Nee,' zei Kerry te snel. Ze draaide haar haren om haar hand.

'Laat haar dan. Vertel me eens over de dag dat Francine werd vermoord. Wat is er precies gebeurd?'

11

Vrijdag 11 maart 2011

Ik ren naar boven en op de overloop bots ik bijna tegen Dan op. Ik had helemaal niet meer aan hem gedacht. Zo te zien is hij niet ergens naar op weg; hij staat daar maar. Zijn schuldbewuste blik zegt me alles wat ik moet weten. 'Dus je houdt je hier schuil? Heb je geen zin in een gezellig praatje met de politie? Je bent geen geboren leugenaar, Dan. Je zult er wel schoon genoeg van hebben om te liegen over Francines dood.'

'Je weet niet waar je over praat, Gaby.'

'Ben je soms bang dat je er ineens de waarheid uitflapt?'

Hij keert zich van me af en loopt een paar stappen in de richting van de trap.

'Toen maar, hop, naar beneden,' zeg ik. 'Maar dat wil je niet, hè? Je hebt geen zin om in de keuken te belanden met brigadier Zailer. Heeft Kerry je opgedragen om je uit de voeten te maken voor het geval je je mond voorbijpraat?' Ik heb het nog niet gezegd of ik bedenk iets beters: 'Zij hangt de martelaar uit. Jullie vinden het allebei vreselijk om te liegen, maar Kerry knapt het liever zelf op dan dat ze het jou laat doen. Dan bespaart ze je die kwelling.'

'Gaby, denk alsjeblieft eens even na,' fluistert Dan dwingend.

'Waarover?'

Hij kijkt langs me heen. Ik draai me om. Er is niets te zien. Alleen een lange gang met aan elke kant vijf deuren en aan het eind nog eentje. *De bovenverdieping van het Culver Valley Deurenmuseum.*

Ergens een raampje was best een idee geweest. Is alles hierboven bruingrijs, of lijkt dat maar zo door het gebrek aan daglicht?

Als ik me omdraai naar Dan kijkt hij me nog steeds niet aan. 'Ik zou dolgraag even nadenken,' zeg ik tegen hem. 'Ik zou graag willen nadenken over waar jij op dit moment precies aan denkt, maar dat kan niet, natuurlijk, tenzij jij me vertelt wat hier in godsnaam aan de hand is.'

'Gaby.' Hij legt zijn handen voorzichtig op mijn armen. 'Ik ben niet je vijand.'

'Geweldig. Vertel me dan ook maar even wie dat wel is.'

'Ik ben Tims vriend. Zijn beste vriend. Vergeet dat niet.'

Ik zou het dak van zijn huis willen schreeuwen, het huis dat hij dankzij mijn werk heeft kunnen kopen, maar wat heb ik eraan.

'Zal ik je eens wat zeggen, Dan? Zeg liever niets in plaats van de dingen die ik al weet. Die veelbetekenende blik van je zegt mij verder niks – je ziet er alleen maar dom uit, zo. Ja, jij bent Tims beste vriend. Dat weet ik. Maar in dit verband, en op de manier waarop je het net zei, heb ik geen idee wat je bedoelt. Wat moet ik hieruit opmaken dat ik niet snap? Tim is jouw beste vriend, dus... wat? Dat geeft je het recht te liegen over dat hij Francine heeft vermoord?'

'Tim heeft bekend, Gaby.' Alweer zo'n veelbetekenende blik. 'Hij heeft bekend.'

'Nou goed, dus Kerry en jij heulen niet samen om te zorgen dat Tim opdraait voor een misdrijf dat hij niet heeft gepleegd. Althans, dat doen jullie *wel*, maar hij heult met jullie mee. Hij heult tegen zichzelf, en jij en Kerry steunen hem daarin. Toch?'

Dan zegt niets. Hij heeft zijn intense blik uitgeschakeld.

'Tim heeft nooit zijn eigenbelang gediend,' zeg ik zachtjes. 'Dat weet jij net zo goed als ik. Is het weleens bij je opgekomen dat het steunen van zijn valse bekentenis misschien niet de juiste keuze is? Wat heeft hij eraan om de rest van zijn leven in de gevangenis te zitten als hij onschuldig is? Lauren vindt het in elk geval geen geweldig idee. Waarom zit zij er meer mee dan jullie? Omdat haar man Francine heeft vermoord? Is dat het? *Zeg* het, Dan. Als we allemaal moeten liegen omwille van Tim, leg me dan uit waarom en ik lieg mee! Ik doe alles voor hem – dat weet je best!'

Dan hijgt alsof hij hardgelopen heeft, en hij zweet, zo veel moeite kost het hem om niets te zeggen.

'Jij wilt het mij niet vertellen omdat je weet dat ik het er niet mee eens zou zijn,' zeg ik. 'Tim neemt de schuld van Francines dood op zich om een of andere krankzinnige reden en jullie laten hem begaan. En jullie weten dat ik dat nooit zou doen. Jullie weten hoeveel ik van hem hou. Of misschien wel niet – nou, dan weet je het nu!'

Vindt Dan het vreemd dat ik nog steeds van Tim hou? Ja, het is al jaren geleden, maar liefde slijt van overmatig samenzijn, niet van gescheiden zijn. En ik heb Tim nooit echt voor mezelf gehad; hij was niet van mij. Ik heb altijd vruchteloos naar hem gehunkerd.

Dat is geen liefde. Dat is verslaving.

Ik zet de gedachte van me af. Het helpt als ik in beweging kom.

'Waar ga je naartoe?' roept Dan me achterna terwijl ik de gang met de deuren door ren.

'Wat is Tims kamer?'

'Gaby, je kunt niet zomaar –'

'Hou me dan maar tegen. Dit is vast de kamer van Lauren en Jason.' Ik sta in de deuropening en staar naar de foto's aan de muur tegenover het bed: twee ingelijste zwart-witfoto's van Lauren als glamourpoes. Zwaar onder de make-up, een opgestoken kapsel als dat van een filmster uit de jaren veertig, een lange, soepele avondjurk met een bontstola over haar schouders. Dit vindt Jason vast heel smaakvol. 'Nog een geluk dat die stola haar FATHER-tatoeage bedekt, zeg ik tegen Dan terwijl ik vecht tegen mijn tranen. *Ben je helemaal de weg kwijt, Struthers? Word je nu sentimenteel van een stel foto's van Lauren Cookson, de allerdomste ziekenverzorgster van het westelijk halfrond?*

De enige die zo dapper was om haar mond open te doen. Ook al bedacht ze zich meteen.

'Gaby? Gaat het?'

Ik antwoord Dan dat er niets aan de hand is en concentreer me op de fysieke details van de kamer. Ik verwacht niet dat ik er iets uit op kan maken, maar toch kijk ik. Een ingebouwde kastenwand, twee nachtkastjes met op een daarvan een lamp. Geen boeken. Een vurenhouten bed met een zachtroze bloemetjessprei. Lades onder het bed, in het frame ingebouwd, allemaal open. Er zitten drie knuffelbeesten in de kussens – een beer met een rood hartje als neus, een eendje en een uil – ze leunen tegen het hoofdeinde. Op de grond liggen kledingstukken, aan beide kanten van het bed, voornamelijk strings in diverse kleuren, aan wat Laurens kant zal zijn. Aan die van Jason liggen een wit T-shirt, een spijkerbroek, een paar sokken en een gescheurd zilverkleurig condoompakje.

'Ik geloof niet dat Lauren en Jason willen dat jij hier binnenkomt, Gaby.' Dan benadert me voorzichtig, alsof we in de dierentuin zijn en ik een loslopende leeuw ben.

'Jullie slapen allemaal op een paar meter bij elkaar vandaan? Wat gezellig, zeg: jij, Kerry, Tim, Lauren en Jason, allemaal symmetrisch in slaap achter jullie symmetrische dichte deuren. En Francine ook, voor ze doodging.'

'Francine had een kamer beneden,' zegt Dan. 'Niet dat dat ertoe doet. Wat maakt het jou uit waar wij allemaal slapen?'

'Dat maakt me niet uit,' zeg ik tegen hem. 'Maar het is wel handig voor jullie. Komen jullie elke avond samen op de overloop om je leugens uit het hoofd te leren?'

'Als je zo blijft doen, kun je beter weggaan.'

'Ik ga niet weg voor ik Tims kamer heb gezien. Welke is het?'

'Nee.'

Ik neem aan dat de deur waar Dan snel naartoe gelopen is om hem met zijn lichaam te barricaderen de deur is waar ik door naar binnen wil.

'Kerry en ik komen hier ook niet binnen, en het is ons huis. Onze schoonmaaksters komen hier zelfs niet. Tim maakt liever zelf schoon, zo belangrijk is zijn privacy voor hem.'

'Soms,' zeg ik. 'Maar hij heeft er kennelijk geen problemen mee om zijn verdere leven te poepen waar zijn celgenoot bij is op het gedeelde toilet zonder deur, en dat gevangenbewaarders door de tralies naar hem staren alsof hij een aap in een kooi is.'

Ik zie het effect dat mijn woorden op Dan hebben en duw door nu ik voor sta. 'Ik zou zeggen dat ik momenteel heel wat meer geef om Tims privacy dan hij zelf – en datzelfde geldt voor zijn geluk en zijn vrijheid. Hoe vaak is de politie al in zijn kamer geweest sinds Francine dood is?'

Dan zucht en gaat opzij staan. 'Niets aanraken,' zegt hij.

Ik vloek zachtjes en doe de deur open. Zodra ik binnen ben, pak ik een boek van een van de stapels die op de grond naast het bed liggen en zwaai ermee door de lucht om Dan te tonen dat ik zijn niets-aanraken-regel naast me neerleg. Nu ik mijn punt heb gemaakt, wil ik het boek al bijna terugleggen, tot ik zie wat het is: *Selected Poems 1923-1958* van e.e. cummings. Een sterk gevoel van achteruit getrokken te worden maakt zich meester van mijn lichaam, alsof mijn bloedvaten teugels zijn en iemand ze strakgetrokken heeft om me bij een steile rand weg te trekken.

ik draag je hart met me mee, ik draag het mee in mijn hart.

Heeft Tim dat gedicht voor het eerst in dit boek gelezen? Als ik naar de index van beginregels kijk, zal ik het daar dan vinden?

Ik kan maar beter niet kijken. Als ik dat gedicht nu lees, waar Dan bij is, stort ik in.

'Gaat het wel, Gaby?' Zijn stem lijkt van miljoenen kilometers verderop te komen.

Waarom stellen mensen die vraag? Zo zinloos. Wanneer kun je zeggen dat 'het gaat'? Ik kan nog rechtop staan en ik haal adem; dus dat gaat best. Dat gaat zelfs prima.

'Ik moet dit boek meenemen,' zeg ik tegen Dan.

'Nee!'

Ik deins achteruit bij het geluid van zijn schreeuw. Dan Jose schreeuwt niet. Nooit. Op dat moment realiseer ik me dat hij kwaad is op zichzelf, niet op mij. Hij geneert zich voor zijn onvermogen om de situatie in de hand te houden. Hij heeft me een halve vinger gegeven, een hele, en nu wil ik deze poëziebundel meenemen.

'Dat boek is van Tim,' zegt hij.

'Ik neem het mee. Tim zou het niet erg vinden. Dat weet je best.'

Dan staart naar het uitzicht dat van Tim was voor hij zichzelf naar de gevangenis in Combingham had laten verhuizen: een enorme weidse groenheid met daarachter, in de verte, Lower Heckencott Hall. Omdat hij al zijn energie heeft verbruikt, besluit Dan dat hij maar het beste zijn blik kan afwenden en mij mijn gang kan laten gaan.

Mooi zo.

Ik ben voor het eerst in Tims slaapkamer. Hij is alleen van Tim; Francine heeft hier niets mee te maken. Ik wil hier voor altijd blijven. Ik wil al zijn bezittingen tot in detail onderzoeken, maar ik ben verstijfd. Dit is te belangrijk. Ik kijk, maar zie niets; mijn hersens zijn te gespannen om de visuele gegevens te verwerken.

Doe goddomme eens even rustig.

De kamer is kleiner dan die van Lauren en Jason, maar het is toch nog een grote kamer. Er staat een eenpersoonsbed tegen de muur. Die aanblik maakt me kwaad. 'Eenpersoonsbedden zijn voor kinderen,' zeg ik. 'Tim is een volwassen man van halverwege de veertig.'

'Zijn eigen keuze,' zegt Dan. 'Kerry heeft geprobeerd hem te overtuigen dat hij een tweepersoonsbed moest neerzetten, maar hij wilde per se dit.'

Het kussen en het dekbed zijn wit. Het bed heeft geen hoofdeind, geen nachtkastje, en er staan twee hoge boekenstapels naast. Een kledingkast, een bureau en een kantoorachtige draaistoel, een leren leunstoel in de hoek. Ik loop naar het bureau en kijk naar de vlekkeloze stapel papier, de bijpassende enveloppen, drie pennen die er duur uitzien. Het lijkt allemaal fonkelnieuw en onaangeroerd. Ik ril bij de gedachte dat Tim deze dingen misschien heeft gekocht omdat hij brieven wilde schrijven aan andere mensen dan ik.

Of hij heeft ze gekocht omdat hij juist aan mij wilde schrijven. Wanhopig graag. Maar hij wist niet hoe of wat hij moest schrijven, en dus heeft hij het nooit gedaan.

Mijn wetenschappersbrein wijst me erop dat er geen enkel bewijs is voor de theorie waar ik de voorkeur aan geef, en dus mag ik er niet in geloven.

Aan de muren hangen gedichten – zonder lijst, met plakgom – die eruitzien alsof ze uit tijdschriften zijn gescheurd: George Herbert, W.B. Yeats, Robert Frost, Wendy Cope, iemand die Nic Aubury heet. Zijn – of haar, als Nic een afkorting is van Nicola – gedicht bestaat uit slechts vier regels.

'De sommelier en de leugenaar'

Met nonchalant verstand van zaken
Zeg ik de ober 'Deze is fijn'
Terwijl wat ik werkelijk denk is:
'Dit is dus waarschijnlijk wijn.'

Ik glimlach. Tranen glijden vanuit mijn buitenste ooghoeken over mijn wangen.

Wat moet ik zonder Tim? Wat moet ik als Tim in de gevangenis zit tot... hoelang?

'Dan,' fluister ik.

'Wat?'

'Ik trek het niet als Tim achter slot en grendel zit. Je moet me helpen.'

'Gaby, ik... Jezus!' Dan legt zijn voorhoofd tegen de ruit. Het zou kunnen dat hij ook huilt. 'Ik heb er alles aan gedaan, geloof me.'

'Hiervoor, toen Tim en ik uit elkaar waren, kon ik nog leven met...'

'Je bent met iemand anders,' zegt Dan op beschuldigende toon.

'Sean. Ja. Maar is dat het bewijs van mijn ontrouw aan Tim? Je weet wat er is gebeurd. Ik zou zo bij Sean weggegaan zijn.'

'Dat weet ik.' Dan steekt zijn handen in de lucht. 'Ik bedoelde het niet zo.'

'Ik heb altijd gedacht dat ik naar Tim toe kon als ik dat wilde. Hij wilde mij niet, dat heeft hij wel duidelijk gemaakt, en daar kon ik mee leven zolang ik wist dat hij ergens *was*, bereikbaar als ik er klaar voor was het nog een keer te proberen. Om hem ervan te overtuigen dat hij een verkeerde beslissing had genomen. Ik had het nog niet opgegeven, Dan. Ik was… in afwachting.' *Ik schoof dingen voor me uit. Ik was aan het watertrappelen in mijn relatie met Sean tot ik het gevoel had dat de tijd rijp was om Tim weer op te zoeken.*

Als ik zwanger was geweest, zou ik het gedaan hebben. Het zou het perfecte excuus zijn om weer contact met hem te zoeken: *Ik heb zulk goed nieuws! Ik krijg een baby met Sean, ik ben geen bedreiging meer voor jouw huwelijk, kunnen we nu alsjeblieft weer vrienden zijn?*

Ik zou glashard gelogen hebben om op slinkse wijze weer een plek te krijgen in Tims leven. Hij is er de man niet naar om tegen een zwangere vrouw te zeggen dat ze moet oprotten en hem met rust moet laten.

En dat wist je donders goed toen je stopte met de pil.

'Dan, als Tim wordt veroordeeld voor moord –'

'Wat dan? Dan verpest dat jouw fantasie over een happy end?'

'Fuck you!' Voelde Lauren zich zoals ik me nu voel toen ze zo tekeerging tegen Bodo Neudorf op de luchthaven van Düsseldorf? Wanhopig, stuurloos?

'Het spijt me,' mompelt Dan. 'Het spijt me echt, Gaby. Je bent niet de enige. Wij kunnen allemaal…' Hij is niet in staat zijn zin af te maken.

Ik mik een broze glimlach in zijn richting. 'Kennelijk loopt het mis als we proberen te praten, dus laten we er maar mee ophouden.'

Dan haalt zijn schouders op: *wat jij wilt*. De gemakkelijke weg. 'Ben je klaar hier?' vraagt hij.

De paniek grijpt me naar de keel. *Ben ik klaar?* Ik heb gezien wat er te zien viel. Ik wil nog even blijven, maar hoe kan ik dat rechtvaardigen? Wat moet ik hier verder nog? Dan wil duidelijk graag dat ik wegga.

'Tim zou me nooit zo behandelen als hij hier was,' zeg ik. Ik ben niet het type dat snel opgeeft. Op mijn werk sta ik erom bekend dat ik gehakt maak van elk probleem dat ik op mijn pad vind. 'Hij zou me welkom heten, me zijn boeken laten zien, me stukjes van zijn favoriete gedichten voorlezen.'

'Ik denk dat je net gelijk had, Gaby. We moeten hier inderdaad niet over praten, en ik vind het niet prettig dat we nog steeds in Tims slaapkamer zijn. Zullen we –'

'Nee! Wacht.' Ik kniel neer naast de twee boekenstapels. Hoe is het mogelijk dat ik niet naar Tims Twin Towers van poëzie heb gekeken? Hij las altijd alleen maar gedichten, in iets anders was hij niet geïnteresseerd. 'Het is het op één na belangrijkste in mijn wereld, na jou,' heeft hij ooit tegen me gezegd. Ik lachte en vroeg of hij dat nu echt had gezegd, of dat ik het me maar verbeeldde. 'Je hebt het je verbeeld,' zei hij met een glimlach. 'Maar dat geeft niet. Ik zou het gezegd kunnen hebben als ik iemand was die zich zo kon laten meeslepen. En ik heb zowat een hele persoonlijkheid bij elkaar van alles wat jij je over mij verbeeldt.' Voor de drieënveertigduizendste keer sinds we elkaar leerden kennen vroeg ik hem wat hij bedoelde. 'Jij bent een uitvinder,' zei hij, alsof ik dat had moeten snappen. 'Jij hebt mij uitgevonden.'

Nee, Tim. Het was precies andersom. Waarom wil jij toch nooit ergens de eer voor opstrijken?

Behalve als het gaat om iets wat je niet hebt gedaan. Iets afschuwelijks, zoals een moord. Dan kun je het ineens wel.

Ik til het bovenste boek van een van de stapels. *Selected Poems* van James Fenton.

'Gaby...' Dan probeert me weg te trekken.

Ik schud hem van me af. Mijn ogen glijden langs de toren naar beneden, rug na rug, titel na titel. Minus de e.e. cummings die ik heb opgepakt, liggen er maar vier poëziebundels. Er is een stemmetje in mijn hoofd dat al fluisterend protesteert voor ik zelf zie wat er mis is; het duurt een paar seconden voor ik ook zover ben. 'Wat is dit allemaal?' vraag ik Dan. 'Waar komt dit allemaal vandaan?'

De rest van de boeken gaat over monsters: seriemoordenaar Myra Hindley, generaal Augusto Pinochet, een oorlogsmisdadiger genaamd Demjanjuk. Er ligt er ook eentje over de Libiër die verantwoordelijk was voor de vliegtuigbom boven Lockerbie.

Dit klopt niet. Ik heb me nog nooit zo vreemd gevoeld als nu: alsof ik vanochtend haastig mijn hersens heb aangetrokken, en ik er nu pas achter kom dat ik ze binnenstebuiten draag.

Ik kijk op naar Dan. 'Tim leest nooit zulk soort boeken. Wat doen die in zijn kamer?'

'Beschuldig je mij er nu van dat ik deze hier neergelegd heb zodat hij een moordenaar lijkt?'

Dan is een van de intelligentste mensen die ik ooit heb ontmoet. Hij kent het verschil tussen een beschuldiging en een eenvoudige vraag. Is hij soms vergeten dat ik *ook* slim ben?

'In plaats van in jouw afleidingsval te lopen en mijn tijd te verspillen aan het ontkennen van een nepbeschuldiging, vraag ik het je nog een keer: waarom ligt Tims slaapkamer vol met boeken over moordenaars?'

Dan kijkt alsof hij zich klemgezet voelt: hij wil me dolgraag de rug toekeren en ontsnappen maar hij is niet bereid territorium prijs te geven.

Is hier nog iets anders wat ik niet mag zien, iets anders dan de boeken? Is dat de reden waarom ik onder toezicht moet blijven zolang ik hierbinnen ben?

De kern van vastbeslotenheid binnen in me wordt harder en groter, en neemt me meer en meer in beslag, zodat er bijna geen ruimte overblijft om te ademen en redelijk na te denken. Ik stel de vragen die ik moet stellen, allemaal, of ik nu word beloond met antwoorden of niet. 'Maken deze boeken onderdeel uit van Tims ik-ben-een-moordenaar-act, voor de politie?' Ik opper het, maar ik geloof er zelf niets van. Als Tim zich schuldig wilde voordoen, had hij alleen de woorden 'beste manier om echtgenote te vermoorden' in Google hoeven in te typen. Waarom zou hij boeken kopen over Chileense dictators en kampbeulen uit de nazitijd? Wat was in vredesnaam het verband tussen die boeken en zoiets huiselijks als een kussen over het hoofd van je vrouw leggen om haar te smoren?

Ik pak het boek over de zaak-Lockerbie op. Het heet *Are You My Jury*.

‘Gaby, leg dat alsjeblieft neer.’

‘Wat is hier aan de hand. Dan? Wat heeft het te betekenen dat Tim deze boeken op zijn kamer heeft liggen?’

Dan schudt zijn hoofd alsof hij wil zeggen: *Sorry, daar heb ik geen antwoord op.*

Maar er is wel een antwoord, hier, nu, ergens in deze kamer, hoewel ik geen idee heb wat het is. Ik voel de aanwezigheid van dat antwoord in Dans gedachten – stil, onbeweeglijk, maar klaar voor de start; het vraagt zich af hoelang het daar nog moet blijven wachten. Als een passagier die bij een boardinggate gevangenzit zonder vliegtuig om te boarden.

Ik trek het niet. Ik moet ontsnappen.

Ik doe mijn best om het eruit te laten zien alsof ik niet wegloop als ik de kamer verlaat, de trap af daal en het huis uit loop, naar een buitenwereld vol onverwacht en onwaarschijnlijk zonlicht.

12

11/03/2011

'Dat was het.' Kerry Jose liet haar ellebogen rusten op de troep op tafel, en hield haar nek tussen haar handpalmen terwijl ze de achterkant van haar gebogen hoofd met haar vingertoppen masseerde. 'Meer kan ik je niet vertellen. De enige die de ontbrekende puzzelstukken heeft is Tim, en ik weet niet eens zeker of hij ze wel heeft.'

'Je bedoelt dat hij niet weet waarom hij Francine heeft vermoord?' vroeg Charlie.

Kerry knikte.

'Dat denk jij?'

'Hoelang moet hij in de gevangenis blijven?'

Charlie glimlachte. 'Je geeft geen antwoord op mijn vraag. En ik kan de jouwe niet beantwoorden, vrees ik. Ik weet het niet.'

'Wat is de gemiddelde straf? Voor mensen die bekennen en de politie helpen, zoals Tim?' Kerry struikelde over haar woorden in haar haast om ze uit te spreken. 'Hij heeft nog nooit iets misdaan, tot nu toe.'

Zoals zo veel mensen die Charlie had verhoord, leek Kerry zich niet te realiseren dat het geen enkel verschil maakte voor het antwoord op haar hoe-lang-achter-de-traliesvraag als ze daar al haar vooringenomenheid en hoop in legde.

'Het vermoorden van je vrouw is wel iets heel ergs, ook al heb je voordien nog geen parkeerbon op je naam staan. Als Tims vrijheid je lief is, moet je mij de waarheid zeggen. Ik weet dat het moeilijk is, Kerry, maar –'

'Wil je nog thee?'

'Nee, dank je.' Twee was meer dan genoeg. Charlies hersens voelden onrustig en gezwollen. 'Ik wil wel graag een glas water,' zei ze, want ze voelde dat Kerry gemakkelijker praatte als ze een praktische taak had waar ze zich tegelijkertijd mee bezig kon houden. Het was ook wel zo gemakkelijk om te praten terwijl je voor je gast zorgde: de gastvrijheid van de wanhoop. Charlie wachtte tot Kerry bij het aanrecht stond, met haar rug naar haar toe, en ze zei: 'Ik had niet verwacht dat je me het verhaal van Francines dood op die manier zou vertellen.'

'Hoe bedoel je?'

'Je vertelde het vanuit Tims oogpunt. Je hebt jezelf buiten het verhaal gelaten.'

'Ik dacht dat je bedoelde... Ik was niet direct betrokken bij Francines dood, dus heb ik –'

'Maar je was wel in huis,' zei Charlie iets harder om boven het geluid van de stromende kraan en trillende leidingen uit te komen. 'Jij was toch de hele tijd thuis?'

Ik was niet direct betrokken. Was het vreemd om dat zo te zeggen, of zocht Charlie er te veel achter?

Het lawaai hield abrupt op toen Kerry de kraan dichtdraaide. Ze kwam terug naar de tafel met een grote natte plek midden op haar shirt. *Zo zenuwachtig dat ze nog geen twee glazen met water kan vullen zonder evenzoveel water te knoeien.* 'Kerry, mag ik je een advies geven? Dank je.' Charlie redde haar glas uit een bevende hand. 'Als je per se wilt blijven liegen over Francines dood, moet je dat echt beter gaan doen. Dit is een moordzaak.'

'Dat weet ik wel,' zei Kerry zachtjes. Ze zat zijdelings op haar stoel, met haar arm om de rugleuning, en klampte zich vast. Met haar andere hand greep ze het doorweekte stuk van haar shirt en hield het in haar gebalde vuist.

'Het ontwijken van vragen die je niet wilt beantwoorden door kopjes thee aan te bieden... daar trapt niemand in. Ik heb het gevoel dat je me best wilt helpen, Kerry. Jij bent niet het type dat de politie zou dwarsbomen bij een onderzoek. Daarom doe je er alles aan om niet te hoeven liegen, en loop je op het randje, zodat je jezelf kunt wijsmaken dat je niets verkeerd doet.'

Charlie zag de rode vlekken op Kerry's wangen groter worden en een andere vorm aannemen. Lieten schuldbewuste blossen zich maar vertalen in woorden. Niettemin vond Charlie alle lichaamstaal die ze tot dusverre had gezien, bemoedigend. Dit soort stress was niet vol te houden. Liegen vereiste uithoudingsvermogen. Kerry's energieniveau zou op een bepaald moment gevaarlijk laag worden, uitgeput door het trage, dringende gerammel van denkbeeldige tralies. Melodramatisch misschien, maar Charlie wist dankzij talloze getuigenverhoren dat slechte leugenaars zich zo voelden als ze logen: alsof ze die arme, geslachtofferde waarheid tegen haar wil in een kooi hadden gestopt. Goede leugenaars – zoals Charlie, als het moest – konden hun leugens volhouden omdat ze vonden dat de waarheid niet altijd het recht aan haar kant had.

'Je krijgt een zeer achterwerk als je nog lang op dat randje blijft zitten,' zei ze tegen Kerry. 'Als ik jou was, zou ik eraf springen: maakt niet uit naar welke kant. Of je vertelt me het echte verhaal of je moet aan je act werken. En zorg er dan voor dat er geen speld tussen te krijgen is, want geloof me, als je dat niet doet, komt er binnenkort iemand die slimmer is dan ik en die nauwer bij de zaak betrokken is, en die schiet er enorme gaten in.'

Kerry zei niets. Ze was druk bezig haar shirt te verfrommelen en weer glad te strijken. Zat ze zich af te vragen of de optie van de samenhangende leugen werkbaar was? Charlie moest haar nu geen bedenktijd gunnen maar haar met vragen blijven bestoken.

'Voor Gaby langskwam was je er beter aan toe,' zei ze. 'Waardoor ben je zo overstuur door haar komst? Of nee, het was niet zozeer haar komst, toch? Je onthaalde haar als een verlosser toen ze net binnen was. "Goddank", zei je.'

'Dat was maar een gezegde. Ik bedoelde niet dat… ik bedoelde dat ik blij was dat ze er was, meer niet.'

'Nee, er was meer aan de hand. Je was opgelucht dat er niets met haar aan de hand was. Of dacht je dat ze jou misschien zou kunnen beschermen? Of Tim?'

'Nee.'

'Wat kan Gaby doen om Tim te helpen?'

'Je verdraait mijn woorden!' Kerry vocht tegen haar tranen.

'Sorry. Dat was niet mijn bedoeling.' Charlie probeerde een middenweg te vinden tussen rustig aan doen en te veel druk uitoefenen. 'Weet je wat het is, ik vergeet weleens dat ik van de "politie" ben.' Ze mimede er aanhalingstekens om, en deed haar best om nuchter en vriendelijk te klinken. 'Vooral als ik geen dienst heb, zoals vandaag. Maar het is sowieso een probleem van me. In mijn gedachten ben ik een heel gewoon mens, net als jij, en niet een of andere griezelige machtsfiguur. Jij bent degene met alle macht, Kerry. Jij kent het geheim, wat het ook is, en ik niet. Als je in mijn schoenen stond zou jij waarschijnlijk ook gefrustreerd zijn en met wilde beschuldigingen komen.'

'Je zou het niet begrijpen.'

'Probeer het eens.'

Kerry knikte. 'Gaby houdt van Tim. Evenveel als ik. Ze weet hoe bijzonder hij is. Daarom zei ik: "Goddank". Ik heb het zwaar gehad sinds Francine dood is. Ik snakte naar iemand om mee te praten, iemand die het zou begrijpen. Ik heb Dan, maar met hem gaat het niet zo goed. Ik wil hem niet nog bezorgder maken dan hij al is. Gaby is sterker. Sterker dan wij allemaal, dan wij allemaal samen.'

Die zit nog steeds stevig met haar kont op dat randje. Charlie voelde het ongeduld de kop opsteken. Ze geloofde zonder meer dat Kerry dolgraag met iemand wilde praten die het zou begrijpen, maar wat was 'het'? Waarom was het zo cruciaal om te doen alsof Tim Breary zijn vrouw had vermoord en om de werkelijke moordenaar te beschermen?

'Gaby zei een paar dingen die jij kennelijk niet prettig vond. Weet je nog? Maar ja, je kon haar natuurlijk niet het hele verhaal vertellen nu ik erbij was. Daarom zei ze dingen die ze niet mocht zeggen, en waarom jij het ene moment God nog dankte en het volgende moment zo gespannen werd als de kuitspier van een koorddanser.'

Kerry schudde haar hoofd: eerder uit automatische zelfverdediging dan omdat ze iets specifieks wilde ontkennen.

'Ze zei dat als Tim Francine had willen vermoorden, hij dat jaren geleden wel had gedaan. En ook dat hij het huis haatte waar hij en Francine hadden gewoond. Waar was het ook weer... op Heron Road?'

'Heron Close.'

'Waarom vond je het niet fijn dat Gaby die dingen zei?'

'Tim is erg op zichzelf,' zei Kerry. 'We hoeven het niet te hebben over de details van zijn relatie met Francine.'

'Als ik zo vreselijk graag mijn privacy wilde beschermen en alle neuzen uit mijn huwelijk wilde houden, dan zou ik ervoor zorgen dat ik uit de krantenkoppen bleef als ik mijn vrouw verstikt had,' zei Charlie. 'Beweert Tim daarom dat hij niet weet waarom hij het heeft gedaan? Zodat hij geen dingen hoeft te zeggen die hij te persoonlijk vindt om over te praten?'

'Nee,' zei Kerry toonloos.

Charlie grijnsde alsof het allemaal niet zo belangrijk was. 'Dat is niet echt een slim antwoord. Je geeft bijna, maar net niet helemaal, toe dat hij liegt.'

'Denk je soms dat ik daarmee bezig ben – proberen om slim te zijn?'

Charlie leunde naar voren. 'Nee, het tegenovergestelde. Ik denk dat jij probeert om *niet* slim te zijn, zodat je je minder schuldig voelt. Het absolute minimum aan bedrog, daar mik je op. Weet je hoeveel punten je daarmee verdient? Nul. Het feit dat je het niet leuk vindt om te liegen geldt niet als een verzachtende omstandigheid bij een aanklacht wegens deelname aan een samenzwering om te verhinderen dat het recht zijn loop heeft.'

Kerry trok haar lange haar strak alsof het een alarmkoord was, en maakte een geluid dat zich gemakkelijk liet interpreteren: pure angst. Was dit de eerste keer dat haar verteld werd dat de wet zich tegen haar zou kunnen keren als zij dit spelletje volhield? Was Sam Kombothekra te beleefd geweest om het te noemen? Alweer een reden waarom hij zijn baan aan Charlie zou moeten teruggeven.

'Gaby deelt jouw zorg om Tims privacy duidelijk niet,' zei ze. 'Ze vindt het belangrijker om hem uit de gevangenis te krijgen. Ik denk dat jij haar onderschat.'

'Gaby is briljant,' mompelde Kerry. Ze staarde naar de deur alsof ze wenste dat haar vriendin weer binnen zou komen lopen.

'Ze leek me behoorlijk gebrand op het boven tafel krijgen van de waarheid. Weet je zeker dat je haar zover krijgt dat ze haar mond houdt over wat ze ook maar te weten komt? Ik zou daar namelijk niet zo zeker van zijn.'

Kerry richtte haar blik nu op Charlie, en maakte voor het eerst echt oogcontact. Haar blik was griezelig intens, doordringend, alsof haar ogen iets wilden pakken dat niet voor hen bedoeld was. 'Ik heb de hersens van een doperwt vergeleken met die van Gaby,' zei ze fel. 'Jij ook, bijna alle mensen. Wat Gaby ook doet, en wat ze ook wil, ik vertrouw haar volkomen.'

'Oké. Maar je vertrouwt jezelf niet,' deduceerde Charlie hardop. 'En Dan en Tim ook niet – niet zoals je Gaby vertrouwt. Je vond het niet fijn dat zij die dingen zei, omdat...' Ze zweeg. Het idee was te complex om zo snel onder woorden te kunnen brengen.

'Ik zei toch al,' zei Kerry. 'Tim is erg op zichzelf...'

'Ja, dat weet ik. Sorry, het was geen vraag. Mijn doperwtenbrein was bezig alles wat ik probeerde te zeggen bij elkaar te harken.' Charlie grijnsde en keek scheel. Kerry beantwoordde de lach niet. 'Jij wilt dat die briljante Gaby de leiding overneemt, maar pas als ze eerst volledig gebriefd is. Zit het zo? En Lauren Cookson, hoe zit het met haar?'

'Hoezo?' vroeg Kerry.

'Ze woont hier, en was hier de dag dat Francine overleed. Die is waarschijnlijk wel gebriefd en toch heeft ze kennelijk gisteren in Duitsland uit de school geklapt: dat Tim het niet heeft gedaan.' Hoe langer ze hier in dit huis was, des te meer raakte Charlie overtuigd van Tims onschuld. Ook al deed ze nog zo haar best om Sams kant te kiezen en te bewijzen dat ze niet buitensporig door Simon beinvloed was, toch kon ze het gevoel niet van zich afzetten dat ze een zorgvuldig ingericht toneeldecor ingelopen was.

'Hoe slecht was de relatie tussen Tim en Francine? Ik weet dat Francine al een paar jaar uitgeschakeld was,' verduidelijkte Charlie, 'maar ik heb het over voor die tijd.'

Kerry kauwde op de binnenkant van haar lip. 'Ik geloof niet dat Francine hun relatie slecht vond. Het was tussen hen precies zoals zij dat wilde.'

'Heeft ze jou nooit in vertrouwen genomen? Sam zei dat zij en Tim jullie beste vrienden waren, van Dan en jou.'

'Tim was onze beste vriend. Is. Francine was zijn vrouw, dus deden we alsof.'

'Alsof jullie haar mochten?'

Kerry knikte.

'Dat doe ik ook met de verloofde van mijn zus, die zelfingenomen lul,' zei Charlie. 'Ik haatte hem op het eerste gezicht, maar toen gingen ze zich verloven en deed ik net of ik van gedachte veranderd was, want dat was wel zo gemakkelijk voor iedereen.'

'Geloofde jouw zus je?' vroeg Kerry.

Charlie knikte. 'Het is haar grootste talent: het vermogen om te geloven waar zij blij van wordt, hoe krankzinnig het ook is.' Omdat ze zag dat Kerry geïnteresseerd was, voegde ze eraan toe: 'Je wordt er gek van. Dan probeer je haar te dwingen om iets onder ogen te zien, en fronst ze en kijkt ze even heel ernstig, alsof ze je serieus neemt, en dan vergeet ze het kennelijk meteen weer, en gaat ze vrolijk verder op het ingeslagen pad. Argh! Je kunt gewoon niet tot haar doordringen. Momenteel doet ze het met twee mannen, haar verloofde en...' Charlie hield zich nog net op tijd in. Gibbs' en Kerry's paden zouden elkaar binnenkort waarschijnlijk kruisen, als dat al niet was gebeurd. 'Sorry. Ik liet me even gaan.' *En ik zou het fijn vinden als jij dat nu ook eens doet.*

'Het was niet voldoende om alleen te doen alsof we Francine

mochten,' zei Kerry langzaam. 'Dan en ik moesten doen alsof we even hecht met haar waren als met Tim. Ze eiste een gelijke status, een superieure status. Niet rechtstreeks, maar Tim maakte duidelijk wat ze van ons wilde. Of we meer met haar konden praten dan met hem als ze op bezoek kwamen, of we haar meer vragen wilden stellen, haar naam voorop wilden zetten op de kerstkaarten. Of ik niet eens een meidenavondje met haar wilde organiseren, zij en ik met ons tweetjes, en of ik haar dan dingen wilde vertellen over mijn relatie met Dan – verzonnen dingen desnoods – en haar wilde vragen om het niet aan Tim te vertellen.'

'Dat heb je toch zeker niet gedaan?' vroeg Charlie. 'Dat is waanzin. Je kunt niet verwachten dat de beste vrienden van je vriendje jou meteen even belangrijk vinden. Zoiets kost tijd. En soms gebeurt het helemaal niet. Het is normaal dat ze het dikst bevriend blijven met de oorspronkelijke vriend, en als het dan uitgaat, houdt iedereen de vrienden die hij zelf heeft ingebracht, en de rest raak je kwijt.'

'Normaal gesproken wel, ja,' beaamde Kerry. 'Maar Francine was niet normaal.'

'Het is misschien een domme vraag, maar waarom heb je niet tegen haar gezegd dat ze op kon rotten?'

'Daar was nooit aanleiding toe. Ze zei bijna nooit iets rechtstreeks tegen ons. Meestal was Tim degene die ons vroeg om toe te geven aan al die belachelijke eisen. Vanaf de allereerste keer dat we hen samen zagen was het duidelijk dat hij van plan was haar tevreden te houden in plaats van haar te confronteren. Hij wilde mij en Dan niet kwijt en wij vonden het een onverdraaglijk idee om hem kwijt te raken...' Kerry haalde haar schouders op. 'Het was ons alle drie duidelijk dat het leven eenvoudiger zou zijn als we ons aan Francines regels hielden. Dus dat deden we.'

'Werd het na een poos soms iets natuurlijks?' vroeg Charlie.

Kerry schoot in de lach. 'Aan Francine was binnen een straal van honderd kilometer niets natuurlijks. Nooit. Wat het gemakkelijker maakte was dat wij bij Tim niet hoefden te doen alsof. Hij wist wat we van haar vonden. Hij was het met ons eens. Onze band met hem werd eerder nog versterkt door de noodzaak dat geheim te houden. Geloof me, de schijn die Dan en ik ophielden was niets vergeleken met wat Tim zichzelf elke dag van zijn getrouwde leven aandeed: alsmaar proberen om iemand tevreden te stellen die nog iets aan te merken had als je haar midden in het paradijs neer zou zetten. Dan en ik hoefden er alleen maar voor te zorgen dat we niet het verkeerde deden of zeiden. Dingen, meervoud – want het waren er heel veel.'

'Zoals?'

'Het niet met haar eens zijn. Het ergens over hebben dat gebeurd was voor zij ten tonele verscheen, toen we nog met z'n drieën waren. O, en het verkeerde restaurant uitkiezen, en Francines gerecht haar op de een of andere manier teleurstelde. Nee, echt,' zei Kerry als reactie op Charlies opgetrokken wenkbrauwen. 'We dachten telkens dat we de lijst van faux pas wel compleet hadden en dan deed zich toch weer een nieuwe situatie voor en hadden we haar boos gemaakt op een manier die we niet hadden voorzien – zoals toen we voor het eerst met z'n vieren naar de film gingen. Dat is bij die ene keer gebleven. Na wat er gebeurde wilde Francine niet meer, zelfs niet alleen met Tim.' Kerry fronste. 'Ik geloof dat ze het geldverspilling vond terwijl je ook thuis kon blijven en voor niets films op tv kon kijken, maar Tim dacht dat hij haar plezier in bioscoopbezoeken voor eeuwig had vergald met zijn onachtzaamheid.'

'Wat had hij dan gedaan?' wilde Charlie weten.

Kerry was haar wens om Tims privacy te beschermen kennelijk vergeten. 'We hadden geen van allen door dat er iets mis was, tot we de bioscoop verlieten,' zei ze. 'Francine zei geen woord tegen ons. Ze wilde ons een kans geven, zei ze later tegen Tim. De lengte van de film, een of ander niemendalletje over een bankoverval, ik weet de titel niet eens meer – zo veel tijd gunde ze ons om in te zien dat we fout zaten, en die kans hadden we niet gegrepen. Alweer een puntje eraf. We moesten zoals altijd smeken om te horen wat er dan mis was: "Alsjeblieft, Francine, vertel het ons. Laat ons weten hoe wij hebben gezondigd opdat wij boete kunnen doen." Ze vertelde het uiteindelijk altijd wel, op die afgemeten, rancuneuze manier van haar en anders liet ze Tim de boodschap wel overbrengen. Dan moest je door het stof tot ze zin had om je te vergeven.'

'Wat was dan de zonde in de bioscoop?' vroeg Charlie.

'Bereid je voor op een teleurstelling,' zei Kerry. 'We zaten met z'n vieren naast elkaar op een rijtje: Dan en Tim in het midden, Francine en ik elk aan een eind. En niemand had erover nagedacht dat Francine aan het eind van de rij zat. Dat was het.'

Charlie begreep het niet.

'We hadden ervoor moeten zorgen dat zij op een van de twee stoelen in het midden had gezeten. Volgens haar hadden we dat gedaan als we een snars om haar gaven. We hadden ons moeten realiseren dat zij een stoel kreeg die haar gevoel van isolement niet onderstreepte.'

'Dat is echt van de pot gerukt,' zei Charlie. Ze sloeg haar hand voor haar mond. 'Sorry, maar...'

'Geeft niks. Dat was typisch Francine. Niet gestoord – ze functioneerde normaal, had een stressvolle baan als partner bij een advocatenkantoor tot ze die hersenbloeding kreeg – maar gruwelijk onzeker en ontevreden. In emotioneel opzicht was het net een kind van twee en ze wilde dat iedereen zich in allerlei bochten wrong zodat zij zich beter voelde. Maar ze voelde zich nooit beter, en dat was altijd onze schuld, voornamelijk die van Tim. Als hij zijn afspraken niet afzegde als zij hoofdpijn had, om te bewijzen dat hij om haar gaf, als hij niet een belachelijk bedrag uitgaf aan haar verjaardagscadeau terwijl zij hem *uitdrukkelijk* had gezegd dat hij niet te veel aan haar mocht uitgeven...' Kerry zuchtte. 'Het bioscoopdebacle was nog niet eens enig in zijn soort. Was het maar waar. Ik kan je honderden van dat soort verhalen vertellen.'

'Waarom ging Tim niet bij haar weg?'

Kerry glimlachte bedroefd. 'Ik zou je hier de hele dag kunnen houden om die vraag te beantwoorden. Uiteindelijk is hij ook bij haar weggegaan, nadat... Later.' Ze wreef met haar wijs- en middelvinger over haar mond. Ze was ontspannen geweest, en ineens was ze dat niet meer.

Charlies innerlijke antennes bewogen onrustig. 'Nadat' en 'later' waren niet uitwisselbaar. En nu keek Kerry alweer naar de deur om haar blik vervolgens snel af te wenden, alsof iemand haar had opgedragen om vooral niet die kant op te kijken. Charlie dacht aan Gaby Struthers' plotselinge behoefte om Tim Breary's kamer te zien, en besloot het erop te wagen met de voor de hand liggende conclusie. 'Tim heeft een affaire gehad met Gaby, hè?' vroeg ze.

Gibbs had zijn eerste glas bier bijna op tegen de tijd dat Simon de Brown Cow binnen kwam. 'Ik wil er nog wel eentje,' zei hij zonder oogcontact te maken.

'Die kun je krijgen als je naar de bar loopt en die man daar wat geld geeft.'

Gibbs grijnsde maar keek niet op. Hij had het te druk met zijn nieuwe hobby: nog meer elastiekjes om de rode elastiekbal doen die hij aan het maken was. Hij was ermee begonnen toen de tweeling net geboren was. Als hem werd gevraagd waarom hij dat deed – en dat gebeurde aanvankelijk heel vaak – zei hij: 'Waarom niet? De postbode laat ze overal op straat vallen. Het geeft je wat te doen.' Je vrouw helpen om voor twee baby's te zorgen ook, had Simon al heel veel mensen horen zeggen. Gibbs liet zich niet uit zijn tent lokken. 'Dit is iets ontspannends om te doen,' verduidelijkte hij soms, hoewel hij meestal zijn schouders ophaalde en niets zei. Op het werk werd gespeculeerd hoelang Debbie het nog met hem uithield. Men mompelde dat die bal van rode elastiekjes nog wel het minste was waar zij zich druk om zou maken.

Simon betwijfelde of er bij de politie in Spilling nog iemand was die niet wist dat Gibbs al tijden een relatie had met Charlies zusje Olivia. Verleden jaar had Simon het aan Proust, Sam en Sellers verteld. Hij moest wel; Charlies dagboek, waarin ze boos van alles over Livs scharreltje had geschreven, was bewijs in een moordzaak. Simon voelde zich schuldig toen het geheim het kantoor rondging, hoewel Gibbs er geen probleem mee leek te hebben en hem ook niet verantwoordelijk hield – hem noch iemand anders.

De laatste tijd vroeg Simon zich af of Gibbs het soms zelf had gelekt.

'Nog een biertje, dus.' Hij trok zijn portemonnee. 'Als ik terugkom van de bar, heb ik de aandacht nodig die je nu aan die bal geeft.'

Het was te druk in de pub; dat was het in de Brown Cow altijd. Simon haatte overvolle pubs – hij haatte alle overvolle plekken. Stille, lege ruimtes vond hij veel fijner, of het nu pubs waren of restaurants, parken of huizen. Aan de andere kant van de stad was een kroeg, de Pocket and Pound: het laatste pand in een rijtje naast het Culver Valley Museum, en misschien wel de smalste pub in heel Engeland. Voor zo'n smalle strook naar bier stinkende morsigheid was de sfeer er niet slecht. Tenminste, het was een sfeer die Simon aansprak en waarin hij zich kon verplaatsen: van subtiel falen dat men accepteerde maar waar geen mens het ooit over had – totaal iets anders dan het aura van manisch hedonisme van de Brown Cow.

Simon ging altijd alleen met Charlie naar de Pocket and Pound. Zij vond het de vreselijkste pub ter wereld, en dat was precies de reden waarom ze er graag kwam. 'Het is hilarisch – veel leuker dan naar een fijne pub gaan', had ze een keer gezegd. 'In een fijne pub moet ik de hele avond aanzien hoe jij zit te simmen. Hier voel je je thuis, dus ben je in je hum en kan ik met je lachen en denken: dit is mijn man. Dit is zijn favoriete pub. Hier brengen wij onze zaterdagavond altijd door.' En daar hadden ze allebei om moeten lachen.

'Weet je waar ik achter gekomen ben sinds ik hiermee begon?' Gibbs hield zijn rode elastiekbal in de lucht. 'Hoe onzeker mensen zijn. Niemand durft met me te praten als ik dit in mijn hand heb – alsof ik niet in staat ben om tegelijkertijd te luisteren en elastiekjes om een balletje te trekken. Ik kan me beter concentreren door dit ding.'

'Niet als je op straat loopt,' zei Simon. 'Als je achteromkijkt voor het geval je eentje hebt gemist en met je hoofd tegen kliko's aan botst.'

'Dat is één keer gebeurd.' Gibbs maakte een smalend geluid. 'Begin jij nou niet ook al met die bitse opmerkingen. Moet je horen, het is mijn kleine rode vriendje en ik tegen de rest van de wereld.'

‘Grote rode vriend.’ De bal begon overgewicht te vertonen. Simon vroeg zich af wat Liv ervan vond. Legde Gibbs de bal voor haar aan de kant, maar verder voor niemand? Zou hij die bal nodig hebben en hem zijn vriend noemen als Liv met hem ging trouwen in plaats van met Dom?

Reuze psychologisch van je, Waterhouse, zou Proust gezegd hebben.

Simon haalde het gedicht dat Tim Breary hem had gegeven uit zijn zak. ‘Lees dit maar terwijl ik onze drankjes haal,’ zei hij. ‘Ik zou het zelfs een paar keer lezen.’

In plaats van het gedicht op te houden voor zijn gezicht, zoals hij anders zou hebben gedaan, legde Gibbs zijn bal neer en vlijde het papier ertegenaan zodat hij over tafel moest buigen om het te lezen. Het leek op de aanloop naar een goocheltruc.

Simon draaide zich om naar de bar. Gibbs riep hem terug. Hij hield het papier omhoog. ‘Vergeet het maar,’ zei hij. Toen Simon niet meteen reageerde, gooide Gibbs het gedicht naar hem toe. Simon probeerde het te vangen, maar het fladderde buiten zijn bereik, en kwam op de grond terecht. Hij boog zich om het op te pakken.

‘Wat moet ik vergeten?’ vroeg hij.

‘Dat gedicht zegt me geen moer. Echt niet. Wat staat er überhaupt?’

Een extreme reactie op een neutrale stimulus: interessant. Simon stak zijn portemonnee in zijn zak en ging zitten. ‘Hoezo, echt niet? Wat denk je dat ik van je vraag?’

‘Ik weet wat je van me vraagt. Maar het gaat niet gebeuren.’

‘Ik ben vanochtend bij Tim Breary geweest,’ zei Simon. ‘Die heeft me dit gedicht gegeven aan het eind van ons gesprek. Heb je weleens gehoord van ene Gaby Struthers?’

Gibbs gezicht veranderde. ‘Gaby Struthers? Die is vandaag bij me langs geweest.’

‘Vandaag? Wanneer?’

‘Vanochtend.’

‘Waarom vertel je me dat dan niet, verdomme?’ viel Simon uit.

‘Ik zeg het je nu toch? Ik heb je aan de telefoon gezegd dat ik je iets belangrijks moest vertellen, en dat je daarom hiernaartoe moest komen.'

'Da's waar,' mompelde Simon. *Dat is niet alleen waar: het lag voor de hand.* Zijn zelfingenomen woede, die een paar tellen geleden nog zo sterk was, was verdampt. Hij was kwaad op Sam, niet op Gibbs.

'Vertel me dan maar over dat gedicht.' Gibbs richtte de vraag aan zijn elastiekjesbal. Hij schaamde zich voor zijn uitbarsting, vermoedde Simon. *En die had niets te maken met Tim Breary of met het werk.* Dacht Gibbs soms dat het gedicht van Liv kwam, via Charlie?

Het was Simons zaak niet. Als Gibbs wilde dat hij het wist, zou hij het hem wel vertellen. Simon stond te springen om hem over Gaby Struthers te vragen, maar hij was Gibbs eerst een antwoord verschuldigd. 'Breary vroeg me – of smeekte me eigenlijk – om het gedicht aan die Gaby Struthers te geven. Als de gast met wie ze samenwoont niet in de buurt is.'

'Dat lijkt me een redelijk verzoek,' zei Gibbs. 'Maar ja, dat had je natuurlijk al gedacht, dat ik dat zou vinden. Dat ik meeleef met de underdog in een driehoeksrelatie.'

Het was een losse opmerking, maar niettemin veelzeggend. Aangenomen dat Gaby Struthers en Tim Breary een of andere stiekeme relatie hadden gehad of nog steeds hadden, dan was de man met wie Gaby samenwoonde toch zeker de underdog? 'Breary vroeg me om niet tegen Struthers te zeggen dat het gedicht van hem kwam,' zei Simon. 'Hij wilde dat ik zou zeggen dat het van De Drager kwam.'

Gibbs rolde zijn bal heen en weer over tafel, waarbij hij alleen zijn wijsvingers gebruikte.

'De Drager? Wat betekent dat?'

'Geen idee.'

'Een ziekte, een baby,' speculeerde Gibbs. 'Wat draagt een mens nog meer?'

'Ik zat ook aan een ziekte te denken,' zei Simon. 'Dragers hebben de ziekte vaak niet zelf – ze geven hem door aan anderen.'

'Breary gelooft toch niet echt dat jij zijn geheim bewaart en betrokken raakt bij wat voor spelletje hij ook maar met Struthers speelt? Je gaat het niet doen, mag ik hopen?'

'Ik weet het niet. Wat maak jij ervan – dat sonnet?'

'Ik snap niet wat het wil zeggen.' Gibbs dronk zijn bierglas leeg. 'Ik zou er misschien achter kunnen komen, maar ik heb er geen trek in.'

'Het is wel een liefdesgedicht,' zei Simon. Het was half een stelling en half een vraag. Hij had het meer dan tien keer gelezen en hij wist het nog steeds niet zeker.

'Is het niet eerder een raadsel?'

'Een raadsel?'

'Ja – komt het woord "paradox" er niet ergens in voor? De liefde is, denk ik, ook een paradox, want het slaat nergens op. Misschien is dat wat het wil zeggen.'

'Wat moest Gaby Struthers vanochtend op het bureau?' vroeg Simon. Er was een grens aan hoelang hij het over liefde wilde hebben met Chris Gibbs. *Of met wie dan ook.*

'Het lijkt erop dat Lauren Cookson Gaby Struthers gisteren is gevolgd naar Duitsland,' zei Gibbs. 'Het "volgen", dat is wat ik niet zeker weet. Lauren is zeker naar Duitsland gegaan op dezelfde dag als Gaby. Ze had dezelfde heenvlucht en terugvlucht geboekt, hoewel ze uiteindelijk niet samen met Gaby is teruggevlogen. Ik heb nog geen tijd gehad om na te gaan met welke vlucht ze dan wel is teruggekomen, aangenomen dat ze niet nog steeds door Keulen zwerft.'

'Wacht, even een stukje terug.' Simon stak zijn hand op. 'Lauren Cookson – Francine Breary's ziekenverzorgster? Kent die Gaby Struthers?'

'Nu wel,' zei Gibbs. 'Ze raakten aan de praat op de luchthaven, maar niet bepaald op een gezellige manier. Lauren schopte een scène toen de vlucht vertraging had en Gaby zei dat ze moest stoppen met zeuren. Toen zei Lauren iets over een onschuldige man die voor moord de bak in moest.'

'Ik moet Gaby Struthers spreken,' zei Simon terwijl hij met zijn voet op de grond tikte. 'Vertel me alles wat ze tegen jou heeft gezegd.'

Gibbs rolde de bal van de ene naar de andere hand terwijl hij vertelde. Hij was goed in details, beter dan Sellers of Sam. Veertig minuten later, toen Simon dacht dat hij alles wist wat Gibbs wist, liep hij eindelijk naar de bar. Hij probeerde zich niet te ergeren aan de mensen die tegen hem op botsten terwijl hij stond te wachten, en de lichamen die tegen hem aan gedrukt werden, alsof hij in Londen in de metro zat. Waarom zaten al deze lui niet op kantoor? Simon zocht afleiding in de gedachte aan een intelligent touw en vroeg zich af hoe dat zou kunnen werken.

Toen hij weer terugkwam bij het tafeltje was zijn stemming gedaald. Een vol glas bier hielp niet om in een beter humeur te komen, zoals het Gibbs hielp. 'Heb je het telefoonnummer van Gaby Struthers bij de hand?' vroeg hij.

'Niet bij me, nee.'

'Zoek het op, bel haar, en zeg dat ik haar moet spreken. Wie weet er nog meer dat ze langs geweest is en wat ze allemaal heeft gezegd?'

'Niemand, alleen jij,' antwoordde Gibbs. 'Ik heb Stepford en Sellers niet meer gezien nadat ik haar had gesproken.'

'Luister, ik ben gisteren ergens achter gekomen,' zei Simon tegen hem. 'Iets waar jij niet blij mee zult zijn, want dat was ik ook niet.' Hij vertelde het verhaal van het vervalste transcript en liet daarbij maar één detail weg: Regan Murray.

Zoals te voorspellen viel, was Gibbs' eerste vraag: 'Van wie heb je dat?'

'Dat wil ik voorlopig nog niet vertellen. Ooit wel een keer, maar niet nu. Ik moet het eerst aan iemand anders vertellen.' Het concept van Proust een eerlijke kans gunnen was nieuw voor Simon. Hij wist niet waar het vandaan kwam, het idee dat de Sneeuwman het recht had om als eerste de waarheid te horen over zijn dochter. Was hij soms bang dat de wond die hij straks zou toebrengen misschien te diep was, en dat een beetje mededogen de klap zou verzachten?

Schuldgevoel had er niets mee te maken. Iemand de waarheid vertellen was een gunst. Altijd.

'Sam kwam vanochtend bij ons thuis aan de deur, toen ik al weg was,' zei Simon. 'Als ik er was geweest, zou hij het me hebben verteld, als ik het niet al had geweten. Charlie vindt dat dat voor hem pleit.'

'Jij niet, dan?' vroeg Gibbs.

'Hij had het ons allebei meteen moeten vertellen.' Wat maakte het eigenlijk uit dat hij het vierentwintig uur lang had verzwegen? Dat had Charlie aangevoerd om de pijn te verzachten toen Simon haar net aan de lijn had. Maar het pleitte helemaal niet voor Sam. 'Wat als hij meteen zodra hij erachter was gekomen naar jou toe gerend was?' had ze gezegd. 'Het zou hem minstens veertig seconden hebben gekost om van het kantoortje van de Sneeuwman naar jouw bureau te komen. Zou je die veertig seconden ook nog te lang hebben gevonden? Veertig seconden verraad?' Simon vond het niet fijn als ze de spot met hem dreef; hij had opgehangen.

'Waar hangen Sam en Sellers de hele dag uit, los van het feit dat ze hun maten niet onder ogen willen komen nu ze hen hebben besodemieterd?' vroeg hij aan Gibbs.

'Stepford zit geloof ik bij de familie Jose. Sellers doet een rondje langs Francines voormalige collega's en dan langs die van Breary bij Dignam Peacock om te zien of dat iets oplevert dat de moeite waard is om verder te onderzoeken.' Gibbs glimlachte. 'Eens zien of Breary's collega's hem als stil en normaal omschrijven, de enige twee adjectieven die mensen altijd gebruiken om hun vriend te omschrijven als die ineens een moordenaar is geworden.'

'Breary is dat allebei niet,' zei Simon. 'Hij is zeker niet normaal, wat dat ook mag zijn.'

'De manier waarop hij praat, irriteert me zo. Als je de opnames van de verhoren terugluistert dan klinkt hij zo... Ik weet niet eens hoe ik het moet omschrijven. Alsof hij een script afwerkt. Alsof het een tekst is die iemand anders voor hem heeft geschreven. Alsof hij de hoofdrol speelt in een film.'

'Ja, hij heeft een vreemd soort...' Simon had bijna 'filmsterrenallure' gezegd. Maar dat was raar om te zeggen. 'Hé, Chris, wil je iets voor me doen? Alleen als je wilt, hoor, als je het geen onoorbaar verzoek vindt van mij. Zou je dit onder ons willen houden?' Simon hoopte dat hij de juiste toon aansloeg. Hij wilde niet dat het klonk als een bevel of alsof hij smeekte. Hij had Gibbs nog nooit 'Chris' genoemd. 'Gaby Struthers, dat gedicht, De Drager. Vertel dat maar niet aan de rest van het team.'

Gibbs moest lachen. 'Meen je dat nou? Oog om oog? Zij hebben iets voor ons verzwegen, dus nu verzwijgen wij iets voor hen? In een moordzaak?'

'Wat als Proust het goedvond? Wat als hij tegen jou zou zeggen dat jij aan mij moet rapporteren in de zaak Breary, en niet aan Sam?'

'Waarom zou hij dat doen? Jij bent mijn chef niet. Dat is Stepford.'

'Fuck die waaromvraag. Wat als hij dat zou doen?'

Gibbs tikte met zijn vinger op de bovenkant van zijn rode elastiekbal. 'Dan zou ik hem zeggen dat ik liever aan Stepford rapporteer, want die zegt nooit "fuck die waaromvraag" als ik hem een vraag stel.'

Simon slaakte een zucht en wreef met zijn duim en wijsvinger over zijn voorhoofd in een tangbeweging. Verrassend genoeg hielp dat: het streek de spanning weg. 'Toen zij ervoor kozen om het voor ons te verzwijgen, hebben Sam en Sellers ons de oorlog verklaard.'

'Zo kun je het ook zien.'

Simon was blij dat hij geen politicus was. Dit soort toespraken vielen hem zwaar – toespraken waarbij hij mensen voor zich moest winnen. 'Ik ben de oorlog niet begonnen, maar ik kan hem wel winnen,' zei hij. 'Gaby Struthers en Lauren Cookson, het verband tussen die twee, dat gedicht – die gaan ons het antwoord opleveren, en snel ook. Ik voel het. Ik wil dat Sam en Sellers voor lul staan als wij de zaak oplossen terwijl zij van niks weten. Ik zal ze verdomme eens wat laten zien. Het spijt me als jij vindt dat ik hierboven moet staan. Dat kan ik niet.'

'Liv heeft het je nog niet gevraagd, hè?'

Van alle dingen die hij op dit moment had kunnen zeggen…

'Liv?' Simon stopte zo veel mogelijk ongeloof in zijn stem. *Jij zit alleen maar te denken aan je liefdesleven, midden in het belangrijkste gesprek dat wij ooit hebben gehad?*

'Over het voorlezen op haar bruiloft,' zei Gibbs.

'Charlie zei er iets over. Ik zei dat ik een stukje uit *Moby Dick* wilde voorlezen, maar dat was kennelijk niet goed genoeg.'

'Het gaat er niet om dat het niet goed genoeg is, maar of het geschikt is voor de gelegenheid. En dat is *Moby Dick* niet.'

Tim Breary's sonnet, dat wel of niet over de liefde zou kunnen gaan, was dat ook niet. Daarom had Gibbs zo negatief op het gedicht gereageerd. Hij dacht meteen aan Livs huwelijk, niet aan de moord op Francine Breary, en hij had Simon diezelfde prioriteitsvolgorde opgelegd.

'Wat doen Charlie en jij morgenavond?' vroeg hij.

'Niets, voor zover ik weet,' antwoordde Simon.

'Kom eten met mij en Liv – morgenavond is een van onze avonden. We willen jullie iets vragen. Wij trakteren.'

Een van onze avonden. Terwijl Debbie in haar eentje thuisbleef met de tweeling? En hoezo 'wij trakteren'? Ze hadden toch zeker geen en/of-rekening? Simon en Charlie hadden dat niet; toen ze nog verloofd waren had Charlie had al gezegd dat hij de boom in kon als hij dacht dat zij haar financiën met de zijne zou fuseren.

'Als jij mij deze ene gunst verleent, zal ik alles doen wat je wilt op het werk,' zei Gibbs. 'Dan vertel ik alles, of niks, maakt me geen ruk uit – wat jij wilt.'

'Deal.' Simon stak zijn hand uit om die van Gibbs te schudden. In plaats daarvan gooide Gibbs de rode bal naar hem toe.

'Hallo, is dit het nummer van Sjaggo Huilebalk? Met mij. Doe even niet zo kinderachtig en bel me terug. Bedankt. Doei.' Charlie drukte het gesprek uit en legde haar telefoon boven op haar lege beker. 'Voicemail,' zei ze. 'Wat inhoudt dat ik genegeerd word. Als hij me vergeven had, had hij wel opgenomen.' Ze schudde haar hoofd. 'Echtgenoten – daar word je toch knettergek van?'

'Van die van mij niet,' zei Kerry. Haar lichaam had de defensief gebogen houding aangenomen.

'Dan heb jij mazzel. Die van mij is zo'n stuk chagrijn. Toen ik net even buiten een sigaretje ging roken had ik de euvele moed om hem te bellen om te zeggen dat iemand op wie hij woedend is, de zaak heeft rechtgezet en staat te popelen om zijn excuses aan te bieden.' Charlie wachtte op de vraag waarom iemand die onrecht aangedaan was bezwaar zou maken tegen het berouw van de boosdoener.

Stilte van Kerry's kant.

'Mijn man vindt niets zo erg als instant excuses,' zei Charlie, en het irriteerde haar dat ze Simon niet bij naam kon noemen. Het zou zijn gerede straf zijn als de sleutelgetuige in zijn zaak erachter kwam wat voor zielige eikel hij was. 'Hij zwelgt graag in zijn woede en hij kan het niet uitstaan als dat zwelgen wordt bekort doordat zijn vijand toch aan zijn kant blijkt te staan.' Ze glimlachte. 'Relaties zitten vreemd in elkaar, vind je niet? Vertel me eens over de relatie tussen Tim Breary en Gaby Struthers. Of wil je dat liever voor een andere keer bewaren, als zij niet boven zit?'

'Ze is er niet meer,' zei Kerry. 'Heb je de voordeur niet horen dichtslaan? Dat was Gaby die wegging. Boos, of gehaast. Of allebei.'

Charlie wachtte af.

Uiteindelijk zei Kerry. 'Het was geen affaire, niet volgens de gangbare definitie. Tim en Gaby zijn voor zover ik weet nooit met elkaar naar bed geweest, en ik denk dat ik dat anders *wel* zou weten. Gaby zou het me verteld hebben.'

'Waarom niet?'

'Tim wilde het niet. Hij wilde niet uitleggen waarom, niet aan mij en niet aan Gaby, maar ik denk dat ik het wel weet: uit angst voor Francine. Hij wilde niet dat er bewijs zou zijn voor zijn ontrouw, en als hij niet lichamelijk ontrouw was, zou dat er niet zijn.'

'Francine zou toch ook het bewijs voor een platonische relatie hebben gevonden?' vroeg Charlie.

'Absoluut. Het verbaasde me eerlijk gezegd dat dat niet gebeurde, als je nagaat hoeveel tijd Tim bij Gaby was. Hij had natuurlijk altijd kunnen zeggen: "Ik ga niet met haar naar bed", en dat was dan ook waar. Ik denk dat veel mensen hun geweten op die manier sussen.'

En een zelfverzekerde, succesvolle vrouw als Gaby Struthers ging al die tijd akkoord met deze niet-fysieke affaire, met andere woorden: met deze totale tijdverspilling? Waarom was er niemand die mannen zoals Simon en Tim Breary kon uitleggen dat het de bedoeling is dat mannen zin in seks hebben? Wat had het voor nut een vent te zijn als je je al niet aan die basisregel hield? Verraders van hun geslacht, dat waren ze.

'Het was een rare tijd, en het was voor Tim zonder meer de gelukkigste tijd van zijn leven,' zei Kerry. 'Gaby was zijn zijspoorvrouw. Ruim een jaar lang maakten Dan en ik deel uit van twee verschillende viertallen.'

'Hoe bedoel je?'

'We hadden onze verkrampte, schoenloze avonden met Tim en Francine, maar we gingen ook uit met Tim en Gaby. Dat was leuk – des te leuker omdat we ons bewust waren van het contrast.'

Schoenloos? Charlie besloot om daar maar even niet op in te gaan.

'De eerste keer dat Tim ons uitnodigde voor een etentje om zijn nieuwe vriendin, zoals hij haar noemde, te ontmoeten, begreep ik maar niet wat de bedoeling was. Hij was duidelijk tot over zijn oren verliefd, hoewel hij liever doodging dan dat hij dat zou toegeven, en ik vroeg me af waarom hij Dan en mij erbij wilde betrekken. Niet dat ik er bezwaar tegen had; ik was blij dat hij het gevoel had dat hij het met ons kon delen, maar... de meeste mensen met een affaire nodigen hun vrienden niet uit om aan het bedrog deel te nemen. Die verzwijgen het zo veel mogelijk.'

'Tim is zo te horen in veel opzichten ongewoon,' zei Charlie.

Kerry knikte. 'Tim is uniek. Ik bedoel, dat is iedereen zogenaamd, maar bij Tim weet je nooit wat hij nu weer zal zeggen of doen. Het is... enfin, het is spannend. Iedereen die op zijn pad komt, vindt hem geweldig – dat zie je. Je kunt ook zien dat ze eerst niet snappen waarom ze zich zo tot hem aangetrokken voelen, en dan ineens dringt het tot hen door: ze kennen niemand met wie een gesprek is als... een ritje in de achtbaan. Sorry, ik weet dat dat stom klinkt, maar... Het zit hem niet alleen in de onvoorspelbaarheid. Tim kan ook al zijn aandacht op jou richten als je met hem in gesprek bent – zijn aandacht en bewondering. Hij geeft mensen het gevoel dat ze echt gezien worden. Gehoord. Elk woord dat je zegt doet ertoe als je met Tim praat. Dat is zo bijzonder. En als je hem weleens hebt gezien... nou ja, hij is ongelofelijk knap.'

'Ik zou maar stoppen voor ik verliefd word op een man die ik nog nooit heb ontmoet,' onderbrak Charlie de dweperige monoloog. 'Waarom had Tim er geen probleem mee dat Dan en jij getuige waren van zijn net-niet-affaire met Gaby?'

'Ik denk dat hij had besloten dat hij nooit bij Francine weg kon, maar dat hij de andere mogelijkheid wilde proberen,' zei Kerry. 'Etentjes met Dan, Gaby en mij – een nabootsing van het leven dat hij niet kon leiden. Daarom was het belangrijk voor hem om er wel van te mogen proeven, belangrijker dan discreet zijn en Gaby voor ons geheim te houden.'

'Maar je zei dat hij uiteindelijk toch bij Francine is weggegaan?'

'Ja. Vlak nadat het misliep met Gaby en hem. Voor je het vraagt, ik weet niet wat er is gebeurd. Ze wilden er allebei met geen woord over praten. Tim ging er bijna aan onderdoor. Ik denk dat hij toen zo ongelukkig was dat hij niet meer in staat was de schijn met Francine op te houden. Hij heeft Dan en mij toen ook verlaten, en zijn werk – hij is letterlijk uit zijn eigen leven weggelopen, heeft alles achtergelaten. Ik geloof niet dat hij *alleen* bij Francine weg had kunnen gaan, als je begrijpt wat ik bedoel. Het was alles of niets, want anders zou ze het persoonlijk opvatten. En dat deed ze niet, vreemd genoeg – vreemd voor iemand die altijd alles op zichzelf betrok. Ze zei dat Tim waarschijnlijk een zenuwinzinking had: want als hij in zijn normale doen was, zou hij nooit bij haar zijn weggegaan.'

'Heeft ze nog geprobeerd om contact met hem op te nemen?' vroeg Charlie. 'Ze heeft hem waarschijnlijk afgeschreven als gestoord, zodra hij de deur uit was, of niet?'

Kerry keek verbaasd. 'Hoe weet je dat? Dan en ik stonden versteld van haar reactie. Het leek ons… niets voor haar. Ik snap er nog steeds niet van.'

'Je hebt net een omschrijving gegeven van de meest manipulatieve vrouw ter wereld,' zei Charlie tegen haar. 'Manipulators zijn even gevoelig voor de schommelingen in hun macht als beurshandelaren voor aandelenkoersen. Ze gebruiken die kennis om ervoor te zorgen dat zij zelf nooit overkomen als een loser. Toen Tim eenmaal het ondenkbare had gedaan – zich van zijn ketenen ontdoen en vertrekken – wist Francine dat ze haar macht kwijt was en dat ze niets meer kon doen om hem terug te halen. Dat heeft haar vast ongehoord geïrriteerd, maar haar trots verhulde die vernedering.'

'Dus ging ze zichzelf als de overwinnaar neerzetten,' zei Kerry fronsend. 'De sterke vrouw die beter af was zonder haar geesteszieke echtgenoot. Wow. Ik denk dat je een punt hebt.'

Charlie glimlachte. Zou ze haar inzicht later aan Simon vertellen? Het viel nooit goed te voorspellen wat indruk op hem zou maken. Soms vertelde ze weleens iets over wat zij als een prestatie beschouwde en dan brandde hij los met een speech over hoezeer ze ernaast zat.

'Ik heb toen tegen Dan gezegd dat het nog een geluk was dat Tim ook met ons het contact had verbroken toen hij wegging. Wat nu als hij dat niet had gedaan en hij ons had gevraagd of Francine het trok?'

Charlie wachtte, niet zeker waar dit naartoe ging.

'Dan hadden we moeten liegen. Als ik had gezegd: "Het gaat prima met haar. Ze gaat gewoon naar haar werk, is helemaal niet ingestort, vraagt nooit naar jou –"'

'Dan had hij zich voor zijn kop geslagen dat hij niet eerder bij haar weggegaan was?'

'Dat valt lastig te zeggen bij Tim. Ik zou dat zelf zeker hebben gedaan, als ik in zijn schoenen stond. Al die verspilde jaren.' Kerry huiverde. 'Diep vanbinnen vond Francine het natuurlijk helemaal niet prima, wat voor schijn ze ook ophield. En alles wat ik hoorde was trouwens uit de tweede hand, via onze enige gezamenlijke kennis, en zij kende Francine ook weer niet *zo* goed. Ik vond het prettiger om te denken dat Francine er heimelijk kapot van was. Dat had ze verdiend.'

'Kerry, wat is er hier gebeurd op 16 februari?' vroeg Charlie alsof het een natuurlijke vervolgvraag was. 'Vanuit jouw standpunt gezien, niet dat van Tim. Vertel me wat er gebeurde. Alles wat je je kunt herinneren. Tenminste, als je er geen bezwaar tegen hebt.' Ze keek nadrukkelijk op haar horloge. 'En dan moet ik daarna weg. Wacht, dan ga ik eerst even...' ze haalde haar telefoon uit haar tas en begon een berichtje aan Sam in te typen, '...mijn chauffeur ontbieden, inspecteur Kombothekra.' Dat moest Kerry toch op haar gemak stellen; als Charlie al van plan was om weg te gaan, kon dit nooit het belangrijkste deel van hun gesprek worden. 'Zo, klaar. Sorry, vertel.'

'Ik was hier aan het koken,' zei Kerry. 'Het was een gerecht dat ik nog nooit had gekookt: crêpes met spinazie en asperges en een bechamelsaus. Ik had er zo'n zin in. Hoewel dat vast heel dom klinkt.'

'Helemaal niet.' *Heel erg*. Charlie vond het stomvervelend als mensen dik deden over eten.

'Tim was in Francines kamer. Dat wist ik. Hij was hier komen zeggen dat hij naar haar toe ging. Dat vertelde hij altijd van tevoren aan Dan en mij, zodat we niet binnenkwamen en hem zouden storen. Wij zeiden dat dan tegen Lauren, om te zorgen dat die ook niet binnenstormde.'

'Kon Tim dat dan niet zelf tegen Lauren zeggen?' stormde Charlie verbaal het verhaal binnen.

Kerry schudde haar hoofd. 'Nee. Wij waren zijn doorgeefluik. Hij praatte wel met Jason, maar liever niet met Lauren.'

'Waarom niet?'

'Hij vond haar in allerlei opzichten irritant: voornamelijk vanwege haar gebrek aan intelligentie, geloof ik. Maar ook...'

'Wat?' Charlie zag hoe Kerry in stilte overlegde of ze de vraag al dan niet zou beantwoorden.

'Tim en Lauren waren in een soort machtsstrijd verwikkeld. Ze wilde allebei... een beetje de baas zijn over Francine.'

'Deelden ze de dagelijkse zorg?'

'Nee, Lauren deed alle intieme verzorging. En al het tillen en sjouwen – meestal met hulp van Jason, en heel af toe hielp ik. Maar Tim ging wel elke dag naar Francine toe om tegen haar te praten of om haar voor te lezen.' Kerry keek Charlie plotseling aan. 'Wil je ervoor zorgen dat iedereen dat weet? De politie, de pers. De mensen die hem veroordelen en haten. Wat voor problemen ze ook tijdens hun huwelijk hebben gehad, zelfs toen hij al bij haar weg was en dacht dat hij voor altijd weg zou blijven, Tim kwam meteen terug om voor Francine te zorgen toen ze die hersenbloeding kreeg. Dat is de reden waarom wij allemaal teruggekomen zijn.'

Terug van waar? zou Charlie zich later afvragen. 'Nog even over de machtsstrijd tussen Tim en Lauren...' zei ze.

'Het was niet echt een strijd.' Kerry ging verzitten. 'Er werd nooit iets uitgesproken. Het was eerder iets territoriaals. Dan en ik gingen bijna nooit bij Francine naar binnen. Jason ook niet, hooguit als hij op zoek was naar Lauren, of als zij zijn hulp nodig had bij het tillen van Francine. Lauren en Tim kwamen allebei wel in die kamer, en ze vonden het allebei irritant als de ander er was. Meer dan dat was het eigenlijk niet. Als de een binnen was, stond de ander altijd ongeduldig te wachten tot hij naar binnen kon om te gaan kletsen. Enfin, geen tweerichtingsgeklets, maar... je snapt het wel.'

'Dus Tim gaf nog wel steeds om Francine?' vroeg Charlie.

Kerry leek afgeleid, alsof ze aan iets anders dacht. 'Nee, niet op de manier die jij bedoelt, totaal niet. Maar... Ik vind het moeilijk om uit te leggen. Francine was zijn vrouw. Hij was teruggekomen om haar te verzorgen, en ik geloof dat hij niet wilde dat Lauren dat van hem overnam.'

Hoezo niet? Kerry's verklaring klonk bijna logisch, maar niet helemaal.

'Terug naar 16 februari,' zei Charlie. 'Dus jij was in de keuken. Alleen?'

'Ja.'

'En?'

Er trok een waas over Kerry's blik. 'Ik hoorde Lauren gillen,' zei ze monotoon. 'Het... het hield niet op, dat gegil. Ik ben op het lawaai afgerend.'

'En waar kwam dat vandaan?'

'Uit Francines kamer. Jason was bij me. Hij kwam de zitkamer uit toen ik de keuken uit liep. De deuren liggen tegenover elkaar. We botsten bijna. We zijn samen naar Francines kamer gerend en, enfin, toen zagen we haar. Ze zag er...' Kerry zweeg en kneep haar ogen dicht. 'We zagen het meteen.'

'Vertel verder,' zei Charlie.

'Er lagen kussens op de vloer. Tim stond bij het raam naar buiten te kijken en Lauren was aan het gillen, met een stapel schoon wasgoed in haar handen waar ze zich aan vastklampte. Er was iets op de grond gevallen. Ze was in de wasruimte toen het gebeurde, en die is naast Francines kamer. Tim liep de wasruimte binnen en vertelde haar wat hij had gedaan en toen –'

'Sorry, Kerry,' viel Charlie haar in de rede. 'Vertel me maar gewoon wat je zag en hoorde. Francines kamer: jij, Jason, Tim, Lauren, schoon wasgoed. Kussens op de vloer.'

Kerry knikte. 'Toen kwam Dan binnen, nat, met een handdoek om zijn middel geslagen. Hij zat boven in bad. Ik heb Lauren vastgehouden tot ze stopte met geluid maken. Tim zei: "Ik heb Francine vermoord. Ik heb haar gesmoord met dit." Hij tilde een van de kussens op.'

'Hoelang heeft hij het vastgehouden?' vroeg Charlie. 'Of liet hij het weer vallen, nadat hij jullie had laten zien welk kussen hij had gebruikt?'

'Ik...' Kerry slikte en wendde haar blik af. 'Ik weet het niet meer. Ik denk dat hij... nee, dat herinner ik me niet meer, sorry.'

Een leugen. 'Als je zegt dat hij het kussen optilde, bedoelde je dan dat hij het boven zijn hoofd hield? Of hield hij het op borsthoogte?'

'Hij... hij hield het op borsthoogte?'

Charlie kende zo veel mensen – meestal jonger dan Kerry Jose – die alles wat ze zeiden als een vraag lieten klinken. Maar hier was iets anders aan de hand, iets wat ongeveer als volgt voelde: *Ik heb dit stuk van mijn verhaal niet goed doordacht en ik weet niet zeker wat ik moet zeggen. Ik weet wel dat jij degene bent tegen wie ik lieg, maar wil je me alsjeblieft helpen?*

'Wat deed Jason in de zitkamer?' vroeg Charlie die zich de botsing probeerde voor te stellen toen hij en Kerry tegelijk de hall in renden. Ze wist niet precies waarom ze op dit detail bleef haken. En toen had ze het ineens. 'Lauren was in de wasruimte was aan het sorteren,' zei ze. 'Was dat een van haar gebruikelijke taken?'

Kerry knikte. Ze speelde weer met haar haren, en trok haar hoofd naar een kant. Het zag er pijnlijk uit.

'Dan zat in bad, jij was aan het koken,' zei Charlie. 'Tim was druk met Francine. Ik weet nu wat iedereen aan het doen was, behalve Jason. Inspecteur Kombothekra zei tegen me dat hij hier werkt als klusjesman en als tuinman. Klopt dat?'

'Ja.'

'Nou, in de zitkamer valt niets te tuinieren. Was hij iets aan het repareren?'

'Ja,' zei Kerry ademloos. Te snel.

'Wat was hij dan aan het repareren?' Het was duidelijk dat er iets te repareren viel in dit huis; maar het leek Charlie onwaarschijnlijk dat dat kon worden opgelost door een klusjesman met zijn gereedschapskist.

'Nee, hij... sorry, ik vergis me. Ik denk dat ik...' Kerry haalde onregelmatig adem. 'Hij was *buiten* bij de zitkamer, aan de voorkant van het huis.'

'Wat? Maar je zei dat hij uit de zitkamer kwam toen jij de keuken uit liep. Jullie botsten bijna toen jullie de tegenover elkaar liggende deuren uitkwamen – dat zei je net.'

'We botsten ook bijna. In de hall, toen Jason binnenkwam nadat hij de ramen van de zitkamer aan de buitenkant had gelapt. Ik rende de keuken uit en –'

'Was Jason ook aan het rennen?'

'Ja. We raakten allebei in paniek. Lauren was aan het gillen.'

'Sorry, Kerry, maar dit moet ik even goed begrijpen.' Charlie deed alsof ze verward was. 'Ik vroeg je net of Jason iets in de zitkamer aan het repareren was. Toen zei je ja.'

'Sorry, ik was in de war. Nee, Jason was buiten aan het ramenlappen toen Tim Francine vermoordde.'

'En toen Lauren begon te gillen rende hij naar binnen en botste bijna tegen jou op in de hall.'

Kerry knikte.

'Waar precies?'

'Onder aan de trap.'

Charlie pakte haar telefoon en haar tas en stond op. Ze voelde zich duizelig omdat ze te lang in dezelfde positie had gezeten. 'Zou je het erg vinden om me te helpen met een experiment?' vroeg ze aan Kerry. 'Ik ga voor het huis staan, buiten – bij de ramen van de zitkamer. Kun jij dan naar Francines kamer gaan en een seconde of tien, twintig keihard schreeuwen? Ik wil weten of ik je dan kan horen. Ik neem aan dat de ramen van de zitkamer dicht waren, als Jason ze aan het lappen was. En de voordeur – was die ook dicht? Het is goed als we de omstandigheden zo nauwkeurig mogelijk vaststellen.'

Kerry's mond hing open. Alle kleur was uit haar gezicht getrokken.

'Misschien helpt het jou evenveel als het mij zou helpen,' zei Charlie tegen haar. 'Niets is zo goed om spanning kwijt te raken als een lekker potje gillen.'

En zittend aan de keukentafel deed Kerry haar mond open en gilde de naam van haar man.

PRODUCTIE: 1434B/SK – TRANSCRIPT VAN HANDGESCHREVEN BRIEF VAN KERRY JOSE AAN FRANCINE BREARY D.D. 4 JANUARI 2011

Hallo, Francine.

Dit is de eerste keer sinds kerstavond dat ik in de gelegenheid ben je te schrijven. Ik wilde nog zeggen dat het me spijt dat ik het kerstcadeau dat Tim je heeft gegeven moest wegnemen. Hij had het in je hand gelegd, maar ik moest het ergens op een onzichtbare plek leggen. Ik had geen keus. Hopelijk vind je het niet erg. Het was maar een gedicht. En nog een ongehoord deprimerend gedicht ook. Jij haat poëzie, en je ziet er het nut toch niet van in? Hoe dan ook, ik heb het niet verscheurd. Het ligt onder je matras, bij de brieven die Dan en ik je hebben geschreven, dus daar ligt het veilig en wat mij betreft is het nog gewoon van jou.

Had je een rotkerst, opgesloten in deze kamer zonder enig gezelschap, op Laurens korte bezoekjes na? De feestdagen zijn vast ondraaglijk als je aan je bed gekluisterd bent en niet in staat bent van het leven te genieten. Ik kan het niet opbrengen om medelijden met je te hebben, Francine – en geloof het of niet, dat spijt me – maar als ik jou niet meereken, kan ik me wel inleven in jouw situatie. Misschien telt dat een beetje. Maar misschien ook niet.

Of ik fijne kerstdagen had? Niet echt. Ik was de hele tijd gespannen. Mijn schouders zijn keihard; ze liggen als een blok beton om mijn nek, die trouwens ook behoorlijk stijf en pijnlijk is. Wat die dichter schreef in het gedicht dat Tim je heeft gegeven is waar: 'Het lijf is een verslag van het brein'. Dan denkt dat een bindweefselmassage me kan helpen, maar er is op dit moment maar één ding dat mij verlichting zal brengen en dat is als er een eind komt aan deze gruwelijke situatie waarin we ons allemaal bevinden. En ik wil niet hebberig overkomen of te veel verlangen, maar ik zou graag willen dat het eindigt op een manier waardoor niemand voor moord in de gevangenis belandt. Dus ik vraag je nog een keer, Francine: weet je zeker dat je hier wilt en moet blijven? Zo niet, kun je jezelf dan alsjeblieft op de een of andere manier uitschakelen?

Op eerste kerstdag zei Lauren steeds nogal amechtig hoe heerlijk en gezellig we het toch hadden met z'n allen als ze niet even bij jou naar binnen moest. Ze leek op het randje van hysterie, tenminste, dat vond ik. Ik vermoed dat ze niet wilde denken, maar toch steeds moest denken aan het contrast tussen jouw verschrikkelijke kerst en onze zogenaamd leuke kerst, met onze knalbonbons, port, muziek en gezelschapsspelletjes. Weet je wel dat zij en Jason alleen maar bij ons waren met kerst vanwege jou, Francine? Ze zei tegen mij dat ze haar familie altijd nog kon zien, maar dat ze het niet over haar hart kon verkrijgen om jou op eerste kerstdag alleen te laten. Ze had me begin november gevraagd of jij ook aan de feestelijkheden kon deelnemen. Ik moest nee zeggen. Tim stond erop: nee, je bed mocht niet de zitkamer in gebracht worden, en nee, wij konden ook niet allerlei stoelen en kerstspullen naar jouw kamer slepen zodat jij er op die manier bij betrokken was.

Was je in de war, in de aanloop naar kerst? Lauren hing kerstversierselen in jouw kamer op, maar Tim rausde die meteen weer weg toen hij ze zag hangen. Hij was woest en vroeg zich af waarom Lauren dit jaar ineens de moeite nam. Ik zei hem dat ze jou waarschijnlijk verleden jaar ook al bij de kerstviering had willen betrekken, maar dat ze het toen nog niet durfde te vragen. 'Zij heeft er niets mee te maken,' zei Tim. 'Leg haar maar uit wat wij weten en zij niet: dat het nooit zin heeft gehad om te proberen Francine blij te maken, en dat het nu al helemaal geen zin heeft. Weet je wat zij zou zeggen als ze kon praten, en als wij haar nu bij ons kerstfeest zouden betrekken? Ze zou ons ervan beschuldigen dat we het haar onder de neus wreven: dat wij lol maakten waar zij bij was met als enige doel haar zich nog ellendiger te laten voelen!'

Ik hoefde Lauren niets uit te leggen. Ze stond achter Tim en kon elk woord horen.

Ik zou dolgraag weten wat jij van Lauren vindt, Francine, aangenomen dat je überhaupt iets van haar vindt. Ik zou haar leven en rol hier graag wat verlichten, maar wat kan ik doen? Het kind heeft een goed hart, maar Tim heeft gelijk: ze is personeel. Ik heb haar ingehuurd om voor jou te zorgen, zodat noch Tim noch ik het zware werk hoef te doen. Ik kan niet haar kant kiezen en tegen Tim ingaan. Dat wil ik niet. Ik vind het akelig dat het klinkt alsof ik op mijn strepen sta, maar dat is geloof ik wel zo: Lauren kende jou niet voor de hersenbloeding, en Tim, Dan en ik wel. Daar gaat het om.

Dus we hebben geen 'lol gemaakt waar jij bij was' zoals Tim het uitdrukte. Als dat zo was, zou jij dan zo sensitief zijn geweest om te zien dat geen van allen lol had? Of ben je na je hersenbloeding nog steeds alleen maar bezig met je eigen gevoelens? Misschien is dat wel zo verstandig. Ik zou in elk geval een heel wat relaxtere kerst hebben gehad als ik me niet zo pijnlijk bewust was geweest van andermans staat van emotionele opwinding. Jason was in een slecht humeur omdat Lauren zo hyper was. Het grootste deel van de dag zat hij haar vuil aan te kijken, en dat had bepaald geen kalmerend effect. Elke keer als Lauren verkondigde dat we toch zo'n geweldige kerst hadden met z'n allen, verstijfde Tim van irritatie. Hij heeft haar altijd behandeld alsof ze onzichtbaar was ('en onhoorbaar, en dat is nog harder nodig', zoals hij zelf zou zeggen), maar de laatste tijd is hij kennelijk minder goed in staat om haar uit te blokken. Op eerste kerstdag bereikte dat een hoogtepunt. Dan en ik waren het hele kerstdiner als de dood dat hij zou ontploffen en iets vreselijks tegen haar zou zeggen, en dat Jason hem dan in elkaar zou slaan. In tegenstelling tot Dan of Tim is Jason het type man dat iedereen die in zijn aanwezigheid zijn vrouw beledigt in elkaar slaat.

Lauren kon niet weten of voorzien welk effect het op Tim zou hebben telkens als zij beweerde dat wij ons deze kerst allemaal zouden herinneren als een perfecte kerst (hint: nagels die over een schoolbord krassen). Lauren weet immers niets van Herinneringenavond, hè, Francine? Jij bent niet in staat haar erover te vertellen. Tenminste, als jij het je zelf nog herinnert (ach, hoe ironisch!).

Maar even serieus: zelfs voor je hersenbloeding was er al iets mis met jouw geheugen. Je zei vaak: 'Nee, dat is niet gebeurd', over dingen die zonder meer gebeurd waren, terwijl er betrouwbare getuigen bij waren. Na een poosje begonnen Dan en ik de niet-gebeurdjes te verzamelen. Dit zijn een paar van mijn favorieten:

1 'Ik vroeg niet om een witte wijn. Ik vroeg om een Bacardi-cola. Je zou voor de verandering eens kunnen proberen om te luisteren naar wat ik zeg.' (Je vroeg Tim om een droge witte wijn voor je te halen. We hoorden het allemaal.)

2 'Tim, waarom staat de verwarming aan? Het is hier bloedheet. Wat. Dat heb ik helemaal niet gedaan. Waarom zou ik de verwarming aanzetten als ik het bloedheet heb?' (Dan, Tim en ik hadden allemaal gezien dat jij de thermostaat van 20 naar 25 graden draaide.)

3 'Ik heb nooit gezegd dat Valentijnsdag zinloze commerciële tijdverspilling is. Ik probeerde waarschijnlijk tactvol te doen, zodat jij niet het gevoel had dat je enorm veel moeite moest doen en veel geld moest uitgeven om mij te verrassen – hoewel je dat natuurlijk überhaupt niet van plan was, want je geeft duidelijk geen moer om mij.' (Wanneer heb jij waarschijnlijk geprobeerd tactvol te doen, Francine? Toen jij datgene wat wij je allemaal hebben horen zeggen niet zei?)

Volgens Dan ben je niet zozeer oneerlijk als wel niet in staat tot helder nadenken als je kwaad of gekwetst bent, maar dat weiger ik te accepteren. Als alles wat er voor je hersenbloeding mis met jou was het gevolg was van een psychologische tekortkoming waar je niets aan kon doen, zou ik dingen moeten vergoelijken en dat kan ik niet. Ik wil jou haten, hoe vreselijk dat ook klinkt.

Daarom vond ik het altijd zo ongemakkelijk als er iets gebeurde wat Dans theorie leek te ondersteunen. Weet je nog hoe opvliegend je was tegen Tim over de wending aan het eind van die film? Ik kan me de titel niet meer herinneren – het was zo'n derderangstelevisiefilm waar jij zo dol op bent. Voor een technisch gezien intelligent mens leed je wel aan wansmaak op alle gebieden, Francine. Favoriete tv-programma: *Hollyoaks*. Boeken: je las alleen van die fantasy-onzin over kabouters – boeken over echte mensen boeiden je niet. Lievelingssong: 'That Don't Impress Me Much' van Shania Twain. Dat was tenminste de spijker op zijn kop. Weet je dat ik jou in een restaurant nog nooit heb horen zeggen dat het lekker was, of heerlijk, of zelfs maar gewoon oké? Tim vroeg je altijd: 'Hoe smaakt het, lieveling?', omdat hij bang was dat jij hem er later van zou beschuldigen dat de kwaliteit van jouw restaurantervaring hem niet kon schelen, en het antwoord werd altijd gegeven met samengeknepen lippen en een walgend schudden van je hoofd: de pizzabodem was te dun, de curry te heet, de steak onvoldoende doorbakken, de groente te waterig of te droog.

Toen die derderangsfilm was afgelopen, zetten we de tv uit en hadden we de discussie die iedereen had die die film had gezien: was de wending te voorzien of niet? 'Ik zag hem al aankomen,' zei jij trots en je verwachtte dat wij je zouden bewonderen. 'O ja?' vroeg Tim. 'Hoe snel al?' Die arme kerel, hij zag het als een kans om jouw intuïtie te prijzen, en je ego te strelen. 'Ik had het al door toen zij de dossierkast in de garage opendeed en zag wat daarin lag,' zei jij. 'Het lag er zo dik bovenop.'

Dan, Tim en ik keken elkaar verbijsterd aan. Hadden we dat maar niet gedaan. Jij zag die blikken en wilde weten wat ze betekenden. Dan maakte het allemaal nog erger door te ontkennen dat we blikken hadden gewisseld. Tim besloot zijn verlies te nemen door eerlijk te zijn, in de hoop dat hij punten zou krijgen voor zijn openheid. 'Ik geloof niet dat dat telt, lieveling,' zei hij zo mild en vriendelijk mogelijk. 'Het moment waarop ze die kast opendeed was namelijk ook bedoeld als de officiële onthulling.' 'Hoezo "officiële onthulling?"' zei jij bits. 'Waar heb je het over?' Tim ging door alsof hij jouw valse nabootsing van hem niet had opgemerkt. 'Dat was het moment waarop de makers van de film aan de kijker onthulden hoe het zat.' Hij benadrukte het woord 'onthulden'. Je weet wel, het "ta-da!"-moment.'

Je zou denken dat Dan en ik op dat moment moesten lachen, hè? Maar dat deden we niet. We zaten gespannen op het randje van onze stoel te wachten op het sociale Armageddon. 'Nee,' zei jij verontwaardigd. 'Niemand heeft iets onthuld! Niemand zei iets. Het enige wat je zag was dat die kast openging en wat er in de kast lag.' 'Dat was dus de onthulling,' zei ik tegen je omdat ik vond dat Tim de last niet alleen hoefde te dragen. 'Iedereen die naar die film keek wist op dat moment wat de clou was.' Ja, ik geef toe, Francine: toen ik die woorden op jouw totaal verbijsterde gezicht afvuurde, vroeg ik me af of Dan misschien gelijk had en er inderdaad iets structureel mis was met jouw hersenen – iets wat een neuroloog zou kunnen aanwijzen op een röntgenfoto, zo van: 'Ziet u dat bobbelige knobbeltje daar met een heel lange Latijnse naam? Dat is oorzaak van alle ellende.'

Ik heb nog nooit iemand zo snel een kamer uit zien stormen. Tim, Dan en ik hadden de kans niet om nog een woord te wisselen of jij was alweer terug met een hamer, waarmee je naast de televisie ging staan. Je greep om de steel was zo stevig dat je je spieren zag opbollen onder de mouw van je blouse. 'Francine, alsjeblieft, niet doen –' begon Tim. Jij onderbrak hem, en brabbelde veel te snel, alsof je een flesje speed achterover had geslagen: 'Alsjeblieft niet wat? Alsjeblieft niet het schilderij ophangen, wat ik al eeuwen geleden had zullen doen? Hoezo niet?' Vervolgens dwong je Tim om op te staan en op zoek te gaan naar een of ander spuuglelijk schilderij van twee schapen in een wei dat je een jaar ervoor voor dertig pond op een knutselbeurs had gekocht. Dat vertelde Tim me later. Dat was het kunstwerk dat jij ineens zo dringend op wilde hangen, vlak naast de tv, waar je de hamer gevaarlijk dicht langs slingerde. Ook al had je geen idee meer waar je het schilderij gelaten had. Je wilde dat wij allemaal bang waren voor waar jij toe in staat was – dat je wat met de tv zou doen, of met ons. Je wilde dat we bang waren voor wat er met Tim zou kunnen gebeuren als hij het schilderij en het blikje met spijkers niet vond. Gelukkig vond hij die wel. Ik weet nog dat ik dacht: pak in godsnaam die hamer van haar af.

Dat schilderij hangt nu in de gang, vlak voor jouw kamer. Jammer dat je het niet kunt zien.

Had ik maar een dagboek bijgehouden, Francine. Misschien dat ik ooit, op een dag, alle brieven die Dan en ik aan je hebben geschreven verzamel en er iets van maak – ik weet nog niet wat. Ik ben er steeds zekerder van dat het belangrijk is om je ook de slechte dingen te herinneren en niet alleen de goede. Jij hebt mensen laten lijden op een manier die men zich moet blijven herinneren, Francine, dat vind ik oprecht. Ik baal ervan dat ik me niet meer precies kan herinneren wanneer die hamerhorroravond was, chronologisch. Zes maanden na Herinneringenavond? Nee, later. Tim en jij woonden toen al in het huis aan Heron Close.

En nu heb ik geen tijd meer om over Herinneringenavond te schrijven, want ik moet naar de glasbak met al onze lege wijnflessen van kerst. Hoewel ik, nu ik dit allemaal heb opgeschreven, meer zin heb om ze op jouw hoofd kapot te slaan, Francine.

13

Vrijdag 11 maart 2011

Ik sta voor mijn huis en staar naar de sleutel in mijn hand. Hij bewijst dat mijn leven zich binnen dit gebouw moet afspelen – mijn echte leven. Soms heb ik het gevoel alsof het nergens echt geworteld is, alsof het telkens uit het zicht glipt als ik hol om het bij te houden.

Na alles wat ik heb moeten doormaken om thuis te komen, zou ik wel willen dat ik blijer was om hier te zijn. Door de ramen van enkel glas word ik luidruchtig begroet door het geluid van voetbal. West Ham zou in mijn zitkamer tegen Liverpool kunnen spelen en al hun fans uitnodigen en dan zou ik dat geloof ik niet eens merken; ik zou regelrecht langs de dichte deur naar de keuken lopen, en ervan uitgaan dat het godsgruwelijke lawaai van de televisie afkomstig was.

Ik doe mijn Sint-Christoffel af en laat hem in mijn jaszak glippen voor ik mezelf binnenlaat. Sean heeft hem niet meer gezien sinds ik hem voor het eerst uitpakte, en we er zo'n ruzie over kregen dat onze eerste kerstdag verpest was. Hij beschuldigde mij ervan dat ik het medaillon voor het effectbejag had gekocht, om een punt te maken: dat ik van plan was om het komende jaar nog veel meer te reizen en dat hij maar beter aan het idee moest wennen. Het was een van de weinige keren dat ik in tranen uitbarstte in plaats van terug te vechten. Ik had geen trek om uit te leggen dat ik hem voor mijzelf had gekocht – dat ik iemand was met een zelf, helemaal voor mij. Sean dacht duidelijk niet aan mij en was ook niet van plan om dat binnenkort eens te proberen.

Meestal ben ik meteen erna alweer vergeten waar onze ruzies over gaan, maar die ene niet-ruzie was een mijlpaal die leidde tot de invoering van nieuw beleid: ik besloot dat Sint-Christoffel en ik elkaar alleen zouden zien als Sean niet oplette, en dat het in de toekomst verstandig was om mijn ziel ver buiten zijn bereik te houden.

Ik doe de voordeur open en voel me net een puber die niet op tijd thuis is en die nu de gevolgen daarvan onder ogen moet zien. Sean staat in de gang met een kom van het een of ander in zijn ene hand en een vork in de andere. Tussen ons in stijgt stoom op van het eten. Ik glimlach tegen de man met wie ik acht jaar heb samengewoond. Als ik wil dat dit een verrassend gesprek wordt, in die zin dat het niet meteen in venijn ontaardt, is glimlachen een verstandige eerste stap.

Seans reactie is ontmoedigend. Mijn welkomstcomité kijkt chagrijnig als een egocentrische eikel.

'Zo,' zegt hij. 'Dus je hebt besloten om toch maar eens thuis te komen.'

Zeg het. Zeg hem dat je alleen thuisgekomen bent om uit te leggen dat je weggaat.

Ik weet niet hoe ik het moet zeggen. Het is gemakkelijk om in het vertrouwde patroon te vervallen van kleinzerig punten scoren, waar ik toevallig een kei in ben. Ik heb geen enkele ervaring met het verlaten van een partner en een gedeeld huishouden. Sean is de enige man met wie ik ooit heb samengewoond. 'Ik had gisteravond besloten om naar huis te gaan,' zeg ik zo opgewekt mogelijk, met een blik op mijn horloge. 'Ik heb om zes uur ingecheckt voor mijn vlucht, nu drieëntwintig uur geleden. Zo lang heeft het me gekost. Dat is toch waardeloos?' Ik glimlach nog steeds, mijn huid trekt er strak door. 'Ik was eerst woedend op het Duitse weer, maar daar ben ik overheen gestapt.'

Ik dwing mezelf om Sean aan te kijken om zijn voeten niet te hoeven zien. Ik ontdek steeds nieuwe dingen aan hem die schuren, en vandaag zijn het zijn sokken – hetzelfde soort sokken dat hij al draagt sinds ik hem ken maar waar ik eerst nooit zo mee zat: wollig, zo groot als schoenen, met opschriften erop. EXTREME CRATER CLIMBING, bijvoorbeeld. Wat prima zou zijn als hij ze inderdaad zou gebruiken voor iets avontuurlijkers dan een wandelingetje naar de keuken om nog een biertje te halen.

'Ik heb geen eten voor je.' Hij houdt zijn kom op. 'Als je had gebeld om te zeggen hoe laat je thuis zou zijn...'

'Ik heb geen trek. Slaap, dat is wat ik nodig heb. Ik heb vannacht helemaal niet geslapen.' Waarom zeg ik dat? Ik wil helemaal niet naar boven om in een bed te stappen dat naar Sean ruikt. Ik wil een koffer pakken en wegwezen. Maar misschien moet ik toch eerst even een uurtje mijn ogen dichtdoen. Ik geloof niet dat ik, zoals ik me nu voel, in staat ben om te rijden.

Sean weet dat ik een goede slaper ben. Hij heeft me zien slapen op de vloer van luchthavens, in nachtclubs met keihard blèrende muziek. Ik verwacht dat hij me vraagt wat er gisteravond is gebeurd dat mij wakker heeft gehouden, maar het enige wat er uit hem komt is een zacht: 'Neem me niet kwalijk dat ik je uit je slaap hou.' Het is geen oprecht excuus; het enige doel van zijn opmerking is om de aandacht te vestigen op de excuses die ik niet aanbied aan hem, de excuses waar hij recht op meent te hebben. Hij keert me de rug toe en loopt naar de zitkamer. Uit allebei zijn broekzakken steekt een blikje bier.

Nee. Niet vandaag. Niet de act met het bier en het voetbal.

Ik ben eerder dan hij bij de afstandsbediening en zet het geluid af. 'Ik heb niet geslapen, omdat ik bijna een piepklein tweepersoonsbed moest delen met een of andere gek die uiteindelijk midden in de nacht is weggerend, maar niet voordat ze me had opgebiecht dat ze een onschuldige man voor een moord had laten opdraaien.'

Sean zet zijn kom met de vork op de grond, vist de twee blikjes bier uit zijn zakken en zet ze op de leuning van de bank neer. Hij gaat zitten en wijdt zijn zwijgende aandacht aan de al even zwijgzame televisie alsof ze hebben afgesproken om samen te mediteren.

Niets. Geen enkele reactie. Ongelofelijk.

Ik had nooit akkoord moeten gaan met zo'n enorme televisie.

Zelfs als hij uitgeschakeld is, is het nog steeds het meest dominerende ding in welke kamer dan ook. Ik heb spijt van alle discussies die ik Sean heb laten winnen in de begintijd van onze relatie: het veel te zachte matras, de badkamer waar hij altijd net een douche heeft genomen zodat ik de pleebril met wc-papier moet afnemen voor ik erop kan gaan zitten. En niet te vergeten: ons schilderijenophangbeleid. Als gevolg van mijn door lust aangewakkerde zwakte toen Sean en ik dit huis net hadden gekocht, hangen al onze schilderijen aan een driehoek van touw dat weer aan een schilderijenrail hangt. Het ziet er truttig en ouderwets uit, en ik haat het even erg als ik het haat dat een van die schilderijen, die voor slechts 56 pond is ingelijst, een poster is van een of andere kerel die ooit voor Chelsea speelde. Het ding is spuuglelijk, en iedereen met een beetje hersens zou dat zien, om het kreng vervolgens in de dichtstbijzijnde container te smijten.

'Is er geen enkel aspect van wat ik je zojuist heb verteld dat jij verder zou willen uitdiepen?' vraag ik Sean. 'Moord, et cetera? Ik kan er wel wat meer over vertellen als je wilt. Ik heb alleen nog maar een beknopte inleiding gegeven, niet het hele verhaal.'

'Je vliegtuig is vanochtend om elf uur op Combingham geland,' zegt hij.

'Ja, dat weet ik. Ik zat zelf aan boord.'

Het is Seans beurt om op zijn horloge te kijken. 'Het is nu vijf uur. Het kost je geen zes uur om van de luchthaven in Combingham naar Spilling te komen.'

'Nee. Het kost anderhalf uur. O, wacht even!' Ik doe alsof ik ineens een ingeving krijg. Toneelspelen neemt op veel verschillende manieren een centrale plaats in, in mijn relatie met Sean. 'Dus je bent zo kwaad omdat ik niet meteen naar huis ben gekomen, ook al zat jij op je werk.'

Hij is alweer van gedachten aan het wisselen met de televisie en heeft zich voor mij afgesloten. Als hij zou opkijken, als hij zelfs maar een minimum aan bezorgdheid om mijn welzijn zou tonen, zou ik hem misschien alles vertellen. *De liefde van mijn leven zit in de gevan-*

genis, want hij wordt beschuldigd van een moord die hij niet heeft gepleegd. Ik dacht dat ik erop kon vertrouwen dat Kerry en Dan hem daar wel uit zouden krijgen, maar die liegen ook. En dat heeft me met mijn neus op het feit gedrukt dat als jij het enige bent wat ik heb, Sean, ik in feite niets heb. Er zit een boek met gedichten van e.e. cummings in mijn tas dat meer voor me betekent dat jij.

Het is waarschijnlijk beter als ik mijn mond hou over de dingen die er echt toe doen.

'Sinds hoe laat ben jij thuis?' vraag ik. 'Een minuut of tien? En er was niemand thuis. Je hebt op het internet gekeken om te kijken hoe laat mijn vliegtuig is geland, en je had gedacht dat ik eerder thuis zou zijn dan jij. Maar ik was er niet. Dus dan... wat? Dan ben ik een harteloos kreng dat niet van je houdt?' Ben ik dat? Kom ik met die beschrijving van mezelf om te zien of hij mij erin herkent?

'Ik heb hiernaartoe gebeld, en naar je werk,' zegt hij kortaf. 'Je was nergens te vinden.'

'Godsamme, Sean! Ik heb even geen contact opgenomen – dat is toch geen misdaad. Toen ik je gisteren sprak heb ik gezegd dat ik zo snel mogelijk naar huis zou komen. Ik moest naar de politie en dus kon ik niet sneller thuis zijn dan nu.'

'Ik heb je op je mobiel gebeld – geen reactie.'

Ik kan mijn ogen niet van zijn gezicht afhouden. Hij zou zich moeten schamen voor hoe hij kijkt. Ik wil wel gillen: 'Jou is niets ergs overkomen! Helemaal niets!'

'Heb je er niet aan gedacht om met de politie in Spilling te bellen?' zeg ik in plaats daarvan. Er klinkt geen spoortje spot door in mijn stem; zo achteloos zou ik nooit zijn. Ik ben een meester is huiselijke passief-agressieve oorlogvoering.

'De *politie*?' zegt Sean dik aangezet, alsof het hem enorm stoort naar me te moeten luisteren. Op dit soort momenten voel ik de aanwezigheid van zijn egoïsme alsof het een derde persoon in de kamer is die dreigend en onzichtbaar opdoemt: twee keer zo groot als Sean zelf, naast hem op de bank, niet van plan om aan de kant te gaan.

Sommigen zouden verwachten dat een opmerking over een moord

wordt gevolgd door een opmerking over de politie. Als ik dit gesprek aan een onpartijdige getuige zou navertellen, weet ik zeker dat hij of zij verbluft zou zijn dat Sean helemaal geen vragen stelde over het geweldsmisdrijf waar ik het over had. 'Vroeg hij echt helemaal *niets*?' zou zo iemand zeggen, en dan zou ik moeten uitleggen dat Sean rondloopt – of eigenlijk, rondhangt – in een Niet Mijn Pakkie-an. Het stoot alles af wat verstandige mensen zoals hij nooit zou overkomen, of wat hem niet persoonlijk raakt.

Alleen raakt deze moord hem wel. Als Francine Breary nog zou leven, was Lauren Cookson mij nooit achterna gereisd naar Duitsland. Als ik Lauren niet had ontmoet, zou ik nooit geweten hebben dat Tim in de problemen zat en zou ik nooit overwogen hebben thuis weg te gaan.

'Inderdaad,' zeg ik luchtig terwijl ik mijn jas uittrek. 'Ik ben bij de juten geweest,' zeg ik met een plat accent. 'Waar had ik anders heen gemoeten om dat gedoe met die onschuldige, maar van moord beschuldigde man te regelen? Ik laat mijn tas per ongeluk op de grond vallen en ik ben te moe om me te bukken en hem op te pakken.

Ik kan hier echt niet vanavond al weggaan. Sean zou me de volgende ochtend in coma op de stoep vinden. Mijn oogleden vallen al dicht als ik mezelf met een black-out probeer voor te stellen.

'Tuurlijk, doe maar lekker alsof je te moe bent om te praten,' zegt hij verbitterd. Even vergeten: ik mag nooit te moe zijn als ik thuiskom van een zakenreis – voor wat dan ook. Dat is de prijs die ik moet betalen omdat ik weg ben geweest. Sean verwacht dat ik vol energie ben voor een robbertje herinneringsseks en ruzie, in willekeurige volgorde. Ik weet nooit wat er eerst komt.

'Je had toch even kunnen bellen om te zeggen dat alles goed was?' houdt hij vol.

Mijn handen jeuken om hem vast te grijpen en grote stukken vlees uit hem te trekken. Ik plof in een stoel. 'Het kan je niet schelen of alles goed is, dus waarom zou ik die moeite nemen,' antwoord ik.

'Het kan me niet schelen?' Sean steekt zijn handen in de lucht alsof hij wil zeggen: 'Waarom denk je anders dat ik zo zit te pruilen en te schreeuwen?'

'Wat jou iets kan schelen is een hapering in jouw op afstand bedienbare bewakingssysteem, en dat verwar je met liefde voor mij,' zeg ik tegen hem

'Waar heb je het in godsnaam over?'

Ik experimenteer met tegen jou te zeggen wat ik echt denk. Daar krijg ik waarschijnlijk spijt van. Ik zou er eigenlijk mee moeten stoppen.

'Op afstand bedienbaar bewakingssysteem?' Hij schudt zijn hoofd. Het kan hem in elk geval niet schelen dat zijn eten koud wordt – dat is een puntje in zijn voordeel. 'Probeer het eens twee seconden vanuit mijn standpunt te bezien, Gaby.'

'Als je dat wilt, moet je met je kont van die bank af.'

'Ik mis je als je er niet bent,' zegt hij zachtjes. 'Ik verheug me erop dat je terugkomt. Is dat zo erg?'

Ik zou hem moeten zeggen dat hij zijn tijd niet aan me moet verspillen, dat zijn Liefhebbende Praatje in dit stadium niet meer werkt als tegengif. Zoals ik me nu voel zou ik bijna elke man liever willen dan Sean. Een onbekende zou fijn zijn – die zou niet zo veel conversatie van me verwachten. Het kan me niet schelen wat voor karakter hij heeft, zolang het eerste wat er uit zijn mond rolt als ik terugkom van een tergende zakenreis maar is: 'Je ziet er doodmoe uit. Ik zet wel even water op. Earl grey met melk?'

Misschien moet ik voor mijn volgende werkproject mijn ideale man uitvinden. Dan zorg ik ervoor dat echt alle ontwerpfouten geëlimineerd zijn voordat ik hem bij me in laat trekken. Als ik niet zo door mijn werk geobsedeerd was toen ik Sean leerde kennen, was het me vast opgevallen dat fysieke aantrekkingskracht onvoldoende reden is om een vaste relatie met iemand aan te gaan.

En Tim? Hoe zit het met zijn ontwerpfouten? Een man die de echtgenote van wie hij niet hield niet voor jou wilde verlaten, ook al smeekte je hem dat te doen? Ik zet de gedachte met geweld van me af.

'Dit hebben we allemaal al eens besproken,' zeg ik tegen Sean. 'Degene die jij mist bestaat niet. Het is een andere vrouw dan degene die veel voor haar werk op reis moet – en die vrouw vind je immers helemaal niet zo leuk. Want als dat zo zou zijn, zou je wel aardiger doen.'

'Gaby, er is een verschil tussen veel op reis zijn en een fanatieke workaholic die geen enkele ruimte maakt voor haar privéleven. Zelfs als je wel thuis bent, ben je je volgende buitenlandse pleziertripje alweer aan het plannen: dan zoek je hotelwebsites af, boek je vliegtickets...'

Buitenlandse pleziertripje. Die is nieuw.

'Ik ben het afgelopen halfjaar gemiddeld drie nachten per week van huis geweest,' dreun ik op. In het vliegtuig op weg naar huis heb ik mijn agendastatistieken berekend, want ik voorzag al dat ik die bij de hand moest hebben. 'Dat betekent dus dat ik in diezelfde periode gemiddeld vier avonden per week thuis ben geweest.' Ik wrijf in mijn nek. Die doet pijn van de moeite die het kost mijn hoofd rechtop te houden. 'Wat moet ik dan, Sean?'

Waarom wijs ik hem er nooit op dat mijn werkgerelateerde geboemel – en hij heeft gelijk, ik ben vaak weg – heeft geleid tot een bedrijf dat uiteindelijk voor 48,3 miljoen dollar is verkocht en dat ons in staat heeft gesteld dit huis contant af te rekenen, naast een huis voor mijn ouders, eentje voor mijn broer en zijn gezin, en een appartement in Londen voor Seans zus?

Sean begint er ook nooit over. Toen ik hem vertelde dat mijn nieuwe bedrijf waarschijnlijk voor evenveel geld of nog meer van de hand zou gaan als alles volgens plan verliep, zei hij: 'Als dat gebeurt, stop je dan met het opstarten van bedrijven en ben je dan eens wat vaker thuis?'

Sean hoeft nooit buiten kantooruren voor zijn werk rond te zwerven. Hij houdt zich vast aan een klassiek schema: vertrekt elke ochtend om halfacht van huis, geeft de hele dag voetbal-, tennis- en hockeytraining aan leerlingen op een middelbare school in Rawndesley, en komt tussen halfvijf en vijf uur weer thuis. Zijn baan is zo beleefd om zich tot gewone kantooruren te beperken; hij ziet niet in waarom de mijne dat niet ook kan doen.

'Ondertussen mis ik het voetbal,' zegt hij terwijl hij zijn hand ophoudt voor de afstandsbediening.

Ik denk aan het koormeisje dat in de bus achter me zat, het meisje met het broertje dat Silas heette. 'Stel dat ik zwanger was geweest en het was een jongetje,' zeg ik tegen Sean. 'En stel dat hij een beroemde voetballer werd als hij groot was.'

'Ga je me die afstandsbediening nog geven of hoe zit dat?'

Als Silas voor Manchester United gaat spelen, zou jij dan voor hem zijn, of ben je dan nog steeds voor Stoke City? Ik heb niet gehoord wat de vader van Silas antwoordde; Lauren leidde me af.

'Als hij voor Liverpool zou gaan spelen, zou jij dan nog steeds voor Chelsea zijn?' vraag ik aan Sean. 'Of werd je dan supporter van het team waar je zoon voor speelde, omdat hij belangrijker voor je was dan voetbal?'

'Doe niet zo stom.' Sean trekt een blikje bier en zijn mond open en giet. Ik heb benzinepompen gezien die de overdracht van vloeistof met meer finesse aanpakken dan hij. 'Dat weet je best.'

'Namelijk...?'

'Zit je me nu op de kast te jagen? Iemand die van voetbal houdt gaat niet ineens een ander team steunen omdat zijn zoon daar toevallig voor gaat spelen.'

'Dat kan niet waar zijn,' zeg ik, maar door Seans hoongelach stop ik midden in mijn zin. Heeft hij misschien gelijk? Is de wereld zo gestoord dat miljoenen mannen prioriteit geven aan... wat? Zijn een shirt en short in een bepaalde kleurencombinatie belangrijker dan hun eigen zoons? Vrouwelijke voetbalfans zien dat toch zeker anders? Ik mag graag geloven dat vrouwen meer gezond verstand hebben.

'Als we een zoon hadden en hij speelde voor Liverpool, of voor wat voor club dan ook, zou ik nog steeds fan van Chelsea zijn, tot mijn laatste snik.'

'Aha.' *Wat belachelijk.* 'Dus stel, Chelsey speelt tegen Liverpool in de Cup Final en jouw zoon moet een penalty nemen voor Liverpool waarmee hij het winnende doelpunt kan maken. Jij weet dat het een van de belangrijkste momenten in zijn leven is...'

'Ik steun mijn eigen club. En trouwens, hij ook,' voegt Sean er bij nadere overweging aan toe.

Wat? Ik heb hem vast niet goed verstaan, of verkeerd begrepen. Ik heb een Lauren-lag, dat is het probleem. 'Wie ook?' vraag ik.

Sean slaat zijn ogen ten hemel. 'Mijn zoon. Er zijn zo veel spelers die voor de ene club spelen maar die supporter zijn van een andere club – dat is helemaal geen big deal, het is gewoon... jouw club blijft altijd jouw club. Eenmaal een Chelsea-supporter, altijd een Chelsea-supporter.'

Ik geloof mijn oren niet. 'Jouw zoon, de beroemde voetballer, die een penalty moet nemen voor Liverpool, wil die penalty *missen*?'

'Al wil hij uit beroepseer nog zo graag het winnende doelpunt maken, het feit dat Chelsea wint betekent meer voor hem,' zegt Sean alsof hij weet waar hij over praat.

'Omdat hij... zo'n hartstochtelijke Chelsea-supporter is?' Ik geloof dat ik inmiddels begrijp wat hij beweert, maar ik controleer het toch maar even.

Sean knikt.

'Hoe weet je dat nou?' vraag ik. 'En wat als hij voor Arsenal is?'

'Godsamme! Wat heeft dit hele gesprek voor zin? Geef me die afstandsbediening. Hij is voor Chelsea, want het is mijn zoon, en ik voed hem op als Chelsea-supporter.'

Fijn dat je me dit vertelt, meer hoef ik niet te weten. Dit kon weleens het meest zinvolle gesprek zijn geweest dat ik ooit met Sean heb gevoerd. 'Sean,' zeg ik. 'Ik wil geen relatie meer met jou. Het spijt me dat ik je er zo mee overval.' Ik sta op en verlies bijna mijn evenwicht omdat ik licht in mijn hoofd ben van uitputting. 'Ik hou niet meer van jou. Ik wil niet meer met jou samenwonen, en ik wil ook geen kinderen met jou, en zelfs al zou ik dat willen, dan zou ik jou niet toestaan hun te vertellen wat ze zijn en wat ze maar beter kunnen worden.' Ik pak mijn tas en druk hem tegen me aan, omdat ik even vergeten ben dat het geen baby is die ik wil beschermen tegen de controle die zijn vader op zijn hersentjes wil uitoefenen. 'Ik ga nu naar boven om wat spullen te pakken,' zeg ik. 'Kom me niet achterna.'

Op dat moment ontploft mijn leven in tranen en gevloek en realiseer ik me dat ik nu snel in actie moet komen, nu ik al die jaren niets aan de crisis in mijn relatie heb gedaan, heel snel. Een paar seconden later rennen we allebei de trap op. Sean wil mijn haar en mijn kleren grijpen. Ik heb op allerlei plekken stekende en brandende pijn; het is moeilijk te voorspellen wat de volgende pijnlijke plek wordt, vooral met de soundtrack van bitch en hoer en rotwijf en monster op de achtergrond. Ik hou mijn mond dicht zodat ik me kan concentreren op mijn bewegingen, ontglip op de overloop tot twee keer toe aan Seans greep en dan lukt het me de slaapkamer te bereiken. Hij is te dicht achter me om de deur dicht te kunnen smijten. En dan ben ik niet meer in onze slaapkamer, omdat hij me weer de overloop op getrokken heeft en de enige manier die ik kan bedenken om te voorkomen dat hij me echt iets aandoet, is hem met woorden te verrassen. 'Er is een ander,' schreeuw ik tegen de arm die hij tegen mijn gezicht aan drukt. 'Ik ga bij je weg vanwege een andere man.'

Het werkt.

Sean zijgt voor de badkamerdeur ineen. Hij huilt. Hoewel het er niet toe doet, valt het me op dat het geen verdrietig huilen is. Het zijn tranen van woede, zoals die van Lauren op het vliegveld van Düsseldorf. Alsof alle vocht uit een opgeblazen brok rancune wordt gewrongen.

Ik zak ook op mijn hurken, hijgend. Ik moet het goed uitleggen. Als Sean snapt hoe het zit, is hij misschien niet zo kwaad, als hij beseft dat ik gek aan het worden ben en mijn leven naar de knoppen help in plaats van de zonsondergang tegemoet te rijden met een nieuwe soulmate. 'Herinner je je Tim Breary nog?'

'Wie?'

'Hij was jaren geleden mijn accountant. Je hebt hem nooit ontmoet.' *En ik heb het nooit over hem gehad, tenzij ik echt geen keus had.* 'Er is nooit iets tussen ons gebeurd, niets fysieks, maar –'

'Dus er is wel iets gebeurd!'

'Ik ben verliefd op hem geworden. Ik denk dat hij ook verliefd op mij was. Misschien niet, maar op het laatst had ik de indruk van wel.

Alleen… hij heeft het uitgemaakt. Niet dat er iets aan was om uit te maken.'

'Hij heeft je gedumpt?'

Ik knik.

'Mooi zo.' Sean spuwt de woorden in mijn gezicht. 'Ik hoop dat je flink hebt geleden.'

'Dat was ook zo.'

Ik wil hem nog meer vertellen over hoe ik heb geleden. Ik zal proberen om de schuldvraag en het vingerwijzen eruit te laten, zoals ik ooit heb geleerd op een cursus voor bedrijfsdirecteuren die ik op aanraden van een van mijn investeerders heb gevolgd. Ik kon het me niet veroorloven zijn raad niet op te volgen. 'Je hebt niet doorgehad dat ik stiekem kapotging. Ik heb het zo goed mogelijk verborgen gehouden, maar het lukte me niet helemaal. Ik wist dat ik safe was zolang er voetbal op tv was. Dan kon ik tegenover je in de kamer zitten, en met mijn elleboog op de leuning van de blauwe stoel zitten en achter mijn hand huilen.' *En dat is jou niet één keer opgevallen.*

Sean veegt zijn ogen af. 'Ik heb geen zin om naar deze bullshit te luisteren,' zegt hij.

De cursus heeft me niet geleerd wat je moet doen als je een poging tot oordeelvrije communicatie doet en de ander je daarop begint uit te schelden. Maar misschien was dat na de lunch aan de orde geweest; ik moest halverwege de dag weg om mijn vlucht naar San Diego te halen.

'Ga dan, als je zo graag weg wil,' zegt Sean. 'Ik denk niet dat ik het verschil merk – je bent er toch nooit. En de seks is tegenwoordig een lachertje. Je ligt erbij als een lijk, waarschijnlijk omdat je zou willen dat je het met hem deed.'

'Het lijkt me waarschijnlijker dat ik in gedachten mijn to-dolijstje voor de volgende dag afwerkte. Sean, ik ga niet bij je weg om iets met Tim te beginnen.'

In zijn ogen laait hoop op. 'Je zei net…'

'Ja, ik ga bij je weg vanwege hem, maar het is anders dan het klinkt. Ik hou van hem, dat is waar, maar ik heb geen enkele reden om aan te nemen dat hij een relatie met mij wil. Hij wilde me eerst niet, dus waarom nu wel?'

'Waarom ga je dan in godsnaam...?'

'Hij zit in de gevangenis. Hij heeft bekend dat hij zijn vrouw heeft vermoord.'

'Hij heeft zijn vrouw vermoord,' herhaalt Sean zachtjes. 'Gaby, ben jij helemaal gek geworden?' Die toon heb ik nog nooit gehoord. Nog nooit. Is hij dan voor het eerst in acht jaar oprecht bezorgd om me?

'Hij heeft het niet gedaan. Tim is geen moordenaar. Ik snap het niet, maar... het enige wat ik zeker weet, tot hij vrij is en iedereen weet dat hij het niet heeft gedaan, is dat mijn leven daar om zal draaien: hem helpen, alles voor hem doen wat ik kan. Tot ik weet dat hij veilig is, kan ik nergens anders meer aan denken en kan ik niet met iemand anders zijn. Ik kan niet eens werken. Ik weet dat je er waarschijnlijk niets van begrijpt...'

Sean lacht. 'Jij bent werkelijk helemaal van het pad af. Ik zal je eens wat zeggen: ik ken jou helemaal niet.'

Ik knik. Natuurlijk kent hij me niet; ik verstop me al jaren voor hem – mezelf en Sint-Christoffel.

'Ik ben blij dat ik van je af ben.' Hij hijst zich op. 'Ik wil dat je opdondert, hoe eerder hoe beter, en ik wil dat je wegblijft, want ik kan je een ding zeggen: ik hoef jou niet meer terug als dit allemaal mislukt.'

'Het is al mislukt,' zeg ik. 'Het feit dat Tim achter de tralies zit voor een moord die hij niet heeft gepleegd, is het allerergste wat mij kan overkomen, dus ik zou het verkneukelen niet uitstellen als ik jou was. Je kunt er meteen mee beginnen.'

'Ga jij de rest van je leven maar lekker aan een moordenaar besteden! Jij en die Tim lijken me een prima stel. Elke moordenaar verdient een harteloos kreng zoals jij! Je hoopt zeker dat je hem dit keer wel kunt verleiden?'

'Ik hoop dat ik zijn leven kan redden.' Terwijl ik het mezelf hoor zeggen, wordt mijn missie ineens een tastbare gedachte. Ik heb mijn eerste officiële verklaring afgelegd, mijn doel uitgesproken. Ik voel me er beter door. 'Ik vertrouw het geen enkel ander toe.'

'Arrogante trut,' zegt Sean fel. 'Jij kunt niet tegen je verlies. Daar gaat dit over. Die kerel moest jou niet, en nu wil jij ervoor zorgen dat hij je wel wil – daar gaat dit over, het heeft niets met *liefde* te maken.'

Ik moet iets wegslikken. Ik zou zijn woorden het liefst uit mijn hoofd willen schrapen, maar het is al te laat. 'Je moet wel kiezen,' zeg ik. 'Of je kent me, of niet.'

'Ik wil jou helemaal niet kennen. Had ik je maar nooit ontmoet!'

Sean duwt zich langs me en loopt de trap af. Een paar seconden later hoor ik een harde knal, en dan dat vervloekte voetbal, luidruchtiger dan normaal. Ik gooi van alles in mijn koffer: pyjama's, tandenborstel, haarborstel, daglenzen, wat kleding.

Ik kom hier nooit meer terug. Ik wil dit allemaal niet meer terugzien. Sean mag alles houden.

Ik sluip de trap af, het huis uit en doe de voordeur stilletjes achter me dicht.

Vrij.

Ik hol naar mijn auto en doe onhandig met de sleutels. *Ik ben er bijna, ik ben bijna weg.* Ik druk op een knopje, hoor het slot openspringen. *Goddank.*

'Gaby,' fluistert een stem achter me. Niet die van Sean, niet een stem die ik herken. Ik probeer me om te draaien, maar voor ik me kan bewegen, ligt er een arm om mijn nek. Die arm knijpt mijn nek fijn en ik voel mijn gedachten buiten bereik glijden naar een speldenprik van helder zwart.

14

11/03/2011

Proust zat in zijn kantoortje: goed. En er was verder niemand in de buurt. Dit werd een makkie.

Vanuit de deur naar de recherchekamer keek Simon ongezien naar het bewegingloze kale hoofd van de hoofdinspecteur in zijn glazen hokje, en het viel hem op hoe het licht van de hoge lamp in de hoek erop viel, alsof het de aandacht van het publiek wilde trekken. Ook al zweeg hij en was hij zich niet bewust van je aanwezigheid, omdat hij de andere kant op keek, toch slaagde Proust erin om een aura uit te stralen van: Als je mij kwaad maakt, wacht je een onvoorstelbaar gruwelijk lot. *Bullshit.* Alleen dingen die niet bestonden konden dat niveau van onvoorstelbaarheid bereiken.

Simon stond uit het zicht, want hij was er nog niet klaar voor om de verhouding met zijn baas op een wellicht onomkeerbare manier te veranderen, en hij staarde naar die koepel van glimmende roze huid. *Een doodgewone kale kop. Als je er alleen naar kijkt, heb je geen idee van wat zich daarbinnen allemaal afspeelt.* Simon wist wat er zich daarbinnen afspeelde: de grootste en merkwaardigste verzameling strategieën die alleen zijn eigenbelang dienden. Geen bijzondere gaven. Het stond Proust waarschijnlijk niet aan dat wat hij dadelijk te horen kreeg, maar hij kon er verder niets aan doen behalve pruilen en vuile opmerkingen maken, en dat deed hij sowieso altijd al. Hij kon proberen om Simon te laten ontslaan, maar hij wilde niet riskeren dat hij het nuttigste lid van zijn team kwijtraakte.

'Waterhouse, als je iets te zeggen hebt, zou ik maar binnenkomen. Wees een vent en zeg het. De belastingbetaler betaalt jou niet om stiekem vanuit een deuropening naar mij te gluren.'

Simon liep het kleine kantoortje in en deed de deur achter zich dicht. Hij besloot om eerst het werkgesprek af te wikkelen. Het zou hem helpen bij het inschatten van Prousts stemming voor hij het onderwerp Regan aansneed.

'Ik weet wat Tim Breary heeft gezegd tijdens zijn eerste verhoor met Sellers, en ik weet dat u hebt gefraudeerd om dat bij mij weg te houden,' zei hij tegen de Sneeuwman. 'Ik zou er nu direct mee naar hoofdcommissaris Barrow kunnen stappen.'

'Ach, sla toch niet zo'n hoge toon aan, Waterhouse! Het is niet om aan te horen.' Proust schikte de papieren op zijn bureau in keurige, rechthoekige stapeltjes. 'En ik zou de volgende keer dat je mij ergens van beschuldigt ook het bewijs controleren.'

'O, ik ga er zonder meer van uit dat u het originele transcript inmiddels weer hebt teruggelegd,' zei Simon. 'Maar daarmee hebt u het feit dat u er eerst een andere versie voor in de plaats had gelegd en Sam en Sellers hebt opgedragen om het niet aan mij te vertellen, niet rechtgezet.'

'Dat ben ik met je eens. Dat zou onaanvaardbaar zijn. Het zou bovendien jouw woord tegen het mijne zijn dat ik überhaupt zoiets heb gedaan. En als jij denkt dat inspecteur Kombothekra en rechercheur Sellers jouw verhaal zullen bevestigen, ben je nog gekker dan ik al dacht. Die twee hebben geen greintje ruggengraat. En wat die hansworst van een Barrow betreft, die kan ik evenzovele verhelderende verhalen vertellen over jouw professionele gedragscode als jij over de mijne.'

Dat klopte.

'Ik zal eerlijk zijn, Waterhouse: de begeleiding die ik jou geef is vrij egocentrisch. Mij gaat het er alleen om dat jij je baan behoudt zolang ik de mijne nog heb. De resultaten die jij, als lid van mijn team, behaalt, stralen gunstig op mij af.'

'U wilde dat Sam het me zou vertellen,' zei Simon.

'Wat hij duidelijk heeft gedaan.'

'Nee. Hij heeft er niets over gezegd.' Simon had het punt bereikt waarop hij het niet langer eens was met zijn eigen onredelijke beoordeling van Sams gedrag, maar hij was nog niet bereid om er helemaal afstand van te doen.

'Wie dan wel? Sellers zou het niet durven, en verder wist niemand –' Proust brak zijn zin af, zichtbaar kwaad op zichzelf omdat hij zich een bekentenis had laten ontglippen.

'Verder wist niemand het? Weet u dat zeker?'

'Wie dan?' vuurde Proust op Simon af. De telefoon op zijn bureau begon te rinkelen. Hij schakelde zijn woeste blik uit terwijl hij opnam, en schraapte zijn keel ten behoeve van de masochist die het in zijn hoofd had gehaald zijn directe lijn te bellen. Hij hield zijn blik op Simon gericht en maakte aantekeningen op een onhandig geplaatst notitieblok zonder te kijken naar wat hij opschreef. In plaats van het blokje te verplaatsen, sloeg hij zijn rechterarm ongemakkelijk over zijn borst alsof hij zichzelf in een dwangbuis wilde snoeren.

Simon zag zijn kans schoon. Proust was niet alleen meer met hem bezig. Dit was zijn moment; zo makkelijk zou het nooit meer worden, en dus zei hij: 'Uw dochter wist het. Amanda. Die heeft het me verteld.'

'Gibbs! Ik heb je overal gezocht.' Nu hij hem had gevonden, versperde agent Robbie Meakin Gibbs de weg en vormde hij een pukkelige hindernis met een irritante grijns. Weer teruggaan naar het bureau als je een middag je snor had gedrukt in de Brown Cow was nooit een goed idee. Gibbs deed het dan ook alleen omdat hij er, als hij voor zeven uur 's avonds thuiskwam, niet meer onderuit kwam om de tweeling in bed te stoppen of het huis aan kant te maken als ze er eenmaal in lagen. En beide vermeed hij liever dan werk of zijn collega's – zelfs Meakin, de blije, trotse Superpapa van het bureau. Meakin had drie kinderen. Gibbs had hem horen... wat was dat woord ook weer dat Liv zo graag gebruikte? Orakelen. Hij had Meakin horen orakelen in de kantine over dat kinderen toch zo veel werk waren, dat zeker, maar o, wat was het de moeite waard. *Die griezel.* Gibbs zou er geen bezwaar tegen hebben als hij het over zichzelf en zijn eigen ervaring als vader had, maar dat was duidelijk niet het geval. Meakin deed niets liever dan kersverse vaders vertellen hoe zij zich behoorden te voelen en hoe zij zich binnenkort ook zouden voelen, als dat niet al het geval was.

'Heb je even?' vroeg Meakin.

'Niet echt,' zei Gibbs kortaf.

'Geloof me, dit wil je zien. Het gaat om Tim Breary.'

Gibbs stak een hand uit naar de papieren die Meakin vasthield. Hij wist ongezien dat hij deze papieren nodig had, net zo goed als hij wist dat Meakin per se meer van zijn tijd in beslag wilde nemen dan nodig.

'Zullen we er even een kop thee bij pakken, dan kan ik het met je doornemen,' opperde Meakin.

Waarschijnlijk was het mogelijk om die informatie te krijgen en Superpapa tegelijkertijd zijn moment van glorie te onthouden, maar Gibbs had geen zin om de situatie te manipuleren. 'Oké,' zei hij. 'Jij betaalt.'

'O, zijn we aan het bezuinigen?' Meakin lachte terwijl ze door de gang op de geur van het van de lunch overgebleven lamsvlees en koolgerecht in de kantine afliepen. 'Wat zijn die koters schokkend duur, hè?'

Niet zeggen. Waag het verdomme niet het te zeggen.

'Kan ik nog niet zeggen.' Gibbs zag niet in waarom hij zou liegen om Meakin een lol te doen. Tegen de tijd dat zijn tweeling groot was, had Debbie hem er toch al lang en breed uitgeschopt, en zij en haar moeder zouden hen tegen hem opgezet hebben. Hoe hij ook zijn best deed, Gibbs kon zichzelf er niet van overtuigen dat het vaderschap een goede investering was, in financieel noch in emotioneel opzicht.

'Dat meen je niet,' lachte Meakin weer. 'Maak je geen zorgen, je mag best toegeven dat je stapelgek op ze bent. Ik zal het niet doorvertellen.'

Ze waren in de kantine aangekomen. 'Als jij nu even thee haalt, kijk ik vast naar wat je daar hebt,' zei Gibbs en hij stak voor de tweede keer zijn hand uit. Er stond een lange rij voor de counter. Hij had liever iets te doen terwijl hij zat te wachten.

'Ben zo terug.' Meakin hield de stapel papieren die hem tijdelijk gewichtiger en interessanter maakten dan hij was, stevig vast. 'Ga jij maar vast zitten. Dan dring ik wel even voor, voor die thee.'

Gibbs nam plaats aan het enige nog vrije tafeltje in de zaal en haalde de rode bal uit zijn zak, met wat nieuwe elastiekjes die hij op de terugweg van de Brown Cow had opgepikt. Hij trok ze om de bal heen. Meakin was achter in de rij aangesloten. Waarom zei hij dat hij zou voordringen om het vervolgens niet te doen? Om indruk te maken? *Zakkenwasser.*

'Gibbs.' Brigadier Jack Zlosnik verscheen naast hem. 'Robbie Meakin is naar je op zoek.'

'Hij heeft me al gevonden.' Gibbs knikte in de richting van de counter.

'En jij zit hier nog steeds? Dan heeft hij het je dus nog niet verteld?'

'Nee, hij heeft niets verteld. Misschien dat jij me kan bijpraten terwijl ik op hem wacht?' Gibbs wierp een blik in de richting van Meakin, die druk voor zich uit staarde en geen idee had dat Zlosnik op het punt stond om zijn hele voorspel overbodig te maken.

'Het schijnt dat die moordenaar van jou, Tim Breary, op Twitter tweet, vanuit de gevangenis.'

'Zou kunnen, maar het lijkt me niet waarschijnlijk,' zei Gibbs. 'Behalve als hij een bewaker heeft overmeesterd en diens iPhone heeft gejat, en dat is niet Breary's stijl.' Dankzij Liv wist Gibbs alles over Twitter. Hij wist dat mensen die het gebruikten nooit 'tweeten op Twitter' zouden zeggen. Liv wilde per se dat hij ook een account nam, omdat hij anders volgens haar te veel zou missen. Hij had een alias gekozen – @saaielulcg – en hij had geen foto van zichzelf toegevoegd ter vervanging van het anonieme plaatje van het witte ei. Hij had nog maar een keer getweet, aan Liv, om te zeggen dat hij haar miste. Ze had hem de mantel uitgeveegd. Of hij soms vergeten was dat Twitter openbaar was. Nee, dat was hij niet vergeten; het interesseerde hem gewoon geen moer.

Als hij Liv niet kon zien en hij uit frustratie zijn kop door de muur wilde rammen, las hij haar timeline op Twitter. Ze tweette voornamelijk over boeken en de uitgeverij, met een heleboel mensen die hetzelfde deden. Vaak ging de discussie over onderwerpen die Gibbs totaal niet boeiden: of de literaire agent binnenkort overbodig was? Of auteurs? Lezers? De kleine boekwinkel? Het fysieke boek? Apostrofs?

Wat Gibbs betrof was Livs verloofde Dominic Lund overbodig. Hij vroeg zich weleens af of een van Livs twittergabbers uit de uitgeverij of journalistiek zin had om dat met zijn witte-ei alter ego te bespreken.

'Oké, dan. Iemand verstuurt tweets onder Breary's naam,' zei Zlosnik. 'We werden er door iemand over gebeld, vanwege de inhoud ervan.'

'Namelijk?'

'Het was in feite een SOS. Iets over een vrouw die voor haar huis werd aangevallen. Een adres in Silsford – het bureau in Silsford zag het verband met Tim Breary en –'

'Welke vrouw? Hebben we een adres?' Gibbs stond al. 'Heeft bureau Silsford er een auto naartoe gestuurd? Want aan die gasten heb je geen ruk.'

'Weet ik veel. Horse Fair Lane in Silsford. Het kan natuurlijk zijn dat die tweeter een geintje maakte...'

Gibbs was al bijna bij de deur van de kantine.

'Het slachtoffer heet Gaby Struthers,' riep Zlosnik hem na.

Proust smeet de telefoon neer nadat hij niet meer aan de laatste tien minuten van het gesprek had bijgedragen dan wat bevestigend gegrauw. Sterker nog, misschien was het gesprek al veel eerder afgelopen, en waren die laatste tien minuten een schijnvertoning omwille van Simon; Proust was niet zo van het luisteren.

'Wat zei je, Waterhouse? Dat ik inspecteur Kombothekra en rechercheur Sellers de opdracht heb gegeven het niet tegen jou te zeggen, maar dat ik eigenlijk juist wel wilde dat ze het zouden zeggen? Waarom zou ik dat doen?'

Waarom stel je deze vraag in plaats van de vraag die je zou moeten stellen? Had hij Simon niet horen zeggen: 'Ik heb het van uw dochter? Hij had zelfs haar naam genoemd. Haar oude naam: Amanda. Had Proust dat misschien gemist?

'Dit is misschien voor jou iets verrassends, maar de meesten van ons vragen niet het tegenovergestelde van wat we willen. Dat is een van de vele verschillen tussen jou en mij, Waterhouse. En dat is tevens de reden waarom, toen het vooruitzicht van een huwelijk met rechercheur Zailer – zij, met de vele eerdere berijders – ons allebei met afschuw vervulde, jij haar ten huwelijk vroeg en ik niet.'

Was er maar iemand die Proust zou vermoorden, dacht Simon. Had hij zelf maar de mentale kracht om het te doen en de consequenties te aanvaarden. De wereld zou er een stuk van opknappen.

'Dus het ging er niet om dat ik Tim Breary's verhaal in twijfel zou trekken?' zei hij. 'Mijn aandacht te vestigen op iets wat hij had gezegd, wat er waarschijnlijk op duidde dat hij zijn vrouw niet heeft vermoord – net te doen of u het bij mij weg wilde houden, zodat het van groter belang lijkt dan het is. Daar ging het dus allemaal niet om.'

Proust gromde, leunde achterover in zijn stoel en sloeg zijn armen achter zijn hoofd. 'Ik kan je niet meer volgen, Waterhouse. Dat gebeurt nu altijd als wij met elkaar praten: jij slaat een pad in, in die heel bijzondere wereld van jou tot je bij de boom der gekken bent aanbeland, en ik begrijp geen woord meer van wat je allemaal zegt.'

'U gelooft niet dat Breary een moordenaar is.'

'Integendeel.'

'Nee, dat gelooft u niet. Ik ook niet. Maar als hij heeft bekend, en als iedereen die die dag ook in dat huis was zijn verhaal bevestigt, wat kan ik dan verder uitrichten? U weet dat ik koppig ben, maar dat is dit keer misschien niet genoeg om door de muur van leugens heen te breken. Dus u besloot me een extra zetje te geven.'

'Muur van leugens?' mompelde Proust. 'Is dat soms de muur om de boomgaard van obsessie waar die boom der gekken staat?'

'Breary is aangeklaagd. Dat baart u zorgen. Dat is toch nog nooit gebeurd – dat het mij niet gelukt is om op tijd de waarheid te achterhalen voordat het OM een onschuldige man aanklaagt? U was vast bang dat ik het verleerd was.'

'Wil je soms rassenrellen beginnen in de Culver Valley, Waterhouse? Ben je dat van plan?'

Wat had dit met rassen te maken? Simon gaf geen antwoord. Hij was in het verleden vaak genoeg in Prousts val gelopen, dus hij kende de waarschuwingstekens. Een overduidelijke onlogische gevolgtrekking was het verbale equivalent van knipperend neonlicht.

'Want als jij zo doorgaat, stort ik mezelf uit het raam. En dan gaan mensen dat filmen met hun mobieltjes, en het plaatselijke nieuws krijgt lucht van het verhaal, en vervolgens het landelijke nieuws, en iedereen zal denken dat het politiebureau in Spilling is aangevallen door een vliegtuig dat door jihadisten gekaapt was, en dat wakkert zowel de islamofobie als het islamitisch extremisme aan. En dat is dan allemaal jouw schuld, Waterhouse.'

'Dacht u soms dat ik beter werk zou leveren als ik het gevoel had dat iedereen tegen me was?' vroeg Simon. 'Misschien hebt u wel gelijk: zet me op tegen Sam en Sellers en ik moet mezelf weer bewijzen, net als vroeger, toen niemand zich ook maar een moer aantrok van wat ik zei.'

'"Geen lekkende vlammen, geen vallend plafond, geen pijnkreten van collega's", sprak Proust in zijn Beste Opa van de Wereld-beker, alsof het een microfoon was. '"Uit onze informatie leiden wij af dat die arme hoofdinspecteur Proust zijn dood tegemoet sprong om een eind te maken aan zijn gesprek met rechercheur Waterhouse, want dat was zijn enige uitweg."'

Simon negeerde deze act. 'U vond dat ik een nieuwe vijand nodig had om het beste in mij naar boven te halen. Dat ik beter tegen dan met Sam kon werken.'

'Misschien heb je gelijk. Ik kan het niet met zekerheid zeggen. Los van "O Heer, laat dit alstublieft voorbij zijn" kan ik me niet meer herinneren wat ik dacht.'

'U wist dat Sam het mij zou vertellen. U wist ook dat hij het me niet meteen zou vertellen, en u wist hoe ik zou reageren als ik erachter kwam dat hij het voor me verzwegen had. En u had gelijk. U wilde deze reactie van mij, en die hebt u gekregen. Ik werk niet meer samen met Sam op deze zaak: ik zeg hem niet waar ik uithang, wat ik doe, helemaal niets. Hij weet niet wat ik denk, wat mijn plannen zijn...'

'Je vertelt hem niet wat je denkt?' viel Proust uit. 'Mijn withete jaloezie op de man laat zich nauwelijks onderscheiden van haat. Het is maar goed dat de ruggengraatloze inspecteur hier nu niet is, want ik zou hem iets aandoen wat me nog zou berouwen.'

'Alles wat ik heb gezegd is ook op Gibbs van toepassing,' zei Simon tegen hem. 'Hij werkt met mij.'

'Ik vroeg me al af wanneer de buikspreker zijn pop tevoorschijn zou halen. Die rode bal waar je pop zo dol op is – die heb jij hem zeker cadeau gedaan?'

'Ik zou u eigenlijk moeten bedanken,' zei Simon. 'Zonder de middelmatigheid van Sam en Sellers die altijd zo'n blok aan ons been is, kunnen we een stuk sneller te werk gaan. Uw goede humeur is terecht. Uw plannetje gaat resultaat opleveren. Als ik daar een vriend door kwijt ben geraakt...' Simon haalde zijn schouders op. 'Dat boeit u niet, en mij ook niet. Sam was niet zo'n goede vriend als ik dacht.'

Hoe harder hij nu was over Sam, des te gemakkelijker zou Simon het ergens in de toekomst weer kunnen bijleggen. Het was van belang dat hij, Simon, zich het ergst zou misdragen. Dat was de enige manier waarop hij ooit iemand kon vergeven. Hij verwachtte niet dat Proust dat zou begrijpen. En Charlie trouwens ook niet.

'Het valt niet te ontkennen dat inspecteur Kombothekra in vrijwel alle opzichten risicovol is,' beaamde de Sneeuwman. 'Hoewel hij misschien in jouw achting stijgt als je het louteringsstadium van je cyclus bereikt. Je weet het misschien zelf nog niet, Waterhouse, maar jouw ego lijdt aan boulimia. Je schrokt bakken eigendunk tot je ego zo opgeblazen is dat je het niet meer trekt. En op dat moment wordt al die eigenwaarde die je hebt lopen schransen weer uitgebraakt en voel je je een waardeloze zak.' Proust stond op, rekte zich uit en liep naar het raam. 'Of zie ik dat verkeerd?' zei hij.

Wat had Simon dat graag gewild. Maar de woorden kwamen niet.

'Het zal niet lang meer duren of jij besluit dat jij en inspecteur Kombothekra precies even waardeloos en immoreel zijn. En dan steun je hem weer, en help je hem te veinzen dat hij een zelfstandig functionerend mens is, en hij doet hetzelfde voor jou. Een tegenvaller – meer is er niet voor nodig als aanzet voor je eerstvolgende ego-braakpartij.'

'Over een week, op zijn hoogst, kan ik u zeggen wie Francine Breary heeft vermoord, en dan kan ik het nog bewijzen ook,' hoorde Simon zichzelf zeggen. Het kon hem niet schelen dat hij zich in een hoek had laten drijven; hij zou het nog eens proberen. 'U vroeg me wie me over het transcript van het verhoor heeft verteld – uw kleine samenzwering. Ik kreeg gisteravond bezoek. Zij heeft het me verteld.'

'Zij?'

Had Proust het nog steeds niet door? Had hij Simon echt niet gehoord toen hij 'Amanda' zei?

'Zegt de naam Regan Murray u iets?'

De hoofdinspecteur fronste. 'Murray is de achternaam van mijn dochter. Maar ik ken geen Regans.'

'Regan Murray is uw dochter. Ze heeft een andere naam aangenomen. Officieel. Ze kon niet meer leven met de naam die u voor haar hebt uitgekozen.'

Simon keek naar het schokkerige, onderhuidse dansje van de adamsappel van de Sneeuwman. 'Ze is te bang om tegen u te zeggen dat ze geen Amanda meer wil heten. Regan is overigens een karakter uit *King Lear*. Het is Lears dochter, die geen moer om hem geeft maar doet alsof. Komt het u bekend voor? Ze is ook te bang om u te vertellen over de psychotherapeut bij wie ze in behandeling is.'

'In mijn familie zou niemand zijn geld verspillen aan psychotherapie,' zei Proust. 'Dat jij zo nodig een verhaal moet verzinnen zegt meer over jou dan over mijn dochter.'

'Ze kwam naar mij omdat ze ervaringen wilde uitwisselen. Ik ben haar held, omdat ik tegen u inga. Ik heb gezegd dat ze u moet vertellen wat ze echt vindt. Ze keek doodsbang. Weet u wat ze deed toen ik zei dat ik u de waarheid zou zeggen als zij het niet deed? Ze barstte in tranen uit en smeekte me om niets te zeggen. En weet u wat haar grootste angst is? Dat ze Lizzie niet meer mag zien van u. Ze is woedend op Lizzie omdat die haar niet tegen u in bescherming heeft genomen toen ze nog klein was. Maar ze ziet haar tegelijkertijd als medeslachtoffer, te bang om onder ogen te zien wat er aan de hand was.'

De Sneeuwman leek niet op iemand die naar een ander luisterde – hij leek eerder op een stok met een dooraderde kop erop die in de vloer van zijn kantoor was gestoken. Simon kon het gevoel niet van zich afschudden dat hij tegen zijn wil in een horrorfilm terecht was gekomen. Zijn hart ging tekeer; het zweet druppelde vanonder zijn armen langs de zijkanten van zijn lichaam.

'Ik ruik een leugen op afstand,' zei Proust.

'U denkt dat ik dit verzin?'

'Mijn dochter zou het nooit over familiezaken hebben met een vreemde.'

'O nee? Hoe weet ik dan van de achttiende verjaardag van haar vriendin Nirmal? Amanda's taxi kreeg pech onderweg. Ze moest uitstappen en een andere taxi aanhouden, en kwam tien minuten te laat thuis. Lizzie was opgelucht dat er niets aan de hand was, maar daar deed u het niet voor. Hoeveel uur moest ze buiten in de regen staan, terwijl Lizzie op de achtergrond ineenkromp, te bang om u te zeggen dat u onredelijk was?'

Geen reactie.

'Ik weet het antwoord wel,' zei Simon, voor het geval Proust dacht dat het een retorische vraag was. 'Ik weet hoeveel uur dat was, want Regan wist het nog heel goed. U ook?'

De Sneeuwman liep met een omweg terug naar zijn bureau, en stopte onderweg voor zijn archiefkast, al snapte Simon niet waarom. Hij trok het jasje van de rugleuning van zijn stoel, haalde de sleutels uit de jaszak en liep met een rinkelende sleutelbos zijn kantoortje uit. Hij zou de deur achter zich op slot doen. Simon zag wat er ging gebeuren en deed niets om het te verhinderen.

Had Proust hem opzettelijk opgesloten? Waarschijnlijk was het een automatisme. Was hij in shock? Dan was hij niet de enige.

Het gesprek dat Simon met de receptie moest voeren om zich te laten bevrijden was het soort gesprek waar hij een gloeiende hekel aan had: ongemakkelijk, absurd, vernederend. Charlie mocht het mooi voor hem regelen; als zij het deed voelde het hanteerbaar en onschuldig. Hij haalde zijn telefoon uit zijn zak en belde haar. Toen ze opnam zei hij: 'Met mij. De Sneeuwman heeft me opgesloten in zijn kantoor. Je moet me eruit komen halen.'

'Dus nu wil je wel met me praten? Nu je iets van me nodig hebt?' Ze klonk vrolijk.

'Is dat een ja?'

'Het is mijn vrije dag.'

'Is dat ook de reden waarom je de hele dag in het Dower House hebt gezeten om Sams werk te doen?'

'Je weet de helft nog niet. Ik wil niet opscheppen, maar er is sprake van een interessante ontwikkeling, dankzij mijn inspanningen.'

'En Buzz Lichtgewicht heeft zeker alles al gehoord over deze ontwikkeling, neem ik aan.'

'Godallemachtig! Je moet zweren dat je ophoudt met dat gelul over verraders en bedrog. Je lijkt wel een neurotische middeleeuwse monnik. Anders laat ik je daar opgesloten zitten, hoor!'

Simon hoorde dat Charlie een sigaret opstak. Het was een van de geluiden die hij het meest koesterde, vooral door de telefoon. Hij vond het troostrijk: het gekraak van het cellofaan, het metalen gekras van het wieltje van haar aansteker, het diepe inhaleren.

Hij liep naar het bureau en ging erop zitten, met zijn voeten op Prousts stoel. 'Ik heb de Sneeuwman verteld over Regan,' zei hij.

'Hm-hm. Dat dacht ik al.'

Simon luisterde of hij een clou hoorde. Wat hij hoorde was of een rookkring of een zucht van wanhoop.

'Jij zei dat ik dat niet moest doen.'

'Daarom wist ik ook dat je het wel zou doen. Heeft Proust je daarom opgesloten?'

'Het was goed om het hem te...' De woorden verdampten in Simons mond toen hij Prousts notitieblok zag liggen. Het blok waar hij op had gekrabbeld toen hij aan de telefoon was. Het handschrift leek eerder op groepjes ziektekiemen dan op letters uit het alfabet, maar Simon kon toch een paar woorden ontcijferen. 'Aanslag' was er een. En de naam Gaby Struthers.

'Kom me verdomme uit dit kantoor halen,' zei hij tegen Charlie. 'Nu meteen!' Tegen de tijd dat hij zich herinnerde dat hij er misschien alsjeblieft achteraan had moeten zeggen, had ze al opgehangen.

15

Vrijdag 11 maart 2011

Ik zie niets. *Fout, pijnlijk fout, begrijp het niet.* Dit ben ik niet, kan niet over mij gaan, moet snel een eind aan komen. Er zit iets over mijn gezicht en mijn hoofd. *Plastic.* Als ik inadem, komt het tegen mijn mond. Het ruikt naar een goedkope parka die ik als kind had. Ik probeer het van me af te ademen, maar de wind blaast het terug en drukt het in mijn gezicht. *Wind.* Dus ik ben nog buiten. Voor mijn huis. Mijn armen zitten achter mijn rug, waar ze bijeengehouden worden. Door hem?

Stevig gebouwd, kort haar. Ik heb hem gezien. Zijn nek…

Ik wil weer buiten bewustzijn raken. Ik ben al op weg.

Mijn gedachten spatten uiteen. Paniek die toeslaat als ik bijkom, angst die me overstroomt. Ik sta rechtop. Dat moet wel, ook al voelen mijn benen trillerig en hol, en niet solide genoeg om me overeind te houden.

Niet zo overdreven reageren. Helemaal niet reageren.

Ik worstel om mijn handen los te krijgen. Er komt beweging in, waardoor een klein stukje huid begint te branden, maar de beweging is minimaal. Probeer het nog een keer. De tweede keer is er geen enkel verschil. *Tape. Hij heeft mijn polsen aan elkaar getapet.* Er drukt iets op mijn luchtpijp. Hij wordt niet dichtgeknepen – het is een onprettig gevoel, maar het doet geen pijn. Het voelt strak als een nekbrace, niet strakker dan dat.

Dat moet betekenen dat ik kalm ben: ik ben in staat om onderscheid te maken tussen onprettig en levensbedreigend.

Ik kan deze angst onder controle houden als ik me concentreer. Het is een kans om ergens goed in te zijn. Ik mag niet falen.

Een scheurend geluid: tape die van een rol wordt gescheurd. *Strakker. Pijn.* Hij wikkelt tape om mijn nek om wat hij ook maar over mijn hoofd heeft getrokken op zijn plek te houden.

Mijn denkvermogen stort in. Ik ga stikken en ik weet niet waarom. Ik kan niet doodgaan zonder te weten waarom en door wie.

Een man met kort haar en dingen om zijn nek. Ik heb hem gezien.

'Gaby, Gaby, Gaby. Nu heb je toch echt de grens overschreden.'

Het geluid van zijn stem doet mijn lichaam huiveren. Dit is echt. Dit gebeurt. Ik probeer weg te rennen, en loop tegen een barrière op – zijn lichaam? – waardoor ik teruggeworpen word tegen een harder, regelmatiger oppervlak. Mijn auto. Ik stond bij mijn auto. Om bij Sean weg te gaan.

Hij gaat me vermoorden. Omdat ik de grens overschreden heb. Welke grens?

Ik kan niet opgeven. Hen die opgeven wacht nooit een beloning. Er moet een manier zijn om me hieruit te denken; ik moet hem alleen nog vinden. Ik ben goed in nadenken, beter dan de meeste mensen.

'Ik vind het heel vervelend dat ik je dit moet aandoen,' zegt hij, waardoor er nog een golf walging door me heen trekt. 'Ik doe dit niet voor mijn lol.' Het feit dat hij praat is het ergste, erger dan die zak over mijn hoofd: horen dat hij denkt dat hij hier het recht toe heeft, en te zeer verzwakt door angst te zijn om ertegen in te gaan.

Hij klinkt zo gewoon. Ik probeer zijn gezicht te laten samenvallen met een man uit de periferie van mijn leven van de afgelopen week: de verwarmingsmonteur die verleden week de boiler kwam repareren maar het probleem alleen maar erger maakte, de pakketbezorger, de pizzakoerier. Nee, hij is geen van die mannen. Ik heb hem nog nooit gezien. Hij is niet iemand uit mijn wereld. Hoe kan ik dan degene zijn die hij iets aan wil doen? Ik heb hem nog nooit iets misdaan. Ik weet dat het leven niet eerlijk is, maar het is eerlijker dan dit. Tenminste, naar mij toe wel.

'Wat mij betreft is dit niet meer dan een klusje dat ik moet opknappen,' zegt hij. 'Het moet geregeld worden. Ik beleef er totaal geen plezier aan, maar jij moet je lesje leren.'

Ik moet hem zeggen dat hij me moet laten gaan, maar ik kan mijn angst niet tot woorden vormen die hij zou herkennen.

Wat voor les moet ik leren?

Hij heeft hier lol in. Daarom zegt hij steeds van niet.

De doodsangst heeft alle kracht aan mijn spieren onttrokken. Een paar seconden geleden rende ik. Dat zou ik nu niet meer kunnen. Ik raak door mijn zuurstof heen, en als het op is, krijg ik niet meer. *Niet eerlijk.* Hoe meer ik mijn best doe om niet te snel te ademen, des te sneller het gaat: spilziek en hulpeloos, levend en bovengronds begraven. Hij heeft een plastic doodskist voor mijn hoofd gemaakt en daar heeft hij me in gewikkeld.

Ik zuig lucht op en voel vingers in mijn mond. Dan stoot er iets tegen mijn neus en volgen een scheurend geluid en wind tegen mijn gezicht. Ik kan het raampje van mijn auto zien en ruik een sigaret. Het duurt een paar seconden voor ik me realiseer dat hij een gat in het plastic heeft getrokken.

'Alsjeblieft, laat me gaan,' kan ik uitbrengen. Hij heeft me lucht gegeven. Hij wil niet dat ik stik. *Hou je daaraan vast.*

'Maar heb je wel genoeg geleerd?' vraagt hij, vlak bij mijn oor, door het plastic heen. 'Ik geloof van niet.'

Ik zeg hem dat ik mijn lesje heb geleerd. Keer op keer, brabbelend. Mijn maag lost in zichzelf op.

'O ja? Wat heb jij dan geleerd? Laat maar eens horen.'

Ik heb hem niets te bieden. Helemaal niets. Als ik het zou weten, zou ik wel doen alsof.

Niet Jason Cookson, niet Sean. Ik heb hem gezien.

Verder kan ik niemand bedenken die mij zo haat dat hij me dit wil aandoen.

'Jij hebt niets geleerd, omdat ik het je nog niet geleerd heb, maar dat komt nog.' Hij duwt zijn weerzinwekkende lichaam tegen mij aan en zet me klem tegen mijn auto. 'Kennelijk moet ik je ook nog leren liegen. Doe je mond open en steek je tong uit.'

'Nee.'

'Zeg geen nee.'

Huiverend van angst gehoorzaam ik aan het bevel.

'Verder. Wat denk je dat ik ga doen, hem afsnijden?' Hij grinnikt. Als ik alleen de lach zou hebben gehoord en niet de woorden, zou ik denken dat hij jonger was: een puber, niet een man van eind dertig of begin veertig.

Ik heb hem gezien. Betekent dat dat hij me wel moet vermoorden? Als hij dat niet doet, ga ik naar de politie. Dan wordt hij gestraft. Dat moet hij toch weten.

'Tong naar buiten.'

'Dat kan ik niet!' Koude rillingen doen mijn lichaam beven. Als ik dood moet, heb ik liever dat het snel gebeurt. *Dat kan ik niet zeggen. Straks vermoordt hij me nog.*

'Je doet je best niet, Gaby.'

Ik doe mijn best. Dat wat mijn gezicht bedekt is omlaag gezakt, en de afgescheurde rand raakt mijn bovenlip. Ik zie niets meer.

'Waar moet de mond van een leugenaar mee gewassen worden, vind jij?' vraagt hij me.

Ik laat mijn schouders zakken. Val in een smal gat, glip langs het randje. Hij sjort me aan mijn armen omhoog. Nog even en er komt iemand langslopen en die zal me te hulp schieten. Nog even. Een echtpaar dat zijn hond uitlaat...

Nee, dat gaat niet gebeuren... Ik heb mijn auto voor de garage aan de achterkant van het huis gezet, niet aan de straatkant van de oprit waar ik normaal altijd parkeer. *Zodat het me meer tijd zou kosten om naar de voordeur te lopen, zodat ik het nog een paar seconden kon uitstellen voor ik Sean onder ogen moest komen.*

Wat dat monster me ook aandoet, geen mens zal het zien.

'Ik kan wel een paar dingen bedenken waar ik jouw mond mee kan spoelen,' zegt hij. 'Keus te over.'

Ik probeer niet te luisteren naar de zielige geluiden die ik voortbreng, en ook niet naar dat hij zegt dat ik hierna geen lesjes meer nodig heb, omdat hij zo'n goede leraar is. De allerbeste.

Ik weet niet hoeveel tijd er verstreken is voor hij zegt: 'Je mag je tong weer intrekken. En je mag mij bedanken dat ik je nog een kans geef.' Hij grijpt mijn gezicht. Zijn duim en wijsvinger drukken door het plastic heen tegen het bot van mijn kin. 'Maar ik waarschuw je: als je nog één keer tegen me liegt zal ik je mond wassen met iets dat jou niet zal bevallen.'

Nog vernederender dan hem bedanken is het feit dat ik het meen. Hij geeft me nog een kans. Hij gaat me niet vermoorden. Hij wil me alleen iets leren. En ik leer snel. Dank je wel, dank je wel.

Hij draait me rond en duwt me weer tegen de auto. Tegen me aan geleund slaat hij zijn armen om mijn middel en grijpt mijn riem. *Alleen om mij bang te maken. Hij maakt hem heus niet los.* Het is een loze bedreiging, zoals het plastic over mijn gezicht. Zie je wel? Hij heeft hem niet losgemaakt. Ik voel de riem nog om me heen... en dan ineens niet meer. Hij moet hem losgemaakt hebben. Ik verstijf en wacht op het geluid waarmee hij de riem uit de lusjes trekt. Hij zou me ermee kunnen wurgen. Nee, hij trekt mijn broek naar beneden. Hij heeft iets anders gruwelijks in gedachten.

Ik gil. Hij slaat me tegen de zijkant van mijn hoofd. Hard. 'Alsjeblieft niet doen, alsjeblieft,' snik ik. Hij kan me niet voor mijn eigen huis verkrachten. Het is nog niet eens donker. Dit soort dingen gebeurt alleen als het donker is.

'Ik wil het ook niet,' zegt hij. 'Zoals ik al zei: ik beleef hier geen enkel plezier aan.'

Waarom doe je het dan?

Omdat ik een lesje moet leren.

'Wat is er dan? Vertel dan alsjeblieft wat ik moet leren. Ik zal alles doen wat je wilt.' Ik wil graag nog meer zeggen om hem te overtuigen, maar er zit een blokkade in mijn keel en mond, een stroomstoot. Ik verslik me, hoest, besproei de binnenkant van het plastic met gal.

'Ik ben nog nooit zo bang geweest als jij nu bent,' stelt het monster nuchter vast. 'Kan me niet voorstellen hoe het is om zo bang te zijn dat je misselijk wordt van jezelf. Schaam je je ervoor? Of walg je er gewoon van? Hoe voelt het?'

Wat zou hij doen als ik de vraag negeer? Ik kom er liever niet achter. Ik geef hem antwoord, en durf niet te liegen voor het geval hij mijn gedachten kan lezen.

'Je gaat dit toch niet aan de politie vertellen, hè? Dat is wel het stomste wat je kunt doen. Dan heb je dus niets geleerd.' Hij rukt mijn onderbroek omlaag. *Niet. Dat is niet wat er gebeurt. Dit is niet meer dan een nachtmerrie. Niet echt.*

Ik denk aan Tims terugkerende droom. 'Terugkerend' betekent dat hij in de tussentijd weggaat. Die deal zou ik graag sluiten, als het kon, als het de enige uitweg was. *Laat dit nu ophouden en laat het me morgen overkomen – volgende week, volgende maand. Maar niet nu.*

'Niks aan, hè?' zegt mijn overvaller. 'Echt geen bal aan – voor jou niet, en voor mij al helemaal niet. Knoop dat in je oren. Denk je dat ik mezelf aan jou wil opdringen? Nee, dat wil ik niet.'

Ik hou me vast aan de gedachte aan Tim. Hij lijdt meer: in de gevangenis, aangeklaagd voor moord. Hij moet doodsbang zijn.

Koude lucht op mijn blote huid. Te veel huid. Ik ben een en al oppervlakte, geen persoonlijkheid. Ik val uiteen, verlies te veel, te snel.

Niet voelen. Denk aan Tim. Denk aan zijn nachtmerrie, niet aan de mijne. De eerste keer dat hij me erover vertelde, het gesprek dat we toen hadden...

Het kost me al mijn mentale energie om me het tafereel voor de geest te halen: Passaparola, de tafel in het erkerraam. Kan ik mezelf het beeld in dwingen, vergeten waar ik nu ben? Het was lunchtijd, drie weken voordat Tim uit mijn leven verdween. 'Ik geloof dat Francine ooit heeft geprobeerd om me te vermoorden,' zei hij. 'Maar dat is onmogelijk, toch? Als ik het niet zeker weet?' Op zijn bord lag zwarte linguine met inktvis: zijn lievelingsgerecht.

Mijn toevluchtsoord verdwijnt als er smerige woorden in mijn oor gefluisterd worden: 'Schaam je je? Het spijt me voor je. Echt. Ik ben niet zo ijskoud als ik lijk, niet als je me eenmaal leert kennen.'

Niet voelen.

'Het is niet onmogelijk, nee. Mensen proberen inderdaad om

andere mensen te vermoorden, vaak hun man of vrouw. Maar het is wel vreemd dat je er niet zeker van bent.'

'Ik zou me schamen als ik jou was. Vind jij jezelf laf, Gaby? Mensen zoals jij zijn vaak laf. Ik vind het trouwens wel – dat jij laf bent.'

Nee. Lafaards ontsnappen niet. Alleen de allerdappersten ontsnappen, zoals ik, terug naar Tim.

'Ik heb een droom die steeds terugkeert. Hij speelt zich af in Zwitserland, toepasselijk genoeg.'

'Wat een mazzel. Moet je nagaan hoeveel belasting je zou moeten betalen als je een terugkerende droom zou hebben die zich in Engeland afspeelde. Het tarief zou waarschijnlijk per keer hoger worden.'

'Hij komt gemiddeld drie keer per week terug, met klam zweet als bijwerking. Dit hou je wel voor je, toch? Ik heb het Dan en Kerry nooit verteld. Het valt niet mee om toe te geven dat je wordt geplaagd door een droom. Tenminste, als je nog wat van je waardigheid wilt behouden.'

'Is dit je al vaker overkomen, als je bang was?' vraagt het monster. Mijn huid brandt alsof hij vlam gevat heeft. 'Nou? Als ik vragen stel, verwacht ik antwoorden, Gaby.'

Ik hoor mijn antwoorden niet, alleen Tims vragen: 'Waarom zou Francine me hebben willen vermoorden in Zwitserland? Ik weet wel dat je niet op dromen kunt vertrouwen, maar het speelt zich altijd daar af.'

'Zijn jullie ooit samen in Zwitserland geweest?'

'Een keer – naar Leukerbad, op vakantie. Daar heeft ze me ten huwelijk gevraagd.'

'Zij heeft jou gevraagd?'

'Ja. Op 29 februari, het was een schrikkeljaar. Dan mogen vrouwen een man ten huwelijk vragen, en de man moet ja zeggen.'

Ik liep in zijn val. 'Mannen hoeven niet ja te zeggen,' zei ik.

Tim deed alsof hij geschokt was. 'Echt niet? Maar Francine zei van wel.'

Ik wachtte af.

'Het was waarschijnlijk de gemakkelijkste tijd die ik ooit met haar heb gehad, die vakantie. Ze was gelukkig – voor Francines doen. Waarom zou ze mij proberen te vermoorden terwijl ik net had gezegd dat ik met haar zou trouwen?' Ik wachtte af terwijl hij zijn geduld met zichzelf verloor. 'Godallemachtig, als mijn vrouw mij probeerde te vermoorden, in Zwitserland of waar dan ook, waarom kan ik het me dan niet meer herinneren als ik wakker ben? Als ik die droom niet had, was dit absurde idee nooit bij me opgekomen.'

'Wat gebeurt er in je droom?' vroeg ik.

Geen antwoord. Geen Tim. Ik ben degene van wie een antwoord wordt verwacht: wat is erger, de schaamte of de angst? Wat gaat er precies door me heen? Wat is het ergste dat dit monster mij nu nog aan zou kunnen doen? De drie ergste dingen? Ga ik proberen om dit zo snel mogelijk te vergeten als het straks voorbij is? Want dat strookte niet met de aard van de les; ik moet er elke dag aan terugdenken, zodat ik niet nog eens in de fout ga.

Ik ben opgedeeld in twee afzonderlijke zones: in een restaurant in Spilling en in de hel.

'Vertel me over de droom,' zeg ik in mijn hoofd, om de hel te doen verdwijnen.

Tim is terug. *Godzijdank.* 'Het stelt niet zo veel voor,' zegt hij. 'Ik ben in een klein kamertje – onze hotelkamer in Leukerbad, denk ik, alleen in de droom is het er veel kleiner, zo groot als een badkamer. Vierkant. Francine loopt op me af, diagonaal door de kamer. In een diagonale lijn, dat weet ik zeker. Ze loopt heel langzaam. Ik kan haar zelf niet zien, alleen haar schaduw tegen de witte muur die steeds maar dichterbij komt. Ze draagt haar handtas – niet in haar hand maar over haar arm. Voor die tas ben ik het bangst. Wat ze ook gaat gebruiken om mij te vermoorden zit in die tas. Ik staar naar de driehoek op de witte muur tussen de tas en zijn hengsel. Ik kan het niet opbrengen om direct naar de tas zelf te kijken.'

'Nog een geluk dat je een zak over je hoofd hebt,' zegt het monster. 'En dat je niet kan zien hoe sneu je eruitziet met je handen achter je rug gebonden: als een dier met een staart, een kronkelende roze staart.' Ik hou op mijn vingers te bewegen. Ze verstijven. Mijn bestek valt kletterend op de grond.

Niet waar. Ik ben niet in het restaurant. Het was mijn Sint-Christoffel die viel, uit mijn jaszak.

'Het lijkt net of Francines arm gebroken is, de arm waar haar tas aan hangt terwijl ze op me afkomt,' zegt Tim. 'Er is iets met de hoek van die arm...'

'Heb je haar arm gebroken? Hebben jullie fysiek gevochten?'

'Gaby!' Vingers die fel in de zijkant van mijn hoofd prikken. 'Je let niet goed op. Ik verwacht dat je luistert als ik tegen je praat. En als ik je een vraag stel, verwacht ik antwoord.'

'Ik heb nog nooit een bot gebroken,' zegt de schaduw van Tim. 'Niet bij mezelf en niet bij een ander. In mijn nachtmerrie ben ik de prooi, niet het roofdier. Ik ben verlamd van angst, zit op mijn hurken in een hoekje, probeer doodstil te blijven zitten en mezelf niet te verraden, maar het lukt niet. Mijn lichaam beeft en schiet vreemde kanten op. Ik krijg het niet onder controle. Ik weet dat Francine op me af blijft schrijden. O, ze schrijdt, ze loopt niet – had ik dat al gezegd? Als ze bij me is, gaat mijn licht voorgoed uit. En ik kan het niet tegenhouden – het gaat gebeuren. Ik kan alleen maar staren naar de schaduw die over de witte muur glijdt, en die steeds dichterbij komt. Francines verdraaide arm, de witte driehoek tussen de tas en het hengsel.'

'Ken jij de betekenis van het woord "vernederen"? Het betekent: "nederig maken". Dat is wat ik met jou doe, ik maak jou nederig. Nederigheid is een deugd, vind je ook niet? Niet iets waar jij van nature goed in bent, heb ik gehoord.'

Tim? Waar ben je? Waar is de tafel?

'Ach toe, niet huilen. Hou eens op met dat kinderachtige gesnotter. Je hebt geen idee hoeveel mazzel je hebt.'

Ik kan dit wel alleen, zonder Tim. Ik kan voor ons allebei spreken.

Die verdraaide arm moet iets betekenen.

Hij is te dun, veel te dun, als die van een stervend iemand. En... er steekt iets uit, een stuk bot steekt door het vlees.

Of is het een elleboog?

Nee. Dat denk ik niet. Verkeerde plek.

Heeft Francine ooit haar elleboog gebroken?

Niet dat ik weet.

'Als jij bij Lauren Cookson uit de buurt blijft, hebben we voortaan geen problemen.'

En hoe zat het met Francines andere arm? Is die wel normaal in de droom?

Ik weet het niet. Goeie vraag. Ik geloof niet dat ik die kan zien. Hij valt me in ieder geval niet op. Ik zie alleen de te dunne arm en de tas. Die tas was echt – duur. Ze had hem speciaal voor ons tripje gekocht. Nadat we terug waren heb ik hem nooit meer gezien. Toen ik ernaar vroeg zei ze dat het hengsel gebroken was en dat ze hem weer teruggebracht had naar de winkel.

Kom je ooit aan het deel van de droom toe waarin Francine je vermoordt? Weet je hoe ze het doet?

'Het is niet nodig dat jouw pad nog eens kruist met dat van Lauren. Zorg ervoor dat het niet nog eens gebeurt.'

Nee. Op beide vragen.

Begon de droom toen je nog in Zwitserland was?

Ik droomde het voor het eerst twee dagen na terugkomst. Er is daar iets gebeurd, Gaby. Wist ik maar wat. De meeste mannen zouden aan hun stutten trekken als hun verloofde had geprobeerd hen te vermoorden. Tenminste, als ze niet bang waren dat ze dan vermoord werden. Het is wel een beetje een Catch-22, hè?'

'Blijf bij Lauren uit de buurt en ik blijf bij jou uit de buurt. Je wil toch zeker niet de hele tijd over je schouder hoeven te kijken? Vergeet Lauren en je hoeft je geen zorgen te maken. Dan was dit het.'

Heb je Francine weleens over die terugkerende droom verteld?

Nee, zeg! Wat nu als ik gek aan het worden ben, en ik me alles maar verbeeld? Wat als ze het nog eens probeert omdat ze weet dat ik het weet?

'Lauren had nooit naar jou op zoek moeten gaan. Jij bent niet de enige die ik een lesje moet leren.'

PRODUCTIE: 1435B/SK – TRANSCRIPT VAN HANDGESCHREVEN BRIEF VAN KERRY JOSE AAN FRANCINE BREARY D.D. 12 JANUARI 2011

Hoe zou je het vinden, Francine, als ik jou zou vertellen dat jij, toen je met Tim trouwde, de achternaam van zijn leraar Engels aannam? Zou je daar open tegenover staan, om hem, omdat je om hem geeft, of zou je je nieuwsgierigheid overslaan in je haast om razend te worden? Ik vroeg het Dan vanochtend. Hij verslikte zich bijna in zijn ontbijt. 'Francine en ergens open tegenover staan?' zei hij. 'Ze zou witheet worden.' We zaten als een stel drukke kinderen te giechelen boven onze Weetabix. Het idee dat iemand die al heel eng is als hij gewoon boos is, heel, heel erg kwaad zou worden is grappig, zolang het maar niet echt gebeurt.

Ik wil het je best vertellen – niet het hele verhaal, maar een deel ervan, om je lekker te maken. Je zou zo graag alle details willen weten, maar aangezien je niet kunt praten kun je ze niet opeisen. Misschien zou ik dat hooghartige toontje wel aanslaan dat altijd jouw handelsmerk was, als ik je een testvraag zou stellen: 'Wil je dat wel om de juiste reden weten?' zou ik zeggen. 'Of alleen maar omdat je dan weer voer hebt voor jouw eeuwige Is Me Alweer Iets Verschrikkelijks Aangedaan?' Als je echt wraaklustig was zou ik met veel aplomb wachten op het antwoord dat jij mij niet kunt geven. Wat zou je me haten als ik jouw geliefde 'juiste reden'-redenering tegen je zou gebruiken, en dat vanwege iets wat ik weet over Tim dat jij niet weet. Hoe durft hij het wel aan Dan en mij te vertellen en niet aan jou?

Voor het geval je het nog niet zelf bedacht had, Tim durft Dan en mij dingen te vertellen omdat hij weet dat wij zijn beslissingen accepteren, zelfs de slechte. Zoals dat hij met jou getrouwd is. Zoals dat hij weer bij jou is gaan wonen na jouw hersenbloeding. Hoewel dat hem, eerlijk gezegd, goed gedaan heeft. Ik wist zeker dat het gevaarlijk voor hem was om überhaupt nog contact met jou te hebben, maar ik zat ernaast. (Daarom moet je ook nooit andermans autonomie ondermijnen, Francine – want stel dat je ernaast zit? Stel dat je hem emotioneel chanteert om te doen wat volgens jou zo moet, en het blijkt dat jij het fout had? En vind je het ook niet ongelofelijk dat er mensen zijn, zoals jij, voor wie je dat moet uitspellen?)

Toen ik zag hoe Tim zijn angst kwijtraakte en zich natuurlijk begon te gedragen in jouw aanwezigheid was ik overtuigd dat ik een misrekening had gemaakt. Ik was niet meer bang dat hij nog eens zelfmoord zou proberen te plegen; ik ben nu eerder bang dat hij jou zal vermoorden. Daarmee kan hij het misschien psychologisch afronden, maar hij zou er ook door in de gevangenis belanden. Hoewel ik denk dat Tim prima zou kunnen leven in de gevangenis – beter dan de meeste mensen. Hij geeft geen moer om zijn fysieke omgeving, zolang er maar boeken zijn. Het zou hem een opgelegde routine bieden, meer dan genoeg tijd om te lezen, heel veel mensen om te charmeren en indruk op te maken, en vooral, te bewijzen dat hij niet deugt. Ik denk dat hij dat geruststellend zou vinden.

Goddank is de gevangenis wat hem betreft het worstcasescenario. Ik zat laatst te denken aan onze ruzie over de doodstraf – weet je nog, Francine, die vreselijke avond? Als woorden littekens konden nalaten, dan zouden de jouwe dat hebben gedaan. Het begon als een discussie, maar jij maakte er al snel iets onsmakelijks en persoonlijks van. Jij was (bent?) voor de doodstraf, en Dan en ik waren (zijn) ertegen, en toen we jou probeerden uit te leggen waarom, trok je dat niet, hè? Je begon tegen ons te schreeuwen, en je zei dat het aan ons soort mensen te danken was dat er zo veel moordenaars steeds opnieuw konden moorden. Je zei dat wij bloed aan onze handen hadden. Ik weet nog dat Dan en ik er achteraf om moesten lachen dat we op dat moment allebei naar onze handen hadden gekeken. We inspecteerden ze, zagen dat ze niet bebloed waren, en deden vervolgens wat we altijd deden als jij een scène maakte: we deden net alsof jij je niet misdroeg, en schroefden ons beleefdheidsniveau nog een tandje op als tegenwicht voor jouw zelfingenomen vijandigheid. Wie ons zo had gezien zou het een surrealistisch tafereel gevonden hebben, alsof jij en wij aan twee volledig los van elkaar staande dialogen deelnamen: een driftige

'Ik heb tenminste geen kindermoorden op mijn geweten!' gevolgd door een gladjes 'Absoluut, en jij hebt echt een bewonderenswaardig gevoel voor rechtvaardigheid, en ik begrijp jouw standpunt volkomen, maar...' En dan een bescheiden schouderophalen, omdat het te gevaarlijk was om te zeggen: 'Maar wij vinden dat het hoe dan ook verkeerd is om mensen te doden, zelfs als het wettig is en de mensen in kwestie criminelen zijn.'

Tim belde ons drie dagen later om zich voor jouw agressie te verontschuldigen. Tim, je kent hem, gebruikte het woord 'agressie' niet, en hij zei tijdens het gesprek niet één keer dat het hem speet. Ik nam op en hij grinnikte en zei: 'Jullie kwamen er nog makkelijk vanaf, laatst.' Mijn hart zakte in mijn maag. Ik had liever gehad dat Tim er gemakkelijk vanaf was gekomen, aangezien hij degene was die niet weg kon, aan het eind van de avond, of aan het eind van alle avonden met jou. Tim was degene die naast jou moest slapen, met jou wakker moest worden. In tegenstelling tot Dan en mij kon hij niet ontsnappen met iemand die onvoorwaardelijk van hem hield en die hem goed vond zoals hij was; voor hem geen louterende lachbuien en verhalen uitwisselen over jouw krankzinnige behoefte om ellende te scheppen voor jezelf en alle mensen om je heen.

Het verbaasde me te horen dat hij er niet gemakkelijk vanaf gekomen was, naïeve dwaas die ik was. Zelfs toen nog, toen hij al een hele poos met je getrouwd was, had ik nog niet precies door hoe jij hem uitholde. Ik dacht dat Tim zich, naar jouw maatstaven, zonder meer beter had gedragen dan Dan en ik. Voor zover het mogelijk is dat iemand eens helemaal niets misdoet in de Wereld van Francine, had hij niets misdaan. Hij had niet gezegd dat hij het oneens was met jou wat betreft de doodstraf, had geen woord gezegd tot het gesprek overging op een wat minder controversieel onderwerp. 'Heb je toen wij weg waren nog iets gezegd waarmee je haar de gordijnen in kreeg?' vroeg ik hem, al leek het me hoogstonwaarschijnlijk. Tim deed altijd zijn best om zo min mogelijk te zeggen in jouw aanwezigheid.

'Het probleem was wat ik niet heb gezegd,' verklaarde hij. 'Uit mijn zwijgen bleek kennelijk een gebrek aan loyaliteit. Ik had duidelijk moeten maken dat ik aan haar kant stond.' 'Dus jij bent voor de doodstraf?' vroeg ik verbaasd. Het is waarschijnlijk fout van me, maar ik ga ervan uit dat iedereen die ik mag ertegen is. Tim zei: 'Als het in het abstracte blijft, ben ik bereid de hele dag mensen op te hangen, te onthoofden en aan het kruis te spijkeren, als dat mij strafvermindering oplevert. Twee dagen in de donkere wolk, omdat ik zo ontrouw ben geweest om niet Francines standpunt te verdedigen. Als ik het niet met haar eens was, zou het me minstens veertien dagen straf opleveren. En ze heeft volkomen gelijk: zij zou altijd loyaal blijven aan mij, in grote en in kleine dingen. Als ik publiekelijk mijn goedkeuring zou geven aan door de staat gesanctioneerde moorden – en wat weerhoudt me daar eigenlijk nog van? – zou zij vooraan staan om me toe te juichen, zelfs na mijn onvergeeflijke gedrag van die avond.'

Ik was verbluft. 'Heeft ze dat echt zo gezegd? Dat ze jou zou verdedigen als jij haar meningen zou verkondigen?' Ik weerstond de verleiding om 'bekrompen, barbaarse meningen' te zeggen. 'Yep,' zei Tim opgewekt. 'En ze meende het nog ook. Mijn vrouw is een beter mens dan ik: ze zegt nooit iets wat ze niet meent. Ik doe dat juist de hele tijd. En ze denkt eerlijk gezegd ook dat onze meningen uitwisselbaar zijn. Zij is veel beter in getrouwd zijn dan ik.' God, wat kon hij irritant zijn: de uitgestreken manier waarop hij jouw buitensporige meningen en gedrag richting hem omschreef alsof hij het zelf niet afkeurde, puur om mij te treiteren.

Zeg, Francine, welke straf zou er staan op het liegen over zijn naam en zijn familie, als jij nog in staat was om straf uit te delen? Zou je Tim hardhandig of mild straffen? Hoelang zou hij in de donkere wolk moeten verblijven omdat hij jou had verteld dat zijn ouders dood waren en dat hij geen broers of zussen had, terwijl hij in werkelijkheid twee broers heeft – een ouder, een jonger dan hij – en dat zijn ouders springlevend zijn en in Rickmansworth wonen? Hun achternaam is niet Breary, maar Singleton. Zo heette Tim vroeger. Breary was de naam van zijn leraar Engels in de vierde klas – Padraig Breary – overdag huismeester op Gowchester School, 's avonds dichter. Hij stierf in 2007 ten gevolge van een hersentumor, op drieënzestigjarige leeftijd. Tim las in een van de poëzietijdschriften in de plaatselijke bibliotheek dat hij was overleden: zonder bibliotheek, zei hij tegen Dan en mij, zou hij zijn kamer in Bath niet verlaten hebben om eten te kopen. Dan was hij verhongerd en had hij zich de moeite kunnen besparen om melodramatische dingen te doen met een mes.

Het was precies één maand na de dood van Padraig Breary dat Tim probeerde diens voorbeeld te volgen: dezelfde dag, een maand later. Dat heeft Tim me niet verteld. Ik kwam er maanden later bij toeval achter toen ik het *in memoriam* voor Padraig Breary zag dat Tim uit *The Times* had geknipt en had bewaard. Ik heb nooit tegen hem gezegd dat ik het verband tussen die twee data zag.

Je bent vast helemaal niet geïnteresseerd in Padraig Breary, zelfs niet als ik jou zou vertellen wat voor briljante dichter hij was. Je was trots op jouw overtuiging dat poëzie pure tijdverspilling was. Maar over de Singletons zou je vast alles willen weten: de schoonfamilie waar jij recht op had maar die Tim jou heeft ontzegd – zijn ouders, Veronica en Trevor, allebei inmiddels met pensioen, en zijn twee broers, Stuart en Andrew. Veronica was jurist, net als jij, maar zij was gespecialiseerd in arbeidsrecht, niet pensioenen, dus echt griezelig is de overeenkomst niet. Trevor was een soort hoge manager bij British Airways. Stuart is min of meer in zijn vaders voetsporen getreden, want hij is piloot. En Andrew runt een afhaal- en bezorgservice voor gastronomisch verantwoorde pizza's. Ze zijn allebei getrouwd en hebben elk een kind.

Tim heeft mij nooit iets verteld over de carrières of gezinnen van zijn broers, omdat hij er niets vanaf weet. Vlak na zijn zelfmoordpoging heb ik een privédetective in de arm genomen om aan informatie over Stuart en Andrew Singleton te komen. Mocht Tim hen ooit willen opsporen, dan had ik hem die moeite vast bespaard. Hoewel dat eerlijk gezegd niet de reden is waarom ik het heb gedaan: ik wilde zo snel en gemakkelijk mogelijk met hen in contact kunnen komen, mocht er iets met Tim gebeuren. Hij heeft nu geen relatie met hen, maar ik zou het hun willen laten weten, en als ik hen was, zou ik het willen weten.

Ik geloof niet dat ik Veronica en Trevor Singleton ooit zou willen spreken, wat er ook verder aan de hand was. Zij spraken nooit tegen hun kinderen, behalve over de praktische dingen in het dagelijks leven. Ze gaven hun nooit een kus of een knuffel, en namen hen nooit mee naar een plek waar kinderen liever naartoe gaan dan volwassenen. Uit alle verhalen die Tim aan Dan en mij heeft verteld (alsof het hilarische dingen waren die iemand anders overkomen waren) zijn het de maaltijden met het gezin die me het meest bijgebleven zijn: Veronica en Trevor die in stilte zaten te lezen terwijl ze het eten, dat elke dag hetzelfde was, naar binnen schoven: havermoutpap als ontbijt, sla en tonijn uit blik als lunch, stoofpot als avondeten – met hun boeken zo dicht voor hun neus dat hun zoons hun gezicht niet konden zien. Voor hun zoons kochten ze nooit een boek, hoewel ze er geen bezwaar tegen hadden als Tim de paperbacks las die zij uit hadden, wat hij deed zodra hij er oud genoeg voor was. Stuart en Andrew toonden nooit enige interesse, en lazen alleen op school, als het moest.

De jongens Singleton mochten nooit over hun toeren raken of huilen, mochten niet boos worden en geen ruziemaken, mochten nooit ergens problemen mee hebben, mochten geen vriendjes mee naar huis nemen – want dat was maar ongemakkelijk – en ze mochten geen huisdieren. Het werd Tim, Stuart en Andrew dag in dag uit duidelijk gemaakt dat hun aanwezigheid slechts door Trevor en Veronica werd getolereerd als die de schijn had van hun afwezigheid. Er werd van hen verwacht dat ze zich als probleemloze schaduwkinderen gedroegen.

De achttien jaar dat Tim bij zijn ouders in huis woonde, klaagde hij nooit, en was hij inschikkelijk – de brave zoon die zijn ouders nooit lastigviel met zijn behoeften, omdat hij er kennelijk geen had. Stuart leed als kind aan allerlei vreemde eetstoornissen en is een paar keer opgenomen in het ziekenhuis wegens ondervoeding, omdat hij zijn eten niet kon binnenhouden. Als ze bij hem op bezoek kwamen, namen Veronica en Trevor dossiermappen vol papieren mee en de boeken die ze op dat moment aan het lezen waren, en keken ze slechts af en toe op van hun bedrukte pagina's om Stuart te manen om snel beter te worden, want zijn ziek-zijn was een probleem dat ze er niet bij konden hebben.

De artsen konden nooit iets vinden. 'Dat komt doordat het lidmaatschap van de familie Singleton niet zichtbaar is op röntgenfoto's,' zei Tim tegen Dan en mij. Wij drieën moesten vaak lachen om onze verschrikkelijke families. Wat konden we anders? Ik heb het jou nooit verteld, Francine, maar mijn vader is veroordeeld wegens pedofilie. Hij heeft twee keer in de gevangenis gezeten. Geloof het of niet, maar mijn moeder is bij hem gebleven. Ze stond achter hem, en gaat nu door het leven als de vrouw van een kinderverkrachter. Het laatste wat ik ervan gehoord heb is dat mijn zusjes nog af en toe contact met hem hebben. Ze proberen er het beste van te maken. Ik heb mijn familie al tien jaar niet meer gesproken. Dat is de enige manier waarop ik ermee kan omgaan, door het van me af te houden, door te gaan met mijn leven en mijn best te doen om een zo goed mogelijk mens te zijn. (Wat dankzij jou niet meevalt, Francine.)

Ik zou je eigenlijk dingen over Tim moeten vertellen, niet over mezelf. Over zijn afschuwelijke ouders, niet de mijne. Zijn broer Andrew raakte als puber verwikkeld in de plaatselijke drugsscene en kwam in een jeugdgevangenis terecht. Veronica en Trevor gingen nooit bij hem op bezoek, nog niet één keer. Stuart is wel een keer gegaan en werd vervolgens als straf bijna een halfjaar genegeerd door Trevor en Stuart. Maar Tim was niet bereid tegen het ouderlijk gezag in te gaan. 'Ik kon het risico niet nemen,' zei hij. 'Pa en ma hadden het er altijd over of het wel de moeite was om het schoolgeld voor Stuart en Andrew te blijven ophoesten, aangezien ze zulke lastpakken waren. Over mij zeiden ze dat nooit, maar één misstap en ik zou ook de klos zijn. En school was de enige plek waar ik het naar mijn zin had.'

Tim deed het geweldig op Gowchester en hij studeerde cum laude af in Engels aan Rawndesley University. Toen volgde de accountantsopleiding, de goede baan, het huurappartement met uitzicht op de rivier – het hoorde van meet af aan allemaal bij zijn ontsnappingsplan. Eindelijk had hij een thuis en een inkomen en had hij zijn ouders helemaal nergens meer voor nodig. Hij had zijn achternaam inmiddels al veranderd in Breary, hoewel zijn familie dat niet wist. Hij had hun ook niets verteld van het appartement, en hij had gelogen over de naam van het bedrijf waar hij voor werkte. Hij trok uit huis zonder de Singletons daar van tevoren over in te lichten, en sindsdien heeft hij nooit meer contact met hen gehad. Voor zover hij weet, heeft ook geen van hen ooit moeite gedaan om hem te vinden.

Wat zou jij met die wetenschap hebben gedaan, Francine? Als ik jou het verhaal had verteld dat ik net heb opgeschreven, en als jij helemaal gezond zou zijn, wat zou je dan doen? Of misschien kan ik beter vragen: waar zou jij Tim toe dwingen? Zou je er begrip voor hebben dat hij van de familie en de naam die hij bij zijn geboorte had gekregen af wilde? Ik denk het niet. Zou je hem bekritiseren omdat hij zijn broers in de steek heeft gelaten? Dat zouden de meeste mensen doen. Het was niet de schuld van Andrew of Stuart dat Tim als kind zo heeft geleden. Dat is zo, Francine, maar zij hebben nog wel contact met Trevor en Veronica, en dat zal ook wel niet meer veranderen, denkt Tim – daarom kan hij hun aanwezigheid in zijn leven niet toestaan.

Volgens mij zou jij denken dat hij de verkeerde beslissing heeft genomen. Je zou erop staan om hen allemaal te ontmoeten. Daarom kon Tim nooit het risico nemen om het je te vertellen – jij zou meteen de touwtjes in handen hebben genomen.

Daarom is het ook zo moeilijk om medelijden te hebben met jouw hulpeloosheid, Francine. Je kunt jezelf niet verdedigen, en dat betekent dat Tim dat eindelijk wel kan. Ik hoop voor hem dat hij je niet vermoordt, maar als hij dat wel doet, is het een overduidelijk geval van zelfverdediging. Het kan mij niet schelen dat de wet dat anders ziet.

16

12/03/2011

'Gaby heeft die tweets zelf verstuurd, over die aanranding,' zei Sean Hamer. Hij leek totaal niet in verhouding tot de kamer waarin hij zich bevond en waarvan, gokte Gibbs, Gaby de verfkleuren en de stoffering had gekozen. Er was veel zachtroze en zachtgroen, zijden gordijnen, en hier een daar een duur ogende Chinese vaas. Of misschien een Japanse. Aan de deurknop aan de binnenkant van de kamer hing een piepklein zijden handtasje met een patroon van geborduurde draken aan een lang koord. Wat er in de kamer niet thuishoorde waren de tv in de hoek, die zwijgend voetbal toonde, en Sean Hamer met zijn glimmende voetbalshirt, versleten spijkerbroek en afgetrapte sneakers. En Gibbs, die zich sinds hij hier was al afvroeg of Liv ook graag zo'n soort inrichting zou willen. Hij wist dat hij haar dat nooit zou vragen; ze zou hem ermee pesten. Het zou trouwens ook te deprimerend zijn, aangezien zij tweeën nooit dezelfde woonruimte zouden delen.

Gibbs wachtte voor het geval Hamer nog iets had toe te voegen. Was hij zich ervan bewust dat er gaten in zijn verhaal zaten? Nee, blijkbaar niet. Zijn toon was een en al redelijkheid; hij vond dat hij hem hielp. Zijn manier van doen gaf Gibbs een ongemakkelijk gevoel dat hij naar bewijs moest vragen voor zijn bewering. Erger nog dan ongemakkelijk: bezwaarlijk. Eerst snapte hij niet waarom, maar toen drong het tot hem door: Hamer deed alsof hij en Gibbs gezamenlijk en genoegzaam hadden bewezen dat Gaby achter de tweets vanaf Tim Breary's Twitteraccount zat. Zijn stelling had iets van: 'We hebben vastgesteld dat...', zonder dat hij dat uitsprak.

Voor zover Gibbs kon zien, was er helemaal niets vastgesteld.

'Hoe weet u zo zeker dat het Gaby was?' vroeg hij.

'Omdat ik weet dat ze niet aangerand is, en verder zou niemand zoiets verzinnen,' zei Hamer – alweer alsof ze allang alles hadden gedaan om tot deze conclusie te kunnen komen.

Vreemd.

'Hoe weet u dat ze niet is aangerand, meneer Hamer? Hoe weet u dat niemand anders zoiets zou verzinnen?' *Ken jij soms iedereen op de hele planeet?*

'Geloof me, waar Gaby ook uithangt, het gaat prima met haar. Het gaat altijd prima met Gaby. Daar zorgt ze wel voor.'

'Hebt u enig bewijs dat Gaby die tweets heeft verstuurd?' vroeg Gibbs nadrukkelijk.

Hamer knikte. 'Ze kent waarschijnlijk het Twitterwachtwoord van die Tim Breary. Ik weet het wel zeker. Ze heeft waarschijnlijk al jaren achter mijn rug een affaire met hem.'

'Ze kent het waarschijnlijk, of kent ze het zeker?'

'Tuurlijk kent ze het.' Hamer wierp een blik over zijn schouder naar de stille televisie, en wendde zich toen weer in slow motion tot Gibbs, alsof het hem bovenmenselijke kracht kostte om zijn hoofd terug te draaien.

'Hoe weet u dat Gaby het wachtwoord van Tim Breary kende? Hoe weet u dat ze niet is aangerand?'

'Dat zeg ik toch.' Hamers stem was een mengeling van ongeduld en verwarring.

Gibbs kon zich voorstellen dat het inderdaad heel verwarrend moest zijn als je zelf niet logisch kon redeneren en oprecht geloofde dat je klip en klaar bewijs leverde, terwijl je in feite helemaal niets te bieden had. 'U hebt me verteld wat u zelf gelooft, maar u komt niet met bewijs om dat te staven,' zei hij. 'Dus ik weet niet waarom u gelooft wat u gelooft.'

Hamer slaakte een zucht. 'Hoor eens, ik ben hier het slachtoffer, niet Gaby.'

'Het slachtoffer waarvan?'

'Ze is bij me weg. Gewoon de deur uit gelopen – geen aankondiging, geen poging om onze relatie te redden. Niks.'

'Dus u bent het slachtoffer van het feit dat zij bij u weg is,' zei Gibbs. 'Dat wil nog niet zeggen dat zij gisteravond niet het slachtoffer was van een aanranding.'

'Er is gisteravond niets gebeurd met Gaby. Dat heb ik toch gezegd.'

Godallejezus. 'Ja, meneer Hamer, dat hebt u *gezegd*. Maar als ik niet weet waar u die mening op baseert, kan ik het niet met u eens of oneens zijn. Het enige wat ik kan zeggen is: "Ja, er is Gaby gisteravond *inderdaad* iets overkomen." En dan zegt u weer: "Nietes." En dat gesprek leidt tot niets. Zo komen we niet verder.'

'Er is haar niets overkomen,' hield Hamer vol. 'Gaby zorgt altijd heel goed voor zichzelf. Ze laat nooit een steek vallen. Ze is... hoe zeg je dat?'

Gibbs had zin om iets volkomen willekeurigs te zeggen – 'kruiwagen' – om Hamer te horen zeggen: 'Nee, dat is niet het woord dat ik zocht.'

Welles. Ik zal het je 'bewijzen' door het nog een keer te zeggen: 'Welles'.

'Als ik eerlijk ben, zou ik de naam Gaby Struthers het liefst nooit meer horen,' zei Hamer.

'Als u de naam Gaby Struthers nooit meer hoort, betekent dat dat u doof bent,' antwoordde Gibbs. 'Weet u zeker dat ze geen contact meer heeft opgenomen sinds ze hier gisteravond is weggegaan?'

'We hadden al nauwelijks contact voor ze wegging.' Hamer draaide zijn nek weer om, om naar de verstomde voetballers te kijken. Dit keer draaide hij zich niet terug maar bleef doorpraten met zijn achterhoofd naar Gibbs gekeerd. 'Daarom zal ik haar ook niet missen. Ze was er nooit, en als ze er was, was ze met haar hoofd bij haar volgende zakenreis, of bij... *die man*, waarschijnlijk. Die Tim Breary. Het enige waar ik me zorgen over maak is het feit dat ze deze aanranding heeft verzonnen, en dat ik zogenaamd moet geloven dat ze is ontvoerd of zo.'

'Ontvoerd?' Het woord greep Gibbs bij de kladden. 'Waarom zegt u dat?'

'Ze zal wel willen dat ik dat denk. Of erger: verkracht, vermoord, in mootjes gehakt.' Met tegenzin wendde Hamer zich weer naar Gibbs. 'Wie zal het zeggen?'

'U lijkt niet erg bezorgd,' zei Gibbs.

'Ben ik ook niet. Van nu af aan maak ik me ook alleen nog maar druk om mezelf. Ik hou me al veel te lang met Gaby bezig. Daar ben ik klaar mee.'

Gibbs geloofde geen seconde dat Hamers air van 'Waarom zou ik iets geven om iemand anders dan mijzelf?' zo recent was. Als hij tot gisteren toe nog zo aan Gaby toegewijd was, zou hij nu niet zo achteloos zeggen dat ze misschien wel in mootjes gehakt was.

'Bent u achter haar aan gelopen toen ze wegging?' vroeg Gibbs hem. 'Met uw auto, of te voet? Hebt u haar misschien nog gebeld?'

'Nee. Ik heb haar laten gaan.'

'Echt? De vrouw met wie u jarenlang samenwoont gaat bij u weg en u loopt haar niet achterna?'

'Ik heb genoeg ervaring,' zei Hamer. 'Gaby loopt al bij me weg sinds we net bij elkaar waren. Ze was altijd aan het weggaan. Ik weet niet beter.'

'Voor haar werk, bedoelt u?'

Hamer knikte. 'Ik ken eerlijk gezegd niet veel kerels die daar trek in zouden hebben.'

Gibbs vond dit een interessante gedachte, aangezien hij een kerel was die er zowel geen als wel trek in zou hebben. Van Debbie: vergeet het maar, maar als hij met Liv getrouwd zou zijn, of als ze samenwoonden... Zoals Gibbs het nu zag, zou hij met liefde accepteren dat Liv zes nachten per week van huis was als dat betekende dat hij een op de zeven nachten met haar in hetzelfde bed kon doorbrengen. Hij vroeg zich af of dat gevoel soms voortkwam uit het feit dat ze binnenkort ging trouwen.

'Waar was u toen Gaby wegging?' vroeg hij aan Hamer.

'Ik was hier. Ik heb toch gezegd, we hadden ruzie. Het was helemaal over tussen ons. Ik heb haar boven achtergelaten, ben hiernaartoe gelopen, heb de deur achter me dichtgetrokken en naar het voetbal gekeken. Toen ik de voordeur hoorde dichtslaan wist ik dat het haar ernst was en dacht ik: opgeruimd staat netjes.'

'U bent niet de gang in gelopen om te vragen waar ze heen ging?'

'Nee, ik ben hier gebleven.'

Gibbs wierp een blik op de zijden draken op het tasje dat aan de deurklink bungelde. Jammer dat die Hamers verhaal niet konden bevestigen.

'Dus u hebt niet gezien of ze een koffer bij zich had?'

'Nee, maar ze heeft wel veel van haar kleren meegenomen. Dat heb ik even gecontroleerd toen ik gisteravond naar bed ging.'

'U hebt niet gezien of ze al dan niet in haar auto is weggereden?'

'Dat kon me niet schelen.'

Gibbs raakte er steeds meer van overtuigd dat Hamer veel om Gaby gaf, al was het op een stuurse en contraproductieve manier. Zoals zo veel mannen om hun vrouw gaven. Hijzelf ook? Nee, hij was al heel lang niet meer stuurs tegen Liv. Die kant van zichzelf bespaarde hij haar; hij nam hem liever mee naar huis voor Debbie. Dat was niet eerlijk, dat wist hij best, maar het was voor hem gemakkelijker om het donker en het licht van elkaar gescheiden te houden. Het was gek genoeg een opluchting om twee totaal verschillende personen in een lichaam te zijn in plaats van wat hij zo lang was geweest voor hij Liv ontmoette: een lul die altijd alles op de automatische piloot deed en die nooit stilstond bij hoe hij zich voelde en die zelfs geen antwoord op die vraag had geweten als hij die zich ooit zou hebben gesteld.

Liv had hem gered. Zijn grootste angst was dat haar huwelijk hun relatie zou veranderen, en dat hij weer teruggeworpen werd op hoe hij vroeger was.

'Hebt u dan misschien gehoord dat Gaby wegreed?' vroeg hij aan Hamer. 'Of hebt u überhaupt een auto gehoord?'

'Nee. Ik heb het geluid hard gezet en me op het voetbal geconcentreerd. Tenminste, dat probeerde ik. Jullie maakten dat wel een beetje moeilijk.'

'Volgens agent Joseph en agent Chase was u degene die het voor hen moeilijk maakte,' zei Gibbs. 'Ze zeiden dat u weigerde om hun vragen te beantwoorden en dat u hen zonder huiszoekingsbevel niet binnen wilde laten. Ze omschreven uw gedrag en houding als verdacht.'

Hamer schudde zijn hoofd alsof hij zijn oren niet kon geloven. 'Moet je horen, ik wilde gewoon zo snel mogelijk van hen af, dus liet ik ze op de stoep staan.'

'Dat is wat ze zo verdacht vonden, aangezien zij op zoek waren naar uw vermiste vriendin.'

'Ex,' zei Hamer.

'Weet u wat agent Joseph tegen mij zei? Ik mag dat eigenlijk niet zeggen, maar ik doe het toch. Hij zei dat u deed alsof u een lijk achter die deur verborgen hield en dat u niet kon wachten om hen te lossen zodat u dat lijk in de tuin kon begraven.'

Hamer glimlachte. Toen grinnikte hij. 'Die is leuk,' zei hij.

'We zullen dat huiszoekingsbevel aanvragen als Gaby vierentwintig uur vermist is.'

'Je kunt de boel doorzoeken als je zin hebt,' zei Hamer. 'En de tuin ook. Ga je gang. Ik had nergens een lijk. Ik had alleen geen zin om nog meer van het voetbal te missen. Daarom heb ik die agentenvriendjes van je weggestuurd. Ik heb al genoeg tijd verknoeid met Gaby – ik had geen zin om nog meer tijd aan haar kwijt te zijn. Dat had ik hun best willen vertellen, maar... nou ja, het klinkt wel wat hard, vind je ook niet? Als je de context niet kent.'

Gibbs had Hamer graag een juiste definitie van het woord 'hard' willen geven, maar dat zou niet professioneel zijn. Hij hoopte dat Gaby Struthers, waar ze ook was en wat haar ook overkomen was, tenminste blij was dat ze hier niet meer hoefde te zijn.

Hij stond op. 'Dan zal ik boven maar eens beginnen,' zei hij tegen Hamer.

'Iedereen kende Tims accountnaam: @mildcitizen,' zei Kerry Jose tegen Sam. 'Dat is de titel van een van zijn favoriete gedichten, van een dichter genaamd Glyn Maxwell. Zijn wachtwoord is "dowerhousetim". Dat wisten we ook allemaal. Dat wil zeggen, wij hebben het geopperd toen hij er zelf geen kon bedenken.'

'Wie heeft het geopperd?' vroeg Charlie.

Kerry werd rood. 'Dat kan ik me niet meer herinneren,' zei ze. 'We zaten hier met zijn allen bij elkaar. In deze kamer. Tim zat hier, waar ik nu zit, met zijn laptop op schoot.'

Lauren Cookson – mager, bleek als een hologram en in een donzige bruine badjas gewikkeld – knikte bij alles wat Kerry zei. Het leek wel alsof ze de woorden daarmee uit haar wilde trekken.

'Hier?' Charlie deed geen moeite haar sarcasme te onderdrukken. 'Met zijn allen rond de haard, glaasje wijn erbij, lekker kletsen over hoe Tim zich op een social media website zou moeten noemen en wat dan zijn wachtwoord zou moeten zijn?'

'Ja,' zei Kerry half fluisterend.

'Was Jason er ook bij?'

'Ja.'

Weer zat Lauren heftig te knikken om Kerry's antwoord te onderstrepen.

'Wat gezellig dat jullie er allemaal bij betrokken waren,' zei Charlie uitgestreken. 'Wat leuk dat iedereen meedeed. Dus we weten zeker dat niet maar één van jullie Tims gegevens wist.'

'Dus jullie zouden gisteravond allemaal drie tweets vanaf zijn account hebben kunnen versturen,' zei Sam. 'Want we weten zeker dat hij het niet zelf heeft gedaan. Dus wie van jullie heeft het gedaan?'

'Geen van allen.' Kerry schudde haar hoofd. 'We waren hier gisteravond de hele avond bij elkaar. Vanaf het moment dat Jason thuiskwam toen hij Lauren van het vliegveld had gehaald, dus dat was halfvijf, tot het moment dat we naar bed gingen. Om elf uur.'

'Kunnen jullie je mooi allemaal in de menigte schuilhouden,' mompelde Charlie. 'Oké, dan proberen het zo eens: Kerry, jij hebt inmiddels bewezen dat jij al je tekst netjes uit je hoofd kent – goed gedaan. Jij hebt je van je taak als woordvoerder gekweten. Lauren, als jij het nu eens een poosje overneemt? Waar hangt Jason vanochtend uit?'

Sam probeerde niet te denken aan *Moord in de Oriënt-Express* van Agatha Christie, waarin alle verdachten samen de moord hadden gepleegd. Dat viel niet mee. Het Dower House was precies het soort huis dat je in een serie over Hercule Poirot zou verwachten, en hoewel Kerry en Dan Jose de kamer waar ze zich in bevonden de 'zitkamer' noemden, kon Sam het niet anders zien dan als de 'salon', met de druk bewerkte stenen haard, de luiken, de diepe houten vensterbanken en het decoratieve gipsen plafond. Het was onberispelijk opgeruimd, een verbluffend contrast met de keuken, wat de rommeligste ruimte was die Sam ooit had gezien. Het was uitzonderlijk om die twee uitersten in hetzelfde huis aan te treffen.

Charlie was naar het raam gelopen en stond naar de struiken en de motregen te kijken. Dacht zij soms ook aan *Moord in de Oriënt-Express*?

Tim Breary, Kerry Jose, Dan Jose, Lauren Cookson, Jason Cookson. Misschien waren ze niet met z'n allen verantwoordelijk voor de moord op Francine, of Gaby's aanranding gisteravond. Als dat zo was, waarom hadden ze dan niet elk voor zich een leugentje bedacht in plaats van als een perfect gecoördineerde groep op te treden? Het was Sam opgevallen dat ze zelfs *en groupe* staarden en hun blik afwendden. Als hij hen aankeek – wie dan ook – sloegen ze allemaal hun ogen neer, maar zodra hij zelf zijn blik afwendde voelde hij drie paar ogen in zich boren. Twee ervan, die van Kerry en Lauren, waren rood en gezwollen toen Sam en Charlie vanochtend arriveerden. En hoewel het niet leek of Dan Jose ook had gehuild, leek hij nog meer in wanhoop gevangen dan de vrouwen. Hij had nauwelijks iets gezegd, maar Sam merkte op dat zijn woorden en bewegingen een verbijsterend soort gewicht hadden dat suggereerde dat hij zelf niet kon geloven in wat voor situatie hij was beland en dat hij geen uitweg zag. Net als Lauren droeg hij een pyjama en een badjas;

Kerry was de enige van de drie die zich had kunnen aankleden, hoewel Sam hun anderhalf uur van tevoren had gemeld dat hij eraan kwam.

'Lauren?' zei Charlie ter aanmoediging.

Lauren barstte in tranen uit en verborg haar gezicht in de bruine kraag van haar badjas. 'Waarom laten jullie ons verdomme niet met rust?' zei ze door de stof heen.

'Jason is vandaag een vriend aan het helpen met zijn verbouwing,' zei Kerry. 'Hij is de hele dag weg.'

'Geeft niet,' zei Charlie. 'Vertel ons maar wat hij zou zeggen als hij er nu bij was geweest. Of ligt er ergens een script waarin zijn tekst is gemarkeerd?'

'Nee, dat is er niet,' antwoordde Kerry, alsof het een serieuze vraag was.

'Hebben jullie misschien vragen voor ons?' zei Sam terwijl hij Dan aankeek.

'Ik dacht dat jullie hier waren om ons dingen te vragen, niet andersom!' bitste Lauren. Sam was al snel tot de conclusie gekomen dat zij niet zo hulpeloos was als hij had gedacht toen hij haar voor het eerst zag.

'Ik vroeg me alleen af waarom geen van jullie heeft gevraagd wat er in de tweets stond die gisteravond vanaf Tims account zijn verstuurd,' zei hij. 'Of weten jullie dat soms al?'

Dan greep zich vast aan de beklede armleuningen van zijn stoel. Kerry herstelde zich het snelst. 'Ik had het wel willen vragen, maar ik ging ervan uit dat jullie het ons niet wilden vertellen.'

Sam haalde een opgevouwen stuk papier uit zijn zak, en vouwde dat uit op zijn schoot. 'Tim heeft nog maar zes keer getweet, en drie van die tweets waren niet van hem. Nummer een, twee en drie zijn in mei vorig jaar verstuurd. De eerste twee waren een aantal regels uit een gedicht die niet in één tweet pasten. De titel van het gedicht en de schrijver worden niet genoemd: "Ik schilderde verleiding af als een grap. / Nu blijft het weg of het valt om. / Het is een superieur soort winnen / En mijn soort winst is een inferieur soort dom." De derde is ook weer een citaat. Ook weer geen titel, maar de dichter is C.H. Sisson: "Het beste is om niets zeggen / En dat zeg ik niet / Maar ik zal het zeggen als ik / de hele dag in stilte doorbreng".'

'Tim vond dat een geweldig gedicht,' zei Kerry. Zij en Dan keken elkaar aan, en wisselden een stilzwijgende boodschap die Sam niet kon ontcijferen. De emotionele lading ving hij wel op: pijn.

'Tweet vier tot en met zes zijn tweets van gisteravond,' zei hij. 'Die zijn wat minder poëtisch. "Bel politie dringend vrouw aangerand voor haar huis horse fair lane spilling weet geen nummer niet negeren!" – dat was de eerste. Dan: DRINGEND vrouw Gaby Struthers wordt aangerand op oprit achter huis hij verkracht vermoordt haar als niemand politie belt." En de laatste: "help Gaby Struthers bel politie NU ik kan niets doen DIT IS NIET NEP!!!"'

'Weet een van jullie soms iets van deze laatste tweets?' vroeg Charlie.

Lauren en Kerry schudden hun hoofd. Dan staarde naar zijn schoot.

'Dan?' vroeg Sam.

'Nee. Niets.' Hij klonk verschrikkelijk verslagen.

'Is dat echt zo?' vroeg Sam. 'We weten namelijk niet waar Gaby is. Alles wat je ons kunt vertellen zou ons kunnen helpen.'

'Jullie weten niet waar ze *is*?' barstte Lauren uit, en ze vloog uit haar stoel als een wild dier. 'Wat betekent dat, verdomme?' Ze ging voor Sam staan, trillend van woede, alsof het zijn schuld was – alsof hij Gaby Struthers expres kwijtgeraakt was, uit nijd.

'Lauren, doe eens rustig,' waarschuwde Kerry.

'Ze bedoelt: "Hou je mond", Lauren,' zei Charlie. 'Ze is bang dat je per ongeluk iets zegt wat niet gelogen is.'

'Waarom zijn jullie niet naar haar aan het zoeken?' snikte Lauren. 'Waarom zitten jullie hier je tijd te verdoen terwijl jullie naar Gaby op zoek moeten?' Ze draaide zich om naar Kerry. 'Wat als ze iets stoms heeft gedaan? Dat zou ze toch niet doen, hè? Gaby is toch wel de laatste die iets stoms zou doen, iemand die zo slim is als zij?'

Kerry deed haar ogen dicht.

'We doen er alles aan om haar te vinden,' zei Sam.

'Helemaal niet! Jij zit hier verdomme op je krent, en je doet helemaal niks!'

'Wij zijn niet de enige twee politiemensen in de Culver Valley,' zei Charlie.

'Dat zei ik toch helemaal niet?'

'Er zijn andere rechercheurs op zoek naar Gaby,' verklaarde Sam. 'We kijken eerst in de hotels in de buurt van de gevangenis in Combingham. Als we daar niets vinden, nemen we contact op met haar familie, vrienden –'

'Daar zou *jij* je nu mee bezig moeten houden,' zei Lauren beschuldigend. 'In plaats van hier lekker op je kont te zitten in dit grote dure huis!'

'Sam is hier niet om zijn sociale aanzien te verhogen,' zei Charlie tegen haar.

'Ik heb vanochtend al met Gaby's naaste collega's gesproken, onder wie degene die belde over de tweets, Xavier Salvat.' Sam had Salvats verklaring eerst niet helemaal vertrouwd – dat hij de tweets had gevonden toen hij op Twitter zomaar op Gaby's naam aan het zoeken was. Hij beweerde dat hij dat vaker deed, uit nieuwsgierigheid, om te zien of Gaby ergens genoemd werd. Of het bedrijf, Rawndesley Technological Generics, of het werk dat ze deden. Sam vond het niet zo geloofwaardig dat hij zomaar wat zat te zoeken, maar hij wist dat Charlie het daar niet mee eens was. Ze vertelde hem dat haar zusje altijd op Twitter zocht of haar eigen naam ergens werd genoemd, en de namen van mensen die ze kende. Om 'op de hoogte te blijven van de laatste roddels', naar het scheen.

Lauren had haar gezicht recht voor dat van Sam gebracht. Ze prikte met een vinger in zijn richting. 'Hou op met *praten* en ga wat *doen*,' snauwde ze tegen hem. 'Als Gaby iets stoms heeft gedaan...'

'Wacht eens even, Lauren,' zei Charlie. 'Al komt het je nog zo goed uit om ons de schuld te geven, hoe zit het eigenlijk met jouw eigen rol in dit alles? Als Gaby in gevaar is – wat voor gevaar dan ook, door haar eigen fout, of door toedoen van iemand anders –

denk jij dan echt dat jij haar helpt door tegen ons te blijven liegen? Ik weet dat je haar wil helpen, en ik begrijp best dat je bang bent –'

'Ik ben niet bang!'

'Jawel. Jij bent doodsbang voor de waarheid, wat dat ook mag zijn.' Charlie liep op haar af. 'Daarom ben je helemaal naar Duitsland gegaan om met Gaby te praten, of niet soms? Jij wilde haar vertellen wat er met Tim aan de hand was – je wilde haar vertellen dat hij onschuldig was, zodat zij er iets aan zou kunnen doen – en je wist dat jij je daar alleen toe zou kunnen zetten als je in een ander land was, duizenden kilometers van huis. Een andere wereld, die niets met de rest van je leven te maken had. Maar zelfs daar kon je het niet, hè? Je bent weggelopen.'

Lauren beet op haar nagels en staarde naar de glimmende houten vloerdelen.

'Als jij echt zo veel om Gaby geeft –'

'Dat doe ik ook!'

'Waarom raakte je dan pas zo over je toeren toen je hoorde dat ze vermist werd?' vroeg Charlie. 'Waarom werd je dan niet kwaad toen Sam je de drie tweets voorlas over hoe ze aangerand werd, en misschien zelfs verkracht en vermoord? Wil je me vertellen waarom je toen niet kwaad werd?'

'Ik wil dat je opsodemietert!' gilde Lauren recht in haar gezicht.

Sam schrok ervan. Kon hij maar even kalm blijven als Charlie als hij met agressie werd geconfronteerd.

'Je raakte niet over je toeren van de tweets, omdat jij al wist dat Gaby was aangerand, toch?' Charlie wendde zich tot Kerry en Dan. 'Jullie wisten het allemaal – vandaar die rode oogjes vanmorgen. Maar jullie dachten dat Gaby de aanranding had overleefd. Dat ze nog heel was, en niet te veel had geleden. Weten jullie hoe ik dat weet, Lauren? Omdat jij, toen je hoorde dat ze vermist werd, aan Kerry vroeg of ze misschien iets stoms gedaan had. Ook al wist je door die tweets dat er een dikke kans was dat Gaby voor haar huis was aangerand, jij wist dat de aanrander niet verantwoordelijk was voor haar vermissing. Misschien waren jullie er zelf wel bij, en hebben jullie het allemaal zien gebeuren – een van jullie of jullie allemaal. Misschien was een van jullie zelfs wel de aanrander. Of misschien jullie allemaal wel.'

'Hoe kun je dat nu denken?' Kerry's stem trilde. 'Dat is... walgelijk. Ik hou van Gaby. Ik zou haar nooit iets aandoen.'

'Dus Jason heeft het gedaan: degene die jullie een alibi verschaffen door te doen alsof hij hier was toen Gaby werd aangerand? Trouwens, voordat we weggaan hebben we de naam en het adres nodig van de vriend die hij helpt met z'n verbouwing. Zou dat lukken?'

'Ik weet niet hoe hij heet!' Lauren staarde Charlie met grote ogen aan. 'Jason vertelt me dat soort dingen niet. Hij zei gewoon een vriend, een huis. Dat is alles wat ik weet.'

Komt dat even goed uit, dacht Sam.

Kerry begon te huilen. Dan keek weg.

'Was die aanranding soms bedoeld om Gaby te waarschuwen dat ze verder geen onderzoek mocht doen naar Tims mogelijke onschuld?' vroeg Charlie terwijl ze de kamer rondkeek. 'In dat geval hadden jullie haar niet zoiets ergs aan hoeven doen. Althans, dat had Jason niet hoeven doen. Haar bang maken was voldoende geweest. Hadden jullie dat afgesproken, omdat jullie zo veel van Gaby houden? Gewoon een onschuldige aanranding, niets ernstigs? Maar toen kwam iemand zijn afspraak niet na, en degene die naar de aanranding zat te kijken zag dat het uit de hand liep, en wist niet hoe het zou eindigen. Diegene is in paniek geraakt. Was jij dat soms, Lauren? Je kon niets zeggen, je kon het risico niet nemen om erop af te rennen of te gillen, want wat als Jason zijn woede op jou zou koelen? En dus heb je je telefoon gebruikt om om hulp te tweeten terwijl hij met Gaby was?'

Lauren schudde haar hoofd.

'Er zijn rechercheurs bezig om de bron van de drie tweets te zoeken,' zei Sam. 'We weten binnen een dag of twee van welke telefoon of computer ze zijn verstuurd, dus jullie kunnen het ons net zo goed nu al vertellen.'

Lauren slaakte een luide jammerklacht. 'Zijn jullie nou echt zo stom?' schreeuwde ze zo hard tegen hem dat hij zich bijna een hartverzakking schrok. 'Het boeit me geen reet wat jullie met mijn telefoon doen. Voor mijn part steek je hem in je schurftige reet! Als je Gaby maar vindt!' Ze rommelde wat in de zak van haar badjas en haalde iets tevoorschijn. Sam zag een zilveren flits.

'Neerleggen!' schreeuwde Charlie.

'Het is oké.' Sam zag wat het was: het was geen mes, het was Laurens telefoon maar. Ze gooide hem in zijn schoot en holde de kamer uit.

17

Zaterdag 12 maart 2011

De vrouw die voor me in de rij staat heeft roos op de schouders van haar zwarte jasje. Ze is meer ontdaan dan ik. *Net als Lauren op de luchthaven.* Met de naam Lauren in mijn hoofd is het moeilijker voor me om te blijven waar ik moet zijn, hoewel ik logischerwijs weet dat ik niet nog een aanranding op me af kan roepen door alleen aan haar te denken.

Ik kan nog rationeel zijn. Dat zal ik bewijzen door te blijven staan. Als ik wegloop, neem ik mijn gedachten met me mee. Als ik wegren van een man die hier nu niet is, hoe weet ik dan of ik niet op hem afloop? Hij kan wel overal zijn.

Net als Lauren op de luchthaven, is de vrouw voor me aan het schreeuwen. Ik kan het gezicht van de man tegen we ze tekeergaat niet zien, alleen een deel van zijn in politie-uniform gestoken lichaam. Ik stel me Bodo Neudorfs gezicht voor; hij is op veilige afstand van deze tirade, in Duitsland. 'Zal ik jou eens wat zeggen, neem dit keer vooral niet de moeite om mijn rijbewijs nog terug te sturen. Hou het maar! Dat bespaart mij de moeite om er elke vijf minuten mee langs te komen!'

Ik fixeer mijn blik op de grote grijze sticker aan de muur en probeer niet mee te luisteren. Mijn handpalmen zijn vochtig en ze jeuken. De sticker heeft ronde hoeken en er staat op: 'Dit pand is voorzien van een akoestisch wandsysteem.'

'Zouden jullie me staande hebben gehouden als ik een kaart aan het raadplegen was?' wil de vrouw weten. 'Ik heb geen gps – ik zou er best eentje willen kopen, maar ik heb geen tijd om dat te doen of zelfs maar te overwegen. Wat ik wel heb is een aftandse, gescheurde wegenatlas, maar die ligt al een jaar in mijn achterbak en zit onder de modder van de voetbalschoenen van mijn zoon. Ik gebruik mijn telefoon *alleen* onder het rijden om de routeaanwijzingen te lezen die ik aan mezelf heb gemaild. Als ik op een kaart zou kijken, zouden jullie me niet aanhouden, of wel soms? Dus dan moeten jullie me ook geen boete geven omdat ik naar een routebeschrijving op mijn telefoon kijk.'

Ze is het slachtoffer van een denkbeeldig onrecht en is jaloers op fantomen die langs de M25 rijden terwijl ze door hun moddervrije, volledige, hele wegenatlassen bladeren, toegejuicht door de politie.

Je hoort naar de weg en je spiegels te kijken en verder niets.

Ik zeg dit niet tegen de boze vrouw, omdat ik bang voor haar ben – net als voor de man tegen wie ze tekeergaat en de twee vrouwen die achter me in de wachtkamer zitten. Ik ben bang voor hen allemaal. Ik heb sinds gisteren mijn gevoelens zorgvuldig gevolgd en het gevoel dat alle andere gevoelens overschaduwt is angst. Voor alles: mijn omgeving, mezelf, geluid, stilte, alle mensen die ik zie of hoor of die op straat langs me lopen. Ik ben uiteraard bang voor de man die me heeft geterroriseerd, omdat ik hem niet kan zien en ik dus niet weet waar hij is, hoe vlakbij hij is, maar ik ben kennelijk net zo bang voor alle anderen, en dat had ik niet verwacht. Alleen en opgesloten in mijn auto ben ik bang dat ik de portieren niet van het slot krijg en eruit kan als dat moet; buiten mijn auto ben ik bang dat me iets gruwelijks overkomt, iets nog veel ergers.

Ik dacht dat mijn paniek wel langzaam af zou sterven zodra de aanranding voorbij was. Toen dat niet gebeurde, nam ik aan dat ik verkeerd had ingeschat hoelang het zou duren. Dat gaat, denk ik, nog steeds op. Het is nu nog geen vierentwintig uur later, te vroeg om vast te stellen of dit gevoel zal aanhouden.

Daar ben ik nog het bangst voor: dat ik hierin vast blijf zitten, in een stille angstkreet. Voor hij wegliep maakte hij mijn polsen los – langzaam, zelfvoldaan, zonder zelfs de moeite te nemen weg te rennen – maar mijn gedachten heeft hij niet losgemaakt. En dat wilde ik juist zo graag. Ik voel het plastic er nog strak omheen zitten.

Moet ik mezelf soms meer tijd geven? Heb ik een keuze?

Ik weiger om hier de rest van mijn leven aan op te offeren. En als ik zou denken dat ik ermee wegkwam, zou ik weigeren om de rest van mijn dag op te offeren. Op het werk zijn belangrijke beslissingen te nemen en onderhandelingen te voeren: we moeten onze waardepropositie verfijnen. Sagentia ervan overtuigen dat de belangrijkste verbetering van de wegwerpartikelen moet komen, die zo eenvoudig mogelijk moeten blijven. Dat moet ik allemaal regelen en daar moet ik zo normaal mogelijk bij lijken, zodat niemand kan zien wat er onder de oppervlakte speelt.

Ik moet Tim uit de gevangenis krijgen.

De vrouw voor me draait zich walgend af van de balie. Onze ogen ontmoeten elkaar. 'Het spijt me van het oponthoud,' zegt ze. 'Ik zou me moeten generen, maar daar ben ik te kwaad voor. "Ik was aan het eind van mijn Latijn," zei de moeder van twee kinderen – dat moet de kop worden als ik die vent straks wurg.'

Ze zegt maar wat. Ze zou jou heus niets aandoen, hier, met getuigen erbij. 'Geeft niets,' zeg ik tegen haar, en ik sluit mijn hand om mijn Sint-Christoffel in mijn jaszak. Ik kan niet bedenken wat ik anders zou moeten zeggen.

'Ik heb niet zo'n warme relatie met de Britse verkeerspolitie,' verklaart de vrouw. Als ze niet schreeuwt, heeft ze een prettige stem. Wat zou ik van haar hebben gevonden als ik haar al had gekend? Wat als ik tegen mezelf zeg dat er geen reden is om bang voor haar te zijn en ik blijk ernaast te zitten? Ze stond net te schreeuwen tegen iemand die dat niet verdiende. Als ik telkens als ik angst voel de schuld schuif op wat er gisteren is gebeurd, hoe kan ik dan ooit nog onderscheid maken tussen gevaarlijk en ongevaarlijk? Als ik dat basale onderscheid niet kan maken, hoe moet ik me dan redden in de wereld?

Ik wil vooral graag weten of dit een normale reactie is. Volgens mij niet. Ik vraag me af of anderen dit ook hebben meegemaakt. Ik heb wel gehoord van posttraumatische stress, maar ik heb nog nooit gehoord dat de angst niet afneemt, zelfs al is datgene wat de angst veroorzaakte allang voorbij.

'Gaby?'

Het is Charlie Zailer. Naast me. Waar komt die ineens vandaan?

Ik maan mezelf om me niet om te draaien en weg te rennen. Toen ik Charlie gisteren ontmoette, voor ik was aangerand, was ik niet bang voor haar. Ik kan me herinneren dat ik niet bang voor haar was. Ik vond haar goed; zij wilde achter de waarheid komen en ik ook. Ze luisterde naar me,

'Gaby, gaat het goed met je? Zo te zien niet.'

'Jawel. Ik zie er prima uit.' Ik heb elke millimeter van mijn lijf gewassen en ik heb schone kleren aangetrokken. Ik kan praten en zeggen wat ik wil zeggen. Ik ga niet stuk, ik trek niet de aandacht door publiek tekeer te gaan zoals de vrouw voor me. Ik zie er zelfs beter uit dan goed, gezien de omstandigheden. 'Kan ik met je praten zodra je vrij bent?' zeg ik.

'Ik kan nu ook vrij zijn.'

Heb jij even mazzel.

'Gaby, weet je wel dat er teams van de politie naar jou op zoek zijn?'

'Nee. Waarom? Ik ben hier.'

Charlie Zailer glimlacht. 'Daar lijkt het op,' zegt ze. 'Wat heb je daar in je zak?'

'Dat ga je niet van me afpakken.' Ik heb geen thuis meer. Ik heb hem dus overal nodig.

'Ik vraag alleen wat het is. Het kan vast geen kwaad. Wat is het?'

In mijn jaszak laat ik mijn vuist los. 'Het is een medaillon van Sint-Christoffel, aan een ketting.'

'Mag ik hem eens zien? Ik pak hem niet af. Ik wil alleen even kijken.'

Ik laat hem zien.

'Prachtig,' zegt ze. 'Zullen we naar een kamertje gaan, zodat we normaal kunnen praten?'

'Nee.' Wat bedoelt ze met 'een kamertje'? Waarom?

'Wil je liever hier praten?' Ze werpt een blik op de stoelen in de wachtkamer. De man achter de balie zegt tegen de schreeuwlelijk dat ze daar moet gaan zitten.

'Nee,' zeg ik. 'Niet hier.'

'We hebben een heel prettige spreekkamer,' zegt Charlie. 'Als je wilt, laten we de deur openstaan.'

Het idee van een openstaande deur zit me niet lekker. Een dichte deur ook niet. Ik zeg niets.

'Gaby, het maakt mij niet uit waar we naartoe gaan. Het is aan jou. Waar zullen we praten?'

Ergens waar ik al eens ben geweest. Een plek waar ik niet bang voor ben. Als Charlie bij me is, durf ik wel weg van het politiebureau.

'Het Proscenium.'

'Wat is dat?' vraagt ze.

'Nee, het is te ver.' Ik kan niet helder denken. 'Het is een besloten bibliotheek in Rawndesley. Waar ik Tim heb leren kennen. Het heeft de beste collectie dichtbundels van het hele land. Alle eerste drukken, sommige gesigneerd door de dichter.'

'Ik rij wel met je naar Rawndesley, als je daar wilt praten.'

'Ze doen er lunches voor leden. Tim is lid. Ik ook. Ik zou je als introducee mee kunnen nemen, maar ik heb geen honger.' Het duurt te lang voor ik de knoop doorhak. Als gisteren nooit was gebeurd, zou ik nu zo langzamerhand wel weten wat ik wil.

Ik kijk naar de deuren waar ik tien minuten geleden door naar binnen ben gelopen. Ik ben niet moedig genoeg om weer de straat op te gaan. Nog niet.

'Laten we hier maar blijven,' zeg ik tegen Charlie Zailer. 'Die spreekkamer klinkt prima. Met de deur dicht.'

'Goed idee,' zegt ze. 'Zullen we eerst even langs de drankenautomaat lopen? Ik kan de koffie niet aanbevelen, maar ze hebben redelijk goeie thee – dat helpt je misschien om wakker te blijven. Je hebt nog steeds niet geslapen, hè?'

'Ik ben niet moe,' zeg ik tegen haar. *Slapen*. Hoe moet het daar ooit weer van komen? Ik moet naar mijn huisarts om sterke pillen te halen die me knock-out helpen. Als ik niet slaap, heeft Tim niets aan me. Ik had vanochtend amper genoeg energie om de drie voor vandaag geplande vergaderingen af te zeggen, omdat de werkweek niet genoeg tijd kent om plaats te bieden aan alles wat ik moet doen. Ik kwam met een weinig geïnspireerde leugen: 'Ik ben ziek. Kunnen we het verzetten? Als ik beter ben, neem ik weer contact op.' Ik wist dat niemand mijn woorden in twijfel zou trekken. Ik zou nooit een vergadering afzeggen, tenzij ik op sterven na dood was.

Ik loop achter Charlie Zailer aan door een lange gang met bakstenen muren, die aan de ene kant onderbroken worden door smalle, halfdoorzichtige ramen van de vloer tot het plafond. Ze gaat steeds langzamer lopen, zodat ik haar bij kan houden, maar ik wil niet op gelijke hoogte lopen met haar. Ik wil dat ik haar wel kan zien, en zij mij niet, vooral omdat ik weet dat ik dadelijk tegenover haar aan een tafeltje moet zitten, en ik niet meer kan ontsnappen. Proberen mijn gezichtsuitdrukking en ademhaling onder controle te houden is vandaag het moeilijkst. Een man die ik passeerde op weg van de parkeerplaats naar het politiebureau hield me tegen en vroeg of het wel goed met me ging. Ik had niets tegen hem gezegd en hem niet eens aangekeken; ik was alleen maar langs hem gelopen.

Bij de drankenautomaat kies ik earlgreythee, omdat ik dat normaal het liefst drink, ook al zou ik dit keer liever gewone thee willen. Dat is toch wat je als Engelse hoort te drinken als je het moeilijk hebt: een straffe bak thee? Is het feit dat ik het moeilijk heb een excuus om een cliché te worden?

De spreekkamer is klein en warm. Er hangen twee schilderijen aan de muur, ingelijst, maar niet achter glas. Dan zullen het wel olieverfschilderijen zijn. Op een ervan staat een klein gebouw bij de ingang van een park – een portierswoning, met rode bladeren op het dak. Het komt me bekend voor; Blantyre Park misschien. Op het andere staat een man die pianospeelt. Nee, hij stemt de piano. Van dezelfde kunstenaar. Ik loop ernaartoe en kijk naar de signatuur: Aidan Seed.

Midden in de kamer staan twee met blauw beklede leunstoelen, aan weerzijden van een kleine houten salontafel. Verder staan er twee hoge kamerplanten en biedt het enige raam uitzicht op een rijtje ventilatoren die uit een vochtige muur steken. Die aanblik maakt me meteen claustrofobisch. Nu ik dit heb gezien, wil ik ergens anders heen, maar ik schaam me om het te vragen. Er hangt wel een rolgordijn – gewoon, wit. Ik loop naar het raam en trek het rolgordijn naar beneden. Het is beter als ik de ventilatieroosters niet kan zien. Dan kan ik me het uitzicht vanuit een ander deel van het politiebureau voorstellen. Aan de achterkant van het gebouw moeten kamers zijn die op de rivier en de rode brug uitkijken. Denk ik daar wel aan.

In de verste hoek staat een tafeltje met een kunststof blad en vier metalen poten. Ik zou het liefst hebben dat Charlie Zailer daaraan ging zitten, met haar rug naar me toe, en dat ze dan alles zou opschrijven wat ik zeg, maar zij wil natuurlijk van alles met me bespreken en me aankijken, en waarschijnlijk wil ze ook vragen stellen, ook al is dat nergens voor nodig. Ze moet alleen maar naar me luisteren. Ik heb mijn speech de hele weg hiernaartoe geoefend.

'Het meubilair in deze kamer verandert met de dag,' zegt ze. 'Zullen we in de gemakkelijke stoelen gaan zitten?'

Ik neem plaats. De grootste fout die ik kan begaan is haar het voortouw te laten nemen. Ik moet hier de touwtjes in handen hebben. Daar ben ik mee begonnen door hier naar binnen te lopen en ik mag ze nu niet uit handen geven. 'Heb je de waarheid uit Kerry en Dan weten te krijgen?' vraag ik haar. 'Je weet dat ze liegen, hè?'

Ze lijkt verbaasd. Na een paar seconden zegt ze: 'Gaby, als je het niet erg vindt, wil ik het liever eerst over jou hebben. Veel van mijn collega's zijn erg bezorgd om jou.'

'Om mij?' Met mij gaat het prima, tenminste, binnenkort wel weer. Tim is degene die in de gevangenis zit. 'Nee. Ik wil niet eerst over mezelf praten. Ik wil dat jij mijn vragen beantwoordt.'

'Oké. Ja, we denken allemaal dat Kerry en Dan niet eerlijk tegen ons zijn geweest. Maar ik denk en hoop dat we wel dichter bij de waarheid komen. En jij hecht daar kennelijk evenveel aan als ik, en dat is... geweldig. Mensen zoals jij komen we niet vaak tegen. De meeste mensen willen alleen zichzelf en hun naasten uit de problemen houden, of ze geven überhaupt nergens om.'

'Het enige wat ik wil is Tim uit de problemen houden,' zeg ik tegen haar. 'Ik weet dat hij Francine niet heeft vermoord, maar als dat wel zo was, zou ik liegen en zeggen dat hij het niet had gedaan. Ik ben geen goed mens.'

Dat vindt Charlie kennelijk aanvaardbaar. 'Wie wel?' vraagt ze.

'Tim. Goed en dom. Hij dekt Jason Cookson om de een of andere reden. Ik weet niet precies waarom, maar ik heb wel een bredere verklaring voor je: Tim denkt dat zijn eigen lijden er minder toe doet dan dat van elke willekeurige ander. Kijk maar eens naar zijn huwelijk met Francine, als je bewijs wilt dat hij in staat is tot langdurige zelfopoffering.'

'Dus jij zegt dat Jason Cookson Francine Breary heeft vermoord?'

'Ja.'

Charlie knikt. Ik had een stortvloed van vragen verwacht. In plaats daarvan wacht ze tot ik in mijn eigen tempo verderga.

'Je hebt gisteren gehoord dat ik tegen Kerry zei dat ik Lauren Cookson op de luchthaven van Düsseldorf had ontmoet.' Dit deel is een makkie; hier heb ik het grootste gedeelte van de nacht over nagedacht, over mijn precieze bewoordingen. 'Dus je weet dat ik er zo achter kwam dat Tim is aangeklaagd voor de moord op Francine – via Lauren. "Een onschuldige man" noemde ze hem. Ik kon haar er niet toe overhalen om me meer te vertellen. Ze was doodsbang: rende weg, heeft haar vlucht naar huis gemist omdat ze er niet met mij over wilde praten. Uit de vele keren dat ze het over haar man Jason had – andere dingen die ze zei hadden niets met de moord te maken – kon ik opmaken dat hij degene was voor wie zij zo bang was. Toen ik gisterochtend terugkwam uit Duitsland ben ik hiernaartoe gegaan en heb ik rechercheur Gibbs verteld dat Jason Cookson Francine moet hebben vermoord. Waarom zou Lauren anders zwijgen terwijl ze weet dat Tim onschuldig is?'

'Gaby…'

'Nee, wacht. Ik weet niet zeker of Jason Lauren koeioneert, maar raad eens wie gisteren de poort uit reed toen ik naar het Dower House reed? De bullebak in eigen persoon. Hij was onbeschoft en dreigde me met van alles. Hij waarschuwde me dat ik Lauren met rust moest laten en dat ik moest vergeten wat zij me had verteld. Hij kon net zo goed het woord "penoze" op zijn voorhoofd hebben laten tatoeëren, als aanvulling op zijn verzameling. Hij wist al wie ik was voor ik het hem vertelde. Lauren zal hem wel in paniek hebben gebeld vanuit Duitsland. Ze had hun veiligheid immers op het spel gezet? Ze was waarschijnlijk bang dat ik naar het Dower House zou gaan om vragen te stellen, en wilde Jason vooraf waarschuwen.'

'Snap je het dan niet?' vraag ik haar. Ben ik de enige die begrijpt wat ik zeg?

'Wat moet ik snappen?'

'Waarom zou Jason mij bedreigen en me waarschuwen dat ik uit hun buurt moest blijven als hij niet degene is die Francine heeft vermoord?'

'Laten we er eens van uitgaan dat hij dat inderdaad heeft gedaan,' zegt Charlie. 'Waarom zouden Kerry en Dan dan liegen? Beschermen die hem soms ook?'

'Hem of zichzelf. Ik weet niet precies hoe dat zit. Je moet erachter zien te komen of Jason hen soms ergens mee kan chanteren. Lauren zit bij hem onder de plak, maar ik kan geen reden bedenken waarom de rest liever heeft dat Tim voor de moord op Francine opdraait dan Jason. Behalve als ze bang zijn dat hij hen fysiek zal aanvallen. En dat zou goed kunnen. Jason heeft trawanten: mensen die het vuile werk opknappen dat hij zelf liever niet doet.'

'Hoe weet jij dat, Gaby?'

Op dit stukje heb ik ook geoefend: het zeggen zonder het te zeggen. Het hoogstnoodzakelijke, en dan door. 'Een van hen heeft me gisteravond thuis opgezocht. Om me te waarschuwen. Dezelfde waarschuwing als die van Jason: blijf bij Lauren uit de buurt. Niet zo verbazingwekkend, aangezien Jason hem had gestuurd.'

'Hoe weet je dat Jason die man naar je huis heeft gestuurd?' vraagt Charlie.

'Ik kan het niet bewijzen. Dat is jullie taak. Net als het beschermen van kwetsbare vrouwen. Als ik door Jason gewaarschuwd ben, en daarna nog eens, op Jasons bevel, wat denk je dan dat er met Lauren gebeurt, die mij hierin meegesleept heeft? Iets veel ergers dan een waarschuwing, dat lijkt me duidelijk. Jullie moeten haar uit dat huis weghalen.'

Dat laatste heeft effect. *Mooi zo.*

'Ik begrijp je punt, Gaby, maar ik heb Lauren vanochtend gezien. Sam Kombothekra en ik hebben haar gesproken.'

'Zag ze er bang uit?'

'Iedereen was... uit zijn doen,' zegt Charlie. 'Niet alleen Lauren. Als zij deelneemt aan een samenzwering om ons onderzoek te dwarsbomen, zoals we allebei denken, zou dat genoeg zijn om haar zenuwen te verklaren, vind je ook niet? En als er meer aan de hand is, als ze bang is voor haar man –'

'Dat is ze. Jullie moeten haar bij hem weghalen!'

'Dat kan ik niet doen, Gaby. We kunnen een vrouw niet tegen haar wil bij haar man weghalen. Ik kan *wel* nog eens teruggaan naar het huis om met haar te praten...'

'Als Jason in de buurt is zal ze waarschijnlijk toch niets zeggen.' Ik doe mijn ogen dicht. 'Je snapt het echt niet, hè?'

'Ik snap het best,' antwoordt Charlie. Ik hoor iets defensiefs in haar stem. 'Ik probeer je uit te leggen dat ik maar beperkte mogelijkheden heb, maar ik zal doen wat ik kan. Ondertussen maak ik me om jou meer zorgen.'

'Nergens voor nodig. Ik kan voor mezelf zorgen. Lauren niet.'

'Die... waarschuwing van Jasons handlanger – wat is er precies gebeurd? Je zegt dat hij naar jouw huis is gekomen? Heeft hij je verbaal gewaarschuwd?'

Ik knik.

'En dat was alles?'

'Waarom vraag je dat?'

'Je lijkt erg aangedaan. En iemand heeft ons geïnformeerd over een mogelijke aanranding. Iemand heeft een dringende hulpkreet op Twitter geplaatst.'

Op Twitter. Waar dingen tientallen, honderden keren geretweet kunnen worden.

Dus de hele wereld weet ervan. Andere mensen. Ik steek mijn nagels in mijn handpalmen terwijl het gruwelijke in mijn hoofd het plastic van zijn hoofd trekt en zich met een ruk omdraait om me aan te kijken. Toen het gebeurde kon ik het niet zien; nu zie ik niets anders meer.

'Wie het ook was, hij heeft Tim Breary's Twitteraccount gebruikt en de lezers opgeroepen om de politie te bellen. Hij zei dat je werd aangerand op je eigen oprit. Achter je huis.'

Iemand heeft me willen helpen. Daar mag ik niet bij stilstaan; dan zou ik mezelf van buitenaf moeten zien, zoals die persoon mij heeft gezien. Met zelfmedelijden schiet ik niets op.

Rook. Ik rook sigarettenrook.

'Gaby? Wat is er?'

'Die tweets over... waren die... Waren die slecht geschreven?'

'Hoe bedoel je?' vraagt Charlie.

'Grammatica, spelling, interpunctie.'

'Veel spelfouten. Grammatica en interpunctie ontbraken ten enenmale.'

'Lauren,' zeg ik. 'Ze rookt. Zij was erbij. Zij zat te kijken.' Mijn blikveld raakt vervormd. Ik zie de kamer door een laag olie, een drillerige laag die een film over mijn ogen vormt. Ik zie dingen aan de oppervlakte van die film: lijnen, donkere vlekken die diagonaal naar beneden zwemmen. 'Er zat iemand te roken. Ik ging ervan uit dat het die vent was die me aanrandde, maar hij rook niet naar sigaretten. Ik heb zijn adem geroken: geen rook. Het was Lauren. Wie hij ook was, hij heeft haar meegenomen. Ze heeft hem willen tegenhouden, maar was te bang en te zwak. Hij wil dat zij bang blijft. Luister, wil je alsjeblieft checken of alles goed is met haar? Nu meteen?'

'Twee uur geleden was er nog niets met haar aan de hand, maar ik zal iemand sturen om het nog eens te controleren,' zegt Charlie en ze vist haar mobieltje uit haar zak. Ze prikt met haar duim op het toetsenbordje en vloekt zachtjes als ze de verkeerde letter raakt.

'Heeft deze man jou fysiek aangevallen?' vraagt ze mij, met haar blik op de boodschap die ze aan het typen is.

'Is dit off the record?'

Charlie kijkt op. 'Sorry, maar dat lijkt me niet mogelijk. Alles wat jij me vertelt en wat relevant is voor de zaak Francine Breary moet ik doorgeven.'

'In dat geval moet je me maar iets anders vragen.'

'Gaby, ik begrijp dat je bang bent of dat je je schaamt...'

'Daar gaat het niet om,' zeg ik tegen haar. 'Ik wil eerst met Tim praten. Pas als ik weet wat hij allemaal denkt, waarom hij zegt dat hij Francine heeft vermoord...' Ik weet wat ik wil zeggen maar zonder slaap kan ik het moeilijk onder woorden brengen. 'Ik ben niet bereid om extra druk op de situatie te zetten tot ik alle permutaties van wat ik eraan toevoeg doorzie, als dat is wat je bedoelt.'

Charlie knikt langzaam.

'Hoe snel kan ik Tim zien? Vandaag nog?'

'Dat lijkt me niet waarschijnlijk. Misschien morgen, als de lievelingsrechercheur van de bajes, rechercheur Waterhouse, met zijn toverstaf zwaait.'

'Zorg dan maar dat hij dat doet.' *Morgen.* De gedachte lost alle andere gedachten op. Tegenover Tim zitten, hem zien glimlachen... Wat als hij niet glimlacht? Wat zou het eerste zijn dat hij tegen me zegt? Wat zou hij bij zichzelf denken?

Ik heb het nooit zo gehad op verrassingen. Tim is mij in gewone omstandigheden, in een alledaagse omgeving, al verrassend genoeg. Hoewel het nooit gewoon was als wij samen waren.

Hij zal proberen je ervan te weerhouden om hem te helpen. Zoals altijd.

'Ik wil zo goed mogelijk voorbereid zijn voor ik naar die gevangenis ga,' zeg ik tegen Charlie. 'Hoe meer jij te weten kunt komen en mij kunt vertellen voor ik ga, hoe beter. Ik weet dat je mij niets hoeft te vertellen, maar...'

'Gaby, ik kan je niet –' begint ze.

Ik val haar in de rede. 'Hebben jullie het huis van Kerry en Dan al doorzocht? Jullie moeten Tims kamer doorzoeken. Ik weet niet wat jullie er zullen aantreffen, maar er is daar iets. Dat kan niet anders. Toen Dan en ik daar gisteren waren, was hij de hele tijd zo op zijn hoede. Hij wist niet hoe snel hij me weer naar buiten moest loodsen. Ik denk niet dat dat alleen was omdat hij niet wilde dat ik de boeken zag.'

'De boeken?'

'Boeken over waar gebeurde misdaden, biografieën van moordenaars, terroristen, dictators – Tim zou zoiets nooit kopen of lezen. Iemand heeft die boeken daar neergelegd zodat het eruitzag als de kamer van een moordenaar.'

'Misschien Tim zelf wel,' oppert Charlie.

'Dat denk ik niet. Hij wil zich dan misschien voordoen als moordenaar, maar hij zou nooit rekwisieten gebruiken. Zo dom is hij niet.' Het geluid van mijn stem begint me te irriteren. Charlie en ik kunnen hier nog uren onze tijd verknoeien terwijl er mensen zijn die zeker weten hoe het zit.

Ik graaf in mijn tas, haal het gekreukte stuk papier tevoorschijn en geef dat aan Charlie. 'Wil je dit alsjeblieft aan Lauren geven? Zorg ervoor dat Jason niet in de buurt is als je het geeft. Het is een brief die ik haar in Duitsland heb geschreven nadat ze weggelopen was.'

'Vind je het erg als ik hem eerst zelf lees?' vraagt Charlie.

Kan het kwaad als de politie mijn geschiedenis met Tim kent, voor zover wij samen een geschiedenis hebben? Het kan toch geen inbreuk op mijn privacy zijn als ik haar zelf de envelop geef. Als ik het haar niet had verteld, zou ze niet van de brief af weten.

Toch kan ik mezelf er niet toe brengen haar mijn toestemming te geven. 'Wat ik ook zeg, je leest hem toch wel. Als je hem maar niet leest waar ik bij ben. En als je hem hebt gelezen, wil ik niet dat je me ernaar vraagt.' Ik weet niet hoe ik haar moet waarschuwen voor de inhoud. Of ik dat wel moet doen. Is dat niet net zoiets als een inbreker waarschuwen dat hij zijn jasje kan openhalen aan de scherpe hoeken van je televisietoestel? 'Het is eerder een liefdesverhaal dan een brief,' zeg ik uiteindelijk. 'Ik dacht gewoon... als Lauren de waarheid nog steeds niet wil vertellen nadat ze het heeft gelezen, dan zal ze dat nooit willen.'

'Gaby, ik moet je iets vragen. Je vindt het misschien akelig, maar ik moet het toch weten. Is er seksueel geweld gebruikt?'

'Nee.' Ik lieg niet. Hij heeft me niet aangeraakt, niet op die manier. Alleen mijn polsen en mijn nek, en hij heeft tegen me aan geleund, me tegen mijn auto gedrukt. Ik realiseer me dat ik geen idee heb of het verwijderen van kleding als seksueel geweld geldt en ik kan het niet vragen zonder meer prijs te geven dan ik in dit stadium wil prijsgeven.

'Weet je het zeker?'

'Ja.'

'Heb je lichamelijk letsel opgelopen? Zal ik je naar het ziekenhuis brengen?'

'Nee.' De afgelopen vierentwintig uur hebben twee mannen me aangevallen – Sean en het monster – en mijn lichaam toont er geen enkel bewijs van. Ik verkies het om dat te zien als blijk van mijn eigen veerkracht.

Charlie slaakt een zucht. 'Goed, dan. Mocht je ooit besluiten dat je er meer over kwijt wilt, dan kan dat. Als je er klaar voor bent.'

'Bedankt.' Als ik dat doe, zal het een strategische beslissing zijn. Hield ze maar op me te behandelen alsof ik een brok licht ontvlambare emoties ben.

'Je hebt slaap nodig,' zegt ze. 'Klopt het dat je je partner, Sean, hebt verlaten?'

Ik knik. *Partner*. Wat een giller. Dat is Sean nooit geweest.

'Dus we moeten een slaapplek voor je regelen. Heb je vrienden waar je naartoe kunt?'

'Ik heb meer dan genoeg vrienden naar wie ik allemaal niet toe hoef. Ik heb een kamer gereserveerd in het Best Western in Combingham. Jij moet nu dingen regelen in het Dower House,' zeg ik tegen haar. Voor het geval ze het to-dolijstje dat ik haar heb gegeven, is vergeten of denkt dat dat er niet toe doet, besluit ik om de actiepunten nog eens door te nemen, zoals ik altijd aan het eind van een vergadering doe. Op mijn werk sta ik erom bekend dat ik heel gedegen, soms zelfs te gedegen ben, het is maar hoe je dat ziet. Er zijn CEO's die om die reden niet met me willen werken. Mijn bedrijven doen het systematisch beter dan die van hen. 'Ga terug naar het Dower House,' zeg ik tegen Charlie. 'Geef mijn brief aan Lauren. Haal haar daar weg, haal haar weg bij Jason – dat heeft prioriteit. Doe wat je moet doen. En zeg tegen Kerry...' Ik aarzel. Weet ik dit wel zeker? Ik zou kunnen wachten en het eerst aan Tim vragen. Of ik zou eerst zelf met Kerry kunnen praten. Als ze toegeeft zou Tim het niet kunnen ontkennen.

Goed plan: teruggaan naar twee mensen die tegen jou hebben gelogen en hun de kans geven je nog een leugen te vertellen.

'Zeg tegen Kerry dat ik weet dat Tim wel vaker de schuld op zich neemt voor dingen waar hij niets mee te maken had.'

'Hoe bedoel je?'

'Ik weet wie De Drager is – zeg dat maar. Dat was Tim niet. Zij was het.'

PRODUCTIE: 1442B/SK – TRANSCRIPT VAN HANDGESCHREVEN BRIEF VAN GABY STRUTHERS AAN LAUREN COOKSON, ONGEDATEERD, GESCHREVEN OP VRIJDAG 11 MAART 2011

Beste Lauren,

Nou, ik kan je nergens vinden en ik weet niet waar ik verder nog moet zoeken. En ik kan niet slapen, want ik ben te geschokt door wat ik te weten ben gekomen, dus ik dacht: ik schrijf jou een brief. Ik hoop dat je tot bedaren komt en dat je morgenochtend op tijd op het vliegveld bent voor onze vlucht. Zo niet, dan zoek ik je wel op als we weer thuis zijn. Dat lijkt me niet zo moeilijk.

Lauren, ik ken je helemaal niet, maar ik weet wel dat je geïnteresseerd leek toen ik jou vertelde over mijn gevoelens voor Tim. Oprecht geïnteresseerd. En kennelijk vind je het erg dat hij is aangeklaagd voor een misdrijf dat hij niet heeft gepleegd. Ik denk dat je een goed mens bent (het spijt me dat ik dat niet heb laten blijken in de korte tijd die we samen doorbrachten) en ik hoop dat je je zijn zaak nog meer aantrekt als ik je vertel wat Tim voor me betekend heeft en nog steeds betekent. Ik wil dat jij evenveel om hem geeft als ik, zodat je doet wat je moet doen: de waarheid vertellen.

Jij kent Tim korter dan ik, en misschien ken je hem zelfs beter dan ik hem ooit heb gekend, maar mag je hem ook? Tim is niet iemand die je ongecompliceerd aardig vindt. Hij is überhaupt niet ongecompliceerd. Ik denk weleens dat hij het menselijke equivalent is van een vraag zonder antwoord, en dat ik me daarom zo tot hem aangetrokken voel. Ik heb nog nooit iemand ontmoet die zo onopgelost is als Tim, en zo tegenstrijdig. Ik wil theorieën over hem opstellen, bewijzen dat bepaalde inzichten omtrent zijn karakter waar zijn. Zo heb ik me nog nooit gevoeld over wie dan ook.

Ik moet je er wel op wijzen dat deze reactie niet typisch voor mij is. Mensen willen Tim altijd oplossen, hem genezen, definiëren, maar het lukt nooit. Iedereen maakt zichzelf wijs dat het hem wel lukt. Als jij Tim goed kent, Lauren, zul je hopelijk begrijpen wat ik bedoel. Dan weet je dat je elke minuut die je bij hem bent minder zeker bent van wie hij is. Hij heeft een zeldzaam talent maar ik zou niet kunnen omschrijven wat dat is. Als iemand die geen enkele moeite heeft met het oplossen van de meeste analytische en praktische problemen heb ik dat altijd heel irritant en onweerstaanbaar gevonden.

Ben je nog aan het lezen of heb je het al opgegeven? Ik moet proberen om het te niet al te moeilijk te maken.

Ik heb Tim ontmoet in een bibliotheek in Rawndesley, het Proscenium. Het is geen gewone bibliotheek. Het is ook een besloten club waar je lid van kunt worden en waar je niet naar binnen mag als je geen lid of introducé bent, behalve om te informeren hoe je lid kunt worden. De bibliotheek heeft onder andere een grote collectie heel oude, zeldzame dichtbundels, voornamelijk eerste drukken, en heel veel moderne poëzie – daar zijn ze in gespecialiseerd.

Er is ook een restaurant waar de leden en hun introducés kunnen praten, alleen heel zachtjes, en er is een leeszaal waar de bibliothecaris woedend wordt en dreigt je eruit te zetten als je ook maar EEN WOORD zegt, of je nu lid bent of niet.

Weet je nog dat ik zei dat ik een bedrijf had en dat ik dat voor miljoenen heb verkocht? Nou, toen ik dat bedrijf wilde starten had ik geld nodig om het te financieren. Heel veel geld. Ik had wat research gedaan en had mijn oog laten vallen op Sir Milton Oetzmann als mogelijke investeerder. Je kent hem waarschijnlijk wel uit het plaatselijke nieuws, maar zo niet: hij is een filantroop (dat wil zeggen: iemand met als hobby het weggeven van heel veel geld aan goede doelen) en ik wist dat hij lid van het Proscenium was. Toen ik net lid was geworden heb ik hem ontmoet. Ik heb hem meteen gezegd dat ik hoopte dat hij iets voor me kon doen, en hij hapte toe. Hij zag dat er een grote kans was dat hij er heel veel geld aan over zou houden.

Toen Tim me voor het eerst aansprak had ik hem nog nooit eerder gezien in het Proscenium. Ik moet blind zijn geweest, want hij vertelde me later dat hij mij wel een paar keer had gezien. Maar hij viel me pas op toen hij in de stoel plofte waar Sir Milton een paar minuten daarvoor uit opgestaan was na een van onze lange gesprekken. Ik was mijn paperassen aan het inpakken, keek op en zag een gezicht waar ik van schrok (waarschuwing: dit klinkt heel raar en weeïg), omdat het het gezicht was waar ik mijn hele leven al een glimp van kende, ook al wist ik dat pas toen ik Tim zag. Ik viel niet eens op hem, tenminste, niet op het eerste gezicht. Dat duurde nog wel even. Het was meer een gevoel van: 'dit is hem' plus een soort snakken naar dicht bij hem te zijn. Het had aanvankelijk niets met seksuele aantrekkingskracht te maken. Het was veel vreemder dan iemand leuk vinden, totaal anders dan hoe ik Sean wel zag zitten toen ik die voor het eerst ontmoette. (Sean is mijn vriend, weet je nog wel?)

Snap je dat een beetje? Ik kon niet wegkijken, en Tim kennelijk ook niet. We begrepen allebei dat er geen reden nodig was waarom hij naar me toe gekomen was en bij me was gaan zitten. Die reden was zonneklaar. Na een paar seconden kwam de gêne. We realiseerden ons dat we, omdat we elkaar niet kenden, voor de vorm moesten doen alsof we niet wisten dat we het wisten. Dus Tim stelde zich aan mij voor en zei dat hij hoopte dat ik er geen bezwaar tegen had dat hij me aanklampte, maar dat hij bang was dat ik een grote fout zou begaan. Hij was accountant, zei hij, en hij was gespecialiseerd in belastingrecht, en een van zijn cliënten zat in zaken met Sir Milton maar wilde inmiddels niets meer met hem te maken hebben, ook al zou hij daardoor een enorm deel van zijn financiering kwijtraken.

Ik weet zeker dat de details jou niet zullen interesseren, Lauren, maar in een notendop komt het hierop neer: Tim zei dat Sir Milton waarschijnlijk graag wilde investeren in mijn bedrijf maar dat hij alles ook zou willen micromanagen (hij zou bij alle aspecten van mijn bedrijf betrokken willen zijn in plaats van mij mijn gang te laten gaan), en dan zou ik spijt hebben dat ik ooit bij hem had aangeklopt. Ik stond op het punt om Tim te vragen of hij misschien een tikje bevooroordeeld was vanwege de negatieve ervaringen van zijn cliënt, toen hij zei: 'Ik zorg ervoor dat jij het geld krijgt dat je nodig hebt.' Het was zo krankzinnig dat ik in de lach schoot. Ik had een enorm bedrag nodig van een durfkapitalist (een persoon of een bedrijf dat miljoenen ponden heeft en dat alleen als doel heeft om beginnende bedrijven te financieren), en hier zat een plaatselijke accountant die me aanbood wat geld voor me te regelen. Ik vroeg Tim wat hij in gedachten had. Wilde hij soms een loterij organiseren? Ging hij kaartjes verkopen voor een karaokeavond in zijn stamkroeg?

Ik hield op met lachen toen hij me vertelde dat hij de belastingaangifte deed voor de Lammonby Foundation en dat Peter Lammonby zijn advies meestal letterlijk opvolgde. Ik had overwogen om Lammonby te benaderen in plaats van Sir Milton, maar om een heel stomme reden had ik dat niet gedaan: Lammonby's dochter had net een fortuin overgehouden (dat ze volgens mij helemaal niet verdiende) aan een of ander newageboek, zo'n jij-kunt-een-heel-ander-leven-lijden-achtig boek. Dat was natuurlijk niet haar vaders schuld, maar toch. Milton Oetzmann had voor zover ik wist niets te maken met dat soort 'persoonlijke groei'-onzin, dus besloot ik mijn pijlen op hem te richten.

'Ik denk dat ik inmiddels bijna evenveel weet over jouw bedrijf als Sir Milton,' zei Tim hooghartig. 'Ik heb minstens twee van jullie gesprekken afgeluisterd. Ik weet zeker dat ik Peter Lammonby kan overtuigen en hij zou zich echt nergens mee bemoeien – hij is je gedroomde investeerder. Mijn vriend Dan zou ook weleens geïnteresseerd kunnen zijn. 'Jouw vriend Dan?' zei ik sarcastisch. 'Die wil misschien ook wel twintig pond lappen?' 'Misschien drie ton, of zo,' verbeterde Tim me. 'Gaby,' zei hij, en ik voelde een siddering van herkenning door mijn lichaam trekken toen hij mijn naam noemde, alsof ik het hem al duizend keer had horen zeggen, 'ik weet niets van wetenschappelijke innovaties, maar als het klopt wat ik jou aan Milton Oetzmann heb horen vertellen, zie ik niet in hoe jouw bedrijf kan mislukken.' Ik zei dat elk bedrijf kan mislukken, maar dat wuifde hij weg. 'Geef me een maand om de fondsen voor je te regelen waarmee jij aan de slag kunt. Als ik je teleurstel ga je weer naar Sir Milton en dan schrijf je mij af als een gek met waanideeën.'

Ik ging ter plekke akkoord. Ik zou alles goedgevonden hebben wat hij op dat moment had geopperd. Tim was dolblij. We praatten maar door, stelden elkaar honderden vragen, wilden alles van elkaar weten. Als iemand had meegeluisterd zou die er niets anders in horen dan twee Prosceniumleden die enthousiast kennismaakten.

We spraken nog een keer af. We hadden veel te bespreken, dus moesten we nog veel vaker afspreken – hè, wat jammer! (Dat was ironisch bedoeld.) We hadden het niet alleen over mijn werk en mijn financieringsbehoefte. Tim was geobsedeerd door poëzie en ik ook al snel, hoewel ik me er voor ik hem leerde kennen nooit een seconde mee beziggehouden had. We lunchten zo vaak mogelijk met elkaar. We spraken nooit uit wat we voor elkaar voelden – dat was een gegeven, we hoefden het er niet over te hebben, en het zou ongemakkelijk zijn geweest als we dat wel hadden gedaan. Tim had me al meteen verteld dat hij getrouwd was en dat zijn vrouw buiten zinnen zou raken van woede als ze wist dat hij afsprak met een andere vrouw om gezellig te lunchen. Hij zei ook dat hij zich door deze wetenschap niet liet weerhouden, dat mijn gezelschap hem liever was dan het hare en dat er in zijn huwelijksgelofte niets stond wat hem verbood te eten of te praten met een andere vrouw.

Ik begreep de boodschap: hij was niet bereid om iets te doen waarmee hij de regels zou schenden. Hij wilde geen affaire. Tenminste, dat wilde hij wel, maar dat deed hij niet. Op dat moment kon ik ermee leven dat het nooit verder zou gaan. Gewoon bij hem zijn en weten wat wij voor elkaar voelden was aanvankelijk genoeg voor mij. Alleen al de aanblik van zijn gezicht en zijn sms'jes en e-mails gaven me het gevoel alsof er iets van binnenuit bezit nam van mijn lichaam en me deed sidderen. Het was alsof ik een aardbeving had opgeslokt.

Als jij hier nu zou zijn, Lauren, zou je me vermoedelijk vragen hoe dat dan zat met Sean. Ik kan me niet voorstellen dat jij ooit zo'n egocentrische, ontrouwe hypocriet zou zijn als ik. Sean en ik woonden toen al samen, en ja, ik was hem ontrouw, weliswaar niet in lichamelijk opzicht, maar wel emotioneel. En erger nog, ik genoot ervan – ik genoot van het idee dat ik hem iets ergs aandeed. Ik had er totaal geen morele problemen mee. Toen ik mezelf probeerde voor te houden dat ik me schuldig hoorde te voelen, dacht ik eraan hoe Sean klaagde als ik een nacht van huis was voor mijn werk en dat hij verwachtte dat ik met hem naar het voetbal keek als ik eens niet weg was, en ik dacht: sorry, maar mijn behoeften komen op de eerste plaats, en daar kun jij niet eens over klagen, want je weet het niet. Mijn relatie met Sean is niet zo denderend, Lauren, maar dat heb ik je al verteld. Ik heb altijd geweten dat het niet denderend was, maar er was een krankzinnige nacht in een rothotel voor nodig om mij te doen inzien hoe hopeloos het in feite is.

Zoals beloofd, wist Tim zowel Peter Lammonby als zijn vriend Dan (Jose, uiteraard) te overtuigen. Hij regelde een startkapitaal van bijna drie miljoen pond, met een garantie dat Lammonby meer zou bijdragen als alles volgens plan verliep. Tim vond het een goed idee om de kansen wat te spreiden, en hij bedacht een geniaal plan waardoor ik nog verliefder op hem werd, eerlijk gezegd. Hij zei dat hij zeker wist dat een aantal van zijn zeer rijke cliënten geïnteresseerd zou zijn maar dat velen van hen wat nerveus zouden worden van iets dat zo riskant was. Mijn bedrijf had nog helemaal niets gedaan, dus mensen moesten letterlijk hun geld afstaan en er maar het beste van hopen. Tim vroeg me of ik bereid was om vijftigduizend pond van het bedrijfskapitaal te investeren (en daarvoor zou ik naar de bank moeten voor een lening) om iets te financieren wat hij op dat moment alleen nog vaag omschreef als 'een blijk van vertrouwen'.

Ik vroeg hem wat hij bedoelde. Tim omschreef een plan dat even helder en perfect was als een sonnet van Shakespeare: ik zou vijftigduizend pond steken in zijn diensten en die van een bedrijf in Genève, dat Dombeck Zurbrugg heette. Ik zal je niet lastigvallen met de details, Lauren, dus ik hou dit zo simpel mogelijk. Dombeck Zurbrugg is een bedrijf dat heel rijke mensen in Engeland helpt om belasting te omzeilen door trustfunds en moederbedrijven op te richten waardoor zij hun bedrijven officieel in Zwitserland kunnen vestigen. Zij leveren een directeur en een secretaris en een duivels complexe gelaagde structuur waardoor het lijkt alsof het bedrijf Zwitsers is, terwijl dat niet het geval is, behalve dan op papier. Hierdoor hoeven die rijke mensen veel minder belasting te betalen. Het is niet waterdicht, en de Engelse belastingdienst zou het zonder meer opdoeken als hij bereid was om er enorm veel manuren in te steken, maar heel veel mensen zijn ermee weggekomen en hebben zich zo miljoenen ponden bespaard.

Ik zei meteen tegen Tim dat ik daar niet toe bereid was. Niet omdat ik zo graag heel veel belasting betaal (integendeel: ik vind dat er een vast, laag belastingtarief moet zijn dat voor iedereen gelijk is), maar omdat ik geen zin had om de hele tijd over mijn schouder te moeten kijken omdat ik bang was dat de belastingdienst achter me aan zat. Tim knikte toen ik dat zei, alsof hij dat al had verwacht. 'Er komt niemand achter je aan, want je doet het niet. Je steekt niet echt geld in het systeem dat DZ voor je opzet. Dat zou trouwens toch lastig worden, behalve als je bereid zou zijn om naar Zwitserland te verhuizen – en dat ben je niet, toch?' Ik vroeg hem flirterig of hij dan mee zou komen, en vroeg me toen af wat ik verkeerd had gezegd. Tim keek alsof ik hem een stomp in zijn maag had gegeven. Een gruwelijke seconde lang vroeg ik me in paniek af of ik de dynamiek tussen ons soms verkeerd geïnterpreteerd had: misschien was hij alleen zakelijk geïnteresseerd in mij, misschien staarde hij alle technologische ondernemers die hij tegenkwam wel zo diep in de ogen.

'Gaby, ik moet ergens heel eerlijk over zijn,' zei hij. 'Ik geloof niet dat ik het in me heb om... zoiets te doen. Mijn vrouw te verlaten of zelfs... nou ja, wat dan ook. Ik hoop dat dat onze vriendschap niet in de weg staat.' Veertien dagen ervoor had ik misschien geknikt en 'Prima' gezegd, maar mijn onomkeerbare liefde voor hem was met de dag gegroeid en zijn verklaring van niet-beschikbaarheid klonk zo gruwelijk definitief. Hij zei dat ik hem in wezen op moest geven. Ik was kapot van teleurstelling. Het duurde bijna een minuut voor ik iets kon zeggen. 'Morele scrupules of angst?' vroeg ik hem. 'Dat laatste,' zei hij, maar toen herstelde hij zich. 'Nee, beide. Ik ben bang om iets te doen wat in het algemeen wordt gezien als verkeerd...' Hij maakte zijn zin niet af. Ik was woest hoewel ik probeerde om dat niet te laten merken. Kon hij dat algemeen niet laten voor wat het was en eens aan zichzelf denken? Hoe kon hij nu denken dat wij samen in enig opzicht verkeerd konden zijn?

Dat zei ik allemaal niet. Zijn ethische twijfels maakten me meedogenloos. Enfin, ik ben altijd al behoorlijk meedogenloos geweest, Lauren, maar om je de waarheid te zeggen vond ik dat altijd wel een goede karaktertrek van mezelf. Ik vond mezelf meedogenloos op een verfrissende, gezonde manier, maar Tim gaf me ineens het gevoel dat ik een harteloze verleidster was.

Daardoor voelde ik geen spat minder liefde voor hem, helaas voor mij. Zelfs als een seksueel gefrustreerde liefde het enige was wat hij kon bieden, was ik te verliefd op hem om nee tegen hem te zeggen. Ik hield mijn toon licht en vroeg: 'Geldt de regel van negentig overnachtingen nog steeds?' Tim beaamde dat. (Als je geen belasting wil betalen in Engeland, mag je hier maar maximaal negentig keer per jaar overnachten.) 'Dus we zouden tweehonderdvijfenzeventig nachten samen in Zwitserland kunnen doorbrengen, en dan ben jij de negentig nachten als je in Engeland bent bij Francine, en ik bij Sean. Die trouwens momenteel al veel meer overnachtingen met mij krijgt dan hij verdient.' Ik maakte vaak zure opmerkingen over Sean tegen Tim. Hij had het zo weinig mogelijk over Francine. Ik dacht eerst dat het een poging tot ridderlijkheid was, tot ik me realiseerde dat hij haar naam nauwelijks over zijn lippen kreeg.

Tim wilde het gesprek graag weer op de zakelijke plannen brengen. Hij zei dat het niet uitmaakte dat ik geen belastingvluchteling wilde worden en naar Zwitserland wilde verhuizen. Het enige wat ik moest willen was vijftigduizend pond verkwisten. Dan zou hij met Dombeck Zurbrugg een labyrintachtig plan ontwikkelen dat ik nooit zou gebruiken. Waar het om ging was dat Tim zijn klanten dan kon vertellen dat ik er zo zeker van was dat ik heel veel geld zou gaan verdienen dat ik bereid was een fortuin uit te geven aan belastingmaatregelen. 'Er zijn veel bedrijven in Zwitserland en op het Isle of Man die soortgelijke diensten verlenen, maar DZ is de beste en de duurste,' zei hij. 'Als ik mijn investeerders vertel dat jij in dit stadium al vijftigduizend pond spendeert aan DZ, geloof me, dan staan ze voor je in de rij. Dan denken ze dat die vrouw weet dat ze honderden miljoenen gaat verdienen.'

Het bleek dat hij gelijk had. Het feit dat ik vijftigduizend pond verspilde aan die Zwitserse bedrijfsstructuur die ik nooit gebruikt heb, bracht me alle investeerders die ik nodig had, en het waren allemaal cliënten van Tim. Los van Dan Jose, want dat was Tims beste vriend. Maar nu loop ik op de zaken vooruit. Die avond, nadat Tim me had verteld dat hij Francine nooit zou verlaten, zei ik tegen Sean dat ik me niet lekker voelde en dat ik in de logeerkamer zou slapen. Ik heb die hele nacht gehuild – net zoveel uit frustratie als van verdriet, eerlijk gezegd. Hoe kon Tim zo gemakkelijk accepteren dat wat hij wilde niet kon? Ik ben iemand die gelooft dat alles kan. Ik word kwaad als iemand die mening niet deelt.

Tegen de ochtend was mijn optimisme weer terug en had ik besloten dat het mijn taak was om Tim te laten zien dat er een moedige man in hem school, die er graag uit wilde. Ik maakte het romantische equivalent van een businessplan en deed verwoede pogingen om hem nog meer van me te laten houden – zo veel dat hij al snel zou denken: wie is die Francine nou helemaal? en hij bereid zou zijn om haar aan de kant te schuiven als een gebruikt papieren servetje. (Keur jij dat af, Lauren? Zo ja, dan heb je misschien nog nooit een man ontmoet van wie jij zo veel hield als ik van Tim hou. Ik had hem nodig. Voor mij maakte Tim het verschil tussen het gevoel dat ik voor honderd procent leefde en het gevoel dat ik voor één procent leefde. Je kunt gemakkelijk bij een principe blijven als je niet in de greep bent van een vurige behoefte die zich niet laat ontkennen.)

Mijn campagne had succes. Toen we op een dag in het restaurant van het Proscenium zaten te lunchen, pakte Tim onder tafel mijn hand. Het was de eerste keer dat wij elkaar aanraakten, los van de keren dat we per ongeluk expres tegen elkaar stootten. Er waren mensen die het hadden kunnen zien. Tim wist dat hij indiscreet was, maar was bereid het risico te nemen. Ik dacht bij mezelf: wat er ook gebeurt, zelfs als mijn hart uiteindelijk gebroken wordt, door dit moment is het dat allemaal waard.

Vanaf dat moment hielden we regelmatig elkaars hand vast, onder zo veel mogelijk van de tafels in het Proscenium: in het restaurant, de leeszaal, de salon. Mensen moeten het gezien hebben, maar iedereen deed of zijn neus bloedde. Op een dag vroeg Tim me of ik bereid zou zijn met hem te dineren. Ik was dolblij, maar vond het vreemd dat hij zei dat Dan Jose en diens vrouw Kerry er ook bij zouden zijn. 'Zé willen het genie dat hen rijk gaat maken heel graag ontmoeten,' zei hij. Ik begreep het niet. De manier waarop hij het gesprek begonnen was – 'Wil je een keer met me dineren, Gaby?' – had een heel andere bijklank. 'Dan en Kerry zijn mijn beste vrienden. Het is hoog tijd dat ze jou ontmoeten. Als ze jou niet kennen, en ons niet samen zien, dan kennen ze mij niet, en ik vind dat dat wel moet, aangezien zij mijn zelfgekozen familie zijn. Vind jij dat oké?' Ik zei dat ik het meer dan oké vond. Het was nog maar een kwestie van tijd, of Francine was geschiedenis, dacht ik.

Tim en ik aten 's avonds nooit alleen, maar we hadden regelmatig etentjes met Kerry en Dan (onze chaperonnes, zoals Tim hen noemde). En we kusten ook regelmatig. Een paar maanden lang was ik uitzinnig gelukkig, want ik dacht dat ik mijn zin zou krijgen. Maar toen begon ik kwaad te worden. Tims liefde voor mij lag er dik bovenop, maar hij had nog nooit tegen me gezegd dat hij van me hield, niet één keer. Ik had het ook nog niet gezegd, en op een gegeven moment besloot ik om dat ook niet te doen, niet als hij er niet eerst mee kwam.

We gingen samen naar Zwitserland om de mensen van Dombeck Zurbrugg te ontmoeten. Zelfde hotel, aparte kamers. Ik werd er gek van, Lauren: zo veel waanzinnige verspilling! Tim mompelde iets van dat het voor hem niet makkelijk was. Dat was tijdens onze eerste avond daar. Ik hoopte dat hij op tijd voor de tweede en laatste avond van dat tripje bij zinnen zou komen. Dat gebeurde niet. Op weg naar de luchthaven voor de vlucht naar huis zei ik weer iets luchtigs over dat negentigovernachtingenplan, en Tim draaide zich achter in de taxi naar me toe en zei: 'Gaby, wat we nu hebben... ik denk niet dat ik je ooit meer kan bieden. Francine zou het doorhebben als er iets gebeurde. Ze zou het ruiken, dat weet ik zeker. Ik kan... ik kan die grens niet over. Begrijp je wat ik bedoel?' Ik begreep het. Geen seks, nooit: dat was wat hij zei. Hij vroeg of ik daarin mee kon gaan, of ik het aankon. Elke cel in mijn lijf jammerde: 'Nee!' en 'Hypocriet wijf!' "Francine zou het doorhebben als er iets gebeurde"? Maar er *gebeurt* zo veel, de hele tijd – we staan op straat gepassioneerd te kussen, onze lichamen tegen elkaar aan gedrukt, en dat heeft Francine toch ook niet door! Als we het zouden doen, zouden we tenminste discreter te werk gaan, in een kamer, met de gordijnen dicht! Dat zei ik niet tegen Tim, Lauren. In plaats daarvan zei ik: 'Ja, natuurlijk.' Dat zei ik omdat a: als je een man wilt verleiden om bij zijn vrouw weg te gaan of haar te bedriegen, het niet handig is om je als een zeurende feeks te gedragen, en b: ik eindelijk wakker werd en me realiseerde dat ik Tims grenzen zou moeten accepteren. Als hij nooit bij Francine weg zou gaan of echt ontrouw aan haar zou zijn, had ik een heftige keuze: hem helemaal verliezen of doorgaan met het beste wat hij me te bieden had.

Het was geen echte keuze, Lauren. Ik kon hem niet verliezen. Ik legde me neer bij een gekweld bestaan. En toen gebeurde er twee weken later tot mijn verbijstering iets geweldigs. Op Valentijnsdag. Sean had niets voor me, nog geen kaartje. Hij en ik hadden nooit iets gedaan voor valentijn. Ik ben zo ontzettend geen type voor valentijn dat ik er ook niet aan had gedacht om Tim een kaart te sturen, maar die ochtend viel er op kantoor wel een kaart voor mij in de bus. Er stond een gedicht op van een dichter genaamd e.e. cummings, een gepassioneerd liefdesgedicht. Je kunt het op internet vinden als je 'ik draag jouw hart met me mee, ik draag het in mijn hart' intikt op Google. Op de kaart stonden de woorden 'ik hou van jou' en hij was ondertekend met 'De Drager'. Dat kon alleen van Tim komen, dacht ik. Tim was de drager van mijn hart, en dat wist hij.

Ik ben meteen van kantoor weggegaan en ben naar zijn werk gereden, waar ik tot dat moment nog nooit was geweest. We spraken altijd af in het Proscenium. Ik liep zijn kantoor in, ging op zijn bureau zitten en zei: 'Ik hou ook van jou, Tim. Het spijt me dat ik je geen kaart heb gestuurd, maar jouw kaart maakt niet alleen mijn dag, maar mijn hele leven goed.' Hij keek doodsbang. Ik voelde me meteen stom en boers en ongevoelig. Ik realiseerde me dat Tim niet voor niets had ondertekend met 'De Drager'. De woorden 'ik hou van jou' opschrijven en de kaart met je eigen naam ondertekenen zou te veel voor hem zijn, gezien zijn angst voor Francine. Hij zou als de dood zijn geweest dat zij zo'n kaart, met zijn handtekening eronder, in handen zou krijgen. Hij moest zich verstoppen achter een veilig pseudoniem. Omdat ik me zo onhandig en pijnlijk naakt voelde begon ik mijn excuses te maken, maar Tim viel me in de rede en zei: 'Hou je echt van mij, Gaby?' Hij keek zo achterdochtig dat ik in de lach schoot. Ik zei dat ik stapeldol op hem was, al vanaf het eerste moment. Ik zei dat het voelde alsof er een magneet in mij zat die me naar hem toe trok, elk moment van de dag. Hij zei: 'Dat is het precies. Dat is precies wat ik ook voor jou voel. We moeten dit echt zien op te lossen, hè?' Ik durfde niets te zeggen, kon niet geloven dat hij bedoelde wat ik dacht dat hij bedoelde. Maar het was wel zo. Ik denk dat het uitmaakte dat hij me hoorde zeggen dat ik van hem hield.

De volgende keer dat we samen lunchten, vertelde Tim me over de nachtmerrie die hij vaak had. Dacht hij soms dat dat de eerste stap was in de richting van een 'oplossing'? Ik weet het niet. Ik weet ook niet wat er was gebeurd als hij niet de moed had kunnen vatten om mij over die droom te vertellen. Misschien zouden we dan nog steeds twee keer in de week lunchen bij het Proscenium, en een keer per maand eten met Kerry en Dan. Misschien zouden we dan nog steeds hartstochtelijk kussen in portieken en op parkeerplaatsen. Of misschien was ik de hypocrisie beu geworden en had ik aan Tim gevraagd hoe hij zichzelf kon blijven wijsmaken dat hij Francine niet ontrouw was terwijl iedere gek kon zien dat hij dat wel was. Als hij zich elke vrijdagavond een stuk in zijn kraag zou drinken en steeds een andere anonieme vrouw zou nemen die hij in een club oppikte, zou dat minder verraad zijn aan zijn huwelijk dan wat hij met mij deed. Dat hij dat niet zag! Zelfs nu, jaren later, kan ik wel gillen van woede om hoe irrationeel dat was.

Tim had (heeft?) een terugkerende nachtmerrie. In die nachtmerrie probeert Francine hem te vermoorden. Althans, ze staat steeds op het punt hem te vermoorden: hij wordt altijd wakker voor dat gebeurt. In zijn droom zit hij met haar opgesloten in een klein kamertje, de hotelkamer waar ze samen logeerden toen ze op vakantie waren in Leukerbad, Zwitserland. Zij heeft hem tijdens die vakantie ten huwelijk gevraagd, en hij is ervan overtuigd dat ze toen ook heeft geprobeerd om hem te vermoorden, want na thuiskomst is hij regelmatig wakker geworden uit deze nachtmerrie. Francine loopt diagonaal de kamer door, in zijn richting. Tim zit ineengezakt in een hoek te beven, en het lukt hem niet stil te blijven. Hij kan Francine zelf niet zien, alleen haar schaduw op de witte muur die steeds dichterbij komt. Haar arm ziet er vreemd uit, zo dun als touw en met een knik erin, alsof hij gebroken is geweest en slecht gezet is. Ze draagt een handtas. In die tas zit iets waar ze Tim mee gaat vermoorden; dat weet hij. Hij wordt altijd wakker voor ze bij hem is.

Nadat hij me van die droom had verteld, begreep ik iets beter waarom hij zo bang was voor Francine. Als hij oprecht geloofde dat ze hem had willen vermoorden en dat nog eens zou doen, ja, dan snapte ik wel waarom hij niet het risico wilde nemen om bij haar weg te gaan. Wat ik niet begreep was hoe het mogelijk was dat zij had geprobeerd hem te vermoorden en hij zich dat niet meer kon herinneren. Mensen hadden het soms wel over trauma en geheugenverlies, maar dat geloofde ik nooit. Als je partner probeert om jou te vermoorden, zul je je dat over het algemeen heus wel bewust herinneren. Dan hoef je de clou niet uit je dromen te halen.

Ik ben naar Zwitserland gegaan, Lauren. Het was net zoiets als dat jij mij naar Düsseldorf bent gevolgd, alleen ging ik achter Tims nachtmerrie aan. Ik dacht niet dat hij en ik daar iets mee zouden opschieten, maar ik was verliefd op hem en geobsedeerd door de behoefte hem te helpen. Ik dacht dat het hotelpersoneel zich misschien iets zou herinneren. Misschien, als ik de juiste vragen stelde, zou een van die mensen zeggen: 'O ja, Tim Breary – die was hier met zijn vriendin, en die boorde midden in de nacht een schroevendraaier in zijn slagader.' Ik boekte een kamer in het hotel waar zij toen gelogeerd hadden: Les Sources des Alpes in Leukerbad. Dezelfde kamer. Ik moest het personeel omkopen om in hun administratie op te zoeken welke hun kamer was geweest.

Zou je me geloven als ik jou zou zeggen dat ik het mysterie heb opgelost, Lauren? Want dat is zo. In die kamer of dat hotel was geen clou te vinden, maar op een dag maakte ik een wandeling en toen zag ik het antwoord. Ik zag dat niets was zoals Tim dacht dat het was, en ik realiseerde me dat zijn nachtmerrie geen herinnering was. Het was een metafoor (iets dat staat voor iets anders). En dat hield in dat Francine waarschijnlijk nooit had geprobeerd hem te vermoorden, en dat hij daarom geen bewuste herinnering meer aan zo'n voorval had.

Dolblij en trots op mijn ontdekking kon ik niet wachten om het aan Tim te vertellen. Dat ik mijn mond toen niet heb dichtgehouden spijt me nog het meest. Zodra hij hoorde dat ik naar Leukerbad was geweest, gedroeg hij zich ineens totaal anders tegen mij. Ik had het meteen moeten merken en op mijn schreden terug moeten keren, maar ik was veel te veel met mezelf en mijn geweldige ontdekking ingenomen. Ik zei dat ik meende te weten wat zijn droom betekende, of in elk geval voor een deel, en hij ging volledig door het lint. Ik mocht het hem niet vertellen. Hij zei dat ik hem met rust moest laten, dat ik weg moest gaan en weg moest blijven omdat hij anders nog dingen zou zeggen waar hij spijt van kreeg, en dat was natuurlijk nog veel erger dan wanneer hij daadwerkelijk had gezegd wat hij toen dacht. Ik stelde me het allerergste voor: 'Ik hou niet van jou en ik heb ook nooit van je gehouden. Dit was één grote vergissing. Ik zal jou blijven haten tot mijn dood.'

Je ziet dat ik jou niet heb verteld waar ik in Leukerbad achter kwam, wat Tims droom betrof. Aangezien hij het zelf niet wilde horen, en er zo van overtuigd was dat het mijn zaken niet waren, zou het niet eerlijk zijn als ik het wel aan iemand anders vertel.

Nou, dat was het dus: mijn relatie met Tim en hoe het eindigde. Sindsdien is mijn leven kleurloos. Verschrompeld. Ik had niet eens door hoe erg tot ik jou ontmoette en mijn verleden plotseling mijn heden in gesleurd werd.

Laat ik eerlijk zijn, Lauren: ik ga kapot bij het idee dat Tim in de gevangenis zit voor een moord die hij niet heeft gepleegd. Maar tegelijkertijd ben ik blij, want dit biedt mij een kans. Voor mij en hem, voor ons. Er zijn jaren voorbijgegaan, Francine is dood, en Tim heeft mijn hulp nodig. Er brandt weer hoop in mij. Het is verschrikkelijk, maar ik heb dit liever dan het verdoofde, afstandelijke gevoel dat ik had toen ik nog dacht dat een avondje voetbalkijken met Sean het enige was waar ik me op kon verheugen.

Om Tim te helpen en om ons allebei het leven te redden (ja, zo voelt dat echt) heb ik eerst jouw hulp nodig, Lauren. Ik weet niet wie Francine heeft vermoord. Jij wel, denk ik. Vertel me alsjeblieft wat er aan de hand is. Alsjeblieft. Of ga ermee naar de politie. Wees alsjeblieft moedig. Doe wat je moet doen. Laat Tim de prijs niet betalen voor andermans wandaad. Ik weet dat jij te goed bent om dat te laten gebeuren. Ik weet, als jij dit leest, dat jij zult besluiten dat de man die ik in deze brief heb beschreven – de Tim die ik ken, met al zijn mysteries en tekortkomingen, al zijn angsten en zijn hypocriete gedrag, alle liefde die hij wel voelt maar niet kan uiten – beter verdient dan op te draaien voor een misdrijf dat hij niet heeft gepleegd.

Groet,

Gaby x (07711 687825)

18

12/03/2011

'Heb jij *West Side Story* nog nooit gezien?' gilde Liv tegen Simon over de arm van de ober die broodkruimels van het witpapieren tafelkleed veegde met iets wat leek op het ijzer van een kunstschaats. 'Ik weet niet of dat ontroerend eigenaardig is of dat het duidt op culturele armoede. Chris vindt hem *geweldig*. Je *moet* hem echt zien.'

'Het boeit hem niet,' zei Gibbs.

'"One Hand, One Heart",' oefende Simon op de songtitel en hij probeerde zich voor te stellen dat hij de tekst van het lied zou voorlezen aan ruim honderd bruiloftsgasten.

'Het is het lied dat Tony en Maria zingen als ze zich voorstellen dat ze zouden trouwen,' zei Charlie tegen hem. 'Ze weten dat het in het echt niet kan, dus houden ze een nepbruiloft in haar slaapkamer en zingen ze hun tragische duet. Ik vind het wel wat veelgevraagd dat je Simon beide partijen laat voorlezen,' zei ze tegen Liv. 'Is er een reden waarom ik niet ben gevraagd om Maria's tekst te zingen, of ben ik nu paranoïde?'

'Je bent amuzikaal, en ik *zing* helemaal niet,' zei Simon beschroomd. Er was verder niemand in het restaurant, dat zo klein was dat de obers hen konden verstaan.

In haar bericht van vanochtend had Liv het restaurant als informeel en intiem omschreven – twee woorden die wat Simon betrof helemaal niet bij elkaar pasten, hoewel hij wel vermoedde dat dat anders lag voor iemand die met andermans echtgenoot het bed indook. 'Het is net alsof je thuis eet!' had Livs sms'je beloofd. Simon was het daarmee volkomen oneens. Hij woonde niet in een kelder, en zijn huis had geen laag koepelvormig plafond met grof stucwerk, en er liepen ook geen mannen in pak rond die om de twintig seconden kwamen vragen of het smaakte.

'We willen het niet laten zingen, we willen dat het smaakvol voorgedragen wordt,' zei Liv. 'Door jouw verrukkelijke echtgenoot.' Ze keek Simon stralend aan.

'"We"?' vroeg Charlie. 'Je bedoelt jij en Dom?'

'Nee. Ik en Chris. Chris en ik.' Liv pakte Gibbs' hand. Charlie gaf Simon een schop onder tafel. Hij schopte terug, in de wetenschap dat zij dat verkeerd zou uitleggen. Hij gokte dat haar schop zoiets betekende als: 'Moet je nou eens zien hoe zij publiekelijk in elkaars hand knijpen alsof ze echt bij elkaar horen.' Zijn schop betekende: Hou in jezusnaam op met staren.

Hij dacht aan Gibbs' elastiekjesbal. Die was vanavond nog niet op tafel gekomen. Lag hij soms bij Debbie thuis?

Er kwam een ober op hen af met het breedste dienblad dat Simon ooit had gezien. En met meer eten dan waar hij trek in had. Wat had Charlie voor hoofdgerecht voor hem besteld? Hij wist het niet meer. Het voorgerecht dat ze voor hem had uitgekozen vond hij niet lekker: plakjes mozzarella met heel dunne, donkere ham met een sterke smaak, helemaal besprenkeld met geelgroene olie en een soort spikkeltjes van het een of ander.

'Dom laat de details van de ceremonie aan mij over,' zei Liv. 'Hij zit zoals gewoonlijk tot zijn nek in het werk. Alle andere teksten heb ik uitgekozen met het oog op hem, en deze heb ik voor Chris en mij uitgezocht. Wij hebben het *samen* gekozen.'

'Maar jij bent er niet eens bij,' zei Charlie tegen Gibbs.

'O nee?'

De ober zette hun borden voor hen neer. Simon was niet opgelucht toen bleek dat op het zijne een steak lag. Hij had er graag frites bij gehad. In plaats daarvan had hij iets wat leek op een met vernis beschilderde homp aardappels in een klein cilindervormig sierdingetje.

'Gaan Debbie en jij naar Livs bruiloft?' vroeg Charlie met een stem vol ongeloof. Ze schopte nog eens tegen Simons been.

'Je moet Gibbs schoppen,' zei hij tegen haar. 'Je vraagt het toch aan hem?'

'Debbie niet,' zei Gibbs. 'Ik ga alleen.'

'Ik weet wat je denkt, Char,' zei Liv. 'Het zal natuurlijk niet makkelijk zijn voor Chris, maar aan de andere kant zou het ook vreemd zijn als hij er niet bij was. Dat zou voor ons allebei veel erger zijn. Dat is net zoiets als... het is een beetje een akelige vergelijking, dat weet ik best, maar als ik op sterven in een ziekenhuis lag, zou ik willen dat Chris bij me was.'

'Een *beetje* een akelige vergelijking? Liv, dat is twee scheppen akelig met een portie macaber erbij.'

'Je kunt nee zeggen,' zei Gibbs tegen Simon.

'Het is niet macaber, en "One Hand, One Heart" is ook niet tragisch,' zei Liv verontwaardigd. 'Hoe kan een liefdeslied waaruit zo veel doodsverachting spreekt tragisch zijn? We kijken niet allemaal naar de wereld door een Charlie Zailer-bril.'

'Je zei dat je niet kwaad zou worden, wat er ook gebeurde,' bracht Gibbs haar in herinnering.

Simon vroeg zich af wat ze eigenlijk hadden verwacht.

'Ik ben niet kwaad,' zei Liv. 'Ik gebruik alleen een metafoor: een bril met glazen waardoor je, als je hem draagt, alleen... lijken en ellende kunt zien!'

'Niet iedereen is bereid zichzelf te verblinden voor zijn eigen geluk,' zei Charlie.

'Dit schiet niet op,' zei Gibbs. 'Luister, Charlie, wij zijn niet blind. We weten precies hoe het zit. Wij zien het alleen anders dan jullie.'

'Ik zie mezelf dit niet voorlezen.' Simon gaf de uitgeprinte tekst terug aan Liv. 'Sorry. Ik wil best iets anders voorlezen, als dat zo veel voor je betekent. Iets wat min of meer hetzelfde punt maakt.'

'Echt?' Liv zat te stuiteren in haar stoel. 'Jeetjemineetje! Wil je dat echt doen?'

'Maar het mag niet zomaar wat zijn,' zei Gibbs. 'Het moet iets betekenen.'

Charlie schoot in de lach. 'Heeft mijn zusje je dan niets geleerd, Gibbs? Je doet alsof het betekent wat je wilt dat het betekent. De woorden kunnen iets zijn als "Noem me Ismaël", maar dan maken we onszelf gewoon wijs dat het betekent: Dit is eigenlijk stiekem het huwelijk tussen Liv en Gibbs, ook al lijkt het alsof Liv met Dom trouwt.'

'"Noem me Ismaël"?' Liv keek zorgelijk.

'Simon wil alleen iets voorlezen als het een passage uit *Moby Dick* mag zijn.'

'Ik kan best voor mezelf spreken, Charlie.'

'Ik wil ons alleen maar tijd besparen.'

'Vraag iemand anders om "One Hand, One Heart" voor te lezen – wie dan ook,' zei Simon. 'Als jullie willen dat ik... Moet je horen, ik heb nog nooit voorgelezen op een bruiloft, dus ik lees liever iets wat ik goed ken.'

'Zoals?' vroeg Gibbs.

'"Regenbogen doen geen heldere hemel aan; ze geven alleen aan waterdruppels licht",' citeerde Simon. '"En daarom schiet er zo nu en dan een goddelijk inzicht door de dikke mist van mijn donkere gedachten om mijn wazigheid met een hemelse straal te doen ontbranden. En daar dank ik God voor; want ieder mens heeft twijfels, al zullen velen dat ontkennen. Maar naast die twijfels en ontkenning hebben maar weinigen ook ingevingen. Twijfels aan alle aardse zaken, en inzicht in het hemelse. Die combinatie maakt van een mens een gelovige noch een heiden, maar een man die beiden als gelijken beschouwt."'

'Dat is prachtig.' Liv snufte en knipperde met haar ogen. Ze keek Gibbs aan. 'Wat vind jij?'

Hij haalde zijn schouders op. 'Het is aan jou.'

'Dat *moet* je niet zeggen! Ik haat het als je dat zegt, alsof jouw mening er niet toe doet.'

'Die passage maakt helemaal niet hetzelfde punt als "One Hand, One Heart",' zei Charlie, geërgerd door het feit dat ze het zelfs maar overwogen. Was het dan zo belangrijk voor hen dat Simon voorlas op hun nepbruiloft-verpakt-in-een-echte-bruiloft? 'En ik dan?' hoorde ze zichzelf zeggen. 'Ik meen het, ik wil "One Hand, One Heart" best voorlezen, hoor.'

'Echt?' Liv vouwde haar handen over haar mond en neus en duwde de topjes van haar wijsvingers in de hoeken van haar betraande ogen. Simon wendde zijn blik af. Hij vond niets zo ongemakkelijk als mensen die huilden waar hij bij was.

'Dat zeg je niet alleen om mij blij te maken, zodat ik straks nog veel ongelukkiger ben als het tot me doordringt dat het een leugen was?' vroeg Liv door haar handen.

Charlie slaakte een zucht. 'Ja, zulke dingen doe ik, want ik ben het vleesgeworden kwaad. Weet je wel zeker dat je me op je gastenlijst wilt?'

'Je bent niet slecht, maar je bent wel tegen Chris en mij.'

'Dat was ik ooit, misschien. Nu ben ik alleen nog maar tegen het feit dat jullie allebei bij iemand blijven van wie je niet meer houdt.'

'Ik vind dat twee moet kunnen,' zei Gibbs.

'Dat lijkt me duidelijk,' zei Charlie voor de grap. 'Je hebt Debbie en Liv, en Liv heeft jou en Dom.'

'Ik bedoel twee stukken: "One Hand, One Heart" en *Moby Dick*.'

'Ja!' gilde Liv. 'Dat citaat uit *Moby Dick* is echt prachtig: aardse twijfel en hemelse inzichten. Perfect!'

Er kwam weer een ober naar hen toe. Simon keek naar zijn bord. Ze hadden geen van allen een hap genomen. 'Is alles naar wens? Is er soms iets mis met uw gerechten?'

'Alles is naar wens, dank u wel.' Livs glimlach vervaagde toen hij wegliep. 'Ik heb nog nooit geprobeerd om het je uit te leggen, Char, maar we hebben hier zo onze redenen voor. Ik dacht alleen altijd dat die jou niet zouden interesseren.'

'Ze hoeven niet te weten wat onze redenen zijn,' mompelde Gibbs.

'Het *hoeft* niet, maar ik vind wel dat ze er recht op hebben.'

Die uitspraak kon je op twee manieren uitleggen, vond Simon. Hij vroeg zich af of Charlie dat ook dacht, of dat hem dingen opvielen die niet bedoeld waren om op te vallen. Net zoals datgene wat uit Tim Breary's slaapkamer in het Dower House was weggehaald voor Simon en Charlie hem vanmiddag doorzochten. Simon had de afwezigheid ervan gevoeld. Had Dan Jose afgelopen vrijdag door dat hij Gaby Struthers' achterdocht had gewekt toen hij haar zo snel uit Breary's kamer weg wilde hebben? Had hij er zodra ze weg was iets weggehaald dat wees naar de schuldige? Als dat zulk duidelijk bewijs was, had hij dat dan niet vlak na 16 februari al moeten weghalen, de dag waarop Francine werd vermoord?

Op weg naar het restaurant had Simon bijna tegen Charlie gezegd dat dit de vreemdste en meest frustrerende zaak was waar hij ooit aan had gewerkt. Maar hij had zich ingehouden, want hij wist dat zij hem zou uitlachen en hem voor drama queen zou uitmaken. Simon moest toegeven dat het een 'jongen die riep dat er een wolf was'-moment was. Hij had al zo vaak tegen Charlie geklaagd over zaken die zo onbestaanbaar waren, dat hij er koppijn van kreeg. Hij had zijn mond moeten houden en zijn overdrijving moeten bewaren voor de zaak van Tim en Francine Breary, het echtpaar met een verhaal dat op elk punt onbegrijpelijk was.

Hij haat haar, althans, dat zegt hij. Dan gaat hij bij haar weg, is eindelijk vrij, maar probeert zichzelf van kant te maken. Hij zegt tegen Dan en Kerry Jose dat hij nooit meer terug kan naar de Culver Valley, omdat Francine daar is, en gaat toch weer terug om voor haar te zorgen als hij hoort dat ze een hersenbloeding heeft gehad. Hij smoort haar, geeft dat toe en verwacht dat iedereen gelooft dat hij daar geen enkele reden voor had.

Liv, die naast hem zat, zei: 'Dom is nu heel gelukkig, want hij heeft geen idee. In zekere zin hou ik nog van hem, Char – zoals ik van jou hou, of van pa en ma. Gibbs houd waarschijnlijk ook op die manier van Debbie.'

'Ik hou helemaal niet van jouw ouders, en ook niet van Charlie, dus... ja,' zei Gibbs, 'dat klopt wel.'

'Wat zeg je nou, hou jij niet van je voormalige chef die toch altijd een goede vriendin is geweest?' zei Charlie, zogenaamd gekwetst. 'Je wordt bedankt!'

'Ik mag niet bij mijn kinderen weglopen.' Gibbs staarde naar zijn zeebaarsfilet.

'Van wie niet?' vroeg Simon.

'Olivia.'

'Ik wil gewoon niemand pijn doen,' zei Liv. 'En op deze manier vervullen we onze plichten naar de mensen die van ons afhankelijk zijn, en wordt de pijn binnen de perken gehouden.'

'Tenzij Debbie of Dom erachter komt,' zei Charlie. 'Want in dat geval kon die pijn weleens flink aanzwellen, denk je ook niet?'

'Ja,' zei Liv uitdagend, 'maar ik kan geen belangrijke beslissingen over mijn leven nemen op basis van angst en worstcasescenario's.'

Dan zou je van mij nog wat kunnen leren, dacht Simon.

'Niemand komt ooit achter de hele waarheid, het hele pakket handig bij elkaar verpakt, Char. Zelfs jij niet, Simon, met je lichtende brein. Zelfs als er nu iemand binnen zou komen die mij en Chris samen ziet, dan is dat alles wat ze zien: een moment dat wij bij elkaar waren. Zouden Debbie en Dom er echt zo kapot van zijn als ze horen dat wij één keer samen in een restaurant zijn geweest? De emotionele waarheid kunnen ze onmogelijk achterhalen, ze weten alleen dat ene wat ze toevallig hebben gezien. Behalve als wij het hun vertellen. En dat zullen we nooit doen.'

'Hé, die ken ik!' verkondigde Charlie triomfantelijk. 'Dat is de aloude wijsheid van Colin Sellers. Zijn invloedrijke traktaat: *Hoe komt men weg met vreemdgaan*. Gibbs? Heb je daar iets aan toe te voegen?'

'Sellers heeft gelijk,' zei Gibbs. 'Tenzij je je in bed laat filmen word je nooit dusdanig betrapt dat je je er niet meer uit kunt lullen. De meeste vreemdgangers bezwijken alleen al bij de eerste de beste keer dat een achterdochtige partner hen confronteert.'

'In dit soort situaties zijn het gevoelens die pijn doen, niet het feit dat je iemand in bed betrapt,' zei Liv. 'En gevoelens kun je niet bewijzen. Je kunt niet andermans emoties op film zetten.'

Simon duwde zijn bord van zich af en stond op. Er begon zich een idee te vormen in de verre krochten van zijn verstand, nog zo provisorisch dat het zijn best deed om niet op te vallen. 'Iedere vreemdganger is weer anders, toch?' zei hij. 'Sommigen bezwijken onder de druk, anderen niet. Sommigen hopen er het beste van, anderen vrezen het ergste.'

'Ik zou best makkelijk kunnen ophouden met vreemdgaan,' zei Liv. 'Maar dan zou ik het gevoel hebben dat ik mezelf bedrieg, en Chris, en... de kansen die het leven me zo gul heeft geschonken.'

'Ik heb het gevoel dat wij nu gaan,' zei Charlie en ze propte nog snel een hap lasagne in haar mond. 'Simon is allang niet meer met zijn gedachten bij jou, Liv. Sorry. Maar wel mooi gesproken.'

Er verscheen een nieuwe ober. 'Is alles in orde, meneer?'

'Het was niet willekeurig. Ze zijn met een specifiek doel uitgezocht.'

'Pardon, meneer?'

'Maar wat is het doel?'

'Ik geloof niet dat ik uw vraag begrijp, meneer,' zei de ober.

Simon stelde de vraag niet aan hem en wilde hem dat ook verder niet duidelijk maken. Hij moest hier weg, zodat hij kon nadenken. Terwijl hij zijn auto opendeed, hoorde hij Charlie tegen Liv roepen dat ze haar Puertoricaanse accent moest oefenen. Hij had geen idee waar ze het over had.

'U bent er nog,' zei Sam tegen Proust die in het donker in zijn kantoor zat, de deur op een kier. Sam had hem niet gezien; hij had zijn aanwezigheid alleen gevoeld.

'Ik ben als een klein jongetje met een spleet tussen zijn tanden.' De stem van de Sneeuwman doemde op uit de schaduwen. 'Ik hoop een glimp op te vangen van de tandenfee die me een nieuw, glimmend geldstuk komt brengen.'

'Bereid u zich dan maar vast voor op een teleurstelling,' zei Sam. 'Ik heb niets nieuws en glimmends voor u. Ik heb nog steeds dezelfde leugenaars in het Dower House met wie ik al vanaf het begin zit. Ze liegen nog steeds allemaal, en het nieuwe verhaal is: Jason Cookson was buiten de ramen aan het doen toen Francine Breary werd vermoord, en dat waren ze eerst allemaal op de een of andere manier vergeten om aan ons te vertellen. O, en ze waren ook allemaal op precies dezelfde manier in de war – ze zeiden allemaal eerst dat hij *in* de zitkamer was, toen we hen voor het eerst ondervroegen. En ze papegaaien allemaal het verhaal dat Kerry gisteren aan Charlie vertelde, namelijk dat Tim Breary het kussen oppakte waarmee hij Francine heeft gesmoord en dat hij dat kussen op borsthoogte hield – ineens komt iedereen met dat detail, en ze zeggen het allemaal precies zo: "op borsthoogte". Voor u zegt dat we hen van elkaar moeten scheiden en door elkaar moeten rammelen, dat hebben we al geprobeerd. Maar tot nu toe hebben we geen geluk.'

'Geluk?'

'Meneer, we hebben gepraat en gedreigd en stroop gesmeerd en alles. Als u denkt dat u het beter kunt, ga u gang.'

'Zijn dat dan de enige twee opties? Dat jij het verkeerd aanpakt of dat ik het beter doe? Als jij het nou eens beter ging doen? Of brigadier Zailer, aangezien die zich er ook tegenaan schijnt te bemoeien: onze eigen Vrouw in het Zwart, wier geest hier maar rond blijft waren.' Er kwam een vreemd geluid uit het donker: iets tussen een zucht en een kreun in. 'Doe het licht eens aan, inspecteur. Of wil je soms een seance houden? Als er een kans bestaat dat we daardoor in contact komen met jouw daadkracht...'

'Mijn daadkracht is al de hele dag in de weer en ik kan verder niets anders meer bedenken.' Dat klonk te definitief. 'Ik weet zeker dat ik er morgen anders over denk,' herstelde Sam zich en hij deed het licht aan. De Sneeuwman masseerde met zijn duim en wijsvinger zijn kin alsof hij een nieuw obsceen gebaar had uitgevonden.

'We moeten de mogelijkheid dat Tim Breary zijn vrouw inderdaad heeft vermoord niet over het hoofd zien, meneer. Hij zegt dat hij het heeft gedaan en Charlie heeft misschien gelijk: het kan de gelogen waarheid zijn. Breary weet dat hij verdacht wordt, dus neemt hij het voortouw, bekent, en zorgt dat zijn discipelen zijn verhaal steunen. En vervolgens slaan ze zo veel gaten in hun verhaal dat wij denken dat er niets van waar kan zijn.'

'Discipelen?'

'Ik weet vrij zeker dat Breary het grote brein is achter wat er ook maar aan de hand is,' zei Sam. 'Ik denk nog steeds dat hij de dader is. Hij had zelf geen geld, geen inkomen. Nu Francine dood is, kan hij haar levensverzekering innen. Verder had niemand een motief, voor zover ik kan nagaan.'

'De familie Jose?' opperde Proust. 'Francine kostte hen handenvol geld. Vind jij het prettig als vrienden een weekendje komen logeren, inspecteur?'

'Ja, dat vind ik wel leuk.'

'Welnee. Bedenk eens hoe opgelucht je bent als ze weer weggaan. En stel je dan eens voor dat je vriend zijn vegeterende ex bij zich heeft en dat ze niet een weekend willen blijven maar de rest van hun leven.'

Sam durfde er zijn eigen levensverzekering om te verwedden dat Dan noch Kerry Jose Francine met een kussen om het leven had gebracht. 'Als Tim Breary zijn vrouw niet heeft vermoord, dan is Jason Cookson mijn tweede keus,' zei hij tegen de Sneeuwman. 'Die heeft een gewelddadige staat van dienst. Ik heb Sellers wat laten graven.'

'En?'

'Twee gevallen waarbij zwaar lichamelijk letsel is toegebracht, waarbij beide aanklachten zijn ingetrokken – eentje in 1998, de ander in 2008. Het tweede slachtoffer is een oog kwijtgeraakt. Sellers is nu achter dat eerste geval aan, maar de tweede aanklacht werd ingetrokken omdat het slachtoffer ineens beweerde dat hij Cookson niet met zekerheid kon aanwijzen als de man die met een mes achter hem aan ging op de parkeerplaats van een verzorgingstehuis.'

'Dus Cookson heeft hem op de een of andere manier te pakken gekregen.'

'Cookson was er vandaag niet. Naar verluidt helpt hij een vriend met diens verbouwing. Ze hebben hem allemaal een alibi voor gisteravond gegeven, maar ik weet zeker dat ze liegen. Ik denk dat hij het heeft gedaan.' Sam stak zijn handen in de lucht toen hij het ongeloof op het gezicht van de Sneeuwman zag. 'Ik weet dat Gaby Struthers zegt dat Jason Cookson niet de man was die haar heeft aangerand. Ik denk dat zij ook liegt. Om dezelfde reden: angst. Cookson heeft iemands oog uitgestoken, meneer. Dan, Kerry en Lauren, ze zijn allemaal doodsbang –'

'Maar niet per se voor Cookson,' zei Proust. 'Misschien zijn ze wel bang omdat ze weten dat ze liegen tegen de politie in een moordonderzoek en dat ze binnenkort de consequenties daarvan zullen ervaren. En als Gaby zo bang is voor Cookson nadat hij haar aangerand heeft, waarom zou ze die aanranding dan überhaupt melden?'

'Dat weet ik niet.' Dat had Sam zich ook al afgevraagd. Jason Cookson leek verreweg de meest waarschijnlijke kandidaat; want wie zou het anders kunnen zijn? Dan Jose? Nee, absoluut niet. 'Laten we zeggen dat Gaby gelijk heeft en dat Cookson een van zijn kameraden heeft gestuurd om haar de stuipen op het lijf te jagen, omdat hij niet wil dat Lauren haar nog meer informatie geeft. Laten we zeggen dat wij dat sujet überhaupt kunnen vinden – wat schieten we daar dan mee op? Dan weten we nog steeds niet wat die lui in het Dower House voor ons verbergen.' Sam slaakte een zucht. 'Ik denk dat we met een probleem zitten dat zich niet zo eenvoudig laat oplossen, meneer.'

'Is dat misschien omdat we een rechercheteam zijn, en geen stelletje kabouters?' zei Proust bits. 'Je hebt gelijk: dit laat zich niet oplossen doordat rechercheur Gibbs over een paddenstoel springt en zingt: "Wij zijn maar kleine dwergen, maar in uw huis verzetten wij bergen". Niet dat Gibbs ergens bergen verzet, en al helemaal niet in zijn eigen huis.' De Sneeuwman grinnikte. 'Ach kijk, daar zullen we hem hebben,' zei hij toen Sellers het kantoor binnen kwam. 'Onze eigen zware jongen.'

'Met die eerste aanklacht voor het toebrengen van zwaar lichamelijk letsel is het precies zo gegaan als met de tweede, inspecteur.' Sellers sprak tegen Sam en negeerde Proust. Hij was buiten adem. Hij was inderdaad een paar kilo te zwaar. 'Het slachtoffer en twee getuigen waren eerst honderd procent zeker dat Jason Cookson de dader was en ineens beweerden ze dat ze helemaal niets hadden gezien. En dat eerste geval was ook geen kroegruzie of zo. Het ging om een gast die zo stom was om te flirten met Cooksons toenmalige vriendin, Becky Grafham, bij een afhaalchinees. Hij belandde in het ziekenhuis met diverse gebroken botten. Toen ik dat hoorde, dacht ik dat het misschien de moeite waard was om ook eens te kijken naar het motief van dat tweede geval.'

'En?' vroeg Proust.

'Hetzelfde verhaal. Cookson was toen inmiddels met Lauren getrouwd. De man wiens oog hij uitstak was de zoon van een van de... cliënten van het verzorgingstehuis waar Lauren werkte, als je die mensen zo noemt. Die arme jongen was zo stom om een onschuldig, vriendelijk geintje te maken met Lauren toen hij bij zijn moeder op bezoek was. Op een dag kwam Jason Lauren ophalen van haar werk, en toen hoorde hij dat.'

'Die fout zal jij niet vaak begaan, hè, Sellers?' zei Proust. 'Onschuldige geintjes maken met vrouwvolk dat bij andere mannen hoort, als voorspel op andersoortig contact. Hoewel je wel meteen afvalt als je een oog kwijtraakt, dus dat zou mooi meegenomen zijn.'

'Meneer, ik heb geprobeerd om contact op te nemen met die Becky Grafham –'

'Hoezo?' blafte Proust.

'Het is misschien stom, maar ik kon die verhalen over die geweldsincidenten van Cookson niet rijmen met wat Gaby Struthers gisteren is overkomen. Ik weet dat Charlie het hele verhaal niet uit Struthers kreeg, maar ze heeft haar gezien en gesproken. Ze had niets gebroken, geen uitgestoken ogen of andere lichaamsdelen, geen ernstig lichamelijk letsel. Ik vroeg me gewoon af of Jason Cookson er een gewoonte van maakt om zowel mannen als vrouwen in elkaar te slaan, of om een ander de opdracht te geven dat te doen, en als dat zo is, kiest hij zijn methode dan afhankelijk van het geslacht van het slachtoffer?'

'En?' vroeg Proust ongeduldig.

'Ik heb de moeder van Becky Grafham gesproken en die zij dat Cookson Becky heeft gedumpt voor een ander meisje, wat natuurlijk op zich niets hoeft te betekenen, maar ze zei ook dat zij Becky van het begin af aan al had gezegd dat hij haar zou dumpen. Het was een kwestie van tijd, zei ze, en ze had gelijk. Voor hij Lauren ontmoette en met haar trouwde had Jason Cookson de naam een rokkenjager te zijn. Hij bleef misschien een week, een jaar, twee jaar bij een vriendin, maar uiteindelijk verliet hij iedereen voor een ander. Hij heeft alle vriendinnen die hij had gedumpt.'

'Iemand die twee jaar verkering heeft kun je moeilijk een rokkenjager noemen,' zei Proust. 'Twee jaar, dat is best een investering.'

'Inderdaad.' Sellers keek verheugd. 'Dat vond ik ook. Dus toen vroeg ik me af: hoe kan het dat een man die een reeks normale relaties heeft, variërend in lengte, de reputatie heeft van rokkenjager?'

Proust stak zijn handen op in een overdreven gebaar van verveelde en geïrriteerde verveling. Sam had nog nooit iemand ontmoet met zo'n uitgebreide en complexe lichaamstaal.

'Was het omdat hij zelf nog nooit door iemand was gedumpt?' zei Sellers volhardend. 'Wat nu als er geen enkel vriendinnetje bij hem wegging omdat ze het gevoel had dat dat niet kon? Of omdat hun gezegd was dat het niet mocht, of omdat ze te bang waren?'

Proust trommelde met zijn vlakke handen op zijn bureau. 'Ik zie niet in wat we daaraan hebben, zelfs al is het zo,' zei hij uiteindelijk.

'We weten pas wat we eraan hebben als we er achterheen gaan,' zei Sam. 'Ga jij op zoek naar Cooksons exen,' zei hij tegen Sellers. 'Laten we maar eens kijken hoeveel van hen nog steeds te bang zijn om openlijk te praten, zelfs na al die jaren.'

Simon parkeerde voor het huis en zette de motor uit. Hij maakte geen aanstalten om uit de auto te stappen. Hij was altijd al langzamer dan Charlie, alsof hij door het autorijden in een trance was geraakt waar hij zich moeilijk uit kon losmaken. Soms verloor ze haar geduld en ging ze vast alleen naar binnen. Maar vanavond verroerde ze zich niet. 'Ga je het me nog vertellen?' vroeg ze.

'Geen Harold Shipman, geen Fred en Rosemary West. Geen Saddam Hoessein of Osama Bin Laden.'

'Klopt,' zei Charlie. 'Het is een enorm pluspunt dat die lui daar allemaal niet zullen zijn.'

'Wat?'

'Op de bruiloft van Liv en Dom.'

'Daar had ik het niet over.' Simon zette zijn stoel naar achteren om zichzelf wat meer beenruimte te geven.

'Zonder hen is het vast gezelliger. Al was het maar omdat ze bijna allemaal dood zijn.'

'Waar heb jij het in godsnaam over?'

Charlie juichte in stilte en deed haar best om niet te lachen. Waarom had ze deze tactiek nu pas ontdekt? Ze schoof het op overmatige nuchterheid; ze had vanavond drie grote glazen wijn gedronken en voelde zich geïnspireerd. Normaal was ze zinloos recht voor zijn raap als ze geen idee had waar Simon over zat te prevelen: als hij haar dingen vertelde waar ze geen touw aan vast kon knopen en ze hem om de vijf seconden om uitleg moest vragen, tot hij dat eindelijk gaf – als het hem uitkwam en geen seconde eerder. Deze nieuwe tactiek was veel leuker: na elke onnavolgbare uitspraak van zijn kant vuurde zij er ook eentje op hem af. Waarom zou zij de enige zijn die de draad van het gesprek steeds kwijtraakte?

'Denk eens aan de slaapkamer van Tim Breary,' zei Simon. 'Aan de boeken naast zijn bed.'

'Die boeken over moordenaars?'

'Ik heb een kop sterke thee nodig,' zei Simon ineens.

'Normaal gesproken moeten we daarvoor naar binnen.'

'Ik kan hier beter nadenken.'

'Jij bent gek. Jezusmina… goed dan.' Charlie stapte uit en smeet het portier dicht. Mopperend trok ze haar sleutels uit haar tas. Toen ze binnenkwam ging de telefoon. Ze negeerde hem en liep door naar de keuken, want ze dacht dat het alleen Liv kon zijn. Er werd nog vijf keer gebeld terwijl zij thee zette voor Simon. Het klonk steeds dringender, ook al rinkelde hij op precies dezelfde manier.

Charlie bezweek voor haar nieuwsgierigheid. 'Wat is er?'

'Charlie? Met Lizzie Proust.'

'O, hoi, Lizzie. Alles goed?' *Of heeft mijn man jullie hele gezinsdynamiek naar de knoppen geholpen?*

'Ja, prima. Het spijt me dat ik je zo laat bel.'

'Geeft niet. Zo laat is het niet.'

'O, mooi.' Lizzie klonk verrast. 'Charlie, dit is een beetje ongemakkelijk. Ik neem aan dat jij ook weet van Amanda – Regan, zoals ze tegenwoordig heet. Je weet dat Simon met Giles heeft gepraat en... de situatie aan hem heeft uitgelegd?'

'Ik heb nog geprobeerd om hem tegen te houden.'

'Maar dat is niet gelukt?'

'Nee, klaarblijkelijk niet.' Als het haar gelukt was, zou Lizzie haar niet om kwart voor tien op een zaterdagavond bellen. En dan zou ze ook niet weten dat haar dochter haar naam in Regan heeft veranderd.

'Het punt is... nou ja, Ama– Regan en ik zijn nogal verbluft.'

'Zal ik vragen of Simon je terugbelt?' Charlie had geen zin om zich hierin te mengen. Ze achtte zichzelf niet geschikt om mensen te ontbluffen; dat was Simons werk.

'Giles heeft er namelijk niets over gezegd. Helemaal niets. Hij doet alsof er niets veranderd is. Ik weet het alleen omdat Simon Amanda heeft gebeld, en... Sorry.' Lizzie lachte nerveus. 'Ik weet niet of ik ooit aan die nieuwe naam kan wennen maar ik heb haar beloofd dat ik het zou proberen, zolang Giles maar niet in de buurt is. Simon heeft *Regan* gebeld om te vertellen wat hij heeft gedaan en zij belde me helemaal in paniek op. Ze was buiten zinnen – ze had het over emigreren, en al dat soort hysterische onzin. Ze zei dat Simon alles aan Giles had verteld, en dat ze hem nu nooit meer onder ogen kon komen, nu ze wist dat hij het wist.'

'Ik mag hopen dat Simon zijn excuses aan Regan heeft aangeboden omdat hij haar zo in de nesten heeft gewerkt,' zei Charlie. 'Dat heb ik hem wel opgedragen.'

'Ik heb gezegd dat ze absoluut niet mocht weglopen – dat ze naar huis moest komen en dat wij hem dan samen wel te woord zouden staan. Het leek mij het beste als zij alles zou ontkennen, en dat ze zou zeggen dat het van begin tot eind gelogen was, maar zij dacht dat Giles dat nooit zou geloven, en aangezien Regan nu haar officiële naam is...'

'Wacht even.' Charlie nam een slok van Simons thee. Het bevestigde haar vermoeden dat iemand die liever geen melk in zijn thee wilde niet goed snik kon zijn. 'Jij wilt je eigen hachje en dat van Regan redden door Simon als leugenaar af te schilderen, ook al heeft hij de waarheid gezegd? Ik weet dat hij een irritante boer is, maar dat lijkt me toch niet helemaal eerlijk.'

'Nee,' verzuchtte Lizzie. 'Natuurlijk is het niet eerlijk. Ik ben er ook niet trots op, maar ik vrees dat de paniek toesloeg. Je weet toch hoe Giles kan zijn. Amanda en ik wisten ons gewoon geen raad. Je had mijn schoonzoon moeten zien, die was zo wit als een doek. Maar goed, Amanda – *Regan* – dacht dat Giles haar niet zou geloven als zij het glashard zou ontkennen –'

'Godsamme, Lizzie!' flapte Charlie er uit. 'Dit is toch waanzin?'

'Ik weet het,' zei Lizzie bedroefd. 'Ik weet het echt, Charlie. En ik vind het zo naar dat jij hierbij betrokken bent geraakt.'

'Maak je nu over mij maar niet druk. Denk aan jezelf, en aan Regan. Vertel Proust de waarheid, laat hem de situatie zien zoals die echt is: zijn dochter heeft een probleem met hem. Een groot probleem.'

'Dat kan ik niet doen. Giles heeft altijd op zijn gezin vertrouwd. Misschien wel meer dan de meeste andere mensen. Wij zijn zijn rots in de branding.'

Waarom moest het altijd een rots zijn, vroeg Charlie zich af? Had je als mens in een stedelijke omgeving veel nut van een stuk rots in een branding? Waarom zeiden mensen niet iets als: 'Hij is mijn centrale verwarming' of 'Hij is mijn kamerbreed tapijt'?

'Als Giles zou denken dat zijn trouwe echtgenote en zijn enige dochter geen liefde en respect voor hem voelden, zou hij daar helemaal kapot van zijn.'

'Voel je dan liefde en respect voor hem?' vroeg Charlie.

'Natuurlijk!'

'Hoezo "natuurlijk"? Regan kennelijk niet.'

'O, dat regel ik wel,' zei Lizzie ongeduldig, alsof het zoiets was als de weekendboodschappen doen. 'Het komt door die therapeut waar ze naartoe gaat. Dat zijn foute mensen, Charlie. Heel fout. Ze pakken je zuurverdiende centen af en stoppen je zo vol met rancune en wrok dat je er alleen maar slechter van wordt, en niet alleen financieel. Echt waar, die lui doen meer kwaad dan goed. Sommigen planten valse herinneringen aan misbruik in je hoofd. Ik heb een artikel gelezen –'

'Lizzie,' onderbrak Charlie haar. 'Ik moet ophangen. Als je je kop in het zand wilt steken, moet jij dat zelf weten, maar ik denk dat je beter naar Regan kunt luisteren. Ze heeft gelijk over Proust: hij is een verschrikkelijke dwingeland. Dat is hij al zolang ik hem ken. Ik weet zeker dat daar allerlei mooie eigenschappen tegenover staan, maar... nou ja, daar heb ik maar heel minieme glimpjes van gezien.'

'Waarom zeg je dat nou?' Lizzies stem trilde. Ze had haar levensmoede organisatorstem laten varen en klonk als een meisje van acht. 'Giles is stapeldol op jou, en op Simon. Hij heeft jullie heel hoog zitten. Zoals jij dat zegt van die mooie eigenschappen klonk het net alsof hij een of andere vreselijke... *zonde* heeft begaan. Het is een geweldige man! Jij zou eens naar Amanda moeten luisteren – nu, bedoel ik. Ze schaamt zich wezenloos voor wat ze allemaal tegen Simon heeft gezegd. Ze geeft toe dat ze veel te ver is gegaan.'

'Omdat ze bang is,' zei Charlie.

'Waarvoor dan? Giles is stapelgek op haar, en op haar kinderen. Dat weet zij donders goed.' Lizzies toon was weer afgemeten: *zero tolerance*. Ze imiteert Proust, dacht Charlie huiverend. Dat was het: ze wisselde in haar hoofd haar eigen stem af met die van hem, haar eigen gedachten met die van haar heer en meester. *Alsof ze schizofreen was.* 'Giles heeft Amanda nog nooit met een vinger aangeraakt en dat zou hij ook nooit doen.'

'Vingers zijn niet het enige waar je bang voor kunt zijn. Psychologische mishandeling kan nog veel meer pijn doen, en je komt er gemakkelijker mee weg. Geen zichtbare littekens.' *Ga lekker zo door, Zailer. Als iemand al de gevolgen van het hersenspoelen tijdens een huwelijk van veertig jaar ongedaan kan maken in een telefoongesprek, dan ben jij dat niet. Maar goed, laat dat je er vooral niet van weerhouden.* 'Als Giles zo'n verschrikkelijk goede man is, waarom denk je dan dat Regan de behoefte had om een nieuwe identiteit aan te nemen? En waarom ben jij bereid om haar Regan te noemen? Draag je niet bij aan haar ontrouw, telkens als je dat doet?'

'Waarschijnlijk wel,' zei Lizzie opstandig. 'Het is ook een idiote poppenkast, Charlie. Als je echt wilt weten wat ik vind, dan denk ik dat Amanda zwelgt in negativisme en dat ze van elke mug een gigantische olifant maakt – maar dat kan ik natuurlijk niet tegen haar zeggen. Ik moet haar sussen en haar bij die belachelijke naam noemen, zodat zij het weer bijlegt met Giles, want anders kan ik straks mijn kleinkinderen niet meer zien, en daar moet ik gewoon niet aan denken. Als Giles vindt dat wij Amanda niet meer kunnen zien...'

'Dan zeg je toch dat hij moet oprotten? Dan ga je maar in je eentje naar je kleinkinderen toe.'

Was Lizzie aan het ontploffen aan de andere kant van de lijn? Gaven mensen haar dan niet altijd dit soort advies: haar vriendinnen, kennisjes, buurvrouwen?

'Charlie, je maakt het me niet gemakkelijk. Ik belde je niet om het over mijn moeilijke dochter te hebben.'

'Hou er dan over op, voor ik de *Gouden Gids* erbij pak om te zien of er een adoptiebureau is voor volwassenen.' Dat dat er nog niet was! Het was een briljant idee: nieuwe ouders voor grote mensen.

'Giles heeft er *niets* over gezegd.'

'Hoe bedoel je.'

'Hij doet net of er niets aan de hand is, alsof er niets is veranderd,' zei Lizzie. 'Regan en ik zitten op de uitbarsting te wachten, maar... niets. Het is net of hij het niet weet, Charlie. Weet je heel zeker dat Simon het hem echt heeft verteld?'

'Ik zou niet weten waarom hij daarover zou liegen.'

'Waarom is Giles er dan niet over begonnen?'

'Waarom begin je er zelf niet over?' vroeg Charlie.

'Ik hou me vast aan de hoop dat Simon het toch niet heeft verteld.'

'Lizzie, als hij tegen Regan heeft gezegd dat hij dat heeft gedaan, dan heeft hij het gedaan. Ik weet wel waarom Proust niets zegt, en als jij even nadenkt, weet jij het ook best. Zoals alle despoten is hij niet gekomen waar hij nu is door macht uit handen te geven. Ga maar na: zodra hij reageert is hij een bom die zal ontploffen en moeten jullie je op de brokstukken storten. Niemand is immers bang voor dat wat al gebeurd is. Door niet te reageren houdt hij jullie gevangen in jullie angst, en blijven jullie wachten op wat komen gaat. Jullie vragen je af waarom die reactie niet komt, maar jullie zijn te bang om ernaar te vragen. Jullie weten niet eens zeker *of* hij het wel weet. Dat is nog veel mooier – hij onthoudt jullie zowel die zekerheid als de erkenning. En zo houdt hij alle macht.'

'Wat voor monster is mijn man eigenlijk, volgens jou?' zei Lizzie bits.

Saddam Hoessein, Harold Shipman, Osama Bin Laden. Giles Proust.

Ineens had Charlie het: het antwoord op de vraag die Simon nog niet eens had gesteld. 'Lizzie, ik moet echt ophangen.'

'Wacht! Het spijt me dat ik zo fel werd. Hoor eens, ik snap je punt wel. Waarschijnlijk heb je grotendeels gelijk.'

Kwam hier dan nooit een eind aan?

'Ik wil je om een gunst vragen, Charlie. Daar belde ik voor. Zou jij... zou jij aan Simon willen vragen of hij het nog eens wil doen? Of hij er nog eens met Giles over wil praten? Misschien kan hij een keer 's avonds langskomen zodat ze het gesprek niet op het werk hoeven te voeren? Ik zorg wel dat ik dan niet thuis ben, dat is geen punt. Ik zou alleen... ik zou dit allemaal veel beter aankunnen als ik wist dat Giles...'

Denk na. Charlie hoorde het laatste woord niet; ze drukte de telefoon uit en legde hem weer op de oplader. Hij ging meteen weer over. Ze trok de stekker eruit, liep weer naar de keuken, gooide Simons thee weg en zette een nieuwe beker.

Lizzie zou haar anders nooit hebben laten gaan.

Simon zat nog steeds waar hij zat, en keek niet op toen zij weer in de auto stapte. Het had geen zin hem te vertellen over het meest dysfunctionele telefoongesprek in de geschiedenis van de mensheid; hij was verzonken in een diepe, donkere trog vol obsessies en daar zou hij nog wel even blijven zitten.

'Vraag maar,' zei Charlie terwijl ze hem zijn beker gaf.

'Hm?'

'De vraag die je in het hoofd hebt. Geen Harold Shipman, geen Fred en Rose West... Ik denk dat ik het antwoord heb.'

'Waarom die moordenaars? De boeken in Tim Breary's kamer: waarom Pinochet, die oude nazi, de Lockerbie-bomber, Myra Hindley? Waarom die mix van politieke en niet-politieke moordenaars?'

'Toeval? Zomaar?'

'Is dat je antwoord?'

'Het is *een* antwoord. Waarschijnlijk het antwoord dat de meeste mensen zouden geven.'

'Jij bent niet de meeste mensen. Jij bent beter dan de meeste mensen.'

'Dan zal ik je dat meteen nog eens bewijzen,' zei Charlie sarcastisch. 'Hindley, die kampbeul, al die moordenaars in de boeken van Tim Breary – bij hen allemaal is sprake van afstand tot of van hun misdrijven. Hetzij afstand in tijd, of afstand door berouw, of voorgewend berouw...'

'En dat is niet van toepassing op de moordenaars over wie Tim Breary *niet* las.' Charlie hoorde de opwinding in Simons stem. 'Harold Shipman, Fred en Rosemary West, Saddam Hoessein, Bin Laden. Shipman was toch nog steeds bezig? Die stopte pas toen hij gepakt werd. Fred West: idem dito. Hij en zijn Rose zouden er waarschijnlijk mee doorgegaan zijn als de politie hen niet had gepakt.'

'Weten we genoeg van die lui om dat met zekerheid te kunnen zeggen?' vroeg Charlie.

'Ik denk het wel,' zei Simon. 'Bin Laden en Saddam Hoessein waren toch allebei nog steeds openlijk trots op hun moorddadige prestaties toen ze het loodje legden? Als ze waren blijven leven hadden ze misschien de tijd gehad om nog wat meer mensen om te leggen.'

Dus je weet het niet zeker. Charlie was zo verstandig om haar mond te houden.

'Sommige moordenaars zullen altijd moordenaars blijven,' zei Simon. 'Zo zijn ze nu eenmaal. Van anderen weet je zeker dat ze het nooit meer zullen doen. Pinochet en die nazi – daar zei men toch van dat het geen zin had om hen te laten terechtstaan omdat ze oud en zwak waren?'

'Geen idee,' zei Charlie.

'Ze zijn allebei jarenlang, decennialang, op vrije voeten geweest en hebben in de tussentijd geen nieuwe slachtoffers meer gemaakt,' zei Simon. 'Voor de Lockerbie-bomber geldt hetzelfde. Hij is ziek en stervende en beweert al zolang ik me kan herinneren dat hij onschuldig is. Zijn moordverleden ligt allang achter hem, als hij al ooit een moordenaar was.'

'Myra Hindley.' Charlie zette haar twijfels op een zacht pitje en deed een duit in het zakje. 'Berouw, studeert af, beweert dat ze een spiksplinternieuw iemand is, en die krankzinnige Lord Dingetje die lobbyt voor haar vrijlating.' Ze pakte Simons theebeker af en nam een slok. Hij leek het niet te merken. 'Dus... wat betekent dat? Tim Breary wilde Francine vermoorden, maar hij wilde niet voor eeuwig met het schuldgevoel en de verantwoording blijven zitten? Hij wilde weten of het mogelijk was de mantel van slechtheid af te schudden als je eenmaal iets vreselijks hebt gedaan?'

'Nee, niet de mantel van slechtheid, niet bij zichzelf,' zei Simon. 'Dit gaat erom dat hij de aanwezigheid van slechtheid probeerde te ontdekken. Of van schuld.'

'Bij wie?' Charlie kon maar één mogelijke kandidaat bedenken. 'Francine?'

'Wacht even. We moeten hier eerst zeker van zijn. Hindley is anders dan de anderen in Tim Breary's verzameling. Zij heeft nooit de kans gekregen om te bewijzen dat ze het niet nog eens zou doen als ze zou worden vrijgelaten.'

'Maar...'

'Maar ze zou niet in de herhaling zijn gegaan, toch? Niemand geloofde dat ze nog eens zou moorden of martelen.'

'Nee. Het was de combinatie met Ian Brady die dodelijk was,' zei Charlie. 'Zonder hem zou ze het nooit nog eens hebben gedaan. Wacht, is dat soms nog iets wat ze gemeen hebben, die monsters uit

Breary's boeken? Die nazi – kwam hij soms ook met het eeuwige excuus dat hij alleen maar bevelen opvolgde?'

'Je bedoelt dat hij het zonder Hitler nooit had gedaan? Waarschijnlijk. De meest nazi's die geen partijleiders waren zeiden achteraf dat ze alleen maar bevelen opvolgden. De advocaten van Pinochet beweerden dat hij niets af wist van de moord- en martelpraktijken waar zijn volgelingen bij betrokken waren. De Lockerbie-bomber – er zijn mensen, waaronder hijzelf, die denken dat hij niet schuldig is.'

Simon keek Charlie aan. 'Dit gaat om de aanwezigheid van schuld,' zei hij. 'Of de afwezigheid daarvan. Breary's verzameling moordenaars – dat zijn allemaal mensen over wie je zou kunnen discussiëren: in hoeverre zijn ze nog steeds schuldig? Waren ze ooit echt slecht? Zijn ze nog steeds slecht maar kunnen ze dat beter verbergen dan mensen zoals Harold Shipman en Fred en Rosemary West?'

'Dus... voordat Francine die hersenbloeding kreeg, maakte ze Tims leven en dat van alle anderen tot een hel,' zei Charlie.

'Maar dat had ze nooit kunnen doen zonder zijn medewerking.' Simon klonk weer opgewonden. 'Hij bleef bij haar, dus in hoeverre kon zij in haar eentje verantwoordelijk gehouden worden voor wat er zich tussen hen afspeelde?'

'Hij volgde alleen bevelen op, als we Kerry Jose mogen geloven,' zei Charlie. 'Bevelen die hij had kunnen en moeten negeren.'

'Na de hersenbloeding was Francine ongevaarlijk, machteloos, bijna onherkenbaar, maar ze was nog steeds Francine,' zei Simon. 'Haar hersenen waren nog deels intact. Misschien had ze spijt en kon ze dat niet zeggen.'

'Er is toch geen reden om aan te nemen dat ze spijt had? Behalve van haar eigen situatie.'

'Nee,' zei Simon. 'Dat is het punt: Breary wist niet wat hij ervan moest denken, en hij wilde dat wel weten. Hij *moest* het weten. Door die hersenbloeding ontstond er afstand tussen Francine en degene die ze eerst was. Breary had geen idee of het aanvaardbaar was dat hij nog steeds dezelfde gevoelens voor haar had als daarvoor.'

'Dat hij haar wilde vermoorden, bedoel je?'

'Misschien. Ga maar na: stel je voor dat hij haar ervoor *inderdaad* had willen vermoorden. Had je dat dan, in zijn positie, kunnen doen toen zij eenmaal haar hersenbloeding had gehad, en kon je er dan zeker van zijn dat je dezelfde persoon ombracht? Wat als zij zich niets herinnerde van de tijd dat zij met Breary samenwoonde? Wat als de hersenbloeding haar brein even radicaal had veranderd als haar lichaam, en ze ongelofelijke spijt had, maar dat niet kon zeggen?'

'En jij denkt dat Breary op zoek was naar antwoorden in zijn boeken over monsters die misschien geen monsters meer waren, of die misschien wel helemaal nooit monsters waren?'

'Als ik moet gokken – en het is echt niet meer dan een gok...' Simon trommelde met zijn vingers op het stuur. 'Hij kon Francine niet vergeven. Hij las die boeken om te zien of ze hem konden helpen te beslissen wie er meer schuld had, hij of zij. Hij omdat hij niet in staat was haar te vergeven in haar verzwakte, veranderde staat, of zij omdat ze was wie ze was voor de hersenbloeding – en misschien is ze zelfs zo gebleven tot haar dood. De meeste mensen ondergaan hun gevoelens en laten het daarbij. Breary niet – hij analyseert ze tot in het allerkleinste detail. Dat sonnet dat hij me meegaf voor Gaby Struthers gaat over hoe de liefde een paradox is. De dichter probeert te bepalen wat liefde is.'

'Ik dacht dat liefde doodvriezen in een koude auto is,' zei Charlie. 'Dat heb ik tenminste weleens gehoord.'

'Tim Breary is geobsedeerd door de liefde, en door schuldbesef. Hij wil die gevoelens allebei beter leren begrijpen: zijn liefde voor Gaby en de schuld die hij neerlegt bij Francine. De grote vraag is: welke van die twee vindt hij belangrijker, de liefde of de haat?'

'Leg eens uit?' vroeg Charlie hoopvol.

'Toen hij wegging uit de Culver Valley en naar het westen trok, was het toen zijn liefde voor Gaby die hem dreef, of zijn haat voor Francine?'

'Ik heb geen flauw idee.'

'Hij heeft het allebei achtergelaten: de liefde en de haat. En vervolgens, toen Francine die hersenbloeding kreeg, is hij weer teruggegaan naar de Culver Valley. Was het zijn liefde voor Gaby die hem terugbracht of zijn weerzin jegens Francine?'

'Dat is... simpeler?' zei Charlie onzeker. 'Het moet toch wel om de liefde zijn geweest? Hoewel Gaby beweert dat hij nooit contact met haar heeft opgenomen. Maar waarom zou je terugkomen om voor je invalide vrouw te zorgen als je haar haat en je niet eens meer getrouwd bent?'

'Omdat je ziet hoe gemakkelijk het zou zijn om haar te vermoorden,' zei Simon alsof dat volkomen voor de hand lag. 'En als ze dan dood is en jij niet meer aan haar vastzit, kun je contact opnemen met de vrouw van wie je echt houdt.'

'Maar Tim Breary *heeft* helemaal geen contact opgenomen met Gaby, zelfs niet toen Francine dood was. En jij denkt trouwens dat hij Francine helemaal niet vermoord heeft,' bracht Charlie hem in herinnering.

'Dat *dacht* ik niet,' gaf Simon toe. 'Ik weet niet meer wat ik moet denken, behalve dat ik nog nooit zoiets vreemds en complex heb meegemaakt.'

'Wat een mazzel,' zei Charlie terwijl ze een zucht inslikte. 'Vreemder en complexer is precies wat jij nodig hebt. Bijna iedereen die ik tegenkom heeft het over het teleurstellende gebrek aan vreemdheid en complexiteit in jouw beroepsmatige leven.'

'Echt? Niet waar.'

'Nee. Niet waar.'

'Deze zaak draait volledig om gevoelens, Charlie.'

Dan zou ik maar vragen of ze je eraf halen. Dat zei ze niet; dat zou te wreed zijn. Draaide niet elke zaak om gevoelens? Of had hij het specifiek over romantische gevoelens? Hij had zich kennelijk vastgebeten in het idee dat Gaby Struthers en Tim Breary de helden waren in een gedoemde liefdesgeschiedenis; tot dusverre had Charlie nog niet het hart gehad om hem erop te wijzen dat dat misschien precies was wat Breary Simon wilde doen geloven, of om tegen hem te zeggen dat hij moest ophouden met staren naar dat verdomde sonnet alsof dat ineens een ingenieuze oplossing zou bieden. Ze was vannacht om drie uur wakker geworden doordat Simon zijn leeslamp aandeed. Toen ze haar tegenstribbelende ogen opende zag ze hem plat op zijn rug liggen, zonder kussen, met het gedicht voor zijn neus alsof hij een niet-bestaande regen wilde afweren.

Charlie had de slaap niet meer kunnen vatten. Ze hoopte dat ze vannacht redelijk vroeg naar bed kon om het slaapgebrek te compenseren. Wie ben ik om te oordelen over Lizzie Proust, dacht ze. Zou Lizzie begrijpen dat Charlie niet durfde te zeggen: 'Ik ga nu naar binnen – ik verrek het om de hele avond in de auto te blijven zitten', omdat ze bang was dat ze daarmee een of andere betovering zou verbreken?

'Ik zou deze zaak toch moeten kunnen begrijpen,' zei Simon. 'Ik ben precies zoals Breary. Ik leg ook elke emotie onder de microscoop.'

'Zelfs jouw hartstochtelijke liefde voor mij?' vroeg Charlie nadat ze zich, zoals gewoonlijk, had gewapend met weinig verwachtingen.

'Nee. Te groot. Past niet onder de lens.' Simon glimlachte naar haar.

'Pardon? Kun je dat even herhalen?'

Hij wendde zich af. 'Er komt een dag dat we elkaar nooit meer zullen zien. Sta jij daar weleens bij stil?'

'Nee. Hoe bedoel je?'

'Als een van ons doodgaat.'

'Daar denk ik nou echt nooit over na.'

'Ik wel. Heel vaak. Ik doe mijn best om het niet alles te laten overschaduwen,' voegde Simon er op iets vrolijker toon aan toe.

'Nou, dat lijkt me... goed.' Had ik maar een fles wodka in de auto, dacht Charlie. Haar hart maakte atletische sprongen in haar borst.

'Het is niet echt zo, hè? Die stomme tekst uit *West Side Story*: "Zelfs de dood kan ons niet scheiden". Want dat doet hij wel. Kan niet anders. Wat jij moet voorlezen is een regelrechte leugen.' Simon duwde zijn stoel nog verder naar achteren en legde zijn voeten op het dashboard aan weerzijden van het stuur. 'Waarom vinden ze het niet erg dat hun *leven* een leugen is? Denk jij dat Liv doet alsof, als ze bij Dom is? Zou ze doen alsof hij Gibbs is?'

'In welke context?' vroeg Charlie zogenaamd onschuldig. 'Als ze samen in de supermarkt zijn, bedoel je? Of als ze uit eten zijn?' Ze grijnsde bij zichzelf. Ze had geen zin om zich druk te maken over de dood. Op enig moment – misschien als ze ergens in de vijftig was – zou ze wel een manier verzinnen om aan die gedachten te ontkomen, al zou ze zichzelf daarvoor moeten dwingen in iets belachelijks te gaan geloven.

'Je weet best wat ik bedoel,' zei Simon. 'In bed.'

Er was een tijd, nog niet zo lang geleden, dat hij niet bereid was om die woorden uit te spreken. Als stel boekten ze vooruitgang. Ongelofelijke vooruitgang zelfs. Charlie wist dat ze elke stap in de goede richting moest waarderen in plaats van meer van hem te willen dan hij kon geven. 'Ik zou je graag zeggen dat ik geen idee had, maar helaas weet ik het antwoord,' zei ze. 'Liv heeft geprobeerd om te doen alsof, maar het lukte niet. Dom en Gibbs zijn te verschillend, qua techniek. Ik heb nog wel meer details voor je als je wilt, maar ik zou het niet willen weten. Bespaar jezelf die kennis. Voor mij is het te laat maar jij kunt er nog aan ontsnappen.'

'Ik doe wel alsof,' zei Simon nauwelijks hoorbaar.

Charlie wist zeker dat ze het goed had verstaan. 'Zitten we daarom in een donkere auto?' vroeg ze uitgestreken. Ze werd er steeds beter in om haar gevoelens niet te laten doorklinken. 'Zodat je mij niet kunt zien? Is het zo makkelijker te doen alsof als we straks in bed stappen?'

'Doe niet zo idioot. Dat bedoelde ik niet. Het kwam er verkeerd uit.'

Ah. Mijn hele leven weet hoe dat voelt.

'Ik bedoel niet dat ik doe alsof jij iemand anders bent. Waarom zou ik? Er is niemand anders bij wie ik zou willen zijn.'

Charlie wachtte af. Werd dit weer zo'n geweldig kloteding, in dezelfde lijn als: 'Ik hou van je, maar we zijn allebei gedoemd te sterven'?

'Ik heb het over mezelf,' zei hij.

'Bedoel je dat...' Charlie stopte om na te denken: niet waarschijnlijk, maar nee, iets anders kon het niet betekenen. 'Je bedoelt dat je doet alsof *jij* iemand anders bent?'

Simon zei niets.

'Wie dan?' *Fuck, fuck, fuck.* Was dat een lompe vraag? Charlie kende Simon goed genoeg om te weten dat er geen naam zou komen.

Gordon Ramsay? Nick Clegg? Colin Sellers? Ieuw, alsjeblieft niet.

'Niet een bestaand iemand, maar gewoon... Weet ik veel. Een fysieke manifestatie van niks of niemand. Een symbolische figuur zonder verschijningsvorm, die voor mij in de plaats treedt. Ik kan het alleen als ik niet bij mezelf stilsta. Als ik mezelf zie als deelnemer gaat het nooit zo goed.'

Dan kun je hem nu vertellen dat een therapeut die hij ooit heeft ontmoet een theorie heeft die keurig alles verklaart wat er met hem aan de hand is: grijp je kans.

'Vind je me een engerd?' vroeg Simon.

'Nee.' *Ik vind je iemand met een veelvoorkomende maar nauwelijks gediagnostiseerde psychologische aandoening. Als ik je de naam zeg, krijg je die nooit meer uit je hoofd. Geloof me, daar weet ik alles van. Het Emotionele Incest Syndroom. Als je wilt, kun je het EIS noemen, of VIS: het Verborgen Incest Syndroom. Maar kun je er ook van genezen? Zo niet, wat heeft het dan voor zin dat je weet dat je eraan lijdt? Wat als je jezelf er alleen nog maar een grotere engerd door voelt?*

Het is veel gemakkelijker om ergens anders over te beginnen.

Om zichzelf te bewijzen dat ze helemaal niet op Lizzie Proust leek, zei Charlie: 'Je moet Sam alles vertellen wat je hem nog niet hebt verteld. Het sonnet, alles wat Gaby Struthers tegen Gibbs heeft gezegd, alles.' *Zo, zie je wel? Ik ben helemaal niet bang om dingen tegen mijn man te zeggen die hij niet wil horen als ik zeker weet dat hij ze wel moet horen.*

'Wat?' Simon klonk verbaasd. Gelukkig niet kwaad. 'Hoezo dat ineens?'

'Ik predik geen vergevingsgezindheid,' zei Charlie. 'Dit gaat om eerlijke concurrentie. Als eerste aan de finish komen geldt alleen als je allebei vanaf hetzelfde punt vertrekt. Waarom blinddoek je Sam niet, en sluit je hem op in een kast? Dan weet je zeker dat jij wint.'

'Is dat hoe jij het ziet?'

'Zo zullen anderen het waarschijnlijk wel zien. Zeker wel, zelfs.'

Simon vloekte zachtjes. En nog een keer. Dat deed hij altijd als hij besefte dat hij ongelijk en Charlie gelijk had.

Het kon net zo goed midden in de nacht zijn, dacht Sam terwijl hij door de dubbele deuren van het politiebureau naar het parkeerterrein liep. Spilling stond erom bekend dat het stil en uitgestorven was, zelfs op zaterdagavond. Voor het nachtleven gingen mensen naar Rawndesley. En dat soort mensen wilde trouwens überhaupt niet in het bezadigde, fatsoenlijke Spilling wonen.

Sam hield van de rust en de stilte, maar in bepaald gezelschap vond hij het verstikkend. Hij keek op zijn horloge: tien uur. Zijn vrouw Kate zou vast blij zijn dat hij voor elf uur thuis was, want hij had gezegd dat ze hem rond die tijd kon verwachten. Stiekem hoopte hij al dat hij tegen tienen thuis zou zijn, en daarom had hij al aangenomen dat hij dat nooit zou halen. 'Afronden tot de dichtstbijzijnde teleurstelling,' noemde Kate het.

Gesprekken zoals hij net met Proust had gehad holden Sam geestelijk uit. Zodra hij het had uitgepraat met Simon zou hij zijn ontslag indienen. Hij kon niet weggaan nu de situatie tussen hen was zoals het was. Hij had niet aan Kate toegegeven hoe vreselijk hij zich voelde onder Simons weinig subtiele en hartgrondige afwijzen van hem als vriend en collega. Hoe kon hij dat ook uitleggen? Het was alsof er iets zwaars op zijn hart drukte. Kate zou hem uitlachen als hij haar zou vertellen hoe leeg en waardeloos hij zich voelde door Simons minachting – als hij mazzel had. Veel enger was de mogelijkheid dat Kate Simon zou bellen om hem de huid vol te schelden, en dat kon Sam niet riskeren. Als dat zou gebeuren, zou hij de planeet Aarde moeten verlaten, en niet alleen de Culver Valley.

'Is het ontslagseizoen weer begonnen?' had Kate onlangs gezegd, alsof het allemaal een grote grap was. Sam vond het niet erg dat ze hem plaagde. Hij vond het eerder geruststellend; hoe erg kon het zijn als zij erom moest giechelen? Zij geloofde niet dat hij ooit zijn ontslag zou indienen; ze zou snel genoeg merken dat ze zich daarin vergiste. Sam besloot haar nooit te vertellen dat Charlie hem die middag een hint had gegeven waardoor hij uiteindelijk de knoop had doorgehakt.

Hij wist wat zij zou zeggen: 'Godallemachtig, Sam, zo doe je precies wat zij wil. Ze wilde je helemaal niet helpen. Ze heeft dit expres gezegd om jouw zelfvertrouwen te ondermijnen, zodat jij denkt dat je met je staart tussen je poten moet afdruipen omdat je zo'n slechte rechercheur bent. Dat ben je overigens niet, en ik kan niet geloven dat jij Charlie op haar blauwe ogen gelooft. Gisteren zei ze nog dat ze spijt had dat ze haar baan had opgegeven zodat jij haar kon opvolgen; ze hoopt dat jij zo aardig en ruggengraatloos bent om haar datzelfde genoegen te doen. En dat is dus precies wat je niet moet doen. Je weet niet eens of ze wel gelijk heeft. Het is een gevoel, meer niet. En zoals met alle gevoelens is de kans groot dat het niet klopt.'

Sam voelde zijn gezicht warm worden toen hij zich realiseerde dat hij in zijn hoofd een heel gesprek had gevoerd, en Kate's tekst had opgezegd in hun denkbeeldige dialoog, woorden die hij wanhopig graag wilde en moest horen. *Belachelijk.* En ook niet eerlijk tegen Charlie, die, dacht Sam, oprecht had geprobeerd hem te helpen. Niet om zijn weinig glansrijke carrière als eeuwige verliezer te redden, maar om de breuk met Simon te repareren. 'Ik zou je dit eigenlijk niet moeten geven,' had ze gezegd terwijl ze een opgevouwen A4'tje in Sams hand had gestopt. 'Mijn missie is ervoor te zorgen dat Simon zich niet zo lullig gedraagt en weer met jou gaat praten, maar in de tussentijd…'

'Wat is het?' had Sam gevraagd.

'Een gedicht. Simon is gisteren naar Combingham geweest om met Tim Breary te praten. Breary heeft dit aan hem gegeven met de vraag om het aan Gaby Struthers te geven. Breary en Struthers zijn allebei lid van The Proscenium Library in Rawndesley – een bibliotheek met de grootste en beste collectie dichtbundels, oude en moderne, van het westelijk halfrond. Naar het schijnt.'

Sam had zich afgevraagd waarom Charlie hem zo vreemd aanstaarde, alsof ze verwachtte dat hij iets zou realiseren.

'Dat gedicht zou in een bundel in het Proscenium kunnen staan, denk je ook niet?' had ze uiteindelijk gezegd. 'Gezien die enorme collectie.'

'Dat zal wel. Waar wil je heen?'

'Lees het gedicht,' zei ze. 'Het is heel dubbelzinnig – geen duidelijke boodschap. Ik zie niet in waarom Breary het aan Gaby Struthers wilde doorspelen. Op het eerste gezicht lijkt het een liefdesgedicht, maar dat is het niet, niet echt. Dus misschien gaat het niet om het gedicht zelf en wat er staat – misschien is dat niet de boodschap. Wat nu als Breary wil dat Gaby naar de bibliotheek gaat om de desbetreffende bladzijde in de desbetreffende bundel op te zoeken? Het is natuurlijk een wilde gok, maar –'

'Jij denkt dat hij een boodschap voor haar heeft achtergelaten in die bundel?' vroeg Sam.

'Niet echt,' zei Charlie opgewekt. 'Maar als jij dat idee oppert aan Simon is hij onder de indruk, en dan is de kans groter dat hij je vergeeft. Als je maar niet zegt dat ik jou dat gedicht heb gegeven, als je dat kunt vermijden, anders hakt hij mijn kop eraf.'

Sam vond het een goed plan, tot hij zich realiseerde hoe verschrikkelijk vernederend het in feite was: dat Charlie hem ideeën aanreikte zodat hij kon doen of hij zelf iets had bedacht. Het was voor hem het teken dat hij onder ogen moest zien dat het tijd was om op te stappen.

Voor hij wegging zou hij haar suggestie min of meer opvolgen: hij zou haar idee uitspreken waar Simon bij was, maar alleen als hij kon bewijzen dat ze er iets aan hadden. Maandagochtend zou hij meteen naar het Proscenium gaan om te zien of hij het sonnet kon vinden, ook al wist hij vrij zeker dat de succesvolle afronding van deze zaak niet zou afhangen van in boeken verstopte clous maar eerder op het succesvol interpreteren van het complexe web aan relaties en geheimen in het Dower House.

Sam had Simons ideeën hierover dolgraag willen horen. In zijn eentje kwam hij er niet uit. Nee, het was nog erger: hij kon niet eens zeggen of er wel iets was om uit te komen. Misschien was het verhaal van de Brearys, de Joses en Gaby Struthers wel helemaal niet abnormaler dan de levensverhalen van de meeste mensen. Neem nou Gibbs en Olivia Zailer; of neem Sellers en zijn onehourstands in goedkope hotelletjes, met elke vrouw van onder de zestig die hem hebben wilde. En Simon, die Charlie ten huwelijk had gevraagd toen ze alleen nog maar collega's waren – collega's die nog nooit een afspraakje hadden gehad, nog nooit met elkaar naar bed waren geweest. En Charlie had nog ja gezegd ook. Allemaal volkomen gestoord.

Dus misschien was het wel niet zo opmerkelijk dat Tim Breary niet gelukkig was geweest met zijn vrouw, en dat hij verliefd was op Gaby Struthers, maar toch had besloten om in dat ellendige huwelijk te blijven, ook al waren er geen kinderen die hem daaraan bonden. Sam bracht zichzelf in herinnering dat hij alleen maar wist wat Dan en Kerry Jose hem hadden verteld. Voornamelijk Kerry; zij was het meest aan het woord geweest. En omdat hij uit de eerste hand wist dat zij slecht kon liegen, had Sam haar hierin geloofd. Ze vertelde het verhaal op een natuurlijke, moeiteloze manier.

Nadat Tim Breary tegen Gaby had gezegd hem te vergeten, deed hij precies datgene wat hij had gezworen nooit te zullen doen: hij ging weg bij Francine, vertelde dat niet aan Gaby, hing zijn baan aan de wilgen, verliet de Joses en de Culver Valley en verhuisde naar een smerige kamer in Bath. Een paar maanden later probeerde hij zichzelf van kant te maken, maar ondermijnde zijn zelfmoordpoging door Dan en Kerry te ontbieden om hem te komen redden. Wat ze ook deden, zowel ter plaatse als meer in algemene zin: ze belden een ambulance en zorgden dat Tim de nodige medische zorg kreeg, en vlak daarna stopten ook zij met werken om voor hem te kunnen zorgen, zowel in praktisch, emotioneel als financieel opzicht. Ze deden het graag, zei Kerry – al die dingen. Ze hadden hun salaris niet meer nodig; dankzij Tim, en dankzij Gaby Struthers, waren ze onlangs ongelofelijk rijk geworden.

Tim stond erop dat ze niet terug zouden keren naar de Culver Valley, omdat Francine daar was, en dus kochten Kerry en Dan een verbouwde boerderij in de buurt van Kemble, in de Cotswolds.

Kerry had Sam foto's laten zien, waarbij ze haar hand op haar hart drukte en tranen welden op in haar ogen toen ze het had over haar vorige huis en hoe vreselijk ze het had gevonden om dat achter te moeten laten.

Waarom had ze het dan toch gedaan, had Sam gevraagd en zij gaf een antwoord dat hij niet begreep, maar was te beleefd om te zeggen dat haar uitleg niets ophelderde. Waarom waren de Joses zo bereidwillig om te verhuizen telkens als Tim Breary van gedachte veranderde over waar hij op dat moment moest zijn? Kerry had werk gevonden in de Cotswolds. Ze hielp mee in een natuurreservaat – 'de enige echt bevredigende baan die ik ooit heb gehad', had ze erover gezegd – en Dan zat midden in een studie waar hij gedurende het trimester eens per week voor naar Londen moest. Met de auto of met de trein was Kemble een halfuur dichter bij Londen dan Spilling. Dat was wat Sam niet begreep: de Joses waren al een keer vanwege Tim verhuisd, dus waarom stemden ze in met nog een verhuizing? Toen Francine die hersenbloeding kreeg en Tim besloot dat hij terug moest naar de Culver Valley om voor haar te zorgen, hadden Kerry en Dan toch ook kunnen zeggen: 'Sorry, maar dit keer kunnen we niet met je mee'? In plaats daarvan had Kerry haar droombaan opgezegd en het huis waar ze zo van hield achtergelaten, en was ze voor de tweede keer verkast.

Dacht ze soms dat Tim het niet zou overleven als Dan en zij niet in de buurt waren? Was het zo eenvoudig? Dat was de enige verklaring waar Sam iets mee kon, want hij wist dat hij zonder meer naar een voor hem onhandige plek zou verhuizen en zijn klagende familie zou meesleuren als hij daarmee Simons leven kon redden. Dat zou hij gedaan hebben.

Nee, hij zou het nog steeds doen. Alweer iets wat hij nooit tegen Kate zou zeggen, want die geloofde stellig in de wederkerigheidsregel, en schepte er genoegen in om de namen van vrienden of kennissen van haar kerstkaartenlijst te schrappen die het waagden om een e-kaart te sturen in plaats van een echte. 'Dat is nog erger dan helemaal niets sturen,' had ze gezegd toen Sam haar daarop aansprak.

Voor veel aspecten van Tim Breary's gedrag kon Sam geen enkele verklaring bedenken: waarom zei hij tegen Gaby dat hij nooit bij Francine zou weggaan, om vervolgens bijna meteen van gedachte te veranderen en haar toch te verlaten? En waarom heeft hij, toen hij dat had gedaan, geen contact opgenomen met Gaby om haar te zeggen dat de zaken anders lagen en hij beschikbaar was? En waarom was Tim ineens, na haar hersenbloeding, bereid om weer in hetzelfde huis te wonen als Francine, terwijl hij daarvoor niet hetzelfde graafschap met haar wilde delen?

Hoewel Sam zichzelf dat nog wel zag doen: als hij bij een vrouw weggegaan was – wat voor vrouw dan ook, al paste ze nog zo slecht bij hem en al was ze nog zo onaantrekkelijk – hij zou terugkomen en zijn huwelijkse plichten vervullen in geval van ziekte of andere rampspoed. En hij kon zich maar al te goed voorstellen dat hij getrouwd zou blijven met een vrouw van wie hij niet hield, omdat hij te bang was voor verandering om haar te verlaten.

Hij zuchtte en wenste niet voor het eerst dat hij minder zelfkennis had. Het was deprimerend om zich zo bewust te zijn van zijn eigen tekortkomingen. Hij zou veel liever een domme idioot als Sellers zijn, die meende dat hij een seksbom was en dacht dat hij op het punt stond het grootste avontuur van zijn leven te beleven, elke keer als hij incheckte in de Fairview Lodge met een vrouw die te dronken was om te weten wie hij was, of om mee te krijgen wat hij met haar deed.

Sam deed zijn auto open en schermde zijn ogen af toen een andere auto het parkeerterrein van het politiebureau op reed met groot licht aan. Ondanks die felle lichtbundels kon Sam zien dat de auto aan de voorkant geen kentekenplaat had; iemand had hem verwijderd. Voor hij naar het bureau kwam? De meeste criminelen in de Culver Valley hadden dat lef niet.

Er gebeurde niets, veel te lang. Sam voelde zijn maag verkrampen. Hij kon alleen nog maar aan vuurwapens denken en deed een stap naar achteren toen een van de achterportieren van de auto openging. Er kwam iets horizontaals uit. Stapte er iemand uit? Nee, er stonden geen voeten op de grond. Het was eerder een... groot pakket dat naar beneden helde naarmate er meer van zichtbaar werd.

Het viel met een plof op de grond. Zodra het uit de auto gewerkt was, werd het portier dichtgesmeten en reed de auto achteruit het terrein af om met gierende banden weg te rijden. Achterop zat ook geen kentekenplaat.

Sam was zich ervan bewust hoe onbeweeglijk hij erbij stond, met ingehouden adem. Er was nog geen seconde voorbijgegaan sinds het dichtslaan van het achterportier en het wegsnellen van de auto: niet genoeg tijd om van de achterbank naar de bestuurdersstoel te springen. Dus er waren een chauffeur en minstens één passagier.

Het kon niet zijn wat Sam dacht dat het was vanaf zijn standpunt gezien. Zoiets leverde je niet af bij het politiebureau. Wie deed zoiets?

Maar wat kon het anders zijn? Het feit dat het nooit eerder was gebeurd, wilde niet zeggen dat het *nu* niet gebeurde.

Sam liep naar de plek waar het grote, zware ding terechtgekomen was. *Jezus.* Het was wel zo; er stak een voet uit de verpakking. Heel veel bubbeltjesplastic dat om een bobbelig, onregelmatig afgedekt kokervormig pakket was gewikkeld.

Een heel menselijk lichaam. Dood.

PRODUCTIE: 1436B/SK – TRANSCRIPT VAN HANDGESCHREVEN BRIEF VAN KERRY JOSE AAN FRANCINE BREARY D.D. 10 FEBRUARI 2011

Hallo Francine,

Weet je welke dag het vandaag is? Waarschijnlijk niet. Jij hoeft niets meer te weten over data en tijden, dus hoe zou je het ook kunnen weten? Ik hoef er ook niet meer zoveel rekening mee te houden als vroeger. Toen ik nog fulltime in de zorg werkte, keek ik constant op mijn horloge. Nu bepaal ik hoe laat het is op basis van hoeveel trek ik heb. En dat is niet altijd betrouwbaar – ik sta niet bepaald bekend om mijn gebrek aan eetlust!

Maar goed. Het is Dans verjaardag, en dus is het ook het jubileum van Herinneringenavond. Ik was al een poos van plan om je daarover te schrijven, en vandaag is natuurlijk de perfecte gelegenheid. Sorry, ik ben een beetje aangeschoten. Dan, Tim en ik hebben geluncht bij Passaparola en ik heb twee kir royals genomen – en dat nog voor we aan de wijn begonnen.

Zegt die naam jou iets, Francine? Jij hebt de omschrijving Herinneringenavond natuurlijk nog nooit gehoord. Maar herinner jij je überhaupt wat er die avond is gebeurd? Als jij jouw reacties van toen redelijk en normaal vond, kun je je die avond misschien niet eens herinneren. Ik herinner me hem terdege. Door de jaren heen heb ik veel kansen laten liggen om Tim duidelijk te maken hoe dringend hij wat mij betrof van jou gered moest worden, maar die avond was de eerste kans. Er is maar één incident voor nodig om een patroon te beginnen, en Herinneringenavond zette de toon.

Het was een paar maanden voor jullie bruiloft. Jullie woonden nog allebei in je eigen appartement en waren op jacht naar een huis, nog niet gebonden door het huwelijk of een hypotheek. Als ik die avond met mijn metaforische waarschuwingsvlag had gezwaaid, had Tim misschien nog naar me geluisterd. Dan had hij aan jouw klauwen kunnen ontsnappen.

Spijt hebben heeft geen zin, dat weet ik best, maar je fouten onder ogen zien is een waardevolle tijdsbesteding. Ik was die avond en vele keren daarna slap en besluiteloos. Ik heb toegestaan dat jouw storm aan kracht won, Francine. Jij was beter voorbereid dan ik, met je gedetailleerde plan dat elk aspect van Tims leven besloeg, en met de teksten die je op je kerst- en verjaardagskaarten schreef en die veel weg hadden van een manifest: 'Fijne verjaardag, mijn lieve Tim. Geen mens ter wereld houdt zoveel van jou als ik.' 'Wat er ook gebeurt, ik zal altijd van je blijven houden. Tot mijn dood.' Jij had het talent om lieve woordjes zo te formuleren dat ze als dreigementen klonken.

Dan en ik hielden ook van Tim, maar wij konden niet met hem trouwen. We waren met elkaar getrouwd. En Tim had het nodig dat er elke avond iemand in zijn bed lag, om aan de wereld te bewijzen dat hij was uitverkoren, dat hij niet afgewezen was. Bij kinderen die door hun ouders zijn verwaarloosd is het heel gewoon dat ze machtshonger aanzien voor liefde.

Dat had ik hem moeten zeggen toen jij op Herinneringenavond woedend naar boven stormde. Ik heb het je altijd al willen vragen, Francine: wanneer besloot jij om onze slaapkamer, die van Dan en mij, te bombarderen tot het zenuwcentrum van jouw driftbuien? Ergens halverwege de trap? Heb je er überhaupt bij nagedacht? De badkamer of de logeerkamer was toch een normalere keuze geweest. We hoorden de deur dichtslaan en Dan zei zachtjes tegen mij: 'Onze slaapkamer?'

Maar welke ruimte je ook had uitgekozen als protestruimte, het zou altijd onoorbaar zijn geweest. Het enige wat Tim deed was kritiek leveren op een hotel in een brochure waar hij op jouw verzoek naar gekeken had – een mogelijke bestemming voor jullie huwelijksreis. Je zou haast denken dat jouw ouders de eigenaars van dat hotel waren, of dat het een sentimentele betekenis voor je had. Maar jouw enige band met het Baigley Falls Hotel (ik zal de naam nooit vergeten) was dat jij een foto van het zwembad en het terras had gezien en die vond je wel mooi.

De tekst onder de foto luidde: 'Zodra u aankomt in Baigley Falls, begint het herinneringen maken.' 'Wat als we geen herinneringen maken?' vroeg Tim. 'Denk je dat ze ons er dan uitgooien? Wat nu als we elke nieuwe herinnering naar de receptie moeten brengen, zodat zij hem kunnen inspecteren?' Dan en ik moesten lachen, maar jij snapte de grap niet, hè, Francine? 'Waarom zouden ze dat doen?' vroeg je. 'Dat kan toch niet, je kunt een herinnering niet zien.' Ik vroeg me af hoe jij kon functioneren in je werk als jurist als je zo overduidelijk doof was voor elke nuance. Tim liet zijn luchtige toon varen en legde uit dat herinneringen, als die worden gevormd, tot stand moeten komen zonder enige inspanning of moeite van wie dan ook, anders hadden ze iets onechts. Jij hield voet bij stuk, vastbesloten om hem niet te begrijpen. 'Dus je wilt helemaal geen herinneringen aan onze huwelijksreis,' zei je zachtjes. 'Ik hoef daar mijn best niet voor te doen,' antwoordde Tim. 'Je bewust iets herinneren is meer voor boodschappenlijstjes en samenvattingen voor examens, niet voor een huwelijksreis.' Dan en ik maakten het nog erger door hem bij te vallen. Ik zei: 'Ze maken waarschijnlijk foto's als jullie aankomen, en die verkopen ze dan aan jullie bij vertrek.' Dan zei: 'Er kan net zo goed onder staan: "Leef niet in het heden: doe alles met het oog op het feit dat u er later op terug zult kijken".'

Op dat moment klapte jij dicht, Francine. Je sloot ons allemaal buiten. Je stond op, liep de kamer uit en marcheerde naar boven. Het volgende moment hoorden we de deur van onze slaapkamer dichtslaan, zo hard dat het huis ervan trilde. Tim rende je achterna. Ik had hem moeten tegenhouden, maar dat deed ik niet. We hoorden hem de hele tijd jouw naam zeggen terwijl hij probeerde om jou te overreden. We hoorden hoe hij zich inspande terwijl hij tegen de deur duwde. Tien minuten later kwam hij weer naar beneden en stond midden in de kamer. Ik heb nog nooit iemand zo verbijsterd zien kijken. 'Wat is er aan de hand?' vroeg Dan. Aangezien er niets was gebeurd wat verklaarde waarom jij weggestormd was, nam hij aan dat hij iets had gemist. Tim haalde zijn schouders op, een verslagen gebaar waaruit sprak: 'Zeg het maar'. Ik zei tegen Tim dat er geen slot op onze slaapkamerdeur zat, en hij zei woordloos: 'Ze staat er tegenaan geleund'. 'Dacht ze soms dat we de draak met haar staken?' vroeg ik terwijl ik in gedachten ons gesprek naging en me schuldig voelde nog voor ik zelfs maar had bedacht wat we eventueel misdaan hadden. 'Dat kan toch niet? Dat deden we helemaal niet.'

Tims mobiel zoemde in zijn zak. Hij las het bericht en begon met allebei zijn handen een antwoord in te typen. Ik keek Dan ongelovig aan; Francine had zich in onze slaapkamer verschanst en Tim stond doodleuk sms'jes te beantwoorden? Door de blik die Dan me gaf, met zijn ogen naar boven gericht, wist ik hoe het zat: het was natuurlijk niet zomaar een sms'je. Het kwam van boven. Dat bleek wel uit de intens geconcentreerde blik van Tim terwijl hij met zijn duimen over het toetsenbord schoot. Jij weigerde om de deur open te doen en gewoon met hem te praten, Francine, maar je stuurde hem wel een bericht van boven. Ook al wist ik dat het waar moest zijn, toch kon ik het niet geloven. 'Tim?' zei ik. 'Ben je nu aan het antwoorden op een sms van Francine?' Hij knikte. 'Wat zegt ze?' vroeg ik. Hij wilde het niet zeggen, maar liep met zijn telefoon naar de andere kant van de kamer, alsof hij dacht dat ik hem anders uit zijn handen zou grissen. Dat was de eerste keer dat hij jou in bescherming nam, de eerste van honderden keren.

Waardeerde je zijn poging om je af te schermen voor de afkeuring die je verdiende, Francine? Lang nadat het überhaupt nog nut had, bleef hij dat nog steeds doen. Hij was zich ervan bewust dat Dan en ik precies wisten hoe onredelijk en gemeen jij was, en toch hield hij jouw monsterlijke gedrag zo veel mogelijk voor iedereen verborgen. Om zichzelf de publiekelijke vernedering te besparen, ja, maar dat was niet de enige reden. Mijn theorie is dat hij altijd is blijven geloven dat je ook een goede kant had, Francine. Volgens mij dacht hij dat hij ons kon misleiden door ons te vertellen over de vreselijke dingen die jij deed – dan zouden wij ons vastbijten in de zich misdragende Francine en denken dat jij alleen maar een naar spook was.

Hoeveel sms'jes hebben Tim en jij naar elkaar gestuurd terwijl jij je in onze slaapkamer had verschanst? Tien? Vijftien? Er werd in elk geval flink heen en weer ge-sms't voor jij je verwaardigde om weer naar beneden te komen. Je kwam niet naar de zitkamer om afscheid te nemen of je excuses aan te bieden. Dan en ik kwamen in jouw verhaal helemaal niet voor: wij waren niet meer dan de schapen die jou het toneel voor je scène hadden geboden. Wij waren geen mensen met gevoelens die ertoe deden, niet Tims vrienden die zich hadden verheugd op een leuke avond met hem. En nog wel op Dans verjaardag – niet zomaar een avond.

Je bleef voor het huis op Tim wachten. Nadat hij eerst dik anderhalf uur op zijn telefoon had lopen tikken, had hij ineens heel veel haast om te vertrekken, op jouw bevel. Hij verontschuldigde zich – niet namens jou, maar alsof hij degene was die onze avond had verpest. Ik zei: 'Jij hoeft je niet te verontschuldigen.' Maar hij was nog niet weg of ik had al spijt, want wat als hij dacht dat er überhaupt geen excuses nodig waren, ook niet namens iemand anders?

Ik ben er nooit achter gekomen wat er in die sms'jes stond, Francine. Ik zou het nog steeds dolgraag willen weten. Waren het regelrechte uitingen van agressie, met veel gevloek en getier en beschuldigingen van jouw kant, en amechtig berouw van Tim omdat hij je had beledigd? Ik durf te wedden dat het subtieler en passief-agressiever was: 'Jij beweert dat je van me houdt, maar je maakt me belachelijk bij je vrienden. Ik weet zeker dat jullie me nu lekker achter mijn rug uitlachen en dat dat nog veel leuker is.'

Toen Tim en jij weg waren, zei Dan tegen me: 'Wat was dat allemaal? Zou je denken dat het door de zenuwen voor de bruiloft komt?' Het was zo'n absurde en onterechte verklaring dat ik in lachen uitbarstte en tegelijk begon te huilen. Je vindt me waarschijnlijk een mietje dat ik moest huilen, Francine. Maar ter verdediging kan ik aanvoeren dat totdat jij je in mijn leven nestelde ik mijn avonden nog nooit had laten vergallen door zulk willekeurig geweld. (Ik heb jou nooit zien huilen, helemaal nooit, hoe overstuur je ook beweerde te zijn.)

Dans 'bruiloftszenuwen'-opmerking werd al snel een van onze favoriete grapjes. We moeten er nog altijd om lachen, zelfs nu nog, na al die jaren. Telkens als het op het nieuws gaat over iemand die iets verschrikkelijks heeft gedaan, kijken Dan en ik elkaar aan en zeggen: 'Bruiloftszenuwen misschien?' en dan moeten we heel hard lachen.

Als ik de klok kon terugdraaien naar Herinneringenavond, zou ik zeggen: 'Tim, je kunt niet met haar trouwen. Ze is niet goed snik. Haar reacties en haar gedrag zijn te abnormaal om naast je neer te leggen. Als je bij haar blijft, zal ze je dag in dag uit laten lijden. Om te beginnen zegt ze de huwelijksreis af – om je te straffen voor het feit dat je haar hotelkeuze in twijfel hebt getrokken.'

Oké, ik geef toe: ik smokkel. Al was ik nog zo geschokt door jouw gedrag van die avond, Francine, ik had nooit kunnen voorzien dat je jullie huwelijksreis zou afzeggen. Tim was twee dagen na de bruiloft weer op kantoor en deed net alsof het eigenlijk heel praktisch was dat hij niet weg hoefde, omdat er nog zo veel achterstallig werk lag.

Ik zei niets. Ik liet hem denken dat ik jou nog altijd mocht, dat ik begreep dat je gevoelig was en snel gestrest, dat ik wel begreep wat hij in jou zag. Ik consolideerde mijn lafheid in een houding die ik ook aan Dan opdrong. 'We moeten slim zijn,' legde ik uit. 'Tim wil graag dat wij meedoen aan de leugen die hij wil leven. Als wij moeilijk doen over Francine, leggen we de nadruk op zijn toneelspelletje en dan voelt hij zich ongemakkelijk. Dan schaamt hij zich dat hij bij haar is gebleven, en voelt zich schuldig dat hij ons met haar heeft opgezadeld. Dan jagen we hem weg. We moeten net doen of we er niets van merken en we moeten het spelletje meespelen, anders raken we hem kwijt.'

Wat ik me afvraag, Francine: wat zou Tim ervan vinden als ik jou zou vermoorden, en als ik hem dan zou vertellen dat ik het had gedaan? In plaats van brieven te schrijven waarin ik speculeer over wie het nog meer zou kunnen doen, en wanneer, kan ik ook zelf het heft in handen nemen. Idealiter zou ik het alleen doen om het gevoel te ervaren, en daarna zou ik het meteen ongedaan maken. Ik weet niet zeker of ik je wel uit de weg geruimd wil hebben, vanuit een persoonlijk standpunt gezien. Het feit dat jij hier bent beschermt Tim en hij is de enige om wie ik iets geef. Maar al klinkt het nog zo tegenstrijdig, dat wil nog niet zeggen dat ik er geen plezier aan zou beleven om jouw leven te beëindigen.

Zou ik die moed ooit kunnen vatten, Francine? Zou ik dapper genoeg zijn om jou je allerlaatste herinnering ooit te bezorgen?

19

Zondag 13 maart 2011

'Ik laat je nu de eerste foto zien,' zegt rechercheur Simon Waterhouse. 'Zeg maar of je deze man ooit hebt gezien.'

Ik ben op een politiebureau. Er is overal politie. Hier kan hij me niets aandoen.

'Het is maar een foto,' zegt Charlie Zailer, die naast me zit, zachtjes. 'In deze kamer ben je volkomen veilig. En je hoeft pas te kijken als jij daar klaar voor bent. Simon draait hem pas om als jij het zegt.'

Ik knik. Er gebeurt niets. Wacht hij letterlijk tot ik iets zeg?

Moet ik zeggen dat hij de foto's kan omdraaien? Ik moet proberen om de man die me heeft aangerand te identificeren, terwijl ik zijn gezicht het liefst nooit meer zou willen zien. Maar rechercheur Waterhouse heeft de volgorde van wat er moet gebeuren uitgelegd toen hij binnenkwam en de leiding nam: eerst de foto's, dan een aantal vragen en dan zou hij me naar Tim brengen.

Ik zou liever zelf naar Combingham rijden, of me door Charlie laten brengen. Als zij en ik alleen zijn, kan ik haar misschien overhalen om me te vertellen wat er is veranderd. Zij is de kamer uit gegaan om een telefoontje aan te nemen en toen ze terugkwam leek ze geschokt en had ze rechercheur Waterhouse met zich meegenomen. Ze is aan mijn kant van de tafel gaan zitten. Of ze kan het niet verdragen in zijn buurt te zijn, of ze denkt dat ik tegen hem moet worden beschermd. Ze lijkt gespannen sinds hij erbij gekomen is, en daardoor wil ik bij haar weg, bij hen allebei. Ik dacht dat ik me veilig zou voelen in de kamer waar we gisteren zaten, maar vandaag klopt het allemaal niet: de harde tafel en stoelen in plaats van de leunstoelen, het rolgordijn dat niet omlaaggerold is, de ventilatieroosters die door het raam zichtbaar zijn; ik zie de monden met de vele openingen, hoor hoe ze mijn kant op ademen.

Het kost me moeite om mijn eigen ademhaling onder controle te krijgen, en mijn lichaamstemperatuur. Mijn voeten zijn pijnlijk koud, alsof ik ze in ijs heb geplant.

Wat als ik zo ben waar Tim bij is? Dat kan niet. Op de een of andere manier moet ik deze kamer straks uitlopen met meer kracht dan waar ik mee naar binnen liep.

'Gaby?' zegt Charlie. 'Gaat het?'

'Laat me de foto maar zien.'

Waterhouse draait hem om en legt hem voor me op tafel. Het is er allemaal: hetzelfde korte haar, het kleine vierkante voorhoofd, de smalle lippen. Dezelfde bruine fibromen in zijn nek. Ik kon vrijdag niet op het woord komen, maar ik geloof dat ze zo worden genoemd.

Ik duik op de foto af en scheur hem doormidden, en nog een keer. Ik blijf scheuren tot ik er niets meer van kan zien omdat de stukjes te klein zijn. 'Sorry,' zeg ik, maar daar meen ik niets van.

'Heb je hem weleens eerder gezien?' vraagt Charlie. Een niet-verbaal antwoord volstaat duidelijk niet.

'Vrijdag, bij mijn huis.'

'Was hij de man die je waarschuwde om bij Lauren uit de buurt te blijven? Weet je het zeker?'

'Ja.'

Charlie veegt de fotosnippers over tafel, bij mij uit de buurt. Ik zou graag de brand steken in de losse stukjes van zijn gezicht. Bij elkaar vormen die stukjes nog steeds die man. De brand erin zou dat probleem oplossen.

'Gaby? Wil je ons misschien iets vragen?'

'Is alles goed met Lauren? Waar is ze nu? Zeg alsjeblieft dat jullie haar niet in het Dower House achtergelaten hebben.' *Waarom ben ik de enige die inzit over haar veiligheid?*

'Waarom ben jij zo bezorgd over Lauren?' De vraag van Waterhouse is het spiegelbeeld van mijn eigen onuitgesproken vraag.

'Omdat ze met Jason getrouwd is, en dat is een moordenaar die zware jongens op andermans huis af stuurt om...' Mijn keel knijpt dicht en verstikt het eind van mijn zin.

'Om wat te doen? Wat heeft hij met je gedaan, die man van de foto? Het is niet bij waarschuwen gebleven, hè? Waarom zou je anders zijn foto verscheuren?'

Ik zou kunnen zeggen dat ik er niet van hou om orders te krijgen van vreemden, wat nog waar is ook. Of ik zeg niets.

'Je hebt ons helemaal niets over hem gevraagd,' zegt Waterhouse. 'Komt dat doordat je al weet wie hij is? Gaby?'

'Hoe zou ik dat moeten weten?'

'Wil je dan niet weten hoe hij heet? De meeste mensen zouden nieuwsgierig zijn.'

'O ja? Ik weet zeker dat Jason Cookson stikte van de criminele vriendjes die stuk voor stuk bereid zijn om namens hem een vrouw te intimideren. Het kan me niet schelen hoe Crimineel X heet – het had evengoed Crimineel Y of Z kunnen zijn.'

'Kan het je wel schelen of wij X, Y of Z vinden en straffen voor wat hij jou heeft aangedaan? Kennelijk niet.'

'Het is niet verboden om iemand te waarschuwen dat hij bij iemand anders uit de buurt moet blijven. Nee. Het kan me niet schelen of jullie hem straffen.' *Wat voor straf je ook geeft, het zou nooit genoeg zijn. Ik wil liever niet weten hoe hij heet.*

'Gaby, alsjeblieft, zou je serieus willen overwegen om ons te vertellen wat er vrijdag echt is gebeurd?' zegt Charlie. 'Het zou ons enorm helpen, en het zou Tim kunnen helpen. Als je liever met mij alleen praat, kan inspecteur Waterhouse ons wel even alleen laten.'

Krijgt de politie mensen zo aan het praten als ze dat eigenlijk niet willen: door hun iets voor te spiegelen wat niet klopt tot ze het gevoel hebben dat ze wel moeten protesteren om een en ander recht te zetten? 'De reden waarom ik er niet over wil praten heeft niets te maken met schaamte of omdat ik het woord "vagina" niet durf uit te spreken in aanwezigheid van een man. Ik heb je al gezegd: ik ben niet seksueel misbruikt.'

'Waarom wil je ons dan niet vertellen wat er is gebeurd?' vraagt Charlie.

'Hoe kan ik zeker weten dat jullie het niet aan Tim vertellen? Hij mag dit nooit te weten komen.'

'Waarom is dat zo belangrijk?'

'Ik ben bang dat hij mij als een schadegevalletje ziet als hij erachter komt dat Jasons criminele vriendje mij onteerd heeft – dat zou ik zeggen als ik een onnozel cliché was.'

'En wat zou je zeggen als je jezelf was?' vraagt Charlie.

Sorry, geen idee. Ik ben al heel lang niet meer mezelf. Om mezelf te kunnen zijn, heb ik Tim nodig. En dat maakt me op een andere manier een cliché.

Waterhouse probeert met zijn duimnagel in het plastic tafelblad te snijden; hij is vertrokken zonder de kamer uit te gaan. Kwam het doordat ik dat onderdeel van de vrouwelijke anatomie in de mond nam dat bij hem automatisch de luiken dichtgingen, of kan hij niet omgaan met vrouwen die zich als een man gedragen? Dat heb ik wel vaker meegemaakt: bijna elke keer als ik het huis uit ga. Tot vrijdag maakte ik het ook mee iedere keer als ik het huis in ging. Maar dat gebeurt niet meer, niet sinds ik bij Sean weg ben.

Nooit meer terug naar mijn eigen huis.

Het zou niet eerlijk zijn als ik daar de keerzijde niet van onder ogen zie: het feit dat ik geen thuis meer heb.

'Ik wil niet dat Tim zich schuldig voelt, en ik weet zeker dat hij zich schuldig zou voelen,' zeg ik tegen Charlie, die beter is in verhoren dan Waterhouse, zelfs als die me niet negeert. Hij geeft me het gevoel alsof ik steeds het verkeerde antwoord geef, wat ik ook zeg. Charlie doet het tegenovergestelde. 'Wat mij is overkomen was net zomin Tims schuld als mijn eigen schuld. Het was de schuld van Jason en de man die… mij dat aandeed, maar zo zou Tim het niet zien. Hij zou het op zichzelf herleiden en zich verantwoordelijk voelen: als hij niet had bekend dat hij Francine heeft vermoord, zou

Lauren nooit naar Düsseldorf zijn gekomen en tegen me hebben gezegd wat ze tegen me zei. Dan zou ik vrijdag niet naar het Dower House zijn gegaan en was ik Jason niet tegengekomen, die dan vervolgens niet had besloten dat hij mij hoe dan ook het zwijgen moest opleggen.'

'Wat betekent "hoe dan ook"?'

'Ik wil een keiharde garantie dat wat ik jullie vertel binnen deze muren blijft.'

'Jij geeft meer om Tims gevoelens dan om die van jezelf,' zegt Charlie. Het klinkt niet als een vraag. 'Kerry en Dan Jose ook.'

'Als je Tim niet kent, kun je dat niet begrijpen. Maar hoeveel hij ook voor ons betekent, het vormt geen compensatie voor hoe weinig hij om zichzelf geeft. Wij vormen zijn ego: Kerry, Dan en ik.'

Was het maar niet zo. Was hij maar sterker. Kon ik maar met zekerheid zeggen dat hij alles voor mij zou laten vallen, zoals ik nu voor hem doe.

Ik zet de gedachte met geweld van me af, en hou me voor dat ik niet redelijk ben. Ik kan niet verwachten dat andere mensen even onverschrokken en roekeloos zijn als ik.

'Je moet ons vertellen wat jou vrijdag is overkomen.' De donkere stem van Waterhouse heeft de kracht van een onverwachte klap. 'Sinds gisteravond gaat dit om heel wat meer dan alleen Tim Breary, zijn ego en zijn dode vrouw.'

'Wat? Hoe bedoel je?'

Zijn uitgestreken blik toont geen enkele bereidwilligheid om een compromis te sluiten: als ik wil dat hij het me vertelt, zal ik eerst over de brug moeten komen.

Ik richt mijn antwoord tot Charlie. 'Jasons handlanger heeft een plastic zak over mijn hoofd getrokken en met tape om mijn hals vastgemaakt. Ik dacht dat ik zou stikken, maar toen heeft hij een gat in het plastic gescheurd, vlak bij mijn mond, zodat ik weer lucht kreeg. Hij maakte mijn handen met tape vast achter mijn rug. Ik weet niet wanneer hij dat deed. Ik denk dat ik een black-out heb gehad van de shock. Ik weet wel dat hij zijn arm om mijn nek sloeg en kneep. Dat was zijn eerste move toen hij achter me kwam staan: mijn luchtpijp dichtdrukken.'

'Ik had met je naar het ziekenhuis moeten gaan,' zegt Charlie.

'Dat zou verspilde tijd zijn geweest. Lichamelijk is er niets mis met me.'

'Ga verder,' zegt Waterhouse. Het voelt als een inbreuk, hoewel we zogenaamd alle drie deelnemen aan hetzelfde gesprek.

'Als je er klaar voor bent, Gaby.' Charlie werpt hem een blik toe waardoor ik me afvraag of zij er soms genoeg van heeft altijd maar zijn tegengif te zijn.

Net als Tim en ik? Nee. Ik onderdruk die gedachte.

'Je hoeft je niet te haasten.'

'Bedankt, maar ik wil liever dat het zo snel mogelijk achter de rug is.' *Waarom willen mensen altijd dat je blijft herkauwen op nare dingen? Neem rustig de tijd om na te denken over het allerergste wat jou in je leven is overkomen. Een woord per dag, zodat het verhaal drie jaar duurt in plaats van een uur. Dank je feestelijk.* 'Hij zei dat hij gekomen was om me een lesje te leren. Ik vroeg wat voor lesje, maar dat wilde hij niet direct vertellen – dat zou veel te snel en te gemakkelijk zijn. Ik moest eerst lijden, zodat de les meer indruk op me zou maken. Hij maakte mijn riem los en mijn broek, en trok hem op mijn knieën. Daarna trok hij mijn onderbroek omlaag. Op dat moment dacht ik dat hij me zou verkrachten en vermoorden, maar dat deed hij niet. In plaats daarvan stelde hij me allerlei gestoorde vragen: wat zou het ergste zijn wat hij mij kon aandoen? Wanneer was ik het allerbangst? Was ik eerder bang of vernederd door wat hij me aandeed? Zulk soort vragen.'

'Gestoorde gek,' mompelt Charlie.

Heeft Lauren gehoord wat ik antwoordde? Die mogelijkheid wil ik niet eens overwegen: het idee dat er publiek bij was. Ik ban de gedachte uit mijn hoofd.

'Het was zijn plan om me eerst bang te maken, en dan te sparen,' zeg ik. 'Om mijn hoofd vol te pompen met het gruwelijkste wat me zou kunnen overkomen, me vervolgens vrij te laten en me de kans te geven om braaf te zijn en zijn bevelen op te volgen: bij Lauren uit de buurt blijven en niemand vertellen wat hij met me heeft gedaan. Anders zou het de volgende keer nog veel erger zijn. Dat zei hij niet, maar het was wel duidelijk wat hij bedoelde.' *En hier zit ik het aan de politie te vertellen.* Ik zie niet scherp; ik moet mijn ogen dichtdoen. Probeer ik soms aan mezelf te bewijzen dat ik niet bang ben voor die volgende keer? Het lukt niet. Ik ben als de dood; elke cel in mijn lichaam weet dat.

'Wat gebeurde er toen, nadat hij je had gewaarschuwd?' vraagt Charlie.

'Toen hij zeker meende te weten dat ik de les had geleerd die hij me wilde leren, sneed hij mijn polsen los en liep weg.'

'Wat erg, Gaby.'

'Dank je.' Is dat de juiste reactie? Ik heb die linguïstische samensmelting van een excuus en medelijden altijd gehaat. Het heeft iets slordigs. Ik had liever dat ze zei: 'Zoiets verschrikkelijks heb ik nog nooit gehoord.' Alleen dat klopt niet; waarschijnlijk heeft ze nog wel veel ergere verhalen gehoord dan het mijne. Van die verhalen die choquerende krantenkoppen uitlokken: 'Verkracht en voor dood achtergelaten', 'Verkracht, gemarteld, en een hongerdood gestorven.' Wie heeft nu zin in een artikel met als kop: 'Niet verkracht en niet eens gewond geraakt'?

'Ik ga je nu nog een foto laten zien,' zegt Waterhouse. Zes tellen later haalt hij iets uit zijn dossiermap. Ik wacht tot zijn hand weer tevoorschijn komt, maar dat gebeurt niet, niet meteen. 'Ben je er klaar voor?' vraagt hij.

Waarom laat hij het me niet gewoon zien, in plaats van het zo lang te rekken? Als hij me wil waarschuwen is er kennelijk iets engs aan de hand.

Hij houdt de foto voor me op. 'Dat is Jason Cookson,' zeg ik en ik voel dezelfde weerzin die ik vrijdag voelde vanwege dat schaamhaarbaardje en de knik in het schouderlange haar. Misschien komt het wel niet door een elastiekje; misschien groeit het wel gewoon zo.

'Kun je ons, voor alle duidelijkheid, vertellen of en zo ja wanneer je deze man weleens hebt gezien?' vraagt Waterhouse.

'Dat heb ik Charlie gisteren verteld. Ik heb Jason vrijdag bij het Dower House gezien. De poort ging open toen ik aankwam, en toen reed hij naar buiten.'

'Heeft hij zich aan jou voorgesteld als Jason Cookson?'

'Nee, dat hoefde niet. Ik wist dat hij het was.'

'Hoe dan?'

'Vanwege de tatoeage op zijn arm: IRON MAN. Lauren vertelde me in Duitsland dat hij meegedaan had aan de Iron Man Challenge. Drie keer,' voegde ik er nodeloos aan toe.

'Had je los van die tatoeage nog een andere reden om aan te nemen dat de man in de auto Jason Cookson was?' vraagt Waterhouse.

'Ja. De manier waarop hij over Lauren sprak en me waarschuwde dat ik uit haar buurt moest blijven. Het was… bezitterig, beschermend. Maar waarom? Wat doet het ertoe hoe ik wist dat hij het was?'

'Je wist het niet. Je kunt niet iets weten dat niet waar is.'

Hij kijkt Charlie aan. Ik begrijp niet wat hij zegt, maar ik kan zijn ogen lezen, en de hare: ze hebben een stilzwijgende ruzie over wie van hen het mij moet vertellen. Maar wat moeten ze vertellen?

'Die man op de foto is niet Jason Cookson,' zegt Waterhouse uiteindelijk. Het is Wayne Cuffley, de vader van Lauren Cookson.'

De kamer kantelt. Ik doe mijn ogen dicht tot het gevoel wegebt, tot ik de dingen weer in de juiste volgorde kan bezien. Is het mogelijk dat ik het bij het verkeerde eind had? Ik kan niet nadenken. Ik moet wetenschappelijk te werk gaan: eerst zeker van mijn zaak zijn voor ik iets zeg. Die zekerheid moet ik eerst zien te vinden.

'Maar… die is toch veel te jong? Hij is toch een jaar of veertig?' Ik weet best dat dat niets bewijst. In mijn hoofd hoor ik Laurens stem: *Over twintig jaar ben ik drieënveertig. Mensen van drieënveertig hebben geen achterkleinkinderen.*

Maar er zijn wel mensen van tweeënveertig met dochters van drieëntwintig.

'Wayne Cuffley is tweeënveertig,' zegt Waterhouse. 'Hij is maar een halfjaar ouder dan Jason Cookson.'

'Gisteren zei je dat Jason net zo goed het woord "Penoze" op zijn voorhoofd had kunnen laten tatoeëren, voor bij zijn verzameling,' zei Charlie. 'Het kwartje viel pas vanochtend. Ik realiseerde me dat jij op zijn verzameling tatoeages duidde, maar ik wist dat hij helemaal geen tatoeages had. Er staat geen enkele tatoeage op het lichaam van Jason.'

Hoe weet zij dat nou? Heeft ze dan soms zijn hele lichaam gezien? Ik moet overgeven bij het idee.

Ik heb alleen een sterk verlangen om tegen haar te zeggen dat ze het bij het verkeerde eind moeten hebben, zij en Waterhouse. Ik wil dat de man die ik tegenkwam bij de poort van het Dower House Jason is, want ik haat het om ongelijk te hebben. Het is niet genoeg. Ik kan geen enkele reden bedenken waarom Laurens vader niet minstens een keer de Iron Man Challenge zou kunnen hebben volbracht. En ik weet dat hij een fan is van tatoeages; Lauren had op zijn verzoek het woord *FATHER* op haar arm laten tatoeëren – de arm die ze nog over had en die nog niet door Jasons naam in beslag was genomen. Ik vroeg me af of Wayne Cuffley soms ergens *DAUGHTER* had staan op een plek die ik vrijdag heb gezien. Jason had haar in elk geval die tegendienst niet bewezen; Wayne misschien ook niet. Behandelden alle mannen in Laurens leven haar als hun persoonlijke graffitimuur?

'Oké,' zeg ik uiteindelijk. 'Ik heb een domme conclusie getrokken.'

'Die andere foto, de eerste...' Charlie maakt de zin niet af.

'Die andere foto heb ik verscheurd. Die bestaat niet meer. Crimineel X. Ik wil het niet weten. Ik wil het niet horen.'

'De man op de foto die jij hebt verscheurd was Jason Cookson,' zegt Waterhouse.

'Ik wist dat je dat zou zeggen. Ik wist het.'

'Ik zeg het omdat het waar is.'

Het hoort niet uit te maken. Ik kwam hier binnen in de wetenschap dat Jason Cookson verantwoordelijk was voor wat mij is overkomen; waarom heb ik dan het gevoel dat hij Waterhouse gebruikt als doorgeefluik zodat hij me nog eens kan aanranden, alsof het kwaad nog een stapje dichterbij is gekropen?

'Gaby, ik moet je iets vertellen waar je van zult schrikken,' zegt Charlie.

Kun je schrikken als je al in shock bent? Idealiter wordt de tweede schok opgeheven door de eerste. Jason Cookson zou Wayne Cuffley moeten opheffen. Dan zouden ze allebei niet bestaan.

'Gaby?'

'Wat?'

'Jason Cookson is dood. Zijn dood was niet natuurlijk en het was geen ongeval.'

Mooi. Allebei mooi.

'Gaby? Hoorde je wat ik zei? Jason is vermoord.'

'Ik hoorde je wel,' zeg ik tegen haar. 'Het doet me deugd.'

20

13/03/2011

'Jason Cookson en Francine Breary.' Proust stond voor het whiteboard waar hun uitvergrote foto's op hingen. 'Wat hebben ze met elkaar gemeen? Kom. Er is geen antwoord dat erg voor de hand ligt.'

'Allebei vermoord,' zei Sellers.

'Behalve dat dus, rechercheur. Iets beter je best doen.'

Sam had niets te bieden, voor de hand liggend of anderszins. De twee glazen wijn die hij gisteravond naar binnen had gegoten toen hij thuis was, hadden iets van het beeld van Jason Cooksons lijk vervaagd, maar dat moest hij vanochtend bezuren. Ik word hier te oud voor, dacht hij. Sinds wanneer zijn twee glazen wijn genoeg om hem de volgende dag een wazig hoofd te bezorgen?

'Twee mensen met wie je nooit een relatie zou willen,' zei Gibbs. 'Allebei mishandelden ze hun echtgenoten, elk op zijn eigen manier.'

'Bewijs?' vroeg Proust.

'De omschrijving die Kerry Jose gaf van het huwelijk van Tim en Francine Breary's huwelijk, en een hele catalogus aan gruwelijkheden van Cooksons ex-vriendin.'

'Dat is informatie uit de tweede hand,' zei Proust. 'En toch twijfelen we daar allemaal niet aan, toch? Dus nu we bijna zeker weten dat het Cookson was die Gaby Struthers heeft geterroriseerd, is het interessant om te weten wat zij te melden had over het gebeurde op vrijdag, aangenomen dat Waterhouse en brigadier Wailer iets uit haar hebben weten te krijgen. Als ze niet wil praten, schaamt ze zich waarschijnlijk te erg om in het soort details te treden dat we vanochtend van Cooksons ex, Becky Grafham, te horen kregen: die werd gedwongen om midden in de kamer naakt op een stoel te gaan staan met een strop om haar nek die aan een fitting vastzat terwijl ze gepenetreerd werd met een lippenstift omdat ze te veel make-up droeg tijdens een avondje uit. Enzovoort. Als je dat optelt bij wat Kerry Jose aan brigadier Zailer heeft verteld over het lijden dat Tim Breary onder Francine moest ondergaan, en we kunnen concluderen dat… wat? O, kom toch, zo moeilijk is dit niet! Is de wereld slechter af zonder deze twee?' Proust sloeg met de achterkant van zijn hand tegen het whiteboard.

'Dus wij zijn op de hand van de moordenaar?' vroeg Gibbs.

'Wij zijn op de hand van de wet. Dat gezegd zijnde, zijn we waarschijnlijk niet op zoek naar het gebruikelijk egocentrische tuig, maar naar een altruïst met een sterk rechtvaardigheidsgevoel. Kunnen jullie iemand bedenken die aan die omschrijving voldoet?'

'Lauren Cookson,' zei Gibbs.

Sellers grinnikte.

'Ik meen het. Toen Gaby Struthers hier vrijdag kwam, opperde ik dat Lauren Francine Breary misschien heeft vermoord. Gaby zei van niet, want zij dacht dat Lauren het niet eerlijk vond om iemand te vermoorden.'

'Misschien maakte ze een uitzondering voor Jason, aangenomen dat hij haar aan dezelfde soort martelingen onderwierp als Becky Grafham,' zei Sellers.

'Ze heeft een alibi,' zei Sam. 'Jason is voorlopig vrijdagnacht tussen middernacht en vier uur vermoord. Lauren was toen –'

'Het is niet mogelijk om iemand voorlopig te vermoorden, rechercheur.'

'De tijd is voorlopig, bedoelde ik. De autopsie moet het nog bevestigen.'

'En als het wordt bevestigd, is Lauren Cooksons alibi nog steeds waardeloos en een belediging voor alle dienders en alle geweldsslachtoffers in de Culver Valley, omdat dezelfde leugenaars die haar dit alibi hebben verstrekt, Dan en Kerry Jose, ook beweerden dat Jason Cookson vrijdag vanaf halfvijf 's middags thuis was. Wat misschien ook zo was, maar als hij inderdaad thuis was, is hij ook in die periode vermoord, en daar heeft niemand iets over gezegd. Ik noem dat een belangrijke omissie – wat jij, rechercheur?'

'Ja, meneer. Ik heb geprobeerd om de familie Jose en Lauren meteen vanochtend te bellen. Ik ben er ook nog naartoe gereden. Maar niemand neemt op en niemand doet open.'

'Prima,' zei Proust.

'Prima?'

'Wat heeft het voor zin om met hen te praten?' snauwde de Sneeuwman. 'Wat heeft het voor zin om naar hen te luisteren? Ze doen niet anders dan liegen. Laten we alles wat ze tegen ons hebben gezegd naast ons neerleggen en onze hersens gebruiken. Lauren Cookson *heeft* geen alibi voor Jasons moord – althans niet eentje dat iets waard is.'

Sam knikte beschaamd. Als hij niet zo'n kater had, zou hij hier niet aan herinnerd hoeven te worden.

'De Tegenwerkers van het Dower House hebben Jason Cookson vrijdagavond niet als vermist opgegeven,' zei Proust. 'Wat zegt ons dat?'

'Dat ze wisten waarom hij niet thuis was,' zei Gibbs. 'Ze wisten dat iemand hem elders aan het vermoorden was, en ze wisten ook wie. Misschien een van hen, of iemand die ze kenden: Gaby Struthers, wellicht. Hoe dan ook, ze wisten het.'

'Zou het in dat geval dan niet logischer zijn dat ze hem als vermist hadden opgegeven?' vroeg Proust. 'Dat zouden ze hebben gedaan als ze onschuldig waren en als ze geen idee hadden waar Cookson uithing.'

'Het kan zijn dat ze tijd nodig hadden om hun sporen uit te wissen,' zei Sam. 'Ze wilden niet dat iemand naar Jason op zoek ging zolang ze daar nog mee bezig waren, en dus deden ze alsof hij niet vermist was. Hoewel dat wel duidelijk in tegenspraak is met wat er daarna gebeurde.'

'Dus, toen zijn ze van gedachten veranderd of zo?' Proust fronste. 'Hebben ze toen soms besloten om Cooksons lijk op onze parkeerplaats voor jouw voeten te rollen?'

'Het besluit om het lijk bij het bureau te dumpen maakte misschien geen deel uit van het oorspronkelijke plan,' zei Gibbs.

'Het hoorde in elk geval niet bij Cooksons plan om zijn vriend zaterdag te helpen met diens verbouwing,' zei Proust. Heel even speelde er een glimlach om zijn lippen. 'Goed, laten we alle plekken doorzoeken waar Cookson kan zijn vermoord: breek desnoods in in het Dower House. Het huis van Sean Hamer, de hotelkamer van Gaby Struthers…'

'Gaby's werk?' opperde Sellers. 'De huizen van Laurens ouders?'

'Overal,' zei Proust. 'En…' Hij stopte en leunde naar rechts om langs Sam te kunnen kijken. 'Agent Meakin, die deur hoort dicht te zijn. Aangezien hij dat niet is, stel ik voor dat je hem dichtdoet en zelf aan de andere kant gaat staan, waar je thuishoort. En gedraag je daarbij als een man die blij is dat hij tot het eind van een briefing is genegeerd, waarbij zij aangetekend dat het niemand iets kan schelen of jij blij bent of niet.'

'Meneer, er staat beneden een man die iets wil weten over de moord op Francine Breary. Ik dacht, ik loop even binnen om het u te vertellen. Hij wil graag een rechercheur spreken.'

Proust ademde dreigend in: het ademhalingsequivalent van het aanspannen van een boog voor het afschieten van een pijl. 'Er zijn hierboven *vier* mannen die iets willen weten over de moord op Francine Breary, Meakin. En die mannen heb jij zojuist gestoord.'

'Hij wil ook een moord bekennen, meneer. Maar hij zegt dat die niets met Francine Breary te maken heeft.'

'Aha. Zo eentje. Hij wil bij de receptie staan en zo vaak mogelijk "moord" zeggen?'

'Misschien is hij gestoord, meneer, maar hij denkt dat hij vrijdagavond iemand heeft vermoord – ene Jason Cookson.'

'Wat?'

Meakin deed een stap naar achteren terwijl Sam, Sellers en Proust alle drie tegelijk op hem afkwamen.

21

Zondag 13 maart 2011

Jason Cookson is dood. Laurens man. De man die mij heeft aangerand.

'Goed,' zeg ik om iets te zeggen. Het geluid van mijn stem is het bewijs dat ik niet alleen ben; als ik alleen zou zijn, zou ik niet de moeite nemen om te praten. Ik kan Charlie en Waterhouse niet laten blijken hoeveel moeite het me kost om alle nieuwe informatie te verwerken. Ik heb nog geluk dat gedachtelezen onmogelijk is; want op dit moment zouden de mijne onleesbaar zijn. Ze zouden me waarschijnlijk afvoeren naar een inrichting.

Was Wayne Cuffley ook maar dood, al had hij waarschijnlijk niets te maken met wat mij vrijdag is overkomen. Zijn waarschuwing was dezelfde als die van Jason: blijf bij Lauren uit de buurt. Dat is voor mij genoeg om hem dood te wensen. Hij heeft mij dan wel niet aangedaan wat Jason me aandeed, maar ik weet zeker dat het zijn goedkeuring zou wegdragen.

'Wie heeft het gedaan?' vraag ik.

'Je bedoelt, wie heeft Jason vermoord?'

Een seconde of vijf vraag ik me af of ik het zelf heb gedaan, en ik de herinnering vervolgens in een ontoegankelijk deel van mijn hersens heb gestopt, zodat ik mezelf niet kan verraden.

Had ik die foto maar niet verscheurd. Ik word overvallen door een sterke aandrang: om zijn gezicht te zien en te genieten van de wetenschap dat dat nu ergens in een mortuarium ligt weg te rotten. Hier dicht in de buurt waarschijnlijk; het lijkt me logisch dat het mortuarium in de buurt van het politiebureau is.

Ik zou Jason graag zo koud en levenloos willen zien, naakt op een schuiftafel in een lange, zilverkleurige la. Kan ik daar tactvol om vragen?

'Jason is tussen vrijdag middernacht en zaterdagochtend vier uur vermoord,' zegt Waterhouse. 'Precies het tijdstip waar jij geen alibi voor hebt. Ik zou graag willen weten waar je toen was. Ik neem aan dat brigadier Zailer al met je heeft gesproken over een advocaat...'

'Ik wil geen advocaat. Ik zou willen dat ik Jason Cookson had vermoord, maar dat is niet zo. Als ik een plagiaatpleger was, zoals Tim, zou ik het hebben geprobeerd en met de eer zijn gaan strijken.'

'Gaby, we geloven absoluut niet dat jij Jason hebt vermoord,' zegt Charlie. 'Ik weet zeker dat je dat niet hebt gedaan.'

'Dat weet je helemaal niet zeker. Dat kun je alleen maar zeker weten als ik jou vertel waar ik vrijdagnacht was.'

'Vertel maar,' zegt Waterhouse. 'Hoe sneller je dat doet, des te eerder kan ik stoppen met me af te vragen of jij soms maar deed alsof je de man die jij terecht dood wenst niet kon identificeren.'

'Tussen middernacht en vier uur 's ochtends? Toen stond ik op het parkeerterrein van het Proscenium aan Teago Street.'

'In je auto?' vraagt Charlie.

'Grotendeels wel, ja. Ik kwam er aan rond een uur of elf en ik ben er tot kwart over zeven de volgende morgen gebleven.'

'Teago Street?' zegt Waterhouse fronsend. 'Ik ben naar het Proscenium geweest – dat ligt aan The Mallows.'

'De ingang van de parkeerplaats is aan Teago Street, achter de bibliotheek,' zeg ik tegen hem. 'Het is eigen terrein, met een groot hek en je moet er een code intoetsen. Alleen het personeel en de leden kennen die code. Na zessen, als de bibliotheek sluit, is het er meestal heel rustig, en helemaal uitgestorven na elf uur, kwart over elf 's avonds. Leden die er parkeren als ze uit eten gaan, of naar de bioscoop of het theater, zijn dan ook weg. Vraag maar aan May Geraghty, de bibliothecaresse. Vraag haar naar de camerabeelden van het parkeerterrein van afgelopen vrijdag – ze zal in extase zijn. Ze is trotser op haar super-de-luxe bewakingssysteem dan een normaal mens die niet geobsedeerd is door zeldzame boeken zich ooit zou kunnen voorstellen.'

'Camerabeelden?' Waterhouse geeft Charlie weer een stilzwijgende boodschap met zijn ogen.

'Er is verleden jaar twee keer ingebroken,' zeg ik hem. 'Alle leden hebben geld ingelegd voor de camera's – vijf pond, in de meeste gevallen. Mensen wier leven draait om antiquarische boeken zijn over het algemeen niet rijk. Ik heb zelf meer dan de helft bijgedragen. Dat vond ik toen al de moeite waard, om de collectie van het Proscenium te beschermen, en nu vond ik het nog meer lonen.' Zonder mijn bijdrage hadden ze die camera's nooit kunnen betalen en had ik nooit kunnen bewijzen dat ik Jason Cookson niet had vermoord.

'Dus als ik die beelden bekijk, zie ik jou daarop?' vraagt Waterhouse. 'Of zie ik alleen je auto?'

'Je ziet de auto het terrein op rijden en daar de hele nacht blijven staan. Spannend voor je. Je zult me ook een paar keer zien uitstappen, naast de auto staan huilen, en weer instappen. Ik denk dat je midden op je stoel zult zitten. In elk geval niet op het puntje,' zeg ik in antwoord op de verwonderde frons van Waterhouse. 'Dat zei Tim altijd over saaie films: "Ik zat de hele tijd midden op mijn stoel".'

'Waarom ben je een paar keer uit de auto gestapt?' vraagt Charlie.

'Om mezelf te bewijzen dat ik niet in een klein metalen doosje opgesloten zat. Het was meer dan twee keer. Misschien een keer of drie, vier. Ik voelde me meestal het veiligst in de auto, met de portieren op slot, maar soms raakte ik in paniek omdat ik bang was dat ik niet meer kon ademen, geen zuurstof meer binnenkreeg. Wat nu als ik de deur niet meer open kreeg en eruit moest? Wat als de sloten niet meer open wilden? Als ik dat begon te denken, moest ik de buitenlucht in.'

'Maar dan ging je toch weer de auto in en deed je hem op slot, ook al wist je wat voor effect dat op je zou hebben. Dan liet je de paniek weer toeslaan.' Waterhouse lijkt het niet te geloven.

Meent hij dit nou? 'Ja, ik was niet erg consistent. Goed gezien. Het spijt me, zijn de meeste slachtoffers van angstaanjagende aanrandingen meer gefocust dan ik? Schudden die alles meteen van zich af om zich op een logischer doel te storten?'

'Nee,' zegt hij. 'Hoewel ik jouw gedrag ook niet standaard zou willen noemen.'

'Echt niet? Ik vermoed dat ik naar een ander zonnestelsel moet afreizen om iets te vinden wat jij wel standaard vindt.' Ik draai me om in mijn stoel zodat ik Charlie aankijk. 'Ik kon niet de hele nacht naast de auto blijven staan. Het was ijskoud. Ik kon niet... Ik had het gevoel dat ik dood zou gaan van de kou als ik buiten bleef, en ik wist niet waar hij was – Jason. Hij had me nog een keer kunnen besluipen. Ik was op een lege parkeerplaats in een afgelegen deel van de stad. Ik weet best dat het stom klinkt.'

'Helemaal niet,' zegt Charlie.

'Hij heeft me aangerand bij mijn huis, waar ik me volkomen veilig waande. Zonder enige waarschuwing vooraf, ik hoorde hem niet aankomen. Wat weerhield hem ervan dat nog eens te doen?' Ik schiet in de lach, en verbaas mijzelf daar net zozeer mee als ik Waterhouse en Charlie verbaas. 'Als ik mezelf die vraag nu zou stellen, had ik het antwoord, toch? Een gewelddadige dood. Het best mogelijke antwoord in de kwestie Jason Cookson.' Ik vond het fijn mijn stem die woorden te horen uitspreken: alsof ik zijn uitroeiing in koelen bloede had gepland. 'Hoe is hij vermoord?' *Heeft hij wel genoeg geleden?*

'Zou je nog een leemte voor me willen invullen?' zegt Waterhouse. 'Je bent vroeg in de avond aangerand achter je huis, maar je arriveerde pas om elf uur op de parkeerplaats aan Teago Street. Waar was je in de tussentijd?'

'Ik reed rond. Ik ben naar de luchthaven van Combingham gereden, en weer terug. Twee keer.' Nog meer atypisch gedrag; ik vraag me af of Waterhouse dat wel aankan. 'Ik wilde niet te vroeg op de parkeerplaats van het Proscenium gaan staan, voor het geval ik daar door iemand werd gezien.'

'Waarom de luchthaven van Combingham?'

'Zomaar. Omdat ik daar zo vaak naartoe rij. Ik kon niets anders bedenken.'

'Waarom heb je je auto niet ergens geparkeerd? In een zijstraat, in een parkeerhaven?'

'Iemand die me kent zou me in mijn auto kunnen zien zitten. Er lopen namelijk mensen door straten. *Hij* had langs kunnen lopen, of wie dan ook. Als iemand op mijn raampje had geklopt, had ik met hem of haar moeten praten.'

'Waarom het parkeerterrein bij het Proscenium als plek om de nacht door te brengen?' vraagt Waterhouse. 'Waarom niet een hotel, of het huis van vrienden?'

'Je luistert niet. Ik had geen zin in mensen. Ik wist dat er 's avonds laat niemand meer de parkeerplaats op zou komen, en als het hek dichtzit, kun je er niet naar binnen – dat is fysiek onmogelijk.'

'Het is oké, Gaby, we begrijpen het wel.'

'Jij misschien. Maar hij niet.'

'Nee, ik niet,' onderschrijft Waterhouse. 'Twee minuten praten met een receptioniste in een lichte, warme hotellobby en je had jezelf in die nacht in een comfortabele hotelkamer kunnen opsluiten. In plaats daarvan koos jij voor een koud, verlaten parkeerterrein.'

'Ja. Je hebt gelijk. Daar koos ik voor – aangezien ik niet *standaard* ben.' Ik bijt hem het woord toe. 'Nou en? Jij zit dadelijk voor een zwart-witscherm naar een geluidloze bewakingsopname te kijken hoe ik de hele avond niet bezig ben met het vermoorden van Jason Cookson. Je wilde bewijs, en ik heb het je gegeven.'

'En nu wil ik iets anders,' zegt Waterhouse zachtjes. 'Ik wil zeker weten dat jij niets met de moord op Jason te maken had. Hem niet vermoorden en niet betrokken zijn bij zijn moord zijn twee verschillende dingen.'

Ik lach. 'Jij denkt dat ik mijn BlackBerry tevoorschijn heb gehaald om dat even snel te regelen? Dat mijn vaste huurmoordenaar nog wel een gaatje had, op zo'n korte termijn?'

'Je hebt geld genoeg voor een goed hotel,' zegt Waterhouse. 'Je hebt waarschijnlijk ouders of broers of zussen naar wie je toe kunt.

Collega's, vrienden in het Dower House – Kerry en Dan Jose. Ik vraag me af waarom je zo nodig een oncomfortabele nacht onder de sterren wilde doorbrengen voor het vierkante oog van een kwalitatief hoogwaardige bewakingscamera, terwijl je nog zo veel andere opties had.'

'Ze wilde niemand zien, Simon,' zegt Charlie ongeduldig.

'Ze houdt iets voor ons achter.' Waterhouse houdt zijn blik op me gericht.

'Jij denkt dat ik naar het parkeerterrein van het Proscenium ben gegaan omdat ik wist dat ik daar zou worden gefilmd, om mezelf een alibi te verschaffen?' vraag ik hem.

'Is dat zo?'

'Nee!'

'Ik geloof je niet.'

Waarom is Waterhouse geen foto die ik kan verscheuren? Waarom bestaat hij echt?

'Ik neem aan dat je vandaag nog steeds naar Tim wilt?' zegt hij.

'Simon, alsjeblieft,' mompelt Charlie.

Wees toch voorzichtig met dat bijna-slachtoffer van een verkrachting, bedoelt ze; je mag dit menselijke wrak niet bedreigen – straks komen daar nog schadelijke stoffen bij vrij.

Het is misschien haar bedoeling hem een schuldgevoel te bezorgen, maar dat werkt niet.

Ik heb helemaal geen speciale behandeling nodig, en ik wil dat ze dat allebei weten. 'Als je het echt weten wilt, dan zal ik het je zeggen, maar kom niet bij me aan als je het liever niet had willen weten. Tijdens de aanranding heb ik mezelf ondergekotst. En ik raakte ook de controle over mijn darmen kwijt. Toen het voorbij was, en ik zeker wist dat hij weg was, was mijn eerste gedachte: hoe kan ik mezelf schoonmaken? Zo simpel, maar ik kon geen enkele manier verzinnen. Als ik niet bij Sean weggelopen was –' Ik zwijg. 'Nee. Zelfs als ik niet bij hem weggegaan was, zou ik in die staat niet naar binnen zijn gegaan. Sean heeft me nog nooit ergens mee geholpen. Hoe erger de situatie, des te meer hij me omlaagtrapt.'

'Was je maar meteen hiernaartoe gekomen,' zegt Charlie.

Ik negeer haar. Het is een onredelijke wens die geen rekening houdt met de mijne. Ze zei het waarschijnlijk alleen om haar medeleven te tonen en omdat ze weet dat Waterhouse dat nooit zou doen; hij is alweer met stomheid geslagen. 'Ik had schone kleren bij me in de tas die ik voor vertrek had gepakt, maar ik was zo smerig. Ik moest me douchen, maar ik kon niet bedenken waar dat zou kunnen zonder dat ik met iemand in contact kwam. Als ik me niet kon wassen, wilde ik natuurlijk niet gezien worden. De parkeerplaats van het Proscenium was het beste idee – en het enige idee dat ik kon verzinnen. Ik dacht aan de camera, en hoeveel die zou onthullen als iemand ooit de beelden zou bekijken. Niet dat ik ooit echt dacht dat dat nodig zou zijn.'

'Simon? Ik denk dat je nu wel tegen Gaby moet zeggen dat je haar gelooft.'

'Ze was nog niet klaar,' zegt hij ijskoud. 'Je onderbrak haar.'

'Ik heb verder niets te vertellen.' Heeft hij nog niet genoeg gehoord? Wat als hij nog steeds niet overtuigd is? Ik heb hem nu alles verteld; meer kan ik niet doen.

Jawel.

Een klein maar cruciaal detail zal bewijzen dat ik de waarheid spreek. 'Ik heb de auto omgedraaid voor ik de eerste keer uitstapte,' zeg ik. 'Bekijk de beelden maar. Je zult zien dat ik het terrein op reed, de auto parkeerde, en dat ik ongeveer een uur later de auto keerde en achteruit instak op dezelfde plek, met de neus van de auto de andere kant op. Dat deed ik zodat de auto een barrière vormde tussen mij en de camera als ik uitstapte aan de chauffeurskant. Ik wilde niet in die staat worden gefilmd, ook al zou geen mens die beelden ooit te zien krijgen.' *Zielig, hè?* 'Waarom zou ik dat anders gedaan hebben? Kun jij nog een reden bedenken?'

'Nee. Waar ben je naartoe gegaan toen je zaterdagochtend om kwart over zeven het parkeerterrein verliet?'

'Naar huis. Mijn vorige huis,' verbeter ik mezelf. 'Sean gaat op zaterdag altijd naar de sportschol: hij vertrekt om kwart over zeven, is daar om halfacht en blijft er tot halftien. Ik ben naar binnen gegaan, heb gedoucht, mijn vieze kleren in een zak gestopt. Toen moest ik ergen heen rijden om ze weg te gooien en...'

'Wat?' Waterhouse duikt boven op mijn aarzeling.

'Ik had de hele nacht op een stapel oud karton gezeten die ik achter in mijn auto had liggen. Daar moest ik ook vanaf.'

'Fijn dat je zo eerlijk tegen ons bent, Gaby,' zegt Charlie. 'Ik geef je het nummer van iemand met wie je eens moet praten. Een therapeut.'

'Echt?' Ik doe net of ik daar heel blij van word. 'Waarom zeg je dat niet eerder? Dat lost alles op.'

'Je hebt iets meer dan verschrikkelijks meegemaakt. Je moet met iemand praten die je kan helpen om daarmee om te leren gaan.'

Waterhouse trekt een envelop uit zijn map. Mijn envelop, met Laurens naam erop. Hij legt hem op tafel tussen ons in. 'We hebben deze niet aan Lauren Cookson gegeven.'

'Dat zie ik.'

'Ik heb hem wel gelezen. Ik wil graag dat jij hem persoonlijk aan haar overhandigt, als dat kan.'

'Heeft Lauren Jason vermoord?' *Heeft ze hem vermoord omdat ze heeft gezien wat hij me aandeed?* Zou ik liever hebben dat ze het niet had gezien, als Jason dan nu nog zou leven?

'Dat weten we niet. Lauren weet het wel – dat is het probleem. Ze weet alles wat ik wil weten en alles wat jij wilt weten: wie Jason heeft vermoord, wie Francine Breary heeft vermoord, waarom Tim Breary niet in de gevangenis hoort te zitten, waarom hij daar toch zit en kennelijk wil blijven.' Waterhouse zucht. Heel even klinkt en oogt hij als een mens. 'Als wij haar jouw brief geven, lopen we het risico dat zij jou met ons associeert. Als dat gebeurt, vertelt ze jou niet meer en niet minder dan ze ons vertelt.'

'Leugens, geen moer en nog wat leugens,' voegt Charlie eraan toe.

'Als zij denkt dat jij niets met ons te maken hebt, als je haar ervan kunt overtuigen dat jij haar geheimen bewaart...'

'Dat lukt niet,' zeg ik. 'Lauren is dom maar ook weer niet zo dom.

Ze weet dat ik alles zou doen of zeggen om Tim uit de gevangenis te krijgen.'

'Dat zie je verkeerd,' zegt Waterhouse. 'Zij weet dat jij alles doet voor Tim, en ze weet dat hij wil blijven zitten waar hij zit. Je kunt proberen om haar ervan te overtuigen dat als hij dat wil, jij dat ook wilt. Dan durft ze je misschien de waarheid wel te vertellen.'

De tranen prikken in mijn ogen. 'Hoe weten jullie dat hij dit wil?' vraag ik. 'Waarom zou iemand de schuld op zich willen nemen voor een moord die hij niet heeft gepleegd? Het kan mij niet schelen wat Tim wil! Als hij de gevangenis in wil terwijl hij niets heeft gedaan, dan is hij *krankzinnig*!'

Ik wil niet houden van een man die zo gestoord is. Ik wil een betere versie uitvinden, eentje die niet van die gekmakende, verbijsterende dingen doet die de echte Tim doet.

Hij loog tegen me toen hij zei dat ik hem had uitgevonden. Hij rekende op mijn ijdelheid, en het werkte. De waarheid is dat het me niet is gelukt de Tim uit te vinden die ik wilde – de ideale Tim – hoewel ik het jarenlang heb geprobeerd.

Je kunt nu niet opgeven. Gaby Struthers is niet gekomen waar ze is door op te geven.

'Ik kan Tim overhalen om jullie de waarheid te vertellen,' zeg ik. 'Dat weet ik zeker.' *Breng me naar hem toe.*

'Nog even over Lauren,' zegt Waterhouse. 'Ik heb de aantekeningen gelezen die rechercheur Gibbs maakte naar aanleiding van jullie gesprek van afgelopen vrijdag. Je vertelde hem dat Lauren iets tegen je zei tijdens haar uitbarsting op de luchthaven van Düsseldorf. Ik lees het even voor, dan kun jij zeggen of het inderdaad is zoals jij het je herinnert: "Ja, hoor, tuurlijk ben jij beter dan ik. Tuurlijk! Ik durf te wedden dat jij nooit een onschuldige man voor moord de bak in zou laten gaan."'

'Klopt precies,' bevestig ik.

'Je ging ervan uit – net als ik aanvankelijk, en net als Gibbs – dat Lauren zichzelf bekritiseerde voor haar onethische gedrag: ze liet een man opdraaien voor een misdaad die hij niet had gepleegd en daar voelde ze zich schuldig over. Jij zag haar uitbarsting als oplaaiend schuldgevoel dat ze niet onder controle kon houden.'

'Niet helemaal,' zeg ik. 'Er was wel een zekere mate van schuldbesef, maar ze liet het zich per ongeluk ontvallen. Haar bedoeling was om mij te beschuldigen van ivorentorenonnozelheid.'

'Leg uit,' beveelt Waterhouse. *Half mens, half robot.*

'Ze doelde erop dat ik onmogelijk kon begrijpen hoe zwaar zij het had. Ik dacht misschien dat zij onethisch handelt door Tim naar de gevangenis te laten gaan, en ik dacht vast dat ik zelf nooit zoiets immoreels zou doen, maar hoe haal ik het in mijn hoofd me voor te staan op mijn superioriteit terwijl ik niet weet wat voor problemen zij allemaal heeft. Een gevalletje van: "Werp geen stenen als je nog nooit in mijn glazen huis hebt gewoond."'

'Interessant,' zegt Charlie.

'Ik heb nog een andere interpretatie,' zegt Waterhouse. '"Jij denkt dat je beter bent dan ik, maar dat is bullshit. Jij denkt dat het altijd fout is om een onschuldige man naar de gevangenis te laten gaan voor moord, maar ik begrijp dat dit juist goed is voor Tim. Jij zou dat nooit snappen, omdat je te conventioneel bent, te zwart-wit. Niet ethisch verfijnd of genuanceerd."'

Ik lach. 'Ethisch genuanceerd? Je hebt Lauren Cookson toch ontmoet?'

'Ze gebruikte het woord "laten". "Dat jij nooit een onschuldige man voor moord de bak in zou *laten* gaan." Oké, ze kan bedoeld hebben dat ze erbij stond te kijken en het liet gebeuren. Maar het kan ook zijn dat ze bedoelde dat ze hem zijn zin gaf.'

'Dat zou veel verklaren,' zegt Charlie. Uit haar gezicht kan ik opmaken dat ze deze theorie van Waterhouse nog niet eerder heeft gehoord. En wat nog zorgwekkender is, het is ook duidelijk dat ze er zomaar in meegaat, zonder enig bewijs. 'Kerry en Dan Jose, Tims beste vrienden – die willigen ook zijn wens in door hem in de gevangenis te laten zitten. Hij zit daar nog dankzij hun leugens; hun leugens en de zijne.'

'Hoe kan het goed zijn dat Tim in de gevangenis zit voor de

moord op zijn vrouw als hij die niet heeft gepleegd?' vraagt Waterhouse aan mij. 'Kun jij een reden bedenken, Gaby. Al klinkt het nog zo onwaarschijnlijk, ik zou het graag willen horen.'

Ik knik, murw vanbinnen, en probeer de stem in mijn hoofd te negeren die me dingen zegt die ik niet wil horen.

Hij wil de gevangenis in omdat hij jou uit de weg wil gaan nu Francine dood is.

Nee, dat kan niet. Ik weet dat Tim van me houdt. Ik weet het zeker.

O ja? Is dat de reden waarom zijn principes en zijn angst voor Francine meer voor hem betekenden dan jij? Is dat waarom hij zei dat je uit zijn leven moest verdwijnen en waarom hij sindsdien nooit meer contact heeft gezocht?

Waterhouse grijpt weer in zijn dossiermap en haalt er een verfrommeld A4'tje uit. Hij vouwt het open en geeft het aan me.

'Tim heeft gevraagd of ik dit aan jou wilde geven,' zegt hij. 'Het is een gedicht.'

Ik neem het papier uit zijn hand. De mijne beeft.

'Ik moest erbij zeggen dat het van De Drager was. Weet je wat dat betekent?'

Tim, wat ben je toch een klootzak.

Ik kan me eerst niet op het gedicht concentreren. Ik zie alleen Tims handschrift; het enige belangwekkende is dat dit van hem komt. Hij heeft de pen vastgehouden, het papier aangeraakt, gevouwen...

'Gisteren zei je tegen Charlie dat Tim niet De Drager is, maar dat het Kerry Jose is. Wat bedoelde je daarmee?'

Waterhouse moet maar even wachten tot ik uitgelezen ben. Halverwege begin ik te huilen. Ik lees het sonnet steeds opnieuw.

'Gaby?' zegt Charlie voorzichtig.

Ik schud mijn hoofd.

'Weet Kerry dat zij De Drager is?'

'O ja. Dat weet ze.'

'De Drager van wat?' vraagt Waterhouse. 'Een ziekte? Een of andere last?'

Ik veeg mijn ogen af. 'Geen van beide. Ik wil er niet over praten. Het is iets persoonlijks.'

'Wie en wat is De Drager?' vraagt Waterhouse nog eens, alsof hij niet heeft gehoord dat ik het hem niet ga vertellen. 'Weet jij waarom Tim jou dit gedicht wilde geven? Wat het betekent?'

Verliefd worden is net zo'n paradox. / Of het komt als een donderslag / En liegt het dus als het ons leven zin geeft…

'Dat lijkt me duidelijk,' zeg ik.

'Wat betekent het dan?'

Of we hoopten al zo lang op de kus / Die ons zou veranderen, ons bewust van hoe van slag / Ons wezen zou zijn, dat verrassing ons niet overvalt.

'Ik kan niet spreken voor de dichter, maar ik kan je wel zeggen wat Tim ermee bedoelt.'

Hoe belachelijk en onvolwassen het ook is, opeens voel ik een sterke drang om naar het Proscenium te hollen en daar alle bundels te doorzoeken tot ik het perfecte gedicht heb gevonden om hem mee te antwoorden. Onzin; ik zie hem dadelijk in levenden lijve. Alles wat ik hem te zeggen heb, kan ik direct tegen hem zeggen, en niet in kwatrijnen.

En hij zal mij niet zo duidelijk verstaan.

'Het betekent dat hij de liefde niet vertrouwt,' zeg ik tegen Waterhouse.

22

13/03/2011

Sam haalde diep adem voor hij weer naar de verhoorruimte terugging. Wayne Cuffley had een wolk ranzige stank met zich meegebracht die pas zou verdwijnen als hij wegging: een combinatie van sterke aftershave, muffe rook en kleren die nog niet helemaal droog waren van het wassen. 'Uw advocate is onderweg,' zei Sam. 'Ze heet Rhian Broadribb. Als je wilt, kunnen we wachten tot ze er is voor we doorgaan met dit verhoor.'

'Wat heeft dat voor zin?' zei Cuffley. 'Ik heb niets te verbergen.'

Sam ging zitten, zodat hij Cuffley vanaf de andere kant van de grote tafel aankeek. De audiovisuele apparatuur van het bureau werd steeds geavanceerder en elke verhoorruimte had weer een andere installatie. Deze werkte alleen met een afstandsbediening. Sam pakte hem op en drukte op een knop waarmee de opname begon, ook al stond dat er onhandig genoeg niet bij. 'Inspecteur Sam Kombothekra verhoort Wayne Cuffley op zondag 13 maart 2011. Verhoor hervat om 14 uur 15. Meneer Cuffley, u hebt bekend dat u uw schoonzoon, Jason Cookson, hebt vermoord. Klopt dat?'

'Ja.'

'Ik wil dat u herhaalt wat u tegen me zei voor we een pauze namen.'

'Hoezo? Om te controleren dat ik geen fout maak en iets anders zeg?'

'Het is de standaardprocedure. Misschien hebt u per ongeluk een belangrijk detail weggelaten.'

Geen reactie van Cuffley, behalve een zichtbaar aanspannen van de armspieren. Zijn 'Iron Man'-tatoeage werd erdoor verplaatst en uitgerekt. Bodyart als valse reclame, dacht Sam. Cuffley was helemaal geen gespierde superheld. Zijn hoofd was te klein voor zijn korte, pezige lichaam en leek nog veel kleiner door zijn rattenkopjeskapsel.

'Ik heb Jason vermoord, ik heb zijn lijk in bubbeltjesplastic gerold, heb hem op de achterbank van mijn auto gelegd en heb hem hiernaartoe gebracht, naar het politiebureau. Mijn vrouw Lisa reed. Ik zat op de achterbank met het lijk. Ik heb het op de parkeerplaats uit de auto geduwd, en toen zijn we weggereden, terug naar huis.'

Hij liet een detail weg dat hij de eerste keer wel had genoemd.

'Hebt u nog iets met uw auto gedaan voor u op weg ging?' vroeg Sam.

'Je weet best wat ik met de auto heb gedaan. Dat zei ik toch net: ik heb de kentekenplaten eraf gehaald.'

'Waarom hebt u dat gedaan, meneer Cuffley?'

'Omdat ik niet wilde dat jullie wisten dat het mijn auto was. Ik was toen nog niet van plan om mezelf aan te geven.'

'Waarom bent u van gedachte veranderd?' Dit was nieuw terrein.

'Door Lauren. Ze was in paniek. Ze had geen idee waar Jason was en ze kan niet zo goed tegen stress. Ze ging uit haar plaat omdat ze niet wist wat er met hem was gebeurd. Dus ik dacht, ze kan het maar beter zo snel mogelijk weten.' Cuffley ademde langzaam uit. 'Moet je horen, ik had helemaal geen zin om mezelf aan te geven, maar... Lauren is mijn dochter en ik hou van haar. Ze heeft er recht op om te weten wat er is gebeurd en waarom. Als ik dat mijn dochter niet verschuldigd was, zou jij nooit geweten hebben dat ik het was. Dan had je om te beginnen het lijk van die schoft nooit gevonden.'

Sam had dat fenomeen al heel vaak meegemaakt: moordenaars die een lange straf boven het hoofd hing wilden je altijd graag laten weten hoe gemakkelijk ze ermee weg hadden kunnen komen.

'Lisa stond achter mijn beslissing. Ze zei: "Wat heeft het voor zin, wat jij hebt gedaan, als Lauren nog steeds in angst leeft omdat ze denkt dat hij elk moment terug kan komen?"'

'Dat verklaart waarom u ons Cooksons lijk bent komen brengen,' zei Sam. 'Het verklaart nog niet waarom u nu bekent.'

Cuffley sloeg zijn armen over elkaar. Het leek alsof hij een wedstrijdje staren met Sam was begonnen. Alsof hij niet kon geloven dat Sam het lef had om zo'n triviaal punt te maken. Of misschien was Cuffley's bezwaar gelegen in het feit dat hij niet wist hoe hij hierop moest reageren.

'Ik kon Lauren toch moeilijk laten denken dat iemand anders het had gedaan?' zei hij net toen Sam de hoop op een antwoord had opgegeven. 'Als zij weet dat ik het was, weet ze dat ik niet achter haar aan kom. Ik heb het voor haar gedaan, om haar te beschermen – zij zal dat wel begrijpen. Als ze denkt dat het een van Jasons bende was, een of andere wraakactie, dan is ze bang dat zij het volgende doelwit is, snap je?'

Bende? Opereerden klusjesmannen-annex-tuinmannen in bendes?

'Ze nemen zo vaak de vrouwen te grazen, zelfs als die er niets mee te maken hebben,' zei Cuffley.

'Was Lauren bang voor Jason?' vroeg Sam.

'Lisa en ik dachten van wel. Ze ontkende altijd. Hé, mag ik aan haar vertellen dat hij dood is?'

Dat hij dood is en dat jij hem hebt vermoord? Als je het nu hebt over twee voor de prijs van één.

'Ik vrees dat dat niet mogelijk is, meneer Cuffley. Het spijt me. Vertelt u mij eens wat er vrijdagavond is voorgevallen tussen u en Jason Cookson.'

'Waarom wil je dat weten?'

'Waar en hoe hebt u hem vermoord?'

'Thuis.'

'Uw eigen huis?'

'Ja. Ik heb die hufter een mes in zijn hart gestoken.' Cuffley glimlachte alsof hij de herinnering koesterde.

'Waar gebeurde dat precies?'

'Dat zeg ik toch: thuis.'

'In welke kamer?' vroeg Sam.

'Laurens oude slaapkamer.'

'Wanneer?'

'Vrijdagavond. Iets na twaalven.'

'Ik heb het hele verhaal nodig, meneer Cuffley. Wat is er gebeurd?'

'Lisa en ik zaten tv te kijken, en wilden net naar bed gaan. Ineens wordt er keihard tegen het raam gebeukt. Jason. We wisten dat hij het was zodra we dat lawaai hoorden. We kennen verder niemand die om die tijd op de stoep zou staan.'

'Hoe laat was dat?' vroeg Sam.

'Weet ik veel – halftwaalf? Hij kwam uit de kroeg, ladderzat, en hij schreeuwde allerlei vuiligheid over Lauren.'

'Wat zei hij dan?'

'Het was respectloos naar mijn dochter toe. Ik ga dat hier niet herhalen.' Cuffley lachte honend. 'Wat kun je me maken: ga je me naar de gevangenis sturen als ik het niet vertel? Daar was ik toch al naar op weg.'

'Oké, dus... Jason schreeuwde onaangename dingen over Lauren. Was dat al eens eerder gebeurd?'

'Een paar keer,' zei Cuffley. 'Als hij dronken was, maar dat was hij niet vaak. Dit keer was hij zo lam dat hij zich niet meer kon beheersen. Hij zei te veel. Ik dacht altijd dat hij wel ergere dingen deed dan zich af en toe bezatten en mij komen vragen of Lauren soms een ander neukte. Wat niet zo was, en wat ze ook nooit zou doen. Mijn Lauren is geen sloerie. Ze is zo trouw als wat.'

Sam wachtte af omdat hij het gevoel had dat Cuffley nog niet uitverteld was.

'Ik vroeg haar altijd: behandelt hij je goed? Ze zei altijd van wel, en dat hij het gewoon tot zich door moest laten dringen dat ze niet in een ander geïnteresseerd was. Hij was jaloers aangelegd, zo kun je dat wel zeggen. Lisa maakte zich er zorgen over – ik ook – maar Lauren zei: "Alsjeblieft, pap, laat het nou maar." Dus wat kon ik doen?'

Hem vermoorden? Was Cuffley de oplossing waar hij uiteindelijk mee kwam alweer vergeten?

'U zegt dat Jason vrijdagavond te veel zei. Wat zei hij dan dat te veel was?'

'Hij riep keihard wat hij allemaal met Lauren had gedaan – midden op straat, goddomme! De buren konden het allemaal horen. Sommigen hebben het waarschijnlijk ook gehoord. En je kunt het me nog zo vaak vragen, maar ik ga je niet vertellen wat hij met haar heeft gedaan. Al zet je me honderd jaar achter de tralies – kan me niet rotten. Mijn dochter heeft al genoeg meegemaakt. Ik ga haar niet nog eens voor schut laten staan.' Cuffley balde zijn handen tot vuisten. 'Ik wilde opendoen en hem naar binnen sleuren voor hij ons nog meer voor schut zette. Tegen de tijd dat ik bij de deur was, lag hij al op de grond. Hij had een black-out. Ik sleurde hem naar binnen. Lisa zei dat ik hem naar boven moest brengen, naar Laurens oude slaapkamer. Ze vond dat ik Lauren moest bellen, maar ik zei: "Vergeet het maar".'

'Want?'

'Ik wilde niet dat Lauren hem zou komen halen. Ik wilde die klootzak koud maken. En dat heb ik ook gedaan,' bracht Cuffley Sam in herinnering terwijl hij aan zijn Iron Man-tatoeage krabde. 'Ik ben naar de keuken gegaan, heb het grootste mes gepakt dat ik kon vinden, ging weer naar boven en daar heb ik hem gestoken – dwars door hem heen. Lisa had er niets mee te maken. Ik heb haar niet verteld wat ik van plan was. Ze zou me tegengehouden hebben. Je weet hoe vrouwen zijn.'

Het zijn niet zozeer vrouwen als wel mensen die moord afkeuren, dacht Sam. Hij stond op en liep naar het raam. Hij had er genoeg van om zo veel tijd door te brengen in dit soort ruimtes. Wat zijn volgende baan ook zou worden, hij wilde een raam met uitzicht dat niet door grijze strepen werd onderbroken. 'Waar kwam dat bubbeltjesplastic vandaan?' vroeg hij.

'Watte?'

'Het plastic waar u Jasons lijk in hebt verpakt.'

'O, dat. Ik heb gisteren een rol gekocht bij Brodigan. Kijk maar.' Cuffley stak zijn hand in de zak van zijn spijkerbroek en haalde een klein wit papiertje tevoorschijn. Hij overhandigde het aan Sam.

Een kassabon.

Sam bedankte hem nog net niet. 'Als ons onderzoeksteam uw huis straks doorzoekt, wat voor bewijs zullen ze dan aantreffen dat Jason inderdaad is vermoord waar u zegt?'

Cuffley liet zich door die vraag niet van zijn stuk brengen. 'We hebben het beddengoed weggegooid, maar het matras ligt er nog. Lisa wil pas terugkomen als dat ook weg is. Ze is met de kinderen naar haar moeder. Laten we het zo zeggen, als je dat matras zo ziet, denk je niet dat iemand is uitgeschoten bij het scheren.'

'Hebben Lisa en u kinderen?'

'Twee. Maar ze zijn niet van mij.'

'Waren die thuis toen u Jason vermoorde?'

'Ze lagen te slapen,' zei Cuffley defensief. 'Ze hebben niks gezien. Dat zou ik nooit toestaan. Lisa heeft ze zaterdagochtend meteen uit bed gehaald, aangekleed en is met ze weggegaan.'

O, dan is het goed. Hier heb je je Stiefvader van het Jaar-bokaal weer terug. Het spijt me dat ik aan je twijfelde.

'Hoe reageerde Lisa toen u haar vertelde wat u had gedaan?' vroeg Sam.

Cuffley haalde zijn schouders op. 'Die had liever dat het niet in haar huis was gebeurd, maar ze zal Jason niet missen. We hadden allebei het gevoel dat hij Lauren niet goed behandelde. Lisa en ik, dat zit wel snor. Zij heeft me hiernaartoe gereden toen ik... je weet wel, met dat lijk, en ze heeft gezegd dat ze hoe dan ook achter me blijft staan. Ze weet dat ik het voor Lauren heb gedaan.'

Er was iets wat Sam niet lekker zat. Het duurde een paar seconden voor hij er zijn vinger op kon leggen. 'Hoeveel tijd zat er tussen de moord op Jason en toen u aan Lisa vertelde wat u had gedaan?' vroeg hij.

'Ik weet niet,' zei Cuffley. 'Niet lang. Een paar minuten.'

'Waarom hebt u het toen niet ook aan Lauren verteld?'

'Die was er niet.'

'U had haar toch kunnen bellen. Of u had bij haar langs kunnen gaan – zo ver is het niet van uw huis naar het Dower House?'

Cuffley schokschouderde weer.

'U vroeg me net of u het zelf aan Lauren mocht vertellen, en toen zei ik nee,' herinnerde Sam hem. 'U had het haar toch zelf kunnen vertellen, tussen de moord op Jason en het moment dat u zichzelf hier kwam aangeven. Waarom hebt u dat dan niet gedaan?'

'Weet ik niet. Ik heb het gewoon niet gedaan. Maar ik heb nog wel een paar vragen voor jou.' Cuffley prikte met zijn vinger in Sams richting. 'Heeft Tim Breary zijn vrouw vermoord of niet? Lauren wil me niet vertellen wat er aan de hand is, maar ik weet dat er iets niet klopt. Heeft Jason haar soms vermoord?'

Die had Sam niet zien aankomen. Hij deed zijn mond open, maar Cuffley was op stoom. 'Wat moest Lauren in Duitsland en waarom heeft ze haar vlucht gemist, zodat ik voor een ander ticket moest betalen? En wie is Gaby Struthers?'

'Tim Breary is aangeklaagd voor de moord op Francine,' zei Sam neutraal. 'Weet u een reden waarom hij onschuldig zou kunnen zijn?'

'Nee, maar ik weet wel dat het niet goed gaat met Lauren sinds Francine dood is. Ze wil me niet vertellen wat er aan de hand is. Slaat dicht als ik haar ernaar vraag.'

Dan kunnen we elkaar de hand geven. 'Waarom vroeg u wie Gaby Struthers is?' vroeg Sam. 'U hebt haar toch ontmoet. U wist wie ze was nog voor ze zich voorstelde.'

'Ik weet geen moer over dat mens, behalve dat Lauren haar op een luchthaven heeft ontmoet en dat ze Lauren lastigviel, en haar maar niet met rust wilde laten. En ze is een kakmadam – dat zei Lauren toen ze helemaal over de zeik opbelde vanuit Duitsland: Gaby Struthers, een kakwijf. Lauren is als de dood voor haar, maar ze wil niet zeggen waarom. Ze zei dat ze naar haar op zoek zou gaan in het Dower House, en dat was ook zo. Dat heeft iets te maken met Francine Breary.'

'Ik kan het niet met u hebben over die zaak,' zei Sam tegen hem. Cuffley's vragen wierpen een nieuwe vraag op. 'Wat deed u vrijdag in het Dower House, toen u Gaby ontmoette? U moet geweten hebben dat Lauren nog niet terug was, aangezien u haar terugvlucht had geboekt.'

Cuffley deed zijn ogen dicht en schudde zijn hoofd. 'Ik was niet goed bij mijn hoofd. Lauren was zo over de zeik over die Gaby Struthers dat ik er geen zinnig woord uit kreeg. Ik dacht dat Jason misschien wist wie dat mens was, en wat Lauren in Duitsland uitspookte. Maar Lauren had hem natuurlijk niets gezegd, dus dat was retestom van me. Ik had moeten weten dat ze mij belde omdat ze hem niet kon bellen, omdat hij het niet wist.'

'Was hij kwaad?' vroeg Sam.

'Hij wilde het niet aan mij laten blijken, maar ik zag best wat er in hem omging,' zei Cuffley. 'Hij kon zich nauwelijks goed houden. Die gast was een psychopaat – net als toen hij acht was.'

'Acht?' vroeg Sam verbaasd.

'We zaten samen op de lagere school. En op de middelbare.'

'Wat zei hij toen u hem van Gaby Struthers vertelde?'

'Daar heb ik niks over gezegd,' zei Cuffley. 'Ik kwam niet verder dan vragen wat Lauren in Duitsland deed. Jason staarde me aan alsof hij geen flauw idee had waar ik het over had. Toen liep hij weg en zei dat hij haar zou bellen. Ik riep nog of hij soms wilde dat ik haar zou oppikken van het vliegveld. Hij zei dat hij dat zelf wel zou doen. Maar het klonk niet oké, hoe hij dat zei. Ik was bijna zelf ook naar het vliegveld gegaan, maar...' Cuffley zweeg. Haalde zijn schouders op. 'Hij kon haar moeilijk in elkaar slaan in de aankomsthal, toch? Wat voor nut had het als ik daarheen zou gaan? Ik kon toch niet voorkomen dat hij haar mee naar huis zou nemen.' Plotseling glimlachte hij, alsof hij en Sam aan dezelfde kant stonden. 'Maar nu heb ik hem toch tegengehouden.'

'Waar was u op woensdag 16 februari?' vroeg Sam aan hem.

'Is Francine toen doodgegaan? Toen was ik aan het werk. Lauren had mazzel: ik had vrijdag ook moeten werken als ik niet een week vrij genomen had om de zitkamer op te knappen. Anders had ik die vlucht nooit voor haar kunnen regelen.'

'Wat doet u voor werk?'

'Ik ben koerier. Voor Portabas.'

'En dat is...'

'Een koeriersbedrijf.'

'Ik zal contact met hen op moeten nemen.'

'Denk je soms dat ik Francine heb vermoord? Waarom zou ik jou vragen wat er aan de hand is als ik haar zelf heb vermoord?'

Sam had heel andere vragen: waarom zou Cuffley Francine willen vermoorden? Wat zou in vredesnaam zijn motief kunnen zijn geweest? 'U zei iets interessants tegen Gaby Struthers, afgelopen vrijdag bij het Dower House. U zei: "Verkoop geen lulkoek aan iemand die zelf lulkoek verkoopt". Wat bedoelde u daarmee?'

Cuffley negeerde de vraag en stelde er zelf nog een: 'Zou het kunnen dat Jason het gedaan heeft?'

'Dat hij Francine Breary heeft vermoord?' vroeg Sam. 'Waarom vraagt u dat?'

'Als dat zo is, wil ik dat dat algemeen bekend wordt.' Cuffley tilde zijn hoofd op en keek langs Sam alsof hij een groter publiek voor zich zag. 'Ik wil dat de wereld weet dat ik ons allemaal een gunst heb bewezen.'

23

Zondag 13 maart 2011

Tim. Tim Breary, die voor me staat.

Op de een of andere manier lijkt hij niet groot genoeg. Nee, dat klopt niet. Dat is niet wat ik bedoel.

Zijn gezicht... Is het een gezicht dat al mijn gevoelens verklaart? Vroeger wist ik zeker van wel, maar na al die tijd...

Dit is geen emotionele reactie van mij, het is een bombardement: zo veel sensaties die door de lucht knallen dat ik de mijne niet kan voelen. Ik herken hun rauwheid niet, kan nergens grip op krijgen. Ik sta daar maar terwijl ze in een zware storm om me heen woeden, en me afsnijden van mijn omgeving. Ik ben dichter bij Tim en verder weg van mezelf dan ik in lange tijd ben geweest.

'Ik kan niet geloven dat je hier bent,' zegt hij.

In de stilte probeer ik clous te horen die volgen op zijn woorden. *Wie was jij toen, Tim? Wie ben je nu?*

'Gaby?'

Ik doe mijn tas open en haal de valentijnskaart met het gedicht van e.e. cummings tevoorschijn.

ik draag je hart met me mee, ik draag het mee in mijn hart...

'Wie was De Drager?' vraag ik aan Tim.

Ik tel de seconden voor hij antwoord geeft: *een, twee, drie, vier, vijf, zes, zeven...*

'Ik.'

'Nee. Jij hebt mij deze kaart niet gestuurd. Dat was Kerry.'

'Ik,' zegt hij nogmaals. 'Ik ben De Drager, Gaby. Ik zou willen dat ik hem had gestuurd. Zodra ik van die kaart hoorde, wenste ik dat ik het zelf had bedacht. Kerry heeft hem namens mij verstuurd, maar ik ben De Drager. Dat moet je begrijpen. Ik *draag* jouw hart, Gaby. Dat heb ik altijd gedaan.'

'Het was stom van me te geloven dat jij het kon zijn geweest,' zeg ik. 'Maar we geloven wat we willen geloven, of niet soms?'

'Ga zitten, alsjeblieft.' Tim loopt in de richting van de deur, alsof hij die wil barricaderen. Hij denkt dat ik misschien weg wil.

Er zijn stoelen: gemakkelijke stoelen. Wat is dit voor een kamer? Zo had ik me de gevangenis helemaal niet voorgesteld.

Ik ga zitten. 'Ik had het pas door toen ik naar het Dower House ging en de bundel van e.e. cummings naast je bed zag liggen. Ik heb het gedicht op de kaart honderden keren gelezen, maar het was anders toen ik het in het boek las. Ik dacht aan alle andere gedichten die ik in bundels heb gelezen, alle gedichten die je me hebt laten zien, en ik realiseerde me dat de kaart niet van jou kon komen. Jij zou dat gedicht nooit hebben uitgekozen.'

'"En jij bent wat een maan altijd heeft betekend / en wat een zon altijd zal zingen ben jij,"' citeert Tim. '"En dat wonder houdt de sterren uit elkaar / ik draag je hart met me mee , ik draag het mee in mijn hart".'

Hij gaat tegenover me zitten. Hij had ook dichterbij kunnen komen. Hij had me aan kunnen raken. Er staat een lege stoel naast me.

Simon Waterhouse staat buiten. Onze onzichtbare chaperon. De rol die Francine altijd speelde.

Dit is zo vreemd.

Ik wil niet dat hij poëzie voor me voordraagt. Ik wil Tims armen om me heen. Ik wil woedend in zijn gezicht krabben. Jason Cookson zou nooit achter me aan gekomen zijn als Lauren me niet naar Duitsland had gevolgd. Dat kwam allemaal door Tim: het ergste wat mij ooit is overkomen.

Dat ga ik allemaal niet zeggen. In plaats daarvan ga ik over het gedicht praten.

'Het is onzin. Manen betekenen niets. Zonnen zingen niet, en sterren worden niet door een wonder uit elkaar gehouden. Het gedicht dat jij voor mij aan Simon Waterhouse hebt gegeven – dat is veel meer jouw stijl: letterlijk. Als een dichter iets belangrijks te zeggen heeft, gebruikt hij zo eenvoudig mogelijke bewoordingen. Weet je nog wel?'

Tim knikt.

Ik sla de kaart open. Het is mijn beurt om te citeren. "Voor Gaby. Ik hou van jou. Fijne Valentijnsdag, liefs, De Drager." Die woorden zijn door Kerry opgeschreven. Niet door jou.'

Ze wist dat ik zou denken dat jij die kaart had gestuurd. Ze wist dat ik meteen daarop jou mijn liefde zou verklaren. Ze wilde jou niet helpen door datgene te zeggen waar jij te verlegen voor was – ze wilde een crisis forceren die ons uit elkaar zou drijven. En dat is haar gelukt: als De Drager die kaart niet had gestuurd, zou ik nooit naar jouw kantoor zijn gegaan om jou te zeggen dat ik ook van jou hield. Jij zou mij nooit in vertrouwen hebben genomen over je droom, ik zou nooit naar Zwitserland zijn gegaan op zoek naar clous… Jij was nooit in paniek geraakt en je zou nooit tegen me gezegd hebben dat ik moest weggaan en uit je leven moest verdwijnen.

'Ik had je de waarheid moeten zeggen,' zegt Tim. 'Dat weet ik wel, alleen… wat kon ik zeggen? Het had belachelijk geklonken: "Nou, eigenlijk heeft een van mijn vrienden die kaart gestuurd, maar toevallig is het wel precies wat ik voor jou voel."'

'Wist je dat Kerry het had gedaan?'

'Dan vertelde het me toen het al te laat was. Kerry schaamde zich te erg om het me zelf te vertellen. Ik weet niet waarom ze dacht dat ik kwaad zou worden. Ik was haar juist dankbaar voor haar ongeduld. Ze wist wat ik voor jou voelde. Beter dan ik zelf.'

Hij geloofde dat zij het met de beste bedoelingen had gedaan. Uiteraard.

'Blijkbaar is mijn letterlijke stijl niet geschikt in het geval van echte menselijke gevoelens.' Tim glimlacht bedroefd. 'Blijkbaar betekenen manen wel degelijk iets. En blijkbaar kunnen zonnen zingen.'

Gevoelens. Nog meer gevoelens. Ik heb er zelf te veel om die van Tim er ook nog eens bij te kunnen nemen. Wat ik tekortkom zijn feiten.

'Dus,' zeg ik. 'Met wiens veren heb je de laatste tijd nog meer gepronkt? Wiens schuld draagt De Drager?'

'Ik heb Francine vermoord, Gaby.'

'Lauren denkt van niet. En Simon Waterhouse. En ik.'

'Lauren?' Tim kijkt me aan alsof ik iets godslasterlijks heb gezegd. 'En haar vertrouw je meer dan mij?'

Die vraag wil ik niet beantwoorden. Liefde en vertrouwen zijn twee verschillende dingen.

'Vertel me dan dit: waarom heb je het gedaan?'

Onzekerheid flikkert in zijn ogen. Dan zet hij dat met geweld aan de kant. 'Ik heb tegen de politie gezegd dat ik daar geen reden voor had, maar dat is niet waar.'

'Niets wat jij zegt is waar, Tim. Ik weet dat jij Francine niet hebt vermoord.' Ik doe mijn tas open en haal er een vel papier uit. 'Mijn gedicht voor jou,' zeg ik en ik geef het aan hem.

'"Belogen als een rechter trad ik af,"' leest hij hardop voor. '"Mijn rechtszaal door de kreten van de vrijgesprokenen ontruimd. / Ik ken de waarheid, ik ken zijn vlakke klank. / Hij heeft niet tegen mij gesproken, dat heeft hij verzuimd." Glyn Maxwell, "De Strafmaat". Hij glimlacht. 'Goede keuze.'

Als ik zijn glimlach beantwoord, verandert dat dan de loop van dit gesprek? Of van de rest van ons leven? Is hij dan gerustgesteld en zal hij me zien zoals ik echt ben en zal hij me dan de waarheid zeggen? Of zal hij het opvatten als een teken dat ik bereid ben te leven met de leugen en te doen alsof het geen leugen is? *Twee paden die uiteengaan in een geel kleurend bos...*

Wie ben jij eigenlijk echt, Gaby Struthers? Ben jij iemand die in staat is te bezweren dat je nog altijd van hem houdt als je weet wat hij voor je verborgen houdt, wat dat ook maar blijkt te zijn?

Wie is Tim Breary eigenlijk echt? Weet je dat wel? Wat als hij een onbereikbare fantasie is op waar je verliefd op bent en niet de man van vlees en bloed die je voor je hebt?

'Gaby, je moet me geloven.' Hij leunt voorover. 'Ik heb Francine vermoord. Ik heb een kussen gepakt en dat heb ik op haar gezicht gelegd om haar te verstikken. Ik had een motief – eentje dat ik niet aan de politie heb verteld omdat ik daardoor niet sneller vrijkom. Ik ben bereid een straf te ondergaan, maar dat wil niet zeggen dat ik nog meer jaren aan mijn straf hoef toe te voegen door te bekennen waarom. Er is niets bewonderenswaardigs aan mijn redenen om te doen wat ik heb gedaan, en het is verder alleen mijn zaak. En die van jou. Ik heb Francine vermoord omdat ik dat al heel lang wilde doen. Al sinds ik tegen jou zei dat ik je nooit meer wilde zien.'

Ik hoor hoe graag hij zou willen dat het waar is wat hij zegt. Ik geloof hem nog steeds niet.

'Ik kan niet verklaren waarom ik er jaren mee heb gewacht, of waarom ik nu juist die dag heb uitgekozen. Misschien was ik het zat om niet naar mijn instincten te luisteren en om steeds maar niet te doen wat ik eigenlijk wilde. Er was geen specifieke aanleiding.' Het klinkt alsof hij iets opleest uit een script.

'Je hoeft tegen mij niet te liegen,' zeg ik. Ik haat het als mensen die een keuze hebben, doen alsof ze geen keuze hebben.

En als mensen die bij hun vrouw weg zouden kunnen gaan, of ontrouw zouden kunnen zijn aan die vrouw als ze dat echt zouden willen, doen alsof dat onmogelijk is.

'Gaby, luister.' Tim gaat naast me zitten en pakt mijn hand. Mijn lichaam trilt alsof het onder stroom staat. Ik wil dat hij me kust.

Het kan me niet schelen wat de waarheid is. Als hij Francine heeft vermoord, zal ik toch nog van hem houden. Als hij haar niet heeft vermoord maar iets veel ergers heeft gedaan dat hij probeert te verbergen, zal ik nog steeds van hem houden. Het maakt niet uit.

'Het was niet alleen de droom,' zegt hij, en zijn ademhaling klinkt snel en onregelmatig om de woorden heen. 'Die dag in het Proscenium, de laatste keer dat wij elkaar zagen… jij wilde zo graag weten wat die droom betekende. Ik wilde het niet weten. Het was al erg genoeg dat ik moest leven met mijn vermoedens en die nachtmerrie die steeds terugkeerde. Ik wist zeker dat weten wat het betekende nog veel erger was.'

'Dat is niet zo. Dat kun je nog steeds niet met zekerheid zeggen.'

Hij praat door alsof ik niets heb gezegd. 'Voor ik het wist zei je dat je naar Zwitserland was gegaan, naar Leukerbad...'

'Dat had ik niet moeten doen, niet zonder het met jou te overleggen,' zeg ik.

'Ik ben blij dat je bent gegaan. Nu. Maar toen kwam ik niet los van de angst – deels om erachter te komen wat de droom betekende, maar er was meer. Jij was helemaal naar Zwitserland gegaan voor *mij*. Zo veel hield je van mij, zo belangrijk was ik voor jou, maar ik zat gevangen in een ellendig huwelijk waar een andere man, dat weet ik best, uit weggegaan was zonder ooit nog achterom te kijken. Maar ik wist dat ik dat nooit zou kunnen. Ik zou dat nooit gedaan hebben, Gaby.'

Maar je hebt het wel gedaan. Mis ik iets?

'Je wist dat ik van je hield, allang voordat ik je vertelde dat ik in Zwitserland was geweest.'

'Dat dacht ik te weten,' zegt Tim. 'Toen ik hoorde dat je helemaal naar Leukerbad was geweest om mij, toen... Ik weet niet, toen drong het pas echt tot me door. Hoe sterk je gevoelens voor mij moeten zijn geweest.'

'Je zegt steeds "helemaal". Helemaal naar Leukerbad. Helemaal naar Zwitserland, alsof je het over Nieuw-Zeeland hebt of zo. Ik zou naar Leukerbad gaan voor een lunch of een spabehandeling, als ze daar een goede spa hadden. Trouwens, als jouw droom zich in Nieuw-Zeeland had afgespeeld, was ik daar naartoe gegaan. Vliegen doet me niets. Ik doe het vijf keer per week.'

Tim zucht. Kon ik mezelf maar wijsmaken dat het niet mijn bedoeling is het hem lastig te maken. Ergens wil ik hem laten lijden, het hem betaald zetten dat hij mij zo veel pijn heeft gedaan.

'Is er, los van mij, nog iemand anders wiens terugkerende droom jij uitgezocht hebt, al moest je er hooguit voor naar Heathrow?' vraagt hij. 'Of voor wie je ook maar vijf minuten in je drukke agenda zou vrijmaken om over na te denken?'

‘Nee.’

Hij lijkt opgelucht. We begrijpen elkaar weer.

‘Gaby, wat wij hadden… het was zonder twijfel het mooiste wat me in mijn leven is overkomen, maar het was niet echt. Het was de perfecte fantasie. Die dag, toen je mij vertelde dat je naar Zwitserland was gegaan, dacht ik: nee, dit wil ik niet, dit gaat me te ver. Ik wilde niet weten of Francine geprobeerd heeft om me te vermoorden. En ik wilde niet leven met het schuldgevoel dat jij meer van me hield dan je zou moeten. Ik had het uit de hand laten lopen en er was geen toekomst voor ons. Voor ons beider bestwil moest je bij me weg en moest je wegblijven.’

‘Doe nu maar niet net alsof jij ook maar iets om mijn bestwil hebt gedaan, Tim,’ zeg ik voorzichtig. *Stop*, beveelt een stem in mijn hoofd. Als ik niet stop, zal de verbittering uit me stromen als lava uit een vulkaan. Het zou alles verwoesten.

Tim wrijft over zijn voorhoofd met zijn duim en wijsvinger. ‘Je hebt gelijk. Wil je weten wat ik echt dacht?’

Ja. En ik wil ook graag weten of je echt je vrouw hebt vermoord.

‘Ik heb jaren last gehad van die droom zonder er iets aan te doen. Ik heb niets gedaan om uit te zoeken wat het kon betekenen, ik hoopte alleen dat het vanzelf over zou gaan. Ook al wist ik dat dat nooit zou gebeuren. Het is nog steeds niet over. En jij springt een paar dagen nadat je het verhaal hebt gehoord op een vliegtuig naar Zwitserland, en komt terug met de boodschap dat je het antwoord hebt gevonden! Dat beangstigde me, Gaby. Ik dacht: als ze dat voor elkaar krijgt, kan ze er ook voor zorgen dat ik bij Francine wegga, en dat zal haar uiteindelijk nog lukken ook.’

‘Alleen als jij dat zelf ook wilde,’ zeg ik, gekwetst door dat waar hij me, denk ik, van beschuldigt.

‘Ik wilde wel, ik heb nog nooit zo graag iets gewild,’ zegt Tim. ‘De verleiding werd te gevaarlijk. Denk je dat ik niet wist wat voor lafaard ik was? Dat wist ik best, Gaby. Ik wist dat als ik jou niet zou dwingen bij me weg te gaan, jij me net zo zou gaan haten als ik mezelf haatte. Waarom wilde ik niet weg bij een vrouw van wie ik niet hield? We hadden niet eens kinderen. Waarom dacht ik dat ik moest blijven? Was het alleen de droom? Dacht ik soms dat Francine me achterna zou komen om me te vermoorden, en om die klus dit keer wel af te maken?'

Kon ik die vraag maar beantwoorden.

En de rest.

'Je wilt het misschien niet horen, maar als ik had geweten hoe ik me voelde toen ik jou had gezegd dat het voorbij was, had het waarschijnlijk gekund. Bij haar weggaan. Vlak daarna ben ik ook inderdaad bij haar weggegaan, toen ik me realiseerde dat die drang om haar te willen vermoorden niet overging.' Tim kijkt me aan om te zien of ik begrijp wat hij zegt. 'Ik was al nooit gelukkig met haar, maar toen ik jou kwijt was...'

'Je was me niet kwijt. Je hebt me weggedaan.'

Tim probeert het nog eens. 'Na die dag dat wij... afscheid hadden genomen, veranderden mijn gevoelens voor Francine. Meteen. Het was alsof iemand vanbinnen een schakelaar had omgezet. Ik had me nooit een voorstelling kunnen maken van hoe het voelt om iemand te willen vermoorden tot ik het zelf meemaakte. Ik moest al mijn energie aanwenden om te voorkomen dat het gebeurde. Ik kon niet meer eten, niet meer slapen, niet meer werken. Heb jij ooit weleens iemand willen vermoorden? Nee, willen is niet het woord – heb je ooit *geweten* dat je het ging doen?'

De enige die ik ooit heb willen vermoorden is al dood: Jason Cookson.

'Ik ben bij Francine weggegaan om haar leven te redden,' zegt Tim.

'Waarom heb je mij dat niet verteld? Als je niet bij Francine was, had je toch bij mij kunnen zijn? Waarom heb je nooit contact opgenomen?' Als ik dit eerlijk zou spelen, zou ik hem waarschuwen dat ik zijn antwoord hoe dan ook niet acceptabel zal vinden.

Hij probeert te glimlachen maar het lukt niet. 'Jij zou me gezegd hebben dat ik kon oprotten, of niet soms?'

Ik dwing mezelf om een paar seconden te wachten voor ik iets zeg.

'Hoe kun je dat nu denken? Je denkt het niet echt – het is maar een excuus.'

'Jawel, Gaby. Dat zou je hebben gezegd. Je trots zou geen ruimte laten voor een ander antwoord. Ik wist dat jij voor mij veel te hoog gegrepen was: Gaby Struthers het genie, het briljante succesverhaal. Terwijl ik een onbeduidende accountant was, die op een dag zijn vrouw zou vermoorden.'

'Als je je best deed, was je niet onbeduidend,' zeg ik hem, ook al weet ik dat het zijn kijk op zichzelf niet zal veranderen.

'Ik wilde nooit een moordenaar zijn,' zegt hij zachtjes. 'Ik ben naar de andere kant van het land verhuisd om ervoor te zorgen dat ik dat nooit zou worden. Ik heb nog geprobeerd om mezelf van kant te maken in plaats van Francine, maar dat lukte niet. Op het laatst was ik toch te laf en toen ik het had gedaan, heb ik Kerry en Dan gebeld. Ik wilde niet dood, Gaby – alleen maar om jou. Ik had het idee opgegeven dat wij ooit samen konden zijn, maar ik wist dat ik niet weg wilde van een wereld waar jij in leefde.'

En toch heb je niets gedaan. Je liet mij geloven dat jij en Francine nog bij elkaar waren, al die jaren.

'Waarom ben je weer naar Francine teruggegaan toen ze een hersenbloeding kreeg?' vraag ik.

'Ik wilde dichter bij jou zijn. Als zij aan bed gekluisterd was, invalide...'

'Wat? Wat dan, Tim?'

Hij zuchtte. 'Als ik niet meer bang voor haar hoefde te zijn, hoefde ik ook niet meer bang te zijn voor jou – voor het gevaar dat ik om jou bij haar weg zou gaan. Wat kon ze doen? Ze lag in bed en kon zich niet bewegen en niet praten.'

'Maar je hebt geen contact opgenomen. Jij was weer in de Culver Valley, Francine had geen macht meer over je... waarom heb je toen geen contact gezocht?'

'Ik dacht dat je me niet meer wilde kennen na hoe ik je had behandeld. Eerlijk gezegd vond ik het genoeg om te weten dat je in de buurt was.'

'Misschien was ik ook een stuk gelukkiger geweest als ik had geweten dat je in de buurt was,' zeg ik kwaad. 'Maar die kans heb je me niet gegeven.'

'Het spijt me, Gaby. Ik hoopte dat ik... ik weet niet. Dat ik je op een dag op straat tegen zou komen. Ik weet hoe sneu het klinkt, geloof me. Maar bekijk het positief: toen ik Francine vermoordde, ben ik herboren als een daadkrachtige man, ook al ben ik dan een koelbloedige moordenaar.'

Niet grappig.

'Je bent niet om mij teruggekomen naar de Culver Valley,' zeg ik. 'Dat gevoel had je overal kunnen hebben. Francine was de onweerstaanbare kracht, of niet soms? De nieuwe, beschadigde Francine. Hoe graag wilde je die met eigen ogen zien?'

'Eerlijk?' Tims stem breekt op het woord, alsof hij te veel waarheid niet aankan. 'Behoorlijk graag. Maar niet om de reden die jij denkt. Het was niet om me te verkneukelen, of om wraak te nemen. Aanvankelijk niet. Ik wilde zien of ik nog steeds bang voor haar was. God.' Hij doet zijn ogen dicht. 'Je hebt geen idee hoe graag ik het antwoord op die vraag wilde weten. Het was als een wetenschappelijk experiment. Voor ik haar weer zag, is me gezegd dat haar brein nog altijd werkte. Haar persoonlijkheid was waarschijnlijk ook intact. Maar ze kon helemaal niet praten, en kon zich nauwelijks bewegen. Dus hoe kon ze dan de macht over me hebben die Francine vroeger over me had?' Hij haalt zijn schouders op. 'Het kon twee kanten op.'

'Hoe bedoel je?'

'Misschien had ik me weer door haar laten intimideren zoals altijd. Ze was nog steeds zichzelf, nog steeds hier, levend. Of...' Tim haalt diep adem. 'Misschien zou ik haar zien liggen en denken: rot op, jij. Jij hebt niets meer over mij te zeggen.'

'En? Wat werd het?'

'Geen van beide.' Tim glimlacht. 'Het leven is nooit zo simpel als je hoopt. Ik wist meteen dat ik geen antwoord op mijn vraag zou krijgen als ik niet wat meer tijd met haar zou doorbrengen. Zoveel tijd als ik nodig had. Ik moest aan de nieuwe Francine wennen als ik van mijn oude gevoel af wilde. Ik vermoedde dat als ik dat zou doen, als ik me er echt in zou onderdompelen, er een moment zou komen dat ik echt helemaal niet meer bang voor haar zou zijn. Dat ik zou kunnen zeggen: "Zal ik jou eens wat zeggen, Francine? Ik ben verliefd op een vrouw die Gaby Struthers heet. Je herinnert je haar naam waarschijnlijk nog wel – ik heb het een paar keer over haar gehad, jaren geleden. Ze was vroeger een cliënt van me. Hoe dan ook, ik wil haar ten huwelijk vragen, dus... enig idee hoe we de scheiding gaan regelen? Jij hebt je handen natuurlijk vol, dus ik regel de papierhandel wel."' Tim bedekt zijn gezicht met zijn handen en wrijft. Hij probeert zichzelf uit te vlakken. 'Sorry,' zegt hij door zijn vingers heen.

'Wilde je haar nog steeds vermoorden?'

Hij staart me aan zonder met zijn ogen te knipperen. 'Je mist mijn punt,' zegt hij uiteindelijk. 'Ik vraag je of je met me wilt trouwen.'

En als ik meteen ja zeg, verlies ik het kleine beetje onderhandelingsmacht dat ik heb.

'Ik hou van je, Gaby. Mijn vrouw is dood. Dankzij mij. Ik zit de komende vijf tot tien jaar in de gevangenis, minimaal. Als dat jouw liefde voor mij niet blust, trouw dan alsjeblieft met me.'

Mijn hart maakt een polsstoksprong in mijn borst. Ik herhaal mijn vraag. 'Wilde je Francine nog steeds vermoorden toen je haar na haar hersenbloeding zag?'

'Ik heb haar vermoord,' zegt Tim. 'Meer hoef je niet te weten.'

'Ik wil het weten.'

Hij slaakt een zucht. 'Ja, ik wilde haar nog steeds vermoorden. Maar het was anders. Ik wilde ook weten of het terecht was dat ik haar wilde vermoorden. Of de "haar" die ik zou vermoorden dezelfde vrouw was als die met wie ik zo ongelukkig getrouwd was geweest. Hoe meer tijd er verstreek met haar in die staat... hoe moeilijker ik het vond om zeker te zijn dat ik de Francine zou vermoorden die ik wilde vermoorden. Ik neem niet aan dat jij dat begrijpt.'

'Ik begrijp het prima,' zeg ik tegen hem. 'En toen? Ging je toen op zoek naar signalen? Clous? Wat moest ze doen om te bewijzen dat ze nog altijd de oude Francine was? Of dat ze die niet was?'

Tim staart naar de grond. Het staat hem niet aan waar ik heen wil: het komt te dicht bij de waarheid.

'Daarom heb jij haar niet vermoord,' zeg ik. 'Misschien was ze veranderd door wat ze had doorgemaakt, maar misschien ook niet. Jij kon dat niet weten. Het enige wat je kon doen was naast haar bed zitten en... wat? Op zoek gaan naar het teken dat nooit zou komen? Proberen om de blik in haar ogen te lezen, de emotionele sfeer die om haar hing te duiden? Ondertussen gleed de Francine die jou had laten lijden steeds verder weg in de verre herinnering, waar niemand haar nog kon raken. Ze kwam ermee weg. Ik zou haar op dat moment meer hebben gehaat dan ooit, geloof ik. Hoewel ik, net als jij, nooit in staat zou zijn om dat lichaam te doden als ik niet wist of de vrouw die ik haatte daar nog in zat.'

'Hou alsjeblieft op,' fluistert Tim.

Ik sta op en trek mijn hand uit de zijne.

'Denk je dat ik perfect ben, Tim? Dat ben ik niet. Ik weet niet wat het is, wat jij niet aan mij wilt vertellen omdat je daar te bang voor bent, wat het ook maar is waar jij voor wilt boeten en wat je nog veel *erger* vindt dan het vermoorden van Francine, maar misschien heb ik wel iets gedaan wat even erg is.'

'Dat betwijfel ik.'

'En wat als het zo is? Zou jij dan niet meer van mij houden?'

'Het maakt niet uit wat je doet, ik zou altijd van je houden.'

Ik steek mijn handen in de lucht. Waarom ziet hij het nou niet? Ik kan mezelf er niet toe zetten hem te zeggen wat hij hoort te weten.

'Weet je waarom ik jou zo lang met rust heb gelaten?' vraag ik. 'Dat had niets te maken met het feit dat jij me zei dat het voorbij was. Ik had er best voor willen vechten, maar... ik vond mezelf de moeite niet waard. Ik vond mezelf jou niet waard. Al die tijd dat wij bij elkaar waren, of hoe jij het ook noemt, heb je nooit iets van me aangenomen.'

'Wat bedoel je?' vraagt Tim.

'Je hebt me nooit ergens om gevraagd. Het was alsof je alleen om mij bestond. Je zoog me niet leeg, zoals Sean: die verwachtte van alles van me, eiste dat ik me op een bepaalde manier gedroeg, gaf me het gevoel dat ik een middel was, op de wereld gezet voor zijn gemak – een slecht functionerend middel dat al jaren haar werk niet meer naar behoren deed. Jij was het tegenovergestelde: je hielp me met mijn bedrijf, en praatte met me over poëzie. Je had alleen maar positieve effecten op mijn leven, zonder uitzondering.'

'Hoe kun jij je dan niet de moeite waard hebben gevonden?' vraagt Tim.

'Mijn gevoelens voor jou waren te sterk. Ze voelden... onnatuurlijk. Ik dacht: misschien ben ik een egocentrisch kreng dat alleen kan houden van iemand die alleen maar geeft en nooit iets terugverlangt.'

Tim schudt zijn hoofd. 'Ik snap niet hoe je dat kunt denken. Ik heb misschien nergens om gevraagd, maar ik heb niet niets gekregen. Integendeel.'

'Sean had geld,' zeg ik snel, want ik wil mijn bekentenis doen voor ik op andere gedachten kom. 'Uit een erfenis, net als Dan. Niet zo veel. Vijftigduizend pond. Hij wilde er geen cent van investeren. Ik heb het hem natuurlijk niet gevraagd...'

'Waarom is dat natuurlijk?' Tim schuift naar het puntje van zijn stoel. 'Hij was je partner en het was een geweldige investeringskans. Dus die twee dingen bij elkaar opgeteld –'

'Het bedrijf stond los van Sean. Als hij erbij betrokken wilde zijn, had hij dat wel gevraagd. Hij wist dat ik op zoek was naar investeerders.' Waarom doet dat me nog steeds pijn, terwijl ik niet van Sean hou en al zo lang niet meer van hem heb gehouden? 'Ik zag zijn punt wel. Tenminste, wat volgens mij zijn punt was. Ik heb het hem nooit gevraagd, we hebben het er nooit over gehad. Hij had vijftigduizend pond en meer niet, dat was al zijn spaargeld. Als mijn bedrijf zou mislukken...'

'Ik wist dat dat niet zou gebeuren,' zegt Tim. 'Sean had het toch ook moeten weten, als hij zich erin had verdiept.'

'Als hij dacht dat ik zijn geld tien keer zoveel waard zou kunnen maken, had hij wel willen investeren,' zeg ik. 'Toen hij het me niet aanbood, wist ik dat hij geen vertrouwen in me had. Ik heb onze relatie laten verzieken zonder er ooit een woord over te zeggen, zonder hem ooit de kans te geven om het uit te leggen.' Het is een opluchting om het aan iemand te vertellen. 'Dan ben ik toch nog lager dan laag? En als je daarbij optelt dat ik ook nog eens verliefd werd op jou, rond de tijd dat jij briljante plannen uitbroedde om miljoenen voor mij te verdienen... En Dan en Kerry, vergeleken met hun geld leek dat van Sean niets, waren ineens mijn op één en twee na favoriete mensen op aarde, na jou. Ik vond hen nog veel leuker door iets wat niets met henzelf te maken had. Omdat ze zo duidelijk hadden laten zien dat zij het tegenovergestelde waren van Sean: zij waren bereid om me te steunen terwijl hij dat niet wilde, ook al kenden ze mij nauwelijks.'

Tim glimlacht. 'Zeg je nou dat je verliefd op mij werd omdat ik zo'n getalenteerde fondsenwerver was?'

Ik wil die glimlach voor altijd vasthouden. Ik werd verliefd op hem, onder andere doordat hij me altijd aan het lachen wist te krijgen. 'Ik geloof het niet, maar hoe kan ik dat zeker weten? Het is wel heel toevallig, vind je niet? Sean biedt me nog geen tientje en ik ben niet meer verliefd op hem; jij lost al mijn problemen op en ik val halsoverkop voor jou.'

'Daar zijn we zo achter,' zegt Tim. 'Hou je nog steeds van mij? Ik ben al jaren geen accountant meer. Ik ben mijn hele netwerk kwijtgeraakt. De kans dat je dankzij mij nog steeds geld kunt verdienen is klein.'

'Ja,' zeg ik.

'Dan wil je mij dus om mij.'

'Ik wil jou uit de gevangenis,' zeg ik tegen hem. 'Het kan me niet schelen wat je hebt gedaan, Tim. Het kan mij alleen schelen dat je me genoeg vertrouwt om het me te vertellen.'

Hij kijkt naar me op. 'Er zijn ook andere mensen bij betrokken, Gaby. Het gaat niet alleen om mij.'

‘Ben ik dan niet een van die anderen? Degene met wie je wilt trouwen?’

‘Ja, natuurlijk. Ik bedoelde alleen –’

‘Vertel me dan de waarheid.’ Ik praat over zijn twijfels heen. ‘En doe me pas weer een aanzoek nadat je dat hebt gedaan.’

24

14/03/2011

Niet eentje nemen. Niet doen.

Sam staarde naar de keurige stapel brochures in het rek terwijl hij wachtte tot de bibliothecaresse weer terugkwam. Of tenminste, het was maar één brochure, waar het rek mee volgepropt was: hij zag er stijf en duur uit, glanzend wit met zwarte letters en een zwart-witfoto voorop. 'Word vandaag nog lid van The Proscenium Library' stond er dringend. Sam dacht erover om een pauze in te lassen tussen zijn vertrek bij de politie en het zoeken naar een nieuwe baan. Een jaartje de dagen doorbrengen met niets anders dan boeken lezen – het was een aanlokkelijk vooruitzicht, maar hij betwijfelde of Kate zijn enthousiasme zou delen.

Sam had al sinds de middelbare school geen poëzie meer gelezen. Het was ook niet zozeer de boekencollectie die hem aansprak als wel de schoonheid en rust van het gebouw. Het Proscenium was als een kerk voor de literaire religie. Een kerk met een uitstekend restaurant. En volkomen stil. Hoe was dat mogelijk, zo midden in het centrum van Rawndesley? Sam vroeg zich af hoe Gaby Struthers en Tim Breary een relatie konden beginnen op een plek waar je je stem niet boven een halve decibel mocht verheffen. Maakte het fluisteren het soms nog romantischer? Werden mensen lid van het Proscenium om zich voor de wereld te verstoppen? Om de werkelijkheid buiten te sluiten?

Sam zette deze gedachten van zich af toen hij de bibliothecaresse zag naderen. May Geraghty was een lange, magere vrouw van rond de zestig met steil, grijs haar en een rechte pony. Ze mimede woorden onder het lopen, maar Sam wist niet wat ze zei. Ze moet geweten hebben dat hij dat niet wist. Sam kende dit type: ongemakkelijk, snel verlegen, niet in staat om naar iemand toe te lopen zonder meteen al van wal te steken. Omdat hij voelde dat ze zich niet op haar gemak voelde, liep Sam alvast op haar af.

'Dit is een beetje ongemakkelijk,' fluisterde ze. Precies het woord waar Sam net aan dacht. 'Het sonnet dat u zoekt is van een dichter genaamd Lachlan Mackinnon. Het komt uit zijn bundel *The Jupiter Collisions* uit 2003.'

Sam vroeg zich af of ze hem soms voor de gek hield. Of was het een soort vreemde test. 'Ja, dat weet ik,' zei hij. Hij ging nog zachter praten als reactie op May Geraghty's gekwelde blik en fluisterde: 'Dat hebt u me al verteld.' *Ik dacht dat u het boek voor me zou halen.* Hij was onder de indruk toen ze het gedicht met één blik op het fotokopietje herkende.

'Ja.' May knikte alsof haar besluit om hem twee keer dezelfde informatie te geven een opzettelijk en verstandig besluit was. 'Het punt is, ik vrees dat ik u het boek momenteel niet kan geven.' Ze knikte nogmaals. Duidelijk een fan van herhalingen.

'Oké,' zei Sam. 'Dat geeft niet.' Het was toch al niet meer dan een gokje. 'Misschien zou ik –'

'Ik kan het u niet geven, want het is vandaag nogal populair. Onze nieuwste mede-eigenaar zit in de salon in de bundel te lezen. Waren al onze bundels maar zo in zwang!' fluisterde ze met klem.

Nieuwste lid. Sam voelde iets prikken in zijn nek.

'Maar,' zei May Geraghty stralend, 'ik heb deze heer zojuist gesproken en hij heeft me op het hart gedrukt dat u gerust even naar hem toe mag lopen. Hij gunt u zonder meer een snel kijkje in de bundel. Zal ik u even naar hem toe brengen? En als u met hem praat, zal ik ondertussen de camerabeelden van vrijdagavond voor u halen.'

'Ja, graag,' zei Sam.

Hij liep achter May Geraghty aan door de zaal, door een met

koord afgezette gang en probeerde niet te denken aan de man die hij aan het eind van die gang zou treffen.

Het kon er maar een zijn…

Achter het mosterdkleurige koord stond een lange, antieke houten schrijftafel. Die lag bedekt met kranten en tijdschriften in vier keurige rijen, als omgevallen dominostenen. Terwijl hij en May Geraghty verder bij het restaurant van het Proscenium vandaan liepen, gingen de etensluchtjes over in een passender geur voor een bibliotheek, zoals die van krijt, stof en oud papier. Het was een fijne combinatie, vond Sam. Troostrijk.

'Inspecteur Kombothekra.' Dan Jose verscheen in de deuropening voor hem. Hij had een boek in zijn hand. 'Ik weet niet of we dit toeval kunnen noemen, maar zo voelt het wel.'

'Sst!' siste May Geraghty, waardoor de oudere man en vrouw aan een tafel bij een van de grote schuiframen in de salon opschrokken.

In een hoekje, links naast de niet-brandende haard, leunde een rood met grijze canvas rugzak, die Sam in het Dower House had gezien, tegen een groenleren fauteuil met hoge rugleuning – een van de drie stoelen die om een klein, rond bijzettafeltje stonden.

'Ga zitten,' zei Dan. 'Ik kan een kop koffie bestellen als u daar zin in hebt? Of thee?'

'Nee, bedankt,' zei Sam, die nooit begreep waarom hij vaak iets te drinken weigerde als hij daar eigenlijk best zin in had. Hij zag een sportschoen uit de rugzak steken. De veter bungelde langs de zijkant.

'Ik ben hiernaartoe gelopen,' zei Dan met een blik op de glimmende bruinleren schoenen aan zijn voeten. 'Het kostte me precies anderhalf uur. Nog een goede reden om lid te worden. Of "medeeigenaar" zoals May ons liever noemt. Goed voor het lichaam, goed voor de geest.'

'Is dat de reden waarom u lid bent geworden?' vroeg Sam.

'Nee. Niet echt. Het lijkt mij vrij duidelijk waarom ik lid ben geworden.'

'Omdat Tim hier lid is?'

'Nou, niet zozeer omdat hij lid is, als wel...' Dan keek naar zijn schoot. 'Ik weet niet. Ik weet hoeveel deze bibliotheek voor hem betekent. Dus zolang hij hier niet meer kan komen... En als u het niet erg vindt...?'

'Wat bedoelt u?' vroeg Sam.

'Ik heb niet tegen Kerry gezegd dat ik hiernaartoe ging. Ik was niet van plan om haar te vertellen dat ik lid ben geworden. Niet dat het een geheim is of zo. Ik heb gewoon liever dat ze het niet weet.'

Sam vroeg zich af hoe Dan het woord 'geheim' dan definieerde. Kennelijk anders dan Sam zelf.

'Zou ze het niet goed vinden?' vroeg Sam.

'Nee. Ze zou zeggen dat het een geweldig idee was, en zich afvragen waarom ze het niet zelf had bedacht.' Dan kauwde op de binnenkant van zijn lip. 'Dan zou ze hier samen naartoe willen. Hoewel dat ook weer niet zo erg zou zijn. Helemaal niet.' Het klonk alsof hij zichzelf hiervan wilde overtuigen.

'Maar?' vroeg Sam.

'Ik weet niet. Ik was niet van plan om lid te worden. Ik kwam hier alleen om te informeren naar dit boek, net als u.' Dan hield de poëziebundel op. 'Een plotselinge ingeving. Ik dacht: waarom ook niet? Als Tim weer thuis is kunnen we hier samen naartoe, om te lunchen.'

'Zonder Kerry?'

'Nee, met z'n allen. Uiteraard.'

'Maar tot die tijd komt u hier liever in uw eentje?' hield Sam vol.

'Ik had wat ruimte voor mezelf nodig.' Dans stem daalde van zachtjes tot nauwelijks hoorbaar. Zijn gezicht kleurde. Dacht hij soms dat het oudere echtpaar bij het raam nieuwsgierig meeluisterde? Ze wekten een overtuigende indruk van twee mensen die geen enkele belangstelling hadden voor andere menselijke wezens, en al helemaal niet in elkaar.

'Ik denk dat ik me probeerde in te leven in hoe het is om Tim te zijn,' zei Dan. 'Om hier te zitten lezen. Om de krankzinnige gedachten te denken die alleen Tim kan denken. Om te kijken of die welbeschouwd nog wel hout snijden.'

Sam wilde hier meer over weten, maar zijn instinct zei hem dat hij beter over iets anders kon beginnen. 'Mag ik het boek even zien?' vroeg hij.

Dan gaf het hem. 'Het is het laatste gedicht dat u wilt hebben. "Sonnet", heet het.'

'Hoe weet u waar ik naar op zoek ben?'

'Hoe weet ik dat Tim u een kopie van dat gedicht heeft gegeven en heeft gevraagd of u het aan Gaby Struthers wilde geven?' antwoordde Dan met een vraag.

'Dat ook,' zei Sam. Hij bladerde door *The Jupiter Collisions*. Het sonnet stond precies waar Dan zei: achterin. Er zat geen bericht voor Gaby Struthers tussen de pagina's gestoken, hoewel Dan die er natuurlijk misschien al uitgehaald had.

Hoogstonwaarschijnlijk. Dat had Sam al steeds gedacht. En het opperen van dit idee waar Simon bij was, zoals Charlie had gezegd, had voor zover Sam kon zien, niets uitgehaald. Simon had nietszeggend gegromd en was weggelopen.

'Ik weet het omdat ik Tim teleurgesteld heb,' zei Dan. 'Daarom moest hij u vragen om het gedicht aan Gaby te geven – omdat ik het niet had gedaan. Hij vroeg het me toen ik hem de eerste keer in de gevangenis bezocht. Hij had het gedicht met de hand uitgeschreven. Voor Gaby. Ik beloofde dat ik het haar zou geven, maar toen ik het aan Kerry vertelde zei ze dat ik dat niet moest doen, omdat het wel het slechtste was wat ik kon doen.'

'Hoezo?'

Dan zuchtte. 'Dat is moeilijk uit te leggen. De laatste keer dat Gaby uit Tims naam een liefdesgedicht ontving, liep alles uit de hand. Tim heeft geprobeerd zich van het leven te beroven. Ik denk dat Kerry niet wilde riskeren dat dat nog eens zou gebeuren. Ik weet zeker dat ze daar gelijk in had, ook al kon ik de logica zelf niet volgen.'

Sam ook niet. 'Dus u kwam hier om.... Om te zien of u het gedicht kon vinden?'

Dan knikte. 'Ik dacht dat het wel moest lukken, want ik wist de naam van de dichter.'

'Ik niet,' zei Sam tegen hem. 'Gelukkig kent de bibliothecaresse elk gedicht dat ooit is geschreven uit het hoofd.'

'Ik dacht: misschien kan ik het overschrijven, aangezien hier geen kopieerapparaat staat,' zei Dan. 'Dan kan ik ervoor zorgen dat Gaby het alsnog krijgt. Of ik kan op zijn minst mijn eigen gedachten bepalen, in plaats van aan Tim of Kerry te gehoorzamen. Eens op mijn eigen oordeel varen, voor de verandering.'

'Alleen wat dat gedicht betreft?' vroeg Sam.

De stilte hield minstens tien seconden aan. Toen zei Dan: 'Nee, wat alles betreft.'

Sam wachtte af. De woorden die hij hoorde schoten een straal adrenaline regelrecht zijn hart in.

'We hebben tegen jullie gelogen. Wij allemaal.' Dan kromp ineen alsof hij slecht nieuws hoorde. 'Maar dan vertel ik u natuurlijk niets nieuws.'

'Nee.' *Nog niet.*

'We wisten allemaal wat Jason Gaby heeft aangedaan, vrijdagavond. Die zieke klootzak. We hebben ons altijd afgevraagd hoe het zat tussen hem en Lauren, wat er zich tussen hen afspeelde, maar... Luister, u moet me geloven als ik zeg dat Kerry en ik Jason nooit een alibi hadden gegeven als we dachten dat er ook maar een fractie van een kans was dat hij wegkwam met wat hij met Gaby had gedaan. Maar aangezien hij toch dood was –'

'Hoe wisten jullie dat?' onderbrak Sam hem.

'We wisten het.' De gesloten uitdrukking op Dans gezicht zei Sam dat hij niet moest aandringen. 'Ik wil niet meer tegen jullie liegen. Maar dat betekent dat ik niet op al jullie vragen antwoord kan geven.'

Dan lieg je dus nog steeds. Wat is het verschil?

'Wie heeft Francine vermoord?' vroeg Sam, die zijn teleurstelling nauwelijks kon verhullen.

Stilte.

'Was het Tim?'

'Ik was geen getuige van de moord op Francine,' zei Dan nadat hij er even over had nagedacht. 'Dus ik weet alleen wat mij is gezegd. Een van de dingen die mij is gezegd, is dat we allemaal moeten liegen en dat we de leugens moeten volhouden. Dat is mij door meer dan een persoon gezegd. Eerst dacht ik dat het wel waar moest zijn. Daar ben ik nu niet meer zo zeker van. Ik betwijfel ten zeerste of Gaby Struthers het ermee eens zou zijn, en zij is zeker de slimste van alle betrokkenen, als we het over intellect hebben. Of is dat een te elitaire kijk op de zaak?'

Sams telefoon was gaan trillen. Hij haalde hem uit zijn zak en keek even op het schermpje. *Sellers*. 'Dan, ik ben blij met alle eerlijke antwoorden die ik kan krijgen, maar als de enige waarheid die je me wilt zeggen is dat je hebt gelogen, dan schiet ik daar niets mee op. Neem me niet kwalijk, ik moet dit telefoontje even aannemen.' Sam liep snel naar de gang met het mosterdkleurige koord en vroeg zich af hoelang het zou duren voor Dan Jose de stap zou maken van vermoeden dat Gaby Struthers wilde dat hij de waarheid zou zeggen naar het cruciale volgende stadium (het enige stadium dat niet zo verdomd zinloos was) waarin hij die ook daadwerkelijk zou vertellen.

'Sorry,' zei Sam tegen Sellers in plaats van 'Hallo'.

'Ik vergeef het je, chef. Ben je nog in de bibliotheek?'

'Ja, ik kan hier niet echt praten.'

May Geraghty verscheen aan het andere eind van de gang en tuurde afkeurend naar Sam. *Ach, mens, ga eens wat nuttigs doen*, dacht hij ook al wist hij dat hij maandenlang door wroeging gekweld zou worden als hij dat hardop had gezegd.

'Maar je kunt wel luisteren, toch?' vroeg Sellers.

'Vertel maar.'

'Ik ben naar Wayne Cuffley's werk geweest. Daar kunnen ze zijn gangen verantwoorden voor de hele zestiende februari, dus voor Francine Breary kunnen we hem uitsluiten. Ik dacht dat het geen kwaad kon om ook het alibi van zijn vrouw te checken, aangezien zij hem heeft geholpen bij het dumpen van Jason Cooksons lijk.'

Goed zo. Het kan nooit kwaad om gedegen te werk te gaan. Dat zou Sam gezegd hebben als hij niet aan de zwijgende kloosterorderestricties van May Geraghty onderworpen was.

'Lisa Cuffley is nagelspecialiste en ze werkt in een zaak in Combingham. *Intuitions*, heet die. Wat een obscure toko is dat. Ik kom er net vandaan.'

En?

'Lisa was de zestiende ook aan het werk – de hele dag. Chef, ik weet niet waarom, maar ik heb ook geïnformeerd naar afgelopen vrijdag- en zaterdagavond. Ik verwachtte er niet veel van, maar raad eens? Lisa Cuffley had zaterdagavond een privéboeking via de salon – een vrijgezellenfeestje in Spilling. Alle meiden wilden hun nagels laten doen, en ze kregen les hoe ze het hierna zelf konden bijhouden. Ze kan er natuurlijk naast zitten, maar Lisa's baas denkt dat Lisa zaterdag van negen tot na twaalven op dat feestje was.'

En dus was ze niet beschikbaar om Jason Cooksons dode lichaam een lift te geven naar het politiebureau.

'Heb je het hier al met Lisa over gehad?' vroeg Sam aan Sellers. 'Was ze er?'

'Nog niet. Ja, ze is nu hier, maar ik wilde het eerst aan jou vertellen, om te zien wat jij denkt.'

'Ga terug naar Wayne Cuffley's werk en vraag daar ook naar vrijdag- en zaterdagavond,' droeg Sam hem op. Hij keerde May Geraghty's blik van intense en aanhoudende teleurstelling de rug toe en was blij dat hij de kans kreeg te bewijzen dat hij de afkeuring van een onbekende in een openbare omgeving langer dan tien seconden kon doorstaan.

'Het huis van Cuffley en zijn auto zitten onder Cooksons bloed,' zei Sellers.

'Dus is hij waarschijnlijk in dat huis vermoord en naar het bureau vervoerd in die auto, maar laten we daar niet zomaar op vertrouwen,' zei Sam. *Nergens meer op vertrouwen*, voegde hij er stilzwijgend aan toe. 'Als Cuffley liegt over dat Lisa erbij was toen hij het lijk dumpte, wie zegt dan dat de rest van wat hij ons heeft verteld wel waar is?'

25

Maandag 14 maart 2011

Een klop op de deur. Hard. Tim zou nooit zo aankloppen. Dat betekent dat hij het niet kan zijn, en dus kan ik net zo goed blijven liggen waar ik lig: op het bed in mijn hotelkamer, met de gordijnen dicht en het televisiescherm stil flikkerend vanaf het kastje van houtfineer. Gelukkig kan ik de bagger waar ik naar kijk niet horen.

Als ik niet zo veel van Tim zou houden, was ik nu aan het werk. Dan deed ik iets belangwekkends. Ik kan me niet voorstellen dat ik me ooit nog ergens anders op kan concentreren dan op hem. Die gedachte beangstigt me.

Weer een klop.

Ik hijs mezelf van het bed en maak me klaar om alweer tegen iemand van het hotelpersoneel te gillen. De meesten van hen schijnen te denken dat het bordje NIET STOREN maar voor een korte periode van toepassing is. Dat iemand onmogelijk zolang met rust gelaten kan willen worden als dat bordje nu aan mijn deur hangt. Ik ben al bijna acht uur niet van het bed af gekomen.

Het kamermeisje zou maar teleurgesteld zijn als ik haar binnenliet. Er is hier niets voor haar te doen. Ik ben niet in bad geweest en ik heb geen douche genomen, geen roomservice besteld, geen thee of koffie gemaakt. Ik heb het beddengoed nauwelijks gekreukt; de sprei ligt er nog keurig op. Ik heb haast niet geslapen, hooguit raakte ik af en toe een halfuur, volledig gekleed, buiten westen. Telkens werd ik wakker met een bonkend hart en met Jason Cooksons misselijkmakende stem in mijn hoofd.

Tims schuld.

Nee. Dat is niet eerlijk. Dat mag ik niet denken.

Het kloppen neemt een dreigende klank aan. Het schoonmaakpersoneel van Best Western zou nooit zo de confrontatie opzoeken. Ik doe de deur een paar centimeter open en zie een smal, betraand gezicht.

Lauren.

De angst vanbinnen laait op, helemaal tot in mijn keel.

Hij kan niet bij haar zijn. Hij is dood.

Ze brandt los in de gang. 'Waar ben jij in godsnaam mee bezig? Is dit soms een grap? Jij zegt dat ik hiernaartoe moet komen en dan laat je me niet binnen?'

'Ik laat je zo binnen.' *Maar nu nog niet. Ik ben er nog niet klaar voor.* Ik ga voor de deur staan zodat ze me omver moet gooien als ze hem nog verder openduwt. Ik weeg meer dan zij, zelfs na drie dagen bijna-uithongering. Dat lukt haar dus nooit.

Ik kan bijna niet geloven dat ze hier is. Ik heb gedaan wat Simon Waterhouse van me vroeg en ik heb mijn brief meteen vanochtend naar haar toe gebracht, maar ik had nooit gedacht dat ze zou reageren. Ik had mijn nieuwe contactgegevens toegevoegd omdat ik me veilig waande: de naam van mijn hotel, het adres, het kamernummer.

Zij rende bij me weg. En nu is ze weer terug.

Of ik er klaar voor ben of niet, ik moet haar spreken. Ik moet haar binnenlaten.

Ik doe de deur helemaal open en doe een stap opzij. 'Kom binnen. Sorry. Het is... ik had niet gedacht dat jij het was.'

'Nou, ik ben het dus wel.' De deur valt achter haar dicht en neemt daarbij het licht van de gang met zich mee. 'Jezusmina, Gaby, doe die gordijnen eens open. Ik zie geen ruk.'

Moet ik haar omhelzen? Ik schaam me bij het idee. Ze zou me waarschijnlijk een stomp in mijn gezicht verkopen.

'Ik doe ze wel open,' zeg ik. Dat ben ik ook van plan: als ik me kon bewegen zou ik ze opendoen. Ik probeer te bevatten waarom ik me zo beroerd voel nu Lauren hier is. Het is bijna even erg als toen ik Tim voor het eerst zag in de gevangenis. Het slaat nergens op: ik heb niets met dat mens. Ze hoort er niet toe te doen.

Ik kijk hoe ze naar het raam loopt en de gordijnen openrukt alsof ze die van de rails wil trekken. 'Jason is dood,' zegt ze zakelijk.

'Ik weet het.'

Ze pakt de afstandsbediening van het bed en zet de televisie uit. 'Van wie heb je dat? De politie? Hebben die ook gezegd wie het heeft gedaan?'

Weten ze dat dan? Blijkbaar wel.

'Mijn vader heeft zichzelf aangegeven.'

Ik kijk naar haar FATHER-tatoeage en wend dan snel mijn hoofd af. Ik wil haar van alles vragen. Maar ik kan waarschijnlijk beter wachten. Eerst mijn medeleven betuigen. 'Lauren, ik... ik weet niet wat ik moet zeggen. Dat is vreselijk. Gaat het...' Nee. Natuurlijk gaat het niet goed met haar.

'Het gaat prima.' Ze veegt haar ogen af.

'Ik ben niet zo close met mijn familie, en ik ben niet getrouwd, maar als mijn vader mijn man zou vermoorden...' Er was een tijd dat ik erop kon vertrouwen dat dat soort dingen in de wereld van iemand als Lauren gebeurde, maar nooit in de mijne.

'Ik heb hem gesmeekt het niet te doen.'

'Was jij er dan bij?' Allemachtig, heeft FATHER zijn schoonzoon Jason dan voor de ogen van zijn eigen dochter omgelegd?

'Tuurlijk was ik erbij. Ik heb hem gesmeekt zich er niet mee te bemoeien – Lisa ook. Hij negeerde ons allebei. Zei dat hij het voor mij deed, maar dat wilde ik helemaal niet. Het maakt ze nooit wat uit wat ik wil – nooit. Niemand luistert ooit naar mij!'

Ik sta op en zie hulpeloos toe hoe zij zichzelf steeds meer opnaait.

'Ik wil niet dat mijn pa de bak in draait, Gaby! Alweer een onschuldige man in de gevangenis – dat wil ik niet!'

'Hoe bedoel je "alweer een onschuldige man"? Als hij Jason heeft vermoord –'

'Jason heeft vermoord?' Lauren lacht verbitterd door haar tranen heen. 'Dat heeft hij niet gedaan. Hij zegt van wel, die verdomde... stomme leugenachtige klootzak! Heb jij dan helemaal niet geluisterd?'

Ik bevries, mijn adem blijft in mijn borst hangen, en Laurens woorden gonzen door mijn hoofd. Ja, ik heb geluisterd. Maar zonder te begrijpen. Dat doe ik nu pas.

Tuurlijk was ik erbij. Ik heb hem gesmeekt zich er niet mee te bemoeien.

'Jij hebt je vader gesmeekt om niet de schuld op zich te nemen,' zeg ik.

Lauren knikt verwoed. 'Eerst zei hij steeds maar dat hij het lichaam wilde begraven – dat was oké, dat vond ik prima. Maar toen begon hij erover dat ik in de rats zou zitten als Jason te lang vermist was, omdat ik me zou afvragen of hij soms dood was, en toen kwam hij met die bullshit dat hij zich zou aangeven bij de politie zodat die mij niet zouden verdenken. Je moet mij niet vragen wat hij daar in godsnaam mee bedoelde!'

'Bedoelde hij dat hij het aan de politie zou vertellen?' vraag ik. Anders begrijp ik het ook niet.

En het kan maar één ding betekenen.

'Dat je me dat vraagt is echt dom,' zegt Lauren. 'Ik zat toch helemaal niet in de rats? Ik wist dat Jason dood was.'

Ze snapt het niet. Dat is niet echt een verrassing.

'En jij wist wie hem had vermoord,' zeg ik. 'Wie heeft Jason vermoord, Lauren?'

'Ik! Ik heb hem vermoord!' Haar stem beeft alsof iemand haar door elkaar schudt.

'Heb je...' Mijn stem sluit zich om mijn woorden, verstikt ze. 'Heb je dat gedaan om wat hij mij heeft aangedaan?'

'Nee. Niet alles draait om jou, weet je. Ik heb het gedaan voor Francine, en Kerry – en voor mij, vooral, want ik was die klootzak en al zijn shit, al die jaren, helemaal zat. Misschien ook een beetje voor jou,' geeft ze met tegenzin toe. 'Maar jij kwam vrijdag nog goed weg – ik kreeg het meeste over me heen, in de auto, toen hij klaar was met jou.'

'Hoe bedoel je dat je hem voor Francine hebt vermoord? Zij was toch allang dood voor vrijdagavond?'

'Niks,' mompelt Lauren.

'Wraak?' Het is een gokje, meer niet.

Voor Francine, en Kerry.

'Heeft Jason Kerry ook iets aangedaan?' vraag ik.

Lauren staart me aan alsof ik niet goed bij mijn hoofd ben,

'Je zei dat je hem voor Kerry hebt vermoord.'

Ze lijkt te overwegen om dat te ontkennen.

'Vertel het me alsjeblieft, Lauren.'

Ze gaat op het bed zitten. Haar in zwarte jeans gestoken benen zien eruit als twee smalle buisjes. Het verbaast me dat ze daar zo lang op heeft kunnen staan. Het verbaast me dat ik nog steeds op de mijne sta.

Ik krijg een idee. Of eigenlijk is het meer een bijgeloof. Het is nergens op gebaseerd. *Als ik naast haar op bed ga zitten, begint ze vanzelf te praten.*

Ik kan het proberen.

Ze kijkt me vreemd aan. Schuifelt naar de ene kant om meer afstand tussen ons te scheppen. 'Toen we vrijdag thuiskwamen, na... Toen we thuiskwamen ging Jason naar boven, en sloot zich op in de badkamer,' zegt ze. 'Hij liep straal langs Dan en Kerry, heel lomp, alsof hij ze niet zag staan. Ik wist dat hij daar minstens een halfuur zou blijven zitten. Kerry vroeg of alles wel goed ging met mij. Ik zal er wel vreemd uitgezien hebben. Ken je dat, dat iemand aan je vraagt of het gaat en dat dat echt de ergste kutvraag is die ze je kunnen stellen?'

Ja. Dat ken ik maar al te goed.

'Ik kon me niet meer inhouden, Gaby. Ik ging stuk, en ik heb Kerry alles verteld: wat Jason met jou had gedaan, en dat hij mij dwong om toe te kijken. Ik vond je in Duitsland een kakwijf, dat zal ik heus niet ontkennen, maar *dat* verdiende je nou ook weer niet. Jemig, je had Kerry moeten zien, Gaby. Ze was er kapot van toen ze hoorde wat er met jou was gebeurd, maar wat kon ze doen?'

Ik krimp ineen. Ze had de politie kunnen bellen. Dat heeft ze niet gedaan. Omdat Jason Cookson wist wie Francine had vermoord, en omdat het verbergen van die waarheid belangrijker voor haar was.

Zodat Tim in de gevangenis zou blijven. Zodat hij en ik niet samen kunnen zijn, nu Francine dood is en hij eigenlijk vrij had moeten zijn.

'Toen ik Kerry zo zag, trok ik het niet meer,' snikt Lauren. 'Ze is altijd goed voor me geweest en daar zat ze: een wrak, door Jason, *mijn* man. Ik moest toch iets doen om het weer goed te maken? Het was allemaal mijn schuld. Wat hij met jou deed, was mijn schuld.'

'Nee, Lauren, dat was het niet. Wat had je dan moeten doen? Jij kon hem niet tegenhouden.'

'Als ik het je vertel, dan haat je me.'

'Je hebt om hulp getweet.' Later zal ik haar daar wel voor bedanken. Ik kan het nu nog niet opbrengen.

'Jij vindt me vast een gemeen kreng en je zult het me niet vergeven,' houdt ze vol.

'Wat zou ik je moeten vergeven, Lauren? Ik vergeef het je. Natuurlijk vergeef ik het je.'

Ze slaat haar handen voor haar gezicht. 'Ik zei het enige wat ik kon bedenken om te zorgen dat hij kwaad werd op iemand anders in plaats van op mij. Hij was erachter gekomen dat ik weggegaan was zonder het aan hem te vertellen. Ik heb gelogen, precies zoals jij zei, dat ik ziek was en bij mijn moeder moest blijven. Maar toen heeft die lul van een vader van me alles verpest door tegen Jason te zeggen dat ik vastzat in Duitsland, dus toen ging hij me natuurlijk bellen! Ik zat op het vliegveld te wachten tot ik aan boord kon van de vlucht die mijn vader voor me had geboekt. "Ik weet waar je bent," zei hij. Fuck man, ik kreeg bijna een hartverlamming en viel ter plekke dood neer, ik zweer het je. Ik had nog nooit tegen hem gelogen – dat durfde ik niet. En toen zei hij van: "Wat de fuck? Ze is naar dat verdomde Duitsland en ze beweert tegen mij dat ze bij haar moeder zit?" Ik weet niet eens meer wat ik precies tegen hem heb gezegd, want ik was helemaal in paniek. Ik zei iets van dat ik jou wilde spreken vanwege al die shit met Tim, niet dat ik ooit echt iets zou doen of jou iets zou vertellen, ik wilde alleen –' Ze maakt haar zin niet af, schudt haar hoofd.

Er zijn zo veel vragen die ik haar wil stellen, maar ik durf haar niet te onderbreken.

'Begint Jason tegen me te schreeuwen: dat ik compleet gestoord ben, en wat haal ik me in mijn hoofd, waarom moet ik me altijd overal mee bemoeien? Hij wilde weten wat ik tegen jou had gezegd. Ik was helemaal in de vlekken. Ik moest hem zeggen dat ik jou geen woord over Tim of Francine had verteld. Als Jason in zo'n stemming is, zeg je wat hij wil horen, wat het ook is, dat maakt niet uit. Zodra ik zijn stem hoorde gaf ik eerlijk gezegd geen moer om Tim, en niet om jou, en zelfs niet om Francine. Ik wist dat hij uit zijn plaat zou gaan omdat ik had gelogen – erger dan wat ik ooit had meegemaakt. Het was Jasons ergste nachtmerrie dat ik iets voor hem verborgen hield of iets achter zijn rug zou doen. Dus ik moest iets verzinnen.'

Ik zie nog steeds niet waar dit naartoe gaat. Wat zal ik haar nooit vergeven? 'Dus… wat heb je toen tegen hem gezegd?'

Ze vloekt zachtjes, bijna eerbiedig. Zoals sommige mensen bidden. 'Wat jij zei over dat je midden in de nacht ineens een pot werd. Als we in hetzelfde bed zouden slapen.'

'Wat?' Mijn stem galmt na in mijn oren. De schok komt naar buiten als een holle lach. Een pot? Dat is wel het laatste wat ik had verwacht. Dan herinner ik het me weer. 'Lauren, ik heb helemaal niet gezegd dat ik lesbisch werd. Dacht jij dat ik jou wilde versieren? Ik maakte maar een geintje.'

Haar gezicht krijgt iets koppigs. 'Jij zei dat je misschien ineens een pot werd,' houdt ze vol. 'Waarom zou je dat zeggen als je het niet meent?'

'Jezus, Lauren, godsamme…' Ik kan mijn oren niet geloven.

'Ik ben daar niet zo van.'

'Ik ook niet! Ik maakte een *grapje*. Jij wilde geen bed met mij delen. Ik zei: "Maak je geen zorgen. Zelfs als ik in mijn slaap word overmand door lesbische gevoelens, dan nog zal mijn goede smaak overwinnen en ons beiden beschermen." Of zoiets dergelijks.'

'Ja, en nu zeg je het weer! Dus je geeft het toe.'

Mijn god.

Ik haal diep adem. 'Lauren, wat ik bedoelde was, zelfs als ik ineens lesbisch werd – wat een slapende heteroseksuele vrouw overigens nooit overkomt... En daar leunde mijn grap op, op die absurde hypothetische aanname.' Als ik haar vragende frons zie, zeg ik: 'Ach, laat ook maar! Luister, mijn punt was: zelfs in het onwaarschijnlijke geval dat mij dat zou overkomen, zou ik het nooit met jou willen doen omdat ik een lesbienne met goede smaak zou zijn. En ik zou dus niet op jou vallen.'

'O. Aha.' Een gekwetste uitdrukking flitst over haar gezicht. Ze snapt het eindelijk.

'Lauren, het spijt me. Ik was in een verschrikkelijke stemming en ik had dat niet op jou mogen afreageren. Vertel maar wat je tegen Jason zei. Woord voor woord.'

'Dat heb ik toch al gezegd!'

'Je hebt tegen hem gezegd dat ik heb gedreigd... om wat, jou te molesteren? Vieze dingen met je te doen?'

'Ja! Ik dacht dat je dat zei,' zegt ze huilend. 'Hoe moest ik nou weten dat je gewoon weer krengerig deed, zoals altijd, en dat je bedoelde dat je het nooit met mij zou willen doen als je... zo was? Ik heb meteen gezegd dat dat niet mijn ding is, en jij zei dat je... wat je ook maar zei. Dat je me 's nachts zou overmannen.'

'Nee. Ik zei alleen... *nee*.' Ik schud mijn hoofd en probeer te begrijpen waarom dit het zo veel erger maakt. Het is zo nodeloos. Zo dom.

'Het spijt me zo, Gaby.'

'En daarom heeft Jason mij dat aangedaan? Omdat hij dacht dat ik achter zijn vrouw aan zat?'

'Ik zei het alleen maar omdat hij sowieso geobsedeerd is door potten. Hij vraagt altijd hoe het zit met mijn vriendinnen, zelfs naar Kerry – of iemand mij ooit zoiets heeft voorgesteld. Dan was hij weer op zoek naar iemand om zijn woede op te koelen, of voor in zijn vieze, zieke fantasietjes. Ik had me niet gerealiseerd hoever hij daarin zou gaan, Gaby, ik zweer het. Ik dacht dat het wel goed zou komen met jou. Jij bent sterk – niet zo zwak als ik ben. En ik had het nog nooit eerder *gezien*, wat hij deed. Het is anders als het jou overkomt. Heel anders dan toekijken als het iemand anders overkomt.'

Ik sta op en loop naar het raam. Ik wil het openen, maar dat kan helemaal niet. Niet te openen ramen; elk claustrofobisch rothotel heeft ze. Vier verdiepingen onder me draait een eindeloze spoel auto's rond de rotonde. 'Jason heeft me dus niet aangerand omdat ik vragen stelde over Francines dood,' zeg ik, in de hoop dat ik me met de waarheid kan verzoenen door hem hardop uit te spreken en hem deel te laten uitmaken van een werkelijkheid waar ik mee kan leven. 'Hij deed het niet omdat hij haar had vermoord en niet wilde dat ik daarachter zou komen.'

Het is jouw schuld, wat hij met je heeft gedaan. Jij maakte een gemene grap ten koste van Lauren. Wie kaatst…

'Hij deed het omdat het een vuile viezerik is,' zegt Lauren fel. 'Altijd al geweest. Ook altijd al zo belachelijk jaloers geweest. De eerste paar maanden vond ik het wel leuk. Ik dacht: dat hij zich zo druk maakt om mij, tot hij gemeen begon te worden. Het kon hem geen fuck schelen of Francine bleef leven of niet, en het maakte hem niet uit wie er moest opdraaien voor die moord, zolang *zijn* leventje maar doordraaide als altijd. Hij vond het fijn dat hij ons allemaal in zijn macht had: "Ik bewaar het geheim, en jullie doen alles wat ik zeg."'

'Jason is dood. Je hoeft geen geheimen meer te bewaren.'

Lauren snuift. 'Ga je de politie vertellen dat ik hem heb vermoord?'

'Nee.'

'Waarom niet. Ik wil dat ze het weten. Hij heeft zijn verdiende loon gekregen.'

Daar kan ik geen speld tussen krijgen. 'Weten Dan en Kerry dat jij hem hebt vermoord?'

'Ja. Ze zeggen ook niks. Dat doen ze namelijk nooit. Stomme idioten. Net als ik – we zijn allemaal zo ontzettend dom!' Lauren huivert en drukt haar vingers in haar ooghoeken. Er stromen tranen via haar handen over haar onderarmen.

'Wie heeft Francine vermoord, Lauren? Tim heeft het niet gedaan, hè?'

'Nee,' zegt ze smalend. 'Dat heb ik je al gezegd toen ik je pas leerde kennen. Hij heeft het niet gedaan, maar hij heeft tegen de politie gezegd van wel, en hij wilde niet dat wij iets anders zouden zeggen. Hij heeft het me gesmeekt. Kerry ook. Gaby, hij is op zijn knieën gegaan, en greep me om mijn middel. Hij was helemaal de weg kwijt. Ik kon niet weigeren, niet na wat hij voor mij had gedaan.'

Dus Simon Waterhouse had gelijk. 'Tim wil gevangenzitten,' zeg ik, biddend dat ik het verkeerd heb begrepen. 'Hij wil veroordeeld worden voor de moord op Francine.' *Niet om iemand anders in bescherming te nemen. Hij doet alsof hij haar heeft vermoord voor zichzelf, en verder voor niemand. Hij profiteert van andermans misdaad, doet er zijn voordeel mee.*

Tim de opportunist. Ja, dat snap ik wel.

Maar waarom? Waarom in godsnaam Tim – waarom?

Ik vraag me af hoe Francines moordenaar zich hieronder voelt. Neemt die het Tim kwalijk dat hij de eer opstrijkt voor zijn werk? Of is hij – of zij – juist opgelucht? Er zijn niet veel moordenaars die zo veel mazzel hebben.

'Hij doet het voor *jou*!' flapt Lauren er uit. 'Dit is allemaal om jou, en jij hebt geen idee wat er aan de hand is! Dat is toch krankzinnig.'

'Wat bedoel je?' Wat heb ik hiermee te maken?

'Waarom vraag je dat niet aan Kerry? Die weet het wel. Mij hebben ze nooit ene moer verteld – ze denken allemaal dat ik dom ben, net als jij. Wat zijn jullie toch allemaal slim, hè?' Dit is de stem waarmee ze Bodo Neudorf toesprak op de luchthaven in Düsseldorf, de toon waardoor ik haar meteen niet mocht. 'O wat slim, en dan wel denken dat het oké is dat een onschuldige man de bak indraait en dat een moordenaar vrij rondloopt! Dat is helemaal niet slim, dat klopt van geen kanten. Ik ben misschien niet slim genoeg om mijn eigen vlucht naar Düsseldorf te kunnen boeken, en ik moest dat Kerry voor me laten doen, maar ik was wel degene die wist dat jij daar naartoe zou gaan! Als Kerry dan echt zoveel slimmer is dan ik, waarom geloofde ze me dan toen ik zei dat ik bij een vriendin op bezoek wilde? Wat heb ik nou voor vriendinnen in Duitsland? Ik ken daar geen kip! Ik zou niet eens Duitse vriendinnen willen.'

Ik wil haar door elkaar rammelen. 'Wie loopt er nog vrij rond, Lauren? Wie heeft Francine vermoord?'

'Dat mag je mij niet vragen! Ik heb Tim beloofd dat ik het nooit zal vertellen. En ik heb het Kerry beloofd.'

'Lauren, je hoeft niet bang te zijn voor mij.'

'Ik ben niet bang,' zegt ze fel terwijl ze beledigd haar armen om zich heen slaat ter bescherming.

'Ik wel,' zeg ik tegen haar. 'Banger dan ik ooit ben geweest. Maar jij hoeft niet bang te zijn, niet voor mij. Ik wil alleen dat je het begrijpt. Je hebt mijn brief gelezen. Je weet wat ik voor Tim voel.'

'Ja,' zegt ze smalend. 'Dat voelde ik ook voor Jason toen ik hem leerde kennen. Ik vond hem het einde. Maar daar mag ik nu niet aan denken, want dan word ik gek.'

'Wat heeft Tim voor jou gedaan?' vraag ik haar. 'Je zei: "Na wat hij voor me heeft gedaan".'

'Hij wist het van Jason. Wat die met me deed. Hij... heeft een keer iets gezien. Dat was nadat we een keer hadden zitten praten, Tim en ik. We hadden ruzie. Over Francine. We trokken het niet om samen in dezelfde kamer te zijn, maar we probeerden zachtjes te doen, zodat Kerry haar neus niet in onze zaken zou komen steken. Jason heeft dat verkeerd opgevat.' Lauren zet grote ogen op. 'Hij zag het *echt* verkeerd, Gaby, dat zweer ik – er is nooit zoiets geweest tussen mij en Tim. Tussen mij en wie dan ook! Alsof ik dat risico zou nemen als ik met Jason getrouwd was. Kerry en Dan dachten dat Tim mij negeerde omdat hij een te grote snob was om zich met mij te willen bezighouden, maar dat was het niet – hij wist dat Jason het op mij zou afreageren als hij me te veel aandacht gaf. Misschien ook wel op hem. Daar was hij als de dood voor. Daarom negeerde hij me, om ons allebei te beschermen.'

Ze kijkt dwars door me heen, alsof ik er niet ben. Ik ben bang om me te bewegen; ik wil haar gedachtegang niet onderbreken.

'Ik heb gesmeekt om niets tegen Kerry en Dan te zeggen, en dat heeft hij ook niet gedaan. Ze zouden Jason niet in huis willen als ze wisten wat hij had gedaan, en als hij zijn baan zou verliezen zou het nog tien keer erger worden. Ik kon hem meestal nog wel onder controle houden, dat was het punt niet. Ik dacht dat Tim geschokt zou zijn, maar hij begreep het. Hij zei dat je nooit kon weten wat er zich in andermans huwelijk afspeelde en dat het ook niemands zaken waren.'

Heb jij dat echt gezegd, Tim? Komt dat even goed uit. En wat een respect voor Laurens privacy om haar in de klauwen van dat monster te laten zitten.

'Waar hadden Tim en jij ruzie over – de ruzie die Jason heeft gehoord?'

'Tim hoorde me praten met Francine. Ik... ik vertelde haar altijd van alles, weet je wel. Meestal over Jason. Ik kon het verder aan niemand kwijt, niet zonder me een hoop gezeur op de hals te halen: waarom ging ik dan niet bij hem weg, waarom ging ik niet naar de politie, waarom zocht ik niet een betere vent? Zelfs jij hebt dat tegen me gezegd en ik had jou nooit wat verteld!'

Omdat jij zo overduidelijk het type vrouw bent dat haar liefde verspilt aan een man die het niet waard is.

Dat weet ik als geen ander.

'Ik vond het ook niet erg dat je het zei. Iedereen zou dat zeggen, behalve Francine: ga bij hem weg, hij is het niet waard. Francine zei nooit wat. Dat kon ze niet.'

'Dus jij nam haar in vertrouwen.'

'Het maakte niet uit wat ik tegen haar zei. Ze zei toch nooit wat terug.' Lauren glimlacht. Haar woorden zijn dubbelzinnig maar haar gezichtsuitdrukking maakt duidelijk wat ze bedoelt: het feit dat Francine niet kon reageren was een punt in haar voordeel. Het was zelfs haar sterkste punt.

Ik weet nog dat ik in de bus naar Keulen iets soortgelijks dacht:

dat Lauren zo dom was dat het niet uitmaakte wat ik tegen haar zei.

'Ik wilde gewoon dat iemand het wist, Gaby. Zonder er iets aan te doen, als ze het maar *wist.* Alle verschrikkelijke dingen die mij zijn overkomen – niemand wist er iets van! Dan keek ik naar mijn pa en ma en naar Lisa en mijn vriendinnen en dan dacht ik: waarom verdoe ik mijn tijd met jullie als jullie geen idee hebben?'

'Ik weet precies wat je bedoelt,' zeg ik. 'Dat ik Sean of onze vrienden niet over Tim kon vertellen.'

'Ja, je snapt het,' zegt Lauren goedkeurend. 'Francine ook. Dat voelde ik. Zij veroordeelde me niet zoals de rest zou hebben gedaan. Ik kon van alles bij haar kwijt, ik kon alles zeggen, dingen die ik aan niemand durfde te vertellen. Zij is de enige die het hele verhaal over mij en Jason kent... kende. De dingen die hij deed.' Lauren veegt haar ogen af. 'Ik snap niet waarom Tim me niet gewoon met rust liet. Maar nee, hij moest zich er zo nodig mee bemoeien.'

'Wat deed hij dan?' vraag ik.

'Tim is net als jij.' Lauren fronst. 'De helft van wat hij allemaal zei begreep ik niet, en al die stukjes van gedichten, alsof hij in raadsels sprak. Maar ik wist heus wel wat zijn bedoeling was: hij wilde me tegen haar opzetten.'

'Tegen Francine?'

'Hij wilde niet dat wij zo close waren. Hij zei dat ik haar niets zou willen vertellen als ik haar had gekend zoals ze eerst was. Ze was niet aardig en begripvol, ze zou nooit mijn vriendin zijn geweest. Hij zei afschuwelijke dingen die ik niet wilde horen. Francine was *wel* mijn vriendin, mijn beste vriendin.' Lauren krabt met haar nagels over haar tranen, alsof het insecten zijn die over haar gezicht lopen. 'Het maakte mij niet uit dat ze niet kon praten. Als je zo veel tijd met iemand doorbrengt, *ken* je ze. Dan weet je wat er in ze omgaat. Dat voel je. Je hoeft niets te zeggen. Francine en ik hadden een band. Ze wist hoe zwaar ik het had, net zoals ik wist hoe zwaar zij het had. Maar ik... ik heb heel lang gedacht... ik bedoel, nou ja, zij had het allerergste al meegemaakt, snap je? Ik had nooit gedacht dat ze er op een dag niet meer zou zijn en dat ik dan weer niemand zou hebben. Daar had ik mezelf nooit op voorbereid. Stom, hè? Dat je denkt dat er niets verschrikkelijks meer kan gebeuren met iemand die al iets echt verschrikkelijks heeft meegemaakt?'

'Dat is heel normaal,' zeg ik automatisch. Ik weet niet zeker of ik zelf nog wel begrijp wat ik allemaal zeg. Een deel van me heeft zich afgesloten.

'Ik kon hem niet tegenhouden, Gaby. Ik kon helemaal niets doen. Ik ben maar een verzorger, en zij drieën... niemand zou me hebben geloofd! Niemand gaf iets om Francine behalve ik!'

'Hoezo tegenhouden? Lauren, doe eens rustig. Vertel het me maar. Ik sta aan jouw kant.'

Ze schudt haar hoofd hevig. 'Kon ik haar maar van Jason vertellen,' zegt ze.

Kon ze maar vertellen dat ze Jason heeft vermoord, bedoelt ze.

'Vertel het dan aan mij,' zeg ik. 'Ik zal ook niets zeggen. Ik luister alleen maar.'

'Jij?' Ze schiet in de lach. 'Wat een giller. De enige naar wie jij wilt luisteren ben je zelf.'

'Nee. Ik wil naar jou luisteren.'

'Wat wil je weten?' zegt ze stuurs. 'Ik heb hem meegenomen naar de pub, daar heb ik hem zich vol laten lopen, en toen ben ik met hem naar het huis van mijn vader gegaan. Hij ging knock-out. Ik heb nog even televisiegekeken met Lisa en mijn pa. Ik heb hun niet verteld wat ik van plan was. Ze hadden geen idee. Ik zei dat ik even een bak thee ging zetten, en toen heb ik een mes uit de keukenla gepakt, ben naar boven gelopen en toen heb ik gewoon...' Ze houdt haar handen samen boven haar hoofd en maakt een steekgebaar. 'Zo. Ik voelde niets toen ik het deed, alleen: hoe moet ik in godsnaam aan Lisa en pa vertellen wat ik heb gedaan? In hun huis. Maar thuis had ik het nooit gekund.' Ze lacht hoog en schel. 'Zie je het voor je? Kerry en Dan zijn niet bepaald het slag mensen dat iemand doodgestoken in hun chique huis wil vinden.'

'Francine is anders wel in hun huis vermoord,' breng ik haar in herinnering. *Wie? Wie heeft dat gedaan, Lauren?*

'Maar toen was er geen bloed,' zegt ze, alsof het punt mij volledig ontgaat.

Dit kan niet waar zijn. Ik voer een gesprek over slordige en nette moorden en het soort huizen waar die in thuishoren. Met Lauren Cookson.

'Vind je mij slecht omdat ik hem heb vermoord?' vraagt ze aan me.

'Ik vind dat je een medaille verdient,' zeg ik naar waarheid.

'Echt?' De hoop in haar ogen doet me pijn.

'Wat maakt het je uit wat ik denk? Ik ben maar een kakwijf dat je nauwelijks kent.'

'Dat is zo.' Lauren glimlacht door haar tranen heen. 'Ik weet niet. De rest draagt je op handen en ze denken allemaal dat jij overal raad op weet. Ik wilde weleens zien of ze gelijk hadden. In je brief vroeg je me waarom ik je naar Duitsland ben gevolgd. Nou, daarom dus.'

Ik snap er niets van. Heb ik haar uitleg dan gemist? 'Hoe bedoel je?'

'Altijd als ik hoorde hoe Kerry en Dan tegen elkaar tekeergingen, toen Francine dood was, ging het over jou. Nooit waar Tim bij was, maar als die niet in de buurt was, begonnen ze weer. Kerry zei steeds maar of ze niet eens met jou moesten praten, en dat jij wel raad zou weten. Dan zei nee, want dat zou Tim hen nooit vergeven. Soms was het precies andersom. En zo ging dat de hele tijd maar in een kringetje rond. En je had Tim moeten horen, wat die altijd allemaal over jou zei. Ik was misselijk van dat hele zootje. Ik dacht: nou goed, dan zal ik die Gaby Struthers weleens opzoeken. Iedereen zegt de hele tijd maar hoe geweldig ze is en dat zij weet hoe het allemaal moet: ik wil weleens zien of dat echt zo is. Misschien vertel ik het haar wel, dacht ik. Wat er gebeurde was niet goed – wat Tim ook wilde en wat hij ook zei om het goed te laten *klinken*. Ik was helemaal over mijn toeren. Jij zag me. Ik raakte in paniek, werd helemaal gek. Ik wilde jou zien, want ik wilde weten over wie ze het hadden.

Maar toen ik je eenmaal had gezien, dacht ik: vergeet het maar, met dat kakwijf ga ik niet praten. Sorry, maar je weet wel wat ik bedoel.'

'Je hoorde Tim over mij praten tegen Dan en Kerry?' vraag ik.

'Nee.' Lauren kijkt niet-begrijpend. 'Hoezo?'

'Je zei dat je hem hoorde praten over mij.'

'Niet tegen Kerry en Dan. Alleen tegen Francine.'

'Francine?'

Lauren knikt. 'Ik was niet de enige die altijd met haar praatte. Tim deed het ook. Maar hij wilde haar niet met mij delen. Hij wilde haar helemaal voor zichzelf.'

Nee. Hij haatte haar. Hij is bij haar weggegaan. Goed, hij ging weer terug, maar niet omdat hij haar wilde.

'Wie heeft Francine vermoord, Lauren? Alsjeblieft.'

Ze kijkt naar de deur. 'Als ik het je vertel, wil je natuurlijk ook weten waarom.'

'Ja. Dat wil ik ook weten.'

'Ik had je die brieven moeten laten zien in Duitsland.' Ze begint weer te huilen. 'Als ik niet zo'n verdomde lafbek was geweest had ik je die toen laten zien en had ik je alles verteld.'

'Welke brieven?'

'Ze lagen onder Francines matras. Toen ze dood was en ze haar bed wegdeden heeft Dan ze ergens anders neergelegd. Hij verstopte ze in Tims kamer, onder zijn matras. Niemand wist dat ik wist waar ze gebleven waren, maar ik wist het. Ze dachten allemaal dat ik niet in de gaten had wat er onder mijn neus gebeurde. Kerry wist dat ik het wist en ze wist dat ik het niet leuk vond, maar ze dacht niet dat ik er iets mee zou doen. Stomme eikels! Ze denken vast allemaal dat die brieven daar nog liggen. Ik dacht: op een dag besluit een van hen om die dingen te verbranden, en dan kunnen ze nooit meer verklaren waarom Francine dood is. Ik kan niet zo goed lullen als Kerry en Tim. Of zoals jij. Daarom heb ik ze meegenomen: ze legden het beter uit dan ik zelf zou kunnen.'

'Dus je hebt die brieven meegenomen naar Duitsland? Zodat Kerry en Dan ze niet konden vernietigen?'

Lauren knikt. 'Ik wilde ze eigenlijk aan jou geven. Maar toen... kon ik het gewoon niet.'

'Waar zijn ze nu? Laat ze eens zien, Lauren. Alsjeblieft.'

'Dat kan niet. Ik heb ze niet meer.'

Nee. Ik wil niet dat ze zegt wat ik denk dat ze gaat zeggen.

'Waar zijn ze dan?'

'In die badkamer, in dat afschuwelijke hotel. Ik heb mijn tas mee naar binnen genomen. Daar zaten ze in. Ik heb ze in dat ding bij de plee gestopt, dat ding erboven. Ik dacht, ze worden toch niet nat – ik had ze in zo'n plastic zak verpakt. Had ik ze daar maar niet achtergelaten. Ik raakte in paniek toen jij over Tim begon, en toen wilde je dat ik je alles vertelde.'

Ik haal mijn BlackBerry uit mijn zak en toets het nummer in dat Simon Waterhouse me heeft gegeven: het nummer van zijn mobiele telefoon.

'Denk je dat ze er nog liggen?' vraagt Lauren. 'Ik had ze aan jou moeten geven. Dat weet ik best.'

'Hallo? Gaby?' Simon Waterhouse klinkt geschrokken, alsof ik hem uit een nachtmerrie wakker bel.

Hoe zal hij zich voelen als ik hem vertel dat er brieven zijn die hij moet lezen en dat die in de stortbak van een toilet liggen, op de bovenste verdieping van een armoedig hotel langs een snelweg in Duitsland?

PRODUCTIE: 1437B/SK – TRANSCRIPT VAN HANDGESCHREVEN BRIEF VAN DANIEL JOSE AAN FRANCINE BREARY D.D. 13 FEBRUARI 2011

Francine, er is iets wat Kerry en ik in onze brieven onvoldoende hebben gedaan, en dat is jou dingen vertellen die je niet allang weet. We geven je vooral onze kijk op dingen die in het verleden zijn gebeurd. Misschien is dat wel goed, ik weet het niet. Maar we schrijven deze brieven om Tim te steunen. Er hoort eigenlijk maar één verschil te zijn tussen wat hij doet en wat wij doen: hij zegt het hardop, dag in dag uit naast je bed gezeten, en wij schrijven het op, zodat Lauren er niets van kan horen.

Ik heb weleens staan luisteren naar Tims eenzijdige gesprekken met jou. Hij vertelt je niets wat je nog niet weet – daar is hij heel zorgvuldig in. Ik heb het misschien mis, maar ik denk dat hij van tevoren plant wat hij tegen je gaat zeggen, voor hij je kamer in gaat. Zijn monologen hebben iets elegants. Ze bevatten allemaal een bepaald soort onthulling, al was het maar dat hij en Gaby elkaar voor het eerst hebben gekust in het Proscenium op die en die datum. Niemand zal dat een big deal vinden, behalve Tim, Gaby en jij: zijn al sinds lang bedrogen echtgenote.

Je zult je in elk geval, neem ik aan, niet vervelen. Tim wil dat je op het puntje van je stoel zit (sorry – dat was gemeen), en dat je bang bent voor wat je nu weer te horen krijgt. Het is allemaal wat een stand-upcomedian 'nieuw materiaal' zou noemen, hoewel er niets te lachen valt. Gaby is zijn enige onderwerp, en als het om haar gaat, is hij altijd bloedserieus. Hij heeft je altijd wel iets nieuws te vertellen: hoe ze haar bedrijf heeft opgebouwd, eindeloze technische details over haar schepping, Taction, die niemand begrijpt, behalve een expert en iemand die verliefd is op een expert, haar fantastische website, de geestige opmerkingen die ze vier jaar geleden maakte over triviale dingen. Tim moet een fotografisch geheugen hebben. Of niets in zijn leven doet er verder toe.

Dat gezegd hebbende, moet ik bekennen dat ik hem nog nooit heb horen zeggen dat hij van Gaby houdt, niet met zoveel woorden. Maar je moet wel heel dom zijn als je dat nu nog niet doorhebt, Francine. Geen enkele man wil eindeloos over een vrouw praten als hij niet heel erg verliefd op haar is. Kerry en ik hadden niet door hoe geobsedeerd Tim is door Gaby tot we hem tegen jou over haar hoorden praten.

Aangezien ik vandaag geen zin meer heb om te werken, zal ik Tims voorbeeld volgen en jou twee dingen vertellen die je nog niet wist. En net als hij, heb ik dat van tevoren gepland. Het ene ding is iets wat niemand weet: ik begin te geloven dat ik de afgelopen god weet hoeveel jaar mijn tijd heb verspild. Ik wil de brui geven aan mijn proefschrift, meteen, en ik wil dat stomme ding nooit meer hoeven te zien. Kerry weet dat niet. Ze is tegen opgeven en zou het me uit mijn hoofd willen praten. En dat zou haar waarschijnlijk nog lukken ook. De waarheid is dat ik geen zin meer heb om na te denken en te schrijven over hoe de soorten archetypes en verhalen waartoe wij ons aangetrokken voelen onze houding ten opzichte van financiële risico's bepalen. Het is een te grote interdisciplinaire rotzooi, en tegelijk is het zo'n allejezus grote open deur: de grootste angst van persoon 1 is dat hij een verhaal over zichzelf moet vertellen waarom hij te benauwd was om een geweldige kans te grijpen en dat hij daardoor de beloningen zou mislopen die een dapperder mens ten deel vallen. Het minst geliefde hypothetisch levensverhaal van persoon 2 is een verhaal waarin hij al zijn zuurverdiende spaarcenten vergokt en de rest van zijn leven in bittere armoede moet leven, vol spijt om zijn roekeloosheid. Persoon nummer 1 is uiteraard veel eerder bereid om 100.000 pond te investeren in een beginnend bedrijf met een hoog risico en weinig liquide middelen dan persoon nummer 2.

Zo: dat was een uitleg in pakweg honderd woorden. Zelfs jij kunt dat begrijpen, Francine, hoewel ik zeker weet dat jij wel weer iets zou weten te vinden om zowel persoon 1 als persoon 2 te veroordelen. Maar je snapt het principe. Iedere gek zou het snappen. Dus waarom besteed ik dan jaren aan het schrijven van een proefschrift, en maanden aan het opstellen van vragenlijsten en het verzamelen van data om te bewijzen wat ik al weet? Wat heeft het voor zin? En zelfs al rond ik het af en wordt het gepubliceerd, het enige wat er dan gebeurt is dat een stelletje windbuileconomen in de rij staat om mij de les te lezen in tijdschriften die niemand leest. Ze maken zich al op, rood aangelopen van woede omdat ik zoiets armzaligs als een verhaalarchetype hun dierbare economische wetenschap heb in gesleurd.

Je vraagt je vast af waarom ik je iets vertel dat niets met jou te maken heeft, hè, Francine? Wat maakt het jou nou uit of ik stop met mijn proefschrift of niet? Tim zou zijn tijd niet aan zo'n willekeurig nieuwtje verspillen. Ik wil niet eigenwijs klinken, maar ik denk dat hij daarbij wel iets vergeet: hoe verontwaardigd hij altijd was als iemand anders in het centrum van de belangstelling stond, al was het maar vijf minuten. Jij was niet in staat om naar andermans nieuws te luisteren zonder te koken van ongeduld en je te misdragen omdat jij niet meer alle aandacht kreeg. Kerry en ik merkten dat voor het eerst toen Tim je meenam voor een etentje bij ons. Het was de allereerste keer dat we jou ontmoetten. We begrepen er niets van en kwamen er maar niet achter wat er met hem was gebeurd. Ineens was het voorbij met zijn ellenlange amusante tirades die altijd het hoogtepunt van onze avondjes waren. Elke vraag die we hem stelden beantwoordde hij zo beknopt en humorloos mogelijk om de focus weer op jou te leggen. 'Prima, hoor, niks bijzonders aan de hand.' Dat 'prima, hoor' was op zichzelf al vreemd. Maar wat nog veel vreemder was, was zijn: 'Francine beleeft momenteel wel spannende tijden op het werk, toch, lieveling?'

Spannende tijden op het werk. Nog los van het feit dat jij in de pensioenen zat, Francine – het was zo niet des Tims om zoiets te zeggen. Kerry en ik snapten eerst maar niet wat er in godsnaam met hem was gebeurd. En toen drong het tot ons door. Het was net een moment uit een horrorfilm: zoals de goedgelovige heldin zich voelt als ze onder het spinrag een album vol zwart-witfoto's vindt met daarin een foto van haar echtgenoot in een doodskist, onder de hechtingen van de autopsie, en zij zich realiseert dat hij al jaren dood is, en dat hij daarom zo'n raar Y-vormig litteken op zijn torso heeft. En hij maar beweren dat het van een tennisblessure was. (Vergeef me deze plotselinge en ongepaste inbreuk van een willekeurig verhaalarchetype. Zoals ik al zei, ik heb de hele ochtend aan mijn proefschrift zitten werken.)

Ik denk dat het jou zou kwetsen, Francine, als je naar mijn gefoeter over mijn carrièretwijfels moest luisteren. Het zou jouw ego pijn doen als het gedwongen werd een minder belangrijke rol te spelen – die van zwijgende toehoorder – vooral omdat je weet dat jij niet aan de beurt komt als ik uitgesproken ben.

Wat mijn tweede agendapunt betreft, dat heeft direct betrekking op jou: weet je nog dat jij en Tim mij *Imperium* van Robert Harris voor mijn verjaardag cadeau deden? Gek, ik heb Kerry's laatste brief aan jou gelezen en die had het niet eens over het Robert Harris-aspect van die avond. Herinneringenavond, zoals hij officieel heet. Terwijl ik jullie cadeau uitpakte zei jij dat ik het waarschijnlijk al gelezen had, maar dat Tim beweerde van niet. Je zei het alsof Tim er, zoals gewoonlijk, naast zou zitten. Terwijl hij zonder meer gelijk had tot iets eerder die dag, toen niet één maar twee mensen mij dat boek cadeau deden: mijn baas en mijn secretaresse. Kerry lachte toen ik het haar vertelde. 'Je moet mensen wel vertellen dat je niet meer zo dol bent op Robert Harris, anders krijg je de rest van je leven steeds twintig exemplaren van zijn nieuwste boek met verjaardagen en met kerst.' (Overigens, ik weet zeker dat een snelle statistische analyse zal aantonen dat jouw grootste uitbarstingen plaatsvonden op de speciale gelegenheden van andere mensen, Francine.)

Ik scheurde een hoekje van het papier, en zag de '*Imp*' van de titel op hetzelfde moment als Kerry. Ze zat naast me op de bank. We wisten allebei wat ons te doen stond. Je zou het niet kunnen uitleggen aan iemand die geen deel uitmaakte van ons gestoorde viertal, maar wij wisten dat het ondenkbaar was dat we zouden lachen en zeggen: 'Nou, dat is dan al het derde exemplaar dat ik vandaag krijg.' Tim had jou verzekerd dat ik het nog niet had. Als nu zou blijken dat hij ernaast zat, zou jij hem laten boeten. Dankzij hem zou jij iemand zijn geweest die het verkeerde cadeautje had gekocht, en daardoor zou jij, in jouw ogen, voor gek staan.

Ik begon te doen alsof ik *Imperium* nog niet in handen had gehad en voor de zekerheid voegde ik eraan toe dat ik niet eens wist dat er een nieuwe thriller van Robert Harris uit was. Kerry stond op en zei dat ze even naar de wc moest. Ik wist dat het een smoesje was. Ze wilde het risico niet lopen dat jij om de een of andere reden naar boven zou gaan en daar de twee exemplaren van *Imperium* zou zien liggen in onze slaapkamer. (*Imperia?*) Weet je wat ze deed, Francine? Ze pakte de twee andere exemplaren, rolde ze in een overhemd en propte ze onder het matras van ons bed. Ik had hetzelfde gedaan als ik niet beneden had moeten blijven en uitgebreid had moeten doen alsof ik jouw cadeau werkelijk fantastisch vond, zodat jij je voldoende gewaardeerd zou voelen.

Tim probeerde er ontspannen bij te zitten, maar ik wist dat hij het ook wist. Hij had het aan mijn gezicht gezien, en aan dat van Kerry, hoewel hij waarschijnlijk dacht dat we maar één ander exemplaar van *Imperium* hadden dat jij niet mocht zien, in plaats van twee. Moet je je voorstellen, Francine: zo veel paniek om zoiets onnozels. Dat deed jij met de mensen om je heen. Daarom maak ik me, in tegenstelling tot Kerry, ook geen zorgen dat Lauren weet wat er aan de hand is. Zij denkt dat Lauren misschien heeft gezien dat ze een brief onder je matras heeft geschoven. 'Wat zou dat?' vroeg ik. 'Wat kan Lauren ons maken?' Maar daar is Kerry ook niet bang voor. Het gaat om schuldgevoel. Ze zou het vreselijk vinden als Lauren (of wie dan ook, trouwens) zou denken dat zij iets verkeerds deed. Ze is ook bang dat Lauren Tim confronteert en hem een schuldgevoel aanpraat. Dat begrijp ik wel. Kerry denkt dat het Tims dood wordt als hij zich schuldig voelt.

Vandaar dat ze hem altijd heeft gestimuleerd om met jou te 'kletsen', Francine. Ze doet alsof het een soort therapie voor hem is. Dit ook: onze eenzijdige correspondentie met jou, onze brieven die in jouw kamer geschreven moeten worden, naast jouw bed. Kerry heeft besloten dat zij en ik Tim op deze manier moeten steunen.

Het nadeel van deze brieven, wat mij betreft, is precies dat wat Kerry juist hun pluspunt vindt: jij kunt ze niet lezen en wij kunnen ze niet aan je voorlezen – dat zijn Kerry's regels. Dus weet je niet wat erin staat. Volgens mijn wijze vrouw is dat de enige manier om naar iedereen toe fair te zijn.

Die, volgens mij, en dat heb ik altijd al gedacht, verliefd is op jouw onwijze man. Nog een geluk dat zij lichamelijk niet zijn type is, anders was ik haar al jaren geleden kwijtgeraakt.

Ik hoef niet zo nodig fair te zijn naar jou toe. Wanneer ben jij ooit fair geweest tegen Tim? Of tegen ons? Ik denk dat ik je deze brief toch ga voorlezen. Kerry is niet thuis, dus die zal het nooit weten. Ik zal me wel schuldig voelen dat ik het voor haar verzwijg, maar dat is niet genoeg om me ervan te weerhouden.

Daar gaan we.

26

16/03/2011

Sam nam de laatste brief aan van Simon. Ze zaten op de grond van de stoelloze zolderkamer in het Haffner Hotel in Duitsland, de kamer die Gaby Struthers en Lauren Cookson zouden hebben gedeeld toen hun vlucht vertraagd was als Lauren niet op de vlucht geslagen was. Wie zou niet vluchten uit een kamer zoals deze? Het was een ruimte die niemand uit vrije wil zou betreden, laat staan dat je er tijd in zou willen doorbrengen, behalve voor een zelfmoordpact of om een film op te nemen waarin iedereen de hele tijd depressief moest zijn. De gordijnen zaten onder de vieze vlekken, de vloerbedekking was een collage van glimmende kale plekken. Een vorige bewoner van de kamer had een verschrompelde roze pleister in een hoek gegooid waar de schoonmakers hem over het hoofd hadden gezien. Er hing niets aan de muren, alleen wat bliksemschichten van stucwerk op plekken waar het behang gescheurd was. De muren deden Sam denken aan de zitkamer van Simon en Charlie, maar die gedachte hield hij voor zich.

Er hing een muffe lucht: oude alcohol en zweet. Sam was liever in de beschaafde Proscenium Library gebleven.

Hij gaf de brief weer aan Simon toen hij hem had gelezen. 'Meer van hetzelfde.'

'Het spijt me.'

'Nee, jij kunt er niets aan doen. Je had gelijk: een plastic hoes vol met verborgen brieven in een stortbak in Duitsland, die daar helemaal vanaf Lower Heckencott in de Culver Valley naartoe waren gebracht – dat *klinkt* als bruikbaar. Het klinkt alsof het zonder meer van belang is. Ja, we hadden gewoon een agent moeten sturen, maar –'

'Zo bedoelde ik het niet,' onderbrak Simon hem. 'Het spijt me van... je weet wel. Hoe ik heb gedaan. Jij had gewoon pech.' Hij liet de stapel brieven op de grond vallen alsof ze hem irriteerden en hij trok zijn knieën op tot zijn kin. Hij leek net iemand die zat te wachten tot een reus hem een pets voor zijn hoofd zou geven.

Sam wachtte af.

'Ik heb meestal een soort stille woede in me, al weet ik niet waarom,' zei Simon tegen hem. 'Jij was de sigaar. Dit keer.'

Sam wilde hem tegemoet komen, maar hij was bang dat als hij zou zeggen: 'Ik had het je eerlijk gezegd eerder moeten vertellen', de sfeer zou omslaan. Misschien zou Simon zijn verontschuldiging dan wel intrekken. 'We hebben het er niet meer over,' zei hij in plaats daarvan, blij dat hem vergiffenis was geschonken. Of hij nu iets had misdaan of niet.

'Het was wel nuttig,' zei Simon.

'Voor jou misschien.' Sam glimlachte om de felheid uit zijn woorden te vergoelijken. 'Jij bloeit op van conflict en drama.' *Jij bloeit op van niet bloeien. Jij neemt al je eigen negatieve energie en die van alle anderen en je maakt er...* Sam wist niet wat hij ervan maakte.

'Nee, ik bedoel het mapje. De brieven. Lees ze nog eens.'

Sam pakte de brief die het dichtst bij hem lag. 'Hoezo, denk jij dat ze ons iets zeggen?'

'Ik denk dat ze mij iets zeggen wat ze jou niet zeggen. Maar misschien als je het vriendelijk vraagt?'

'Niet wie Francine heeft vermoord?' Dat zou Sam nooit gemist hebben.

'Iets belangrijkers dan wie. Ze zeggen ons waarom.'

'Ik zie het niet. Ik zie dat er harten en wrok en onzekerheden en spijt zijn uitgestort over de bladzijden, meer niet.' Sam spreidde de blaadjes voor zich uit. Hier en daar sprong er een woord uit: 'herinneringen', 'achterdocht', 'hamer', 'wending'. Hij wist dat hij er niets aan had om er zo naar te kijken maar hij had het geduld niet om alles nog een keer te lezen. Wilde Simon dat echt van hem?

Kun je het me misschien een beetje makkelijker maken, aangezien ik binnenkort ontslag neem? Over een paar weken is het mijn taak niet meer om zulke dingen op te lossen. Sam had al de hele dag gezocht naar een mogelijkheid om erover te beginnen; het laatste wat hij wilde was dat Simon zijn besluit persoonlijk zou opvatten, en hij wist niet hoe hij het zo kon inkleden dat dat niet zou gebeuren.

'Ik zie nergens een motief.' Hij gebaarde naar de brieven. 'Ik zie het waarom niet.'

Simon knikte. 'Dat kan ook niet. Want je weet niet wie het gedaan heeft.'

'Maar we waren het er net nog over eens dat we dat ook niet uit deze brieven kunnen halen.' *Wat dus betekent...* 'Jij weet wie Francine heeft vermoord?'

'Jij zou het ook weten als je het niet zag als haar vermoorden op de verkeerde manier.'

Het duurde even voor Sam de grammatica had ontrafeld: 'haar vermoorden op de verkeerde manier zien.' Dat bedoelde Simon waarschijnlijk.

'Wie? Dan Jose?'

'Dan?' Simon grijnsde bij het idee. 'De man die zo dapper moreel in opstand kwam tegen het bedrog waardoor zijn beste vriend in de gevangenis belandde door toe te geven dat hij had gelogen over alles, maar toen toch nog weigerde om de waarheid te vertellen? Die zou nooit iemand vermoorden – hij zou überhaupt nooit iets doen. Kerry Jose?' Simon liep vast vooruit op Sams volgende vraag. 'Nee. Je hebt Dans oordeel over haar gelezen: die wil iedereen fair behandelen. Die wil dat men haar als een goed mens ziet. Ze geeft in een van haar brieven toe dat ze Francine best zou willen vermoorden, maar dat is niet meer dan een fantasie – ze weet dat ze het nooit zou doen. Lauren: dat is de enige in het Dower House die Francine echt mocht. Voor zover je een lap vlees in een bed kan mogen,' voegde Simon er bij nader inzien aan toe. 'Lauren kende het kreng dat iedereen het leven zuur maakte niet. Zij bleef weg van de kerstviering met haar familie om bij Francine te zijn, lobbyde om ervoor te zorgen dat Francine werd betrokken bij de feestelijkheden in het Dower House. En ze zorgde voor haar, dag in dag uit – werd daar ook ongelofelijk goed voor betaald, met als bonus een vijfsterrenaccommodatie om te wonen en een baantje voor haar man. Waarom zou Lauren Francine willen vermoorden? Dat wilde ze ook niet. Absoluut niet.'

'Dus... Jason?' vroeg Sam, al wist hij dat dat het verkeerde antwoord was en dat Simon hem om die reden die kant op stuurde. Hij was meedogenloos als hij ergens mee kon pronken. Sam was tot de conclusie gekomen dat hij er plezier in had om anderen het gevoel te geven dat ze dom waren. Deze wetenschap deed niets af aan Sams warme gevoelens voor hem. 'Weet je ook wie Jason heeft vermoord?'

'Dat was Lauren,' zei Simon, alsof het overduidelijk was en het er bovendien niet echt toe deed. 'Wayne Cuffley mag dan geprobeerd hebben om haar te beschermen, maar hij heeft zich verraden doordat allerlei feitjes niet klopten en doordat hij vroeg of hij haar mocht vertellen dat Jason dood was. Zoals jij zelf al zei, dat had hij allang kunnen doen voor hij zichzelf aan kwam geven. Hij beweerde dat hij eerst de kentekenplaten van zijn auto had gehaald en het lijk bij ons had afgeleverd zodat Lauren zich geen zorgen hoefde te maken of hij dood was of levend, en vervolgens kwam hij zichzelf aangeven zodat zij niet hoefde te leven met de onzekerheid over wie haar man had neergestoken. Als hij het zo belangrijk vond dat Lauren van alles op de hoogte gehouden werd, had hij het haar wel verteld toen hij nog op vrije voeten was en kon doen en laten wat hij wilde. Zijn verhaal klopt niet. De enige reden waarom hij het vertelde was om ons in te peperen: Lauren weet niet wat er met Jason is gebeurd – ten eerste, ze weet niet dat hij dood is; ten tweede, ze weet niet wie hem heeft vermoord. Allemaal bullshit.'

Lauren gaf om Francine. Lauren heeft Jason vermoord. Tel die twee dingen bij elkaar op...

'Jason heeft Francine niet vermoord,' zei Simon, die kennelijk Sams gedachten had gelezen. 'Maar hij heeft gezien wie het wel heeft gedaan. Door een raam.'

Ontzag was geen emotie die Sam vaak voelde, maar nu voelde hij het. 'Hoe weet je dat?'

Simon fronste en nam zijn theorie nog een keer door voor hij hem presenteerde om te controleren of hij wel logisch was. 'Lijkt me duidelijk. Die leugen over waar Jason was toen Lauren het lichaam vond en begon te gillen, die iedereen in het Dower House napraatte. Als Jason Francine niet had vermoord, waarom zouden ze dan niet de waarheid zeggen over waar hij was en wat hij deed toen ze stierf?'

'Maar... hoe weet je nou dat hij haar niet heeft vermoord?' vroeg Sam nogmaals. Als Simon het antwoord op die vraag al had gegeven, had hij het gemist.

'Omdat ik weet wie het wel heeft gedaan,' zei Simon. Het was allemaal zo simpel, als je Waterhouse heette. 'En Jason wist het ook. Hij wist het voordat de rest het wist, los van Francine zelf en degene die haar smoorde met een kussen. Hij was buiten bezig met ramen te lappen, zoals iedereen zei in de *tweede* versie van het verhaal. Hij was alleen niet bezig met de ramen van de zitkamer aan de voorkant van het huis, hij stond voor de ramen van Francines slaapkamer. Ook op de begane grond, maar dan aan de achterkant. Toen Charlie Kerry doorzaagde over wat Jason precies deed in de zitkamer – of hij soms iets aan het repareren was en zo ja, wat? – raakte Kerry in paniek en kwam ze met wat ze hoopte dat een plausibele leugen zou zijn: dat Jason de ramen aan het lappen was. En dat was ook zo. Een goede leugenaar weet dat hij zo veel mogelijk waarheid in een leugen moet stoppen. Kerry veranderde maar één detail: ze zei zitkamer in plaats van slaapkamer. Het was cruciaal dat niemand erachter kwam dat Jason ooggetuige was geweest. Dan zouden we hem hebben gevraagd wat hij had gezien. We zouden hem te hard hebben aangepakt, en te veel details hebben verwacht. Zijn versie van het verhaal zou tegen de bekentenis van Tim Breary zijn gehouden – dat was te riskant, want wat hij zou vertellen zou een leugen moeten zijn. Hij had over zo veel kleine details kunnen uitglijden. Dan was het eenvoudiger als hij helemaal niets had gezien en als hij gewoon Tims versie van het gebeurde zou herhalen, zoals alle anderen in het Dower House.'

Tim Breary. Met al die speculaties was Sam hem alweer bijna vergeten.

'Dus als Kerry, Dan, Lauren en Jason het niet waren, dan...'

'Moet Tim Francine wel vermoord hebben?' maakte Simon Sams vraag af. 'Nee. Dat moet niet en dat is ook niet zo. Tim wilde dat Francine bleef leven, hij wilde haar niet dood hebben. Na wat zij hem had aangedaan, kreeg hij maar geen genoeg van de nieuwe machtsverhouding tussen hen. Van het feit dat hij niet meer bang voor haar was, en dat hij haar voor de verandering kon laten lijden. Woorden kunnen evengoed dienstdoen als wapen als een mes of een pistool, en Francine kon niet terugvechten. Tim was verslaafd aan het martelen: hij vertelde haar verhalen over Gaby Struthers, de vrouw van wie hij echt hield. Hij las haar gedichten voor over rottende veertig jaar oude lichamen. En dat allemaal in de wetenschap dat Francine, hoe erg ze het ook vond om daar allemaal naar te moeten luisteren, niet weg kon. Daar zou hij denk ik nooit een eind aan hebben gemaakt – nooit. Waarom denk je dat hij niet regelrecht naar Gaby Struthers ging zodra hij weer terug was in de Culver Valley, na Francines hersenbloeding?'

Moest Sam de moeite nemen om verbluft zijn hoofd te schudden, of zou Simon er automatisch van uitgaan dat hij inderdaad verbluft was?

'Hij was nog steeds niet vrij, vandaar. Was nog steeds niet beschikbaar. Hij verlangde naar Francine zoals hij nooit naar haar had verlangd voor ze aan bed gekluisterd raakte, en haar afstraffen gaf hem een machtskick. De drang om ermee door te gaan was zo overweldigend dat zelfs de gedachte dat Gaby in de buurt was niet genoeg was om hem te doen stoppen. Breary was verslaafd. Hij wilde dat alleen niet onder ogen zien, en dus hield hij zichzelf voor dat hij bezig was met een onderzoek: was deze Francine dezelfde Francine die hij had gekend, of niet? Hoe kon je een nauwkeurige ethische evaluatie van haar maken? Fraai onderzoek, als het nooit enige data oplevert,' zei Simon misprijzend.

Sam luisterde maar met een half oor. Gaby Struthers had een alibi; die kon het dus niet gedaan hebben. *Maar wie dan wel?* 'Ik zou het verder niet weten,' gaf hij toe. 'Geen idee. Als je wilt dat ik weet wie Francine heeft vermoord, zul je het me moeten vertellen.' *Het spijt me dat ik je moet teleurstellen. Alweer.*

'Niemand heeft Francine vermoord,' zei Simon.

'*Niemand?* Maar...'

'Je hebt haar dode lichaam gezien?' Weer dat irritante halve glimlachje.

'Ja!' *Meer dan eens.* Waar had hij het in godsnaam over? Hij maakte vast een geintje.

'Ze is dood, dat staat wel vast,' zei Simon. 'Wettelijk gezien is er misschien wel, of misschien geen sprake van moord. Dat hangt van de rechter af, vermoed ik. Of van de jury. Ik zou het zelf alleen geen moord willen noemen. Ik zou het het tegenovergestelde willen noemen.'

'Wie heeft haar gedood?' vroeg Sam. Over het woord 'doden' kon Simon toch moeilijk steggelen.

'Degene die haar het allerminst van alle mensen daar zou willen vermoorden. Haar enige bondgenoot in het Dower House.'

'Je bedoelt... Lauren?'

Simon knikte.

Maar nog geen minuut geleden zei hij... Nee, realiseerde Sam zich. Simon had alleen gezegd dat Lauren Francine niet had vermoord. Maar niet dat ze haar niet had gedood.

'Wat ik me afvraag, deelden Kerry en Dan Jose die verslaving? Kregen ze dezelfde sadistische kick van het schrijven van deze brieven als Tim Breary kreeg van zijn praatjes aan Francines bed, of deden ze het echt alleen om Tim moreel te steunen, zoals Dan Jose in zijn laatste brief beweert?'

Sam had geen idee. Hij besloot om dit maar uit te zitten, en om dan maar een luisterend oor te zijn, aangezien hij niets kon bijdragen. *Net als Francine Breary.*

'Morele ondersteuning,' herhaalde Simon vol verachting. 'Brieven die Francines karakter uiterst doordacht en analytisch aan flarden scheurden – die haar op alle mogelijke manieren hekelden en veroordeelden. Alsof ze al niet uitgeschakeld was. Ondertussen doet Breary verbaal hetzelfde – in feite martelt hij zijn vrouw. Hoe moet je het anders noemen? Daar ligt ze, gevangen in een bed, kan zich niet bewegen en niet praten, en hij vertelt haar van alles waardoor ze zou wensen dat ze dood was, als ze die wens al niet had. Het was geestelijk martelen. En Kerry Jose, die ervan af weet – die vindt dat het goede therapie is voor Tim! Tim kan zo zijn angst verwerken, denkt ze – zo krijgt hij het uit zijn systeem en kan hij verder. Dat is toch ziek! Kerry vindt het goed dat hij een invalide, die niet kan terugvechten, straft en emotioneel geselt, en Dan gaat er nog in mee ook.'

Simon vloekte zachtjes en keek naar het plafond. 'Dag in dag uit, een straf waar nooit een eind aan komt. Francine krijgt elke dag weer ingeramd dat haar leven heel anders was dan zij dacht, dat haar man nooit van haar heeft gehouden, zoals hij altijd beweerde. Ze is niets meer dan een vuilnisvat voor zijn verbittering. En die van Kerry, en Dan. En dan niet te vergeten die brieven, die Kerry *fair* schijnt te vinden. In hun gestoorde idee brengen die de zaak in balans. De keurige, beheerste reactie: lange, valse aanklachten die o zo beleefd zijn en goed en zorgvuldig geformuleerd, zodat het bijna onmogelijk is om te zien wat er werkelijk aan de hand is.'

Hij had gelijk. En dat het moeilijk was om het te zien was ook waar. In de brieven van Kerry en Dan werd Tim als het voornaamste slachtoffer afgeschilderd, waarbij zij beiden op de tweede plaats kwamen. Zelfs in de wetenschap dat Francine vermoord was, had Sam na het lezen van de brieven weinig sympathie voor

Francine; zo vaardig waren de verhalen die Kerry en Dan Jose hadden gesmeed.

'Kerry en Dan willen zowel het een als het ander,' vervolgde Simon kwaad. 'Ze willen hun solidariteit met Tim betonen, maar ze willen Francine niet echt schaden, althans, dat denken ze. Dus lezen ze hun brieven nooit voor. Maar ze schrijven ze wel – ze zitten urenlang naast haar bed te pennen, en gooien al hun rancune in de strijd. Komt het ooit bij hen op dat Francine zich misschien afvraagt waar ze in godsnaam mee bezig zijn, en waarom ze allerlei shit opschrijven die zij nooit te zien krijgt? En om het vervolgens onder haar matras te stoppen! Ze weet dat ze erop ligt, wat het ook mag zijn.'

'Als Francine inderdaad zo'n controlefreak was als de brieven suggereren, moet ze dat verschrikkelijk hebben gevonden,' zei Sam, blij dat hij tenminste een duit in het zakje kon doen. 'Misschien wisten ze dat het haar kwelde dat ze niet wist wat ze schreven. Dat was mogelijk deels de kick.'

'Voor Kerry wel, ja,' zei Simon instemmend. 'Zou heel goed kunnen. Als je denkt dat je te goed en te redelijk bent om ooit iemand opzettelijk kwaad te doen, moet je een manier vinden om het verborgen te houden – zelfs voor jezelf. Ik denk dat die brieven voor Kerry zo'n manier waren. Maar Dan... ik weet niet. In het gunstigste geval wilde hij zijn vriend en zijn vrouw steunen, en was Francine een middel tot een doel. Als het niet zijn bedoeling was haar te laten lijden, heeft hij haar in elk geval wel als een object behandeld. Als een... muze voor zijn gal en haat. Het was dan misschien niet de regelrechte emotionele mishandeling die Tim Breary pleegde, maar het was toch nog behoorlijk verdorven.'

'Dus Lauren wist waar ze mee bezig waren?' vroeg Sam. 'Dat kan niet anders.'

'Kan niet anders,' echode Simon. 'Deels wilde Kerry niet dat de brieven van haar en Dan ooit hardop werden voorgelezen, dat was natuurlijk omdat ze niet het risico wilde lopen dat Lauren het zou horen. Ze moet geweten hebben dat Lauren Tim wel vaak had gehoord – in Francines kamer, waar hij haar kwelde met zijn verhalen over Gaby. Kerry wilde niet dat Lauren doorhad dat Francine van alle kanten werd belaagd – niet door één maar door drie mensen. Drie slimme, welbespraakte belagers die er geen kwaad in zagen om een vrouw die verlamd was en niet kon praten elke dag weer vol te spuwen met hun gif.'

'Dus jij denkt dat Kerry dat bedoelde toen ze schreef dat iemand Francine binnenkort wel zou vermoorden, maar dat ze niet wist wie het zou doen?' vroeg Sam. 'Dacht ze aan Lauren?'

'Lauren of Tim,' antwoordde Sam zonder aarzelen. 'Kerry was als de dood dat een van hen dat zou doen, maar ze wist niet wie. Lauren om Francine te verlossen van dat huis waar ze werd mishandeld, of Tim omdat hij haar, als hij eenmaal niet meer bang was voor Francine en hij alles had gezegd wat hij nog tegen haar wilde zeggen, nergens meer voor kon gebruiken –'

'Maar – sorry dat ik je onderbreek – in een van die brieven smeekt Kerry Francine om te stoppen met ademhalen.'

'Ja, maar dat is niet omdat ze van haar af wil.' Simon huiverde. 'Dat is weer Kerry's idee van fair play: "Bespaar jezelf de kwelling te worden vermoord, Francine – en vergeet niet om mij dankbaar te zijn voor de tip." En vergeet niet...' Simon prikte fel met zijn vinger in de lucht om duidelijk te maken dat hij nu Sam bedoelde, '...al deze brieven zijn bedoeld als kunststukje. Iedereen redigeert zichzelf, omdat ze allemaal denken dat de anderen op een gegeven moment hun brieven zullen lezen. Ze weten allemaal waar de brieven worden verstopt – en waarom zouden ze elkaars brieven niet lezen? Dan hoopt dat Kerry over de brug komt door wat hij schrijft over haar verliefdheid op Tim Breary. Als ze erover begint en zegt dat zijn vermoeden absoluut niet klopt, voelt hij zich beter. Als ze er niet over begint, voelt hij zich slechter.'

'Dus...' Sam kon het bijna niet bijbenen. 'Kerry wilde *niet* dat Francine zou overlijden?'

'Nee, absoluut niet! Ja, ze maakte zichzelf soms weleens wijs dat ze dat wilde, en misschien wilde een deel van haar dat ook wel. Of misschien wilde ze dat Tim zou denken dat ze het wilde als hij haar brieven aan Francine zou lezen. Maar ze wilde vooral niet dat er niets meer in de weg zou staan aan Tim en Gaby Struthers om te gaan samenwonen. Ze wilde dat Tim bij haar en Dan zou wonen, in het Dower House. Zijn verslaving aan de vrouw die hij haatte en martelde paste precies in haar straatje – ze zou de goede vrouw in zijn leven blijven, de vrouw van wie hij afhankelijk was. Als hij dolgelukkig zou zijn met Gaby, zou zij naar de tweede plaats worden verbannen. Dat zou ze verschrikkelijk hebben gevonden.'

'Maar waarom is Francine dan vermoord?' vroeg Sam. 'Als Lauren zo veel om haar gaf en haar wilde beschermen tegen die...' Hij stopte, want hij had moeite met het woord 'aanvallen'. Hoewel Simon gelijk had: er was geen beter woord om te omschrijven waar Francine Breary aan blootgesteld was. Een voortdurende aanval, zij het op schrift en met woorden in plaats van lijfelijk. 'Waarom heeft Lauren Tim dan niet... weet ik veel, aangegeven bij het maatschappelijk werk omdat hij Francine mishandelde?'

'Wat had ze dan moeten zeggen? Hij deed toch niets anders dan praten? En het was niet eens schreeuwen, hij was niet agressief. Hij was kalm, bedaard. Ze hoorde een man kletsen tegen zijn invalide vrouw, meer niet. En ze had wat brieven gelezen die mensen probeerden te verstoppen, en ja, ze weet dat er iets niet klopt. Van geen kanten.' Simon hees zich overeind en begon door de kamer te lopen. Hij hinkte; zijn been sliep.

'Instinctief voelt ze heel goed aan wat die brieven betekenen,' zei hij. 'Ze duiden op opzettelijke wreedheid, maar hoe moet iemand als Lauren, niet de slimste, dat onder woorden brengen en ervoor zorgen dat ze haar geloven en niet een type als Tim Breary met zijn verzameling poëziebundels en zijn lidmaatschap van een exclusieve bibliotheek, of Dan Jose met zijn economische onderzoek en zijn ouwelullenpakken van tweed? Hoogopgeleide miljonairs die gevoelige brieven schrijven vol anekdotes en inzichten, die van alles therapeutisch ventileren wat hun dwarszit en waar ze tot nu toe nooit uitdrukking aan hebben durven geven. Ach gut, wat zijn ze toch zielig! Aan wie denk jij dat het maatschappelijk werk de voorkeur zou geven in dat geval? De echtgenoot en diens beste vrienden, of de dellerige hulp? Landgoedbezitster Kerry, met haar smaakvolle kunst aan de muren van haar monumentale woning, of de getatoeëerde, broodmagere Lauren die haar mond niet kan opentrekken zonder dat er een stroom obscene taal uitrolt?'

'Als je het zo stelt...' mompelde Sam.

'Lauren *voelt* precies wat er mis is, maar ze kan er niet haar vinger op leggen,' zei Simon. 'En ze is getrouwd met Jason, en dat is verwarrend voor haar. *Dat* is mishandeling, denkt ze waarschijnlijk. Psychologische martelpraktijken zijn Jasons specialiteit, dus hoe kan dit dan hetzelfde zijn en even erg, als het er zo anders uitziet? Ze kan haar eigen vragen niet beantwoorden, en ze raakt steeds wanhopiger. En dan, gok ik, hoort ze op een dag dat Dan Jose voor het eerst een brief hardop voorleest aan Francine. De wreedheid is aan het escaleren, denkt ze – hoewel niet in die bewoordingen. Hoe erg zal het uit de hand lopen? Antwoord: heel erg. Ze moet zorgen dat Francine uit het Dower House weg kan. Dus doet ze dat op de enige manier die ze kan verzinnen – ze neemt een kussen en maakt een eind aan dat niet-aflatend ellendige leven.'

'Een genadedood,' zegt Sam zachtjes.

'In de zuiverste zin van het woord, ja.'

'En hoe zit het dan met Tim Breary's bekentenis?'

'Ik durf het niet met zekerheid te zeggen, maar ik denk dat er een goede kans is dat met Francines dood de betovering is verbroken,' zei Simon. 'Of de verslaving, of hoe je het ook wilt noemen. Ga maar na: Lauren vertelt Tim wat ze heeft gedaan en ze vertelt hem waarom. Ze is radeloos van verdriet. Hij ziet zijn gedrag door haar ogen. Voelt zich misschien schuldig. Hij vindt het vast verschrikkelijk dat hij van een in wezen deugende jonge vrouw een moordenaar heeft gemaakt. Hopelijk kwam hij hierdoor weer bij zijn positieven.'

'Hij bekende om Lauren te beschermen,' zei Sam. 'Of Jason heeft hem ertoe gedwongen: "Jij hebt mijn vrouw al deze problemen aangedaan, en daarmee ook mij. Jij neemt de schuld maar op je."'

'Deels, misschien,' zei Simon, hij staarde uit het raam. 'Misschien allebei een beetje, maar dat was wat hem betrof geen van beide de belangrijkste reden.'

'Gaby,' zei Sam, al wist hij niet wat hij daarmee bedoelde.

'Gaby,' herhaalde Simon uitdrukkingsloos. 'Breary wilde haar nog altijd, en nu Francine dood was, hield niets hem nog tegen, behalve zijn overtuiging dat hij haar niet waard was.'

'Nu nog meer dan voorheen, waarschijnlijk,' zei Sam.

'Precies. Als Gaby erachter komt hoe hij, Kerry en Dan Francine hadden behandeld, zou zij niets meer met hem te maken willen hebben – zo redeneerde hij.'

'Dus deed hij net of hij Francine zelf had vermoord,' zei Sam. Eindelijk had hij het gevoel dat hij er vat op kreeg. 'Dat is nog steeds heel erg – het gaat om moord, dat is nog erger – maar op een andere manier. Het is op de een of andere manier toch minder gruwelijk en weerzinwekkend. Het is... eerlijker.'

'Mannelijker,' zei Simon. 'Minder vernederend. Ouwejongens-krentenbrood-slechtheid: grof, ja, maar van korte duur – niet eindeloos ziek van geest en gemeen. Niet zo zielig. Je vermoordt degene die je haat. Je toont je kracht. Het heeft iets verwijfds om je hulpeloze vrouw eindeloos te martelen met zorgvuldig gekozen woorden. Als Lauren had toegegeven dat ze Francine om het leven had gebracht, zou de waarheid aan het licht komen – dan wist Breary zeker dat zijn kansen met Gaby verkeken waren. Tegelijk wilde hij niet dat Gaby zich illusies zou maken over zijn moraliteit – dat vond hij waarschijnlijk niet eerlijk tegenover haar.'

'Dus zegt hij tegen Lauren dat hij de schuld op zich neemt,' ging Sam verder. 'Door dat te doen beschermt hij haar, wat gezien de omstandigheden de juiste keuze lijkt, en hij kan eindelijk eerlijk zijn tegen Gaby, denkt hij, ook al is hij allesbehalve eerlijk. Maar toch, hij heeft het gevoel alsof... zijn slechtheid nu bekend is. In de brieven van Dan en Kerry staat zo vaak iets over Tims gebrek aan eigenwaarde.'

'Precies,' zei Simon. 'Hij krijgt het stempel "moordenaar" en wordt gestraft, en daarmee wordt zijn lei schoongeveegd. Hij kan tegen Gaby zeggen: "Moet je zien hoe verdorven ik ben. Ik heb het allerergste gedaan wat een mens kan doen. Kun je mij vergeven?" Terwijl hij haar diezelfde vraag nooit had gesteld met betrekking tot wat hij *werkelijk* heeft gedaan.'

'Ja. Dat is wel logisch, toch?' vroeg Sam. Hij wist het nog steeds niet zeker.

'Volkomen logisch,' hoorde hij een vrouwenstem zeggen. Hij keerde zich om.

Gaby Struthers stond in de deuropening. 'Klopt allemaal precies,' zei ze tegen Simon.

'Hoe weet je dat?' vroeg Sam aan haar.

'Wat denk je?'

'Heeft Tim je dat verteld?'

Gaby knikte. 'En Lauren. Ze wilde zo verschrikkelijk graag de waarheid vertellen en tegelijk horen dat ze niets had misdaan. Tim heeft haar die kans ontnomen door haar per se te willen beschermen. Hij smeekte haar om de schuld op zich te mogen nemen. Jason stond achter hem. Net als Kerry en Dan, toen ze eenmaal doorhadden hoe wanhopig graag hij de waarheid wilde verbloemen. Hij overtuigde hen ervan dat ik het enige was waar hij nog voor leefde, maar dat ik niets met hem te maken wilde hebben als ik erachter kwam dat hij zijn aan bed gekluisterde vrouw had mishandeld en dat hij daarmee haar verzorgster ertoe had gedreven om haar uit medeleven te doden.'

'Maar hij dacht dat je hem wel zou vergeven voor het feit dat hij haar had vermoord,' zei Simon.

'Ik hoef je het verschil vast niet uit te leggen,' antwoordde Gaby. 'Je hebt het al gezegd: een plotselinge drang om te moorden aan de ene kant, en aan de andere kant het constante, jarenlange passief-agressieve straffen, langzaam en geniepig.' Ze keek ineens heel serieus. 'Je had gelijk toen je het een verslaving noemde. Tim was niet van plan iemand te martelen. Hij raakte alleen verstrikt in iets wat sterker was dan hijzelf. Ik wil niet goedpraten wat hij heeft gedaan – het was fout, maar –'

'Er is geen "maar".'

'Als jij in Tims schoenen stond, als jij precies dezelfde levenservaring had en precies dezelfde psychologische opvoeding zou hebben genoten als hij, durf je dan met zekerheid te zeggen dat jij je anders had gedragen?'

Sloeg die vraag wel ergens op? vroeg Sam zich af. Als Simon Tim Breary was, zou hij zich toch als Tim Breary gedragen. Dat lag voor de hand.

'En Lauren?' vroeg Gaby. 'Is er voor haar een "maar"? Zij heeft ook Jason vermoord.'

'Dat weten we,' zei Simon.

'Hij heeft haar vrijdag mishandeld, nadat hij mij aangerand had. Ze vond het welletjes. Alweer een leven dat ze meende te moeten nemen.'

'Ik voel met haar mee, maar ik denk dat het recht het anders ziet,' zei Simon. Sam dacht hetzelfde, maar hij had het niet willen zeggen.

'Dat geloof ik graag,' zei Gaby. 'Maar toch. Het recht moet haar eerst maar eens zien te vinden.' Er speelde een lachje om haar mond. 'Ik heb natuurlijk geen idee – ik gok maar wat – maar ik kan me voorstellen dat Lauren inmiddels onvindbaar is. Het zou goed kunnen dat jullie het Dower House, als jullie daar naartoe gaan, leeg aantreffen.'

'Als je weet waar ze is, kun je ons dat maar beter vertellen,' zei Simon. Het had als dreigement kunnen klinken, maar Sam hoorde er alleen vermoeidheid in.

'Ik weet helemaal niets,' antwoordde Gaby argeloos. 'Ik speculeer maar wat.'

'Zijn Kerry en Dan bij haar?' vroeg Sam.

'Ik heb geen idee waar ze allemaal uithangen. Maar ik betwijfel of Lauren ver zou komen zonder hulp. Of dat ze dan voor altijd verborgen zou kunnen blijven. Dat zijn jullie toch zeker wel met me eens? Jullie hebben haar zelf ontmoet.'

'We vinden haar wel,' zei Simon tegen Sam: een bravourestukje vanwege Gaby.

'Vast, als je maar lang genoeg zoekt,' zei ze. 'Of jullie zoeken iets minder hard, zodat jullie je kunnen concentreren op het vangen van echte boeven. Daar zijn jullie toch voor?'

Voor Simon of Sam kon antwoorden, was ze verdwenen.

27

Dinsdag 5 april 2011

'Marjolaine,' zegt Tim, starend naar de deur aan het andere eind van de gang. Een paar meter ervandaan is hij met een wit gezicht blijven staan. Ik weet hoe moeilijk het voor hem zal zijn om dichterbij te komen. Ik zal hem niet pushen. Hij moet het zelf willen. Ik heb geprobeerd het mysterie van zijn nachtmerrie van jaren geleden op te lossen, toen hij daar nog niet aan toe was, en daarmee heb ik hem weggedreven.

'Ik was vergeten dat de kamers namen hadden, en dat wij in Marjolaine sliepen,' zegt hij bijna fluisterend. 'Ze zijn allemaal vernoemd naar bloemen, of kruiden. Ik herinner me nog dat Francine dat zei.'

'Je hoeft niet met me mee te komen, maar ik ga nu naar binnen,' zeg ik tegen hem, 'oké?' Ik heb de kamer voor een nacht geboekt, zodat ik er vanmiddag in kan, ook al zullen Tim en ik hier niet slapen. We zijn hier maar voor een dag. Tim zou nooit in Les Sources des Alpes willen slapen, zelfs al zou ik het opperen. Misschien vraagt hij zich af waarom ik een retourvlucht heb geboekt voor dezelfde dag in plaats van een hotel voor ons te boeken, maar hij heeft er in elk geval niets van gezegd.

Iets anders waar hij sinds hij uit de gevangenis is niets over gezegd heeft: dat ik elke nacht heb doorgebracht in het Best Western in Combingham terwijl hij in het Dower House overnachtte, en we allebei alleen sliepen. Ik weet het wel, en ik begrijp waarom hij dat zo wil. Hij wil me niet overhaasten.

Hij kan de pot op met zijn redenen. Die maken allemaal niets uit.

Wees redelijk, Gaby. Hij is degene die voorstelde om hiernaartoe te gaan. Voor hem is dat een enorme stap.

Wat voor Tim een enorme stap is, is voor mij niet groot genoeg meer. Hij moet dingen doen die ik enorm vind. Voor minder doe ik het niet.

De sleutel is goudkleurig, zwaar, en heeft de vorm van een bel. Ik doe de deur open en loop naar binnen. Iedereen behalve Tim zou hier een doodgewone hotelkamer in zien. Hij roept mijn naam vanuit de gang, gespannen, omdat hij me niet kan zien.

Ik trek dit niet. Wat als ik wacht tot hij besluit om naar binnen te komen, maar hij komt nooit? 'De muren zijn niet effen wit,' roep ik terug. Ze zijn behangen: een patroon van pastelkleurige vierkantjes tegen een roomkleurige achtergrond. 'Tim, echt, zodra je een voet over de drempel hebt gezet, ben je niet bang meer. Dit is niet de kamer uit jouw nachtmerrie. Om te beginnen is hij gigantisch groot.'

Hij komt in beweging. Ik voel de trilling van de vloer. Als hij binnenkomt, verwacht ik dat hij in de deuropening blijft staan, maar hij loopt met grote passen naar mij toe en gaat vlak naast me staan. Onze armen raken elkaar. Hij kijkt om zich heen. Ik luister naar zijn gejaagde ademhaling.

'Weet je...' Hij zwijgt om zijn keel te schrapen. 'Weet je zeker dat dit de kamer is waar Francine en ik toen logeerden? Is het de juiste kamer?'

'Je vertelde dat jullie kamer Marjolaine heette. Dit is Marjolaine.' Voor het geval hij meer zekerheid nodig heeft, zeg ik: 'Je herkende het net toen je de naam op de deur zag staan.'

'Ja. Sorry.' Hij veegt langs zijn voorhoofd met de achterkant van zijn hand. 'Je hebt gelijk. Het is niet... Dit is niet de kamer uit mijn droom.'

'Nee. Dat is het niet. Geen enkele kamer is de kamer uit jouw droom.'

'Wat?'

'De kamer in jouw droom is geen kamer, Tim.'

'Wat bedoel je?'

'Kom mee.' Ik pak de sleutel op en wil weggaan.

Hij trekt me terug. 'Wacht.'

'Nee, ik heb gewacht. Ik heb schoon genoeg van het wachten.'

Zijn ogen vullen zich met tranen. 'Gaby, dat begrijp ik, maar ik moet hier nog heel even blijven. Nog geen vijf minuten, maar... ik moet hier even blijven staan, zodat ik weet dat het niet deze kamer was waar ik bang voor ben geweest. Dat het nooit deze kamer was.'

'Precies. Dat was het nooit.'

'Maar... nu wil je me ergens anders mee naartoe nemen,' zegt Tim met een stem vol schaduwen: de schaduw van een handtas tegen een witte muur. Alleen: het was geen muur. 'Je wilt me meenemen naar de plek waar ik eigenlijk bang voor had moeten zijn, de plek waarvan ik dacht dat het deze kamer was. Ik weet niet of ik dat wel kan, Gaby.'

'Welke plek, Tim? Waar is die plek? *Wat* is het?' Het heeft geen zin het hem te vragen; ik zie aan zijn gezicht dat hij geen idee heeft.

'Het is hier, in Leukerbad. Dat moet wel als jij het me nu kunt laten zien, maar...' Hij schudt zijn hoofd. 'Er is hier verder niets. We zijn hier nergens geweest waar niet ook andere mensen waren. Ze zou me nooit proberen te vermoorden waar andere mensen bij waren.'

'Ze heeft niet geprobeerd je te vermoorden,' zeg ik tegen hem. 'Dat is nooit gebeurd.'

'Waarom droom ik dat dan?'

Ik haal diep adem. Ik weet niet of het beter of erger voor hem is om het antwoord op die vraag te weten. 'Jij neemt de droom te letterlijk,' zeg ik. 'Kom, dan zal ik het je bewijzen.'

Dit keer protesteert hij niet.

We lopen in stilte de gang door, nemen de lift naar de eerste verdieping, waar we over de met rode vloerbedekking beklede trap afdalen naar buiten. We slaan linksaf, ik met Tim achter me aan, alsof hij niet weet waar hij naartoe gaat. Zou hij het echt niet weten? Waar zou ik anders naartoe kunnen gaan?

Was het maar korter lopen. Ik zou hier nu een eind aan kunnen maken door het hem gewoon te vertellen, maar ik wil hem de kans geven om er zelf achter te komen. Terwijl we de heuvel op lopen, langs winkels, restaurantjes en houten chalets, zeg ik: 'Verandert de grootte van de schaduw van de handtas in je droom? Wordt hij groter of kleiner?' Waar wij lopen is het weer helder en zonnig, maar op de bergen boven ons ligt sneeuw. Ik kijk er expres niet naar.

Tim blijft even staan naast een fontein waar warm water uit komt. Leukerbad is beroemd om zijn warmwaterbronnen en mag er graag mee pronken, ontdekte ik de vorige keer dat ik hier was.

Ik blijf doorlopen.

'Nee. De handtas blijft steeds even groot,' zegt Tim, die zijn pas versnelt om naast me te gaan lopen.

'Je zei dat Francine in de droom op je afloopt, diagonaal de kamer door, en dat ze steeds maar dichterbij komt.'

'Ja, dat klopt.' De gepijnigde uitdrukking op zijn gezicht omdat ik hem dwing over zijn nachtmerrie na te denken, wordt me te veel; ik kan er niet naar kijken.

'Dus de schaduw van de handtas zou eigenlijk wel moeten groeien of krimpen, afhankelijk van de lichtbron,' zeg ik. 'Hij zou eigenlijk ofwel kleiner moeten worden, of groter en vager als ze op je afloopt.' Deze onveranderlijke natuurwet stelt me gerust. Ik betwijfel of het bij Tim ook zo werkt. 'Als ze diagonaal de kamer door loopt, op jou af, komt de tas verder van de muur af, of hij komt juist dichterbij.'

'Het is een droom, Gaby,' zegt Tim. 'Geen wetenschappelijk onderzoek.'

Wat hij zegt klopt bijna: er is niets wetenschappelijks aan een symbolische weergave van gevaar in een droom. Dat is precies de reden waarom ik me per se wil vasthouden aan het enige wetenschappelijke detail: de schaduw van een door een kamer bewegend object op een wit oppervlak blijft alleen gelijk van grootte als de afstand tussen dat object en het oppervlak niet verandert bij het verplaatsen.

We slaan nog een hoek om, en ik bevries. We zijn er, eerder dan ik had verwacht. Ik steek mijn arm uit om Tim tegen te houden. 'Wat is er?' zegt hij. 'Wat is er, Gaby?'

'Kijk. Ben je hier al eens eerder geweest? Ben je hier met Francine geweest?' Het moet wel. Voor ons liggen hoge, met sneeuw bedekte bergen. Er loopt een kabel van een van de toppen naar een klein houten gebouwtje aan de voet van een andere berg. Langs die kabel glijdt een vierkant kabelwagentje omlaag, in een trage diagonaal door de lucht.

Tims ademhaling klinkt alsof het hem pijn doet.

'De kabelwagen. Maar... ik begrijp het niet. Francine en ik zijn inderdaad met de kabelbaan omhoog geweest, maar we waren niet alleen. Er waren andere mensen bij, een gezin van vier mensen. Een Russisch gezin. Ze kan toch nooit...' Zijn woorden sterven weg. Hij staart. Probeert het bij elkaar te puzzelen.

'Ze kan toch nooit geprobeerd hebben om jou te vermoorden waar zij bij waren? Nee, dat zou ze nooit gedaan hebben. Ik zei toch: ze heeft helemaal niet geprobeerd jou te vermoorden, niet met en niet zonder andere mensen erbij. Niet op de manier die jij bedoelt. Wat gebeurde er in die kabelwagen, Tim? Hebben jij en Francine toen gepraat? Is er misschien iets belangrijks gebeurd?'

'Ze heeft me ten huwelijk gevraagd. Dat heb ik toch al eens verteld?' Hij is afgeleid. Zijn ogen schieten alle kanten op.

'Je hebt me verteld dat ze jou een aanzoek heeft gedaan, maar niet precies waar.'

'Ze vroeg het boven op de berg, toen het karretje naar beneden ging. Ze zei...' hij schudt zijn hoofd.

'Wat? Wat zei ze, Tim?'

'Ik gaf niet meteen antwoord.'

'Wat had je dan willen zeggen?'

'Ik had liever niet dat ze het had gevraagd.' Ik dwing mezelf om me niet af te wenden voor de pijn in zijn blik. 'Ze zei dat ik tot we beneden aankwamen de tijd had om haar te antwoorden.'

Een aanzoek, direct gevolgd door een ultimatum. Charmant.

'Ik zei ja.'

'Wanneer. Op weg naar beneden?'

'Toen we beneden aankwamen. De tijd was op. Ze was mijn vriendinnetje, Gaby. Wat moest ik überhaupt met haar als zij niet de ware was? Ik wist niet eens dat de ware echt *bestond*.'

'Dus de hele weg naar beneden in de kabelwagen, kwam je steeds dichter bij – niet bij een handtas waar iets in zat waar ze jou mee ging vermoorden, maar bij het moment waarop jij de rest van je leven aan een vrouw zou geven die daar alle vreugde en hoop uit zou wringen. Zo zou ze jou vermoorden.'

'Ze maakte het zichzelf altijd nog zuurder dan een ander,' mompelt Tim. Hij is kwaad op me.

'Francines kromme arm in de droom – dat is de stang,' zeg ik tegen hem. 'Die is krom omdat het karretje daarmee aan de kabel hangt, en die maakt een knik in de verder rechte lijn. En die knik beweegt mee naar beneden. De witte muur was geen muur, maar de berg, die met sneeuw bedekt was. Het karretje hing overal op dezelfde afstand van de berg, en je zag de schaduw langs de witte berg bewegen – daarom bleef de schaduw van wat jij als handtas zag steeds even groot. Het was alleen geen handtas, het was een kabelwagentje, het wagentje waar jij en Francine in zaten, Tim.'

'Ik kan hier niet blijven.' Tim draait zich om en beent weg in de richting van het hotel. Ik hol achter hem aan, tegen de wind in. Hij striemt mijn gezicht. 'Ik heb al die tijd gedacht dat zij me wilde vermoorden,' zegt hij. 'Ik geloofde het echt.'

'Dat weet ik.'

'Het was zo levendig.'

Ik grijp hem bij zijn arm en draai hem om, zodat ik hem kan aankijken. 'Het was niet te laat,' zeg ik. 'Je had bij haar weg kunnen gaan. Je *bent* ook bij haar weggegaan, maar je bent niet naar mij op zoek gegaan. Je bent nooit naar mij op zoek gegaan!'

'Jij had Sean.'

'Ja, inderdaad. En wat vond jij daarvan?'

Tim blijft staan. 'Ik vond dat hij niet de goede man voor jou was. En toch was ik ergens blij dat je iemand had. Ik zou me schuldiger voelen dat ik niet bij Francine weg kon als jij helemaal alleen was –'

'Hou op!' Ik wil dit niet horen.

'Wat wil je dan dat ik zeg, Gaby? Dat ik jaloers was op Sean omdat hij jou had en ik niet? Natuurlijk was ik jaloers.'

'Maar dat zei je niet, Tim. Jij zei iets heel anders. Zal ik jou eens zeggen wat ik van Francine vond? Ik *haatte* haar. Niet omdat ze zo'n bitch was en omdat ze jouw leven elke dag tot een hel maakte. Maar omdat ze je vrouw was. Al was ze de liefste, schattigste vrouw op aarde geweest, dan had ik haar precies even intens gehaat. Ik wenste altijd dat ze dood neer zou vallen. Ik googelde haar vijf keer per dag, bekeek haar foto op de website van haar bedrijf, en dan staarde ik in die ijzige ogen. Ik stelde me voor dat jij met haar in bed lag, tv met haar keek, samen aan de afwas stond, en dan wenste ik haar dood. Op jou na is Francine degene die de meest hartstochtelijke gevoelens in mij losmaakte. Zo – en wat vind je nu van me?'

Wat zou je van mij vinden als ik je zou zeggen dat ik Lauren geweldig vindt, omdat zij Francine heeft vermoord, en dat ik haar daarom altijd geweldig zal blijven vinden, hoe fout dat ook moge zijn?

'Wow,' zegt Tim.

'Zo dacht jij niet over Sean, of wel soms?'

'Nee. Maar dat betekent niet wat het volgens jou betekent.'

'Jij kunt leven zonder mij, Tim.' *Dat kan ik je niet vergeven.* 'Al die jaren zonder contact –'

'Gaby, jij hebt ook gewoon doorgeleefd zonder mij!'

'Dat is echt niet hetzelfde. Ik dacht dat ik geen keus had. Jij maakte het volkomen duidelijk dat ik niet meer bij je in de buurt mocht komen.'

'Jij had toch ook kunnen denken: hij kan mooi de pot op, en dan naar me op zoek kunnen gaan,' zegt Tim. 'Je had op de stoep kunnen staan om Francine de waarheid te zeggen, een crisis uit te lokken. Zie je dan niet hoe onredelijk je bent? Ik kon zonder jou leven, ja, maar ik wil het niet. Ik kies ervoor dat niet meer te doen – nooit meer. En jij? Jij kunt zonder mij leven, en je staat op het punt dat te bewijzen. Je gaat me verlaten, hè?'

Ik zeg niets.

Tim grijpt mijn handen. Het doet pijn. 'Zeg me wat ik kan doen om je op andere gedachten te brengen,' zegt hij. 'Ik doe alles voor je.'

'Nee. Zeg jij maar wat je voor me *kunt* doen. Of nee, ik weet het beter gemaakt – *doe* dat gewoon. Breng mij maar op andere gedachten.'

'Dat zal ik doen.'

'Dag, Tim.'

Ik loop weg. Ik loop de heuvel af zonder om te kijken. Ik hoef me niet te haasten; hij loopt me niet achterna. Al kan ik hem niet zien, ik weet dat hij nog steeds staat waar ik hem achterliet, denkend dat het voorbij is, dat het te laat is – dat hij onmogelijk iets kan doen wat genoeg indruk maakt. *Ren me achterna, laat me niet gaan. Draai de klok terug, doe alles anders.*

Voor een pizzeria onder aan het heuvelpad staat een rij taxi's. Ik stap in de voorste taxi en zeg tegen de bestuurder dat ik naar de luchthaven van Genève wil. 'Met welke maatschappij vliegt u, mevrouw?' vraagt hij me in het Engels.

Goede vraag. Ik denk terug aan de luchthaven van Düsseldorf, en aan Sean, die me vroeg: 'Met wie ga je mee?'

Ik weet niet met wie ik meega. Ik heb een ticket geboekt op dezelfde terugvlucht als Tim, maar dat is nu onmogelijk. 'Ik weet het niet,' zeg ik. 'Brengt u me maar naar de vertrekhal.'

'U gaat een vlucht boeken als u daar aankomt?' De chauffeur geeft niet zo snel op. 'Er zijn verschillende vertrekhallen voor de verschillende bestemmingen. Wat is uw bestemming?'

'Ik weet het niet. Sorry. Dat bedenk ik wel als ik daar aangekomen ben.'

Als ik daar ook echt aankom. Misschien houdt Tim me nog wel tegen; misschien besluiten we wel dat we de rest van ons leven in Zwitserland blijven. Een nieuw begin. Geen driehonderdvijfenzestig min negentig nachten, maar zoveel als we nog te gaan hebben. Als ik geluk heb – en tot nu toe heb ik altijd geluk gehad in mijn leven, grotendeels – hoef ik nooit meer te beslissen waar ik naartoe moet vliegen, en hoef ik nooit meer stil te staan bij het besef dat ik nergens naartoe wil zonder Tim.

Daar zal ik aan denken onderweg naar de luchthaven van Genève. Ik heb nog een uur of twee, ietsje langer als ik mazzel heb. Twee uur is veel tijd.

28

06/04/2011

'Blijf staan waar je staat! Je krijgt geen toestemming verder te naderen.'

'Ik... sta hier al, meneer.' Sam stond pal voor Prousts bureau. Nog een stap en hij zou ertegenaan staan. Hij staarde naar de omgekeerde handtekening van de hoofdinspecteur onder aan een formulier. De inkt was nog nat. Glimmend.

'Ik bedoelde het ook in overdrachtelijke zin. Ik wil het niet.'

Hoe kon hij dat nou weten? Onmogelijk. 'Ik denk dat we langs elkaar heen praten,' zei Sam terwijl hij probeerde te bedenken wat Proust dacht dat hij hem wilde geven.

'Doe je dat nou expres, om mij kwaad te maken?' zei de Sneeuwman bits terwijl hij het ondertekende formulier van de stapel voor zich haalde en dat eronder tekende zonder het verder te bekijken. 'Ik hoef je ontslagbrief niet, inspecteur.'

'Mijn –'

'Die brief die je uit je jaszak wilde halen en op mijn bureau wilde leggen.'

Geef hem die brief gewoon. Je hebt zijn toestemming niet nodig. Het is niet aan hem.

Met onvaste hand haalde Sam de brief uit zijn jaszak en hield hem op zodat Proust hem kon aannemen.

'Haal maar door de versnipperaar,' blafte de Sneeuwman. 'Ik ben niet geïnteresseerd.'

'U wilt dat ik blijf?' vroeg Sam.

Proust glimlachte zoals een volwassene glimlacht om de lieve, maar naïeve suggestie van een kind. 'We *willen* allebei niet dat je blijft – jij niet en ik niet – maar we zullen er toch maar het beste van moeten maken. Ik ben nooit zo scheutig met complimenten, inspecteur, maar jij bent de enige in mijn team die nog een beetje normaal is. Op jouw saaiheid kun je bouwen.'

'Meneer, ik –'

'Als je weggaat, moet ik brigadier Zailer weer voor me laten werken. Waterhouse zou het verschrikkelijk vinden, maar hij zou dan net moeten doen of hij het ook wilde. Dat zou een ramp zijn voor zijn huwelijk; het zou onvermijdelijk het einde van die twee zijn. En dat wil jij toch zeker niet op je geweten hebben?'

'U wilt dat ik blijf,' zei Sam. Dit keer was het geen vraag.

Proust keek op. Slaakte een zucht. 'Moet ik soms een bos bloemen naar je kleedkamer sturen? Ja, inspecteur, ik wil dat je blijft. Jij bent de enige met wie ik werk over wie ik nooit na hoef te denken. En dan *bedoel* ik ook echt nooit. Zoals nu, nu denk ik ook niet aan je. Ik heb belangrijker zaken aan mijn hoofd.'

Sam bad dat de Sneeuwman zijn gedachten niet kon lezen. Wat zei het over hem dat hij zich gevleid voelde terwijl hij eigenlijk beledigd zou moeten zijn? Hij zou het later aan Kate vertellen en doen alsof hij haar verontwaardiging deelde, maar stiekem had hij het gevoel dat Proust hem het gevoel wilde geven dat hij gewaardeerd werd, en dat hij dat nu eenmaal maar op één manier kon.

'Ik moet erover nadenken, meneer.'

Proust grinnikte. 'Je mag er zolang over nadenken als je wilt. Ik ga niet nadenken over hoe jij nadenkt. Ik ga namelijk helemaal niet over jou nadenken, inspecteur, en daar ga ik ontzettend van genieten.'

'Meneer, als u wilt dat ik blijf...'

'In de zeer nabije toekomst heb ik liever dat je weggaat. Uit mijn kantoor, bedoel ik. Hop, hop. Weg jij. En neem je zinloze brief met je mee.' Proust zwaaide overdreven, alsof hij op de foto moest voor de krant, maar keek niet op van zijn paperassen.

Sam vertrok.

Hij nam zijn zinloze brief met zich mee.

Dankwoord

Zoals altijd bedank ik mijn geweldige uitgever Hodder & Stoughton, en dan vooral mijn fantastische redacteur Carolyn Mays, die vakkundig al mijn boeken redt van veel-minder-goed zijn. Ik bedank ook Francesca Best, Katy Rouse, Karen Geary, Lucy Zilberkweit, Lucy Hale, Jason Bartholomew, Alice Howe, Naomi Berwin, Al Oliver – het hele team. Geen betere uitgever dan Hodder. Julia Benson verdient een speciaal woord van dank, omdat ze mij van bepaalde voetbalfeiten heeft voorzien. Jullie ook bedankt, mijn geweldige internationale uitgevers die zulk fantastisch werk verrichten met het vertalen en uitgeven van mijn boeken in het buitenland.

Ik bedank Dan, Phoebe en Guy voor hun oprechte vertrouwen dat elk boek weer de moeite waard is, en omdat jullie alweer een jaar geduld hebben gehad met die steeds slonziger gestoorde vrouw op zolder.

Ook bedank ik Luke Hares, die niet alleen de wetenschappelijke expertise leverde, maar ook het alibi voor mijn heldin, en dankzij wie ik deel mocht uitmaken van een heel interessant clubje mensen. *May the force feedback be with you* (al heb ik geen flauw benul wat dat betekent).

Zoals altijd bedank ik mijn twee trouwe onderzoeksbronnen: Guy Martland, die me alles vertelde wat ik moest weten over hersenbloedingen, en Mark en Cal Pannone, die me voorzagen van informatie over politieprocedures en curry.

Jonathan Walker-Kane, bedankt – ik denk dat dit zonder jou een heel ander en veel slechter boek was geworden.

Dank aan BW en DR voor de oorspronkelijke inspiratie voor PUE.

Dank aan Chris Gribble voor *The Slack Captain* – de perfecte naam.

Dank aan al mijn gezellige volgers op Twitter, die allerlei zinvolle antwoorden op mijn vragen hebben gegeven, vooral over het supporter zijn van een voetbalclub!

En dank aan al mijn lezers – *everything I do, I do it for you* (zoals Bryan Adams ooit zei. Al ging dat niet over het schrijven van psychologische thrillers).

Lees ook van Sophie Hannah:

Er loopt een moordenaar rond die stellen van twee beste vrienden een voor een vermoordt. Vóór de moord blijken de slachtoffers een wit zelfgemaakt boekje te hebben gekregen, met enkele dichtregels. Al vijf maanden lang probeert de politie de moordenaar, die ze Billy hebben genoemd, te pakken, maar zonder resultaat. Tot grote frustratie van rechercheur Simon Waterhouse.

Maar dan komt stand-upcomedian Kim naar hem toe. Zij heeft zo'n wit boekje, maar ze is nog steeds springlevend. Ze kreeg het boekje na een optreden. Waarom? Want naar eigen zeggen hééft Kim niet eens een beste vriend of vriendin...

'Beeldend, inventief en vol zwartgallige humor.' *The Independent*

Paperback, 432 blz., ISBN 978 90 261 4038 9
E-book, ISBN 978 90 261 4039 6

Van: inessa.hughes@goochandhughes.com
Datum: 10 februari 2016 11.41:24
Aan: Susan.Nordlein@nordleinvinter.co.uk
Onderwerp: *Origami* door Kim Tribbeck

Beste Susan,

Het doet me genoegen je de aangepaste (en, hopen we, definitieve) versie van *Origami* van de hand van onze geweldige Kim te kunnen sturen. Ik vrees dat ze het inderdaad nog steeds zo wil noemen! Het spijt me echt. Ik heb mijn best gedaan om jouw argumenten zo helder mogelijk aan haar voor te leggen, maar ze weigert om de voorstelling *Kim: vreemd grappig of haha-grappig* te noemen. Ze vindt het onwaardig, en ik moet toegeven dat ze een punt heeft. Ik weet niet of mensen in Frankrijk of Japan zich afvragen of iets vreemd grappig of haha-grappig is. Wat denk jij? Het lijkt mij iets typisch Engels. Dus denk ik dat ze met die titel niet op reis kan, en aangezien Kim een van de weinige Britse comedians is van haar generatie die internationaal aan het doorbreken is, wil ik liever dat de titel van haar boek een breder publiek aanspreekt. En zoals Kim zelf al zei (en daar heeft ze natuurlijk volkomen gelijk in), ze is bepaald geen 'haha'-comedian. Daar is haar humor veel te zwart en subtiel voor, getuige het feit dat ze voortdurend onder vuur ligt van lui die roepen: 'Vertel nou gewoon eens een leuk grapje!' Als zij 'haha' in haar titel zou gebruiken, is het wachten op recensies van het kaliber 'Haha? Er valt anders weinig te lachen in dit boek!'.

Verder denk ik niet dat het boek zal verkopen omdat het de memoires van een comedian zijn – wat volgens mij een zietogend genre is – maar omdat het in essentie om een waargebeurd misdrijf draait: het verhaal over het onderzoek naar Billy Bestevriend. Om die reden vraag ik me af of we niet juist voor een wat misdadiger titel moeten gaan. Ik denk dat ik Kim wel kan overhalen om haar geliefde *Origami* op te geven als jij bereid bent om het niet meer te hebben over *Kim: vreemd grappig of haha-grappig*. Wat vind je ervan om direct naar Billy en zijn boeken te verwijzen? *Beste Billy-boeken*? Of is dat te vergezocht?

Aangezien het boek de basis vormt voor Kims tour, later dit jaar (en die tour heet nu eenmaal *Origami*, wat de titel van het boek ook wordt), moeten we het binnenkort ook eens hebben over een speciale uitgave die alleen bij Kims optredens wordt verkocht, misschien met wat extraatjes erin. Op jouw verzoek heb ik een complete speellijst bijgevoegd.

Dat is het voorlopig. Ik zit op het puntje van mijn stoel, als ik er tenminste niet van af stuiter van opwinding, in afwachting van jouw reactie op dit verpletterende boek!

Lieve groet, Inessa

~

Kim Tribbeck in *Origami* – speellijst herfst 2016

Newcastle/Theatre Royal – 2 september
Newcastle/Metro Radio Arena – 3 september
York/Grand Opera House – 4 september
Harrogate/Royal Hall – 5 september
Scarborough/ Scarborough Spa – 10 september
Durham/Gala – 11 september
Huddersfield/Town Hall – 12 september
Southend/Cliffs – 13 september
Wimborne/Tivoli – 19 september
Stoke/Regent Theatre – 20 september
Coventry/Warwick Arts Centre – 21 september
Nottingham/Playhouse – 22 september
Warrington/Parr Hall – 23 september
Ipswich/Regent – 29 september

Scunthorpe/Baths Hall – 30 september
Folkestone/Leas Cliff Hall – 1 oktober
Birmingham/Genting Arena – 2 oktober
Bournemouth/International Centre – 5 oktober
Stevenage/Arts and Leisure Centre – 8 oktober
Aylesbury/Waterside Theatre – 9 oktober
Hayes/Beck Theatre – 10 oktober
Chatham /Central Theatre – 11 oktober
Northampton/Derngate – 16 oktober
Londen/Southbank Centre – 17 oktober
Cambridge/Corn Exchange – 18 oktober
Aberdeen/Music Hall – 24 oktober
Dorking/Halls – 29 oktober
Swindon/Wyvern – 30 oktober
Carmarthen/Lyric Theatre – 31 oktober

Uit Origami *door Kim Tribbeck*

Voor Elaine Hopwood, de moeder die ik nooit heb gehad,
maar van wie ik altijd heb gehouden

1

Een tip voor iedereen die door de politie in de gaten wordt gehouden: alles wat je verborgen wilt houden wordt juist heel erg zichtbaar, zoals gebouwen en bruggen die weleens door kunstenaars in wit doek verpakt worden zodat iedereen blijft staan om ernaar te staren. Haal het doek weg en je ziet alleen een onopvallend kantoor of een van forenzen vergeven overspanning over het water; mensen lopen er met gebogen hoofd langs en hebben geen idee.

Vertel je de politie de waarheid, meteen en in detail – al je vunzige leugens, al je onsmakelijke gewoonten – en geen hond zal er ook maar een piezeltje aandacht aan schenken. Het ligt voor de hand: als je je verstopt gaan mensen naar je op zoek, maar heb je het over dingen die er voor jou toe doen, dan luistert er niemand. Echt niemand. Het is een van de voornaamste dingen waar je echt op kunt vertrouwen bij de mens.

Toen ik een stel rechercheurs voor me had, besloot ik dan ook meteen dat ik niet mysterieus moest overkomen. Zolang ik een mysterie was bestond het gevaar dat ik er ook zo zou uitzien, dus de eerste keer dat ik naar de politie ging stak ik mijn geheim de lucht in en zwaaide er demonstratief mee, alsof het een ID-kaart was: *Hier heb je mijn geheim, laat me er nou maar door.*

Dat zou verder niet zo erg zijn geweest, maar het punt was: ik had er maar één. Eén enkel geheim. Het was niet eens een actueel geheim – het was de herinnering aan een geheim. Desalniettemin was het mijn dierbaarste bezit en mijn beste vriend. (Ik heb in het verleden ook menselijke vrienden gehad. Het belang daarvan wordt overschat.) Om mijn geheim gaf ik meer dan om mijn huis, mijn werk, mijn nog in leven zijnde familie. Het opgeven van mijn geheim was een fors offer.

Ik heb er geen spijt van dat ik de politie de waarheid heb verteld. Het zou stom geweest zijn om niet alles te bekennen. Als een echt persoon begrijp ik dat best. Alleen fictieve personages uit televisieseries denken: daar heb je de smerissen op zoek naar de waarheid achter een reeks brute moorden – laat ik mezelf maar in ingewikkelde bochten wringen om te zorgen dat ze er niet achter komen dat ik in 1997 een keer een illegale kopie van een film heb gekeken. Jammer dan als zij daardoor niet kunnen verhinderen dat er alwéér een schooljongen met blozende appelwangen wordt gewurgd met een pianosnaar. Zolang *The English Patient* maar niet ter sprake komt. Ik weet van niks. Ik heb in mijn hele leven nog nooit een Engelse gast met brandwonden in een ziekenhuisbed zien liggen, ik zweer het.

Tv-detectives gedragen zich trouwens net zo wonderlijk als de burgers die ze verhoren. Toch? Als ze maar even het gevoel hebben dat iemand iets voor hen achterhoudt, schieten ze meteen in hun 'De meeste misdrijven kunnen ons, de rechercheurs, geen bal schelen'-stand. 'Luister, we zijn hier bezig met een onderzoek naar een moord, meneer. Dat is het enige wat ons interesseert: om déze specifieke moordenaar te vinden. Dat u nu toevallig een keer fout geparkeerd hebt of op illegale wijze een kopie van *The English Patient* hebt bemachtigd interesseert ons geen zak. Vertel nou maar gewoon wat u weet over deze moord. Als u een keer langs de straathoertjes bent gereden of weleens hebt gelogen over uw leeftijd om aan drank of peuken te komen dan zijn we daar heel chill over. Drugs? Kom op, zeg! Winkeldiefstal, joyriden – allemaal prima. Dus u hebt een keer een oud vrouwtje beroofd en haar een zware hoofdwond bezorgd? Hou eens op ons zo te vervelen, graag. Alsof zo'n oud wijf ons iets kan schelen.

'Ondanks het feit dat wij betaald krijgen om de samenleving tegen het kwaad te beschermen is er maar één misdrijf dat we graag willen oplossen. Om een of andere vreemde reden die verder nooit zal worden verklaard hebben we besloten dat al die andere dingen er niet toe doen. We zijn het politie-equivalent van een klaar-over die maar één kind veilig aan de overkant wil krijgen en die niet kijkt naar de talloze anderen die even verderop door een SUV worden gegrepen. Ik doe u een voorstel: als u me nu iets geeft, wat dan ook, waardoor ik een stapje dichter bij déze moordenaar kom – de enige crimineel op aarde die mij iets kan schelen – dan zorg ik ervoor dat al uw andere misdaden u niet worden aangerekend. Die baby die u hebt gewurgd, bijvoorbeeld, of het brandje dat u hebt gesticht waarbij acht verpleegsters om het leven kwamen.'

Maar ik kan het risico niet lopen om de waarheid te vertellen, denkt de narcistische verdachte, die de dingen totaal niet in perspectief ziet. De meest vooraanstaande hoofdinspecteur van het hele land heeft mij verzekerd dat ik desnoods mijn buurvrouw in een ketel kokende was heb kunnen laten smelten en dat hij me dan keihard zou laten lopen, maar ja, dat is geen garantie voor hoe hij zou reageren op dat geval met *The English Patient*. Geen idee. Dus ik kan maar beter op safe spelen en mijn mond houden.

Tijdens mijn eerste echte ervaring met zo'n soort situatie schepte ik er een pervers soort genoegen in om mijn schokkende geheim meteen op tafel te gooien. Om je de waarheid te zeggen schaamde ik me een beetje dat ik betrokken was bij een zaak in de rol van saaie braverik die helemaal niks had misdaan, dus besloot ik om te proberen hen te irriteren. Een rechercheur heeft als taak om uit te pluizen wat mensen te verbergen hebben, dus hoe irritant zou het dan zijn dat iemand als openingszet komt met 'Ik vertel meteen alles'? Denk je eens in hoe woest Jamie Oliver zou zijn als hij met Kerstmis zijn oven opendoet en daar een perfect gebraden kalkoen met alles erop en eraan aantreft; dat zou even erg zijn.

Ik deelde mijn enige geheim met de rechercheurs die onderzoek deden naar de Billy Bestevriend-moorden alsof het een vette roddel was. Dat wás het trouwens ook. Ik zei: 'Ik weet niet waar ik moet beginnen. O wacht! Ik weet het wel!' En ik lachte.

Er was maar één plek waar ik kon beginnen: bij wat in alle opzichten het midden was, met het symbolische object dat in het hart van alles stond, een stevige barrière tussen de ene helft van mijn leven en de andere – een verveloze houten deur met een zilveren klink...

Dinsdag 6 januari 2015

Treklipje. Ik denk het woord terwijl ik het object doorslik.

Het gebeurde te snel: iets hards in mijn slok sinaasappel-Fruit Rush en weg was het. Niks meer aan te doen. Tenzij...

Nee, ik stelde me niet voor hoe het naar beneden gleed. Het was te klein om pijn te doen, maar ik kon het wel voelen: een in vocht verpakt brokje. En er is zichtbaar bewijs dat ik het inderdaad heb ingeslikt: de afwezigheid van het treklipje boven op het blikje in mijn hand. Ik moet het losgetrokken hebben zodat het in het blikje gevallen is – pulkend en draaiend, mijn vingers zich nauwelijks bewust van waar ze mee bezig waren. Mijn enige doel was het doden van tijd met een fysieke bezigheid. Hoewel (dat realiseer ik me nu ik metaal heb ingeslikt) het een gewoonte is, en ik het niet alleen doe om mezelf af te leiden. Ik klier net zo lang tot het ringetje loskomt, en laat het dan in mijn blikje vallen zodat het mijn mond niet meer in de weg zit.

Het is eigenlijk heel logisch, ga maar na: als het in het blikje zit, heb je nog maar één stuk afval. Bovendien – en dat heb ik vandaag al eerder gezegd – er is geen enkel risico dat het in je maag terechtkomt. Want je moet wel gek zijn om een treklipje door te slikken.

Of ik het expres deed? Nu heb ik immers misschien een probleem, en ik bedenk dat ik daar nu juist op zat te wachten. Nog meer afleiding: wat moet ik met een vreemd object in mijn lichaam? Is het gevaarlijk? Als dat zo is moet ik er iets aan doen, en dat houdt in dat ik weg moet van deze afdeling, en dat ik naar een andere afdeling kan.

Had ik al verteld hoe efficiënt ik ben? Ronduit indrukwekkend: op het moment dat ik onverwacht moet weten of het inslikken van een treklipje schade kan aanrichten bevind ik me al in een ziekenhuis – het Rawndesley General Infirmary. Nou, ergonomischer dan dat wordt het niet. Momenteel ben ik op afdeling 10, de oncologieafdeling. Hier ligt mijn oma te sterven. Ik moet blijven tot ze is overleden, tenzij ik een goed excuus verzin om weg te kunnen.

Een metalen object met scherpe randjes dat mogelijk mijn ingewanden zal doorboren lijkt mij een geweldig excuus, maar ja, ik ben geen expert. En ik weet niet eens zeker of die randjes wel zo scherp waren. Waarschijnlijk zorgen ze ervoor dat alles netjes afgerond is, zodat niemand er zijn vingers aan openhaalt. Maar ik kan het toch maar beter even vragen. De verpleegsters en dokters op afdeling 10 zijn vast alleen geïnteresseerd in kanker, maar als je werkt aan de belangrijkste ziekte ter wereld zal je toch zeker ook wel getraind zijn in het behandelen van Fruit Rush-blikjesonderdeelinslikincidenten. Ik moet alleen nog even iemands aandacht zien te trekken… maar liever niet die van háár.

Te laat. De zuster met het bot afgeknipte grijze haar en de schildpadkleurige bril aan een ketting komt er al aan. 'Zit je hier nou nog?' vraagt ze.

'Ja, Marion is nog steeds aan het doodgaan,' zeg ik schouderophalend. 'Dus ik kan niet halverwege weg.'

Ik heb geen zin om de treklipjessituatie of wat dan ook te bespreken met dit mens – Bridget, volgens haar naamkaartje. Ik weet allang dat ze hier niet is in mijn belang, maar het kan ook zijn dat ze niet slim genoeg is om te bedenken dat mijn belang iets anders is dan wat zij denkt dat het is. Ze laat me niet met rust sinds ik heb besloten dat ik hier op de gang van de afdeling wil blijven zitten. Ze wil dat ik netjes opduvel, en dat ik aan het sterfbed ga zitten. Wat ze daartoe vanochtend heeft geprobeerd is: 'Heeft de dokter je de kamer uit gestuurd?' (Nee) en 'Je mag die stoel wel meenemen naar de kamer van oma.' (Nee, bedankt. Daar komt hij trouwens net vandaan.)

'Ik weet dat het zwaar is, maar ik denk dat het beter is als je bij oma bent,' zegt ze nu.

Hou toch op haar zo te noemen. Ze is jouw oma niet. Waarom noem je haar niet gewoon Marion, zoals ik haar noem en altijd al heb genoemd?

Bridget rekt haar hals om meelevend op me neer te kunnen kijken. Het doet me denken aan zo'n stok met knijpers eraan waar de gemeentereiniging zwerfvuil mee opraapt.

Dat gebeurt de hele tijd al, sinds Marion in het ziekenhuis opgenomen is: de mensen die hier werken doen me denken aan levenloze dingen, ook al lopen ze vrij rond, terwijl de dingen op de afdeling me juist aan levende wezens doen denken. De verrijdbare glimmende, zilverkleurige pomp met spul om je handen te steriliseren doet me steeds als ik erlangs loop denken aan een pelikaan.

En ik loop er vrij vaak langs. Ik ga zo vaak mogelijk weg van afdeling 10 – voor een extra streepje netwerkdekking voor alle telefoontjes die ik niet pleeg; iets te drinken als ik dorst heb; pijnstillers uit de ziekenhuisboetiek terwijl ik geen hoofdpijn heb; een tijdschrift waar ik me niet op kan concentreren; extra sterke pepermuntjes. Welk excuus dan ook. Niet dat ik er iets aan heb; ik moet toch steeds weer terug, naar afdeling 10. Een stervende grootmoeder is niet net zoiets als een slechte film in Cineworld – je kunt niet besluiten dat je er geen zin meer in hebt en halverwege vertrekken.

'Ik weet zeker dat je broer de steun ook zal waarderen,' zegt Bridget nog.

'Hij heeft helemaal geen steun aan me,' zeg ik tegen haar. 'Hij heeft de artsen gevraagd om de behandeling voort te zetten – nog meer transfusies, nog meer zuurstof. Hij wilde niet dat ze Marion zouden katheteriseren omdat een zuster, die ik hier nog nooit eerder heb gezien, zei dat ze dan misschien blaasontsteking zou krijgen, dus in plaats daarvan moeten jullie haar de hele tijd maar verschonen, en je kunt aan haar blik zien dat ze dat háát.'

Mijn stem klinkt steeds schorder terwijl ik herhaal wat ik al zo vaak heb gezegd. Ik weet niet waarom ik de moeite nog neem. Niemand luistert. Het personeel hier doet de dingen waar het voor opgeleid is – Patiënten behandelen! Infecties voorkomen! – en die dingen wil men dan ook per se doen.

'Het slaat nergens op,' zeg ik tegen Bridget. 'Mijn oma gaat over vierentwintig, hooguit achtenveertig uur dood. Hou dan verdomme op haar om te rollen alsof ze een bal deeg is! Dit wil ze helemaal niet. Stop er een katheter in, nu meteen. Luister niet meer naar Drew als hij beweert dat hij haar weer naar huis wil laten overbrengen, met medische ondersteuning, en dat ze misschien met dagelijkse bloedtransfusies weer wat kwaliteit van leven kan krijgen, en dat ze zich misschien wel met luisterboeken kan vermaken. Wie weet kan ze wel klarinet leren spelen en dan kan ze mooi bij de fanfare!' Ik verbijt mijn tranen. 'Het kan niet. Ga maar naar binnen en kijk haar eens goed in de ogen. Ze wil niets liever dan dat dit allemaal voorbij is. Dat boeit Drew niet. Hij wil alleen zijn oma niet kwijt. Als jullie ook maar een greintje fatsoen hadden zouden jullie haar een overdosis morfine geven. Ik weet best dat dat niet kan, maar het zou moeten kunnen, want dit slaat helemaal nergens op!'

Bridget trekt er een stoel bij vanuit de zusterpost, gaat naast me zitten en klopt op mijn hand. Is er iemand op deze planeet die zich beter voelt doordat er iemand klopjes op zijn hand geeft? Hooguit watjes.

Ik zou meteen een eind kunnen maken aan haar medeleven met mij door haar duidelijk te maken dat ik willens en wetens mijn status als familielid-van-een-stervende-kankerpatiënt misbruik door alle idiote dingen te zeggen die ik te zeggen heb. Zo'n buitenkans om ongestraft irritant te doen krijg ik nooit meer, en ik ben vastbesloten om er flink gebruik van te maken.

'Dit is een pijnlijke tijd voor jouw familie,' zegt Bridget, alsof dat aspect van de situatie mij ontgaan was. 'Maar er zijn manieren om ervoor te zorgen dat het minder pijnlijk is. En betekenisvoller.'

Ik kijk haar argwanend aan. 'Nu ga je zeker zeggen dat het niet betekenisvol is om met mijn rug naar de gesloten deuren van Marions kamer te gaan zitten?'

'Je zou ook stilletjes aan haar bed kunnen gaan zitten. Haar hand vasthouden. Tegen haar zeggen dat je van haar houdt.'

'Ik waag me er liever niet aan. Drew zal haar ondertussen wel aan een loopband hebben laten vastbinden zodat haar spieren een beetje in vorm blijven, voor het geval ze op miraculeuze wijze op tijd beter is om nog aan de London Marathon te kunnen meedoen. Als je aan de deur luistervinkt kun je hem oude vragen uit *University Challenge* op haar af horen vuren, zodat haar hersens scherp blijven.'

Na een korte tijd zegt Bridget: 'Ik weet dat je comedian bent. Niet dat ik je zelf herkende, maar Fiona vertelde het. Volgens haar ben je vrij beroemd.'

'Ik kan geen kamer vol dood binnenlopen en doen alsof er niets aan de hand is,' zeg ik. 'Tenminste, ik heb er geen zin in. Ik heb daar al een hele poos gezeten. Ik vond het niks, dus nu blijf ik hier.'

'Tja, ik kan je niet dwingen...'

'Dus ik moet haar hand vasthouden en zeggen dat ik van haar houd? Néé. Zeg je dat soms tegen iedereen?'

'Nou ja...' Bridget kijkt om zich heen alsof ze hoopt dat iemand haar uit de brand helpt.

'Heb je enig idee hoe verschrikkelijk Marion zich op dit moment voelt? Niet fysiek, maar emotioneel. Wat jij namelijk niet weet is dat mij in het verleden heel nare dingen zijn overkomen als Marion zich slecht voelde. Dus ik hoop niet dat je het erg vindt, maar aangezien zij zich nu slechter voelt dan ooit blijf ik liever bij haar uit de buurt.'

'Ze is steeds maar even bij bewustzijn, meisje,' zegt Bridget. 'Wat er ook tussen jullie is voorgevallen, ze kan je nu niets meer doen.'

Dat kan ze wel. Ze kan nog iets zeggen voor ze doodgaat. Ze zou kunnen zeggen dat ze kanker heeft gekregen doordat ik na al die jaren ineens op de stoep stond...

Bridget klopt maar weer eens op mijn hand. 'Ik denk dat het goed voor je kan zijn om eens met een van onze therapeuten te praten.'

'Hebben die een grote zak met morfine en een naald voor me of kunnen die terminale kanker genezen? Zo niet, dan red ik me ook wel zonder hen.'

Drew zou met stomheid geslagen zijn van woede als hij me zo kon horen. Hij wilde dat ik ophield met mijn morfinegrapjes, omdat hij bang was dat het argwaan zou wekken onder het personeel van de afdeling. 'Bovendien getuigt het van gebrek aan respect,' zei hij.

Dat doe ik nu eenmaal: ik maak geintjes. Het is de enige nuttige bijdrage die ik te leveren heb aan de samenleving. In situaties waarin mensen niet op te vrolijken zijn door grapjes kan ik me maar beter uit de voeten maken. Wat toevallig precies datgene is wat ik zelf ook graag wil. Ik zou dolgraag niet meer hier op afdeling 10 zijn.

'Drink anders eerst een kopje thee,' oppert Bridget. 'Dan kun je misschien daarna weer naar binnen om bij Marion te zijn?'

'Moet ik nu doen alsof ik thee ga halen?'

Eindelijk laat ze me met rust en loopt weg met een zuinig mondje.

Een andere verpleegster – jong, met kortgeknipt haar op een lange, dunne vlecht na die over haar schouder hangt – komt uit de andere richting op me af gelopen. 'Kim!' zegt ze. 'Ken je me nog? Fiona?'

'Ik ken je vlecht nog.'

'Hoe is het?'

'Met mij is alles prima, zolang ik maar niet naar binnen hoef.' Ik wijs naar de deuren achter me. 'Je collega Bridget probeert me steeds om te praten.'

'Nee.' Fiona schudt haar hoofd. 'Je moet niks tegen je zin doen. Als jij hier wilt zitten, dan moet je dat doen. Als je naar huis wilt om te gaan slapen, doe je dat. Je moet doen wat goed voelt.'

'Ik heb een treklipje doorgeslikt,' zeg ik tegen haar.

'Wat?'

Ik houd mijn blikje Fruit Rush omhoog. 'Ik voel me prima en het is al een paar minuten geleden, dus... ik denk dat ik me geen zorgen hoef te maken.'

'Je hebt het treklipje van dat blikje ingeslikt? Weet je dat zeker?'

Ik knik.

'Dan moet je naar de Eerste Hulp.'

'Echt?'

'Voor de zekerheid. Ik denk dat je je verder geen zorgen hoeft te maken, maar je wilt ook geen geperforeerde –' Fiona zwijgt. Drew is naast ons komen staan. Ik heb de deur niet gehoord.

Hij heeft weer gejankt. 'Ze gaan haar meer bloedplaatjes geven,' zegt hij.

'Wát? Maar Drew, dat gaat alleen maar –'

'Daardoor kan ze langer leven. Ja, dat is wat ik wil. En het is wat de dokters willen. Gek genoeg ben jij de enige die dat niet wil.'

'En Marion. Laten we die maar vooral niet vergeten.'

Fiona heeft zich tactvol teruggetrokken, zodat we nu alleen zijn.

Ik voel een branderige druk op mijn borst. Dat heb ik vaker in Drews aanwezigheid.

'Ze kan niet praten, ze kan zich niet bewegen, ze heeft geen enkele mogelijkheid meer om te communiceren,' zeg ik. 'Ze weet dat het afgelopen is, en ze heeft op zijn hoogst nog een week. Denk jij nou echt dat ze nóg zo'n week wil? Zou je zelf niet liever dood zijn in zo'n geval? Nou, ik wel.'

'Ik ben God niet, en jij ook niet, Kim.'

'Niemand is God – dat is precies het probleem! Heb je ze al zover gekregen dat ze gaan katheteriseren?'

'Ik heb er niet om gevraagd. Ik wil niet dat ze blaasontsteking krijgt. Ze hebben ons gezegd dat het zou kunnen dat –'

'Ze haat het om een luier om te moeten. Dat je dat niet ziet!'

'Ik moet het doktersadvies volgen.'

'Zelfs als al die artsen hier eikels zijn?'

Hij zucht. 'Die arrogantie van jou is... die maakt dit alleen maar moeilijker.'

'Kom nou toch, Drew. Denk toch eens na. Marion heeft nog maar een paar dagen te leven – een stuk of drie, vier, met die bloedplaatjes. Stel je eens voor dat je in haar schoenen stond.'

Hij krimpt ineen. 'Nee, dat is aardig. Dus je wilt dat ik me voorstel dat ik kanker heb en stervende ben?'

Ik staar hem een paar tellen sprakeloos aan. Een vrouw met een glimlach en een blauw met zwarte jas komt op ons af met in haar hand een tupperwaredoosje. Door het plastic zie ik een beige inhoud, niet donkerbruin. Dus het zullen wel *flapjacks* zijn, of macarons. Fijn; een beetje variatie. Eerder vandaag is al een doos met brownies afgeleverd. Dit is een aspect van het leven op een oncologieafdeling die ik niet had voorzien en die ik nooit zou hebben voorspeld: minstens één keer per dag komt er een vrouwelijk familielid van een voormalige patiënt langs met een zak of een trommel met iets lekkers, om het personeel van de afdeling te bedanken. Of hun familielid het nu heeft overleefd of niet. Ik zei gisteren nog voor de grap tegen Drew dat het net zoiets is als de taxichauffeur een fooi geven of hij je nu bij je voordeur afzet of je kilometers van je huis bij een vuilnisbelt afzet. 'Wat héb jij toch?' was zijn reactie.

De familieleden van kankerpatiënten laten het kennelijk niet bij *flapjacks*. Ze sturen ook weleens bloemen en iedereen stuurt bedankkaartjes, of komt er zelf eentje brengen. Op de afdeling hangt een prikbord met tientallen van dat soort kaartjes erop. De meeste zijn pastelkleurig met smaakvolle plaatjes van vogels, bloemen of blaadjes erop, hoewel er gisteren eentje bij kwam die helemaal wit was, kleiner dan alle anderen, met het woord 'dood' duidelijk leesbaar op de voorkant. Ik moest erom grinniken; er is hier duidelijk iemand verpleegd met een familie die wars is van eufemismen. Zo'n soort kaartje zou ik, denk ik, zelf ook sturen: 'Geachte personeelsleden, jullie hebben gefaald en de dood heeft gewonnen, maar toch bedankt. Volgende keer wel iets beter je best doen, oké?'

Zodra de vrouw met de tupperwaredoos haar offerande op de balie heeft neergezet en weer vertrokken is, kijk ik Drew weer aan. Ik hoef niet te vragen: 'Waar waren we?' Als ik bezig ben een woordenwisseling te winnen, vergeet ik nooit waar we precies waren.

Lees verder in *Beste vrienden.*